典藏

中国学术名著丛书

现代中国文学史（上）

钱基博

吉林出版集团股份有限公司

目录

上编　古文学

下编 新文学

序

余读班、范两《汉书》、《儒林传》分经叙次，一经之中，又叙其流别；如《易》之分施、孟、梁、丘，《书》之分欧阳、大小夏侯，其徒从各以类次，昭明师法；穷原竟委，足称良史。是编以网罗现代文学家，尝显闻民国纪元以后者。略仿《儒林》分经叙次之意，分为二派：曰古文学，曰新文学。每派之中，又昭其流别；如古文学之分文、诗、词、曲，新文学之分新民体、逻辑文、白话文。而古文学之中，文有魏晋文与骈文、散文之别；诗有魏晋、中晚唐与宋诗之别，各著一大师以明显学；而其弟子朋从之有闻者，附著于篇。至诗之魏晋，其渊源实出王闿运、章炳麟，而闿运、炳麟已前见文篇，则详次其论诗于文篇，以明宗旨；而互著其姓名于诗篇，以昭流别；亦史家详略互见之法应尔也。特是学者猥众，难以悉载。今但录其卓然自名家者，著于篇。

又按《汉书·儒林》每叙一经，必著前闻以明原委；如《班书》叙《易》之追溯鲁商瞿子木受《易》孔子，《范书》之必称“前书”是也。是编亦仿其意，先叙历代文学以冠编首；而一派之中，必叙来历，庶几展卷了如；要之以汉为法。特是规模粗具，而才谢古人。《汉传》经师，人系短篇，简而得要。仆纂文士，传累十纸，详而蕲尽。闻之前人：粤在明季，南浔庄氏为《明书》，中王阳明一传，有上下卷，共三百馀页；其冗长无体裁可知已！陈寅清《榴龛随笔》。传者以为笑。《书》曰："辞尚体要。"言史之论纂，贵简不贵烦也。然史笔贵能简要，而长编不厌求详。昔在鄞县万斯同季野草《明史》，每为一传，必就故家长老求遗书，考问往事，旁及郡志邑乘，杂家志传之文，靡不网罗；参伍而为长编，缅缅数十纸，传写者为腕脱；每语人曰："昔人于《宋史》已病其繁芜，而吾所述将倍焉。非不知简之为贵也！史之难言久矣，非事信而言文，其传不显。李翱、曾巩所讥魏晋以后贤奸事迹，暗昧而不明，由无迁、固之文是也。而在今则事之信为尤难。盖俗之偷久矣，好恶因心而毁誉随之，一家之事，言者三人，而其传各异矣！言语可曲附而成，事迹可凿空而构。其传而播之者，未必皆直道之行也！其闻而书之者，未必有裁别之识也！吾恐后之人务博而不知所裁，故先为之极，使知吾所取者有可损，而所不取者，必非其事与言之真而不可益也！"钱大昕《潜研堂文集·万先生传》。可谓有慨乎其言之！然则详者简之所自出也！会稽章学诚实斋亦言："古人一事，必具数家之学；著述与比类两家，其大要也。班氏撰《汉书》为一家著述矣；刘歆、贾护之《汉记》，其比类也。司马光撰《通鉴》，为一家著述矣；二刘、范氏之《长编》，其比类也。古人云：'言之不文，行而不远。''文不雅驯，荐绅先生难言之。'为职故事、案牍、图牒之难以萃合而行远也，于是有比次之法！"章学诚《文史通义·外篇·报黄大俞先生》。仆少耽研诵，粗有睹记；信余言之不文，幸比次以有法。征文，则扬、马侈陈词赋，《汉书》之成规也。叙事，则王、谢详征轶闻，《晋书》之前例也。知人论世，详次著述，约其归趣，迹其生平，抑扬咏叹，义不拘虚，在人即为传记；在书即为叙录，吾极其详，而以俟后来者之要删焉。署曰长编，非好为多多益善也！吾为刘歆、贾护，而听人之为班孟坚焉！吾为二刘、范氏，而蕲人之为司马君实焉！不亦可乎？

抑史家有激射隐显之法。其义昉于太史公，如叙汉高祖得天下之有天幸，而见意于《项羽本纪》，藉项羽之口以吐之曰："非战之罪也，天也！”叙平原君之好客，而见意于《魏公子列传》，藉公子之言以刺之曰：“平原君之游，徒豪举耳！”事隐于此而义著于彼，激射映发，以见微旨。是编叙戊戌政变本末，详见《康有为》、《梁启超》篇；而戊戌党人之不餍人意，则见义于《章炳麟》篇，藉章氏之论以畅发之，如此之类，未可更仆数；庶几史家激射隐显之义尔。至若林纾之文谈，陈衍之诗话，况周颐之词话，以及吴梅之曲话，其抉发文心，讨摘物情，足以观文章升降得失之故，并删其要，著于篇。亦《班书·贾谊传》裁《政事诸疏》、《董仲舒传》录《天人三策》之例也。要之叙事贵可考信，立言蕲于有本。聊疏纂例，以当发凡。

中华民国十九年十一月十日

无锡钱基博叙于光华大学

绪 论

文 学

治文学史，不可不知何谓文学，而欲知何谓文学，不可不先知何谓文。请先述文之涵义。

文之含义有三：（甲）复杂。非单调之谓复杂。《易·系辞传》曰："物相杂故曰文。"《说文·文部》："文错画，象交文。"是也。（乙）组织。有条理之谓组织。《周礼·天官·典丝》："供其丝纩组文之物。"注："绘画之事，青与赤谓之文。"《礼记·乐记》："五色成文而不乱。"是也。（丙）美丽。适娱悦之谓美丽。《释名·释言语》："文者会集众彩以成锦绣，会集众字以成辞义，如文绣然。"是也。综合而言：所谓文者，盖复杂而有组织，美丽而适娱悦者也。复杂，乃言之有物。组织，斯言之有序。然言之无文，行而不远，故美丽为文之止境焉！

文之涵义既明，乃可与论文学。

文学之定义亦不一：

（甲）狭义的文学。专指"美的文学"而言。所谓美的文学者，论内容，则情感丰富，而不必合义理；论形式，则音韵铿锵，而或出于整比；可以被弦诵，可以动欣赏。梁昭明太子序《文选》：“譬诸陶匏为入耳之娱；黼黻为悦目之玩”者也。“若夫姬公之籍，孔父之书……老庄之作，管孟之流，盖以立意为宗，不以能文为本；今之所撰，又以略诸。若贤人之美辞，忠臣之抗直，谋夫之话，辩士之端，冰释泉涌，金相玉振。所谓坐狙丘，议稷下，仲连之却秦军，食其之下齐国，留侯之发八难，曲逆之吐六奇，盖乃事美一时，语流千载，概见坟籍，旁出子史，若斯之流，又亦繁博，虽传之简牍，而事异篇章；今之所集，亦所不取。至于记事之史，系年之书，所以褒贬是非，纪别异同，方之篇翰，亦已不同。若夫赞论之综辑辞采，序述之错比文华，事出于沈思，义归乎翰藻，故与夫篇什杂而集之……名曰《文选》云耳。”所谓“篇什”者，《诗》，《雅》、《颂》十篇为一什，后世因称诗卷曰篇什。由《萧序》上文观之，则赋耳，诗耳，骚耳，颂赞耳，箴铭耳，哀诔耳，皆韵文也。然则经姬公之籍，孔父之书。非文学也，子（老庄之作，管孟之流）非文学也，史记事之史，系年之书。非文学也，惟赞论之“综辑辞采”，序述之“错比文华”，“事出沈思”，“义归翰藻”，与夫诗赋骚颂之称“篇什”者，方得与于斯文之选耳！梁元帝《金楼子·立言》篇以“扬榷前言，抵掌多识者谓之笔；咏叹风谣，流连哀思者谓之文”，又云：“至如文者，惟须绮縠纷披，宫徵靡曼，唇吻摇会，情灵摇荡。”刘勰《文心雕龙·总述》篇曰：“今之常言，有文有笔，以为无韵者笔，有韵者文也。”持此以衡。虽唐宋韩、柳、欧、苏、曾、王八家之文，亦不得以厕于文学之林；以事虽出于沈思，而义不归乎翰藻；盖以立意为宗，不以能文为本者也。夫文学限于韵文，此义盖有由来；然而非其朔也。大抵六朝以前，所谓“文学”者，“著述之总称”，所包者广。六朝以下，则“文学”者，“有韵之殊名”，立界也严。其大较然也。然吾人倘必持狭义以绳文学，则所谓文学者，殆韵文之专利品耳！倘求文学之平民化，则不得不舍狭义而取广义。

（乙）广义的文学。“文学”二字，始见《论语》，子曰：“博学于文。”“文”指《诗》、《书》六艺而言，不限于韵文也。孔门四科，文学子游、子夏，不闻游、夏能韵文也。《韩非子·五蠹》篇力攻文学而指斥及藏管、商、孙、吴之书者，管、商之书，法家言也；孙吴之书，兵家言也；而亦谓之文学。汉司马迁《史记·自序》曰：“汉兴，萧何次律令，韩信申军法，张苍为章程，叔孙通定礼仪，则文学彬彬稍进。”举凡律令、军法、章程、礼仪，皆归于文学。班固撰《汉书·艺文志》，凡六略：“六艺”百三家，“诸子”百八十九家，“诗赋”百六家，“兵书”五十三家，“数术”百九十家，“方技”三十六家，皆入焉。倘以狭义的文学绳之，六略之中，堪入“艺文”者，惟“诗赋”百六家耳；其“六艺”百三家，则《萧序》所谓“姬公之籍，孔父之书”也；至《国语》、《国策》与夫《楚汉春秋》、《太史公书》之并隶入“春秋”家者，则《萧序》所谓“记事之史，系年之书”也。诸子、兵书、方技、术数之属，则《萧序》所谓“老庄之作，管孟之流，盖以立意为宗，不以能文为本”者也。然则“文学”者，述作之总称，用以会通众心，互纳群想，而表诸文章，兼发智情：其中有偏于发智者，如论辩、序跋、传记等是也。有偏于抒情者，如诗歌、戏曲、小说等是也。大抵知在启悟，情主感兴。《易》、《老》阐道而文间韵语，《左》、《史》记事而辞多诡诞，此发知之文而以感兴之体为之者也。后世诗人好质言道德，明议是非，作俑于唐之昌黎，极盛于宋之江西，忘比兴之旨，失讽谕之义，则又以主情之文而为发知之用矣！譬如舟焉，智是其舵，情为帆棹；智标理悟，情通和乐，得乎人心之同然者也。

文学与哲学科学不同：

哲学解释自然　乃从自然之全体观察，复努力以求解释之。

科学实验自然　乃为自然之部分的观察，以求实验而证明之。

文学描写自然　科学家实验自然之时，必离我于自然，即以我为实验者之谓也。文学家描写自然之时，必融我入自然，即我与自然为一之谓也。

文学史

文学之义既明，请论史之为物。

《说文·史部》："史，记事者也，从又持中，正也。"然则史之云者，又《说文》："又，手也。"持中以记事也；中者，不偏之谓，章炳麟曰："记事之书，惟为客观之学。"夫史以传信，所贵于史者，贵能为忠实之客观的记载，而非贵其有丰厚之主观的情绪也，夫然后不偏不党而能持以中正。推而论之，文学史非文学。何也？盖文学者，文学也。文学史者，科学也。文学之职志，在抒情达意。而文学史之职志，则在纪实传信。文学史之异于文学者，文学史乃纪述之事，论证之事；而非描写创作之事；以文学为记载之对象，如动物学家之记载动物，植物学家之记载植物，理化学家之记载理化自然现象，诉诸智力而为客观之学，科学之范畴也。不如文学抒写情志之动于主观也。更推是论之，太史公《史记》不为史。何也？盖发愤之所为作，工于抒慨而疏于记事：其文则史，其情则骚也。胡适《五十年来中国之文学》不为文学史。何也？盖褒弹古今，好为议论，大致主于扬白话而贬文言；成见太深而记载欠翔实也。夫记实者，史之所为贵；而成见者，史之所大忌也。於戏！是则偏之为害，而史之所以不传信也。史之云者，又持中以记事也。《周书·周祝》、《荀子·性恶》注："事，业也。"又《荀子·非十二子》注："事业谓作业也。"然则记事云者，记作业也。史之云者，持中正之道记人之作业也。文学史云者，记吾人之文学作业者也，然则所谓中国文学史者，记中国人之文学作业云尔。

中国无文学史之目，文史之名，始著于唐吴竞《西斋书目》，宋欧阳修《唐书·艺文志》因之；凡《文心雕龙》、《诗品》之属，皆人焉。后世史家乃以诗话、文评别于总集后出一文史类。《中兴书目》曰："文史者，所以讥评文人之得失。"盖重文学作品之讥评，而不重文学作业之记载者也。有史之名而亡其实矣！

自范晔《后汉书》创《文苑传》之例，后世诸史因焉；此可谓之文学史乎？然以余所睹记：一代文宗往往不厕于文苑之列！如班固、蔡邕、孔融不入《后汉书·文苑传》，潘岳、陆机、陆云、陈寿、孙楚、干宝、习凿齿、王羲之不入《晋书·文苑传》，王融、谢朓、孔稚珪不入《南齐书·文学传》，谢灵运、颜延之、鲍照、王融、谢朓、江淹、任昉、王僧孺、沈约、徐陵不入《南史·文学传》，元结、韩愈、张籍、李翱、柳宗元、刘禹锡、杜牧不入《旧唐书·文苑传》，欧阳修、曾巩、王安石、苏轼、苏辙、陈亮、叶适不入《宋史·文苑传》，宋濂、刘基、方孝孺、杨士奇、李东阳不入《明史·文苑传》，然则入《文苑传》者，皆不过第二流以下之文学家尔！且作传之旨，在于铺叙履历，其简略者仅以记姓名而已！于文章之兴废得失不赞一辞焉！呜呼！此所以谓之"文苑传"，而不得谓之"文学史"也！盖文学史者，文学作业之记载也；所重者，在综贯百家，博通古今文学之嬗变，洞流索源，而不在姝姝一先生之说；在记载文学作业，而不在铺叙文学家之履历。文学家之履历，虽或可藉为考证之资，欧西批评文学家尝言："人种、环境、时代三者构成艺术之三要素也；欲研究一种著作，不可不先考究作者之人物、环境及时代。"质而言之：即不可不先考证文学家之履历也。然而所以考证文学家之履历者，其主旨在说明文学著作。舍文学著作而言文学史，几于买椟还珠矣！

文学著作之日多，散无统计，于是总集作焉！一则网罗放佚，使零章残什，并有所归；一则删汰繁芜，使莠稗咸除，菁华毕出。是固文章之衡鉴，著作之渊薮矣！昔挚虞始作二书：一曰《文章志》，一曰《文章流别》，《文章志》四卷，《文章流别》三十集，见《晋书》本传。今其书佚不见，而体裁犹可悬揣而知；盖《志》如今之严氏《全上古三代文》，以人为纲；而《流别》疑如姚氏《古文辞类纂》，以文体为纲者也。尔后作者，代不乏人：梁昭明太子之《文选》，宋姚铉之《唐文粹》，吕祖谦之《宋文鉴》，真德秀之《文章正宗》，元苏天爵之《元文类》，明唐顺之之《文编》，黄宗羲之《明文海》，清严可均之《全上古三代秦汉三国六朝文》，姚鼐之《古文辞类纂》，姚椿之《国朝文录》，李兆洛之《骈体文钞》，曾国藩之《经史百家杂钞》，王先谦、黎庶昌之《续古文辞类纂》，王闿运之《八代文选》，其差著者也。然有文学著作而无记载；以体裁分而鲜以时代断；于文章嬗变之迹，终莫得而窥见焉。则是文学作品之集，而非文学作业之史也。独严氏书仿明梅鼎祚《文纪》，起皇古迄隋，博搜毕载，是为总集家变例；然与史有别者，以所孜兀者，不在文学作业之记载，而在文学作品之集录也。此只以与文史、文苑传，供文学史编纂之材料焉尔！

昔刘知几谓作史有三难，曰才，曰学，曰识。而余则谓作史有三要，曰事，曰文，曰义，孟子谓“其事则齐桓晋文，其文则史，其义则丘窃取之”者也。夫文学史之事，采诸诸史之文苑；文学史之文，约取诸家之文集；而义则或于文史之属有取焉。然设以人体为喻：事譬则史之躯壳耳，必敷之以文而后史有神彩焉，树之以义而后史有灵魂焉！余以为作中国文学史者，莫如义折衷于《周易》，文裁则于班、马。《易·系辞传》曰：“圣人有以见天下之动而观其会通。”又曰：“《易》有圣人之道……以动者尚其变……通其变，遂成天下之文。”而文学史者，则所以见历代文学之动，而通其变，观其会通者也。此文学史之所谓取义也。至司马迁作《史记》，于六艺而后，周、秦诸子，若孟、荀、三邹、老、庄、申、韩，管、晏、屈原、贾生，虞卿、吕不韦诸人，情辞有连，则裁篇同传；知人论世，详次著述，约其归趣，详略其品，抑扬咏叹，义不拘墟，在人即为列传，在书即为叙录。其后《班书》合传，体仍司马而参以变化；一卷之中，人分首尾；两传之合，辞有断续；传名既定，规制綦密。然逸民四皓之属，王、贡之附庸也；王吉、韦贤诸人，《儒林》之别族也；附庸如颛臾之寄鲁，署目无闻；别族如田陈之居齐，重开标额；征文，则相如侈陈词赋；辨俗，则东方不讳谐言；盖卓识鸿裁，犹未可量以一辙矣！此尽可取裁而以为文学史之文者也。然而世之能读马、班书而通其例者鲜！读《周易》而发其义于史者尤鲜！太史公上稽仲尼之意，会《诗》、《书》、《左传》、《国语》、《世本》、《战国策》、《楚汉春秋》之言，通黄帝、尧、舜至于秦、汉之世，可谓观其会通者矣！所惜者，观会通于帝王卿相之事者为多，观会通于天下之动者少，不知"以动者尚其变"耳！

现代中国文学史

吾人何为而治文学耶？曰："智莫大于知来。""来何以能知？""据往事以为推而已矣。"故治史之大用，在博古通今，藏往知来。盖运会所届，人事将变，目前所食之果，非一一于古人证其因，即无以知前途之夷险；此史之所以为贵。而文学史者，所以见历代文学之动，而通其变，观其会通者也。民国肇造，国体更新；而文学亦言革命，与之俱新。尚有老成人，湛深古学，亦既如荼如火，尽罗吾国三四千年变动不居之文学，以缩演诸民国之二十年间；而欧洲思潮又适以时澎湃东渐；入主出奴，聚讼盈庭，一哄之市，莫衷其是！榷而为论，其弊有二：一曰执古，一曰骛外。何为骛外？欧化之东，浅识或自菲薄，衡政论学，必准诸欧；文学有作，势亦从同，以为"欧美之学，不异话言，家喻户晓，故平民化。太炎、畏庐，今之作者，然文必典则，出于尔雅；若衡诸欧，嫌非平民。"又谓："西洋文学，诗歌、小说、戏剧而已。唐宋八家，自古称文宗焉；倘准则于欧美，当摈不与斯文。"如斯之类，今之所谓美谈；它无谬巧，不过轻其家丘，震惊欧化，降服焉耳！不知川谷异制，民生异俗，文学之作，根于民性；欧亚别俗，宁可强同！李戴张冠，世俗知笑，国文准欧，视此何异。必以欧衡，比诸削足；屦则适矣，足削为病！兹之为弊，谥曰“骛外”！然而茹古深者又乖今宜；崇归、方以不祧，鄙剧曲为下里，徒示不广，无当大雅！兹之为弊，谥曰“执古”！知能藏往，神未知来，终于食古不化，博学无成而已！或难之曰：“子之言自论文耳！倘文学言史，舍古何述？宁不稽古，即可成史！”请晓之曰：史不稽古，岂曰我思。然史体藏往，其用知来；执古御今，柱下史称；生今反古；谥以愚贱！文学为史，义亦无殊；信而好古，只以明因；阐变方今，厥用乃神；顺应为用，史道光焉！吾书之所为题“现代”，详于民国以来而略推迹往古者，此物此志也。然不题“民国”而曰“现代”，何也？曰：“维我民国，肇造日浅，而一时所推文学家者，皆早崭然露头角于让清之末年；甚者遗老自居，不愿奉民国之正朔；宁可以民国概之！而别张一军，翘然特起于民国纪元之后，独章士钊之逻辑文学，胡适之白话文学耳。然则生今之世，言文学而必限于民国，斯亦廑矣！”治国闻者，倘有取焉！

编首

总论

昔清儒焦循以为一代文学有一代之所胜，欲自《楚骚》以下，撰为一集：汉则专取其赋，魏晋六朝至隋则专录其五言诗，唐则专录其律诗，宋专录其词，元专录其曲。而胡适亦谓：“一时代有一时代之文学，周秦有周秦之文学，汉魏有汉魏之文学，唐、宋、元、明有唐、宋、元、明之文学。”披二十四朝之史，每一鼎革，政治、学术、文艺，亦若同时告一起讫，而自为段落。然事以久而后变，道以穷而始通，殷因夏礼，周因殷礼，其所损益者微也。秦燔诗书，汉汲汲修补，惟恐不逮；其所创获者浅也。六代骈俪沿东京之流。北朝浑朴启古文之渐。唐之律诗，远因陈、隋。宋之诗馀，又溯唐季。唐之韩、柳，宋之欧、苏，欲私淑孟、庄、荀、韩以复先秦之旧也。元之姚、虞，明之归、柳，清之方、姚，又祖述韩、柳、欧、苏以追唐宋之遗也。是则代变之中，亦有其不变者存！然事异世变，文学随之，积久而著，迹以不掩；而衡其大较，可得而论；兹以便宜分为四期：第一期自唐虞以迄于战国，名曰上古；骈散未分，而文章孕育以渐成长之时期也。第二期自两京以迄于南北朝，名曰中古；衡较上古，文质殊尚。上古之文，理胜于词。中古之文，渐趋词胜而词赋昌，以次变排偶，驯至俪体独盛之一时也。第三期自唐以迄元，谓之近古。中古之世，文伤于华。而近古矫枉，则过其正，又失之野；律绝之盛而词曲兴，骈文之敝而古文兴，于是俪体衰而诗文日趋于疏纵之又一时期也。第四期明清两朝以迄现代。唐之韩愈，文起八代之衰，宋之言文章者宗之；于是唐宋八大家之名以起！而始以唐宋为不足学者，则明之何景明、李梦阳也。尔后谭文章者，或宗秦汉，或持唐宋，门户各张！迄于清季，词融今古，理通欧亚，集旧文学之大成而要其归，蜕新文学之化机而开其先！虽然，中国文学史之时代观，有不可与学术史相提并论者。试以学术言：唐之经学，承汉魏之训诂而为正义，佛学袭魏晋之翻译而加华妙，似不宜与宋之理学比，而附于陈、隋之后为宜。而自文学史论：沈、宋出而创律诗，韩、柳出而振古文，温、韦出而有倚声，则开宋元文学之先河，而以居宋元之首为宜。故谓学术史之第二期，始两汉而终五代，与文学史同其始而不同其终。而第三期则始于宋而终明，与文学史殊其终，并不同其始。盖明之学术，实袭宋朱、陆之成规而阐明之；不如文学之有何、李、王、李复古运动，轩波大起也。试得而备论焉。

上　古

呜呼！文章之作也，其于韵文乎？韵文之作也，其于声诗乎？声诗之作也，其于歌谣乎？盖生民之初，必先有声音而后有话言，有话言而后有文字；故在六书未兴之前，人禀七情以生，应物斯感；感物吟志，情动于中，而形于言；言之不足，故嗟叹之；嗟叹之不足，故咏歌之；咏歌之不足，不知手之舞之，足之蹈之也！情发于声，声成文谓之音；譬之林籁结响，调如竽笙；泉石激韵，和若球锽；夫岂外饰，盖自然耳！朱襄《来阴》之乐，包牺《罔罟》之章，葛天之《八阕》，娲皇之

《充乐》，其声诗之鼻祖也。惟上古之时，文字未著，徒有讴歌吟咏，纵令和以土鼓苇籥，必无文字雅颂之声，如此，则时虽有乐，容或无诗，譬之则瑶僮之跳苗歌耳！是以缙绅士夫，莫得而载其辞焉，厥为有音无辞之世！是后鸟迹代绳，文字初炳，作始于羲皇之八卦，大备于黄帝之六书，而年世渺邈，则声采莫追！唐虞文章，则焕乎始盛！尧时有《康衢歌》、《击壤歌》，虞舜有《卿云》、《南风》、《明良喜起》等歌，始有依声按韵，诵其言，咏其声，播之篇什而为诗歌者！

虞舜诗之可信者，独见《尚书》之《明良喜起歌》，《尚书大传》之《卿云歌》。《南风歌》见称《礼·乐记》，而不著其词；见《尸子》，而辞气谐畅，疑若不类！然当日诗歌之属，必已多有！孔子于《帝典》录舜命夔之言曰："诗言志，歌永言。"是诗教之始也。《明良喜起歌》者，《虞书》帝庸作歌曰："股肱喜哉！元首起哉！百工熙哉！"皋陶赓歌曰："元首明哉！股肱良哉！百工康哉！"又曰："元首丛脞哉！股肱惰哉！万事堕哉！"凡三章，章三句，每句一音，虽以四言成句，而句有"哉"字语助；其实三言也。《卿云歌》曰："卿云烂兮，糺缦缦兮！日月光华，旦复旦兮！"凡三句，每句一韵，虽以四言八言成句，而句有"兮"字语助；其实三言七言也。惟二典三谟记言之文，四言成句而寡将以助语；用"也"、"矣"、"与"、"耶"字者绝无；而"哉"字之语助亦止一二见。盖诗歌主音节，故成句之字数奇，而缀以语助，用以叶响。而言论则非同于歌咏；故典谟记载，多四言句而不用语助。此可以证韵文、散文之殊，在音节而不以句之奇与偶也。

后世有作，韵文多为偶，而散文多用奇。然三代以上，韵文不尽偶，而散文不必奇。凝重多出于偶，流美多出于奇。体虽骈，必有奇以振其气；势虽散，必有偶以植其骨。仪厥错综，致为微妙。试以《尧典》为例："钦明文思"一字为偶。"安安"叠字为偶。"允恭"、"克让"二字为偶。偶势变而生三，奇意行而若一。"光被四表，格于上下”，语奇也而意偶。“克明峻德”四字一句奇。“以亲九族”十六字四句偶。“协和万邦”十字二句奇；而“万邦”与“九族百姓”语偶；“时雍”与“黎民於变”意偶；是奇也而偶寓焉。“乃命羲和”一段奇；而“昊天”、“授时”隔句为偶；中六字纲目为偶。“分命”、“申命”四段，章法偶而辞悉奇。自“帝曰咨”至“庶绩咸熙”一段奇；“期三百”十七字参差为偶；“允釐”八字颠倒为偶；而意皆奇。故双意必偶，“钦明”、“允恭”等句是也。单意可奇可偶，“光被”、“允釐”等句是也。其中“以亲九族”四句，“慎徽五典”四句，凡数目之字，已无不对待整齐矣！“流共工于幽州”四句，竟居然以人名对人名，地名对地名焉，但不调平仄而已。然《关雎》“关关雎鸠”四句，以雎鸠雌雄相应和，兴君子之必得淑女为好逑；意似偶而句法不偶。“参差荇菜”四句偶，而承之曰“求之不得，寤寐思服，悠哉悠哉，辗转反侧”，则又奇矣！首尾奇而中间以偶，骈文络乎散文之间，犹之偶数络乎奇数之间也。文之初创，骈散间用。数之初创，奇偶间用。厥后数理日精，奇数与偶数遂各立界说。文法日备，骈文与散文乃自为家数。喜骈，则成诗赋一流。嗜奇，则为散韵一派。又或合乐则以韵语，记事则以散行；而纯主偶者为骈体，纯主奇者称散文。然则骈、散古合今分者，亦文字进化之一端欤！

惟声律之用，本于性初，发之天籁。故古人之文，化工也；多自然而合于音，则虽无韵之文，而往往有韵；苟其不然，则虽有韵之文而时亦不用韵，终不以韵而害意也！《诗三百》，有韵之文也；乃一章之中，有二三句不用韵者；如“瞻彼洛矣，维水泱泱”之类是矣。一篇之中，有全章不用韵者；如《思齐》之四章五章，《召旻》之四章是矣。又有全篇无韵者；《周颂》，《清庙》、《维天之命》、《昊天有成命》、《时迈》、《武》诸篇是矣！说者以为当有馀声；然以馀声相协，而不入正文；是诗亦有不用韵者也。伏羲画卦，文王系之辞也，凡卦辞之系者时用韵，《蒙》之“渎”“告”，《解》之“复”“夙”，

《震》之“虩”“哑”，《艮》之“身”“人”，皆叶韵也。孔子赞《易》十篇，其《彖》、《象》传、《杂卦》五篇用韵；然其中无韵者亦十之一。《文言》、《系辞》、《说卦》、《序卦》五篇不用韵；然亦间有一二；如“鼓之以雷霆，润之以风雨；日月运行，一寒一暑；乾道成男，坤道成女”，“君子知微知彰，知柔知刚，万夫之望”。此所谓化工之文，自然而合者，固未尝有心于用韵也。《尚书》之体，本不用韵；而《大禹谟》：“帝德广运；乃圣乃神，乃武乃文；皇天眷命，奄有四海，为天下君。”《伊训》：“圣谟洋洋，嘉言孔彰。惟上帝不常：作善，降之百祥；作不善，降之百殃。”《太誓》：“我武惟扬，侵于之疆；取彼凶残，我伐用张；于汤有光！”《洪范》：“无偏无党，王道荡荡；无党无偏，王道平平；无反无侧，王道正直。”皆用韵。礼之为体，据事制范，章条纤曲；好礼君子，随所闻见，得即录之，名曰《礼记》；方放废是惧，遗文掇拾，奚遑协音成韵，金声而玉振之乎？然《曲礼》：“行，前朱鸟而后玄武；左青龙而右白虎；招摇在上，急缮其怒。”《礼运》：“元酒在室，醴盏在户；粢醍在堂，澄酒在下；陈其牺牲，备其鼎俎；列其琴瑟，管磬钟鼓。修其祝嘏；以降上神，与其先祖；以正君臣，以笃父子，以睦兄弟，以齐上下，夫妇有所，是谓承天之祜。”《乐记》：“夫古者天地顺而四时当；民有德而五谷昌；疾疢不作，而无妖祥；此之谓大当；然后圣人作为父子君臣以为纪纲。”此其宫商大和，翻回取均，声不失序，音以律文，如刘彦和所谓“标情务远，比音则近；吹律胸臆，调钟唇吻”者，庶几得之。左氏传经，亦多叶韵；见于近人著述中所举者更难以悉数！即如四子书中，子思、孟轲之书皆散文；而《中庸》曰：“故君子不可以不修身；思修身，不可以不事亲；思事亲，不可以不知人；思知人，不可以不知天。”又曰：“大哉圣人之道！洋洋乎发育万物，峻极于天；优优大哉，礼仪三百，威仪三千！”七篇曰：“今也不然；师行而粮食！饥者勿食，劳者勿息；睊睊胥谗，民乃作慝。方命虐民，饮食若流；流连荒亡，为诸侯忧。”至如诸子之书，亦多有韵者，今试举《老》、《庄》而言；《老子》：“玄牝之门，是谓天地根；绵绵若存，用之不勤。”《庄子》：“巧者劳而知者忧，无能者无所求，饱食而遨游，汎若不系之舟。”子思、孟轲、老子、庄子，断非有意于用韵者也；而读其所作，谓非用韵而不可也。盖冲口而出，自为宫商；此即《乐记》所谓“声者由人心生”者也。故曰：“有歌谣而后有声诗，有声诗而后有韵文，有韵文而后有其他诸体文。”

《诗三百》之用韵，于不规律中，渐有规律，而为后世一切诗体之宗。其用韵之法有三：首句次句连用韵，隔第三句，而于第四句用韵者，《关雎》之首章是也；凡汉以下诗及唐人律诗之首句用韵者源于此。一起即隔句用韵者，《卷耳》之首章是也；凡汉以下诗及唐人律诗之首句不用韵者源于此。自首至末，句句用韵者，若《考槃》、《清人》、《还》、《著》、《十亩之间》、《月出》、《素冠》诸篇，又如《卷耳》之二章三章四章，《车攻》之一章二章三章七章，《车发》之二章三章四章五章是也；凡汉以下诗，若魏文帝《燕歌行》之类源于此。自此而变，则转韵矣！转韵之始，亦有连用、隔用之别，而错综变化，不可以一体拘，于是有上下各自为韵，若《兔罝》及《采薇》之首章，《鱼丽》之前三章，《卷阿》之首章者。有首末自为一韵，中间自为一韵，若《车攻》之五章者。有隔半章自为韵，若《生民》之卒章者。有首提二韵而下分二节承之，若《有瞽》之篇者。此皆诗之变格，然亦莫非出于自然，非有意为之也。

孔子博学于文，好古敏以求之。子贡曰：“夫子之文章，可得而闻。”盖继往开来，而集二帝三王文学之大成者也！稽之载籍，可考见者五事。

（甲）正文字　孔子在卫，曰“必也正名”，郑玄以正名谓正书字也。盖孔子将从事于删述，则先考正文字。春秋之时，文字虽秉仓史之遗，而古之作字者多家，其文往往犹在，或相诡异；至于别国，殊音尤众。孔子之至是邦也，必闻其政；又观于旧史氏之藏，百二十国之事，佚文秘记，远俗方言，尽知之矣！于是修定《六经》，将择其文之近雅驯者用之以传于学者，故以周公《尔雅》教人，其馀亦颇有所定。《六经》文字极博，指义万端；间有仓史文字所未赡者，则博稽于古，不主一代；刑名从商，爵名从周之例也。春秋异国众名，则随其成俗曲期；物从中国，名从主人之例也。太史公往往称孔氏古文，以虽同是仓史文字，而经孔子考定以书《六经》，则谓孔子古文焉。意孔子当日必别有专论文字之书，其见引于许慎《说文》者不一。孔子曰："一贯三为王。"孔子曰："推十合一为士。"孔子曰："黍可为酒，禾入水也。""儿，仁人也。孔子曰：'在人下故诘屈。'"孔子曰："乌，盱呼也，取其助气，故以为乌呼。"孔子曰："牛羊之字，以形举也。"孔子曰："狗，叩也，叩气吠以守。"孔子曰："视犬之字，如画狗也。"孔子曰："貉之为言恶也。"孔子曰："粟之为言续也。"许慎谓孔子书《六经》皆以古文。《论语》"《诗》、《书》、执礼"谓之"雅言"；文字自孔子考定，始臻雅驯也。此孔子定文字之证。

（乙）订诗韵孔子曰："吾自卫反鲁，然后乐正，《雅》、《颂》各得其所。"盖古诗皆被弦歌，诗即乐也。近世言古音者，如顾炎武、江永以来，并以《诗》为古之韵谱。夫《诗三百》删自孔子，是即孔子之韵谱也；以殊时异俗之诗，其韵安能尽合；意孔子就原采之诗，不惟删去重复，次序其义；而于韵之未安者，亦时有所正；故曰"乐正，《雅》、《颂》各得其所"也。《史记·孔子世家》曰："《三百五篇》，孔子皆弦歌之以求合《韶》、《武》、《雅》、《颂》之音。"则孔子未正以前，或不协于弦歌；既正以后，学者即据之为韵谱，故《易象》、《楚辞》、秦碑、汉赋用韵与《诗三百》合，皆本孔子矣！

（丙）用虚字　上古文字初开，实字多，虚字少。周诰殷盘，佶屈聱牙，虚字不多，木强寡神。至孔子之文，虚字渐备；《赞易》用"者""也"二字特多。而《论语》、《左传》，其中"之"、

“乎”、“者”、“也”、“矣”、“焉”、“哉”无不具备；作者神态毕出，尤觉脱口如生。此实中国文学一大进步。盖文学之大用在表情；而虚字者，则情之所由表也；文必虚字备而后神态出焉！

（丁）作《文言》 文言者，孔子之所作也。孔子以前，有话言而无文言。近人蔡元培称：“文言用古人的话传达今人的意思。”虽然，古人之话，果足当今之所谓“文言”乎？余不能无疑也！不知古人自有古人之话，古人自有用话所作一种通俗之白话“文学”书，即《尚书》、《诗经》是也。夷考《尚书》之《尧典》、《皋陶谟》、《高宗肜日》、《西伯戡黎》、《微子》、《洪范》、《康诰》、《无逸》、《君奭》、《立政》、《顾命》、《文侯之命》诸篇，当日对话之文也。《甘誓》、《汤誓》、《盘庚》、《牧誓》、《多士》、《费誓》、《秦誓》诸篇，当众演说之辞也。《大诰》、《多方》、《吕刑》诸篇，当日演说之文也。太史陈诗以观民风，而十五《国风》，则采自民间歌谣。斯二者，在当日义取通俗，文不雅驯。“格”之训至也，来也。“殷”之训中间之中也。“采”之训事也。“肆”之言于是也。“刘”之言杀也。“诞”与“纯”之言大也。“台”与“卬”之言我也。“莫莫”之言茂密也。“揖揖”之言会聚也。“薨薨”之言群飞也。“惄”之言饥也。“旁旁”之言驰驱也。“迈”之言去也，行也。“监”之言终了也。“伾伾”之言有力也。如此之类，古人用语，随在可以考见。然则《尚书》者，古人之白话文也。《诗经》者，古人之白话诗也。惟话言不能无随时变迁，后人读而不易晓，遂觉为佶屈聱牙焉！《尔雅》一书，有《释诂》、《释言》、《释训》三篇；是即以中古以来通用之文言，而注释《诗》、《书》之古语也。蔡元培云：“司马迁《史记》……记唐虞的事，把‘钦’字都改作‘敬’字，‘克’字都改作‘能’字；记古人的事，还要改用今字。”若自余观之：司马迁以“敬”改“钦”，以“克”改“能”，乃是依孔子以来通用之文言，改订唐虞之古语；而非如蔡氏所云“记古人的事，改用今字”也。此为中国最古之白话文学。此外《十三经》之中，如《春秋》、《左氏传》、《孝经》、《论语》、《孟子》、《礼记》之类，作于孔子之后者，皆文言而非白话；与《尚书》、《诗经》不同！所以字句之间，后人读之易晓，便不似《尚书》、《诗经》之聱牙涩舌；此可以见今之所谓“文言”，是从孔子以来到今通用，而不似古人之话之受时间制限。《书·盘庚》：“乃话民之弗率。”东坡《书传》曰：“民之弗率……以话言晓之。”是《盘庚》之为古人之话，明也；而《盘庚》之佶屈聱牙特甚！孔子作《易·乾》、《坤》两卦《文言》，明明题曰“文言”而不称做“话”；然而句法字法，与今之所谓“文言”无大殊。更可见古人之话，自别有一种，而非即今之所谓“文言”也。自孔子作《文言》以昭模式，于是孔门著书皆用文言！左丘明受经仲尼，著《春秋传》，文言也。有子、曾子之门人，记夫子语，成《论语》一书，亦文言也。曾子问孝于仲尼，而与门人弟子言之，门人弟子类记而成《孝经》，亦文言也。《檀弓》、《礼运》，皆子游之门人所记，亦文言也。可见仲尼之徒，著书立说，无不用夫子之文言者；故曰：“夫子之文章，可得而闻也。”虽然，夫子之文章，不曰诵而曰闻者；盖古用简策，文字之传写不便，往往口耳相授。阮元曰：“古人以简策传事者少，以口舌传事者多；以目治事者少，以口耳治事者多；故同为一言，转相告语，必有衍误，是必寡其词，协其音以文其言，使人易于记诵，无能增改；且无方言俗语杂其间，始能达意，始能行远；此孔子于《易》所以著《文言》之篇。”然则“文言”非古人之话，明也。大抵孔子以前，为白话文学时期；而孔子以后，则文言文学时期，孔子曰：“辞达而已”。“达”即《论语》“己欲达而达人”之“达”。达之云者，时不限古今，地不限南北，尽人能通解之谓也。如之何而能尽人通解也？自孔子言之，只有用文言之一法。孔子曰：“书同文。”又曰：“言之无文，行而不远。”此之所谓“远”，指空间言，非指时间言；是“纵横九万里”广远之远，而非“上下五千年”久远之远。推孔子之意，若曰："当今天下各国，国语虽不同；然书还是同文。倘使吾人言之无文，只可限于方隅之流传；而传之远处，则不行矣！"所谓"言之有文"者，即阮元所谓"寡其词，协其音……无方言俗语杂于其间"之言也。时春秋百二十国，孔子三千弟子，七十二贤，所占国籍不少；当日国语既未统一，如使人人各操国语著书，则鲁人著书，齐人读之不解。观于《公羊》、《穀梁》，已多齐语、鲁语之分，更何论南蛮鴃舌如所称吴楚诸国。此孔子于《易》所以著《文言》之篇而昭弟子之法式者欤？盖自孔子作文言，而后中国文学之规模具也。

（戊）编总集古者《诗》三千馀篇；及至孔子去其重，取可施于礼义，上采契后稷，中述殷周之盛，至幽厉之缺，始于衽席；故曰："《关雎》之乱以为《风》始，《鹿鸣》为《小雅》始，《文王》为《大雅》始，《清庙》为《颂》始。"《三百五篇》，厥为诗之第一部总集。孔子观书周室，得虞、夏、商、周四代之典，乃删其善者，定为《尚书》百篇，所以宣王道之正义，发话言于臣下，故其所载，皆典谟、训诰、誓命之文。厥为文之第一部总集。则是总集之编，导源《诗》、《书》，而出于孔子者也！惟《诗》者《风》、《雅》、《颂》以类分，而《书》则虞、夏、商、周以代次。则是《诗》者，开后世总集类编之先河；而《书》则为后世总集代次之权舆也。子以四教，而文居首。及游夏并称文学之彦，而子夏发明章句。懿欤休哉，此所以为六艺之宗，称百世之师欤。

中 古

凡经之《易》、《诗》、《礼》、《春秋》，传之《左》、《公》、《穀》，子之《墨》、《老》、《孙》、《吴》、《孟》、《荀》以及《公孙龙》、《韩非》之属，集之《楚辞》，莫匪戛戛独造，自出机杼。是上古之世，文学主创作；而中古以后，则摹仿者为多。《史记·律书》仿《周易·序卦》；司马相如《大人赋》仿屈原《远游》；扬雄为汉代文宗，而其《太玄》摹《易》，《法言》摹《论语》，《方言》摹《尔雅》，《十二箴》摹《虞箴》，《谏不许单于朝》摹《国策·信陵君谏伐韩》，《甘泉赋》摹司马相如《大人赋》，几于无篇不摹；而班固《汉书·地理志》仿《禹贡》；陆机《辨亡论》、干宝《晋纪·总论》仿贾生《过秦论》。如此之类，不可悉数。

章学诚曰："西汉文章渐富，为著作之始衰。然贾生奏议入《新书》，相如词赋但记篇目，皆成一家之言，与诸子未甚相远；初未尝汇次诸体，裒焉而为文集者也；诸子衰而文集之体盛。"吾则谓文集兴而"文"、"学"之途分。何也？韩非子《五蠹篇》力攻文学，而指斥及藏管、商、孙、吴之书者。秦丞相李斯请悉烧所有文学、诗书、百家语，而以"文学"二字冠"诗书百家语"之上。太史公自序其书，举凡一切律令、军法、章程、礼仪，皆称之为"文学"。盖两汉以前，文与学不分。至两汉之后，文与学始分。六艺各有专师，而别为经学。诸子流派益歧，而蔚为子部。史有马、班，而史学立。文章流别分于诸子，而集部兴。经史子集，四部别居，而"文"之一名，遂与集部连称而为所专有！

李延寿《北史·文苑传·序》曰："江左宫商发越，贵于清绮。河朔词义贞刚，重乎气质。气质则理胜于词，清绮则文过其意。理胜者便于时用，文华者宜于咏歌。此则南北词人得失之大较。"盖北人擅言事之散文，而南人工抒情之韵语也。然战国以前，如《经》之《易》、《书》、《礼》、《春秋》，传之《左》、《公》、《穀》，子之《老》、《庄》、老子楚苦县人，苦县即今河南鹿邑县。庄子蒙人，蒙县在今河南商丘县之东北。本柳诒徵说。《孟》、《荀》等，其体则散文也，其用则叙述也，议论也；皆北方文学也。独《诗》三百篇，《楚辞》三十馀篇，为言情之韵文耳。《楚辞》之为南方文学，固也。考《诗》之所自作，《吕氏春秋》载："禹行功，见涂山之女。禹未之遇，而巡省南土。涂山之女，乃令其妾候禹于涂山之阳。女子乃作歌曰：‘候人兮猗！’实始作为南风。周公、召公取风焉以为《周南》、《召南》。”而郑樵为之说曰：“周为河洛，召为岐雍。河洛之南濒江，岐雍之南濒汉。江汉之间，二南之地，《诗》之所起在于此。屈宋以来，诗人墨客多生江汉，故仲尼以二南之地为作《诗》之始。”然则《诗三百》之始自南音，有明证矣！战国以前，所谓言情之韵文，可考见者，惟此与《楚骚》耳。未能与散文中分天下也！是为北方文学全盛时代。汉兴，而南人如枚叔、刘安、司马相如、王褒、扬雄之徒，寖与贾谊、晁错、董仲舒、刘向辈抗颜行。而司马迁撰《史记》，以史笔抒骚情；班固作《两都赋》，以赋体罗史实；且融裁南方文学以为北方文学矣！此实南方文学消长之一大枢机也！爰逮晋之东也，篇制溺乎玄风；嗤笑殉务之志，崇盛亡机之谈。孙绰、许询、桓、庾诸公虽各有雕采，而辞趣一揆，所以景纯《仙篇》挺拔而为俊矣！宋初文咏，体有因革。黄老告退而山水方滋，俪采百字之偶，争价一句之奇，情必极貌以写物，辞必穷力而追新，颜、谢腾声，骖以鲍照，尤足启后代之津途。自汉以来，模山范水之文，篇不数语；而谢灵运兴会标举，重章累什，陶写流峙之形；后之言山水也，此其祖矣！晋之陆云，对偶已繁，而用事之密，雕镂之巧，始颜延之；齐梁声病之体，后此对偶之习，是其源矣！然较其工拙，延之雕镂，不及灵运之清新，亦逊鲍照之廉隽。延之尝问鲍照，己与灵运优劣，照曰：“谢五言如初发芙蓉，自然可爱；君诗若铺锦列绣，亦雕缋满眼。”延之终身病之。照以俊逸之笔，写豪壮之情，发唱惊挺，操调险急，史称其文甚遒丽，信然！然其所短，颇喜巧琢，与延之同病；至其笔力矫健，则远过之；与谢并称，允符二妙！然《国风》好色不淫，《楚辞》美人以喻君子，五言既兴，义同《诗》、《骚》，虽男女欢娱幽怨之作，未极淫放。至鲍照雕藻淫艳，倾侧宫体，作俑于前。永明天监之际，颜谢寖微而鲍体盛行，事极徐、庾，红紫之文，遂以不反。既而徐陵通聘，庾信北陷，北人承其流化，“矜一韵之奇，争一字之巧，连篇累牍，不出月露之形，积案盈箱，惟是风云之状。世俗以此相尚，朝廷据此擢士”！李谔《上隋高祖革文华书》尝慨乎言之！厥为南方文学全盛时代。物极则反。《唐书·韩愈传》载：“愈常以为魏晋以还，为文者多相偶对，而经诰之旨，不复振起。故所为文抒意立言，自成一家。后学之士，取为师法。”论者谓“文起八代之衰”，实则唾弃南方文学，中兴北方文学耳！

燕赵多慷慨悲歌之士，江左擅绮丽纤靡之文，自古然矣！顾有不可论于三国者。魏武帝崛起称伯，开基青豫，以文武姿，掞藻扬葩，把酒临江，横槊赋诗，固一世之雄也。子桓、子建，兄弟竞爽，亦擅词采；然华而不实，上有好者，下必殆甚！陈琳、阮瑀以符檄擅声，王粲、徐幹以词赋标美，刘桢情高以全采，应玚学优以得文，皆一时之秀，已萌晋世清谈之习，开江左六朝绮丽之风矣！大江左六朝，建国金陵，阻长江为天堑，与北方抗衡，其端实自孙氏启之。孙权称制江东，号吴大帝，然文笔雅健，不为绮丽；《与诸将令》、《责诸葛瑾诏》，卓荦有西京之风焉！虞翻《谏猎》之书，简而能要。骆统《理张温表》，语亦详畅。而诸葛恪救国之论，慨当以慷，尤吴人文之可诵者！吴之末造，韦曜《博弈论》，华覈《请救蜀表》，渐近偶丽，然质而不俚；以视魏武父子之风情隽上，词采秀拔，固有间矣！谁则谓南朝文士尽华靡者乎？至蜀为司马相如、扬雄词赋家产地，而陈寿称“诸葛亮文采不艳”，范颙谓“陈寿文艳不及相如，而质直过之”。是南人之文质直，转不如北人之藻逸工言情矣，可谓变例也。

自魏文帝始集陈、徐、应、刘之文，自是以后，渐有总集；传于今者，《文选》最古矣。昭明太子序《文选》也，其于史籍，则云“不同篇翰”。其于诸子，则云“不以能文为贵”。盖必文而后选，非文则不选也！六朝之人，多以文笔对举。《南史·颜延之传》：“竣得臣笔，测得臣文。”刘勰《文心雕龙》云：“无韵者笔，有韵者文。”或疑“文笔区分，《文选》所集，无韵者猥众。夫有韵为文，无韵为笔，是则骈散诸体，一切是笔非文”。近儒章炳麟氏之所为致诮于昭明者也。不知六朝人之所谓“有韵者文”之“韵”，乃以语章句中之韵，非如后世之指句末之韵脚也。六朝不押韵之文，其中奇偶相生，顿挫抑扬，皆有合乎宫羽。故沈约作《宋书·谢灵运传论》曰：“五色相宣，八音协畅，由乎元黄律吕，各适物宜；欲使宫羽相变，低昂合节。若前有浮声，则后须切响。一简之内，音韵尽殊；两句之中，轻重悉异。妙达此旨，始可言文。”其指实发于子夏《诗大序》，谓：“情发于声，声成文，谓之音。”又曰：“主文而谲谏。”郑玄曰：“声，谓宫商角徵羽也。”“声成文”，宫商上下相应。“主文”，主与乐之宫商相应也。此子夏直指诗之声音而谓之文也，不指翰藻也。然则《诗·关雎》“鸠”、“洲”、“逑”押脚有韵，而“女”字不韵；“得”、“服”、“侧”押脚有韵，而“哉”字不韵；此正子夏所谓“声成文之宫羽也”。此岂诗人暗与韵合，匪由思至哉？子夏此序，《文选》选之，亦以抑扬咏叹，其中有成文之音也。六朝人益衍畅其指而为韵之说。《南史·陆厥传》云：“王融、谢朓、沈约等文，将平上去入四声制韵，有平头、上尾、蜂腰、鹤膝，世呼为永明体。”所谓“平头”者，前句上二字与后句上二字同声；如古诗：“今日良宴会，欢乐难具陈。”“今”、“欢”同平声，“日”、“乐”同仄声，是“平头”也。又如古诗：“朝云晦初景，丹池晚飞雪。”“朝云”、“丹池”同平声，是“平头”也。所谓“上尾”者，上句尾字与下句尾字俱用平声，虽韵异而声同；如古诗：“西北有高楼，上与浮云齐。”“楼”、“齐”平声，是“上尾”也。所谓“蜂腰”者，每句第二字与第五字同声；如古诗：“闻君爱我甘，窃欲自修饰。”“君”、“甘”皆平声，“欲”、“饰”皆入声，是“蜂腰”也。所谓“鹤膝”者，一句尾字与三句尾字同声；如古诗：“客从远方来，遗我一诗札。上言长相思，下言久离别。”“来”、“思”皆平声，是“鹤膝”也。然则后世之所谓韵者，以句末之同为适而求其大齐；而六朝人之所谓韵者，则以句中之同为犯而求其不齐。是以声韵流变而成四六之骈文，亦只论句中之平仄，不谓韵脚也。而章氏乃谓“《文选》所集，无韵猥众”；特以其无句末之韵脚耳。安知六朝以前之所谓“韵”者，非此之谓哉？

近古

唐之兴也，文章承江左遗风，陷于雕章绘句之敝。贞元、元和之际，韩愈、柳宗元出，倡为先秦之古文；一时才杰如李观、李翱、皇甫湜等应之，遂能破骈俪而为散体，洗涂泽而崇质素。上踵孟、荀、马班，下启欧、苏、曾、王，盖古文之名始此！古文者，韩愈氏厌弃魏晋六朝骈俪之文，而返之于《六经》两汉，从而名焉者也！其文章之变，即字句骈散之不同；而骈散之不同，则诗文体制之各异也！文势贵奇，而诗体近偶。重骈之代，则散文亦写以诗体；重散之世，则诗歌亦同于散文。即如范晔生刘宋之时，增损东汉一代，成《后汉书》，自谓“无惭良直”；而编字不只，捶句必双，修短取均，奇偶相配；故应以一言蔽之者，辄足为二言；应以三句成文者，必分为四句；弥漫冗沓，不知所裁。初唐袭南朝之馀，《晋书》作者，并擅雕饰，远弃史、班，近宗徐、庾。夫以琢彼轻薄之句，而编为史籍之文，无异加粉黛于壮夫，服绮纨于高士；著讥《史通》，非虐谑也！近世赵翼则谓：“以文为诗，自韩愈始。至苏轼益大放厥词，别开生面；天生健笔一支，有必达之隐，无难显之情。”故曰：“重骈之世，则散文亦写以诗体；重散之世，则诗歌亦同于散文”也。诗有六义，其二曰赋。赋者铺也；体物写志，铺采摛文，滥觞于诗人，而拓宇于文境者也。是以重骈之代，赋中诗体多于文体。重散之世，赋中文体多于诗体。试观徐庾诸赋，多类诗句；而王勃《春思赋》则直七字之长歌耳。此重骈之代，诗体多于文体也。若欧阳修之《秋声赋》，苏轼之前后《赤壁赋》，则又体势同于散文。盖宋袭韩柳之古文，而归于质；重散之世也。论古文之流别，韩愈以扬子云化《史记》，柳宗元以《老》、《庄》、《国语》化六朝，王安石以周秦诸子化韩愈，曾巩以《三礼》化西汉，苏洵以贾谊、晁错化《孟子》、《国策》，苏轼以《庄子》、《孟子》化《国策》；于此可悟文学脱胎之法；而唐以后之言古文者，莫不推韩柳为大宗。然唐宋八家，韩柳并称；而继往开来，厥推韩愈。独愈之文安雅而奇崛：李翱教其安雅，皇甫湜得其奇崛。其衍李翱之安雅一派者，至则为欧阳修之神逸；不至则为曾巩、苏辙之清谨。其衍皇甫湜之奇崛一派者，至则为王安石之峻峭；不至则为苏洵、苏轼之奔放。其大较然也。

惟骈俪之文，虽摧廓于中唐之韩、柳；而骈俪之诗，则大成于初唐之沈、宋。夷考其始，汉魏六朝诗，祖述《风》、《骚》，陶写情性，篇无定句，句无定声，长短曲折，惟意所从；世号曰“古体”。唐调以声律，加以排整，句有绳尺，篇有矩矱，谓之近体，以别于古体也。古体近体，唐代始划立鸿沟。近体诗者，合五七言律、五七言绝而称也。然诗之化散为骈，至唐而要其成耳！盖自沈约创声病之说，尔后诸家遵轨，竞为新丽，益与律体相近。陈隋之间，江总、庾信、虞茂、陆敬、薛道衡、卢思道等所作，往往见五律、七律、排律之体，此可以证六朝之散体趋骈，诗亦不在例外。然其初非出有意，不过偶合新调，故未能别成一格。凡其集中用律诗格调者，或仅六句，或至十句。至沈佺期、宋之问出，揣其声韵，顺其体势，始与六朝以前之古诗，判然分途而为律诗。盖前者之作，不期而成八句；后者之律，则立意而为四韵。诗之有沈、宋，犹文之有徐、庾也。绝之声调，与律同，或不与律同亦可；章四句，有全体属对者，有前二句或后二句属对者，盖由律诗中截来，故又号曰截句。然李白、杜甫，唐推诗圣；运古于律，纵横挥斥。李白五言律，秾丽之中，运以奇逸之思；而杜甫更能于四十字中，包涵万象。七言律，李白所短；而工于绝，纯以神行，独多化工之笔。杜不工绝，而善七言律；八音和鸣，济以沈雄。后世之言律绝者莫尚焉！是律绝之极工者，不拘于声律对偶；而铿锵鼓舞，自然合节，所以为贵也。

然唐诗之有李杜，犹唐文之有韩柳。韩柳并称，而继往开来，韩愈之力为大；李杜竞爽，而人雅出风，杜甫之传称盛！一传而为元和，得韩愈、白居易焉，皆学杜甫者也。特韩更欲高，白更欲卑，韩得其峻，白得其平。自白衍而益为绮，则为温、李，温庭筠、李商隐。为宋之西昆。自韩流而入于奥，则为郊、岛，孟郊、贾岛。为宋之西江。杜诗之有韩愈、白居易两派，犹韩文之有李翱、皇甫湜两家矣。请得而备论之。

唐以诗名一代，有初、盛、中、晚之分。大抵高祖武德元年以后百年间，谓之初唐。唐玄宗开元元年以后五十年间，谓之盛唐。‘代宗大历元年以后八十年间，谓之中唐。宣宗大中元年以后至于唐亡，谓之晚唐。初唐诗人，王勃、杨炯、沈佺期、宋之问承陈隋之后，风气渐转而骨格未完；齐梁浓艳，尚有沾濡；排比之迹，盖亦精整。而陈子昂特起于王、杨、沈、宋之间，始以高雅冲淡之音，夺魏晋之风骨，变齐梁之俳优，力追古意。后代因之，古体之名以立。杜审言、刘希夷、张说、张九龄，亦各全浑厚之气，于音节疏畅之中。盛唐稍著宏亮，储光羲、王维、孟浩然之清逸，王昌龄、高适之闲远，常建、岑参、李颀之秀拔，李白之朗卓，杜甫之浑成，元结之奥曲，咸殊绝寡伦。而李白、杜甫独以雄浑高古，称盛唐之宗。其次当推王、孟、高、岑。王维诗丰缛而不华靡，秀丽疏朗，往往意兴发端，神情傅合，由工入微，不犯痕迹，所以为佳；七言律尤臻妙境。孟浩然专心古淡，句法章法，虽仅止于五言四十字，而悠远深厚，超以象外，不犯寒俭枯瘠之病。高、岑不相上下。高适轶宕，一起一伏。岑参遒劲少逊高，而婉缛过之。选体，岑差健也！储光羲有孟浩然之古而无其深远。岑参有王维之缛而掩以华靡。李颀工七言律，称与王、岑并驾。然李有风调而不甚丽。岑参才甚丽而情不足。惟王差备美尔！中唐弥矜卓练；刘长卿以古朴开宗，韦应物、钱起以隽迈擅胜。而韦应物尤工五言，闲淡简远，境界绝高。大抵应物诗韵高而气清，王维诗格老而辞丽，并称五言之宗匠；然互有得失，不无优劣。以体韵观之，王维诗格老，而味远不逮应物；至于词不迫切而耐人咀味，应物自不可及也！下暨元和，则有柳宗元之超然复古，韩愈之雄深博大，元稹、自居易之清新，张籍、贾岛、孟郊之峻刻，李贺之奇诡，尤称一时之杰也。张籍工乐府，与元稹、白居易并称，专以道得人心中事为工。但白才多而意切，张思深而语精，元体轻而词躁尔。晚唐体愈雕镂。杜牧高爽欲追老杜；而温庭筠李商隐婉丽自喜，开宋初西昆之体；皮日休陆龟蒙鹿门唱和，亦为西江拗体之先河。斯皆晚唐之胜矣！晚唐人单辞片语，一联数句之间，实有精到之处；然格局未完，雕镵愈工，真气弥伤，此其短也！

律绝莫盛于唐，然律绝盛而词兴；而词者，则又律绝之破整为散者也。考词之滥觞，厥推李白之〔忆秦娥〕、〔菩萨蛮〕，及张志和之〔渔歌子〕，实破五七言之绝句为之。如〔菩萨蛮〕云："平林漠漠烟如织，寒山一带伤心碧。暝色入高楼，有人楼上愁！玉阶空伫立，宿鸟归飞急！何处是归程，长亭连短亭！"合五言七言而成。而张志和之〔渔歌子〕曰："西塞山前白鹭飞，桃花流水鳜鱼肥。青箬笠，绿蓑衣，斜风细雨不须归！"则裁七言绝一字者也。至〔忆秦娥〕云："箫声咽，秦娥梦断秦楼月！秦楼月！年年柳色，灞陵伤别。乐游原上清秋节，咸阳古道音尘绝。音尘绝！西风残照，汉家陵阙！"长短错落，亦裁之于七言或有馀，或不足，皆以协和其调也。明杨慎云："唐人之七言律，即填词之〔瑞鹧鸪〕也。七言之仄韵，即填词之〔玉楼春〕也。"然则词不惟破绝，并破律为之矣！

词上承诗，下启曲，亦唐代一大创制也。蜀赵崇祚编有《花间集》十卷。其词自温庭筠而下十八人，凡五百首，为后世倚声填词之祖。陆务观曰："诗至晚唐五季，气格卑陋，千人一律；而长短句独精巧高丽，后世莫及，此事之不可晓者！"至于宋以词为乐章，熙宁中，立大晟府，为雅乐寮，选用词人及音律家，日制新曲，谓之《大晟词》。于是小令中调之外，又出长调，而其体大备。故词之有宋，犹诗之有唐。宋初沿《花间》旧腔，以清切婉丽为宗；至苏轼出，始脱音律之拘束，创为激越之声调，一洗绮罗香泽之态，摆脱绸缪婉转之度，使人高瞻远瞩，举首高歌，逸怀浩气，超乎尘垢之表；或以其音律小不谐，自是横放杰出，曲子内缚不住者；比之诗家之有韩愈，遂开南宋辛弃疾等一派。辛弃疾才气俊迈，好为豪壮语，即法苏轼，为南宋词家大宗。然姜夔、张炎仍以清切婉丽为主。故宋词分二派，一派词意蕴藉，沿《花间》之遗响，称曰南派，是为正宗；一派笔致奔放，脱音律之拘束，称曰北派，号为变格。遗集尤著者：南派有晏殊《珠玉词》一卷，晏几道《小山词》一卷，柳永《乐章集》一卷，张先《安陆集》一卷，欧阳修《六一词》一卷，秦观《淮海集》一卷，李清照《漱玉词》一卷；以上北宋。姜夔《白石道人歌曲》四卷、《别集》一卷，张炎《山中白云词》八卷，吴文英《梦窗稿》四卷、《补遗》一卷，高观国《竹屋痴语》一卷，史达祖《梅溪词》一卷，王沂孙《碧山乐府》三卷，周密《草窗词》二卷。北派有苏轼《东坡词》一卷，黄庭坚《山谷词》一卷，辛弃疾《稼轩词》四卷，刘过《龙洲词》一卷，皆传诵人口者也！独周邦彦于南北宋为词家大宗，有《片玉词》二卷、《补遗》一卷，所作皆精深华艳，而长调尤善铺叙，用唐人诗语，檃栝入律，浑如己出，实兼综南北之长焉。

宋词至苏轼而变《花间》之旧腔，宋诗至苏轼而胚江西之诗派。宋初诗人如潘阆、魏野规规晚唐格调，寸步不敢走作。杨亿、刘筠则又专宗李商隐，词取妍华，而倡所谓西昆体者，欧阳修、梅尧臣始变以平淡豪俊，而规模未大！及苏轼出，乃以旷世之逸气高情，出入韩白，驱驾万象，雄伟轶荡，故是宋诗人之魁也！其门下客有江西黄庭坚者，得其疏宕豪俊之致，而益出之以奇崛，语必惊人，字忌习见，搜罗奇书，穿穴异闻，得法杜甫而不为蹈袭，自成一家；锻炼勤苦，虽只字半句不轻出；世以其诗与苏轼相配，称曰苏、黄，所谓江西诗派者宗之，是为宋诗一大变。而黄之所为不同于苏者，苏诗曲折汪洋，如长江千里。而山谷险峻奇崛，如太华三危。一深一阔，一难一易，故不同也。彭城陈师道者，亦游苏轼之门，喜为诗，自云学黄庭坚。然庭坚学杜，脱颖而出。师道学杜，沈思而入。宁拙勿巧，宁朴勿华，虽非正声，亦云高格。后来惟吕本中克肖师道，弃所学学黄庭坚；黄致广大，陈极精微，天下诗人北面矣！乃作《江西宗派图》，遂以师道次庭坚之后，而并称开宗之祖焉！

夷考六朝之骈文，一变而为唐宋之散体古文，又一转而为宋元之语录及章回小说，文之破整为散则然也！唐之律绝，一变而为宋之词，又一转而为元之剧曲，诗之破整为散则然也！然则中古文学之由散而整者，近古文学则破整为散；其大较然矣！虽然，近古文学之破整为散；特为社会士夫言之耳；要非所论于朝廷功令！唐以诗赋取士，宋以经义取士，皆俪体也；遂为近代取士模楷。然则近古而后，社会士夫既厌俪体之极敝而救之以散行；而朝廷功令，方挽俪体之末运而欣之以禄利；而朝廷之禄利，不足以易士夫之好尚。此则不可不特笔也！

近代

夷考明自洪武而还，运当开国，其文章多昌明博大之音！永、宣以后，安享太平，多台阁雍容之作！作者递兴，皆冲融演迤，不事钩棘，而杨士奇文章特优；一时制诰碑版，出其手者为多。仁宗雅好欧阳修文；而士奇文得其仿佛，典则稳称，后来馆阁著作，沿为流派，所谓“台阁体”是也。庙堂之上，郁郁乎文！弘、正之间，茶陵李东阳出入元宋，溯流唐代。擅声馆阁，推一代文宗；而门下士北地李梦阳、信阳何景明，乃起而与之抗曰：“文必秦汉，诗必盛唐，非是者弗道！”曰：“古文之法亡于韩。”为文故作艰深，钩章棘句，至不可句读；持是以号于天下，而茶陵之光焰几烬。洎北地信阳之派，转相摹拟，流弊渐深！论者乃稍稍复理东阳之传以相撑拄。盖宋元以来，文以平正典雅为宗；其究渐流于庸肤；庸肤之极，不得不变而求奥衍！王、李之起，文以沈博伟丽为宗；其极渐流于虚侨；虚侨之极，不得不返而求平实。一张一弛，两派迭为胜负，盖皆理势之必然！然汉魏之声，由此高论于后世，而与韩欧争长。唐宋之文运，至此乃生一大变化矣！然较其得失：秦汉之文，玉璞金浑，风气未开。后世文明日进，理欲其显，故格变而平；事繁于昔，故语演而长；此亦天演自然之理。而何、李以其偏戾之才，矫为聱牙诘屈，无其质而貌其形，为文弥古，于时弥戾。故何、李之徒，卒为委罪之壑。至嘉靖之际，历城李攀龙、太仓王世贞踵兴；更衍何、李之绪论，谓“文自西京，诗至天宝而下，俱无足观”。而世贞才最高，地望最显，声华意气，笼盖四海。独昆山归有光绍述欧、曾，毅不为下，至诋世贞为妄庸巨子。自明之季，学者知由韩、柳、欧、苏沿洄以溯秦汉者，有光之力也！虽然，有光之文，亦自有其别成一家而不与前人同者。盖有光以前，上而名公巨卿，下而美人名士之奇闻隽语，刿心怵目；斯以厕文人学士之笔。至有光出而专致力于家常琐屑之描写。桐城方苞谓：“震川之文，发于亲旧及人微而语无忌者，盖多近古之文。至事关天属，其尤善者，不事修饰，而情辞并得，使览者恻然有隐；其气韵盖得之子长。”而姚鼐亦以为：“归震川之文，于不要紧之题，说不要紧之语，却自风神疏淡，是于太史公深有会处！”其尤恻恻动人者，如《先妣事略》、《归府君墓志铭》、《寒花葬志》、《项脊轩记》诸文，悼亡念存，极挚之情而写以极淡之笔，睹物怀人，户庭细碎，此意境人人所有，此笔妙人人所无。而所以成其为震川之文，开韩、柳、欧、苏未辟之境者也！

让清中叶，桐城姚鼐称私淑于其乡先辈方苞之门人刘大魁，又以方氏续明之归氏而为《古文辞类纂》一书，直以归、方续唐宋八家，刘氏嗣之；推究阃奥，开设户牖，天下翕然号为正宗！此所谓桐城派者也！方是之时，吾家鲁思先生实亲受业于桐城刘氏之门，时时诵师说于阳湖恽敬、武进张惠言。二人者，遂尽弃其考据骈俪之学而学焉！于是阳湖古文之学特盛，谓之阳湖派。而阳湖之所以不同于桐城者：盖桐城之文，从唐宋八家入；阳湖之文，从汉魏六朝入。迨李兆洛起，放言高论，盛倡秦汉之偶俪，实唐宋散行之祖；乃辑《骈体文钞》以当桐城姚氏之《古文辞类纂》；而阳湖之文，乃别出于桐城以自张一军。顾其流所衍，比之桐城为狭。然桐城之说既盛，而学者渐流为庸肤，但习为控抑纵送之貌而亡其实，又或弱而不能振；于是仪征阮元倡为文言说，欲以俪体嬗斯文之统。江都汪中质有其文，熔裁六朝，导源班、蔡，祛其缛藻，出以安雅；而仪征一派，又复异军突起以树一帜！道穷斯变，物极则反，理固然也。厥后湘乡曾国藩以雄直之气，宏通之识，发为文章，而又据高位，自称私淑于桐城，而欲少矫其懦缓之失；故其持论以光气为主，以音响为辅；探源扬、马，专宗退之，奇偶错综，而偶多于奇，复字单词，杂厕相间；厚集其气，使声彩炳焕而戛焉有声。此又异军突起而自为一派，可名为湘乡派。一时流风所被，桐城而后，罕有抗颜行者。门弟子著籍甚众，独武昌张裕钊、桐城吴汝纶号称能传其学。吴之才雄，而张则以意度胜；故所为文章，宏中肆外，无有桐城家言寒涩枯窘之病。夫桐城诸老，气清体洁，海内所宗！徒以一宗欧、归，而雄奇瑰玮之境尚少；盖韩愈得扬、马之长，字字造出奇崛。至欧阳修变为平易，而奇崛乃在平易之中；桐城诸老汲其流，乃能平易而不能奇崛；则才气薄弱，势不能复自振起，此其失也！曾国藩出而矫之，以汉赋之气运之，故能卓然为一大家，由桐城而恢广之，以自为开宗之一祖！殆桐城刘氏所谓“有所变而后大”者耶？

自明以来，言文学者，汉、魏、唐、宋，门户各张，一阖一辟，极纵横轶宕之观；而要其归，未能别出于汉、魏、唐、宋而成明之文学、清之文学也，徒为沿袭而已。清初诗家有声者，如钱谦益、吴伟业、龚鼎孳为江左三大家，皆承明季之旧，而曹溶诗名，亦与鼎孳相骖靳。大抵皆步武王、李也！明末公安袁宏道矫王、李之弊，倡以清真。竟陵钟惺复矫其弊，变为幽深孤峭；与谭元春评选唐人诗为《唐诗归》，又评隋以前为《古诗归》。钟、谭之名满天下，谓之“竟陵体”，亦一时之盛也！新城王士祯肇开有清一代之诗学，枕葄唐音，独嗜神韵，含蓄不尽，意有馀于诗，海内推为正宗。与秀水朱彝尊、宣城施闰章、海宁查慎行、莱阳宋琬所汇刻者，曰《六家诗》。彝尊学富才高，始则描摹初唐，继则滥泛北宋，与士祯齐名，时人称为“朱贪多！王爱好！”又有南施北宋之目；盖闰章以温柔敦厚胜，琬以雄健磊落胜也！当是时，商丘宋荦亦称诗宗，与士祯颉颃；而诗主条畅，又刻意生新，其源出于苏轼；游其门者，如邵山人长蘅等靡然从风，亦于士祯之外自树一宗；独王士祯名最高，然清诗之有王士祯，如文之有方苞也。清初诗人皆厌王、李之肤廓，钟、谭之纤仄；谈诗者颇尚宋、元，而宋诗之质直，流而为有韵之语录；元诗之缛艳，化而为对句之小词。王士祯崛起其间，独标神韵；所选古诗及《唐贤三昧集》，具见其诗眼所在；如《三昧集》不取李、杜一首，而录王维独多，可以知其微旨；蔚然为一代风气所归！但士祯之诗，富神韵而馁气势，好修饰而略性情！汪琬戒人勿效其喜用僻事新字，而益都赵执信本娶士祯女甥，习闻士祯论诗，谓“当如云中之龙，时露一鳞一爪”，而执信作《谈龙录》纠之，谓：“诗当指事切情，不宜作虚无缥渺语，使处处可移，人人可用。”论者以为足救新城末派之弊！大抵士祯以神韵缥渺为宗，而风华富有。执信以思路巉深为主，而刻画入微。王之规模阔于赵，而流弊仍伤肤廓；赵之才力锐于王，而末派再病纤仄！两家并存，其得失适足相救也！执信既著《谈龙录》，发难士祯；而山左之诗一变！钱唐厉鹗《樊榭山房诗》，精深峭洁，参会唐宋，于王士祯、朱彝尊外，又别树一帜；而两浙之诗一变！钱唐袁枚、铅山蒋士铨、阳湖赵翼并起，号“江左三大家”；而大江南北之诗无不一变矣！然乾、嘉之际，海内诗人相望，其标宗旨，树坛坫，争雄于一时者，要推沈德潜、袁枚、翁方纲。王士祯之诗，既为人所不餍！于是袁枚倡性情以矫士祯之好修饰而涉于泛。翁方纲拈肌理以救士祯之言神韵而落于空。沈德潜论格调以药士祯之工咏叹而枵于响。袁枚论诗，以为：“诗者，人之性情也。性情之外无诗。王士祯主修饰而略性情，观其到一处必有诗，诗中必用典，此可想见其喜怒哀乐之不真！”此袁枚论诗之旨也！翁方纲以学为诗者也。其论诗，谓：“士祯拈‘神韵’二字，固为超妙！但其弊恐流为空调！”故特拈‘肌理’二字，盖欲以实救虚也！所为诗，自诸经注疏以及史传之考证，金石文字之爬梳，皆贯澈洋溢于其中。王士祯之后，诗有翁方纲，犹桐城之后，文有曾湘乡乎？然言言征实，亦非诗家正轨！故其时大宗，不得不推沈德潜！德潜少从吴县叶燮受诗法，其论诗最崇格律。尝曰：“诗以声为用者，其微在抑扬抗坠之间。”此说本发之赵执信，谓：“汉魏六朝至唐初诸大家，各成韵调；谈艺者多忽不讲，与古法戾！”乃为《声韵谱》以发其秘；亦犹曾湘乡论文从声音证入，以救桐城懦缓之失也！德潜又曰：“诗贵性情，亦须论法。所谓法者，行所不得不行，止所不得不止；而起伏照应，承接转换，自神明变化；贵能以意运法，而不能以意从法。”及自为诗，古体宗汉、魏，近体宗盛唐，尤所服膺者为杜，选《古诗源》及《三朝诗别裁》以标示宗旨。天下之谭诗者宗焉！踵其后而以诗名者：大兴有舒位，秀水有王昙，昭文有孙原湘，世称“三君”。四川有张问陶，常州有黄景仁、洪亮吉，江西有曾燠、乐钧，浙中有王又曾、吴锡祺、许宗彦、郭麐，岭南则有冯敏昌、胡亦常、张锦芳三子，而锦芳又与黄丹书、黎简、吕坚，为岭南四家。大率皆唐人之是学，未尝及德潜门，而实受其影响者。其中以舒位、孙原湘、黎简三家，尤为特出！位与原湘皆自昌黎、山谷入杜，而简则学杜而得其神髓者也！于是宋诗之径途渐辟！道光而后，何绍基、祁寯藻、魏源、曾国藩之徒出，益盛倡宋诗。而国藩地望最显，其诗自昌黎、山谷入杜，实衍桐城姚鼐一脉。鼐每诏人，谓：“学诗，须先读昌黎，然后上溯杜公，下采东坡，于此三家，得门径寻入，于中贯通变化，又系各人天分。”及其自为诗，则以清刚出古淡，以遒宕为雄；由韩学杜，已开晚清“同光体”之先河，与文之萧然高寄者异趣；而特为文所掩抑不甚著。至国藩乃昌言“姚氏诗劲气盘折，能以古文家之义法通于诗”；而用其法，旁参山谷，益恣为生崭奥衍。洞庭以南言声韵之学者，稍改故步，而湘潭王闿运则为骚选盛唐如故，比之古调独弹矣！王闿运始与武冈邓辅纶、邓绎，长沙李寿蓉，攸县龙汝霖四人者相善也，喜吟咏，日夕赓和；而辅纶尤工五言，每有作，皆五言，不取宋唐歌行近体，故号为学古，标曰“湘中五子”！而五子之中，闿运独推服邓辅纶云！

清诗有唐宋之殊，而词则宗宋。词学至南宋之季，几成绝响；知比兴者，金之白朴、元之张翥而已！朴词曰《天籁集》，清隽婉逸，意惬韵谐，可与张炎《玉田词》相匹。而翥《蜕岩词》，婉丽风流，亦有南宋旧格。惟朴所宗者，多东坡、稼轩之变调；而翥所宗者，犹白石、梦窗之馀音；门径微有不同。明初作者，犹沾溉张翥之旧，不乖于风雅。永乐以后，南宋诸名家词，皆不显于世。盛行者，为《花间集》、《草堂诗馀》二选。杨慎、王世贞辈之小令、中调犹有可取，长调皆失之俚。惟陈子龙之《湘真阁》、《江篱槛》词，直接唐人，可谓特出！明社既屋，京兆士大夫，虽依新朝，犹慨沧桑，特假长短之句，借抒抑郁之气，始而微有寄托，久则务为谐畅。而吴越操觚家闻风兴起，作者选者，妍媸杂陈，遂不免有怪词、鄙词、游词之三大弊！王士祯之数载广陵，实为斯道总持！盖皆祖述南宋，唯《草堂诗馀》是规，罕及北宋以上；殆若文之称唐宋八家而祧东西京；诗之学苏、黄而不知有苏、李十九首；未可谓善学也！洎士祯在朝，位高望重，绝口不谈倚声；独朱彝尊、陈维崧两人并世齐名，妙擅倚声，合刻《朱陈村词》，而清朝词派始成！惟朱才多，不免于碎。陈气盛，不免于率。朱之情深，所作词高秀超诣，绵密精美，其弊为饾饤！陈之笔重，所作词天才艳发，辞锋横溢，其弊为粗率！继之而起，名重一时者，实惟纳兰成德，门地才华，直越北宋之晏小山而上之！其词缠绵婉约，能极其致，南唐坠绪绝而复续；故论清初词家，当推成德为一把手；朱、陈犹不得为上！所惜享年不永，门户未张耳！然乾隆以前，言词者莫不以朱、陈为范围。钱塘厉鹗，吴县过春山，近朱者也！兴化郑燮，铅山蒋士铨，近陈者也！其后作词者遂分浙西、常州两派。浙西派始于厉鹗，鹗词宗彝尊，而数用新事，世多未见，故重其富；后生效之，每以捃摭为工，后遂浸淫而及于大江南北！然抄撮堆砌，音节顿挫之妙，未免荡然！特是绮藻韵致，词家之有厉鹗，如诗之有王士祯。有《樊榭山房词》一卷，《续集》一卷，生香异色，超然神解，如入空山，如闻流泉，节奏精微，辄多弦外之音；然标格仅在南宋，以姜夔、张炎为登峰造极之境；流极所至，为饾饤，为寒乞，亦与诗之渔洋末派同！武进张惠言乃起而振之，与其弟琦选唐宋词四十四家百六十首，为《词选》一书，阐意内言外之旨，推文微事著之原，比傅景物，张皇幽渺；虽町畦未辟，而奥窔已开；盖以深美闳约为主，其意在尊清真而薄姜、张，视苏、辛尤为小家，贵能以气承接，通首如歌行然，又须有转无竭。嘉庆以来名家，大抵自张惠言而出。其学于惠言而有得者，歙县金应城、金式玉也。其以惠言之甥而传其学者，则武进之董士锡也。此常州派之所由起也。荆溪周济稍后出，尝谓："词非寄托不入，专寄托不出。"其所立论，实足推明惠言之说而广大之。盖自济而后，常州派之壁垒益固矣！词之有常州，以救浙派俳巧之弊；犹之文之有湘乡，以矫桐城懦缓之失也。桐城之文，富神韵而馁气势，略如诗之有渔洋，词之有浙派；然而有不同者，盖崇雅淡而排涂饰，不如渔洋诗、浙派词之好修饰而略性情。此以流派论；若就词论词，南宋而还，极盛于清；然惟纳兰成德、项鸿祚、蒋春霖三人为当家耳！成德《饮水词》，哀感顽艳，得南唐后主之遗；虽长调多不协律；而小令则格高韵远，极缠绵婉约之致。鸿祚《忆云词甲乙丙丁稿》，古艳哀怨，如不胜情；荡气回肠，一波三折，有白石之幽涩而去其俗；有玉田之秀折而无其率；有梦窗之深细而化其滞；殆欲前无古人！其《乙稿自序》云："近日江南诸子竞尚填词，辨韵辨律，翕然同声，几使姜、张俯首；及观其著述，往往不逮所言。"云云，婉而可思！《丁稿自序》云："不为无益之事，何以遣有涯之生！"亦可以哀其志矣！以成德之贵，项氏之富，而填词皆幽艳哀断，异曲同工，所谓别有怀抱者也。浙中填词为姜、张所缚，百年来屈指惟项鸿祚有真气耳！蒋春霖为诗，恢雄肮脏，若《东淘杂诗》二十首，不减少陵《秦州》之作；乃易其工力为长短句，镂情刿恨，转毫于铢黍之间，直而致，沈而姚，曼而不靡。文字无大小，必有正变，有家数；春霖《水云词》，固清商变徵之声，而流别甚正，家数甚大；与纳兰成德、项鸿祚二百年中，分鼎三足！咸丰兵事，天挺此才，为倚声家杜老；而晚唐、两宋一唱三叹之意则已微矣！或曰："何以与成、项并论！"应之曰："清初王士祯、钱芳标钱芳标，字葆馚，华亭人，所著《湘瑟词》有"惊才绝艳"之誉。一流为才人之词，张惠言、张琦、周济一派，为学人之词。惟三家是词人之词，固不以流派限矣！"

此近代文学之大略也。现代文学者，近代文学之所发酵也。近代文学者，又历古文学之所积渐也。明历古文学，始可与语近代。知近代文学，乃可与语现代。既穷其源，将竟其流，爰述历古文家为编首。

上编　古文学

一　文

魏晋文

王闿运附廖平、吴虞

方民国之肇造也，一时言文章老宿者，首推湘潭王闿运云。

王闿运，字壬秋，又字壬父。生时，父梦神榜其门曰："天开文运。"因以闿运为名。顾天性愚鲁！幼读书，日诵不及百言，又不能尽解。同塾者皆嗤之！师曰："学而嗤于人，是可羞也！嗤于人而不奋，无宁已！"闿运闻而泣！退益刻励，昕所习者，不成诵不食；夕所诵者，不得解不寝。年十五，始明训故；十九补诸生，与武冈邓辅纶、邓绎等结兰陵词社，号"湘中五子"；二十通章句；二十四而言《礼》，作《仪礼讲》十二篇；二十八达《春秋》。其治学初由《礼》始，考三代之制度，详品物之体用；然后通《春秋》微言，张《公羊》，申何休，今文家言于是大盛也！时则让清之季，学者承乾、嘉以来训诂章句之学，习注疏；为文章法郑玄、孔颖达，有解释，无纪述，重考证，略论辨，掇拾丛残，而不知修辞为何事；读者竟十行，辄隐几卧。而闿运不谓是，因慨然曰："文者，圣之所托，礼之所寄，史赖之以信后世，人赖之以为语言。词不修，则意不达；意不达，则艺文废，俗且反乎混沌！况乎孳乳所积，皆仰观俯察之所得；字曰文，言其若在天之星象，在地之鸟兽蹄迹，必其灿著者也！今若此，文之道或几乎息矣！"故其为文悉本之《诗》、《礼》、《春秋》，而溯庄、列，探贾、董，旁涉释乘；发为文章，乃萧散似魏晋间人；大抵组比工夫，隐而不现，浮枝既削，古艳自生。平湖张金镛方督学湖南，科试录遗才，得闿运卷，惊曰："此奇才也！他日必以文雄天下！"急延见，称勉之，且曰："湖岳英灵，郁久必发，其在子乎！"

中咸丰癸丑举人；应礼部试，入都。肃顺柄政，待为上宾。一日，为草封事；文宗叹赏，问属草者为谁？肃顺对曰："湖南举人王闿运。"上问："何不令仕？"曰："此人非衣貂不肯仕！"上曰："可以赏貂。"故事，翰林得衣貂。时闿运在公车，意不欲他途进也！既，文宗崩，孝钦皇后骤用事，诛肃顺。而闿运方客山东，得肃顺书招之；将入都，闻肃顺诛，临河而止，有《人日寄南昌高心夔伯足诗》曰："当时意气各无伦，顾我曾为丞相宾。俄罗酒味犹在口，几回梦哭春华新！"即咏肃顺也，不胜华屋山邱之感！后数十年，闿运老矣；而主讲船山书院时，一夜朗诵此诗，说肃顺故事，曰："人诋逆臣，我自府主！"泪涔涔下！某岁走京师，托言计偕，而实未与试，阴以卖文所获数千金，恤肃顺之家云！闿运诙谐善谑，独于朋友死生之际，风义不苟如此！

肃顺既败，乃踉跄归，伏匿久不出。旋参两江总督曾国藩军事。国藩，闿运通家也；其初简屏仪从，延纳士人，重法以绳吏胥，严刑以殛奸宄，皆纳闿运议！闿运谓："国藩之文，欲从韩愈以追西汉，逆而难！若自诸葛忠武曹武王以入东汉，则顺而易。"而国藩不能用也！独谓闿运文有慧业，极称其《秋醒词序》！其辞曰：

戊午中秋既望之次夕，余以微倦，假寝以休。怀衿无温，憬焉而寤！方醒之际，意谓初夜；倾听已久，乃绝声闻。揽衣出房，星汉照我。北斗摇摇，庭院垂光。芳桂一枝，自然胜露。秋竹数茎，依其向月。青扉半开，知薄寒之已入。垩墙如练，映苔地以逾阴。象床低彩凤之帷，金钮续盘龙之焰。罗帱轻扬而已惊蚊宿，锁窗无听而坐闻虫语。湛湛之露，隔鸳瓦而犹凉。瑟瑟之风，送鸡声而俱远。辽落一声，旁皇三叹！岂象罔三求之后，将钧天七日之终？怃然自失，旋云有得矣！嗟乎！镜非辞照，真性在不照之间；川无停流，静因有不流之体。然则屡照足以疲镜，长流足以损川；推移之时，微乎其难测也！且齐有穿石之水，吴有风磨之铜，油不漏而炷焦，毫不坠而颖秃，积渐之势也！笋一旬而成竹，松百年而穿天，迟速之效也！人或以百年为促，而不知积损之已久！或以耄期为寿，而不知佚我之无多！是犹夏虫之疑冰，冬鹖之忌雪矣！一年已来，偶有斯觉；未觉之顷，相习为安！况同景异情，觉而仍梦！庸得不即机自警，依影冥心者哉！于斯时也，从静得感，从感生空；意御列风之是非，乘轩云而升降，接卢敖之汗漫，入李叟之有无，犹陈思之登鱼山，茂陵之叹敝屣也！俄而侍娃旋起，闺人已觉，一庭之内，群籁渐生；似华胥之顿还，若化城之忽返；是知安闺房者，苦人之扰天；栖空山者，必静而慕动。神仙纵可以学至，倘非智慧之士所得而息机焉。居尘途而谈玄寞，在金门而希隐遁，悬车之愿徒设，拂衣之效无闻！与夫北山轩眉，终南捷仕，牛巢论禅代之事，武陵知汉晋之迁，亦有欣哀，未容相笑也！若出而思隐，将隐而思出乎？子思所以有素行之箴，许行所以有一瓢之累也！但幸契遐心，堪祛劳虑，信有为之如六，悟还真之用九。盖梦在百年之中，而愁居七情之外，由是澄心眇言，然脂和墨，聊赋其意，命曰《秋醒词》。浣笔冰盂，叩声霜磬，飞萤入户，引幽想以俱明；早雁拂河，闻秋吟而不去。人间风月之赏，别有会心；道场人天之音，切于常听也！

自诧以为生平妙文，无过此者！文章雍容，遨游群帅间。而是时，天下大乱，将帅各开幕府，招致才俊。曾国藩尤称好士。贱人或起家为布政，裸身来，归资巨万，士争自效！闿运独为客，不受事，往来军中，或旬月数日即归。后国藩益贵，宾客皆为弟子，闿运仍为客。尝至江宁谒国藩。国藩未报，遣使招饮。闿运笑曰："相国以我为铺啜来乎！"即携装乘小舟去。国藩追谢之，则已归矣！撰《湘军志》，叙曾国藩之起湘军，及戡平太平军本末；虽表扬功绩，而言外见意，于国藩且有微辞；不论其它；文辞高健，为唐后良史第一！惟骄将惮其笔伐，造作蜚语，谓得暮夜金，所纂有乖故实，购毁其板，欲得而甘心焉！然闿运自以为记事追太史公，趣趫不多让也！其记事之流传者，《湘军志》而外，有《录祺祥故事》，其辞曰：

恭忠王母，文宗慈母也；全太后以托康慈贵妃；贵妃舍其子而乳文宗，故与王如亲昆弟。即位之日，即命王入军机，恩礼有加；而册贵妃为太贵妃。王心慊焉！频以宜尊号太后为言。上默不应。会太妃疾，王日省视，帝亦省视，一日，太妃寝未觉，上问安至。宫监将告，上摇手令勿惊。妃见床前景，以为恭王，即问曰："汝何尚在此？我所有，尽予汝矣！它性情不易知，勿生嫌疑也！"帝知其误，即呼额娘，太妃觉焉，回而一视，仍乡内卧不言。自此始有猜，而王不知也。又一日，上问安入。遇恭王自内而出。上问："病如何？"王跪泣言："以笁！意待封号以瞑！"上亶曰："哦！哦！"王至军机，遂传旨令具册礼。所司以礼请，上不肯却奏，依而上尊号；遂愠王，令出军机，入上书房；而减杀太后丧仪，皆称遗诏减损之；自此远王同诸王矣！庚申之难，令王留守。至热河，帝疾；独军机诸臣在；王及醇王皆不侍。八月初，王具奏请省视。帝疾竺，以不能坐起，强起倚枕手批王奏曰："相见徒增伤感，不必来觐！"其猜防如此。故肃顺拟遗诏，亦缘上意，不召王与顾命也！肃顺本郑王房，以功世为亲王；与袭郑王异母；以才敏得主知，自辅国将军为户部尚书，入军机，专断不让。怡王即世宗弟，亦以宠世王；袭王载垣与袭郑王端华皆依肃顺为用。初诏谒陵出都，实辟夷兵，而讳其行。行日之朝，犹有诏言"君死社稷"。独肃顺先具行装，备路赀。自都启行，供张无办；后妃不得食，惟以豆乳充饭；而肃顺有食担，供御酒肉。后御食有膳房，外臣不敢私进。孝贞、孝钦两后不知其由，以此切齿于肃顺！及之热河，循例进膳。孝贞又言："流离羁旅，何用看席？请蠲之！"文宗曰："汝言是也，当以告肃六。"明日，诏问云云。肃顺知上旨，则对以："费亡几！若骤减膳，反令外惊疑！"上心喜所对，即诏后曰："肃六云不可！"后益恶肃顺矣。已而大行，遗诏八臣受顾命如故事。孝贞诏顾命臣，以防雍阁为词；日进章疏，仍由内发；军机拟旨，上后览发，以小印为记；小印曰"同道堂"，不知何时人刻，汉玉为之。汉玉者，汗玉也；殉葬玉，皆假名汉。文宗初晏朝；后至御寝，问侍寝何人，升坐责数之。上既视朝，心念后未还，恐有变；即还寝，则宫监森然侍立；知后升坐，即戒毋报知皇后；潜步入，则后方上坐，侍妃跪前。后见上至，下迎；帝即坐后坐，跪者犹未敢起；后立帝旁。帝阳指跪者，问后："此何人也？"后跪奏："自祖宗以来，寝兴有定法。今帝以醉过辰不出朝；外间不知，皆以奴无教；故责问彼何以多劝上酒。"帝叹曰："此自我过，彼何能劝我？且宜恕之！"后奉诏，因曰："此主子宥汝。以后无论何处醉，惟汝是问！”帝惭，即索所佩，唯一玉印，解赐后以谢。“同道”章自此始，今乃以为信；而或说不知，安有传伪云！既而御史高延祜上请垂帘，本后意也。以示顾命臣。肃顺即言：“按制当立斩！”孝贞心怍焉，即曰：“我辈不用其言足矣，不必深求！”及票拟上，议斩。奏下，独留高摺不发。于是军机三日不视事；孝贞问，则以对前摺未尽下！于是孝贞涕泣，自起检奏予之；拟高谪为披甲奴。越日大临，后见醇王福晋而泣。醇王福晋，孝钦妹也；孝贞亦妹之，故相亲善，诉其事，曰：“欺我至此，我家独无人在乎？”福晋言：“七耶在此！”孝贞喜曰：“可令明晨入见！”及明，醇王入直庐前。肃顺问：“何为？”对以“召见。”肃顺哂曰：“焉有此！”斥令退。王退，立外阶。俄宫监来窥直房，旋去；而军机至晏，竟不叫起！叫起者，召见分班，一见为一起；军机则皆同入为头起；此日不召头起，先召醇王。宫监来窥者三，终不见醇王至；三至，乃自语曰：“七耶何不来？”王在外闻之，即应曰：“待久矣！”来监亦曰：“待久矣！”遂引王入。肃顺在内坐，不能阻王。既对，孝贞诉如前。醇王曰：“此非恭王不办！”后即令往召恭王。醇王受命，驰还京！三日，与恭王至，军机前辈也；至则递牌入。谒梓宫，因见后。后诉如前。恭王对：“非还京不可。”后曰：“奈外国何？”王奏：“外国无异议。如有难，惟奴才是问！”后即令王传旨回銮，令肃顺护梓宫继发。既之京，即发诏罪状顾命八臣，俱拿问。怡、郑二王犹在直房，恭王出诏示之，皆相顾无语。王问：“遵旨否？”载垣曰：“焉有不遵！”王即拱之出，则以备车送宗人府。于是遣醇王迎提肃顺，即庐殿旁执诣刑部。肃顺骂曰：“坐被人算计，乃以累我！”临刑，骂不绝；卒以拦阻垂帘斩于市，而赐二王死！一时无识者谓之“三凶”。即诏旨亦不知垂帘之当斩也。先是改元祺祥，至是改同治。设三御坐，召见听政如常仪。名治肃党，以常酒食往来者当之。而恭之任事，委权督抚，朝政号为清明。颇采外论，擢用贤才能特达者，不为遥制。然宫监娄索；亲王密迩，时有交接，辄加犒赉，则不足于用。而国制，王贝勒不亲出纳，奉给庄产，皆有典主者，率盗侵以自给；及入枢廷，需索尤繁。王恒忧之！福晋父，故总督也，颇习外事，则以提门包为充用常例。王试行之而财足用。于是府中赇赂公行，珍货猥积，流言颇闻。福晋亦患之而不能止矣。王既被亲用，每日朝，辄立谈移晷，宫监进茗饮。两宫必曰："给六耶茶。"一日，召对颇久。王立御案前，举瓯将饮，忽悟此御茶也！仍还置故处。两宫哂焉！盖是日偶忘命茶。而孝钦御前监小安方有宠，多所宣索。王戒以："国方艰难，宫中不宜求取！"小安不服，曰："所取为何？"王一时不能答，即曰："如瓶器杯盘，照例每月供一分，计存者已不少，何以更索？"小安曰："往后不取矣！"明日进膳，则悉屏御磁，尽用村店粗恶者。孝钦讶问，以"六耶责言"对。孝钦愠曰："乃约束及我日食耶！"于时蔡御史闻之，疏劾王贪恣。它日，诏王曰："有人劾汝！"示以奏。王不谢，固问："何人？"孝钦言："蔡寿祺！"王失声曰："蔡寿祺非好人！"于是后积前事，遂发怒，罪状恭亲王，有"暧昧不明，难深述"之语。朝论大惊疑！而外国使臣亦询军机事所由，用是得解。复召见，王痛哭谢罪，复直如初。以疑忌挤去者八人，军机有前后八仙，与前顾命者为对，皆以目恭王云！然恭王自是益谨！而安得海以擅出京师，诛于历城！李莲英继用事，炬赫过于小安，而谨饬慎密，竟终事孝钦。恭王亦以功名终，得谥曰贤，不遇祸败。然王大臣纳贿之风，及孝钦颇留意进献，皆自王倡之！五十年来，议和主战，终归于服从，亦孝钦之过虑也！恭王、孝钦皆有过人之敏知，而俱为财累。乃至德宗末年，天下惟论财货；及禅让亦以贿成，用兵惟先言饷，动至千百万；和款外债遂巨兆。举古今不闻之说，公言之而不怍，开辟以来未有之奇，盖又成、同以来所不料者！以前史论之，战国、秦、楚之际，庶几肇兹。自非张四维，革浇风，吾乌知其所底哉！

盖作于国变以后；然婉而章，尽而不污，与《湘军志》同为逊朝大掌故文字也！既以肃党摈不用于时，大治群经，出所学以开教授。谓："文章之道，词不追古，则意必循今。率意以言，违经益远；是以文饰者胥尚虚浮，驰骋者奋其私知！故知文随德异，宁独政与声通！欲验流风，尤资总集。但萧楼留《选》，仅存梗概；梅纪旁搜，未区门目。自馀捃摭，莫识津涯。蔽所稀闻，咻于众楚。"因辑《八代文粹》，广甄往籍，类分仍夫《萧选》，正副略仿《李钞》，要以截断众流，归之淳雅；并为述其本由，使必应于经义。四川总督丁宝桢钦其贤，延为成都尊经书院院长。至之日，则进诸生而告之曰："治经要道，于《易》，必先知《易》字含数义，不当虚衍卦名。于《书》，必先断句读。于《诗》，必先知男女赠答之词，不足以颂学官，传后世。一洗三陋，乃可言《礼》。《礼》明，然后治《春秋》。"又曰："说经以识字为贵，而非识《说文解字》之为贵。"又曰："文不取裁于古，则亡法！文而毕摹乎古，则亡意！""然欲取裁于古，当先渐渍乎古。先作论事理短篇，务使成章；取古人成作，处处临摹，如仿书然，一字一句，必求其似；如此者，家信账记，皆可摹古。然后稍记事，先取今事与古事类者，比而作之；再取今事与古事远者，比而附之；终取今事为古所无者，改而文之；如是者，非十馀年不成也。人病欲速！"遂教诸生以读《十三经注疏》、《二十四史》及《文选》之法。诸生日有记，月有课，暇则习礼，若乡饮投壶之类，三年皆彬彬进乎礼乐。厥后廖平治

《公羊》、《穀梁》、《春秋》、《小戴记》；戴光治《书》；胡从简治《礼》；刘子雄、岳森通诸经；皆有师法，能不为《阮氏经解》所囿，号曰蜀学。既还，主长沙校经书院，移衡州船山书院、江西大学堂。弟子数千人。学者称为湘绮先生。

湘绮先生者，盖因闿运自署所居之楼而称也。闿运闲雅广达，饶文史之乐，早岁偕妻赁庑，殊逼仄不甚适，自署曰湘绮楼，诵谢仪曹诗曰："高文亦何绮，小儒安足为！"自以"好为文而不喜儒生，绮虽未能，是吾志也！"故以为名。然是时实未有楼也。后于长沙定王故台之旁，得三楹而居，有楼甚广，开窗即见湘水接天，山峦起伏，苍波无际，悠然景物，悉纳户牖。闿运于是大乐，欣得其所也！曰："此真湘绮楼矣！"夫人蔡氏名軑生，亦知书，能诵《楚辞》以娱媚于闿运。先是闿运之少也，谒于蔡氏。有女贞不字，窥帘见以为丰裁独秀！其父微测其意，告于祖母，问曰："湘潭王生尚有文才，惜太贫耳！"女默然久之，第曰："贫亦何害！"祖母曰："然则汝肯嫁若耶？"女益默然。父友丁取忠方善闿运，绳而媒焉。闿运少喜标置，不乐土风，未之许也。他日丁取忠乃言蔡女高傲，或劝勿媒。闿运遽曰："女中安得高者？"请愿娉焉。问名之夕，梦通谒者红锦金书，惟媞字朗然；旦得庚帖；越二岁来归，故字以梦媞。既习礼容，尤矜风格，明眸广额，鬓发稠如。姻家黄尝大会族亲，满堂黻佩。或问谁为王嫂。黄母笑曰："刘妇莱妻，一望识矣！"自以居贫，恒严取受。顷岁绝食。有馈金求闿运文者，笑曰："当作则与，文可鬻耶？"已而闿运果却之，相视辗然。闿运居湘绮楼之一年，而太平军作难，曾国藩起湘军，闿运奋焉有用世之志，出参军谋，归读我书。邻园有鹤夜鸣，辄起徘徊，赋诗曰："鹤唳华池边，气与空秋爽。平生志江海。低羽归尘鞅！"翛然有世外之致也。既，兵久不解，疮痍遍地，白日闭城，但有师旅，干戈之光映月，而哭声盈野，变故陈沓。闿运乃挈妻避兵明冈，六年还城，则困甚！自言："家无儋储，月供房税；靡菽水之福，有泉刀之苦。"乃身之广州，写所经途，有《到广州与妇书》，其辞曰：

吾自度揭岭，日远故国。下滩乘泷，并值冬涸，川石露列，溪流清弱，泷船柔脆，篙师抽狞。自平石至乐昌，乃昔迁客涕泣惊怖之地。凡有六泷，郦道元所谓“崖壁千空，交柯晦景”者也！泷原由溱入洭，汉桂阳太守周昕疏凿巨石，始通舟楫；旧有祠祀昕，今惟祠祷韩愈。素湍激雪，风涛凛厉；估舟惊望，叹若天堑。然观其水势，浅狭殊甚。徒极奔溅之状，实无浩汹之奇。吾舟下泷时，触破汆舫，移岸迁货，纤毫得济；非有江湖稽天之浸，风涛呼吸之危也；而众人矜惜衣装，婴于濡没，重载轻发，自取碎破；清水白石，遂受恶名！耳口相传，自为眩惑，致使衣带之水，与吕梁齐险。祷求谪臣而使君废祀。以愈生时，犹不自济，欲其为福，不亦难乎？由乐昌下大舟，东至曲江，五岭之口也。县以曲红冈而名；“江”、“红”声同，因改字矣！设府建关，控引吴楚；浮桥横江，以榷舟税。大艑巨舰，骈阗于此。韶石在其北，郦生所记二仙分憩之处也！自唐以前，传虞舜奏乐于此，乃英德亦有尧山。道元引耆旧之言，云“尧行宫”。王韶之记亦谓“尧故亭”。又曰：“父老相传南巡登此。”然则禹迹以前，斯为内地。且金银轮王治四天下；唐、虞二圣，岂局步于五岭乎？从英德至清远，经历三峡，即浈阳大庙中宿也。大庙介二峡之间，赵佗筑万人城；杨仆伐破寻狭，亦此岸地。然是陆地之要区也；江行之奇，则在浈阳。道元云：“两岸杰秀，壁立亏天。”张子寿亦言：“晴昼山阴，先秋水冷。”后人始开栈道，建峡山寺于上。悬崖长啸，江帆萧瑟，虽词客寻玩，淹流忘俗；而旁山剥落，翠秀靡依；以吾卧观，未为佳胜也！且南州炎德，草木恒青；藻丽山川，宜增幽映。而石壁竦仄，势若火燎，丹皮赭骨，寸茎不附；孰如蒸湘，岩树葱茏，松竹杉柏，陵冬鲜碧；故过岭以南，无可瞻悦。但此峡擅名既久，未跻绝壁；江山嘉会，步步异形；若登临俯观，或当有异。故周夔云："碧澜之下，寸寸秋色，乳枝磬落，松风瑟缩。"得此石室，题为难到矣！《吴都赋》以闽禺楫师，习御长风。今老龙河西等船，实为蠢陋；舟形彭亨，水手粗疏，每下篙竹，喧呼叫跳，足若踦踣，号声惨烈；清旦黄昏，闻者骇悸。兼劫盗肆出，人人自危。下至三水，乃稍稍清旷。三水今县，《汉·地志》所谓"涯水南至"，四会之地也。涯水自清远来，曰滇江；牂牁水源流万里，自肇庆来，曰西江；晋康水自广宁来，曰绥江；均会昆都，故为县号。绥江至县，复分二派；同为一川，故昔言四会矣！冬水尽涸，舟楫无利；始以季冬六日至于广州。此州实四宅之南交，荆州之下徼。自汉迄今，繁富有名。往在他方，闻彼土人，说其物产，矜炫殊绝，云甲天下！及躬览风物，考之图志，要其土俗，可得而言焉！州为秦南海郡地。《山海经》所谓贲禺，郭景纯云："今番禺也。"姚文式言："城东南偏有水坑陵，此县人名之为番；城倚其上，在番山之隅也。"城始筑自越人公孙隅，号曰南武；楚威王时有五羊衔谷穗之瑞，乃增筑楚亭，城周十里，号五羊城。及任嚣、赵佗始成都会。吴步骘又廓番山之北。及宋，筑子城瓮城，又增两翅以卫居民。明永嘉侯朱亮祖始连三城为一，即今省城制也。市廛逼窄，第宅坚陕，街衢垢秽，无洁清之容。民言侏儒，贪利好奢，自外中国，别为风气。地性蒸暖，易生疾疫，蚊蝇乘其昏运，蛇鼠充其毒食。瘴疠风淫，尤多盲女。昔人言之详矣！岛夷杂糅，诡服殊形；刀剑火枪，纵横于路。民无正业，习为博盗，白昼攫金，露刃连队，不知其非法也！俗取周兴嗣《千字文》，列字八十，分为一章，四分取一，任人射覆；凡出三钱，许射一条；由一至百千万，不限字数；全中，其利千倍；一钱之资，偿以十金。国人若狂，梦想颠倒，号曰“白鸽标”，此敛财之巧术也！意钱掷骰，割肉悬壶，戴钩恹牌，皆供赌输；愚者倾家，智者疲神，古博徒所未闻也！凡娼女治容，多乐隐蔽；独此邦中，视同商贾，或连房比屋，如诸生斋舍之制；或联舟并舫，仿水师行营之法；卷发高尾，白足著屐；燕支涂颊，上连双眉；当门坐笑，任客择视。家以千计，人以万数；弦唱撮声，尽发鴂音。远游之人，窈窕之性，入于其间，若抱虎狼；斯实男女之一厄乎！异物恒产，来自番舶，土人所甘，良亦奇诡。菜必生辛，羹必稠甜。若夫槟榔酸涩，蕉子甘烂，薯重十斤，芥高七尺，君迁小柹，新会大橙，不含霜雪，多复皱腐。腌橄榄以盐豉，取蚁粪为奇南，容树不可爨，木棉不可絮。奇器巧制，则故贱其直；水火菽粟，则尽昂其贾！陆生所记“南越之境，五谷无味，百花不香”者，信非他方之所取也。冬至初过，桃荣梅落，馀花生红，多不辨名，但有其质，聊无其姿，亦何取于长春乎？邦人市海鲜，别为厨馆，则有鲨鱼之翅，海蛇之皮，章举马甲，鲢鳙天蚝，咸蟹龙虾，雄鸭腊鹑，腥秽于市井，纷错于楼馆者，不可胜计。又俗好烧炙，物喜生割，操刀持叉，千百其徒，乞人待肉食而餐，宾筵以多杀为豪；婚礼烧猪，辄列数百。俗无羞耻，取妇以得女为奇！床笫之私，守宫之验，明告六亲，夸以为荣。知礼之家，亦复随俗。亦既觏止，我心则降，此犹可笑叹者也！通商之夷，何止百种，蟠据城府，敖兀大官；屈心事之，惟恐不欢；况敢设备豫乎？外郡土客，仇杀未已；且不受官劝，谁能用武。乡村族居，多建炮台。县官催科，动必发兵；幸而战胜，惧乃纳税。省中录囚，日屠百人，皆无辜之穷老，受泉而代死。子卖其父，如犬羊然。轻命嗜货，三纲绝矣！早富则为大豪，夕贫则充盗魁。昔南汉刘张奢僭自雄，乐裸逐之戏，制烧煮之刑。今久渐皇风，犹为恶俗！若非猛厉廉正，贵士贱商，先教礼让，后禁淫盗，则伊川之野，不百年而为戎乎！尉佗文理以止斗，陈祖奋武而勤王，彼何人哉！彼何人哉！吾乡游宦士大夫，多怀归思。亦有强壮，无瘴而夭，柳生夏凋，翁君冬亡，虽会冥数，诚可悲惧也！容兄以卑官居韶，十口饥寒；其妻与妾居，比肩钧敌，呼嫡子为儿，视所生如奴。山农新取南女，以为继妻。此女矜其华年，轻鄙老夫，动即叫骂，坐必偃蹇；同之南海，便褰裳而去，独坐夷船，还其母家；虽冯敬通之悍妻，贾公闾之妒妇，以今方古，未足云奇！亦近世之新闻，女史之一鉴也。夫阴教不修，夫妻同过；但责女德，岂足云乎？想卿闻斯，达此谊也。吾好为远游，何必乐土！优游自如，身心无患！比读庄生之文，悟其元旨，知物论生于是非，生死累于形骸，颇欲逍遥以化成亏，何觉哀乐之殊境，离合之异轨乎？惟恐淑子独处幽忧。聊书所经，以为笑噱。冬寒日轻，春物方妍，起坐眠食，勉当自慎；时复手书，以慰劳动！

诵者谓“辞章之美，情必极貌以写物，辞必穷力而追新”；先民有作，鲍照《大雷》差相拟也。诗才尤牢罩一世，各体皆高绝。而七言近体则早岁尤擅场者。其《重悼师芳》阊运女，适钟，未逾年夭。诗曰：

初月无端入玉棂，露痕如白又如青。不成眉样依明镜，遥想啼痕染素馨。自是长愁甘解脱，未应多慧语娉婷。文姬死后知音少，吟尽伤心只自听！

又《泰安岱祠》曰：

三重门阁敞清晖，碧殿丹墀对翠微。路入仙坛孤影静，气通天座百灵归。秦碑古藓青成字，汉柏神风绿晕衣。祠令奉高严祀久，不同诸岳倚岩扉。

《斗姥宫尼院》曰：

瑶阶翠柏不知霜，仙地宜分玉女房。镜里云霞烘月影，川中脂粉带天香。灵宫定有珠为蕊，尘世应知海未桑。朱鸟窗前几人到，等闲邪见莫思量！

《雪霁登玉皇顶》曰：

黄河如线海如杯，表里泱泱四望开。战国曾嫌天下小，登封常见圣人来。扶桑浴日光先照，匹练浮云首重回。一片空明尽冰雪，便疑身在九璜台。

雅健雄深，颇似陈卧子，有明七子之声调而去其庸肤；此其所以不可及也。顾其集中所存，无七言近体，盖晚年手订全稿时删去者；惟“湘中旧刻”本内有七言绝律二卷，曰《杜若集》、《夜雪集》。而七言古最著者，莫如所作《圆明园词》一篇，韵律调新，风情宛然，乃敩唐元稹之《连昌宫词》，不为高古，于《湘绮集》为变格；然要其归引之于节俭，而以监戒规讽终其篇，亦仿元稹《连昌宫词》之体也。罔罗园故，序而行者，则署名长沙徐树钧焉。其词曰：

圆明园在京城西，出平则门三十里，畅春园北一里许；世宗皇帝藩邸赐园也。圣祖常游豫西郊，次于丹棱沜，乐其川原，因明武清侯李伟清华园旧址，筑畅春园。藩邸赐园故在其傍。雍正三年，乃大宫殿朝署之规，以避暑听政；前临西山，环以西湖。湖水发原玉泉山，日瓮山，度宫墙东，流入清河，《水经注》所谓“蓟县西湖，渌水澄淡，燕之旧池”者也。东流为洗马沟，东南合高梁之水，故鱼稻饶衍，陂泉交绮。高宗皇帝嗣位，海宇殷阗，八方无事，每岁缔构，专饰园居。大驾南巡，流览湖山风景之胜，图画以归，若海宁安澜园、江宁瞻园、钱塘小有天园、吴县狮子林，皆仿其制，增置园中；列景四十，以四字题扁者为一胜区，一区之内，斋馆无数。复东拓长春，西辟清漪，离宫别馆，月榭风亭，属之西山；所费不计亿万。园地多明权珰别业；或传崇祯末，诸奄皆以珍宝窟宅于兹；乾隆间浚池，发金银数百万。每岁夏幸园中，冬初还宫。内廷大臣赐第相望；文武侍从并直园林，入直奏对，昕夕往来，络绎道路。历雍、乾、嘉、道，百馀年于兹矣。文宗初，粤寇踞金陵，盗贼蜂起。上初即位，求直言，得胜保、曾国藩、袁甲三三臣，既以塞、程、徐、陆先朝重望，相继倾覆，始擢用前言事者，各畀重任。三臣支柱，贼不犯畿；然迭胜迭败，东南数省，蹂躏无完土。主上悯苍生之颠沛，慨左右之无人，九年冬，郊宿于斋宫，夜分痛哭；侍臣凄恻；大考翰詹，以宣室前席发题，忧心焦思，伤于祸乱；然后稍自抑解，寄于文酒；以宫中行止有节，尤喜园居；冬至入宫，初正即出。时园中传有四春之宠，皆汉女，分居亭馆；所谓杏花春、武陵春、牡丹春、海棠春者也。然上明于料兵，委权阃外，超次用人，薄内称哲；而部院诸臣，无所磨厉，颇袭旧敝；晚得肃顺，敢言自任，故委以谋议。先是道光二十年，英吉黎夷船至广东香港，求通商不得，又以烧烟起衅；执政议和，予海关税银千八百万。英夷请立约，广督耆英与期十年；届期而徐广缙督两广。夷使至广州，拒不许入以受封爵。夷酋恨焉，志入广州。咸丰元年，英吉黎、佛朗西、米利坚各国，乘粤寇鸱张，中国多故，复以轮船直入大沽口。台王僧格林沁托团练之名，焚其二船，尽击走之。夷人知大皇帝无意于战，特臣民之私愤；乃潜至海岸买马数千，募群盗为军，半年而成。再犯天津，称西洋马队。闻者恐栗。夷马步登岸，我未陈而敌骑长驱矣！十年六月十六日，上方园居，闻夷骑至通州，仓卒率后嫔幸热河；道路初无供帐，途出密云，御食豆乳麦粥而已！十七日，英夷帅叩东便门；或有闭城者，闻炮而开。王公请和，和议将定。十九日，夷人至圆明园宫门，管园大臣文丰当门说止之。夷兵已去，文都统知奸民当起，环问守卫禁兵，一无在者，索马还内，投福海死。奸人乘时纵火，入宫劫掠；夷人从之；各园皆火，三昼夜不熄；非独我无官守诘问，夷帅亦不能知也。初英夷使臣巴夏里已拘刑部，和议成，以礼释囚；于是巴夏里与夷帅各陈兵仗，至礼部，订约五十七条，予以海关税银三千六百万；而夷人抵偿圆明园银二十万。十一年七月，文宗晏驾热河。今上即位，奉两宫皇太后还京，垂帘十载，巨寇削平；而夷人通商江海，往来贸易，设通商王大臣以接夷使。然常言“某省士民毁天主教堂”，“某省不行其教”，“某省民教挑衅”，日以难我，应之不暇；盖岌岌乎！华夷杂处，又忽忽十有一年；园居荒虚，鞠为茂草；西山大寺，夷妇深居。予旅京师，恻然不敢过也！同治十年春，同年王壬父重至辇下，追话旧游；张子雨珊亦以计偕来，约访故宫，因驻守参将廖承恩许为东道主，四月十日，命仆马，同过绣漪桥，寻清漪园遗迹，颓垣断瓦，零乱榛芜，官树苍苍，水呜呜咽。由辇路登廓如亭，望万寿山，但见牧童樵子，往来林莽间。暮从昆明湖归，桥上铜犀卧荆棘中，犀背御铭，朗然可诵。明日访守园者，得董监，自言：“年七十馀，自道光初入侍园中，今秩五品。”居福园门旁。导予等从瓦砾中循出入贤良门而北，指勤政、光明、寿山、太和四殿遗址，至前湖，圆明寝殿五楹，后为奉三无私殿，九州清晏殿，各七楹；坏壁犹立，拾级可寻。董监言：“东为天地一家春，后居也。西为乐安和，诸妃嫔贵人居也。洞天深处，皇子居也。”清辉殿为文宗重建，与五福堂、镂月开云台、朗吟阁，皆不可复识。镂月开云者，即所谓牡丹春也。世宗为皇子，当花时迎圣祖至赐园；而高宗年十二，以皇孙召侍左右。三天子福寿冠前古，集于一堂，高宗后制诗，常夸乐之；经其废基，裴回惄焉。东渡湖为苏堤、长春仙馆、藻园；又北为月地云居、舍卫城、日天琳宇、水木明瑟、濂溪乐处；仅约略指视所在。东北至香雪廊，阶前苇荻萧萧，废池可辨。复渡桥，循福海西行，为平湖秋月，水光溶溶，一泻千顷；望蓬岛瑶台，岛上殿宇，犹存数楹；惜无方舟，不达其下；流水潺湲，激石成响。董监示余，“此管园大臣文公死所也！”西北至双鹤斋，又西过窥月桥，登绮吟堂，经采芝径，折而东，仍出双鹤斋，园中残毁几遍，独存此为劫灰之馀，乱草侵阶，窗棂宛在，尤动人禾黍悲尔！双鹤斋西，为溪月松风；翠柏苍藤沿流覆道；斜日在林，有老宫人驱羊豕下来。东过碧柳书院，地跨池，东为金鳌，西为玉蛛，坊楔犹存。又东去，皆败坏难寻，遂不复往，暮色沈沈，栖鸟乱飞，揖董监出福园门，还于廖宅。廖，澧州人，字枫亭；少从塞尚阿、僧格林沁军，亦能言行间事，感予来游，颇尽宾主之欢。既夕言归，则礼部放榜日也。雨珊既落第南去，余与壬父每相过从；言念园游，辄网网不自得！壬父又曰：“园之盛时，纯皇勒记，必般般踵事之戒。然仁宗始罢南幸，宣宗尤忧国贫，秋狝之礼，辍而不举。惟夫张弛之道，宜及嘉、道时补纯皇倦勤之功；而内外大臣惟务慎节；监司宽厚，牧令昏庸，讳盗容奸以为安静。八卦妖徒，连兵十载；无生天主，教目滋繁；由游民轻法，刑废不用故也。江、淮行宫既皆斥卖；国之所患，岂在乏财！”又曰：“燕地经安、史戎马之迹，爰及辽、金，近沙漠之风矣！明太宗以燕王旧居，不务改宅，仍而至今，地利竭矣！又园居单外，非所以驻万乘；废而不居，盖亦时宜。”余曰：“然！前年御史德泰请按户亩麟次捐输，复修园工。大臣以侈端将启，请旨切责；谪戍未行，忿悔自死。自此莫敢言园居者！而比年备办大婚，费已千万，结彩宫门，至十馀万；公奏朝廷，动用钱粮。婚以成礼，岂在华饰？若前明户部司官得以谏争，余且建言矣！又余闻慈安太后在文宗时，有脱簪之谏；《关雎》、《车辖》之贤，中兴之由也。又园宫未焚前一岁，妖言传上坐寝殿，见白须老翁，自称园神，请辞而去。上梦中加神二品阶。明日至祠，谕祠之。未一祺而园毁，岂前定欤？子能诗者，达于政事，曷以风人之意，备《繁霜云汉》之采？”于是壬父为《圆明园词》一篇；而周学士、潘侍郎见之，并叹其伤心感人，笔墨通于情性！余以此诗可传后来，虑夫代远年逝，传闻失实；词中所述，罔有征者；乃为文以序之。同治十年立秋日，长沙徐树钧撰。

宜春苑中萤火飞，建章长乐柳十围。离宫从来奉游豫，皇居那复在郊圻？旧池澄绿流燕蓟，洗马高梁游牧地。北藩本镇故元都，西山自拥兴王气。九衢尘起暗连天，辰极星移北斗边。沟洫填淤成斥卤，宫廷映带觅泉原。渟泓稍见丹棱沜，陂陀先起畅春园。畅春风光秀南苑，蜺旌凤盖长游宴。地灵不惜瓮山湖，天题更创圆明殿。圆明始赐在潜龙，因为邸第作郊宫。十八篱门随曲涧，七楹正殿倚乔松。轩堂四十皆依水，山石参差尽亚风。甘泉避暑因留跸，长杨扈从且韬弓。纯皇缵业当全盛，江海无波待游幸。行所留连赏四园，画师写放开双境。谁道江南风景佳，移天缩地在君怀。当时只拟成灵囿，小费何曾数露台。殷勤《无逸》箴骄念，岂意元皇失恭俭！秋狝俄闻罢木兰，妖氛暗已传离坎！吏治陵迟民困痛，长鲸跋浪海波枯。始惊计吏忧财赋，欲卖行宫助转输。沈吟五十年前事，厝火薪边燃已至！揭竿敢欲犯阿房，探丸早见诛文吏。此时先帝见忧思，诏选三臣出视师。宣室无人侍前席，郊坛有恨哭遗黎！年年辇路看春草，处处伤心对花鸟。玉女投壶强笑歌，金杯掷酒连昏晓。四时景物爱郊居，玄冬入内望春初；袅袅四春随凤辇，沈沈五夜递铜鱼。内装颇学崔字髻，讽谏频除姜后珥。玉路旋悲车毂鸣，金銮莫问残灯事。鼎湖弓剑恨空还，郊垒风烟一炬间；玉泉悲咽昆明塞，惟有铜犀守荆棘。青芝岫里狐夜啼，绣漪桥下鱼空泣。何人老监福园门，曾缀朝班奉至尊。昔日喧阗厌朝贵，于今寂寞喜游人。游人朝贵殊喧寂，偶来无复金闺客。贤良门闭有残砖，光明殿毁寻颓壁。文宗新构清辉堂，为近前湖纳晓光。妖梦林神辞二品，自注曰：咸丰九年，文宗一日独坐若瞑，见白须老人跪前。上问何人。对曰："守园神。"问何所言。云："将辞差使耳。"问汝多年无过，何为而去。对以弹压不住得去为幸。上曰："汝嫌官小耳，可假二品阶。"未一年而乱作矣。佛城舍卫散诸方。湖中蒲稗依依长，阶前蒿艾萧萧响；枯树重抽盗作薪，游鳞暂跃惊逢网。别有开云镂月台，太平三圣昔同来！宁知乱竹侵苔出，不见春花泣露开。平湖西去轩亭在，题壁银钩连到鼟。金梯步步度莲花，绿窗处处留羸黛。当时仓卒动铃驼，守宫上直馀嫔娥。芦笳短吹随秋月，豆粥长饥望热河。上东门开胡雏过，正有王公班道左；敌兵未爇雍门荻，牧童已见骊山火。自注曰：夷人入京，遂至宫园，见陈设巨丽，相戒勿入，云恐以失物索偿也。及夷人出，而贵族穷者倡率奸民假夷为名，遂先纵火，夷人还而大掠矣。应怜蓬岛一孤臣，欲持高洁比灵均！丞相

> 避兵生取节，徒人拒寇死当门。即令福海冤如海，谁信神州尚有神！百年成毁何匆促，四海荒残如在目。丹城紫禁犹可归，岂闻江燕巢林木。废宇倾基君好看，艰危始识中兴难！已惩御史言修复，休遣中官织锦纨。锦纨枉竭江南赋，鸳文龙爪新还故。总饶结彩大宫门，何如旧日西湖路！西湖地薄比郇瑕，武清暂住已倾家；惟应鱼稻资民利，莫教莺柳斗宫花。词臣讵解论都赋，挽辂难移幸洛车。相如徒有《上林颂》，不遇良时空自嗟。

盖同治十年所作。诗出，辇下争写。大学士周祖培、侍郎潘祖荫见之，并叹为伤心感人也！独普定姚大荣议之曰：“杜子美《曲江行》、白乐天《长恨歌》、元微之《连昌宫词》，皆歌咏天宝遗事，大率据事直书，细微曲折，罗缕尽致。惟《长恨歌》托言汉皇，杨家有女，养在深闺，稍从曲笔。然文宗诵《曲江行》，辄思复升平故事，命浚曲江池，营宫殿于四岸以状之。宣宗吊白居易诗，有‘童子解吟《长恨曲》’之句；文人之荣极矣！元相遭逢尤奇！其《连昌官词》流播禁掖，妃嫔近习皆诵之，目为元才子！中官崔潭峻录以奉御，穆宗大悦，遽召见，迭加拔擢，遂参政事。可见唐时公论犹重，是非昭著，天子不得曲护其私；而名流诗歌，并得于君父之前，指陈既往以警将来，尚有古代陈诗观风之遗。余自少喜诵元白诗歌，《连昌官词》尤读之烂熟。窃疑所述宫殿景物，历历如绘，当是曾经目击，恐得诸人言者，不能如是亲切也！顾乃托于官边老人之言以生文。及观郑宾光《津阳门诗序》，述其‘开成中，下帷石瓮僧院，甚闻宫中陈迹’云云。‘甚闻’者，巨细备悉之寓词，盖有不仅耳闻而兼得之目验者；及其裁刻为诗，则又托诸旅邸主翁口授，与元相同一用意。岂故蹈前人窠臼耶？盖皆有所避忌，而懔然于刑名之不敢干也。按《唐卫禁律》：‘阑入宫门者徒二年；殿门，徒二年半；守卫不觉，减二等；主帅又减一等；故纵者各与同罪。’当二家作诗时，连昌、华清二宫旷闭已久，虽循例守卫，而颓废之馀，纠察从宽，典守者自不必断断与游人为难；而徇隐疏纵，容或有之。盖人情于名胜之区，往往神游目想，冀得亲尝其境以为快！况先朝离宫，陈迹故事，熟在人口，垂诸记载，艳溢心目。苟机会可乘，混迹得入；较之他项冒不韪触禁令者，情殊可原。虽纠察不及，而播为诗歌，则须衷法度；书而不法，后嗣何观。此二家诗词，所以必托诸人言，而未敢自承亲见之微意也。昔宋崇宁中，崔德符以擅入景华御苑，为主者劾奏罢职，事载《容斋随笔》。光绪丙申，合肥李文忠公奉使俄罗斯，回国入觐颐和园行宫复命，便道至圆明园游观，为所司纠举干谴。盖御苑非公园之比；主帅守卫，无许人出入特权；往游者即不自为计，独不为主帅守卫计乎？曩阅乔重禧《陔南池馆遗稿》有《敬瞻避暑山庄前后七十二景恭纪诗》，甫展卷，即诧其未娴禁令，不啻自具枷杖供招。今湘绮此词，亦未检点及此。而彼周学士、潘侍郎乃翕然称之！嗟乎，礼、刑相为表里，士大夫不知律，即不知礼，亦实不恤国体，又何怪其后外部溺职，不严引律条以拒绝外人游观之请乎！且湘绮方慨然于游民轻法，刑废不用；抑思士大夫为民表率，尚自弁髦刑章，又何责乎小民？此甚关文章体要，非其他小疵可比。嗟乎，有唐诗人之不可及，岂徒以其诗哉！即以诗论：首二句‘宜春’、‘建章’、‘长乐’并用，似涉填凑，合下二句‘离宫’云云，意殊凡近。起势平弱，入后便难振奇！中间‘山石参差尽亚风’句法，出自老杜；然杜系题画，风鼓洪涛，山木自偃，转似洪涛在上，山木在下，画中风色，确有此状；故云：‘山木尽亚洪涛风。’若山石是不动物，云何‘亚风’？此等死句，殊难索解！然尚系小疵。其巨谬则在不考事实；就所见闻，一断以心，而为莫须有之案证。既作诗，虑故实不详，传闻或失，复自序之，而托名于同游之主事徐树钧。第诗以纪事，叙以明诗，如二者皆非纪实，则不足征信。且纪事之文，最重年月日；年月日一不分明，则事实可臆造，必启虚诬颠倒之弊。庚申之役，衅起换约。先是咸丰八年戊午四月，英、法、俄、美四国以兵轮至天津议款。英、法联兵攻陷大沽炮台，挟兵要抚。文宗命大学士桂良等至天津查办，津民遮谒道左。初，发匪北窜，扰及畿南诸地；津郡团练御贼有功。至是乃请率民团助官军拒敌。桂相不允，慰遣之。嗣津民与洋人斗殴，有英使行营参赞李国太在场帮助。李国太者，广东嘉应州人，世通番，为英人爪牙。津民恶之，纠众生禽，谋杀之。桂相恐误和局，设法解散，释李国太回船，此咸丰八年五月事也。文宗以津沽密迩宸垣，海防紧要；特命蒙王僧格林沁为钦差大臣；驻津督办海防事宜。九年己未五月各国至津换约。英人背约，闯入大沽口，且用炮炸裂我截港铁锁；僧邸饬防军击之；英众歼焉。《中西纪事》所谓大沽前后之役，是也。而序以为'咸丰元年，僧邸托团练之名击走之；夷人知大皇帝无意于战，特臣民之私愤'云云；盖误以津团剿匪，暨禽李国太之事，并为一谈。而不知文宗历年宵旰忧勤，选将筹防，意在决战；其和乃不得已耳！十年庚申六月，英法大举北犯；二十六日，闯入大沽口，陷骑兵防营；七月五日，袭踞北岸炮台，提督乐善战死；初七日，陷天津，畿辅大震，遂有驾幸木兰，举行秋狝之议。八月初一日，洋兵逼通州，文宗命怡亲王载垣驰往议款。英使额罗金遣其参赞巴夏里督带散众数十人来会。巴夏里狂悖无理，或告洋人有异志。怡邸密商僧邸，以计禽巴酋及其众二十六人，解送京师。兵端复起！初七日，洋兵长驱而北。僧邸及大学士瑞祺、副都统胜保迎击，皆败。僧邸不及具折，马上书片纸飞奏御园，请暂幸热河；遂定北狩之计。初八日寅卯间，文宗诣安佑宫行礼，启跸。六宫及诸王从焉。《东华录》及《中西纪事》所载年月日皆同，《中西纪事》于此役皆据当时公牍纂辑，故悉与奏案合，而序乃以为'十年六月十六日'，与上所述'咸丰元年'事直接；于此役本末，尚在云雾之中；而又传述脱节，信笔舞文；议论可以自为，岂年月日与事实亦可以自为乎？至洋军攻海淀、焚御园及景山、昆明湖一带，先后凡二次；初次在八月二十二、二十四等日，二次在九月初四等日，湘绮以为六月十九日，大缪。皆因巴夏里被释出狱，挟被捕及虐杀其从者十三人之恨，捕系及监毙人数，《中西纪事》不详。兹据日本冈本监辅《万国史记》。意图泄忿，乃为此不道之行。先是有建议杀巴夏里者，幸而未杀；若果杀之，则英人仇我愈甚！岂仅焚掠淀园而已乎？吾淀园之焚，由巴夏里积怨深怒所致。设当时操纵得宜，抑或命有学问阅历之汉大臣主持其事，不拘辱巴酋，并致死其从人，则圆明园至今犹在，何至后来别筑颐和园，糜尽天下膏血，府怨召衅，以贾无穷之祸哉！谋国者不慎于一日，其祸必及于百年；非偶然也。世多以淀园之焚为仁和龚孝珙奇计，不然，英兵将且屠都城，此特孝珙妄言，不衷事实。而湘绮于事实不屑屑讨论；其柱意只谓朝廷不当有郊外游观之乐；若徒侈游观，必失民心；民心既失，必乘机构乱；淀园之焚，由奸民纵火，洋兵乃从之；置巴酋修怨之师不讲，只归狱于园居过侈以垂炯戒；岂非言之成理，而隔膜太甚！譬诸村媪出入侯门，虽复醉卧泉石，指陈亭馆，颂德陈箴，均违事实，无当刍荛之采也。夫愚民迫于饥寒，乘乱劫掠，诚所不免！至于御园，在当时有恭邸及桂相率禁旅驻守；事棘时，僧、瑞二军并移往偕守；何物奸民，敢揭竿倡乱乎？庚子义和拳之乱，奸民聚众杀人放火无算，然不敢扰及官署或公所。至于御园，尤其不敢。庚子之乱，甚于庚申；以后证前，其诬立辨。不斥洋酋挟屡胜之威，纵火焚掠；而归罪于孱弱之贫民，何其不衷于事实乎！《万国史记》云：英法联军闻清兵据圆明园，进攻；又走之，蹂躏宫殿，掠夺宝货。自是此案公论。传曰：'俗语不实，流为丹青。'其湘绮之谓欤！"然闿运此诗，模范唐贤，踵武梅村，淫思古意，流播辇下，传写纸贵；观其窃比相如，恨不遇时，自负亦不浅矣。

然所自喜者尤在五言古！宗尚庾、鲍，上窥建安，华藻丽密，词气苍劲，自诧不作唐以后诗。盖其沈酣于汉、魏、六朝者至深，杂之古人集中，真莫能辨也！诃之者则云："惟莫能辨，故不必自成湘绮之诗矣！"然闿运则自以尽古人之美，熔铸以出！其教人亦从摹拟入手，以为："诗则有家数，易摹拟；其难在于变化。于全篇模拟中，能自运一两句，久之可一两联，久之可一两行；则自成家数矣！”有《诗法一首示黄生》。其辞曰：

诗有六义，其四为兴。兴者，因事发端，托物寓义，随时成咏；始于虞廷‘喜起’及《琴操》诸篇，四五七言无定而不分篇章，异于《风》、《雅》；亦以自发情性，与人无干；虽足风上化下，而非为人作。或亦写情赋景，要取自适；与《风》、《雅》绝异，与《骚》、《赋》同名。明以来论诗者动称《三百篇》，非其类也。太白，能诗者，而其说曰：“五言不如四言，七言又其靡也。”太白四言如《独漉篇》，其靡殆甚！岂古法乎？无亦以大言欺人，托于《三百篇》。而不知五言出于虞时，在《三百篇》千年前乎？汉人四言乃是箴铭一类，有韵之文耳！非诗也。嵇康四言则诚妙矣，然是从五言出，盖五言之靡者也。七言出于《离骚》，开合从衡，可谓靡矣！而其气足以振靡，故与五言亦分两途；非出于五言也！今欲作诗，但有两派：一五言，一七言。五律则五言之别派，七律亦五律之加增。五绝七绝，乃真兴体，五言法门，皆从此权舆。既成五言一体，法门乃出，要之只苏、李两派。苏诗宽和，枚乘、曹植、陆机宗之。李诗清劲，刘桢、左思、阮籍宗之。曹操、蔡琰，则李之别派。潘岳、颜延之，苏之支流。陶、谢俱出自阮；陶诗真率，谢诗超艳。自是以外，皆小名家矣！山水雕绘，未若宫体；故自宋以后，散为有句无章之作，虽似极靡，而实兴体；是古之式也。李唐既兴，陈、张复起，融合苏、李以为五言；李、杜继之，与王、孟竞爽。有唐名家，乃有储、高、岑、韦、孟郊诸作，皆不失古法，自写性情。才气所溢，多在七言。歌行突过六朝，直接二曹，则宋之问、刘希夷道其法门；王维、王昌龄、高、岑开其堂奥；李颀兼乎众妙，李、杜极其变态。阎朝隐、顾况、卢仝、刘义，推宕排阖，韩愈之所羡也。二李贺、商隐、温岐、段成式，雕章琢句，樊宗师之所羡也！元微之赋《望云骓》，纵横往来，神似子美，故非乐天之所及！张、王乐府，效法白傅，亦推于《新丰》、《上阳》诸篇乎？退之专尚诘诎，则近乎戏矣！宋人披昌，其流弊也。诗法既穷，无可生新。物极必反，始兴明派，专事摹拟，但能近体；若作五言，不能自运。不失古格而出新意，其魏源、邓辅纶乎？两君并出邵阳，殆地灵也。零陵作者，三百年来，前有船山，后有魏、邓；鄙人资之，殆兼其长。比何李、李王，譬之楚人学齐语，能为庄岳土谭耳！此诗之派别，自汉至今之雅音也。今则从容尔雅，自然同声；天下作者，无复鄙音庸调，虽工拙不同，而趣向已一；斯则风会使然，不由人力矣！诗既分和劲两派，作者随其所近，自臻极诣；当其下笔，先在选词，斐然成章，然后可裁。诗者，持也，持其志，无暴其气；掩其情，无露其词。直书己意，始于唐人，宋贤继之，遂成倾泻；歌行犹可粗率，五言岂容屠沽？无如往而复之情，岂动天地鬼神之听！故曰“先王作乐，后哲为诗”，观《乐记》之言，即知诗之体用。功成作乐，学成作诗，诗之终也。十三舞勺，能言作诗，诗之始也。乐必依声，诗必法古，自然之理也。欲已有作，必先有蓄；名篇佳制，手披口吟，非沈浸于中，必不能炳著于外！故余遇学诗人，从不劝进，以其功苦也。古人之诗，尽美尽善矣！典刑不远，又何加焉。但有一戒，必不可学元遗山及湘绮楼。遗山初无功力，而欲成大家，取古人之词意而杂糅之，不古不唐，不宋不元，学之必乱！余则尽法古人之美，一一而放之，熔铸而出之；功成未至而谬拟之，必弱必缥，则不成章矣！故诗有家数，犹书有家样，不可不知也。甲寅五月，书以示黄生铁臣。

盖议论偏至如此！起自孤童；未冠之时，即与诸贵人游，恐不礼焉；则高自标置，一生不受人慢；而成名之后，弥以夸诞。貌似逍遥，意实矜持；牢落不偶意，壹以谐谑出之。至京师，恭王奕訢慕其名，造问政。闿运曰："国之治也，有人存焉。今少荃之洋务，佩蘅之政事，人才可睹矣！何治之足图哉！"少荃者，直隶总督李鸿章；佩蘅者，大学士宝鋆；一世所推伟人长德也；而闿运讥之如此。奕訢曰："是处士之徒为大言者！"遂不复请谒。然闿运则自以为贤。其乡人左宗棠总督甘陕，方拓土西域，朝论倚重。而闿运与之书，怪其不以贤人见师，谓："天下之大，见王公大人众矣！皆无能求贤者。今世真能求贤者，闿运是也！而又在下贱，不与世事，性懒求进，力不能推荐豪杰；以此知天下必不治也！"又尝谒两江总督曾国荃，诒以诗有："若论上将功多少，试问长江水浅深。"诵者问："是何义谛？"闿运曰："汝意云何？"曰："归功水师。"闿运笑曰："否，此乃见景生情也。是时曾馈余五十金；余报之以诗，身在江船，对水赋此耳。"宣统之世，岑春煊抚湘，以闿运老儒，上所著书，赐翰林院检讨；乡试重逢，晋侍读。至辛亥革除，士大夫争剪发，西冠西服；而闿运不改装。会八十寿辰，湖南都督谭延闿以乡后生，具大礼服往贺。闿运则红顶花翎，衣袍褒褂，拖辫发而出；延闿不得已屈膝焉！既坐，闿运谓之曰："子毋诧！吾胡服垂辫，子西服髡首，皆外国制也，有何文野？若能优孟衣冠，乃真睹汉官威仪矣！"相与一笑。

总统袁世凯致聘问；复书谓："今之弊政在议院，而根由起于学堂。盖椎埋暴戾，不害治安；华士辩言，乃移风俗。其宗旨不过弋名求利，其流极乃肆无忌惮；此迂生所以甘跧伏而闭距也！"持论不根，好恶拂人，大率如此！世尤盛传其民国总统之联曰："民犹是也，国犹是也，何分南北？总而言之，统而言之，不是东西！"额曰："旁观者清。"谀之者曰："此所谓戏笑怒骂，皆成文章者也！"闿运则弥以自喜！以民国三年入都，就职国史馆馆长。年八十有三矣！步履饮食谈谐，健如五十许人；童姿鹤发，携姬周招摇上道。时段芝贵为湖北将军；便道谒焉，指语周曰："汝欲看段大少爷，即此人也；有何异相！"芝贵恧然。既而抵京。袁世凯以自用车迎入公府，集百官大开筵宴以宠之。宴罢，互相道故，世凯辞极卑谦。闿运退而语人曰："袁四的是可儿。"过新华门，仰视太息曰："何题此不祥字耶？"同行者大骇而询之。曰："吾老眼花。额上所题，得非'新莽门'三字乎？"闻者不敢应也。都下诸贵人争张燕相逢迎。以前赏翰林院检讨，颇用沾沾，愿以后辈礼见诸老大前辈。大会于江亭，赋五言古一章。亭有辽寿昌幢；石屏袁家谷赋一律，中有云："车声芦荡人如海，花影槐厅梦化烟！白发漫谈天宝事，金幢兼感寿昌年！"一座称雅切也。同坐者向公集中前后《忆梅曲》、《紫芝歌》何为而作？闿运曰："昔年十八九时，在长沙与左氏女相爱，欲娶之。左女亦誓非我不嫁，乃格于其母，不得。左女抑郁以死。此三诗及《采芬女子墓志吊旧赋》皆为伊人作者。"因戏言："此事不足为外人道。恐笑我八十老翁，犹有童心也。"一日，谒国务卿徐世昌，袖出一额曰："以此为赠，可乎？"展视，则"清风徐来"四字也。世昌为之轩渠不置。旋归，得病，知不起；命儿孙持纸笔陈卧榻，倚枕疾书自挽曰："《春秋》表未成，幸有佳儿传《诗》、《礼》；纵横计不就，空馀高咏满江山！"掷笔而逝。次子代功，能传其学，悬诸灵石，泣语吊者曰："此吾父实录也！"年八十五。所著有《周易说》、《尚书笺》、《尚书大传补注》、《诗经补笺》、《礼经笺》、《小戴记笺》、《周官笺》、《春秋公羊笺》、《春秋例表》、《论语训》、《湘军志》，注《墨子》、《庄子》、《列子》，正诸史《艺文》，纂《春秋遗传》。门弟子辑其诗文笺启，为《湘绮楼集》，凡若干卷。晚年文章稍颓丧，而气矜之隆不减。所作《华山游记》，假郦善长《水经注》征证以记山游，自诩"结构之奇，直千年来未尝见也"。闿运既以主讲成都尊经书院，开蜀学，廖平独称高第弟子，名尤著！

廖平，原名登廷，光绪已丑进士，以知县即用，自谓才不胜百里，请改教；选授绥定府教授。尝分校广州广雅书院，成都尊经书院。著有《公羊论》、《穀梁义疏》、《周礼考》、《论语征》等书。师王闿运而欲以自名一家；所著《公羊论》，与闿运《公羊笺》陈义多不侔。闿运赏之曰："睹君此作，吾愧弗如。"而平则哂闿运经学为半路出家！其书最先成者曰《今古学考》，据汉许慎《五经异义》，专裁礼制，定今学主《王制》孔子，古学主《周礼》周公。然不久即变其说，谓《六经》皆新经，非旧史，以尊经者作《知圣篇》，辟古者作《辟刘篇》。方分校广雅书院，乃与义乌朱一新蓉生及康有为遇。一新以御史疏劾内侍李莲英，为慈禧太后所恶，降官主事；而张之洞为两广总督，延为广雅书院山长；既有直节高名，为定院规，先读书而后考艺，仿古颛家之学，分经、史、理、文四者，延四分校主之。而平则主经。所居室与一新邻；一日，闻一新与客言："学问须自作主人，勿为人奴隶！"因亟叩户问："如何方能作主人？"一新谓："近世汉与宋分，文与学分，道与艺分。岂知圣门设教，但有本末先后之分，初无文行与学术治术之别。"其论学术，一以宋儒义理为主；而亦不菲休宁戴氏、高邮王氏之汉学，谓："训诂通而义理益明。"平则笑之曰："此仍奴隶之奴隶也！高邮王氏，惟谈校勘，但便学僮，实不知学；故其所著之书，牵引比附，望文生义，绝不知有师说。近日俞荫甫樾讲学衍高邮，而知《穀梁》一家喜用某字；王氏则不知也。自陈兰甫澧主讲《广雅》，调和汉宋，王湘潭谓之'汉奸'。朱蓉生即其一派。盖略看数书以资谈助，调和汉宋以取俗誉，又多藏汉碑数十种以饰博雅。京师之烂派，大抵如此；其实中无所主，不中作人奴仆！"于是一新意大诈。而康有为则闻其说而大喜，遂从问学焉，乃述《辟刘篇》以作《新学伪经考》，述《知圣篇》以作《孔子改制考》。平叹："倚马成书真绝伦也！"顾有为讳所自出；而平则又诋《伪经考》外虽炳琅，而内无底蕴，不出史学目录学之窠臼。既举进士，以复试停科，不准殿试，遂出京，漫游之武昌。张之洞为两湖总督，因谒见，历指所著《书目答问》之误。之洞爽然久之曰：“吾老矣！岂能再与汝递受业帖子耶？”平遂为论陈左海父子寿祺、乔枞所著书，皆今学；陈卓人立则有八分今学，二分古学。之洞问：“卓人所著《公羊义疏》何如？”应曰：“专心讲礼制，不知经例；以注《白虎通》之法注《公羊》，故凡传中言礼制者，必详证博引；至言经例处，则承用旧说。凡考据家不得为经学家。真正经学家，即当以经为根据；由经例推言礼制；凡礼之条例，必由经而生，此乃为专门经学。盖十四博士所言，皆由经文而生，彼此不同。若不根据经文，但详典礼，如说《公羊》而牵涉《诗》、《易》旧说，则于本经为赘说，每至矛盾矣！汉学乃惠、戴出死力探求而得者，如寻美洲之哥伦布也。清初诸老，皆宋学而参汉学者耳！清代今学，无成家者。孙渊如星衍以《今古文尚书疏证》合而为一，此必不可通之说；晚年自悟其非，于是将原著《今古文尚书》中古文家说，别提出为一书，曰《尚书古文说》；而今古文之说始分。陈左海父子则集为今文《尚书欧阳夏侯师说考》，此本乃专为今学；特其书又于文字，专详声音训诂，不知今古典制之别。又其书但抄古说，不能推考，融为一片，所谓‘明而未融’。至于张皋文惠言、魏默深源、龚定庵自珍妄诋康成为操莽，实则于经传少有心得。王湘潭半路出家，所为《春秋例表》，至于自己亦不能寻检。世或谓湘潭为讲今学，真冤枉也！康长素本讲王阳明学，而熟于《廿四史》、《九通》，盖长于史学者；于今学则门外汉！章太炎文人，精于小学及子书，不能谓为通经也！”词波澜翻，扬榷今古，其中多非常异义可怪之论。之洞为之色动神移。仁和谭献复堂、瑞安孙诒让仲容在之洞幕；而诒让治《周官》，献喜谭《公羊》，今古异学；然皆不餍平说。湘潭赵启霖方从闿运学，以平之高自标置，故与闿运立异，亦大不洽！而平则自言：“居蜀时，未敢自信其说；出游后，会朱蓉生、俞荫甫诸公，以所怀疑质之：皆莫能解，胆乃益大。”而于闿运之学，亦更不为依违。闿运每语人曰：“杨度但以慕名之心，转而慕利，暗为梁启超所移而不自知；前之师我者，亦以名也，非求益者也。与夏时济同，与廖登廷异。廖登廷者，王代功类也，思外我以立名。杨、夏思依我以立名；名粗立，则弃余如遗矣！故康、廖犹能自立；而杨、夏则随风转移。”康，指康有为也。

入民国，平游京师，而有为既不慊于共和，敢为异说而不让，刊行《不忍杂志》，遂以相诒而通书问焉。平则答书曰：

长素先生足下：

羊城分袂，倏忽廿年，音书未通，情感常切，想同之也。世运变迁，浮云苍狗；台端以高骞而见疑；鄙人潜伏，亦不能免咎。国事差池，忽焉揖让；个人升沈祸福，亦何足云！顷因事北游，询悉近况；妙悟任公，积愫良慰。君未肯渠来；我不能骤往，东望茫茫，弥忉怛耳。忆昔广雅过从，谈言微中，把臂入林，弹指之顷，七级宝塔法相庄严，得未曾有。巍然大国，逼压弹丸；志欲图存，别构营垒。太岁再周，学途四变：由西汉以进先秦，更由先秦以追邹鲁；言新则无字不新，言旧则无谊非旧！前呈《四变记摘本》一册，求征高明；周璞郑鼠，不知何似。子云言：“高者入青天。”自非同游旧侣，恐山阴道上，转成迷惑耳！惠颁《不忍》二册，流涕痛哭，有过贾生！然中外优劣，后起者胜；积非成是，浛髓沦肌，非有比较，难决从违。间尝判五洲为昆弟，推世界于中华；据拨乱言之，礼为孔创，使别兽禽；《春秋》所讥，《坊记》所防，皆与海外程格相同。中人日用，旧疾久愈；药方流传，博施同病，洋溢蛮貊，今当其时！前陈《伦理约编》，颇为申叔、无量所许，以为战胜攻取，非此莫由！特钩深索隐，难得解人；以石投水，端在足下。政学中外，同剖野文，指挥若定，进退裕如，所谓深入黄泉者非耶？以是为救时保教奇策，台端其许之乎？鄙人毕生劳瘁，晚成二编，一以尊孔，一以救国。寻行数墨，世不乏人；若此秘微，唯恃知我。独是臣精衰竭，亡力扩充；非藉群才，难肩巨任。匠门多材，何止七十！深望阅兵秣马，分道守攻；大功告成，克副素志；敢不撰奉凯歌，欢逆大纛，亦世界未有奇乐耳！仓卒临颖，不尽所怀。廖平再拜。

平自明所学如此。其弟子蒙文通著《议蜀学》一文以褒大其师曰："清儒述论，每喜以小辩相高，不务守大体，碎辞害义，野言乱德，究历数，穷地望，卑卑于章句文字之末；于一经之大纲宏旨，或昧焉。虽矜言师法，又未能明于条贯，晓其义例。道穷则变；迨其晚季，井研廖先生崛起，乃一屏碎末支离之学不屑究，发愤于《春秋》，遂得悟于《礼制》，于是廖氏之学，自为一宗。盖三百年间之经术，其本在小学，其要在声韵，其详在名物，其道最适于《诗》、《书》，其源则导自顾炎武者也！廖氏之学，其要在《礼经》，其精在《春秋》，不循昔贤之旧轨；其于顾氏，固各张其帜以相抗者也！廖氏本《五经异议》以考两汉学说。《今古学考》成，而昔人说经同异之故，纷纭而不决者，至是平分江河，若示诸掌！寻廖氏之学，则能推知后郑之异乎贾、马，而贾、马之别乎刘歆，刘歆之别乎董、伏、二戴；汉儒说经分合同异之故，可得而言。廖氏既成《今古学考》，遂欲集多士之力，述《十八经注疏》以成蜀学；而自致力于《春秋》，匡何、范、杜、服之注以阐传义；复推《公》、《穀》之文，孰为先师之故义，孰为后师所演说，本之于经以折中三传之违异。盖自五家并驰以来，言《春秋》，固未有盛于廖氏者也！汉儒窘于师法，是谓知传而不知经。宋儒于传，犹有未喻，则经于何有！清儒之高者，或能发明汉师之说，是谓知注。惟先生本注以通传，则执传以匡注；由传以明经，则依经以决传；七十子丧而大义乖！《穀梁》属传，当尸子、孝公之世。盖自子夏之殁，徒人各安其意以离其真，而《春秋》晦！先生起数千载之下，独探其微绪，申其本义，不眩惑于三家之言；六国而后，未易比拟。呜呼伟矣！”文通，字□□，四川□□人；曾任北京大学教授，著有《经学导言》，亦以阐明师说；盖平弟子之尤稚齿者也。方清末造，仪征刘师培以《左氏春秋》世家，讲学来蜀，而不以平之导杨今学为嫌；独称“廖氏长于《春秋》，善说《礼》制，足以名一家”云！

平不屑意为词章，然论文则颇申闿运引而未发之旨，谓：“《白虎通》为十四博士专门之说，实诸经之精华。此书即十四博士之讲义；而录讲义者为班孟坚，文笔尤妙。当时招集十四家博士讲说，其事体重大，用度繁巨；非皇帝之力量，殆难办到。而所论皆今学，真中国仅存之书！词章家不能深研经学，能精此书，殆可横行天下！专精之书，一部已足，岂在多乎？然看《白虎通》，宜先看陈左海《五经异义疏证》，方易了晰。今人读书，务博而不求精，不知精之中自有博；即如《史记》、两《汉书》注中，人迹不到之地正多。老僧寸铁杀人，岂在多也？一部《楚辞》，所用事实，不出《山海经》。昔年看《文选》，每日看文一篇，请湘潭讲之。湘潭喜谢诗，《通蔽互相妨》一篇，尤所酷好！《文选》之佳胜，在每一文，李善必详注其作此文之原因及其关系；唐以来之选本，未有佳于《文选》者！欲为有才识之文，宜从史书中所录文观之，然后能详其此文之关系何在，而其文之妙处始可求；但看选本则不能！如屠京山寄为文专学《宋书》，是其例也。史书所录之文，非于当时有关系之作，必当时最有名者，读之增人才识；视姚鼐、林纾选本，自有天渊之异。屈、宋、扬、马诸人，皆出道家，观《大人赋》可见。故词章有源于道家者，有源于儒家者，《易》与《诗》所衍一派，是也；观《大招篇》后半，实具皇帝之学术，而有拨乱世反之正之思，则词章一道，何可轻哉！一部《文选》，不用道家之意，必用道家之词，如刘孝标《辨命论》，全本《淮南·俶真训》；而读《文选》之佳者，观其注，必系《老》、《庄》、《列》文之语可悟；殆直可以《文选》合于道家也。湘潭重徐而不满于庾，后学深信其特识。盖学徐可上合于任、沈诸家；学庾则不能，因庾既自立一帜，与古人大异，不能复合也！后来学庾者，多不再向上求，故从而尊庾；犹李、杜并称，而后人尊杜是矣！学汪容甫、洪稚存文者，宜熟于《文心雕龙》、《水经注》、《列子注》、《淮南子》、《世说新语》、《宋书》。至桐城派古文，天分低者可学之。桐城派文但主修饰，无真学力，故学之者无不薄；其欲求乱头粗服之天姿国色，于桐城派文，不可得也！吴伯朅及宋芸子育仁两先生，其文实出《淮南》，但自讳之耳；故其文多纡徐漫衍，须多看数行，乃能知其意之所在也。曾季硕彦诗，为四川第一；季硕伏案既勤，且未读唐以后书也；沈雄壮迈，不及男子，则会朋友阅历少之故。凡人伏处山林，词章断难造成；盖人阔，然后词章乃得佳也。季硕在四川时，篆书并未写成；出游后，始工矣！”所称吴伯朅者，名某，四川名山人，亦闿运尊经书院弟子也，熟精选理，尤好诵说司马相如、扬子云之文，曰：“吾蜀人，当为蜀文尔。”平以民国二十一年卒，年八十三岁。

吴虞，字幼陵，四川成都人；学为文章于吴伯朅，问乡人卿云之学；又奉手问业于廖平。蜀处奥壤，风气每后于东南；自中外互市，上海制造局译刊西书，间有流布；蜀中老宿，蹈常习故，指其政治、舆地、兵械、格致之学为异端，厉禁綦严，不啻鸩酒漏脯。虞则不顾鄙笑，搜访彝藏，博稽深览，十年如一日；盖成都言新学之最先者也！以光绪三十一年，游学日本，始抗言非孔。回国以后，潜心读东西洋法律哲学之书，益明儒家之非；著有《李卓吾别传》、《家族制度为专制主义之根据论》、《儒家大同之义本于老子说》、《儒家重礼之作用》、《儒家主张阶级制度之害》、《消极革命之老庄》、《读荀子》诸篇；旋以所纂《宋元学案粹语》例言，引李卓吾之说；学部饬四川学政禁止发行；护总督王人文移文逮捕。顾虞持非孔之说益力；入民国，主《新群报》笔政；内务部电令制止。会陈独秀主编《新青年》，以非周孔、废礼教为天下号；钱玄同、胡适从而和之，声生势张！虞则大喜，贻书陈独秀以明所见之同，且示以著书。独秀亦大喜，以为得强佐，刊布其说于《新青年》；遂以腾誉，历任国立北京大学及成都大学、四川大学教授。其论学，疑《六经》，非孔子，非孝非礼；以为："孔学之助张君主以行专制，借礼制法制而确立；其专制不平，直接关系于吾人之生命财产权利义务者极大。苟由礼制法制之精神，以推论其得失，而再以各立宪共和国家之宪法民法刑法所规定者，一一比较对勘之；而后孔子之学说，二千年来，贻祸于吾人者昭然若揭！"世儒之非孔者，多以伦理道德为依据；而虞独以法制立论，又谓："《六经》皆出荀子，汉唐以来所传之孔学，皆荀学。"又极称诸子而非孔孟；诸子中最崇老子，以为："孔子问礼于老子。老子或告以大同小康之说。但孔子背其师说，舍道德而崇仁义，不说大同之道，而偏主张小康之天下，以重差别的礼，谓'贵贱有等，长幼有差'；曲学阿世以媚显贵。"大抵袭章炳麟、康有为、梁启超早年之馀论。康有为疑《六经》而不非孔。梁启超非孔而不澈底。虞则非孔疑经，彻始彻终，放言不沦；而笑章炳麟、梁启超之不澈底，谓："章炳麟《诸子学略说》，攻孔子最有力；其《訄书》并引日本远藤隆吉'支那有孔子，为支那祸本'之言。梁启超《新民丛报》攻孔子诛少正卯，以为吾国历史之最大污点。而炳麟于后著之《检论》，每去前说。启超于近年讲演，不复攻孔。盖炳麟于革命之顷，启超于变法之际，几不保首领，追怨专制压力之由来，多本孔学；切身之痛，故言之不惮其详！其后炳麟虽欲为筹边使而未得，然求田问舍，油碾之业，已足安居；遂受贿而与孙传芳拟电，投降军阀而不惜；艳羡尊贵，故不复攻孔。启超自任司法总长时，即非双马车不坐；王凌波之香巢，流连忘返；近则汽车如电。财产增多，安富尊荣，咀嚼孔学有馀味焉；逃亡之危险，六君之授命，已忘之久矣！至于尊孔之人，其行为多不足道。试举其著者：王闿运《五经》皆有著述；身入民国，不改满清衣冠；乙卯十一日，首先电请袁世凯称帝，附会谶语，一钱不值。康有为著《大同书》、《孔子改制考》，昌明孔教；而保皇之会，复辟之谋，皆反抗民国；甚乃侵占西湖，盗窃经卷，穿窬之智，尤为可丑！”虞为王闿运再传弟子。闿运好为荒唐之言，无端厓之辞，上说下教，时恣纵而不傥；一转手而为蜀学之廖平，粤学之康有为；再转手而为吴虞，决弃一切，喜为异说而不让，敢为高论而不顾，如石转厓，不坠地不止！同光间，一时称大师者三人，曰兴化刘熙载融斋、番禺陈澧兰甫及王闿运。刘、陈务平实，其学不显；王独好振奇，厥道乃光！固由人情之厌旧而喜新，亦适会世运之穷而欲变也！

虞文章以俪为体，依仿《文选》，兼拾周秦，诋韩愈之抒意立言为不足法，而主李兆洛《骈体文钞》之说，其实亦衍王闿运《八代文粹》之馀论；刊有《吴虞文录》、《续录》、《别录》，而《文录》中《爱智庐同香祖虞之妻曾氏有文采。玩月诗序》，即依仿闿运《秋醒词序》也。余独爱诵其《重印曾季硕桐凤集序》，不为组比，自然朗秀。辞曰：

> 胜清之世，文学丕兴，远轶前古。康、乾、嘉、道之际，作者如林；而吾蜀之士，乃阙然莫预！至同治十三年，始建尊经书院于省城以造士。张香涛、谭叔裕、朱肯夫先后督学，振拔淹滞，宏奖风流；而吴仲宣、丁稚璜、易笏山诸当道，爱才乐士以左右之；又得王壬秋先生高才硕学为之师表；于是蜀士彬彬向学，同风齐鲁矣！其时则有若吾师名山吴伯竭先生、井研廖季平、德阳刘建卿、富顺陈元睿、新津周雨人、酉阳陈子京、华阳顾印愚、成都胡念孙、汉州张子馥、绵竹杨叔峤，靡不洋洋炳炳，蔚然并著！其他瑰玮淹雅之材，不可胜数。于时，王壬秋先生之女帅芳，易笏山之女玉俞，俱擅才艺。季硕乃起而与之相应和，直出其右。呜呼盛已！季硕通经术，工文辞；篆书仿邓石如，秀气灵襟，独得天然之嬍；画尤妍丽，传其家法；风流文采，为一时之冠！吾观近世女士，如王采薇、金五云、席道华、归佩珊，皆最有名；比于季硕，远不逮矣！夫何地无才，左思所叹。巴蜀文雅，文翁始兴；顾居上者之教

养何如尔。吾顷用暇日，游于尊经阁下，览其题名碑记，睹缥帙之凋残，悼蒿莱之勿翦，朋徒息散，风景顿殊，念益部之耆旧，慕华阳之士女，未尝不眷眷于怀，怅吾生之不及见也。季硕是集，初刻于吴中；蜀中罕见，故重为印行。在昔蔡琰之作，仅附于《范书》；徐淑之诗，不登于《萧选》；季硕方之，斯为优矣！后之览是集者，其亦将有感于斯文盛衰之故，而为之掩卷三叹欤！

诗之取径，则与闿运颇殊；独文章为合辙。其自叙学诗学文之途辙曰：“湘潭主讲尊经书院，其七言古诗以李东川为宗。而吾师名山吴伯竭则以《楚辞》、《汉郊祠歌》、鲍照、吴均、薛道衡、卢思道、李白、杜甫为宗；其言曰：‘李杜之体清刚，故罕有长篇；元白之词铺叙，故特乏劲气。惟合二派而融化之，则大或千言，小或数百，兼二派之美，无二派之短矣！’予学七言古诗，大抵本于名山而加变化耳。湘潭五言古诗，以陆士衡、谢康乐为宗。友人邹受丞以为教人学陆、谢，不如教人学阮、鲍。予极以为然。故予以曹子建、嵇叔夜、阮嗣宗、左太冲、张景阳、郭景纯、陶渊明、鲍明远、谢玄晖、江文通、李太白为宗，与湘潭颇殊。名山不屑为近体诗；而予五言律诗宗李太白、杜少陵、王摩诘、孟浩然、刘文房；七言律诗宗杜少陵、刘文房、刘梦得、李义山、温飞卿、陆天随、皮袭美、吴子华、韦端已、韩致光、陈卧子、吴梅村；此其大校，固异于今日之言江西派者也。名山为文出于周秦诸子。刘申叔谓名山人品文学，当于周秦间人求之。湘潭之文上规《范史》，下摹徐、庾；而予之文，则仅上法沈休文、萧子显二家之书，下逮汪容甫、洪稚存而已；于名山门下为小卒矣！戊戌以后，兼求新学；乙巳东游，习其政法。廿年来所讲学术，划然悬绝。即为诗文亦取达意而止；非复当年谨守师法，刻意为文苦心矜练矣！”虞利口有笔舌，于当世学人，何所不讥弹。虽以王闿运之先生长者，亦在不免；顾独称闿运与章炳麟为皆有以自成其学而独立；以为："章太炎、王湘潭，皆一代之怪人也！太炎国学既深，又富于世界知识；在日本时，读其高等师范讲义，悉能理解；高等师范生与之谈，恒为所窘。常评严几道之知识深，梁任公之知识宽，则自负可知矣！故其学识去国家社会最近。湘潭长于文学，而头脑极旧，贪财好色，常识缺乏；而自待甚高，唇吻抑扬，行藏狡狯，善钓虚誉，故其学说去国家社会最远。远则遨游公卿，不为所忌，依隐玩世，以无用自全。近则影响政治，易惹波澜，激切人心，引起赞成与反对，其力至伟，而常不免贾祸。盖王怪属于旧，章怪属于新，要皆有以自成其学而独立，与夫近来口谈名教，依草附木，毫无新旧学之可言者，诚有凤凰鸡鹜之别矣。"虞谓"王怪属于旧"。然闿运晚年倦倦逊朝，致讥民国；而不知其张《公羊》以言改制，为今文学者固其壁垒，即不啻为革命家言导其前茅；此固闿运所不及料也！大抵晚清学者，有言《公羊》改制而嫌革命者，王闿运是也；亦有斥言《公羊》改制而革命非所嫌，则章炳麟是也。章炳麟稍后出，治经持古文，言《周官》、《左氏》，不言《公羊》，所学与闿运违异；而论文乃喜闿运，至以为闿运能尽雅者；则以闿运文出《萧选》而散朗，不贵绮错；与炳麟之衡文魏晋者意有契焉。

章炳麟附黄侃

章炳麟，原名绛，字太炎，浙江馀杭人也。清末，尝及事经师德清俞樾，又尝问业于定海黄以周，谨守古学，以治《左氏春秋》见知于两湖总督张之洞。之洞自负在当日督抚中，恢廓有意量，能汲引天下士；见炳麟所为《左氏书》，故谓有大才，可治事。其幕客侯官陈衍又力为言。之洞曰："此君信才士。然文字谲怪！余生平论文最恶六朝；盖南北朝乃兵戈分裂，道丧文敝之世，效之何为？凡文章无根柢词华，而号称六朝，以纤仄拗涩字句，强凑成篇者，必斥之。书法不谙笔势结字，而隶楷杂糅，假托包派者亦然！嗟嗟！此辈诡异险怪，欺世乱俗，习为愁惨之象，举世无宁宇矣！”衍力为解曰：“虽然，终是能读书人！”因属其乡人钱恂罗致，索得炳麟上海。而炳麟方在《时务报》馆，与梁启超及顺德麦孟华哄。启超、孟华，皆康有为弟子，以其师为教皇，又目为南海圣人，谓：“不及十年，当有符命！”舌锋所及，目光炯炯如岩下电，闻者慑而崇信！独炳麟面诃，以为：“此病狂语，何值一笑！而好之者乃如蛣蜣转丸，则不得不大声疾呼，直攻其妄。”尝谓：“邓析、少正卯、卢杞、吕惠卿辈，咄此康瓠，皆未能为之奴隶！若钟伯敬、李卓吾狂悖恣肆，造言不经，乃真似之！”私议及此，属垣漏言，启超之徒衔次骨矣！启超门人曰梁作霖者，愤欲殴炳麟，昌言于众曰：“昔在粤中，有某孝廉，诋谟康氏，于广坐殴之。今复殴章某，足以自信其学矣！”炳麟呵曰：“噫嘻！长素有若数辈，其遂如仲尼得由，恶言不入于耳耶？”持不下。恂至，则携之赴鄂，炳麟意气甚盛，喜为高睨大谭，与之洞幕客朱某言革命。朱以告武昌守梁鼎芬。一日，鼎芬晤之，问曰：“人传康祖诒欲为皇帝，有诸？”炳麟曰：“我闻其欲为教皇，未闻皇帝也！其实帝王思想，人皆有之；而以教皇自居，未免想入非非矣！”鼎芬闻之大骇，将系而榜之。炳麟闻，仓皇逃走，之上海，遗书别陈衍，告其事，且曰：“之洞非英雄也！”亡何，以序巴县邹容《革命军》一书，偕逮系西狱，罚作；乃究心释典，治因明有所入。谓容曰：“学此可以解三年之忧矣！”盖因明之学，以分析名相始，以排遣名相终；从入之途，与平生古学相似，易于契机也。既出狱，东走日本。尝寓小石川，集留学国人二十许，为讲书，因以干食。睹国事败坏，大愤，思适印度为浮屠，资斧困绝，不能行；寓庐至数日不举火，日以百钱市麦饼果腹而已！或馈以鱼肉，则亦恣啖，一餐而尽，不为隔宿计也！开讲之前一日，共议讲何书。有人言讲《白虎通》为佳。炳麟默然而罢！众不晓所以。一人归语友，友曰：“是其中多公羊家言，非所愿。盍以许慎《五经异议》请？”翌日，其人如言。炳麟即欣然登座，敷演不倦。既多涉猎西籍，以新知附益旧学，日益闳肆。

而治《说文》尤精，尝翻阅大徐本数十过，一旦解悟，昀然见语言文字本原，以音韵为骨干；于是初为《文始》。而经典专崇古文，记传删定大义，往往可知。由是所见与笺疏琐碎者殊矣！顾好盛气攻辨，言革命而不赞共和，治古学而兼称宋儒，放言高论，而不喜与人为同。时论多诋秦专制；而炳麟不然！曰："人主独贵者，其政平。不独贵，则阶级起。秦皇负扆以断天下，而子弟为庶人；所任将相李斯、蒙恬，皆功臣良吏也。后宫之属，椒房之嬖，未有一人得自遂者！富人如巴寡妇筑台怀清；然亦诛灭名族，不使并兼。夫其卓绝在上，不与士民等夷者，独天子一人耳！天子以秉政劳民贵。帝族无功，何以得有位号？授之以政而不达，与之以爵而不衡，诚宜下替与布衣黔首等。夫贵擅于一人，故百姓病之者寡；其馀荡荡平于浣准矣。明制贵其宗室；孽子诸王，虽不与政柄，而公卿为伏谒。耳孙疏属，皆饩禀于县官。秦皇无是也。汉世游侠兼并养威于下，而上不限名田以成其厚。武帝以降，国之辅拂不任二府；而外戚窃其柄。秦皇无是也！要以著之图法者，庆赏不遗匹夫，诛罚不避肺腑，斯为直耳！秦制本商鞅，其君亦世世守法；要其用意，使君民不相爱，块然循予法律之中。秦皇固世受其术，虽独制，必以持法为齐。藉令秦皇长世，易代以后，扶苏嗣之；虽四三皇，六五帝，不足比隆也；何有后世繁文饰礼之政乎？"时论方崇汉党锢，而炳麟不然！曰："党锢之名自汉始！迄唐、宋、明皆有党人。原其用心，本以渴慕利禄之心，务求速化；一朝摈斥，率自附于屈原、韩愈之徒；盖魏公子牟有云：'身在江湖之上，心在魏阙之下。'庄周述之以为热中之戒；而是族反举此以为美谈！观葛洪《抱朴子·外篇·汉过篇》曰：'历览前载，逮乎近代，俗微道敝，莫剧汉末也！'然又云：'懒看文书，望空下名者，谓之业大志高。结党合誉，行与口违者，谓之以文会友。'则党锢诸公皆在所讥矣！《刺骄篇》曰：'闻之汉末诸无行自相品藻次第，群骄慢傲，不入道检者，为都魁雄伯；四通八达，皆背叛礼教，而纵肆邪僻，讪毁真正，中伤非党，口习丑言，身行敝事；凡所云为，使人不忍论也。’《名实篇》曰：‘闻汉末之世，灵、献之时，品藻乖滥，英逸穷滞，饕餮得志，名不准实，贾不本物，以其通者为贤，塞者为愚。’则知党人之口，变乱黑白，甚于青蝇；其视阉尹，亦齐楚伯仲之间耳。若郑康成以山东大师，传授经术，未尝问王朝治乱之事；名在党中，实由株连所及；此本不得以党人论者。若夫汝南许劭有臧否人伦之鉴，而与其兄许靖不协，摈之马磨；则知朋党相倾，不足以协人望，久矣。郭林宗以在野之士，昵迩公卿，虽不应征辟，终不出于浮华竞名之域。是以葛洪正之曰：‘圣者忧世，周流四方，犹为退士所见讥弹。林宗才非应期，器不绝伦；出不能安上治民，移风易俗；入不能挥毫属笔，祖述六艺；行炫自耀，亦既过差，收名赫赫，受饶颇多。然卒进无补于治乱，退无迹于竹帛，街谈巷议以为辩，讪上谤政以为高。时俗贵之歙然，犹郭解、原涉见趋于曩时也。’虽然，党人之所以自高者，率在危言激论；而亦藉文学以自华。今之新党，于古人固不相逮。若夫夸者死权，行险侥幸以求一官一秩，则自古而有之！明之党人，名为与逆奄相抗。然自江陵、新郑之时，朝士已分省自植。以熊廷弼之长于兵略而不附东林，则邹元标、魏大中辈必欲置之死地，其私心有可见者。会魏忠贤用事，廷弼、东林同时俱尽。海内党人，不得不解仇相助。忠贤既诛，而分省之事复亟。乃者东林之汪文言，复社之张溥，皆以善行贿赂，为党人所依赖；此汉、唐、宋之党人所不为者。若其内行点污，瞑瞒声色，则又前世清流之所未有。张溥喜服房中之药，见于医师喻昌书中。如瞿式耜之忠纯而犹有内实五姬；临命桂林，欲与妾诀，为张同敞所引止，况复延儒、谦益之流乎！明思文帝有言：‘北都覆于东林，南京亡于马阮，厥罪维均！’信哉，党人之死权而忘国事也！今之新党，与古人挈长则相异，与古人比短则相同。自弘历殁而党人绝，百年之间，朝野士庶寂然宁息，国政军实，堕于暗昧。洪、王起于金田，虏始震动，旋踵亦灭。外有皙人之祸，北露、西欧交征诸夏。迄于载湉嗣位，丑声起于禁掖之间。李鸿章拥兵于外，朝士哗然，皆谓其有异志。梁鼎芬以劾李鸿章罢官，朱一新以言李莲英废黜，天下冤之，则新党之萌芽始作。甲午辽东之役，丧师靡财，疆场日蹙。台湾之割，旅顺之割，青岛之割，威海之割，接踵而至。大酋垂拱于上，失其帝天之尊；而宫掖亦时有诟谇。康有为乘七次上书之烈，内资翁同龢之力，外借张之洞之援，设强学、保国诸会以号召天下。当是时，有郑孝胥、陈三立之徒，以诗歌目录闻于世；而汤寿潜善持论，为吏有声，世比之陈仲弓；数子者，名为通达时事，并相和会。嘉应黄遵宪与有为交最深；元和江标以掇拾中外末流之学，视学湖南；熊希龄辈和之于下；皆更相驱驰为一朋。有为既用事，欲收物望，树杨锐、刘光第于军机；以宫闱相挤之故，复结二妃。时文廷式既废，亦扼腕欲自发舒。其外则有俞明震者，与陈三立父子有连；尝佐唐景崧称副总统于台湾，世人称其忠义，与有为亦相引为重。而诸贵游为京朝官者，各往往参错其间。新党自此立矣。惟谭嗣同、杨深秀为卓厉敢死。林旭素佻达，先逮捕一夕，知有变，哭于教士李佳白之堂。杨锐者，颇圆猾知利害；既入军机，知其事不可久；时张之洞子为其父祝寿京师，门生故吏皆往拜；锐举酒不能饮，徐语人曰：‘今上与太后不协，变法事大，祸且不测。吾属处枢要，死无日矣。’吾尝问其人曰：‘锐之任此，固为富贵而已。既睹危机，复不能去，何也？’其人答曰：‘康党任事时，天下望之如登天。仕宦者争欲馈遗，或不可得。锐新与政事，馈献者踵相接，今日一袍料，明日一马褂料，今日一狐桶，明日一草上霜桶，是以恋之不能去也！’呜呼！使林旭、杨锐辈皆赤心变法无他志；颐和之围，或亦有人尽力。徒以萦情利禄，贪著赠贿，使人深知其隐；彼既非为国事，则谁肯为之效死者！有为既败，杨、刘死！张之洞、梁鼎芬始与有为抵拒，其党人亦稍稍引去；而江标以连蹇死。惟黄遵宪终始依之！倾侧扰攘，至于庚子汉口之役，有为以其事属唐才常。才常素不习外交，有为之徒龙泽厚为道地。其后才常权日盛，凡事不使泽厚知，又日狎妓饮燕不已。泽厚愤发，争之不可得，乃导文廷式至武昌发其事。才常死，其军需在上海，共事窃之以走。有为再败，则同党始有告密于诸藩，自戕其气类者。然新党之萌芽，本非自有为作，挟其竞名死利之心，而有为所为，足以达其所望，则和之；不足以达，则去之；足以阻其所望，则畔之。故有为虽失助，而新党自若！综观十馀年之人物，其著者或能文章，矜气节；而下者或苟贱不廉，与市侩伍；所志不出交游声色之间，人心不同固如其面，吾亦不敢同类而共非之；特其竞名死利则一也！幸其用事日浅，秽行不彰。不然而康氏事成，诸新党相继柄政；吾知必无叶向高、高攀龙辈；而人为谦益，家效延儒，可无待蓍蔡而决矣。猥俗之论，多以晚明方比后汉，此未得其情。后汉可慕，盖在《独行》、《逸民》诸传及夫雅俗孝廉之士而已！其党锢不足矜。然则孝弟通于神明，忠信行于蛮貊，居处齐难，坐起恭敬，道途不争险易之利，冬夏不争阴阳之和，见利不亏其义，见死不更其守；此后汉贤儒所立著于乡里，而本之师法教化者也。晚明风烈，独有直臣；直臣可式，独有杨继盛。馀琐琐皆党人矣！义色形于在公，流湎彰于退食；骨鲠闻于王路，唐行阙于草茅；而世以归厚，则过矣。”

时论咸薄宋程朱；而炳麟不然，曰：“戴震生清雍正末，见其诏令谪人不以法律，顾摭取洛、闽儒言以相稽，觇伺隐微，罪及燕语。九服非不宽也，而逊之以丛棘；令士民摇手触禁，其伤已多。震自幼为贾贩，转运千里，复具知民生隐曲，而上无一言之惠；故发愤著《原善》、《孟子字义疏证》，专务平恕，为臣民诉上天，明死于法可救，犯于理即不可救。又谓衽席之间，米盐之事，古先王以是相民，而后人视之猥鄙！其中坚之言尽是也。究极其义，及于性命之本，情欲之流，为数万言。夫言欲不可绝，欲当即为理者，斯固莅政之言，非饬身之典矣！辞有枝叶，乃往往轶出阈外，以诋洛、闽。纪昀攘臂扔之，以非清净洁身之士，而长流污之行。挽世或盗其言以崇饰慆淫；今又文致西来之说，教天下奢，以菜食纲衣为耻，为廉节士所非。诚明震意，诸窾言岂得托哉！洛、闽所言，本以饰身，不以莅政；震所诃又非也。凡行己欲陵而长民欲恕。陵之至者，止于释迦，其次若伯夷、陈仲；持以阅世，则《关雎》为淫哇，《鹿鸣》为流湎，《文王》、《大明》为盗言矣！不如是，人不与鸟兽绝！洛、闽诸儒躬行虽短，其言颇欲放物一二，而不足以长民。长民者使人人得职，筱荡其性，国以富强。上之于下，如大小羊羚相羵獖而已！本不可自别于鸟兽也！徒以礼义厉民犹难；况遏其欲？民惟有欲，故刑赏可用；向若以此行已，则终身在鹑鹊之域也！洛、闽之学，明以来稍敝蠹，及清为佞人假借，世益视之轻。然刁苞，应抝、张履祥之徒，修之田舍，其德无点！至今草野有习是者，虽陋犹少虚诈；属之以事体而无食言；寄之以财贿，幸而无失期会，无妄出入；虽娽娽无奇节，亦以周用！往者程、朱既废，古籍又不恒讽诵，行谊已薄；然野士犹不骀荡逾轨。自顷谈者以邹、鲁比德蛮俚；谓颜回乞儿，孙卿屠家公，老聃木偶行尸，古籍复尽不诵；十稔之间，虽总角之僮，鼓箧之子，已狂狡不自摄矣。世人颇以东国师任王学，国以富强；此复不论其世。东国者，初脱封建，人习武事，又地狭而性抟固，治王学固胜；纵治程、朱之言，犹自振也！夫其民志强忍，足以持久；故借王学，足以粉墨之。中国民散性偷久矣；虽为王学，奚所当匡敝救衰！且夫本王学以任事者，不牵文法，动而有功，素非可以长世也！观自文成以后，徐阶复习其术以仆严嵩，辅主数年，而政理昏惰，子姓恣轶，又未能去嵩绝远！此则其术足以猝起制人，不足以定天保，仆大命明矣！其飞钳制伏之术，便习之，则可以为大佞；校其利害之数，而程、朱寡过矣！古之所谓成人者，见利思义，见危授命，久要不忘平生之言；其本要将在斯也。”

时论方蔑道德，奖革命；而炳麟不然！曰：“今与邦人诸友同处革命之世，偕为革命之人，而自顾道德，犹无以愈于陈胜、吴广。纵令瘏其口、焦其唇、破碎其齿颊，日以革命号于天下，其卒将何所济？道德者，不必甚深言之，但使确固坚厉，重然诺，轻死生可矣。虽然，吾闻古之言道德者曰：‘大德不逾闲，小德出入，可也。’今之言道德者曰：‘公德不逾闲，私德出入，可也。’道德果有大小公私之别乎？于小且私者，苟有所出入矣；于大且公者，而欲其不逾闲；此乃迫于约束，非自然为之也。政府既立，法律既成，其人知大且公者之逾闲，则必不免于刑戮；其小且私者，虽出入而无所害；是故一举一废应于外界而为之耳。政府未立，法律未成，小且私者之出入，刑戮所不及也！大且公者之逾闲，亦刑戮所不及也！如此，则恣其情性，顺其意欲，一切破败而毁弃之，此必然之势也！吾辈所处革命之世，此政府未立，法律未成之世也。方得一介不与，一介不取者；而后可与任天下之重。若曰：‘有狙诈如陈平、倾险如贾诩者，吾亦可以因而任之。’此自政府建立后事，非今日事也。今世之言革命者，则非直以陈平、贾诩为重宝，而方欲自效陈平、贾诩之所为，若以此为倜傥非常者！悲夫，悲夫！方今中国之所短，不在智谋而在贞信，不在权术而在公廉；其所需求，乃与汉时绝异。楚汉之际，风尚淳朴，人无诈虞，革命之雄，起于吹箫编曲。汉祖所任用者，上自萧何、曹参，其下至于王陵、周勃、樊哙、夏侯婴之徒，大抵木强少文，不识利害。彼项王以勇悍仁强之德，与汉氏争天下，其所用皆廉节士。两道德相若也，则必求一不道德者而后可以获胜；此魏无知所以斥尾生、孝已为无用，而陈平乃见宝于汉廷矣！季汉风节，上轶商、周。魏武虽任刑法，所用将士，愍不畏死；而帷幄之中参预机要者，钟、陈、二荀，皆刚方皎白士也。有道德者既多，亦必求一不道德者而后可以获胜；故贾诩亦贵于霸朝矣。其所以贵者，以其时倾险狙诈之才，不可多得而贵之也。……风教陵夷，机械日构，至于今日，求一质直如萧、曹，清白如钟、陈、二荀，奋厉如王陵、周勃、樊哙、夏侯婴者，则不可得；而陈平、贾诩，所在有之。尽天下而以诈相倾；甲之诈也，乙能知之；乙之诈也，甲又知之；其诈亦即归于无用。甲与乙之诈也，丙与丁疑之；丙与丁之诈也，甲与乙又疑之；同在一族，而彼此互相猜防，则团体可以立散。是故人人皆不道德，则惟有道德者可以获胜。此无论政府之已立、未立，法律之已成、未成，而必以是为臬矣。今之习俗，以巧诈为贤能，以贞廉为迂拙，虽歃血莅盟，犹无所益。是故每立一会，每建一事，未闻其有始卒。其或稍畏清议而欲食其前言，则曰：‘吾之所为，乃有大于此者。’知祸患之将至，则藉口于远求学术，容身而去矣。见异己之必胜，则遁辞于大度包容，委事而逸矣！‘言必信，行必果，久要不忘平生之言’，贯四时而不改柯易叶者，盖有之矣！我未之见也。若能则而行之，率履不越，则所谓确固坚厉，重然诺，轻死生者，于是乎在。呜呼，端居读书之日，未更世事，每观管子所谓‘四维’，孔子所谓‘无信不立’者，固以是为席上之腐谈尔；经涉人事，忧患渐多，目之所睹，耳之所闻，坏植散群，四海皆是。追怀往诰，惕然在心；反是不思，亦已焉哉！”

时论方慕共和，称代议；而炳麟不然，曰：“代议政体者，封建之变相。其上置贵族院，非承封建者弗为也。民主之国，虽代以元老，蜕化而形犹在。其在下院：《周礼》有外朝询庶民，虑非家至而人见之也，亦当选其得民者以叩帝阍。《春秋》卫灵公以伐晋，故遍访工商。讫汉世去封建犹近，故昭帝罢盐铁榷酤，则郡国贤良文学主之，皆略似国会。魏晋以降，其风始息，至今又千五六百岁，而议者欲逆反古初，合以泰西立宪之制；庸下者且沾沾规日本。不悟彼之去封建近，而我之去封建远。去封建远者，民皆平等；去封建近者，民有贵族、黎庶之分。与效立宪而使民有贵族、黎庶之分，不如王者一人秉权于上，规模廓落，则苛察不遍行，民犹得以纾其死。盖震旦亦无他长耳。旁睨邻国，与我为左右手者，印度以四姓阶级亡。西方诸国，上者藩侯，下者地主，平民皆不得与抗礼；其废君主立总统者，以贫富为名分，若天泽冠履然；彼其与印度兴亡虽异，以阶级限民则同。独震旦脱然免是。必欲阌置国会，规设议院；未足佐民，而先丧其平夷之美！他国未有议员时，实验未著，从人心所悬揣，谓其必优于昔。今则弊害已章，不能如向日所悬拟者。其被选不以功贤，有权力者能以势藉结人，大佞取给于口舌，哗众啸群，其言卓荦出畴辈，至行事乃绝异。家有阎妻，又往往以色蛊人，助夫眩惑；既与举者交欢，骋辩未终，令听者魂精颠沛，俄而使其良人上遂矣。美国之法：代议士在乡里，有私罪不得举告；其尊与帝国之君相似；猥鄙则如此，昌披则如彼，名曰国会，实为奸府！徒为有力者傅其羽翼，使得腠腊齐民。震旦尚不欲有一政皇，况欲有数十百议皇耶？民权不借代议以伸，而反因之扫地。他且勿论。君主之国有代议，则贵贱不相齿；民主之国有代议，则贫富不相齿。横于无阶级中增之阶级，使中国清风素气，因以摧伤；虽得宰制全球，犹弗为也。吾侪所志，在光复宗国而已；光复者，义所在，情所迫也。光复以后，复设共和政府，则不得已而为之也；非义所任，情所迫也。世人矜美、法二国以为美谈。今法之政治以贿赂成，美人亦多以苞苴致贵显；而为代议士者，荣求入选，所费金无虑巨万，斯与行贿得官何异？举总统者又踊是！且众选者，诚民之同志哉？驰辩驾说以彰其名；人为之树旗表，使负版贩夫皆劝誉；民已愚无知，则以为诚贤。贤否之实，不定于民萌，而操于小己；此犹出之内府，取之外府；求良田大宅者，持人短长，而辞苛夺之名，使人署券以效其地也。既选，又树其同己者以为陪贰；下及葺骑驺伍，亡不易位；不考功实，不课疲能，而一于朋党。下者乃持大赂名琛，田之租赋，市之币馀；适妻荐席，外妇奉匣以求得当。议官司直，交视而莫敢议其后。然则政制之可鄙厌，宁独专制？虽民主立宪，犹将拨而去之。藉令死者有知，当操金椎以趣冢墓，下见拿破仑、华盛顿，敲其头矣！”

时论方兴学校，废科举；而炳麟不然！曰：“昔汉时举博士，年五十，始应科。今之世，有晨朝卒业，比暮已为父师者矣！而学官弟子，复以其业为足。循是以往，惧犹不如科举之世。何者？科举文辞至腐朽；得科举者犹自知不为成学；入官以后，尚往往理群籍、质通人；故书数之艺，六籍之故，史志之守，性命之学，不因以蠹败；或乃乘时间出，有愈于前。今终以学校之业为具，则画地不能进一武！老聃有言：‘天下皆知美之为美，斯恶已！’彼学校者岂不美于科举耶？犹曰未已，而在学者以奸政。学校诸生，非吏也，所习不尽刑名比详；虽习之，犹未从政，辍业不修，以奸当途之善败，则士侵官而吏失守。士所欲恶，不尽当官成，又不与齐民同志；上不关督责之吏，下不编同列之民，独令诸生横与政事，恃夸者之私见以议废置，此朋党所以长。盖昔郑公孙侨不毁乡校者，期其私议横舍之中，以风闻者而理察之；不期其公议于廷。侨虽不毁，当是时，校士好议，忘其肄业，不嗣管弦之音而佻达于城阙，犹诗人所讥也。”自诩前识，其言往往而中。然世儒之于炳麟，徒赞其经子诂训之劬，而罕会体国经远之言；知赏窈眇密栗之文，未有能体伤心刻骨之意。世莫知炳麟，而炳麟纷纶今古，益与世为迕；剽剥儒墨，虽老师宿学不能自解免焉！

炳麟论文，右魏晋而轻唐宋，于古今人少许多迕。顾盛推魏晋之论，谓汉与唐宋咸不足学；独魏晋为足学而最难学；述《论式》。其大指谓：“雅而不核，近于诵数；汉人之短也。廉而不节，近于强钳；肆而不制，近于流荡；清而不根，近于草野；唐宋之过也。有其利，无其病者，莫若魏晋。魏晋之文，大体皆埤于汉，独持论仿佛晚周；气体虽异，要其守己有度，伐人有序；和理在中，孚尹旁达，可以为百世师矣！效唐宋之持论者，利其齿牙；效汉之持论者，多其记诵；斯已给矣！效魏晋之持论者，上不徒守文，下不可御人以口’，必先豫之以学。”斯其盛推魏晋也！于清儒推汪中、李兆洛；并世推王闿运、吴汝纶、马其昶三人；此外虽其师俞樾之文亦致不满。因著《校文士》以见意曰：

近代学者率椎少文，文士亦多不学。兼是两者，惟阳湖之张生张惠言，又非其至者也。然学者不习通俗之文；而特雅驯可诵，视欧、曾、王、苏将过之。先戴戴震《句股割圜记》，吐言成典，近古之所未有。适者黄以周以不文著；惟黄氏亦自谓钝于笔语；观其撰述，密栗醇厚，庶几贾、孔之遗章，何宋文之足道！戴君戴望在朴学家，号为能文；其成一家言者，则

> 信善矣。造次笔札酬对之辞，顾反与宋文相似。故知世人所谓“文”者，非其最上；而“椎少文”之云，特以匪色不足，短于驰骤曲折云尔。惟俞先生俞樾文篇滥，不称其学；此则轶出于恒律者也！史家若章、邵二公章学诚、邵晋涵记事甚善；其持论亦在《文心》、《史通》间；然史家固无木讷寡文之诮，故不悉论。若通俗不学者，其文亦略有第次；善叙行事，能为碑版传状，韵语深厚，上攀班固、韩愈之轮；如曾国藩、张裕钊，斯其选也。规法宋人，而能止节淫滥；时以大言自卫，亦不敢过其情；如姚鼐、梅曾亮，则其次也。闻见杂博，喜自恣肆，其言近于纵横，视安石不足，而拟苏洵为有馀；如恽敬辈，又其次也。自放尘埃之外，傲睨万物，而固陋不能持论；载其清静，亦使穷儒足以娱老；如吴敏树辈，又其次也。又夫文质相扶，辞气异于通俗，上法东汉，下亦旁皇晋、宋之间；而文士以为别裁异趣，如汪中、李兆洛之徒，则可谓彬彬者矣！魏源、龚自珍，则所谓伪体者也。源故不学，惟善说满洲故事；晚乃颠倒诗书以钓名声，凌乱无序；小学尤疏谬，而栩栩自高，以为微言大义在是！其持论或中时弊，而往往近于怪迂！自珍承其外祖之学，又多交经术士，其识源流，通条理，非源之侪！然大抵剽窃成说而无心得，其以经为史，本之《文史通义》而加华辞；观其华，诚不如观其质者。若其文辞侧媚，自以取法晚周诸子，而佻达无骨体，视晚唐皮、陆且弗逮；以较近世，犹不如唐甄《潜书》之近实。而后生信其诳耀以为巨子；诚以舒纵易效，又多淫丽之辞，中其所嗜；故少年靡然乡风。自自珍之文贵于世，而文学涂地将尽；将汉种灭亡之妖耶！孔子云：“觚不觚，觚哉！觚哉！”

大率衡论诸家，犹以为得失互见；而于后生崇信之龚自珍，极口诋诽，致以为“汉种灭亡之妖”焉；世或不以为允也。既而入民国，炳麟故以文字张革命而有成功；誉望高，讲学推为大师。而持论逾峻厉。闽县林纾方以能文章治桐城家言，为士论所归；尤遭炳麟嫉诃。其《与人论文书》曰：

来书疑仆持论褒大先梁而损置徐、庾以下，又称中唐韩、吕、刘、柳诸家，次及宋世宋祁、司马光等；然上不取季唐，下不与吴蜀六士，谓欧阳、曾、王、苏。若两取容于姚、李二流者。仆闻之“修辞立其诚”也，自诸辞赋以外，华而近组则灭质，辨而妄断则失情，远于立诚之齐者，斯皆下情所欲弃捐；固不在奇耦数！徒论辞气，太上则雅，其次犹贵俗耳！主意。俗者，谓土地所生习，《地官·大司徒》注。婚姻丧纪旧所行也；《天官·太宰》注。非猥鄙之谓。孙卿云：“有雅儒者，有俗儒者。”李斯云：“随俗雅化。”夫以俗为缦白，雅乃继起以施章采，故文质不相畔。世有辞言袭常而不善故训，不綦文理，不致隆高者；然亦自有友纪。佻儇侧媚之辞薄之，则必在绳之外矣！是能俗者也。先梁杂记，则随俗而善，文尽雅，陈已稍替，乃南北掍合，其质大挠。故有常语尽雅，毕才技以造瑰辞，犹几不及俗者；唐世颜师古、许敬宗之伦是也。致文则雅，燕闲短语，有所记述题署，且下于俗数等；近世阮元、李兆洛之伦，是也。且北朝更丧乱久，文章衰息，浸已绌于江左。魏收、邢子才刻意尚文，以任、沈为大师，终不近。会江左文体亦变。徐陵通聘，而王褒、庾信北陷；北人承其蜚色，其质素丑，外自文以妖冶，貌益不衷！传曰：“白而白，黑而黑。”夫《贲》，有何好乎？陵夷至于唐世，常文蒙杂。而短书媟慢，中间亦数改化。稍稍复古以有韩、吕、刘、柳，自任虽夸，顾其意岂诚薄齐、梁耶？有所歆于徐、庾；而深悼北人之效法者，失其轶丽，而只党莽，不就报章；欲因素功以为绚乎？自知虽规陆机，摹傅亮，终已不能得其什一；故便旋以趋彼耳！北方流势本拥肿也，削而砻之，大分不出后汉；碑诔尤近；造辞窜句，犹兼晋宋赋颂之流。宋世能似续者，其言稍约；亦独祁、光诸子。今夫韩、吕、刘、柳所为，自以为古文辞；纵材薄不能攀姬汉，其愈隋、唐末流猥文固远。宋世吴蜀六士，志不师古，乃自以当时决科献书之文为体；是岂可并哉？曩尝与足下言："仆重汪中，未尝薄姚鼐、张惠言。"姚、张所法，上不过唐、宋；视吴蜀六士为谨。原注云：夸言稍少，此近代所长。若恽敬之恣，龚自珍之儇，则不可同论。仆视此虽不与宋祁、司马光等；要之文能循俗，后生以是为法，犹有坛宇，不下堕于猥言酿辞；兹所以无废也。并世所见：王闿运能尽雅，其次吴汝纶之下，有桐城马其昶，为能尽俗。原注云：萧穆犹未能尽俗。下流所仰，乃在严复、林纾之徒。复辞虽饬，气体比于制举，若将所谓曳行作姿者也！纾视复又弥下，辞无涓选，精采杂污；而更浸润唐人小说之风！夫欲物其体势，视若蔽尘，笑若龋齿，行若曲肩，自以为妍，而只益其丑也！与蒲松龄相次，自饰其辞而祇散之曰："此真司马迁、班固之言！"原注云：纾弟子记师言，援吴汝纶言以为重。汝纶既没，其言有无不可知。观汝纶所为文辞，不应与纾同其谬妄。或由性不绝人，好为奖饰之言乎？若然者，既不能雅，又不能俗，则复不得比于吴蜀六士矣。仆固不欲两取容于姚、李，而恶夫假托以相争者。扬子曰："见弓之张弛而不失其良，日檠之而已矣！"夫先梁与中唐者，势有张弛；岂其为良异哉！使奇耦之言，文章之议，日竞于世；失其所以檠，而诡雅异俗者据之，斯亦非足下之所惧耶？

盖斥严复、林纾为诡雅异俗云。而诃林纾尤甚。又以林纾小说为世俗称道，于是明述作之意，又署后曰：

> 小说者，列在九流十家，不可妄作。上者宋钘著书，上说下教，其意犹与黄老相似；晚世已失其守。其次曲道人物、风俗、学术、方伎，史官所不能志，诸子所不能录者；比如失遗，故可尚也！宋人笔记尚多如此，犹有江左遗意。其下或及神怪，时有目睹，不乃得之风听；而不刻意构画其事；其辞坦迤，淡乎若无味，恬然若无事者；《搜神记》、《幽明录》之伦，亦可以贵！唐人始造意为巫蛊媟嫔之言，晚世宗之，亦自以小说名，固非其实。夫蒲松龄、林纾之书，得以小说名者，亦犹“大全”、“讲义”诸书，傅于六艺儒家也！

炳麟词意刻急，大率视此。惟炳麟之所贬绝者，特林纾耳！未尝贬绝桐城家言也。人问：“桐城义法何其隘耶？”曰：“此在今日，亦为有用。何者？明季猥杂佻脱之文，雾塞一世；方氏起而廓清之。自是以后，异喙已息，可以不言流派矣。乃至今日，而明末之风复作！报章小说，人奉为宗；幸其流派未亡，粗存纲纪。学者守此，不至堕入下流；故可取也！若谛言之：文足达意，远于鄙倍，可也；有物有则，雅驯近古，是亦足矣！”然则炳麟之所贬绝者，固非桐城而林纾也。顾林纾不平于炳麟之斥绝，往往引桐城家以自障焉！错具林纾篇中。

炳麟论文，谓当以文字为主，不当以彣彰为主；而“文”之为名，包举一切著于竹帛而言；故有成句读之文，有不成句读之文；而成句读者，复有有韵、无韵之别；无韵文中，当有学说、历史、公牍、曲章、杂文、小说六科；而欲以书志疏证之法，施之于一切文辞。命其形质，则谓之文；状其华美，则谓之彣。凡彣者必皆成文，而成文者不必皆彣，援经据典，述《文学论略》一篇，博辨强证，洋洋万馀言；兹以繁不能具录，仅节约其旨曰：

《论衡·超奇》篇云："能说一经者为儒生。博览古今者为通人。采掇传书以上书奏记者为文人。能精思著文，连结篇章者为鸿儒。"又曰："州郡有忧，有如唐子高、谷子云之吏，出身尽思，竭笔牍之力；烦忧适有不解者哉！"又曰："长生死后，州郡遭忧，无举奏之吏，以故事结不解，征诣相属；文轨不尊，笔疏不续也。岂无忧上之吏哉？乃其中文笔不足类也！"又曰："若司马子长、刘子政之徒，累积篇第，文以万数；其过子云、子高远矣！然而因成前纪，无胸中之造。若夫陆贾、董仲舒论说世事，由意而出，不假于外；然而浅露易见。观读之者犹曰传记。阳城子长作《乐经》，扬子云作《太玄经》，造论助思，极窅冥之深；非庶几之才，不能成也！桓君山作《新论》，论世间事，辨照然否，虚妄之言，伪饰之辞，莫不证定。彼子长、子云说论之徒，君山为甲！自君山以来，皆善鸿眇之才，故有嘉令之文。"据此所说，所谓文者，皆以作奏记为主。自是以上，乃有鸿儒。鸿儒之文，若司马子长、刘子政所著，则为历史；陆、董、阳城、杨四子所著，则为经说；君山所著，则为诸子。是历史、经说、诸子三者，彼方目以最上之文；非如后人摈此于文学之外，而沾沾焉惟以华辞为文，或以论说、记序、碑志、传状为文也。或言："学说、文辞之所以异者，学说在开人之思想，文辞在动人之感情；虽亦互有出入，而大致不能逾此。"此亦一偏之见也！就彼所说，则除学说而外，一切有韵无韵之文，皆得称为文辞；而一以激发感情为主；则其误亦已甚矣。无韵文中，专尚激发感情者，惟杂文、小说耳！历史之中，目录学案，则于思想有关，而于感情无涉。其他叙事之文，固有足动感情者；然本非以是为主。盖叙事者，在得其事之真相耳！其事有足动感情与不动感情之异，故其文亦有足动感情与不动感情之异。若强事而就辞，则所谓削足适屦者也！至于姓氏之书，列入史科，此则无关思想，亦无关于感情者也。公牍之中，诏诰奏议，亦有能动感情者；然考绩升调之诏，支销举劾之书，则于感情固无所预；其取动感情者，惟为特别事端，非其标准在此也。诉讼之词状，录供之爰书，当官之履历，经商之引帖，此足动感情乎？抑不足动感情乎？典章之中，思想感情，皆无所预。若评论典章，与寻求其原理者，此则诸子之法家，当在学说；非彼所谓文辞矣！然则无韵之文，除学说外，有历史、公牍、典章、杂文、小说五科；而三科皆不以能动感情为主，惟杂文、小说则以是为标准耳。有韵之文，诚以能动感情为主矣；然则著龟彖象之文，体皆韵语，命曰占繇；《周易》而外，见于《左氏》者多！乃于扬子之《太玄》，焦赣之《易林》，东方朔之《灵棋》，其文古雅有馀，而于感情实无所动。其他诗赋、箴铭、哀诔、词曲之属，固以宣情达意为归；抑扬宛转，是其职也。虽然，儒家之赋，意存谏戒，若荀卿《成相》一篇，固无能动感情之用。毛公传《诗》，独标兴体；所谓兴者，即能动感情之谓；则知比、赋二式，宜不以此为限。传称"登高能赋，谓之德音"。然则原本山川，极命草木，若相如之《子虚》，扬雄之《羽猎》、《甘泉》，左思之《三都》，郭璞、木华之《江》、《海》，奥博翔实，极赋家之能事矣！其感情动耶否耶？其专赋一物者，若荀卿之《蚕赋》、《箴赋》，王延寿之《王孙赋》，祢衡之《鹦鹉赋》，侔色揣称，曲尽形相；读者感情亦未动也。今之言诗，与古稍异；故诗、赋分为二事。汉世《郊祀》、《房中》之歌，沈博绝丽；而庄敬之情，览者曾不为动；盖其感人之处，固在被之管弦，非局于词句也。若夫《柏梁》联句，语皆有韵，后世遵之，自为一体；今试细绎其辞，惟是夫子自道；而《上林令》诗则以“桃李橘柚枇杷梨”七字垛积成言，无异《急就篇》中文句。若以《柏梁诗》为不善，则固诗人所尊奉也！若以《柏梁诗》为善，则无可动人之感情也！然则谓文辞之妙，惟在能动感情者，在韵文已不能限，而况无韵之文乎？彼专以杂文、小说之能事，概一切文辞者，是真知其一而不知其二也。或云壮美，或云优美，学究点文之法，村妇评曲之辞，庸陋鄙俚，无足挂齿，而以是为论文之轨，不亦过乎？吾今为一语曰：一切文辞，体裁各异：以激发感情为要者，箴铭、哀诔、诗赋、词曲、杂文、小说之类是也；以浚发思想为要者，学说是也；以确尽事状为要者，历史是也；以比类知原为要者，典章是也；以便俗致用为要者，公牍是也；以本隐之显为要者，占繇是也。其体各异，故其工拙亦因之而异；其为文辞则一也。夫以学说与文辞对立者，其失在惟以彣彰为文，而不以文字为文；故学说之不彣者，则悍然摈之于文辞之外。惟《论衡》所说，略成条理。先举奏记为质，则不遗公牍矣！次举叙事、经说、诸子为言，则不遗历史与学说矣！有韵为文，人所共晓，故略而不论；杂文汉时未备，故亦不著。不言小说，或其意存鄙夷；不列典章，由其文有缺累。此则不能无失者也。虽然，王氏所说，虽较诸家为胜，亦但知有句读文，而不知无句读文；此则不明文学之原矣！吾今当为众说：古者书籍得名，由其所用之竹木而起；此可见语言文学，功用各殊；是文学之所以称文学也！且如“经”之得称，谓其常也；“传”之得称，谓其转也；“论”之得称，谓其伦也；此皆后儒训说，未必睹其本真。欲知称“经”、称“传”、称“论”之由，则“经”者，编丝缀属之谓也，是故《六经》而外，复有纬书，义亦同此。如《佛经》称素怛缆，亦云修多罗。素怛缆者，直译为线，译意为经。盖彼贝叶成书，故不得不用线联贯；此以竹简成书，亦不得不编丝缀属。其必举此为号者，异于百名以下，专用版牍者耳。盖经本官书，故《吴语》有“挟经秉枹”之说。韦昭解：“经，兵书也。”此说未确也。岂有临阵而读兵书者？盖尺藉伍符之属，临阵携之，取便检点。字既繁多，故用策而不用版也。“传”者，专之假借也；《论语》“传不习乎”，是其明证。《说文》训专为六寸簿，簿则手版，古谓之忽，今作笏。书思对命以备忽忘，故引伸为书籍记事之称。书籍名簿，亦名为专；专之得名，以其体短有异于经。郑康成序《论语》云：“《春秋》二尺六寸，《孝经》一尺二寸，《论语》八寸。”则知专之简策，当更短于《论语》所谓八寸者也。《汉书·艺文志》言：刘向校中古文《尚书》，有一简二十五字者。而服虔注《左氏传》则云：古文篆书一简八字。盖二十五字者二尺四寸之经也，八字者六寸之传。古官书皆长二尺四寸，故云二尺四寸之律。举成数言，则曰三尺法。经亦官书，故长如之。其非经律则称短书，皆见《论衡》。论者古只作仑；比竹成册，各就次第，是之谓仑。箫亦编竹为之，是故龠字，从仑引伸，则乐音之有秩序者，亦称为仑，“于论鼓钟”是也，言说之有秩序者，亦称为仑，“坐而论道”是也，推寻本义，实是“仑”字。《论语》为师弟问答，而亦略记旧文，散为各条，次编成帙，故曰仑语。要之“经”者，绳线贯联之称；“传”者，簿书记事之称；“论”者，比竹成册之称。各从其质以为之名，亦犹古言“方策”，汉言“尺牍”，今言“札记”也。虽古之言“肄业”者，《左氏传》：“臣以为肄业及之也。”亦谓肄版而已。《释器》云：“大版谓之业。”所习之书，各有篇第；而习者移书其文于版，故云肄业，《管子·宙合》篇云：“退身不舍端，修业不息版。”以此证之，则“肄业”之为肄版明矣。学业之名，由此引伸，与事业、功业异义。据此诸证，或“简”或“牍”，皆从其质为名；此所以别文字于言语也！其所以必为之别者，何也？文字初兴，本以代言为职；而其功用有胜于言者！盖言语之用，仅可成线，喻如空中鸟迹，甫见而形已逝；故一事一义得相联贯者，言语司之。及夫万类坌集，棼不可理；言语之用有所不周，于是委之文字。文字之用，可以成图；故表谱图书之术兴焉。凡排比铺张，不可口说者，文字司之。及夫立体建形，向背同现，文字之用，又有不周；于是委之仪象。仪象之用，可以成体；故铸铜雕木之术兴焉。凡望高测深，亦不可图表者，仪象司之。然则文字本以代言，而其用则有独至；凡无句读之文，皆文字所专属者也。文之代言者，必有兴会神味。文之不代言者，则不必有兴会神味。不代言者，文字所擅场也。故论文学者，不得以感情为主。今分无句读文为图画、表谱、簿录、算草四科。而有句读文则分有韵、无韵。有韵文者：赋颂、哀诔、箴铭、占繇、古今体诗、词、曲；无韵文者：学说、历史、公牍、典章、杂文、小说也。其中学说、历史、公牍、典章、杂文又当区为各类。以此分析，则经典亦当散入各科：如《周易》者，占繇科也。如《诗》者，赋颂科也。如《周礼》者，典章科之官礼类也。如《仪礼》者，典章科之仪注类也。如《礼记》者，典章科之仪注类、《曲礼》、《内则》、《投壶》、《公符》诸篇皆是。书志类、《祭法》、《明堂》、《月令》诸篇皆是。学说科之诸子类、《中庸》、《礼运》、《三朝》诸篇皆是。疏证类，《昏义》、《冠义》、《乡饮酒义》诸篇皆是。历史科之纪传类如《五帝德》篇是。也。《春秋》者，历史科之编年类，《世本》则表谱科，《国语》则历史科之国别史类，“二传”则学说科之疏证类也。《论语》、《孝经》者，学说科之诸子类也。《尔雅》、《说文》者，学说科之疏证类也。至于正史一书之中，分科各异：如纪传，则历史科之纪传类也；书志，则典章科之书志类也；年表，则表谱科也；若《百官公卿表》，则又典章科之官礼也；《宰相世系表》，则又历史科之姓氏书类也。于书志中，有《艺文》、《经籍》等志，则又历史科之目录类也。文人所作总集、别集之属，大抵多在杂文科中；而碑志，则历史科之款识类；传状，则历史科之行状类、别传类也；若《翰苑集》，则公牍科之奏议类也；若《顺宗实录》，则历史科之纪传类也。凡自成一家之书，名为诸子。然《别录》、《七略》，兵书、方技、数术，皆为独立，不入《诸子略》中。晋荀勖《簿录中经》分为四部；而兵书、数术，遂与诸子合符。梁阮孝绪作《七录》，子、兵为一，而技术复在其外。隋《经籍志》始以兵家、天文家、历数家、医方家尽入诸子，自今以后，科学渐兴，则诸子所包，其数将不可计；儒家、道家，同为哲学；墨家、阴阳家，同为宗教；似亦不须分立矣！此与历史、公牍、典章、小说诸科皆相涉入；惟于杂文则远耳！其次或自成一家，或依附旧籍，而皆以实事求是为归者，则通名为“疏证”。上自经说，下至近世之札记，此皆疏证类也。其最古者，若《尚书》有《太誓故》；见《周语》。《管子》有《形势解》、《立政九败解》、《版法解》、《明法解》；《韩非》有《解老》、《喻老》；此亦疏证类也。而近人别集，如戴震、钱大昕、段玉裁、阮元辈，其间杂文甚少，而关于考证者多，是亦疏证类也。此类与历史、公牍、典章、杂文、小说诸科，则皆相涉入者也。其有商度文史，自成一家者，名曰“平议”；若荀勖之《杂撰文章家集叙》，挚虞之《文章志》、傅亮之《续文章志》，《隋书》皆列入《史部·簿录篇》中，皆为近似；而后人则于“别集”、“总集”而外，又立一“文史”类，搜集此种，录入其中；则名实相去远矣。今之史评，若《史通》是也；今之文评，若《文心雕龙》是也；其关于款识者，若《金石要例》是也；其关于古今体诗者，若《诗品》是也；其通评文史者，若《文史通义》是也。此则与无句读文、有句读文皆相涉入者也。故凡有句读文，以典章为最善，而学说科之疏证类，亦往往附居其列；文皆质实而远浮华，辞尚直截而无蕴藉，此于无句读文最为邻近。魏晋以后，珍说丛兴，文渐离质，作史者能为纪传而不能为表谱书志。今观陈寿之《三国志》，范晔之《后汉书》，姚思廉之《梁书》、《陈书》，令狐德棻之《周书》，李百药之《北齐书》，李延寿之《南史》、《北史》，惟存纪传，而表志绝焉！惟沈约《宋书》、萧子显《齐书》、魏收《魏书》有志。若《续汉书》之志，则司马彪作，非范晔所能作也。《隋书》成于官撰，纪传与志分任纂修，盖作纪传者亦不能作志也。《晋书》亦官撰，故得有志。江淹所以叹“作史之难，莫难于作志”也。中唐以后，“三传”束阁；降及北宋，论锋横起，好为浮荡恣肆之辞，不惟其实；故疏证之学渐疏。刘攽、刘奉世、洪适、洪迈、娄机、吴曾、王应麟之徒，虽能考证丛残，持之有故，言之不能成理，属文者便于荒陋，反以疏证为支离，此文辞所以日趋浮伪也！虽然，既已谓之文辞，则书志必不容与表谱、簿录同其繁碎，疏证必不容与表谱、簿录同其冗杂。故书志之要，必在训辞翔雅，若《汉志》、《隋志》、《通典》之文则得矣！宋、元、明《志》、《通考》、《续通考》辈，非其任也！疏证之要必在条理分明，若江永、戴震、段玉裁、王引之、金榜、黄以周之文，则得矣！余萧客、王昶、洪亮吉辈，非其任也！以典章科之书志，学说科之疏证，施之于一切文辞；除小说外，凡叙事者尚其直叙，不尚其比况；若云：“血流漂杵。”或云：“积干曳甲与熊耳山齐。”

其文虽工，而为偭规改错矣！凡议论者尚其明示，而不尚其代名；若云："颜渊虽笃学，附骥尾而行益显。"或云："足历王庭，垂饵虎口。"其文虽工，而为雕刻曼辞矣！乃若叠韵双声，连字连义，用为形容者，惟于韵文为宜！无韵之文，亦非所适。所以者何？韵文以声调节奏为本，故形容不患其多。无韵之文，便与此异！前世作者用之符命，是为合格；其他诸篇，倘见则可，过多则不适矣！相如、子云湛深于古文奇字；《移檄》、《解嘲》之属，用此亦多。后人当师其奇字，不当师其形容语也！乃如举地称官，皆从时制；虽当异族秉政，而亦无可诡更，所谓"名从主人"也。近世为文例者，只以此为金石刻画之程式，其实杂文亦尔；特历史、公牍诸科，需此尤切耳！夫解文者，以典章学说之法，施之历史、公牍，复以施之杂文，此所以安置妥帖也！不解文者，以小说之法施之杂文，复以施之历史、公牍，此所以觳觫不妥也！或曰："子前言一切文辞体裁各异，故其工拙亦因之而异；今乃欲以书志疏证之法施之于文辞，不自相刺缪耶？"答曰："前者所说，以工拙言也；今者所说，以雅俗言也。工拙系乎才调，雅俗者存乎轨则。轨则之不知，虽有才调而无足贵；是故俗而工者，无宁雅而拙也！雅有消极、积极之分。消极之雅，清而无物，欧、曾、方、姚之文是也；积极之雅，闳而能肆，扬、班、张、韩之文是也。虽然，俗而工者，毋宁雅而拙；故方、姚之才虽驽，犹足以傲今人也！吾观日本之论文者，多以兴会神味为主，曾不论其雅俗；或其取法泰西，上追希腊，以'美'之一字横梗结噎于胸中。故其说若是耶？彼论欧洲之文，则自可耳；而复持此以论汉文。吾汉人之不知文者，又取其言以相矜式，则未知汉文之所以为汉文也。日本人所读'汉籍'，仅中唐以后之书耳！魏、晋、盛唐之遗文，已多废阁；至于周、秦、两汉，则称道者绝少；虽或略观大意，训诂文义，一切未知，由其不通小学耳！夫中唐文人，惟韩、柳、皇甫、独孤、吕、李诸公为胜。自宋以后，文学日衰，以至今日。彼方取其最衰之文、比较综合以为文章之极致，是乌足以为法乎！”或曰：“子之持论，似明世七子所言，专以唐为封域，而蔑视宋后诸公，宁非一偏之论耶？”答曰：“七子之弊，不在宗唐而祧宋也，亦不在效法秦、汉也；在其不解文义而以吞剥为能，不辨雅俗而以工拙为准。吾则不然。先求训诂，句分字析而后敢造词也；先辨体裁，引绳切墨而后敢放言也！此所以异于明之七子也！”或曰：“予谓不辨雅俗，则工拙可以不论。前者已云：‘以便俗致用为要者，公牍是也。’彼公牍者，复何雅之足言乎？”答曰：“所谓雅者，谓其文能合格。公牍既以便俗，则上准格令，下适时语，无屈奇之称号，无表象之言词，斯为雅矣！《汉书·艺文志》曰：‘书者，古之号令。号令于众，其言不立具，则听受施行者弗晓。古文读应尔雅，故解古今语而可知也。’是则古之公牍，以用古语为雅；今之公牍，以用今语为雅。或用‘军门’、‘观察’、‘守’、‘令’、‘丞’、‘倅’以代本名，斯所谓屈奇之称号也；或用‘水落石出’、‘剜肉补疮’以代本义，斯所谓表象之言词也。其馀批判之文，多用四六，昔在宋世，已有龙筋凤髓之书；近世宰官相率崇效，以文掩事，猥渎万端。此弊不除，此公牍所以不雅也。公牍之文，与所谓高文典册者，其积极之雅不同，其消极之雅则一，要在质直而已；安有所谓便俗致用者，即无雅之可言乎？非独公牍然也！小说之文，与他文稍异矣；然亦有其雅者。《史记·滑稽列传》、《汉书·东方朔传》，此皆小说所本；而《汉·艺文志》之称小说，则云‘街谈巷语、道听途说者所造’，是所谓询于刍荛者也；故如邯郸淳之《笑林》，刘义庆之《世说》，多当时实事也。其有意构造者，则如《汉志》所载小说诸家，多兼黄老；而其后亦兼鬼神，若《搜神记》、《幽明录》者，非小说之正宗矣！然犹不以谲怪恢奇相尚，虽云'致远恐泥'，而无淫污流漫之文；是在小说，犹不失为雅也！自明以来，文人夸毗，惟怀婚姻，自诩风流，廉耻道丧，于是有《秘辛杂事》、《飞燕外传》诸作，浸淫至今，而其流不可遏矣！反古复始，故亦有其雅者。近世小说，其为街谈巷语，若《水浒传》、《儒林外史》；其为神怪幽秘，若《阅微草堂》五种；此皆无害为雅者。若以古艳相矜，以明媚自喜，则无不沦入恶道。故知小说自有雅俗，非有俗无雅也！公牍、小说，尚可言雅，况典章、学说、历史、杂文乎？若不知世有无句读文，则必不知文之贵者，在乎书志、疏证。若不知书志、疏证之法可施于一切文辞，则必以因物骋辞，情灵无拥，为文辞之根极。宕而失原，惟知工拙，不知雅俗；此文辞所以日弊也！"

炳麟生平论文之旨大略具是矣！然未及文之所由生也。炳麟以为文生于名，名生于形，修辞必原本小学；而自以造辞先求故训，穷理能为玄言，高出时辈，不欲为伍！《与邓实书》曰：

昨闻上海有人定近世文人笔语为五十家，以仆纡厕其列。仆之文辞为雅俗所知者，盖论事数首而已，斯皆浅露其辞，取足便俗，无当于文苑！向作《訄书》，文实宏雅；箧中所藏，视此者数十首；盖博而有约，文不掩实，以是为文章职墨；流俗或未之好也！定文者以仆与谭复生、黄公度耦。二子志行，顾亦有可观者！然学术既疏，其文辞又少检格。复生气体骏利，以少习俪语，不能远师晋、宋，喜用雕琢，猄而失粹，轻

> 侠之病，往往相属。公度喜言经世，其体则同甫、贵与之侪；上距敬舆，下榷水心，犹不相逮。仆虽朴陋，未敢与二子比肩也。近世文士王壬秋，可谓游于其藩，犹多掩袭声华，未能独往。康长素时有善言，而稍谲奇自恣。仆亦不欲与二贤参俪！谓宜刊削鄙文，无令猥厕；大衍之数，虚一不用，亦何伤于蓍卦哉！故非欲掎摭利病，泛傈时彦以自崇也。以为文生于名，名生于形；形之所限者分，名之所稽者理；分理明察，谓之知文。小学既废，则单篇槬落；玄言日微，故俪语华靡。不揣其本而肇其末，人自以为卿、云，家相誉以潘、陆，何品藻之容易乎？仆以下姿，智小谋大；谓文学之业，穷于天监；简文变古，志在桑中；徐、庾承其流化，淡雅之风，于兹沫矣。燕、许诸公，方欲上攀秦、汉；逮及韩、刘、吕、权、独孤、皇甫诸家，劣能自振。晚唐出以谲诡，两宋济以浮夸，斯皆不足劭也。将取千年朽蠹之馀，反之正则；虽容甫、申耆，犹曰"采浮华，弃忠信"尔；皋文、涤生尚有谖言，虑非修辞立诚之道。夫忽略名实，则不足以说典礼；浮辞未剪，则不足以穷远致。言能经国，绌于笾豆有司之守。德音孔胶，不达形骸知虑之表。故篇章无计簿之用，文辨非穷理之器。彼二短者，仆自以为绝焉。所以块居独处，不欲寄群彦之数者也！夫代文救僿，莫若以忠；撰录文辞，谅非急务。然彼之为是，亦云好尚所至而已。遂事既不可谏；仆之私著，出内在我，宜告以鄙怀，无令署录，玉石朱紫，庶其有分！

炳麟故意高自标置；并世文人，独称王闿运能尽雅。或问如何能雅？曰："抒所欲言，成章以达；而汰其虚字，不厕笔端，则尽雅矣。"为文章尤喜以古字易今字，曰："六书本义，废置已夙。经籍仍用，通借为多。舍借用真，兹为复始。"然尽雅而不便俗，后生小子读其文者，罕能竟焉！徒震其高名，相为矜耀而已。

炳麟论文，薄宋六士；而言诗又不取宋诗，作《辨诗》。其大指以为“宋世诗势已尽，故其吟咏情性，多在燕乐。今词又失其声律，而诗龙奇愈甚。考征之士，睹一器，说一事，则纪之五言，陈数首尾，比于马医歌括。及曾国藩自以为功，诵法江西诸家，矜其奇诡，天下骛逐，古诗多诘诎不可诵，近体乃与杯珓谶辞相等。江湖之士，艳而称之，以为至美！盖自《商颂》以来，歌诗失纪，未有如今日者也！物极则变，今宜取近体一切断之；古诗断自简文以上；唐有陈、张、杜、李之徒，稍稍删节其要，足以继风雅，尽正变。”以故生平为诗不作近体；五言古最多！早岁亡命日本，因咏《东夷诗》以讥之，其第一首曰：

> 昔年十四五，迷不知东西；曾闻“太平人，仁者在九夷。陇首馀糇粮，道路无拾遗。”少壮更百忧，负绁来此畿。车骑信精妍，艨艟与天齐。穷兵事北狄，三载熸其师；将率得通侯，材官眊山鸡。帑藏竟涂地，算赋及孤儿。天骄岂能久，愁苦来无沂。偷盗遂转盛，妃匹如随麋；家家怀美疢，骨间生疡微。乃知信虚言，多与情实违。

诵者叹为实录。然炳麟为诗，拟古之迹太甚；往往意以词夺，卒不可通晓，盖与文章同病云。刊有《春秋左氏传读叙录》、《刘子政左氏说》、《文始》、《新方言》、《小学答问》、《说文部首韵语》、《庄子解故》、《管子馀义》、《齐物论释》，又重定本《国故论衡》、《检论》、《太炎文录》、《葑汉微言》凡四十八卷，曰《章氏丛书》；而《葑汉微言》最晚出。炳麟负气自高，又挟所学。辛亥国变，孙文以首倡革命，被推为临时大总统，又组国民党而为之魁，虽袁世凯亦屈意交亲。而炳麟不为之下。创设统一党，组织《大共和日报》，自为总主笔，为文多相绳纠。及袁世凯代孙文为临时大总统。炳麟则与以书曰："以光武遇赤眉之术，解散狂狡；以汉高封雍齿之术，起用宿将；以宋祖待藩镇之术，安慰荆吴。大端既定，然后政治可施。当法纪之未成，惟人才为急务。徇故吏，则不才者任事；安反侧，则无赖者入官。殊途同归，皆以紊政。夫变革之世，贵跅弛才。兴作之时，尚精白士。"世凯答曰："至理名言，亲切有味。"特授勋二位。而炳麟性不受羁縻，一出任筹边使，高谈大论，渐为世凯不耐，召入京，锢之龙泉寺，虑其文字煽乱，欲杀之。内史监阮忠枢谏曰："武曌读骆宾王之檄布，犹许为人才；燕王受方孝孺之口诛，尚欲其不死。章之文章学术，不可多得；无罪而戮之，公之智岂下于燕王、武曌乎！"世凯动容，乃止。世凯死，乃释出。及国民军之再起也，孙传芳抚有苏、浙、皖、赣四省之众，专制江以南，割地自封。国民军将致讨焉。而炳麟则借辞于孙文之联俄容共，诟历国民军以为不道，大放厥辞；孙传芳亦以自张其垒而卒无救于败。于是孙传芳走，炳麟隐，杜门却客，有晤论学，则怃然曰："论学不在多言，要于为人。昔吾好为《蓟汉微言》，阐于微而未显诸用，核于学而未敦乎仁；博溺心，文灭质，虽多亦奚以为！欲著《蓟汉昌言》以竟吾指也！"生平有"章疯子"之目，而弥为诡诞，题署多名，初本名炳麟，后私淑昆山顾亭林氏，而易名绛，于是字曰太炎；以亭林名绛，又名炎武也；既则自以治汉学，而所服膺者在刘歆，辄署"刘子骏之绍述者"。迨研《大乘起信论》，每作梵文叙言，后题"佛灭度后二千三百八十三年，震旦优婆塞章绛序"，或署"震旦白衣章炳麟序"。'及为袁世凯所幽，逻卒在门，从游者皆不得见，至以为苦！既而世凯亦知炳麟徒书生好大言，实无它；意解，移之钱粮胡同，稍弛其禁，然仍不得出，则慨然曰："余惟待死矣！"与其弟子黄侃书，则署"待死人章某"也。每慨然曰："吾死，诸夏文化亡矣！"既以国民党用事而摈于世，无所发愤。会前大总统黎元洪死，则挽以联曰："继大明太祖而兴，玉步未更，绥寇岂能干正统。与五色国旗同尽，鼎湖一去，谯周从此是元勋。"弦外之音，令人惊异。而下署

“中华民国遗民章炳麟挽”也。继而孙总理奉安新都，寄挽一联曰：“举国尽苏俄，赤化不如陈独秀！满朝皆义子，碧云应继魏忠贤！”以总理前停椟北平碧云寺，旧传出魏阉建也，则又公然诽谤，拟不于伦。诵之者哗曰：“此真疯子矣！”既而主张读经救国；以民国二十三年，讲学苏州之锦帆路，设章氏国学讲习会。锐意治《书古文》，以太史公为准绳。其弟子汪柏年亲闻微言，迻录成书。蒋中正方当国，以其一代大师、邦人矜式而佐以万金，又欲聘之主国史馆，而炳麟谢不就。以二十五年六月十四日卒，年六十九岁。弟子数百人，钱玄同、黄侃最著。而玄同中途畔去；独侃称高足也。

黄侃，字季刚，号运甓，别号病禅，一作病蝉，湖北蕲春人。炳麟逃难日本，与侃遇；侃数称道《毛诗传》、《说文解字》，自言受父四川按察使黄君云鹄为《儿时书笞》诵之，以更《千字文》。遂受学炳麟称弟子。读书多神悟，尤善音韵；文辞淡雅，上法晋宋。炳麟亟称之曰：“季刚清通练要之学，幼眇安雅之辞，并世吾未见有比也！”尝著《梦谒母坟图题记》，炳麟尤所赏异！辞曰：

乘拨逆蕲水而上，可百三十里，溪水清泊，平洋弥望，有水自东来会，是为白水，其右有市，名曰包茅；对溪孤山，孳然高举，峭不可上；则螭堆也。山麓精庐，云洗心阁；寒泉步绮，所在深窈。渡此以上，堤绵半里；松桧琴映，中有豫章，缭以周垣，扶疏四布，干可十围；与溪西一树相直；悉是三百年物。堤外广陂，扶渠满中；小渚二三，杂植槐柽。循池东走，得黄氏祠墓，前直螭堆，若树重表。黄氏始自江西，占籍此地；有信甫是其初祖，乡人谣俗以人表地，及其自署，乃云螭堆黄氏。盖山水清邃，错以腴壤，良宜聚族而居者矣！先人相宅，在山之阴。前有三丘，駊騀相属；右为章丘，亡母周孺人墓在焉，面西背东，水出其北，白石为茔，碑崇三尺。陇首长松，高可二丈，下覆冢兆，有如羽盖。升虚反望，便见吾家。墓下田舍庳隘，藉以守冢，山田数亩，有圃有池；其前溪袤十里，璇环可睹，侠溪远阜，青苍擞天。临溪一面，重巘峻削，与螭堆齐。自尔而下，堤皆树柳；墓前单椒，斗入溪胁；堤则尽矣。先时卜葬，神灵听从；意母之潜魂，眷怀旧地；茕茕孤子，可以朝夕顾守斯坟。曾不几时，违患远游，既流窜东夷，恐遂不得反乡里，上先人冢墓，一旦溘死，复不能依母泉下。宵中魂梦，恒来是丘，既寤悲伤，至于昒旦。因请沙门曼公绘为是图，粗存较略，借用寄思，但望之匪遥，远则万里，诗曰："岂不怀归？畏此罪罟。"每念斯言，所以零涕沾衣者也。黄侃题记。

侃入民国，历北京大学、武昌师范大学、南京中央大学文科教授；以民国二十四年十月八日卒，年五十岁。平生于当代老宿，多讥弹；惟于炳麟则始终服膺。仪征刘师培学赡文高，为炳麟所敬服；师培在北京大学，而侃与商量学术，心折靡已，亦师事焉！徒以生性狷洁，恒与人忤。而词笔高简；初见方讶其奇字涩句，细玩又觉隽永深醇；小赋可追魏晋；五言诗有晋宋之遗；则固足以绳徽于炳麟而为高第弟子焉。顾有炳麟同时交好，不称弟子，而造辞傀丽，依于炳麟，以言译事者，苏玄瑛也。然玄瑛志洁而行芳，超然尘埃之表，可以仪刑浇世，则轶乎炳麟矣！

苏玄瑛

苏玄瑛，字子谷，号曼殊，即所称"沙门曼公"为黄侃绘《梦谒母坟图》者；小字三郎，始名宗之助。其先日本人也。王父忠郎，父宗郎，母河合氏。生数月而父殁，母子茕茕靡所依，而河合氏综览季世，渐入浇漓；思携所生托根上国，会粤人香山苏某商于日本，因归焉，遂籍香山而父苏某。苏某固香山甲族，在国内已娶妻生子矣！至是得玄瑛母子，并挈之归国，时玄瑛方五岁也。居三年。河合氏不见容于苏妇，走归日本。玄瑛依假父独留，顾苏妇惎玄瑛甚，族人亦以玄瑛异类，群摈斥之。假父无如何，则分资遣就外傅于香港，从西班牙罗弼氏、庄湘处士治欧罗巴文。庄湘奇赏焉！学二载而假父亦殁。乃归于苏，则苏妇遇玄瑛益虐。年十二，遂为沙门，始从慧龙寺主持赞初大师披剃于广州长寿寺，法名博经，号曰曼殊。旋入博罗，坐关三月，诣雷峰海云寺，具足三坛大戒；嗣受曹洞衣钵，任知藏于南楼古刹。亡何，以师命归广州。值新学方张，争言毁寺；而长寿寺亦被其厄！玄瑛则特笔记之曰："不意长寿寺已被新学暴徒，毁为墟寺，法器无存。"乃东渡日本，依河合氏，居神奈川，顾自居中国人而乐重其风土！学泰西美术于上野二年，学政治于早稻田三年，皆无成。清使汪大燮以使馆公费助之学陆军八阅月，卒不屑竟学；则思为远游，发抒其意志。得故师庄湘资助，整装之暹罗，随乔悉磨长老究心梵章二年。初玄瑛以汉土梵文作法，久无专书；其存于龙藏者，惟唐智广所撰《悉昙字记》一卷，然音韵既多龃龉，至于语格一切未详，盖徒供持咒之用而已。尝欲有志造术而未果也。至是乔悉磨长老勖以成书，而见西人撰述《梵文典》，条例彰明，与慈恩所述八转六释等法，正相符会；因成《梵文典》八卷，章炳麟为序焉！遂尽通梵、汉暨欧罗巴诸国典籍；尝谓"世界文字简丽相俱者，莫若梵文；而梵文之典丽闳雅，莫如《摩诃婆罗多》、《罗摩衍那》二章，为长篇叙事诗，虽吾震旦《孔雀东南飞》、《北征》、《南山》诸什，亦不足比其闳美！考二诗之作，在吾震旦商时；此土向无译本，惟《华严疏钞》中述其名称，有云《波罗多书》、《罗摩延书》，谓出马鸣菩萨手，文固旷劫难逢，特玄奘当日以其无关正教，而不之译也。然二诗于欧土早有译本，《婆罗多书》以梵士哆君所译为当。"更援《婆罗多书》以证"支那"之音非"秦"转；其大指谓："中夏国号曰'支那'。有谓为'秦'字转音者；欧洲学人皆具是想，而不知其非然也。

尝闻天竺遗老之言曰：'粤昔民间耕种，恃血指，后见中夏人将来犁锄之属，民咸骇叹，始知效法，从此命中夏人曰"支那"。"支那"者，华言巧慧也。是名亦见《摩诃婆罗多书》，前此有王名婆罗多，其时有大战，后始统一印度，遂有此作，王言："尝亲统大军，行止北境，文物特盛，民多巧智，殆支那分族"云云。'考婆罗多朝西纪前千四百年，正震旦商时；当时印人慕我文化，称智巧耳！证得音非'秦'转矣。"旋至上海，从陈独秀、章士钊游，为《国民日日报》翻译，译法人嚣俄书，名目《惨社会》，刊诸报端；盖独秀之所删润也。时玄瑛虽博学而不工为文章，造辞多乖律令；而独秀殷勤牖迪，不啻师之于弟子焉！而于是玄瑛中国文学之天才始浚发也！

已而玄瑛赴苏州，任吴中公学教授。继渡湘水，登衡岳以吊三闾大夫，主讲实业、崇正、明德、经正诸学校。授课以外，终日杜户。忽一日，手筇杖著僧服而出，云将游衡山；则飘然去矣！寻重游暹罗之盘谷，时让清光绪二十九年癸卯，玄瑛年二十矣！明年甲辰，主讲盘谷青年学会；旋赴锡兰，驻锡菩提寺。暹罗古称扶南；锡兰则法显《佛国记》所谓师子国也；遂作《法显佛国记》、《惠生使西域记地名今释》及《旅程图》。乙巳之南京，会池州杨文会仁山方创祇桓精舍，招玄瑛及李世由为讲师。而玄瑛则大喜过望，与友人书曰："瑛于此亦时得闻仁老谈经，欣幸无量。仁老八十馀龄，道体坚固，声音宏亮。今日谨保我佛馀光，如崦嵫落日者，惟仁老一人而已！"德国柏林大学教授法兰居士者，适来游，遇玄瑛谈及英人近译《大乘起信论》，以为破碎过甚。玄瑛喟然叹曰："译事固难，况译以英文，首尾负竭，不称其意，滋无论矣。又其卷端谓马鸣此论，同符景教，是乌足以语大乘者哉！"法兰属玄瑛为购《法苑珠林》，版久蠹蚀，无以应其求也。因语法兰曰："震旦万事零坠，岂复如昔时所称天国？亦将为印度、巴比伦、埃及、希腊之继耳！"感喟身世。发呕血疾，东归，随河合氏居径子樱山，侍母之馀，惟好啸傲山林。一日，夜月照积雪，泛舟中禅寺湖，歌拜轮《哀希腊》之篇，歌已哭，哭复歌，抗音与流水相应，盖哀中国之不竞而以拜轮身世自況。舟子惶骇，疑其痴也。亦以其间从章炳麟学为诗焉！丙午，辑《文学因缘》二卷成，自为序。之芜湖，主讲皖江中学，识怀宁邓绳侯。已复之南京，主讲陆军中学，识丹徒赵声；旋以病起胸鬲，遄归将母，与黄侃同译《拜轮诗》；而意趣所寄，尤在《去国行》、《大海》、《哀希腊》三篇；则玄瑛与黄侃草创之，而章炳麟润色以成篇者也。玄瑛重系之赞曰："善哉！拜轮以诗人去国之忧，寄之吟咏；谋人家国，功成不居，虽与日月争光可也！夫诗歌之美，在乎气体，译之所不能概；然其情思幻眇，抑亦十方同感，如予旧译《颎颎赤墙靡》、《去燕》、《冬日》、《答美人赠束发毼带诗》数章，可为证已！"所称《答美人赠束发毼带诗》者，亦拜轮之作也。凡六章，章四句，辞曰：

何以结绸缪？文纰持作绲。曾用系卷发，贵与仙蜕伦！
系著罗衣里，魂魄还相牵。共命到百岁，殉我归重泉！
朱唇一相就，沟液皆芬香。相就不几时，何如此意长！
以此俟偕老，见当念旧时。垫情如根荄，句萌无绝期！
参发乃如铣，波文映珍鬘。顿首一何佼，举世无与易！
锦带约鬟发，朗若炎精敫。赤道曣无云，光景何鲜暐！

欧诗之译，自玄瑛始；而出以五言，辞必典则；仿佛晋宋，不为鄙倍，斯可谓王闿运、章炳麟之同调也已！至《去燕》者，英人师梨诗也；玄瑛常言："英人诗句，以师梨最奇诡而兼疏丽；盖合中土义山、长吉而熔冶之者。"乃译以五言四章，章四句，辞曰：

燕子归何处？无人与别离！女行篗谁见，谁为感差池？
女行未分明，蹀躞复何为！春声无与私，尼南欲语谁？
游魂亦如是，蜕形共驱驰。将翱复将翔，随女天之涯！

翻飞何所至？尘寰总未知。女行谅自适，独我弃如遗！

玄瑛有《师梨诗》一册，称为西方美人之贻，甚宝贵之！炳麟题其端曰：“师梨所作诗，于西方最为妍丽，犹此土有义山也。其赠者亦女子，展转移被，为曼殊阇黎所得，或因是悬想提维与佛弟难陀同辙。于曼殊为祸为福，未可知也。”师梨与拜轮咸以诗人多愁善感，又年少美风仪；蛾眉曼睩之流，多倾心焉。而玄瑛以飘泊流徙之躯，东西南北，随人袅其情丝；瓣香所在，意以自况身世；各题以一绝曰：

秋风海上已黄昏，独向遗篇吊拜轮！词客飘蓬君与我，可能异域为招魂？（《题拜轮集》）

谁赠师梨一曲歌，可怜心事正蹉跎！琅玕欲报从何报？梦里依稀认眼波！（《题师梨集》）

诗人寄托，别有怀抱，每谓：“拜轮犹中土李白，天才也。师梨犹中土李贺，鬼才也。”然拜轮豪放，师梨凄艳，而玄瑛字拟句放，译以五古，晦而不婉，哑而不亮，衡其气体，似伤原格！其译拜轮《星耶峰耶俱无生》一章，则几不成语矣！不特于译学三事，皆未周匝也！所自为诗，又不为译诗之奥古，而以七绝最为工！然亦仅足备司空表圣所云“窈窕深谷，时见美人”一格；而往往有故作虚神，其实无远味者！散文萧闲有致，小品弥佳，而长篇皆冗弱，无结构，无意境，无情趣，笔舌散漫；所谓隽人而非大才也！徒以抗心希古，依于炳麟，沾溉所被，所译遂称高格！而后生睹其古体，相惊汉、魏，又多淫丽之词；中于所嗜，推崇过当，异议亦起。然玄瑛词旨雅令，自称隽才。

丁未，为译学会译师，交游婆罗门忧国之士；愿捐所有旧藏梵本，与陈独秀、章炳麟议建梵文书藏；人无应者，卒不成！已而刘师培为《天义报》，倡无政府主义，邀玄瑛同居，刊其画于报端。师培妇何震则从玄瑛习绘事，号称女弟子。震为玄瑛辑刊书谱，玄瑛自有序。又思刊布所著《梵文典》，印度波罗罕学士暨炳麟、师培为序，独秀为题诗，震为题偈。顾咸未集事，仅于《天义报》刊其序跋诸作而已！别取《文学因缘》刊布之，亦仅成其半；戊申，刊《拜轮诗选》成；复广为《潮音》一书，即迻录《拜轮诗选序》弁其首。己酉，南巡星加坡，值庄湘处士及其女雪鸿于舟次。初，庄湘欲以雪鸿妻玄瑛。玄瑛垂泪曰："吾证法身久，辱命奈何！"遂已。顾犹以文字寄情款，《与友人书》曰："衲谓凡治一国文学，须精通其文字。昔瞿德逢人，必劝之治英文；此语专为拜轮之诗而发。夫以瞿德之才，岂未能译拜轮之诗？以非其本真耳！太白复生，不易吾言！此次南渡，舟中遇西班牙才女罗弼氏，亦以此说为当；即赠我西诗数册，每于榔风榔雨之际，挑灯披卷，且思罗子，不能忘弭也！"时玄瑛方译《燕子笺传奇》为英吉利文；甫著稿而雪鸿约以相诒，刊行欧土，欲以志文字因缘。顾玄瑛好言译事而致难其词，以为未易！每称"译事之剧，莫难于诗；而欧土诗伯，无过拜轮、师梨。拜轮足以贯灵均、太白；师梨足以合义山、长吉；而沙士比、弥尔顿、田尼孙以及美之郎弗劳诸子，只可与杜甫争高下。此其所以为国家诗人，非所语于灵界诗翁也。近世学人均以为泰西文学精华，尽集林、严二氏故纸堆中。嗟夫，何吾国文风不竞之甚也！严氏诸译，我未经目。林氏说部，独《鲁滨孙飘流记》、《金塔剖尸记》二书，以少时曾读其原文，故售诵之，服其精能！馀如《吟边燕语》、《不如归》，皆译自第二人之手。而林不解英文，可谓译自第三人之手，所以不及万一！甚矣，译事之难也！独辜鸿铭氏译《痴汉骑马歌》，可谓辞气相副。惜乎辜氏之无意文学也！至其中土之美，转迻欧方；独诵庄湘师《葬花诗》，词气凑泊，语无增减。若法译《离骚经》、《琵琶行》诸篇，雅丽远逊原作！夫文章构造，各自含英；有如吾粤木棉素馨，迁地弗为良！况歌诗之美，在乎节族长短之间，虑非译意所能尽也！文章之美，身毒为最，汉文次之；欧洲番书，瞠乎后矣！汉译佛经，自然缀合，无失彼此！盖梵、汉字体，俱甚茂密；而梵文八转十罗，微妙傀琦；斯梵章所以为天书也！”旋之爪哇，主讲噫班中华会馆；庚戌，始游梵土，居中印度芒碣山寺。辛亥夏，归日本，诣王父墓所；会其远亲金阁寺僧飞锡为删定《潮音集》，与莲华寺主刊印流通，嘱玄瑛重证数言，玄瑛曰：“余离绝语言文字久矣。当人邓尉，力行正照，吾子其毋饶舌！”时玄瑛年二十有八也，复渡爪哇，得庄湘处士书，为序所译《燕子笺》，并论佛法。而玄瑛答书千馀言，其中极论忏之非佛法，大指谓：“应赴之说，古未之闻。昔白起为秦将，坑长平降卒四十万；至梁武帝时，志公智者，提斯悲惨之事，用警独夫好杀之心，并示所以济拔之方。武帝遂集天下高僧，建水陆道场，凡七昼夜；一时名僧咸赴其请，应赴之法自此始。检诸内典，昔佛在世，为法施生，以法教化。一切有情，人间天上，莫不以五时八教，次第调停而成熟之；诸弟子亦各分化十方，恢弘其道。迨佛灭度后，阿难等结集《三藏》，流通法宝。至汉明帝时，佛法始入震旦，风流向盛。唐宋以后，渐入浇漓，取为衣食之资，将作贩卖之具。嗟夫异哉！自既未度，焉能度人？譬如落井救人，二俱陷溺。且施者，与而不取之谓。今我以法与人，人以财与我，是谓贸易；云何称施！况本无法与人，徒资口给耶？纵有虔诚之功，不赎贪求之过。若复苟且将事以希利养，是谓盗施主物，又谓之负债用；律有明文，呵责非细。志公本是菩萨化身，能以圆音利物。唐持梵呗，无补秋毫；矧在今日凡僧，相去更何止万亿！田延云栖广作忏法，蔓延至今，徒误正修，以资利养，流毒沙门，其祸至烈！至于禅宗本无忏法，而亦相率崇效；非但无益于正教，而适为人鄙夷。思之宁无堕泪！”并著其说于《断鸿零雁记》，辞意悲慨，而出之大声疾呼，如闻狮子吼矣！

既闻汉土光复，而玄瑛亦以兴会标举，航海来归，遂之上海。临时大总统孙文，亦香山人也，初亡命日本，以与玄瑛乡里雅故；海内才智之士，望风慕义者，鳞萃辐凑，人人愿从玄瑛游，自以为相见晚。玄瑛翱翔其间，若庄光之于南阳故人焉。及是南都建国，诸公者皆乘时得位，争欲致玄瑛。玄瑛冥鸿物外，谓："山僧日醉卓氏炉前，则亦已耳！何遂要山僧坐绿呢大轿子，与红须碧眼人为伍耶？明末有童谣曰：'职方贱如狗，都督满街走。'不图今日沪上所见，亦复如是！"徒以禀性孤洁，悄然独往，不肯为翕翕然，每谓："南雷有言：'人而不甘寂寞，何事不可为？笼鸡有食汤刀近，野鹤无粮天地宽。'特为今日之名士痛下箴砭耳！"时章炳麟方持节为东三省筹边使，意气洋洋，甚自得也！而玄瑛则语人曰："此公兴致不浅，知不慧进言之缘未至；不欲见之矣！"然而炳麟则称之曰："广东之士，儒有简朝亮，佛有苏玄瑛，可谓厉高节、抗浮云者矣！若黄节之徒，亦其次也；岂与录名党籍，矜为名高者同日语哉！"而玄瑛远矣！

玄瑛工愁善病；顾健饮啖，日食摩尔登糖三袋，谓是茶花女酷嗜之物，又尝一日饮冰五六斤，比晚不能动，人以为死，视之犹有气；明日仍饮冰如故，以是得腹疾。尤嗜吕宋雪茄烟；偶囊中金尽，无所得资，则碎所饰义齿金质者，持以易烟。其他行事都类此，人目为痴。然谈言微中，玄瑛不痴也！尝过张园，有女如云，竞为欧妆以相炫耀。因悲叹曰："'艳女皆妒色，静女独检踪。任礼耻任妆，嫁德不嫁容。君子易求聘，小人难自从。此志谁与谅，琴弦幽韵重。'此孟郊《静女吟》也。所见吾女国民，皆竞邪侈，新妆袨服，招摇过市，殊自得意，以为如此则文明矣；又奚望其有返朴还淳之日哉？衲敬语诸女同胞，此后勿徒效高乳细腰之俗，当以静女'嫁德不嫁容'之语为镜台格言，则可耳。"又谓："吾国今日女子殆无贞操，犹之吾国殆无国体之可言；此亦由于黄鱼学堂之害！女必贞而后自由。昔者王凝之妻，因逆旅主人之牵其臂，遂引斧自断其臂。今之女子何如？若夫女子留学，不如学毛儿戏。"或问"黄鱼学堂"何意。曰："衲效吴中语耳。苏称女子大足者曰黄鱼。"又谓："吾国多一出洋学生，则多一通番卖国之人。"又告友人曰："吾在沪见各国面包远不及法兰西人所制者。惟牛肉牛乳，劝君不宜多食。不观近日少年之人，多喜牛肉牛乳，故其情性类牛？不可不慎也。吾发明一事，以中华腐乳涂面包，又何让外洋痴司牛油哉！”伤心之言，出以戏笑；言之无罪，闻者足戒也！《国风》好色而不淫，《小雅》怨悱而不乱，若玄瑛者，可谓兼之矣！癸丑以还，袁世凯既擅政，翦灭异己，孙文、黄克强皆亡命出国；而玄瑛栖迟上海，顾侦者则指为黄克强之间也。玄瑛既躬更丧乱，乃垂涕曰：“嗟夫，四维不张，生民涂炭，宁有不亡国者！吾但奉承阿母慈祥颜色可耳！”遂东归养疴。一日，之上海，与友人握手道故，形容憔瘁甚！但言：“邑庙新辟商场极绚烂；顾求旧时担饧粥者弗可得；盖大商垄断之术工，而细氓生计尽矣！天下之所谓新政者，类如此耳！”玄瑛生平绝口论政事，独其悲天悯人之怀，流露于不自觉，有如此者。七年戊午，再之上海，卧病金神父路广慈医院数月，竟不起！卒年三十有五。少时假父为聘女曰雪梅，假父殁，女家绝玄瑛婚，雪梅侘傺死。既东渡，河合氏有姊，欲以女静子嫔玄瑛，卒谢之！顾美利加有肥女重四百斤，胫大如汲水瓮，玄瑛视之，问：“求耦耶？安得肥重与君等者？”女曰：“吾故欲瘦人。”玄瑛曰：“吾体瘦，为君耦何如？”传者以为笑！玄瑛独行之士，不侪流俗；而遭逢身世，有难言之痛。间为小诗，多绮语，自言有《无题》三百首，索阅，乃弗肯出，卒亦无见其稿者。尤工绘事，精妙奇特，自创新格。既交丹徒赵声，索为《荒城饮马图》，未应；声起兵广州事败，呕血死！玄瑛则绘寄所好，焚之墓上。自是遂绝笔，不复作也！玄瑛既殁之十年，其友吴江柳弃疾亚子始搜其遗著，刊成《苏曼殊全集》，凡七类，曰《诗集》、《译诗集》、《文集》、《书札集》、《杂著集》、《译小说集》，旁采博搜，加以考证，而于是玄瑛之文章，乃大白于天下也！玄瑛交游满四海，尤多贤豪长者。而一死一生，乃见交情；独藉弃疾以不朽其文章云！弃疾，字安如，别号亚子，江苏吴江人，盖南社之发起人也；别著于篇。

骈 文

王闿运弘宣今学，章炳麟敦尚古文，苏玄瑛皈心释典，所学不同；而文尚魏、晋，以淡雅为宗，则蹊径略同。顾有敦崇古学，与炳麟契合，而文章不同者，刘师培是已。

刘师培

刘师培，字申叔，江苏仪征人；曾祖文淇，祖毓崧，伯父寿曾，均以治《左传春秋》，名于清道、咸、同、光之世，列传国史；三世传经，世称仪征刘氏者也。父贵曾，亦以经术发名东南。师培少承先业，服膺汉学，以《春秋》三传同主诠经；《左传》为书，说尤赅备；审其义例，或经无传著，或经略传详；以传勘经，知笔削所昭，类存微旨。汉儒说《左氏》，据本传以明经义，凡经字相同，即为同指；又引月冠事，明经有系月不系月之分；创获实多，亦校“二传”为密。爰阐厥科条，著之凡例，成《春秋左氏传例略》一卷。

又据《汉志》，《礼古经》五十六卷，卷与篇同；谓于今文十七篇外，增多三十九篇，故合五十六篇言，则曰《古经》，亦曰《古文礼》；即三十九篇言，则曰《逸礼》。至五十六篇所自出，刘歆移书太常博士云：“鲁恭王得古文于坏壁之中，《逸礼》有三十九篇，《书》十六篇。天汉之后，孔安国献之，藏于秘府，伏而未发。”据是，则秘府所藏，即系孔壁所得！《志》云出于鲁淹中及孔氏；孔氏，即安国也；是则《古经》篇目，当据《班书》；《逸礼》原流，当宗歆说。西汉之时，其古文旧简，盖惟藏于秘府，民间亦私传授；然其说不昌，是以绝无师说。东汉古经之行于民间者，别本滋多，然《逸礼》三十九篇，当世经师，均不作注，计其散亡，盖在东晋以前；而遗文佚句，时见郑氏及诸家称引；宋王应麟、元吴澄并事考辑，所采未备，爰举佚礼篇名之确可征信者，成《佚礼考》一卷。又以《札经》十九篇目，大小戴及刘向《别录》所次不同；郑注据《小戴》本，其篇次则从《别录》；《既夕》、《有司彻》二篇，篇名仍从《小戴》。魏、晋以下，推崇郑本；三家旧谊，遂以湮没。考郑氏《目录》，于经文十七篇分属吉、凶、嘉、宾四礼，前此礼家并无此说。郑义虽合古文，然不得目为此经旧谊；爰广征两汉经师之说，为《礼经旧说考略》如干卷。又以《周礼》先师说六乡之吏，即家宰六官，亦即六军之将。知者，贾公彦引贾逵说："以为六乡之吏，则家宰以下是。"《说文》"乡"字注云："封圻之内六乡，六卿治之。"勘以《五经异义》所引古《周礼》之说，'符契适合。自马、郑始以乡吏别六官，则王国之卿十有二人；并数三孤，则为十五，迥异古说。近孙诒让为《正义》，一是折衷马、郑，疹发实鲜；爰申古谊，正其违失，著《周礼古注集疏》二十卷。又以《古文尚书》，安国所得，既献汉廷，因藏秘府。仁和龚自珍顾云："秦烧天下图书。汉因秦宫室，不应独藏《尚书》；假使宫中有《尚书》，不应安国献孔壁书始知增多十六篇。"不知汉收图籍，非谓《诗》、《书》；若实有书，安国无缘再献；史公云"献"，则是未有其书。是知中秘古文，藏自武帝。既为孔壁之书，即匪嬴秦之籍，观刘歆言："安国献古文！"又言："藏于秘府，伏而未发，成帝乃陈发秘籍，校理秘文。"所云秘藏，即谓中文之属；所云校理，盖即刘向所司；是则刘向所观，安国所献，既无殊本，应即一书；龚氏所疑，不析自解；著《驳太誓答问》一卷。又以《汉志》书类著录《周书》七十一篇；自注云："孔子所删百篇之馀，近儒每援之以说群经，爰参校同异，详加编次，成《周书补正》六卷。若五官、三监、五服、濮路、月令、明堂诸考，则别著为编，成《周官略说》一卷。"清代经师治古文者，自高邮王氏父子以降，迄于定海黄以周玄同、德清俞樾曲园、瑞安孙诒让仲容，各揭厥识，匡微补缺，阐发宏多。若夫广征古说，足诤马、郑之违，且钳今师之口，则诸家未之或逮。故述造视前师为省，而精当浸浸过之。信乎研精覃思，持之有故者矣！又历检群籍，至于《内典》、《道藏》，无不究宣；尝取老、庄、荀、董之书，雠正讹脱，独创新解。按文次列，成《老子斠补》一卷，《庄子校义》一卷，《荀子斠补》若干卷，《吕氏春秋斠补》一卷，《楚辞考异》八卷，《贾子新书斠补》一卷，《春秋繁露斠补》三卷，计所发正，凡数百事，均王、洪、俞、孙之所未诠；一事论定，必旁推交通，百思莫能或易，乃著简毕；而术业专攻，则在《周官》、《左氏春秋》。

生平精力夺于著述，世变纷纶，匪所能悉。而早岁过从，独契章炳麟！炳麟治《周官》、《左氏春秋》，其说多取之师培，而有不同，辄下己意。师培无以难也！炳麟著《新方言》，师培为疏数十事。师培说有字，疑《说文》从月不谛，炳麟曰："有者，本义为日月食。《开元占经》引西方说，言月日食者，阿修巨灵所为；浮屠书谓手遮蔽之；上古诸神怪语，多自西域来。有从月，又兼会意也，不然者，《春秋》书日食，必言'日有食之'，辞繁不杀，何也？日月蔽遮为有，凡有所蔽日囿，或谓之宥；反宥则谓之别，皆有字也。言有无者，当作宥；庄子所谓在宥矣。"师培曰："《释诂》赉、畀、卜皆训予，义云何？"炳麟曰："畀与鼻同声，古文鼻但作自，畀借为自。《说文》：'吾，我自称也。''我，施身自谓也。'《春秋》有邾畀我，季芊畀我，即自我也。卜者，仆也；《记》卜人师，注改为仆，是古卜、仆通也。王侯称不谷，不谷合音即为仆；世以不善为说，无由知为仆字，亦戇矣！不粖不来，来、以一声；赉即台字，是故赉、畀、卜训予，非付予也。"炳麟问师培："鲁冉雍字仲弓，义云何？"师培曰："辟雍、泮宫类也，河间献王奏对三雍宫，弓借为宫，宫从躳省声，躳又作躳，明弓、宫声通也。"炳麟说："刘氏向、歆，父子治《左》。"著《刘子政左氏说》。师培曰："《汉书》本传言：'歆以为左丘明好恶与圣人同，亲见夫子，而公羊、穀梁在七十子后，传闻之与亲见之，其详略不同。歆数以难向；向不能非间也；然犹自持其《穀梁》义。'辞意明白如此！胡云父子治《左》也？"炳麟曰："是有说！君山《新论》明言刘子政、子骏、伯玉父子，呻吟《左氏》，下至婢仆，皆能讽诵。君山亲见二刘，语当可信。而君以《汉书》为疑。仆则以为仲任论次人材，鸿儒通人，本与儒者有别。汉世儒者，墨守一先生之说，须以发策决科，此专持家法者也。向、歆本好博览，左右采获，自在鸿儒通人之列，与墨守者有异。即观子骏之说《左氏》，犹多旁引《公羊》，则向之兼通二家，未为异也。《穀梁》与《左氏》义少违戾，与《公羊》复非同趣。上自孙卿，下至胡常、翟方进辈，皆以《左氏》名家，而亦兼治《穀梁》；盖二家本皆鲁学，异夫《公羊》齐学，绝不相通者。则子政贯综二氏，宜也。《新论》本书，今已亡佚，所引数语，见于《论衡》；素丞相之遗迹，犹可搜寻，量其时代，本在叔皮之前，似不应信《汉书》而疑《新论》也。《说苑》、《新序》所举《左氏》成文，多至三十馀条，虑非征据他书者；其间一字偶易，适可见古文《左传》不同今本。且子政之改易古文，代以训诂者，亦皆可观。太史公世家所述，大略同兹。盖字与今异者，则可见河间古文；训与今异者，则本之贾生训故；籀绎古义，断在斯文。”师培说：“杜预《春秋释例》，以经之条贯，必出于传；传之义例，归总于凡。《左传》称凡者五十，其别四十有九，皆周公之垂法，史书之旧章，仲尼因而修之以成一经之通体。然颇疑五十凡例，不足尽传文之旨。”炳麟曰：“君言诚是。而刘、贾、许、颍复于传文之外，自为枝梧，则不足致意者。今欲作疏，惟就征南《释例》，匡救其违；先于篇首为条例数十篇，然后随事疏证，各附其年，斯纲纪秩如矣。康成笺《诗》，必先作谱；辅嗣说《易》，亦有《略例》。凡此揭示大义，自与随文训说有殊，可据以为法者也。征南《释例》，惟拘于赴告者必当匡救，其馀可采者多！即贾侍中言：‘《左氏》义深君父。’此与《公羊》反对之词耳！若夫称国弑君，明其无道，则不得以‘义深君父’为解；征南如此最为宏通。而近世鲰儒多谓借此以助典午，如沈小宛、焦理堂辈；则所谓‘焦明已翔乎寥廓，弋者犹视乎薮泽’也！”师培曰：“贾、服虽善说经，然于五十凡例，间有所补，或参用公、穀，不尽左氏家法，宜存而弗论。”炳麟曰：“然也！仆怀斯疑甚久。始谓刘、贾诸儒，曾见左氏微言，或其大义略同二传；而杜征南不见，遂疑诸儒诡更师法。后复紬绎侍中所奏，有云‘《左氏》同《公羊》者十有七八’，乃知《左氏》初行，学者不得其例，故傅会《公羊》以就其说；亦犹释典初兴，学者多以老、庄皮傅。征南生诸儒后，始专以五十凡例为揭橥，不复杂引二传，则后儒之胜于先师者也。然以是为周公旧典，抑又失其义趣。其间固有史官成法，如赴告诸例是也！自兹而外，大抵素王新意，宾礼有会盟而无宗觐，官职汰孤卿而存大夫，其非周、鲁旧史，固已明白。《公羊》以殷礼自文，诚辞遁；《左氏》末师又谓当时霸制，其于会盟之礼则从矣。抑岂孤卿之秩，亦霸制所无乎？故知酌损《周官》，裁益齐晋，亦素王之制也。”二人者，皆书生好大言，负所学以自岸异，不安儒素；而张皇国学，诵说革命，微词讽谕，托之文字；又假明故，以称排满。师培《书曝书亭集后》以见意曰：

秀才朱氏，博极群书，虽考古多疏，然不愧博物君子。夫朱氏以故相之裔，值板荡之交；甲申以还，蛰居洛诵，高粟里之节，卜梅市之居，东发深宁，差可比迹。观于《马草》之什，伤满政之苛残；《北邙》之篇，吊皇陵而下泣。亡国之哀，形于言表！此一时也。及其浪游岭峤，回车云朔，亭林引为知音，翁山高其抗节；虽簪笔佣书，争食鸡鹜；然哀明妃于青冢，吊李陵于虏台，感慨身世，迹与心违；此一时也。至于献赋承明，校书天禄，文避北山之移，径夸终南之捷；甚至轺车秉节，朵殿承恩，仕莽子云，岂甘寂寞！陷周庾信，聊赋悲哀；此又一时也。后先异轨，出处殊途；冷落青门，忆否故侯之宅！萧条白发，难沽处士之称。此则后凋松柏，莫傲岁寒；晚节黄花，顿改初度者矣！秋风戒寒。朗诵遗集，因论其行藏之概，以备信史之采焉。

二人者，既高儒雅望，缘饰经术；与邓实、黄节诸人，创国学保存会于上海，刊行《国粹学报》，放言高论，语有据依；而后无君不为叛乱，排满即云匡复，持以有故，言之成理，胥为嚣暴鲜事者之所欲藉宠。而师培儒生修边幅，不习剑客；雅步从容，动遭陵慑；意恒鞅鞅！而与炳麟则竞名分崩；又好内，妇何震敏给通文史，而悍锐能制其夫；以师培亡命日本久，不获志于同盟会，遂牵以入两江总督端方之幕，而为之侦伺也。炳麟恨焉！贻之书曰：

申叔足下：

与君学术素同，盖乃千载一遇；中以小衅，翦为仇雠；岂君本怀？虑亦为人诖误？兼以草泽诸豪，素昧问学，夸大自高，陵懱达士。人之践忿，古今所同；铤而走险，非独君之过也！天牖其衷，公权殒命。君以权首，众所瞩目；进无博击强御之用，退乏山林独善之地。彼帅外示宽弘，内怀猜贼，闲之游徼之门，致诸干掫之域；臧谷扈养，由之任使；赁舂执爨，莫非其人。猜防积中，菹醢在后；悲夫悲夫！斯诚明哲君子，所为嗟悼者也！夫恩素厚者怨长，交之亲者言至。仆之于君，艺术素同，气臭相及。猥以形寿有逾，恒人视之，若先一饭；精义冥思，亦有多算。君雅好闻望，不台于先我；自谓文学绪业，两无独胜，怀此觖望，弥以恨恨。然仆岂有雍蔽之志哉？学业步骤，与年相将，悠悠之誉，又非由己。畴昔坐谈，盖尝勤攻君过；时有神悟，则推心归美；此盖朋友善道之常，而君岂忘之耶？自顷鞅张，退息坟典，胸怀相契，独有黄生；思君之勤，使人发白。何意株附，乃寻斧柯，令中夏无主文之彦，经术有违道之谤，独学少神解之人，干禄得鼎烹之悔，以此思哀，哀可知已。君虽絓离鞅绊，素非愚暗；内奉慈母，亦闻史家成败之论：洁身远引，虽无其道；阳狂伏梁，为之由己。盖闻元朗、冲远，皆尝为凶人索引矣，先迷后复，无减令名。况以时当遁尾，经籍道息，俭德避德，则龙蛇所以存身；人能弘道，而球图由之不队；祸福之萌渐，废兴之枢机，可不察乎！然则唐棣之华，翩然如反，未之思也，何远之有！

师培得书不报。以举人拣选知县，保洊知府。会王闿运以端方之迎，来游江宁。师培写文百篇以示。闿运曰：“非但为人所不能阐发；即索解人亦未易得！”师培大喜过望。既而端方去两江，后来者不致饩焉。师培惘惘失志，则去而之四川，为国学院讲师。端方以督办粤汉川铁路入川，聘师培为顾问官。及端方之被杀也，川人絷师培而囚焉，欲以逞志。炳麟则以书为解，师培廑乃得脱。既抵沪，其仇又将肆志焉。炳麟慨然曰：“今者文化陵迟，宿学凋丧。一二通博之才如刘师培辈，虽负小疵，不应深论。杀一人无益于中国；而文章道尽，使禹域沦为夷裔者，谁之责耶！”又为之道地以主讲北京大学文科，曰：“刘生儒林之秀。使之讲学而不论政，亦足以扬明国故，牖迪我多士；未可以一眚废也！”既袁世凯欲以大总统称帝，而未有以发。师培则以参政杨度之提挈，与孙毓筠、严复、李燮和、胡瑛等六人，发起筹安会，推杨度为理事长，孙毓筠为副理事长；而师培则与严复、李燮和、胡瑛为理事，欲以研究君主、民主国体，二者以何适于中国？世称筹安六君子。而师培名次严复，在第四也！乃著《君政复古论》以明劝进之指，曰：

夫国无强弱，视乎其政；政无良窳，视乎其人。是故千里之胜，决于庙堂；万化之原，基于用舍。至于创制天下，宾属四海；至大之统，非至辨者莫之能分；至重之业，非至强者莫之能任！伊古膺期赞世之主，必有显懿翼天之德。德象天地谓之帝，仁义所在谓之王，斯必竹帛以载之，金石以昭之，立天下之美号，制天下之大礼。表明功德，故立名正度；继天治物，故以爵事天。缅寻谟典，历听风声，损益虽殊，其揆一也。是以天生蒸民，无主则乱；事弗稽古，无以承天。往者清承明祚，天地板荡，斗机绝纲，摄提无纪，黄炎之后，踣弊不振！被发之痛，甚于伊川；左衽之悲，兴于微管。迄夫季末失驰，帝命殒越，内外混淆，庶官失职；国政迭移于亲贵，强邻窥伺夫衽席；缀旒之喻，未足为方；守府之灵，于斯亦泯。上失其道，民背如崩。用是雄桀扬声，雷动电发。偕亡之叹，兆生于革夏；云集之众，事浮于张楚。斯实金火相革之交，抑亦天命去就之会也。天祚有圣，纂作民主，悬三光于既坠，扬清风于上列，万姓廓然，蒙庆更生。诚宜踵迹灵区，扶长中夏，显章国家竺古之制，以拒间气殊类之灾，绍胤汉勋，俾知族类，保育生人，使得苏息。其在《诗》曰："民亦劳止，迄可小康。"厚下安宅，靡切于斯。顾复虚建极之尊，遵兴能之典，宸位旷而不居，皇统替而弗续。是盖继变化之后，示拨乱之法；深惟厉揭随时之义，以慰远方瞻望之观；非谓王政乏致治之图，世及非经国之术也！惟是舍澄鉴沫，未为善监；扬汤弭沸，计劣抽薪。故道术之要，百世不移；行权反经，《春秋》所疾。今也以一朝之计，违万世之轨；委成功之基，造难就之业。道乖于经始，义昧于慎终。卒之巨猾窃灵，下陵上替；侵弱之衅，绵历岁年。陵夷之祸，曾不终日。虽曰天命，岂非人事！得失之故，可略而言：夫民生有欲，假物斯争。好恶无节，致乱之源。然峻城十仞，楼季弗逾；铄金百镒，盗跖不搏。盖必争之情，民所恒具；无冀之利，众所弗干。先王因民之情以为之节。名以定分，分以止争，爰峻其防，俾无或溃；譬之户必有墉，器必有范。襄陵之浸，制以金堤；覂驾之马，驱以衔策；所以重齿路之防，定逐鹿之分，成长久之计，定永年之功也。是以大宝之位，必属大德之君。斗筲之器，不经栋梁之任；薮泽之夫，弗希云龙之轨。下无觊觎之望，上无偏谬之授，人心专壹，风化以淳，观化上机，于是乎在。抚民定业，恒必由兹。遭时垝绝，诸夏无君，元后之尊，下侪匹竖。九服之广，民无定主。火泽易位，数见换易。荡涤等威，堕损威重，改玉改行，习为固常。用是徒步之人，绳枢之子，曾无体睿之明，合元之德，十室之资，百乘之赋；拔于陪隶之中，俯越什伯之际，挟负舟之力，忘折足之凶。功逊强晋，不戢请遂之图；地劣荆楚，思假九鼎之问。则是神器可以力征，而天钧可由窃执。是必分威共德，祸成于耦国；比知同力，衅兆于土崩；虽无下人伐上之疴，必有炕阳动众之应。湘赣之难，自是而生；沪宁之师，势有必至。至于党争之弊，则又可得而说矣。夫丑言异计，见耻前志；阿党比周，先圣所戒。自古善言庸违之众，必生滔天泯夏之凶。以党举官，适滋奸幸。往者邦朋枋政，列士养交；一哄之市，不胜异意；频频之党，甚于鸴斯；倾动辅颊之间，反覆齿唇之内；下以受誉，上以得非。阴行取名，则伐技以凭上，取予自己，亦肆意而陈欲。及夫私议成俗，名器双假，授位乖越，署用非次：诋讦之民，密通要契；赇纳之政，更共饬匿；出入逾侈，犯太上之节；溪壑靡厌，峻大半之赋；民萌之命，危于累卵；刑屋之凶，生于喜怒。民神痛怨，亿兆悼心。蕳、墨覆车，其迹弗远。今者约法更新，颇易前敝：垂石室之制，颁金匮之法，斯盖应时偶变之具，诎伸济用之术；杯水之益，其与几何！释根务枝，孰云有济。至于存名漏迹，损敝袭新；张歙失序，既昧彝宪；真伪相贸，尤爽昔谈；非所以昭示国典，垂无穷之制也！是以群才大小，咸斟酌所同，稽之典经，假之筹策；静惟屯剥，延首王风，亦犹群流之归巨壑，众星之拱北辰。夫积力所举，无弗胜之业；众知所为，无或隳之功。邦命维新，属当今会。世之论者，则以昭功之本，莫尚于宁民；怀远之经，莫先于体信。若复法禁屡易，位号数革，信不可知，义无所立，转易之间，虑滋民惑。知弗然者，昏明相递，晷景恒度。豹变之义，《大易》所著。流之浊者澄其源，景之枉者正其表，是盖自然之物理，抑亦前世之明鉴也！方今百姓，盛歌元首之德，股肱贞良，庶事宁康，吏各修职，复于旧典。虽复屯沴屡起，金革亟动，幸蒙威灵，遂振国命，毕歼群丑，载廓氛祲；《采芑》之什，弗足辟其功；《戕斧》之歌，未足喻其捷。蔼其戎谋，民服如化，此实天下义安刑措之时也。顾复邦国殄瘁，惠康未协；野泽有兼并之民，江介有不释之备，赋发充于常调，生人转于沟壑，上贻日昃之忧，下重倒悬之厄，失不在人而在于制，是可知已！夫监政愿治，莫如更化；创制改物，古以显庸。追观季末倾覆之戒，宜有蠲法改宪之道。缅维逐兔分定之义，深慰瞻乌知止之情，外植国维，内酬人望，正受始之大统，乘握乾之灵运，用协大中之法，俾抑祸患之端；则磐石之安，易于反掌，休泰之祚，洪于来业矣。

文出，好者以为《剧秦美新》，子云之亚也！袁世凯败，而师培望实并堕，愈为士论所鄙；然文章尔雅，泽古者深，人亦以此多之！

师培与章炳麟并以古学名家，而文章不同。章氏淡雅有度而枵于响；师培雄丽可诵而浮于艳。章氏云追魏、晋，与王闿运文为同调；师培步武齐、梁，实阮元文言之嗣乳。此其较也。师培于学无所不窥；而论文则考型六代，探源两京，尝谓："积字成句，积句成文。欲溯文章之缘起，先穷造字之源流。上古之时，有语言而无文字；未造字形，先有字音，以言语流传难期久远，乃结绳为号，以辅言语之穷。及黄帝代兴，乃易结绳为书契，而文字之用以兴。故‘字’训为饰，《广雅》、《玉篇》并言：‘字，饰也。’《广韵》注引《春秋纬说题词》亦云：‘字，饰也。’与‘文章’之训相同。文章取义与藻绘，言有组织而后成文也。足证上古之初，言与字分，以字为文。然文字初兴，勒书简毕，有漆书刀削之劳，抄胥匪易，传播维艰。故学术授受，仍凭口耳之传闻，又虑其艰于记忆也，必杂于偶语韵文以便记诵。阮芸台《文言说》云：古人以简策传事者少，以口舌传事者多；以目治事者少，以口耳治事者多。故同为一言，转相告语必有愆误。是必寡其词、协其音、以文其言，使人易于记诵，无能增改。且无方言俗语杂其间，始能达意，始能行远。而语言之中有文矣。故《易》言《文言》。及以语言著书册，而书册之中亦有文。是则上古之前，文训为字；故许书称《说文》；中古以降，‘文’训为章；故出言之有章者为文，《诗》曰：‘出言有章。’著书之有章者亦曰文。观于三代之书，谚语箴铭，实多韵语。若六艺之中，《诗》篇三百，固皆有韵之词，即《易》、《书》二经，亦大抵奇偶相生，声韵相叶；而《尔雅·释训》‘子子孙孙’以下，用韵者亦三十条；惟《戴礼》、《周官经》言词简质，不杂偶语韵文，则以昭书简册，悬布国门，犹后世律例公文，特设专门之文体也，故与文言不同。降及东周，直言者谓之‘言’，论难者谓之‘语’，见《说文》。修词者谓之‘文’。而《易》曰：‘修辞立其诚。’《说文》：‘修，饰也。’词之饰者，乃得为文；不饰词者，即不得谓之文。不独言与文分，亦且言与语分；故出言亦分文质，言之质者，纯乎方言者也。方言者，犹今俗语也。《说文·序》云：秦代以前，诸侯各邦‘文各异形，言各异声’。是三代以前各邦之中皆有特别之语言文字矣。言之文者，纯乎雅言者也。阮芸台曰：雅言者，犹今官话也。‘雅’与‘夏’通。夏为中国人之称，故‘雅言’即为中国人之言。‘尔雅’者，乃方言之近于官话者也。《春秋》之时，言词恶质，故曾子斥为鄙词，曾子曰：‘出辞气，斯远鄙倍矣。’荀子讥为俚语，而一语一词，必加修饰。《左传》曰：‘言之无文，行而不远。’又曰：‘非文词不为功。’文词，犹言文言也，文言者，即文饰之词也。孔子言‘词达而已’，即不文饰之词也。言‘词达而已’，不言‘文达而已’，足证‘词’与‘文’不同；词，非文也。至《春秋》时代之书册，亦大抵文与语分。文近于经；语近于史。故曾子作《孝经》，观《孝经》虽无韵语，而偶语实多。如‘加于百姓，刑于四海’，‘非法不言，非道不行’，‘口无择言，身无择行’，皆偶语也。其语句互相为偶者尤多。老子作《道德经》，其中多韵文，且多偶句。杨氏《太元经》亦然。屈原作《离骚经》，如《太素》、《灵枢经》等书，皆多偶句韵文也。皆杂用偶文韵语者也。若《春秋左氏传》以及《国语》、《国策》诸书，乃史官记言记事之遗，非杂用偶文韵语者也。至诸子之书，有文有语。《荀子·成相》篇、《墨子·经》上下篇，皆属于文者也。庄、列、孔、孟、商、韩，皆属于语者也。文犹后世之文词，语犹后世之演稿。惟古人言词，一经书册之记载，或加润色之功，致失本文之旧。俞氏荫甫谓左氏一书，由丘明润色，非其本文之旧也，则语而饰以文矣！又古代之初，虚字未兴，罕用语助之词；故典谟誓诰，无抑扬顿挫之文。后世以降，由实字假为虚字，浑噩之语，易为流丽之词；文士互相因袭，致偶文韵语之体，亦稍变更；则文而涉于语矣。西汉代兴，文区二体：赋颂箴铭，源出于文者也。论辨书疏，源出于语者也。然扬、马之流，类湛深小学，故发为文章，沈博典丽，雍容揄扬；注之者既备述典章，笺之者复详征诂故；非徒词主骈俪，遂足冠冕西京！东京以降，论辩书疏之作，亦杂用排体，易语为文。魏晋六朝，崇尚排偶，而文与笔分，偶文韵语者谓之文，无韵单行者谓之笔。观魏晋六朝诸史，各列传中多以文笔并言；则当时所谓笔者，乃直朴无文之作也，或用之记事之文，《唐书·蒋楷传》：‘踵修国史，世称良笔。’亦为记事之文。张说称‘大手笔’，亦指其善修史及作碑版耳，亦记事之文也。故孔子作《春秋》，必言笔削。陆机《文赋》不及传志碑版之文，盖以此为史体非可入之于文也。或用之书札之文，《汉书》称谷永‘善笔札’，而《晋书》亦言‘乐旨潘笔’，皆指书札之文而言之也。体近于语，复与古人之语不同。盖魏、晋之时尚清谈，即古人所谓语也；而笔则著之书册，故又与古人之语不同。梁元帝《金楼子》云：‘至如不便为诗如阎纂，善为章奏如伯松，若此之流，泛谓之笔，吟咏风谣，流连哀思者，谓之文。’刘彦和《文心雕龙》云：‘今之常言，有文有笔，无韵者笔也，有韵者文也。’文笔区分，昭然不爽矣。故昭明之辑《文选》也，以沈思翰藻者为文；凡文之入选者，大抵皆偶词韵语之文；即间有无韵之文，亦必奇偶相成，抑扬咏叹，八音协唱，默契律吕之深；见阮芸台《文韵说》所引《宋书·谢灵运传论》，及沈约《答陆厥书》，甚为的当。故经子诸史，悉在屏遗。是则文也者，乃经史诸子之外，别为一体者也。齐、梁以下，四六之体渐兴，以声色相矜，以藻绘相饰，靡曼纤冶，文体亦卑；然律以沈思翰藻之说，则骈文一体，实为文体之正宗。降及唐代，韩、柳嗣兴，始以单行易排偶，由深趋浅，由简入繁，由骈俪相偶之词，易为长短相生之体；与诗歌易为词曲者，其理相同。昔罗马文学之兴也，韵文完备，乃有散文；史诗既工，乃生戏曲；而中土文学之秩序，适与相符；乃事物进化之公例，亦文体必经之阶级也。韩、柳之文，希踪子史，即传志碑版之作，亦媲美前贤；然绳以文体，特古人之语而六朝之笔耳！故唐代之时，亦称韩文为笔。刘禹锡《祭韩侍郎》文云：‘子长在笔。’赵磷《因话录》曰：‘韩公文至高，时号韩笔。’是唐人不以散行者为文也。至北宋苏轼，推崇韩氏，以为‘文起八代之衰’。明代以降，士学空疏，以六朝之前为骈体，以昌黎诸辈为古文，文之体例莫复辨。而近代文学之士，谓天下文章，莫大乎桐城；于方、姚之文，奉为文章之正轨。由斯而上，则以经为文，以子史为文。由斯以降，则枵腹蔑古之徒，亦得以文章自耀；而文章之真源失矣！惟歙县凌次仲先生以《文选》为古文正的，与阮元《文言说》相符。而近世以骈文名者，若北江、容甫步趋齐、梁。西堂、其年导源徐、庾。即榖人、巽轩、稚威诸公，上者步武六朝，下亦希踪四杰。文章正轨，赖此仅存。而无识者流，欲别骈文于古文之外，亦独何哉！”此论小学为文章之始基，以骈文实文体之正宗也。又曰："六朝以前，文集之名未立，及属文之士日多，后之君子，欲观其体势，以见性灵，乃汇萃成编，颜日文集。然古人学术，各有专门；故发为文章，亦复旨无旁出，成一家言，与诸子同。试即唐宋之文言之：韩愈、李翱之文，正义明道，排斥异端；欧、曾继之，以文载道；而下逮南宋朱、陆，阐发性天；儒家之文也。子厚永、柳游记，善言事物之情，出以形容之词，而知人论世复能探原立论，核核刻深；如《桐叶封弟辨》、《晋赵盾许世子议》、《晋命赵衰守原论》诸作是也。宋儒论史，多诛心之论，皆原于此，名家之文也。明允之文，最喜论兵，谋深虑远，排兀雄奇，兵家之文也。子瞻之文，以粲花之舌，运捭阖之词，往复卷舒，一如意中所欲出，而属词比事，翻空易奇，纵横家之文也。南宋陈同甫之文，亦以兵家兼纵横家者也。介甫之文，侈言法制，因时制宜，而文辞奇峭，推阐入深，法家之文也。若夫邵雍之徒，为阴阳家。王伯厚之徒，为杂家。而叶水心之徒，亦近于法家兵家。近代以还，文儒辈出。望溪、姬传，文祖韩、欧，阐明义理，趋步宋儒；此儒家之支派也。慎修、辅之，综核礼制，章疑别微。近儒治三礼者，如秦蕙田、凌廷堪、程瑶田之流，咸有文集，集中一多论理之作。考汉制言名家出于礼官，则言礼者必名家之支派也。若膺、伯申，考订六书，正名辨物近儒喜治考据，皆从《尔雅》、《说文》入手，而诸家文集亦以说经考字之作为多。古人以字为名，名家综核名实必以正名析词为首，故考据之文亦出名家。皆名家之支派也。叔子、岷绳，洞明兵法，推论古今之成败，叠陈九土之险夷，落笔千言，纵横奔肆；此兵家之支派也。子居之文，取法半山，喜论法制，而文章奇峭峻悍，亦颇仿佛；安吴之文，洞陈时弊，兵农刑政，酌古准今，不讳功利之谈，爰立后王之法；此法家之支派也。朝宗之文，词源横溢；简斋之作，逞博矜奇，若决江河，一泻千里；此纵横家之支派也。若夫词章之家，侈陈事物，娴于文词，亦当溯源于纵横家。雍斋沈涛、于庭之文，杂糅谶纬，靡丽瑰奇，凡治常州学派者皆然；此阴阳家之支派也。大绅、台山之文，妙善玄言，析理精微；彭尺木亦然；此道家之支派也。维崧、瓯北之文，体杂俳优，涉笔成趣；凡文人之有小慧者，其文皆然，此小说家之支派也。旨归既别，夫岂强同，即古人所谓‘文章流别’也。惟诗亦然。子建之诗，温柔敦厚，近于儒家。渊明之诗，淡雅冲泊，近于道家。陶潜虽喜老、庄，然其诗则多出于《楚辞》，若嵇康之诗，颇得道家之意。郭景纯诗亦有道家之意。康乐之诗，琢磨研炼，近于名家凡六朝之诗，喜用炼句以状事物之情，且工于刻画，如何逊、阴铿之诗皆是也。然康乐之诗，其滥觞也。太冲之诗，雄健英奇，近于纵横家。盖在心为志，发言为诗，讽咏篇章，可以察前人之志矣。隋、唐以下，诗家专集，浩如渊海，然诗格既判，诗心亦殊。少陵之诗，惓怀君父，希心稷、契，是为儒家之诗。杜诗云：许身亦何愚，窃比稷与契。又云：法自儒家有。此杜诗出儒家之证。太白之诗，超然飞腾，不愧仙才，是为纵横家之诗。后世惟辛稼轩、陈同甫之词慷慨激昂近于纵横家。襄阳之诗，逸韵天成。出于陶渊明。子瞻之诗，妙善玄言，是为道家之诗。储光羲、王维之诗，备陈穑事，追拟《豳风》，是为农家之诗。山谷、后山之诗，喜用瘦削之语，出以深峻，是为法家之诗。由是言之，辨章学术，诗与文同矣。要而论之：西汉之时，治学之士，侈言灾异五行；故西汉之文，多阴阳家言。东汉之末，法学盛昌；故汉、魏之文，多法家言。西汉之文，无一篇不言及天象者。三国之文，若钟繇、陈群、诸葛亮之作，咸多审正名法之言，与西汉殊。六朝之士，崇尚老、庄；故六朝之文，多道家言。隋、唐以来，以诗赋为取士之具；故唐代之文，多小说家言。观唐代丛书可见矣。宋代之儒，以讲学相矜，故宋代之文，多儒家言。明末之时，学士大夫多抱雄才伟略；故明末之文，多纵横家言。近代之儒，溺于笺注训故之学；故近代之文，多名家言。此特举说经之文言之。虽集部之书，不克与子书齐列，然因集部之目录，以推论其派别源流；知集部出于子部，则后儒有作，必有反集为子者；是亦区别学术之一助也。会稽章氏、仁和谭氏，稍知此义，惟语焉未精，择焉未详，故更即二家之言推论之，以明其凡列焉。”此论文章流别，同于诸子也。又曰：“古人诗赋俱谓之文。阮芸台《咸秩无文解》云：古人称诗之入乐者日文，故子夏《诗大序》：‘声成文谓之音。’《孟子》：‘不以文害辞。’赵注：‘文，诗之文章也。’然诗赋之学，亦出行人之官。盖赋列六艺之一，乃古诗之流。古代之诗，虽不别标赋体；然凡作诗者，皆谓之赋诗；见左氏隐三年、闵二年及文六年传。诵诗者亦谓之赋诗。见左氏襄二十八年传。《汉志》叙《诗赋略》，谓：‘古者诸侯卿大夫交接邻国，以微言相感，当揖让之际，必称诗以喻其志，盖以别贤不肖而观盛衰；故孔子言不学诗，无以言。’夫交接邻国，揖让喻志，咸为行人之专司；行人之术，流为纵横家；故《汉志》叙纵横家，引‘诵《诗》三百，不能专对’之文以为大戒；诚以出使四方，必当有得于诗教；则诗赋之学，实惟纵横家所独擅矣！试考之古籍，则周代之诗非徒因行人而作，且多为行人所赓诵。有知行人之勤劳，而赋诗以慰恤者。见《诗·周南·卷耳》篇序及郑序。有奖行人之往来，而赋诗以褒美者。见《诗·小雅·四牡》篇序及‘四牡騑騑’句《毛传》。《小雅·皇皇者华》篇序及‘駪駪征夫’句《毛传》。或行人从攻，而室家赋诗以劝行。见《诗·周南·殷其雷》序及郑笺。或行人于役，而僚友赋以寄念。见《王风·君子于役》篇序及正义。或行人困瘁，赋诗以抒其情。见《诗·小雅·北山》篇序及‘或不已于行’句《毛传》，又见《绵蛮》篇序及《郑笺》。或行人闵忧，赋诗以述其境。见《诗·王风·黍离》篇序及‘行迈靡靡’句《毛传》，又见《小雅·小明》篇‘我征徂西’句孔疏。是古诗每因行人而作矣。又以《左氏传》证之：有行人相仪而赋诗者。见襄二十六年传。有行人出聘而赋诗者。见襄八年传。有行人乞援而赋诗者。见襄十六年传。有行人莅盟而赋诗者。见襄二十七年传。有行人当宴会而赋诗者。见昭元年传。有行人答饯送而赋诗者。见昭十六年传。是古诗每为行人所诵矣。盖采风侯邦，本行人之旧典；见《汉书·食货志》。故诗赋之根源，惟行人研寻最审；吴季札以行人观乐于鲁，此其证。所以赋诗当答者，行人无容缄默；而赋诗不当答者，行人必为剖陈。由是言之，行人承命以修好，苟非登高能赋者，难期专对之能矣。两汉以前，未有别集之目，《汉志》所载诗赋，首列屈原；而唐勒、宋玉次之；其学皆源于古诗，《汉志》言‘屈原作赋以讽，咸有恻隐古诗之义’。而《史记·屈原传》亦言《离骚》兼《国风》、《小雅》之长。虽体格与《三百篇》渐异；然屈原数人，皆长于辞命，有行人应对之才；《史记·屈原传》云：‘娴于辞令，出则接遇宾客，应对诸侯。屈原既死之后，楚有宋玉、唐勒、景差之徒者，皆好词而以赋见称；然皆祖屈原之从容词令。’其确证也。西汉诗赋其见于《汉志》者，如陆贾、严助之流，并以辩论见称，受命出使；是诗赋虽别为一略，不与纵横同科，而夷考作者之生平，大抵曾任行人之职。则后世诗赋，皆纵横家之支与流裔矣！欲考诗赋之流别者，盍溯源于纵横家哉？”此推诗赋根源，本于纵横也。凡所持论，见《文说》、《广文言说》、《文笔诗笔词笔考》。盖融合昭明《文选》、子玄《史通》以迄阮元、章学诚，兼纵博涉，而以自成一家言者也！于是仪征阮氏之文言学，得师培而门户益张，壁垒益固！论小学为文章之始基，以骈文实文体之正宗，本于阮元者也。论文章流别同于诸子，推诗赋根源本于纵横，出之章学诚者也。阮氏之学，本衍《文选》。章氏蕲向，乃在《史通》。而师培融裁萧、刘，出入章、阮，旁推交勘以观会通；此其祇也。又裒次所为辞赋诗文如干首，成《左庵文集》五卷。以民国八年十一月二十日卒，得年三十有六，特其生平文章之誉，掩于问学；而同时扬州文士，骈俪名家，揭帜阮元、汪中以自标置者，则有兴化李详焉。

李详附王式通

李详，字审言，扬州府兴化县廪生，与师培诸父名富曾者游，名辈特先，而迍邅过之。其为人聪颖夙成，甫六岁倍讽异常儿；父增亲督教之，携夸坐宾。比长，瞻顾非常，泛嗜群言。于诗，唐则少陵、昌黎、义山，宋则东坡、荆公，靡不精熟。假馆戚氏许。许为盐城大姓，藏书富。而详见《汲古阁十七史》、《十三经注疏》、《文选》，乃大喜；而于《文选》尤笃嗜焉，日尽十页，夜则绕案背诵。闻者笑以迂，而详不顾也。羞为功令之文。年二十，江苏督学使者瑞安黄体芳漱兰始录为附学生员；详衔感次骨，为作《思君子赋》。出游落落无所合，羁贫失志；闻淮扬海道桂林谢公好士，往谒之，留门下为书记。谢居京师久，于厂肆搜罗故籍，四部略备。详得纵观，常云："僻处海隅，学无师承，至是始识门径，尤喜四刘之学。"人莫解所谓；盖言《汉书·艺文志》、《世说》、《文心雕龙》、《史通》也，皆有所发明。而于乾嘉先辈，则极称汪中《述学》，服膺拳拳，每效其体。阮元之《揅经室集》，钱大昕之《潜研堂集》，亦所笃好；谓之"二研"，以名其堂。合肥蒯光典礼卿，以道员候补南京，阴求文士谈谐为乐。详以介往见。光典钦其学行，厚礼焉。详感其意，从之游。而光典以名公子宦达，过其门者皆一时名公贵人。详衣冠粗朴，揖让其间；而伧父辈指摘礼数，借为口实；意鞅鞅不自得。谒石埭居士杨文会仁山，参究生死。文会湛深佛典，谓曰："尔亦头陀，堕落受苦！"详为悚然！既以蒯光典之介，得识江阴缪荃孙艺风，一见如旧相识；荀、陆睹面，不作常谈；苏、李知心，托诸诗句。言之两江总督端方，委充江楚编译官书局帮总纂。时实无书可纂，支官钱，治私书，即端方之《陶斋藏石记》是也；总纂本为荃孙，以为端方撰《销夏记》，论列书画，不遑兼顾；举临桂况周颐夔笙领之。周颐择拓本无首尾，及曼漶模糊不辨字迹者，一以属详，而时刺探释文何若；将以抵巇送难。顾详于王述庵侍郎《金石萃编》及钱少詹、阮文达、翁覃溪、武授堂集，精研有素，周颐无以中也！然详目耗精销于此书矣！其记经详所编凡一百六十馀种，择其释文略经考定者，别辑为《分撰陶斋藏石记释文自定本》。端方视详，颇加敬礼。丹徒某妒详之进，与长洲朱孔彰仲我皆为所龁龁，以为名士，非学人也！详以应曰："是何害！"撰《名士说义》以解。其辞曰：

《小戴记·月令》："季春之月，聘名士。"郑君注："名士，不仕者。"孔冲远疏引蔡氏云："名士者，德行贞纯，道术通明，王者不得臣，而隐居不在位者也。”按此名士之称，自足高式人表，矫排浮竞。故颍川仲达持此以目卧龙。琅玡茂宏，下教而尊卫虎。求之于古，必如鲁儒卓立，万变不穷；郢臣好修，九死靡悔；始能民誉允孚，昭示来代。自唐而后，俗化浇讹，乡曲猥子，江湖小集，李赤胡生之流，游神火马之辈，并得揖让公卿，骄稚里闬。饮酒作达，率师嗣宗；蹑屐通讯。强附子敬。致使往昔荣名，降沦舆隶。三桠五叶，乃得芜菁；千里一曲，遂积浊渭。黎邱冒形，欺魄失质，集矢巧诋，有自来矣。然有高世绝俗，砥砺廉隅，好奇服而不衷，禀幼清而未沫；特以宗尚有别，旨趣稍殊，比党交攻，诧为异类。阴挤下流，阳奉此号；一若鸮服适集，恶其鸣声；魑魅可御，宜投绝远。昔之君子，今直不肖。九变复贯，孰云可回？溯游相从，《周礼》宛在。是以耿介之士，侧身人间，容止不改其常，风雨贞于如晦。脱有相轻，偶蒙品目；方如宠锡之膺，惭负嘉贶；讵敢引为缪丑，纵斧本根？嗟乎，苟令大嵬狂易，勿蹈藩篱；二三有道，力行不惑；则揆厥所元，其朔可考也。

文出，益以兀傲见嫉。而详不顾。王闿运以端方之召，来游江宁，为文士之宴。与会者数十人，迭相问难。详独默坐。会论《文选》，闿运曰：“明远、元晖，已开唐初律体。”详举“朔风吹飞雨，萧条江上来”句以证。闿运喜甚，写小幅为赠，惟详称“先生”；其馀或“弟”或“兄”，皆儿子辈畜之；未有称“先生”者也！既而端方移督直隶，详与朱孔彰往送，时值盛暑，两衣冠拱立；端方微颔之。孔彰以为大辱。详曰：“第忍之，何妨！世方誉陶斋为毕镇洋，即此慢士一端，去毕已不如远甚！”寻端方以骄蹇无状褫官；其再起也，特以铁路大臣督师入川，抵资州，为革命军所杀。事闻，详见《陶斋藏石记》印本，感赋三绝以哀之：

槐影扶疏红纸廊，冶城东畔又沧桑！摩挲石墨人空老，忆到金陵便断肠！

脱略曾非礼数苛，上宫有女妒脩蛾！濮阳全集儒书客，那得扬雄手载多！

觥觥含宪出重阍，传命居然奉敕尊；轻薄子玄犹并世，可怜不返蜀川魂！

情见乎词，盖犹不忘前恨也。自嗟迪邅，媲于汪中，宗尚所寄，以况身世。尝为其文笺注，语必溯源。上元周钺左麾亦好汪文。详以《广陵对》“忠孝存焉”四字，出陈寿《三国·蜀志·诸葛瞻传》注。后钺举示座客，谓：“李某强识绝人，能寻不经意处。”仪征刘富曾谦甫，一日，谈汪《黄鹤楼铭》。详言：“‘桃花绿水，秋月春风’，出萧子显《南齐书》，而李延寿袭之。”富曾惊起曰：“先兄恭甫昔校《南齐书》，得汪语所出，喜慰数日，不意君一叩即应!”详弥以自喜！每谓：“容甫之文，出范蔚宗《后汉书》；而承祚《国志》，先于范氏；裴松之注所采诸家，规模如一；观其约疏为密，继以闳丽，文之能事，尽于此矣。容甫窥得此秘，节宣于单复奇偶间，音节遒亮，意味深长；又甚会沈休文、任彦升之树义遣词，而不敢轻涉鲍明远、江文通之藩篱；此其所以独高一代而推为绝学也！”仁和谭献仲修撰《师儒表》于汪氏称为“绝学”。“骈文一道，清初以来，名辈迭出。浙派初宗云间，后亦别开户牖；榖人以后，弥共畦畛。仲瞿梅伯，披猖无已！稚威闳览，虬户筱骖，隶事诡越；学渠者死，诚亦不免。定庵错综金石，其弊日甚。湖口、碧湄，刻意模放，眩目湏耳，语至累译。《卷葹》之体，钻仰猥积，胠箧探囊，非止旁采；举其偏词，即揣对句。凡此之类，仆所不喜。仆论骈文，以自然为宗，以单复相间为体，以貌为齐梁伪体为戒，以胡稚威为不足法；而以孔㢑轩不薄初唐，阮仪征、孙渊如简淡高古为趋向。容甫生小仓气矜之隆，后又鉴同郡吴园次之流靡，异军突起，衍为宗派；惟我能寻得容甫所出之途而改辙辟之。我行我法，何尝于容甫集中作贼！”意思牢落，托之文章。而州郡交契，最称顾硕石孙，为《顾石孙四十生日寿序》以寄慨曰：

今之生日何昉乎？履端于《楚骚》，祝延于《颜训》。唐宋而嬗，墨儒藻士，往往肸饰华曼，专诗摛文，以是为颂祷焉；盖亦雅材之宪典，伐木之幽赞也。余与顾子石孙生幸同岁，交倾辈流。庞、马不问主宾，殷、刘至陷轻薄，穷则抚翼濡沫，欢则扬眉抵掌；西陵弭棹，辛苦相诒；南馆鸣葭，起居互讯。三年不见，绵思僭于风霜；一夕九逝，劳结纡于书疏。违离之感，尔我同之。比遘多幸，适君远归。洒练神明，沐浴膏泽。弥年疢疾，赠并州之一丸；永日谭谐，预泉明之三益。君则意气干云，余则坎壈失职，荣悴寒暑，未足相雠。顾景徂年，各登卅九。置酒见属，为庆更生；值君初度，讵能默息？昔陈遵、张竦，志趣小异；阿瞒、伯业，孟晋各殊。咸履途轨，同蹑好尚。敢相比附，用资嗢噱。君词宗累叶，门第蝉嫣。夜光专曜，良璧独玩。北海年少，居龙腹而不惭；东国人伦，附骥尾而立显。余植根异所，藉荫柯条。汝南应玚，略有著书；陈留阮瑀，雅善笔札。偻指宗衮，俱非一贯。此不如君一也。君幼禀挺至，噪誉龆辰。慧析杨梅，玄参荷棘；炊糜忘箪，听长者之谈。盗酒不跽，动家尊之喜。余少役里衖，荃蕙为茅；蹴踘意钱，间侣甲乙；司空城旦，屡废研寻；逮解裳衣，升堂嗟晚。鲁国男子，逢盛宪而已迟；槐里朱生，师萧倩而不获。此不如君又一也。君瞻瞩异等，卓荦冠时。元龙置上下之床，嗣宗为青白之眼。魏其坐次，詟气要人；金阊亭前，敛迹群小。余钳舌弭谤，危行仄视，裁量月旦，扬抑时流，片

> 言积忤，诮安国之寒灰。微文见刺，近支离之攘臂。此不如君又一也。君鸿篇巨制，裔宇旁魄，长河一泻，修桐百尺。宋玉口多微辞，江总尤工侧体。铜蠡丽制，持喻琼瑰；碧玉娼家，结言环佩。余役才苦短，颠踬宫商；仲宣不足起文，子云常病少气；闺中邃远，悱恻扬灵；陌上徘徊，昌丰辍咏。譬之工膑不属先施，卖侣终非阳五。此不如君又一也。君任侠自喜，豪举称雄。设醴以款穆生，挥金以希疏傅。邻女炳烛，往就徐吾；修龄乞米，唯在谢尚。余胥疏人世，雅志开拓；亦尝质衣恤隐，解佩盱衡；铜山之赀未赓，归墟之水旋焦。以至王阳衣被，微徼轻名；陈汤丐贷，取讥无节。此不如君又一也。总此五惭，谬蒙心赏。流波析引，寒谷熙春。鄱阳暴谑，欣与平叔为曹；敬礼小文，辄付陈思是定。称药量水，栖屑曾经；泛舟褰裳，欢情自接。申四海之敬，各存断金；献三托之辞，请赓溉釜。粗窥厓涘，略挈都凡。佐公感知己之赋，愿君不行兮夷犹；颜远思友人之诗，慰余自怜兮惆怅！善保黄发，勉贻令名！

借题抒慨，以己度人。又为《自序》一文以模汪氏，至云："容甫比于孝标，已为不逮。余于容甫，又愈下焉！是知九渊之深，未及劫灰！餐荼之苦，劣于含鸩。"辞意激楚，可概见焉。

详论文不主桐城，论诗又薄西江，与时流异趣；而特心折侯官陈衍石遗。衍著书，揭帜西江以成诗派。而详之砭西江特甚，每谓："余学诗五十年，初嗜《文选》，继宗杜韩，又复流连义山；而深以宋派伤于径直，涪翁、后山学杜，直可谓之生吞活剥。半山一老学究语，陈简斋乃涪翁之肖子。诚斋、后村，质僿朴野，太无兴会。放翁稍有雅人深致。南宋始终，皆西江派所流衍而不能自成一队。北宋之初，自西昆体后，不失唐人正轨。欧公学韩，冗长驰骋，毫无归宿。苏长公出，伤尽，伤巧，伤譬喻太多，伤聪明太露；心知为一大家，意所重者，不在是也！乃清道、咸以降；涪翁派曼延天下；又以定庵恢奇鬼怪，淆乱聪明子弟；如聚一邱之貉，篝火妄鸣，为详为制，至于亡国。声音之道，不可不正也。余论诗好从实处入，又喜直起直落，而略致情款；不喜作伪语及仙佛一切杂碎，比于奸声者。”语详所著《拭觚》。而陈衍见详篇什，谓非近日诗人妙手空空者可比！详闻之，意不足，谓“石遗殆未知余论诗之说见于《拭觚》”者；记以一诗曰：

偶闻北海知刘备，惜未任华遇少陵。偎薄自迷三里雾，烦歊谁办一柈冰。游吴物论惟轻宋，自注：赵秋谷游吴，事阮吾山，谓所指者西陂耳。朝鲁宗盟竟长滕。心折长芦吾已久，别材非学最难凭。

陈衍见之曰：“沧浪论诗，以谓别材非学，余所不凭；曾于罗瘿庵诗叙畅言之。惜审言所著《拭觚》，终未见之；至此诗使事雅切，仍以非妙手空空儿评之耳！近人能诗者，皆好自欺欺人语；又千篇一律，语熟口臭，阅之不一行，使人欲睡。”详应之曰：“有子部杂家之学，偶尔为诗，必有可传。若就诗求诗，架上堆得《随园全集》、《湖海诗传》，交不出乡里，材料皆家人匡箧中物。钟记室以任昉为戒，但揭‘羌无故实’，‘讵出经史’，相为裁量。因之一千馀载之后，白话诗出，为大革命。公诗避俗好奇，直高于我；而仆敢执弭以从者，以好为子部杂家之学，诗格虽不同，内函子部杂家语；即和意不和词，亦箭锋相直；绝非若卢子幹之酬刘越石、李谪仙之嘲杜少陵也。沆瀣一气，久而加敬，如文殊师利之叩维摩诘，为二士之谈道。两家弟子，各处一方。公托闽海，弟家淮壖，天公不捉在一处囚，泥鳅专制，孽狐作祥，各传其学而已！”顾所自喜者，尤在文章。自谓初好容甫文，又嗜昭明《文选》之序，日加三复；阮太傅《文言说》，尤所心醉也！然详骈文，精隶事而乏韵致。特其书札，词笔疏俊，而气调岸异；繁采既削，古艳自生，乃正萧散似魏、晋间人作。答《江都王翰棻论文书》曰：

渥然仁兄足下：

日者之集，以有坐客，不能畅谈。客未来时，某已略陈狂瞽。兹奉来书，洋洋盈耳，色然以骇！不意足下少年，所造至此！殊可羡仰！足下起自孤童，与某相等；其无师承，一以古人为归。足下尚居郡城，某则村落僻左，求一卷之师不得也，又苦无书可借！蚤岁自致，不能如足下百分之一，而困学则同。稍观古人文字，喜蔚宗《汉书》、昭明《文选》，以求申阮氏《文言》之旨。阮氏之言，亦昭明立意能文之区画也。文章自《六经》、周秦、两汉、六代以及三唐，皆奇耦相参，错综而成。六朝俪文，色泽虽殊；其潜气内运，默默相通，与散文无异旨也！其散文亦为千古独绝！试取《三国志注》、《晋书》及《南》、《北》两史、郦善长《水经注》、杨衒之《洛阳伽蓝记》与释氏《高僧传》等书读之，皆散文之致佳者；至今尚无一人能承其绪！盖误以雕琢视之，而未知其自然高妙也！唐之肃、代以下，文字亦多追响南北两朝；特韩、柳稍异耳。夫韩、柳亦耦也，观其全集，何曾有子家言连犿恣肆，渺无岸畔，参厕其内？北宋初元，为师承未坠。自穆伯长、柳仲涂、苏子美、尹师鲁倡为古文，胸中初无所储，而务纡其词以为古，曳其声以为韵，裁复为单，改短为长。欧阳究公虽师昌黎，而小变其体；未为背师法也。苏老泉以布衣求之于纵横、名、法家言，冀以自达。二苏继之，驰骋而好为策士议论，重以比况为长，文遂往而不返！后虽别为一派，而文章正宗不在是也！本朝自望溪以古文自命，惜抱拥护于后，曾文正演程鱼门言，比于禅林宗派。后生小子，粗有见地，一若文非桐城，即为畔道；比于汉人，且有甘背师法以求禄利。于是天下靡然向风，相逐于不悦学之一途，而摹其章法起讫，以为古文在是！沧海横流，其谁主之？异代必有推原祸始者，某不敢尽言也！足下涉猎诸书，已见一班。惟近人文字，相戒弗观，其害人如鸩，著人如腻。求之于古则得矣！安有今人之足师耶！治经治小学亦不易。但观大意与训诂、假借、引申，用之于文字不谬；若精研之，非数十年功力不可！且必求胜于诸老，否则公然剽袭，可勿为也。某所嗜者，《左氏传》、《文选》、《杜诗》、《韩集》、《容斋随笔》、《困学纪闻》、《曝书亭集》、钱少詹《潜研堂》、阮文达《揅经室集》、汪容甫《述学》、高邮王氏之诸书、《说文段氏注》，《郝氏遗书》此皆某之师也；敢以荐于左右。足下今持盛意，欲执贽衰朽以为论文之地。在昔昌黎好为人师，其门下皇甫湜，张籍、李翱，未有以师称之者。翱又娶其兄女，尚称退之为兄。某何敢屈足下为弟子！谦必称"受业"，尊必称"夫子"。噫，此市道交也，奈何效之！且韩门至有刘乂，况今之逢蒙、吕步舒比比耶？《通鉴》某亦好此，胡注于地理最佳；其他亦有望文生义者；足下如有所见，可互相推勘。相距甚远，以书往来，不异面谈；毋以未相推奉，谓有隔阂。某非让以鸣高，亦以古人论学，不规规于是也！某再拜。

盖持论不慊桐城如此。而一时揭帜桐城以号于天下者，则为侯官林纾畏庐；而详则诃之曰："观林氏所译小说，重在言情，纤秾巧靡，淫思古意。三十年来，胥天下后生，尽驱入猥薄无行，终以亡国！昔人言王何之罪浮于桀纣；畏庐之罪，应科何律！畏庐既以此得名，可以已矣；而又强论文章，因择举世所宗，又为时贵倾向，遂复附和其说，张之无已，气矜之隆，浸至不可向迩！畏庐本佳人，而入迷途。其初多文为富，炫鬻自媒，致败风俗；后又出其绪馀，高论文章，取究韩、柳文法，复起桐城之焰，鼓以炉鞴，势令海内学子，从风而靡，一与其小说等；而其富厚之愿始毕。此仆七十老公，所未不平，而欲义形于色者也。”国变以后，尝谒嘉兴沈曾植子培于上海。曾植以名士为达官，座客常满；辄指详称说曰：“此江淮选学大师李先生也。”慨然谓：“光绪中叶，李顺德（文田）及翁文恭、潘文勤迭主文柄；公车之士，无不识者。何独不见此君！”金坛冯煦梦华总纂《江苏通志》，引详为佐；所上条陈，无不曲纳；综其议论，署为《碎金》。别有《艺文志商例》，煦尤极赏之！函令采访分纂，依例核真；而众畏其难！惟松江、南通、太仓如所云云，著见本末，馀则重㚖貤谬而已。它如江都、甘泉、仪征三县《人物》、《儒林》、《文苑》及《艺文》，又《舆地沿革表》，皆详所修定也。煦于志事，深相委重。而详以煦之乡里姻亲，荧惑视论，差与分谤；遂膺东南大学之聘，教授《文选》及《陶渊明集》、《韩昌黎集》。尚气好攻辩，人畏其口；亦以此累不得志。而文章自矜重，骈文尤所得意，以为“骈文全贵隶事，不可拾人唾馀。扬雄赋甘泉，为之病悸少气，曾为一骈文，汗出不止，几殆；服参附乃免。”因改定润例，凡求骈文，要先两月通问，先奉润金三百元；不依此格者，付之不答，其自矜贵如此。论者亦以相推，冒广生鹤亭言：“方今骈文，北王南李。”王谓汾阳王式通书衡，为清光绪戊戌进士，入民国，官大理院推丞；亦以骈文有名，而与李详不同。李详以雕藻，式通以秀润。而冯煦之叙孙德谦《六朝丽指》也，仿陈思王《与杨德祖书》，以为“并世作者，可得而言；夔生鹰扬于岭表况周颐；芸子猿吟于蜀都宋育仁；静山鸿冥于毗陵屠寄；审言鹤峙于淮左；并抽秘骋妍，标新领异。今益葊异军突起，独秀江东。”与冒氏品藻不同。而以详所为，固已跻之作者，名以一家矣！以民国二十年四月三日卒，年七十三岁。

孙德谦附孙雄

孙德谦者，益葊其字，一号隘堪，江苏元和人，历任东吴、大夏、交通诸大学教授；其论学究心流别，以治会稽章学诚《文史通义》有盛名。李详尝以语曰："会稽之学，君与钱唐张尔田孟劬，海内称为两雄；有益一人而不得者。"自称少而从事声音训诂，好高邮王氏之学，久之，病其破碎，遂有事于会稽之学，以上溯《班书》六略，旁逮周季诸子，考其源流，观其会通，成《诸子要略》五十篇。而目录家言，三十以前，即有偏嗜；《班书》六略，《隋志》四部，时用钩稽。徒见世子讲版本者，得宋、元以矜奇秘，而于书之义理，则非所知；又断断在字句之间，以为刘氏向、歆之所长，只此琐琐辨订，未克条其篇目，撮其指归；于是纂《（汉书·艺文志）举例》、《刘向校雠学纂微》两书。盖生平得力，在周秦名家之术，于一切学问异同得失，咸思核实以求其真；与世之穿凿附会者不同科矣。然生平志在千秋，以为："诗文戋戋，何足称不朽绝业！"弱冠之岁，有友箴之曰："君子之学，所贵文质相宜，学贯天人，尤贵润以文章。"意有感发。而文之为体，骈散而已；自以散文非性所近，遂致功于俪偶；日取武进李兆洛申耆所选《骈体文钞》专一诵习，苦不得其奥窔，第领其音节气息而已！既读朱一新《无邪堂答问》，论六朝文云："上抗下坠，潜气内转。"大悟，创血脉之说；以为："颜黄门谓文有心肾、筋骨、皮肤，而不知有血脉。血脉者，以虚字使之流通，亦有不假虚字而气仍流通，乃在内转。刘成国训脉为幕，谓幕落一体，则其贵尤在于通体之气韵。"以故为文不尚涂泽，唯务气韵天成。尤喜读范蔚宗《后汉书·叙论》，爱其遒逸；而济之以江文通，欲更加研炼。一时论俪体者，以李详为第一，德谦次之。而海宁王国维静安则语之曰："审言过于雕藻，知有句法而不知有章法。君得疏宕之气，我谓审言定不如君。"德谦每引自重。而以俪体必溯六朝，因撰《六朝丽指》一书而叙其端曰：

丽辞之兴，六朝称极盛焉。夫沿波者讨源，理枝者循干。作为斯体，不知上规六朝，非其至焉者矣！唐、宋以来，各擅其胜。爰迨近彦，颇亦为工。然北江杰材，别成其派衍；南城辑略，群奉为正宗。六朝之气韵幽闲，风神散荡，飙流所始，真赏殆希。亦由任陆楷模，得世缵而显；魏邢优劣，唯孝征则知。未有下帷钻坚，升堂睹奥，沾逮来哲，辟晓密微故也。夫论文之制，托始子桓。厥后宏范谓之《翰林》，仲洽条其《流别》；士衡诠赋，曲尽于能言，公曾撮题，杂撰乎集叙；自是孳多于世矣。其在六朝，往往间出，彦升《缘起》，乃原《六经》；休炳一编，备稽江左。若夫隐侯述志，水德博征；仲伟周游，风谣自局。其古今隐括，体用圆该，东莞《雕龙》，可云殆庶！然宋、齐而下，不复详言。则以世近易明，无劳甄叙；六朝盛藻，嗣响鲜闻。将师旷知音，且期异代；惠施妙处，未获传人；意者岂其然乎？加以昌黎崛起，古文代雄。后来辞人，递相师祖，震起衰之说，近蔽眉山；矜载道之华，远承泗水。语乎六朝富艳，方且俳优黜之。夫迭相奇偶，前良所崇。虽简文嗤其懦钝，士恢訾其华伪；尔时气格，或不免文胜之叹。然其缛旨星稠，逸情云上，缀字通苍雅之学，驭篇运骚赋之长，骈俪之文，此焉归趣！又况王筠研炼，独步名家；仲宝典裁，腾芬当世者焉！余少好斯文，迄兹靡倦，握睇籀讽，垂三十年；见其气转于潜，骨植于秀；振采则清绮，凌节则纡徐；缉类新奇，会比兴之义；穷形抒写，极绚染之能。至于异地俊才，刚柔昭其性；并时齐誉，希数观其微；凡皆成诵在心，借书于手，符羊子百章之数，准马谈六家之论，亦已著之篇中，兹盖试言其略也。评非月旦，敢凯乎高名；礼毋雷同，岂资于剿说。固知言不尽意，恒患攸存，庶六朝之闳规密裁，于是焉在。若乃镜鉴源流，铨综利病，善文之士，类能道之；斯则非所急矣。

籀其归趣，大指主气韵，勿尚才气；崇散朗，勿嬗藻采。其论以为："骈文之有任、沈，犹诗之有李、杜。彦升用笔，稍有质重处；不若休文之秀润，时有逸气，为可贵也。《诗品》云：'昉既博物，动辄用事，所以诗不得奇。'然则彦升之诗，失在贪用事，故不能有奇致；吾谓其文亦然，皆由于隶事太多耳！语曰：'文翻空而易奇。'以此言之，文章之妙，不在事事征实；若事事征实，易伤板滞。后之为骈文者，每喜使事，而不能行清空之气，非善法六朝者也。六朝之文，无不用顿宕之笔；后人但赏其藻采，而于气体散朗，则不复知之。故即论骈文能入六朝之室者，殆无多矣。"此崇散朗，勿嬗藻采之说也。又谓："长沙王益吾选《骈文类纂》若干卷。其持论大旨，则在不分骈散，而以才气为归。夫骈文而归重才气，此固可使古文家不复轻鄙，无所藉口。惟既言骈文，则当上规六朝；而六朝文之可贵，盖以气韵胜，不必主才气立说也。《齐书·文学传论》曰：'放言落纸，气韵天成。'若取才气横溢，则非六朝真诀也。昌黎谓：'惟其气盛，故言之高下皆宜。'斯古文家应尔；骈文则不如此也。六朝文中，往往气极遒练，欲言不言；而其意则若即若离；上抗下坠，潜气内转，故骈文蹊径与散文之气盛言宜，所异在此！"此主气韵，勿尚才气之说也。主气韵，勿尚才气；则安雅而不流于驰骋，与散行殊科。崇散朗，勿矜才藻；则疏逸而无伤于板滞，与四六分疆。德谦以为："骈体与四六异。四六之名，当自唐始；李义山《樊南甲集序》云：'作二十卷，唤曰《樊南四六》。'知文以四六为称，乃起于唐；而唐以前；则未之有也。且《序》又申言之曰：'四六之名，六博、格五、四数、六甲之取也。'使古人早名骈文为四六，义山亦不必为之解矣！《文心雕龙·章句》篇虽言：'四字密而不促，六字格而非缓。'此不必即谓骈文。不然，彼有《丽辞》一篇，专论骈体，何以无此说乎？吾观六朝文中，以四句作对者往往只用四言，或以四字五字相间而出。至徐、庾两家，固多四六语，已开唐人之先；但非如后世骈文，全取排偶，遂成四六格调也。"

而骈文又与律赋异。以为:“骈文宜纯任自然，方是高格；一入律赋，则不免失之纤巧。《文心雕龙》、《诠赋》与《丽辞》各自为篇，则知骈文且不同于赋体。赋体出以雕纂，而骈文尤贵疏逸。”疏逸之道，则在寓散于骈。以为：“骈体之中，使无散行，则其气不能疏逸，而叙事亦不清晰。故庾子山碑志诸文，述及行履，出之以散；每叙一事，多用单行，先将事略说明，然后援引故实，作成骈语以接其下。推之别种体裁，亦应骈中有散文。倘一篇之内，始终无散行处，是后世书启体，不足与言骈文矣。”德谦之书，此为精核；其他著有成书，曰《古书读法略例》、《诸子通考》、《孙卿子通谊》、《吕氏春秋通谊》、《太史公书义法》、《古书录辑存》、《补南北史艺文志》、《文选学通谊》，各若干卷；而骈偶文特以馀事为之而已。李详以为骈文全须隶事，不可拾他人唾馀。而德谦则病任彦升隶事太多，不如沈休文之秀润有逸气；以为“文章之妙，不在事事征实”。此可以征两家蹊径之不同。李详以隶事新颖自夸，德谦以逸气清空为尚。《北齐书·魏收传》，见邢子才、魏之臧否，即任、沈之优劣。吾则谓任、沈之优劣，即是李、孙之优劣尔。然德谦好自标置，特工议论，而所作或不逮！若论秀润有逸气，盖不如同郡孙雄云！以民国二十四年九月十五日卒，年六十三岁。

孙雄，早岁治经宗东汉，愿学郑玄，以玄字康成，原名同康，字师郑，亦号郑斋；别号朴盦，以明蕲问所在也。昭文人。高祖原湘，为清代乾隆、嘉庆间诗人，世称子潇先生，著有《天真阁诗文集》六十四卷。雄幼承家学，十岁即能诗。弱冠以后，从德清俞樾、定海黄以周游，始知服膺东汉大儒郑康成之学，而治《三礼》、《毛诗》尤邃。中式光绪甲午进士，授职吏部主事。大学士张之洞管京师分科大学，奏派为文科大学监督。辑近人诗，约得二千馀家，为《道咸同光四朝诗史一班录》；无贵贱老幼与相识不相识，旁搜博采，每人缀以小传，其题《薛絅铭诗稿》后有云：“朱子论作文，勿使差异字。选言戒钩棘，说理尚平易。《朱子语类》卷一百三十九云云。诗文体纵殊，探源靡二致。”又云：“谪仙旷世才，逸足追风骥。落笔撼五岳，绝尘飞六辔。少陵郁忠肺，字字流血泪。高歌泣鬼神，独醒唤众醉。慷慨南董笔，从容北山议。天若假之鸣，词取达其意。蛇神牛鬼徒，形秽三舍避！”又云：“诗中隐有我，诗外更有事。回甘道味浓，叩寂馀音嗣。古云貂裘杂，不如狐裘粹；见《淮南子》。哂彼饾饤儒，獭祭夸多识！作诗如用兵，操纵身使臂。奇兵不在众，敢战推骠骑。”即此可见论诗宗旨；盖所贵达意，而无取使事也。其为骈文不以逋峭为古，而气味自渊懿。年二十许，游京师，客其乡人尚书翁同龢所，与会稽李慈铭莼客相过从。慈铭工骈文，又宿学；索观所作，亟赏之，谓曰：“君文精洁简雅，渊乎经籍之光！妙在命意遣词，必以盅粹为本，雍和为节；视世之矜奥衍，逞才情者，或雕饰以为古，或恢诡以示奇，正宗旁门，判若泾谓。此经生之文，异乎瑰士也！”为加点定，因辑为《师郑堂骈体文存》上下二卷，都十七篇；而慈铭尤推其《居庸关至宣化府行记》、《贺曾孟朴新昏序》、《读元秘史注书后》、《与胡复修书》四篇，辞趣渊雅，非徒苟为炳炳琅琅而已。若论怀文抱质，征见性情，则莫如《与翁师汉书》，其辞曰：

执别数日，相思千里，冬序忽来，秋思弥甚！北地苦寒，冰厚寸许。车声雷奔，马足雾乱；黄尘飞扬，两目为障；紫沙堆积，半体若塑。昨日之午，爰抵深州；征骖甫停，即觉疾首。寒气侵骨，倚枕不寐！遥念足下，潋虑经史，削迹家衔。入有吹埙之雅，出有盍簪之欢。委蛇偃仰，诚足念乐。仆本乏技能，唯耽文史。谬蒙长者推奖，为之先容。鹳鸟借一枝之安，劳鱼得蹄涔之水。静言思之，已为非分！矧以顺德先生中朝冠冕，海内斗山；幕府群才，孔多鸿硕；相与推襟送抱，佩韦质弦，证古史之对音，论骈文之异体。松盟柏悦，生幸同时。月落参横，谈犹未倦。以此稍慰岑寂；暂忘离忧。然南望之心常悬，北堂之膳谁侍！门前别子，何限歔欷！梦里觐亲，难酬顾复。每当鱼更三跃，掩卷就寝；魂游江南之国，身在华胥之乡：婢仆贺其速归，弟妹喜而起舞；高堂扶杖，话面目之瘦肥；良友叩门，问著作之多寡。邻僮解事，乐闻笑言，山妻赋诗，互相赠答。恍惚自思，疑为幻境。颓然而醒，仍复独处。呼仆举烛，亦在睡乡。仰视东方，天光已白。一夜十起，只益怅然。嗟呼！北江先生有言："积瘁之士，寡至四十者。"仆之年齿，已近三十；而学问事业，迄用无成！倘得策名清时，委质京国，窃怀负石赴河之义，力挽琅汤凌铄之风；破柱求奸，作守天之一鹗；开城创制，为南溟之大鹏；此乃上愿所存，不可必也！若夫辑高密之遗书，申汶长之奥说，诵龙门之雄文，校兰陵之异字，含毫邈尔，思通古人；伸纸斐然，精骛八表。休息经籍之圃，驰骤文雅之囿。百家杂语，渊汇乎一编；六籍微言，囊括夫万象。覃思以终其业，咀华以润其流。则我心区区，亦窃慕乎是！'昔北齐刘孔昭云："使我数十卷书传于后世，不以易齐景之千驷也！"仆尝叹此达言，以为美谈！至乃以科举为性命，视富贵若神仙。鹜向而寻声，承意而揣色。牡群牝友，般般云法；齿豁头童，灌灌跻跻。偶邀顾盼，如登天而坐云。略失援系，便坠心而危涕。百年倏忽，时不我与。幸得禀乾坤之至灵，承鞠育之遗体，宁忍驱役魂梦，眩惑耳目，随草木以同腐，动朋友之茹叹哉？吾乡诸子，并雄于学：复修研思乎《国策》，谦斋振响乎《淮南》，孟朴殚勤乎《汉志》，秉衡覃精乎《晋书》，隐南肆力乎古文，木强疲神乎目录。开箧而视，咸有成书；闭门而造，无非确论。足下又淹贯众长，自成绝学。惟善蓄光彩，益彰令名！道远言略，各自努力耳。十日以后，使车返都，再达笺缯。发函乌邑，不尽所云！同康再拜。

时雄未举进士，以翁尚书之介，随侍郎顺德李文田仲约按试承德府，文字赏会。初文田实以光绪戊子主江南乡试，号能得士；题为《论语》“可与共学”两章。雄主反经行权古说，合两章为一章；通篇散体，不拘拘八比格，中有云：“君臣者，天地之常经也；而读《鹰扬》之诗，有以臣伐君者矣！兄弟者，亦天地之常经也；而读《鸱枭》之诗，有以弟杀兄者矣！是何也？日反经以行权也。盖经为已定之权，而权实未定之经；反经者，非离乎经，乃合乎经耳。”卷由房考吴承志呈荐。文田击节叹赏，而以语意过激，未敢取中；至是追述前事，引为大恨，如东坡之失李方叔也。文田熟精《辽》、《金》、《元》三史，及碑版、地理、考证之学；以长春真人《元秘史》晚出，于蒙古立国强域世系，颇具梗概；乃广搜纪载，兼采近世泰西译籍，辨析考订，作注十六卷；成书以示雄，此《读元秘史注书后》之所为作也。文田诵之，叹曰：“拙著《元秘史注》，本极猥鄙；然经通人一览，抉摘无遗。惟博闻强记于平时，故能提要钩玄于一日！”盖雄之学，兼综条贯，而于文章流别，辨之尤严，故其文笃雅有节，光气黝然。而不尚雕藻，与孙德谦辞趣一揆。然未能以骈文上说下教，发凡起例如德谦所云为也！亦于民国二十四年九月卒，年七十三岁；别有《师郑堂散文存》、《旧京诗存》、《旧京文存》行世。

冯煦论近世能为汉魏六朝文者，自李详及德谦外，尤称闽县黄孝纾警炼俶诡，后出居上。孝纾灵悟天挺，弱而好文；通习训诂，多识奇字；根柢经史，皋牢百家，瑰辞奥义，亭蓄万有。于清代喜汪中、洪亮吉，因以上窥六朝，尤致力于范晔、郦道元、庾信诸家。尝与冯煦书论文曰：“晚近士夫，驱骛耳学，换张目论；哗众取宠，乃市詅痴之符；饰智矜愚，私窃狄鞮之说；抵掌于裨瀛，而茫昧于衣履之近；哆口于经济，而乖舛乎人伦之常；左书而右契，北辙而南辕，是谓浮夸；吾无取焉。亦有胸臆是任，沟瞀为怀，《鄦书》视犬之字，斥为委谈，扬云雕虫之文，谓之小技；祖韩柳而祧徐庾，轩秦汉而轻齐梁；究之方闻朴学，但属空谈；贩舌张颏，取饰俭腹；自蔽益深，误人弥甚，抑亦近世之通病也。若夫广丽制之规，绎文言之义，千金享帚，谓有其人，则又目营兔园之册，耳习阐蛙之音，金针单慧，误迦陵之谰言；绣褫诸干，溺随园之伪体；凡诸骳凯，曾何足云！纾家有赐书，少闻庭诰，治经之暇，窃好斯文。尝以六朝人士，祖尚玄学，吐属清拔，高在神境；譬夫车子转喉，有声外不言之悟；湘灵鼓瑟，得曲终无人之妙。以才雄者，类物赋形；以情胜者，言哀已叹。潘陆联镳于典午，江鲍骖靳于萧齐；道元经注，山水方滋，蔚宗史才，论赞独绝；曹思王之诔碑，吴季重之笺奏；庾信多萧瑟之思，刘峻得隽上之致。各专一体，并有千秋。求之昭代，容甫北江，雅称复古。平生证㠥，略罄斯言。”可以觇孝纾蕲向矣。

黄孝纾

黄孝纾，字頵士，号匑厂。父某，光绪中以翰林转御史，出为守，历官皖鲁；更世嬗变，傫然以遗佚隐劳山，年几八十矣！孝纾服习庭训，洁身养志，滨海一楼，朝夕相慰藉于风雨潇晦之会，其心亦良苦焉！尝仿庾信《哀江南赋》体，撰《哀时命》一文，低徊家国盛衰之故，惊心动魄，传播逮大江南北。其辞曰：

> 西汉严忌遭时不偶，赋《哀时命》一篇；后世读其言而悲之。余涉历艰屯，磋跎岁路，仰视先哲，其境尤戚。而古人之间，独以梁之庾信，庶为近之！爰仍严生之旧名，兼用子山《哀江南赋》体并韵，暇日抽思，更为新制。嗟乎！茫茫来日，谁可晤言？瞢瞢彼苍，岂云可问！.橘植江浦，非可假以逾淮。玉熸昆冈，或当同夫焦石。卷葹之心已死，鹪鹩之枝未安；自非茂陵铜狄，武担石人，畴能无身世之感，俯仰之慨

哉？削藁潸然，薄抒胸臆。劳者自歌，无嫌鄙屑；知我罪我，亦无訾焉。辞曰：横艾纪岁，元冥莅官。日薄无色，云流有澜。时逼岁暮，土靡寸安。乱眷眷而胡底，意回回而无主。家窜梁鸿，神伤卫虎。抟沙何常，断梗靡聚。翳兰铸之旧族，爰肇兴于我祖。厕七姓以从王，入八闽而宅土。作流旧于侯官，甄勋格于军府。文无旷僚，武无律竭。奕世簪缨，嬗家钺节。或宰邑而称循，或殚忠而蒙烈。陆浚仪揭像而表图，杜元凯临流而湛碣。猗惟大人，启跃秀民。通籍侠陛，励志埋轮。乌合论列，玉府浮�。重毦作牧，申命词臣。南莅皖服，北来济滨。翔旟起隼，绾佩镂麟。作郡十载，颂声在人。余随侍于卯岁，值开元之季年。虽外侮之间至，乃国事其犹贤。玉棓隐耀，宁锄列筵。钟鼓周序，歌吹沸天。家颂塞晏，国安幅圆。朝夜无事，薰风泛弦。运极炽则中屯，天降疵于下武。道竟失于夷庚，厄乃丁于典午。摧躐四维，昌言九主。杞人忧天，仲尼叹鲁。涕出未央之钟，祆鸣历阳之鼓。西望川陕滇黔，南极湖湘江浦。地覆坤维，天倾乾柱。券裂十华，谶兴三户。钟离廪君，宣宫巽羽。莫不共鳖封而宵熠，与獾疏而昼舞。颓垣有云，洗兵无雨。武昌首义，遂复天下。鼙鼓乏死节之臣，轺车耻观军之使。责干城于剩员，假阃寄于债帅。部曲星离，将士麻沸。阃外有执冰公徒，军中号摸金校尉。庙堂偷乐，士皆不学。上下周章，老成凋落。习媚高尻，偷容崩角。清谈则夷甫，元老则长乐。腰扇者窃附褚公。扪虱者自矜景略。志士颜汗，尸臣气索。人为藏窟之貔，士半乘轩之鹤。曹社鬼谋，吴宫尘浊。国政宗枋，野多壁垒。汉失灵蛇，秦亡宝雉。值铜驼于棘中，屑金人之铅水。九庙之祀忽诸，八纮之祸兆矣！本初窃命，为蜮为獍。安忍无亲，佴张蛊性。伏地咶天，瞽实聋正，仲家自为，東絇自縻。嗟鸡尸而牛从，亦羊质而虎皮。

九世卿族，百年宗枝。丑不胜载，僥无俟吹。促戚斗于一瞬，问神鼎其何窥！时则方镇阻兵，精迥擐胄。勒军则烧掇焚杼，逐帅则仆表决漏。韬未谙于孙吴，谞不逮于贾寇，亦复很逾贪羊，酷如鸷兽。赤眚降天，妖雾蔽宿。肆函谷之鲸吞，骇郑城之蛇斗。原燎籛扇，畇畇禹甸。搂赵连齐，跨州并县。路刁枪雷，士狃被练。望鳅篮而逋诛，据貊盘而欢宴，遂乃称戎畿辅，抢攘契箭。火彻谬门，矢惊朵殿。范阳魏博之卒，犯阙而合围。函箱背嵬之军，乘势而激变。十二年中，辇毂五战，日空返于挥戈，军难销于挥扇。权则上替，策靡远绥。发号不越十步，施令讵式九围。金雌告谶，铁牡宵飞。乃有两戒分裂，榱崩栋折，舟沮南樯，车迷西辙。倏爚旄头，张皇箕舌。奋旅番禺，窥兵武穴。尸积洞庭，甲齐大别。勍敌五岭飞刍，将军三湘驰节。城堡棒旷，兜烽冥灭。地殚茑茭，国罢丁壮。不闻系缨之呼，坐见偾军之将。鞭临江而可投，筹无粮而奚唱。楚氛甚恶，吴师齐丧。枫林化槭，鬼声愀怆。始滇池之易帜，乃致叹于鞭长。疽溃非针鍉所治，川决非石楗所防，绵延万里，祸起萧墙。尉佗左纛，半壁云亡。草寇窃发，云屯雾勃。揭竿有知世之郎，斩木则渔阳戍卒。狐火千村，鸱茗万窟。四序游魂，三军暴骨。铤险呼号，负隅出没。天醉难言，毒痛谁假。扰扰海岱之郊，茫茫荆河之野。鴟列贼众，城高人寡。环伊洛而为墟，攻即墨而竟下。里第巢乌，麗车系马。兔窜颓垣，兽嗥破瓦。于是民力殄瘁，生计倾覆。火热八鸿，水深独鹿。千危万困，上惨下黩。暴烈风禽之灾，祸甚日乌之酷。小民不遑假寐，君子无望曼睦。加以政密秋茶，家空杼轴。人之无良，穿窬技熟。上多掊克之臣，野有中宵之哭。秉筭牢盆，设征要塞。杓栏并征，桁杨相对。苛羲和之五均，值杨炎之两税。贯肆钱荒，通途壅碍。舠复巨浸掀舟，河倾下流。彼淮海与闽越，又频患于江流。溢澉浦之故道，漂利津之谯楼。谁堙息壤，高筑哀郢。巢居架灶，陆行用舟。嗟我黎献，湛兹阳侯。有邑皆沼，何地非洲。人聚化于鱼鳖，里无镇于犀牛。风雪载路，人靡生趣。泣单复而无衣，望慈航而不渡。筑堰征徭，防河设戍。大旱继之，鸟靡栖树。野稿穜稑，乡刊桑梓。连岁为灾，呼天孰恃！豫陕燕齐，赤地千里。祷剪爪而不灵，惯刺泉而无水。极目伤心，民焉逃死！永嘉板荡之辰，王粲流离之始，朝政钧维，家谢宦仕。寄命瘿杨，脱身安史。遇逢萌而怆三纲，从箕馀而讯九洛。徘徊死生，崎岖靡托。载铁笼而忧来，泣露车而泪落。傔从飘零，轻装萧索。始则穷岛铲迹，荒陬杜扉。与蛰燕而分食，更茅龙而乏衣。舄惟吟越，腊不从王。涸茶坡之逆旅，采薇蕨于首阳。打头有屋，蹬步无堂。肠折羌笛，梦萦归樯。北不见铁岭，南不见琴江。地则侨置鹿督，台则惟登雁王。海气铄肌，寒冰搅洇。鸿雁寡飞，蛟龙大至。言半杂于侏俏，居近邻于魑魅。谓僻陋之可居，复甘寝之莫冀。突未黔于寒灶，兵忽讹于凶器。毡屋弥山，怯苴匝地。城郭虫沙，楼合蜃气。东播西流，心力交瘁。若乃指南郭之柳泉，傍东门之瓜圃。海岱大郡，称名自古。赁庑有伯通破舂，卜宅有太初焦柱。虽无榱题之观，自慰室家之聚。然而避秦不入于武陵，障尘恐污于元亮。杜陵瀼西，介推绵上。境迫愈艰，神摧难旷，彼潍阳之被兵，又百里而可望。不闻中翼稍兵，屡见怯公对仗。惊禽堕飞缴，潜鳞泣游纶。独闭门而任命，徒运甓而习勤。去国有鷞鸘之恨，偷生皆虮虱之臣。霸陵醉尉，贵于汉李广。吴门市卒，溷于梅子真。与木石而为友，逃蓬藋而无人。吕肆贩葱，眷言已远。高台落叶，长谣恨晚！唏发风前，行吟嗒然！难回长沙之袖，谁赠绕朝之鞭。鬓乱拼鹤，肩削异鸢。萧综之北归无日，王褒之南渡何年！家世清贫，甑尘窃耻。以蜮梠而佐餐，无鱼菽以供祀。点金之术未谙，吹玉之忧方始。侯光但热不因人，伯龙则鬼窃笑己。静言思之，慨其叹矣！平原之雅志典坟，思公之与为卧起。慕书淫于北地，抑文栋于东吴。雕虫等视，覆瓿之徒。资髦而适蛮越，货冠而索戎渝。辱正平以俳优之伎，嘲张纮于大小之巫。但敝帚之自享，幸瓜硎之得娱，文不能磨盾作檄，武不能盘马弯弧。譬命官于磨蝎，等肮脏于猪都。世路艰难，积忧百端。摈桂林而移植，杂橘枳而为安。檀公则饿麟不噬，应生之枯鱼已残。言语独忤，笑啼亦难。俗则蒙蜎集蜮，身则叠棋累丸。跬步足踬，伏念心寒。虽使盼马角于一日，招猿鹤于故山。而兵燹屡经，交视凋殒。钟墅侵于强宗，陋巷于车轸。中条之墅已荒，下潩之田复尽！兹复祆气澒洞，沴气絪冤。晋楚不睦，郑息违言。马江兵哄，狮岩军屯。帐启环玉之馆，马系还珠之门。进肉篱于碧海，鏖下濑之弋船。八闽则弥望狼烟，三山则流离雁户。星指牵牛，云愁参虎。目空击于渔沧，梦渐迷于霞浦。未斩鲸鲵，空占狐蛊。徐陵则归去无家，鲍照则忧来击柱。昔之豪气纵横，霞起赤城。八极口侈，四海目营。返乌桓于羲御，探骊珠于墨兵。讲道艺者慕王子，谈武略者陋士行。亲戚嘉乐，友生嘤鸣。令原启花树之宴，砥路寝桴鼓之声。曾几何时，栖屑无地；家以乱离，志难气帅。等孤篷之无依，共秋蒂而吹沸。，侘傺屏营，忧思潮沸。欲赓《同谷》之歌，长下穷途之泪。哀天下之营营，已浊乱于渭泾！喻纷谋于道室，譬聚讼于灶陉。众佥昧夫飞幕，泣谁怆夫新亭。枯木生蠹，腐草为萤。上则置君如棋弈，下则贫劣污汗青。燕雀高飞而刺天，鸱鸮难驯于集泮。等周鼎于康瓠，谓白徒为黄散。已成五代之风，难弭九州之乱。沧海乃昔日之桑田，深谷为当年之高岸。北邙夜长，南山石粲。孟敏有破甑之悲，魏牟动败绒之叹。伥离山河，飘若逝波。内乱方亟，外患孔多。鲁仲连之蹈海，申屠狄之沈河。见被发者识瓜分之先兆，问故国者起《黍离》之哀歌。呜呼！国家之维日廉耻，上下之别有等威。道背驰而绝远，《诗》何怨于《式微》。棼丝孰斩，游骑无归。陆沈则四海共尽，劫灰则六合俱飞。哀此道否，孰为祸始！虽党人之不竞，亦乱阶之自起。始则铸错一时，终则流毒万祀。奉侏离为功令，侈游谈于学子。吃诟以多力遗珠，浑沌以凿窍而死。杞侯下耻于用夷，晁错幸逃于肆市。大道既亡，皇运不昌。置仁义于屎尿，弃蕉萃于姬姜。故秦之贼是为公孙鞅，赵之覆由于武灵王。虽复晖台返鼎，乾宫正位，革囊之运未几，敝屣之业旋弃。朽索非奔马之驾，深山黯兴龙之气。嗟呼！天道难言，人心如醉。屯不极者剥不复，否不甚者泰不旋。俯仰身世，感慨系焉。叹纬缅于大化，消余身于逝川。日诡月异，千变万迁。迈宗悫破浪之日，迨陆机入洛之年。拔剑斫地，呵壁问天。加以髀肉复生，前程杳然。月穷星纪，春回岁始。万虑迫于穷冬，百忧丛于茂齿。警鸣鸡于中宵，歌阑蛙于下里。欲援雍门之琴，何处燕台之市。误我儒生，伊谁国士！长言当哭，属辞代史。岂直感哀时命，独有西汉严生；盖亦萧瑟文章，窃拟江南庾子。

孝纾以盛年富才藻，而奉亲孤往，与山林枯槁之士同其微尚，识者悲之。刊有《舠厂文稿》六卷，大抵融情于景，而抒以警炼之词，效鲍照以参郦道元；夹议于叙，而发以纵横之气，由庾信以窥范蔚宗。辞来切今，气往轹古；以视李详之好雕藻而乏韵致，孙德谦又尚气韵而或缓懦；其于孝纾，当有后贤之畏焉。孝纾亦善画、工诗、善倚声，有“三绝”之誉。以民国十三年来鬻画上海，遂有人介以主吴兴刘承斡之嘉业堂者十年，遍读所藏书；四方请业者踵系，隐然为东南大师矣！至其治偶文，则又力主因声求气，毗阴毗阳之说，默契桐城诸老绪论。纪述山水，数称柳子厚；而为散文特雅洁遒粹，则又不为桐城之故为闲情眇韵云。

散 文

民国更元，文章多途；特以俪体缛藻，儒林不贵。而魏晋、唐宋，骈骋文囿，以争雄长。大抵崇魏晋者，称太炎为大师；而取唐宋，则衍湘乡之一脉。自曾国藩倡以汉赋气体为文，力追韩昌黎雄奇瑰伟之境，欲以矫桐城缓懦之失；特是冗字缛句，时伤堆砌；所幸气沈而力猛，掉运自如，故不觉耳！桐城吴汝纶、武昌张裕钊衍其绪。而裕钊笔遒而气未雄；汝纶则气恢而力未浑；然造语洁适，特为简练，不如国藩之缛也。武强贺涛，北方之强，得法汝纶，而步趋韩轨，特为朴厚，章妥句适，自然雄肆，不同曾氏之为缛瑰，亦异张、吴之少遒变，浑灏流转，大力包举，以视师门，可谓出蓝！其次新城王树枏，体势宏远，辞笔警炼，而出以沈郁跌宕，生创奋勃，得韩公风力之骏迈，而不徒寻章摘句之瑰伟；此其所以胜曾氏而为张、吴之所畏也！

王树枏

王树枏，字晋卿。光绪丙戌进士，以主事分户部，改官知县：选授四川之青神，改署资阳新津，治邑有威惠。初入川，王闿运之学方炽，其弟子井研廖平曼衍其说，多士风动；自节帅以下，罔不致敬，声生势张。而树枏下邑宰，无气力，独抗不为下，昌言排之，发愤而道曰：“蜀学之兴，始自南皮张之洞。自湘潭倡为新学；而廖平今古文之说，凿空虚构，益以猖披；决荡屏弃一切先儒之说，敢为无忌惮大言，淫蛊以眩当世。至谓东西海国大通而后，始悟《六经》皆孔子假设之辞，举《诗》之所谓十五国者，一一实之于五洲诸地。其说荒唐曼衍，奇离诞怪，不可思议。呜呼！孔学之不明久矣！其下焉者不具论。而今之所谓老师巨子，或锢守经生家法，支言割裂，破道无术。而矫其弊者，又复专言理性，过为幽深要眇之词，是孔学若帝天之不可方物。廖氏者出，乃更创为皇帝王霸之世以分配《六经》；于是孔子之学，几等于《齐谐》志怪之书。诬圣蠹经，说愈奇而道愈裂。警者遂谓孔子之学，疏阔迭耎，不切于国家之用；至欲取圣人之微言大法，所以垂教万世者，一切抹杀而粪除之，悲夫！此孟子之所谓自伐人伐，不能不为今之学者咎也！”平闻之，乃更低首输心于树枏。树枏岸异自多。其为政也，不惮礼接士民，而未尝为上官屈；因事罢职，而从戎于甘肃。总督陶模器其能，奏复其官，而以佐其幕府；寻出知中卫县，迁巩秦阶道，以光绪三十二年三月，补授新疆布政使。自海国通市，而中外接构，皆谋于海；故海防议起，朝廷以全力注之。新疆西北接俄境，狡焉思逞，祸且甚于东南；当事者未尝不引为深忧，而终以海防为重，不能毕力于西陲。日俄之役，日帅在辽东垒中，得俄人秘册；于是其国豪俊智勇有志之士，联袂接武，争赴新疆，觇俄人动静安危，以定外交政策之所在。枏既之官之明年正月，日本上原英东偕南州少佐日野强远踔北庭，匝游西域五十馀国，图其山川险要；因得出入布政使署，每雪夜过从，置酒抽剑画地，纵谈西北大局，辄相与奋衣起舞，感喟歌呼。树枏因为论：“新疆大势，天山之北，地气寒冽，宜于牧。天山之南，地气暑湿，宜于耕。然观全疆土宜，皆殖五谷；黍稷稻粱麦菽胡麻之属，长穗硕实，满车满篝；而大薮具区，丰草弥望无际；南北郡邑，所在皆是。盖全疆之地，皆宜耕牧，而牧之利尤大且厚。若夫莎车、英吉沙尔、叶城、皮山、和阗、洛浦之蚕桑，吐鲁番之麻、棉、葡萄，哈密之瓜，焉耆、库车之梨杏，叶城之石榴，绥来宁远之苹婆，类皆垂名西域。中外商贾贩易丝棉毛革者，迹属于道。洵土著之佳植，物产之巨宗。而盐泽之利，家给人足，不假财力。生之有道，为之得法，庶富之效，可驯致也。曾子曰：‘有人此有土，有土此有财，有财此有用。’今考世界地理诸书，新疆面积四百四十九万一千一百方里；以五百四十亩为一方里计之，现垦之田，仅一千七百七十五分之一耳！此其故不在于无土，在于无人。无人，则虽有土与无土等耳！财出于土，而土出于人。新疆地广民稀，劳来生聚。实边之策，盖莫有先于此者！方前大学士左宗棠聚天下财力兵力以事西域；若及是时，专拨十营壮勇，仿汉时田卒之制，开渠垦荒，招徕流散，分给田亩耕植以为生聚之计。十年之间，举天山南北，可以尽地利，无复弃土；乃舍此不图，安于苟简，坐失良会。今则关内诸行省协金不继，府库空匮，岁入不能当所出；求曩日财力，举此大政，不可复得；是足惜耳！”言下慨然。又谓：“西域自古不通中国。自汉凿空开四郡，辟南北大道，斥堠亭障，出长城数千里，上下相望。唐时，践汉旧迹，置过邮六十八所，具群马湩肉以待使客；瞭望之卒，更番之吏，不绝于路。其所以开通荒服，巩卫边圉者，其机全在于此！盖新疆为四塞天堑之国，不患其不能守，而患其不通；通则强，不通则弱；通则富，不通则贫。况夫环我边界之上，俄人轮轨，包络西北，风驰电掣，朝驾夕至，我苟不谋所以通之，一旦祸发，必有束手受困之势！夫一国，犹一身也；人之一身，血脉贯通，筋络条达；则百体庆然，无复殗殜瘘蹷之虞。铁路者，一国之血脉筋络也。将以告于大府，谋所以通之之道；而先仿西人汽车之制，由古城以达归化，为将来铁路之先驱。”顾财匮而未暇以为！慨然念前人沐栉之劳，文治武功，历时愈远，愈益湮没坠失，无可征信。乃招集二三博雅同志之士，网罗文献，分纂《新疆图志》，而自以意润色，成书八十册。考之上古，验之当今，殚见洽闻，洵创前古之所未有，而足为后来殖边者之考监；不徒文章之典茂渊懿，独翘然而出其类也！

树枏少善骈偶之文。吴汝纶之知冀州也，延主州之信都书院，索观其文，笑曰：“此非晋卿之文也！”树枏始不服，已取《太史公书》以下治之数月，试操笔为之，以示汝纶。乃曰：“此真晋卿文矣！”于是尽屏骈偶之文不为；益浸淫于两汉，而出入于昌黎、半山之间。及其成就，乃一扫桐城末流病虚声下之习；气骨遒上，其文戛戛独造，一洗俗器；而生创奋勃处，尤得力于昌黎者为多。树枏为文不规规桐城，而亦不悖其义法，以谓：“义法者，文之质干也；舍义法，则无以言文；知义法者，质干立矣。由是进而上焉，而各就其性之所近，专一其蕲向，以广己于深造之域。毗于阳者，其文雄以直；毗于阴者，其文纡以和。阴阳相翕，则如乐之谐而克几于大成。故当其始之端吾向者，虽桐城是适，可也；若诣乎其极，则神明变化，充然塞天地，横古今而无乎不至；夫岂姝姝焉守一成之迹者所能自振于其间？”树枏居常所自勉，而亦以勉人者，大略如此。刊有《陶庐文集》九卷。集中《代李傅相为合肥张靖达公墓志铭》，又《琴师黄勉之墓碑》，皆直叙作一气奔放之势，极似王荆公《田太傅墓志》、《兵部员外郎马君墓志》；而选字造句，又似昌黎《曹成王碑》、《贞曜先生墓志》。《祭曹子清先生文》，《祭邓景亭军门文》，奇章瑰句，喷薄迸出，四言韵文至此，直欲方驾昌黎。而《祭曹子清文》中写钓猎处，最有逸致，实脱胎昌黎《祭河南张员外文》。方其时在冀州书院，一日放声大哭。门人骇而问焉，则得曹讣书也。树柑笃于交友，此文可见。其辞曰：

鸣呼！君往规我，“身若膏煎。膏以火烤，身以心腹。”君胡蹈此，一蹶而颠！君昔聆学，大父之门。频于先子，又申以姻。予辈僔僔，君独仁我。我傧我翼，方龀而髫。予谩多问，绕几嘈啁；君谇我数，掩听交眸。君贡于乡，我饩于学；鏖艺斗策，载牙载角；交嘲互圣，淫愓腾踔。顾谓时荣，如俯而喝！君熟不获，乃堕于泥；亦周我食，鄙弃为梯！自此相失，我别君啼；风摇雨荡，南北东西。我贻君诗，君寄我简；一有不嗣，目裂至睅。光绪初载，访君于郊。衰草弥原，风烈沙飘。椎马弯弧，猎彼丰毛。劲矢脱把，兔碛狐号。间岁顾君，偕钓于水。波流澄夐，丛草生沚。巨饵长纶，手登大鲤。飞觥狂嚼，摇喉裂齿。一瞰而踣，君舞我歌。何郁于中，有涕滂沱。去岁之冬，君来我顾；逾年相期，一再晤语；夜卧一榻，加股于腹。君返故里，我来冀州。谁谓一诀，遽尔千秋！君始渐疠，继痤于头。我往哭君，乃蘖而咢。余尝语人，天右吉士。今胡不仁，遘虐至死！余性狂拙，百啄是喧；知我诲我，惟君一人。今忽我弃，一眉成尘！搏膺大恸，洟涕沾唇。涿水之南，督亢之土。琢辞驰哀，以告终古。呜呼哀哉！尚飨！

其《琴师黄勉之墓碑》曰：

琴师黄勉之者，不知何许人也？或曰"本姓章氏，初坐法逃金陵某寺为僧；继又与人遘讼，变姓名走匿燕市。"而勉之则自言："金陵僧有枯木禅师者，善弹琴，非其徒不传；于是始削发从之学，学成复还俗。"然卒无能道其详者。京师人无识与不识，皆呼黄勉之云。勉之以其琴学教授弟子，惟宁远杨诗伯得其传，知之最深。丙寅之冬，吾友章曼仙招饮其室，诗伯、勉之皆先在。勉之兀坐枯寂，貌如湿灰，终夕默默，不出一语；既检容授琴，雄峻凝整，若武夫按剑危坐凛凛然不可肆以干也。其用指力重能透木，声清而响坚，触擿栎捋，以神为宰，以气为使，安趋诡赴，贯以始终；古人所谓疾而不速，留而不滞者，勉之皆能罄其妙，不可以名状言也！勉之时时自称其法得广陵正宗；其教人也，以对弹法反复启迪之；虽其愚且拙，苟好而习之，无不得其意以去。丁巳，湘人宾楷南玉瓒聘往长沙，集校中聪颖子弟数十人，专授琴法，年馀而归。己未正月二十八日，以疾殁于宣南之寓庐，享年六十有六。闽县刘崧生谋诸冯君公度，即以其年二月十一日，葬于龙树寺张文襄公祠之西偏；文襄公，盖亦尝从勉之学琴者也。铭曰：

昔吾听勉之之弹琴也，座中之客，大都先朝遗老，去国羁臣，莫不收目注耳，长欷累呻；怆侃惨凄，横臆沾唇：初不知涕泗流涌之何因也！呜呼！《广陵散》于今亡矣！然有不亡者存！刊石松下，以妥幽魂。后之人过其墓者，流连慨慕，当有感于余文！

碑入民国作，亦以发身世沧桑之感。大抵恢诡以发其沈郁，恣肆而出之顿挫。生气远出，蔚成奇观；而奇不为难，气能举之为难！然树枏文亦有茂情远韵，含毫邈然，而用熙甫之质淡，得永叔之芳逸者，集中《漱芳园记》、《书钞本金刚经后示青生资生两儿》、《奉贞葬志》、《六儿卫官葬志》、《孙女存圹志》、《送日本上原英东之伊犁序》诸篇是也。其《漱芳园记》曰：

余性喜藏碑，不喜藏帖；以碑足以备经史考证，故余所收唐以上碑至数千种。至于通儒硕夫，残墨败纸，虽书不工，亦不惜出重资购之。顾颇不喜丐书于人；其能即甚赫著耳目，独以其为今人，不足轻重。若其人已往，则又常百计搜访其遗迹，什袭之有若珍宝。独往者于武昌张廉卿之书，不能守此。廉卿书法，一矩汉隶，巧力变化，自为一体；视之，若古衣冠人环列揖让；又若怪石古木，肥瘦蠢秀之不假凿饰也。向尝求其书，不可即得；因作书与廉卿，谓："予以古人待君，而君乃以今人自处。"故廉卿喜余之知言，为余书甚多。而往来书简及诗歌唱酬之什，皆箧藏之，虽千金之宝，不以易也。宣恩李君彰五者，廉卿之同里人也，宦游四川，通敏达政体，为当世大人所器。余始至蜀，人争称其能书。戊子七月，余奉分校秋闱之檄，来居成都凡七十馀日，始与彰五相晤；又见其所摹晋帖，形解神合，通于自然，始所谓天机阖辟而不知其故者。

于是乃自笑向之不丐书于人，皆其能之不足移吾性而夺吾守者也。因复作书以求书于廉卿之意，请之彰五。彰五则曰：“余昔年买宅于成都之南城，拓其隙地为园，莳花种竹，构书室数楹，穷昼夜为书自娱于其间；取陆士衡《文赋》‘漱六艺芳润’之语，名曰漱芳；亦以书为六艺中之一事云尔。子善为文者，其为我记以易吾书，其可乎？”余曰：“唯唯。”爰于返任青神之十日，述吾两人相要之词，为之文驰寄其园，并以索其所以易吾文者。

纡徐委备，于质淡中出波澜，机神凑泊，韵味盎然，乃熙甫胜境；而文笔之拗折，仍出荆公。其它《书钞本金刚经后示青生资生两儿》、《奉贞葬志》、《六儿卫官葬志》及《孙女存圹志》，叙琐事有生气，以气遣情，情至文生，故拉杂叙之，无一不应节谐声，盖脱胎熙甫《先妣事略》、《项脊轩记》、《寒花葬志》，而自出变化；中间声情迸出，悲哽欲绝；乃知能者无所不可！而树枬尤才高意奢，群经子史，皆有撰说，又广为诗文以经纬世事。而于外国载籍，搜讨最勤；尝欲取彼制度器物，提扼纲领，推类以求，包括万有，作《西雅》；取彼用弱为强大有为之君，捃摭政迹，显揭其功，而归本君术，作《海国君鉴》。而尤自喜者，《希腊春秋》八卷，《欧洲列国战事本末》三十二卷。《希腊春秋》以年为经，《战事本末》以事为经；辞笔雅练而发之铿訇，学左丘明，神到秋毫，雅壮多风，亦瑰作也！其文无所不学，亦无所不似；而提顿折转，意象浑雄，要以昌黎、荆公为归宿云！

树枬为诗，雄恣怪瑰，亦以昌黎为宗，而特参以孟东野之凄苦，李昌谷之警丽，则与曾国藩之由黄山谷以学昌黎者，蹊径微不同。自记称：“诗凡屡变，然每为诗，必守昌黎‘念难须勤追，悔易勿轻踵’二语，不敢以轻率出之。”亦可知宗尚所在矣！至于律绝，浑朴而不为槎枒，顿挫而饶能沈着，直可追踪老杜，不止步趋韩轨也。刊有《文莫室诗》八卷，中《紫水集》一卷、《樊舆集》一卷、《信都集》一卷、《西征集》三卷、《幽装集》一卷、《陇尘集》一卷。而《西征》以下，益臻浑化，则从戎甘肃以后之作。如《入子午谷》曰：

薄晓发石泉，冬日含春晖；行行入层岩，草木青不腓。夜来北风劲，吹起云千堆；天女剪寒花，撒手片片飞；漫天三日雪，不辨山径蹊。攀藤陟崔巍，下临千丈溪。麻鞋踏冰石，性命悬微丝！一谷通秦喉，万险无一夷！当关塞丸泥，诸葛不敢窥。老亮慎用兵，善正不善奇。天心久去汉，空作鹬蚌持。惜哉魏延策，一失不可追！

《鸡头关》曰：

寒风出阴崖，吹我度鸡头。重关倚层云，下顾猿狖愁。众水汇一泉，滚滚东南流。汉中大如丸，万舍随沈浮。南瞻汉王城，片瓦不可抔！当时逐鹿人，零落同山邱！英雄一骸骨，千载空悠悠！

《龙门关》曰：

两日山中行，复沓如平垣。崎岖百馀里，巍然见龙门！修栈踏苍虺，首尾云中蟠。并峰祖群峭，罗列高曾孙。阴柯舞魑魅，矗壁愁猱猿。顽龙穴山腹，穿破盘古根；一水入无底，哆口汩汩吞；西出吐涎腥，驶入长江奔。女娲补天能，失手塞漏坤。吾欲探其幽，趑趄丧精魂！

《望朱圉山过羲皇故里》曰：

伏羌之西朱圉山，先儒传注相流传。朱圉反在鸟鼠下，道山次序毋乃颠？昔与陶君拙存讨山脉，陈子子康为说洮西偏。中有一山类伏虎，两峰夹之雄且殷。“朱圉”、“祝敌”本同义，卓尼字变音流迁；土司取名实可证，有若“猪野”讹“居延”。古来地舆失图学，《禹贡》误说尤连篇。行行廿里近城郭，羲皇故里丰碑镌。曾闻羲都在天水，遗址又复留秦安。世儒嗜古好附会，名人名地争依攀。驱车访古日已暮，下马四顾心茫然。

其它类是。侯官陈衍得而读之，谓：“如读岑参之《凉州》、《北庭》、《陇头》、《碛西》、《交河》、《临洮》、《轮台》、《燕支》、《热海》、《火山》，杜陵之《赤谷》、《寒峡》、《铁堂峡》、《木皮岭》、《泥功山》、《石柜阁》、《桔柏渡》诸诗也。能诗者不必至其地；至者不能诗，能之亦才力不称其景物之壮远。安得如晋卿者，历少陵、嘉州所历之地，而为少陵、嘉州所为之诗哉！”遂以序其诗焉。

树枬早惠夙成，既通籍，由牧令以跻监司，踬而再奋，夙夜在公，锲学不舍。已而民国肇建，树枬年则六十矣。自伤终不得有为于世，乃弃官走京师，而母夫人犹在堂，细弱数十口，无所投止，每与知交言之太息也。袁世凯为大总统，而树枬以宿望为参政院参政。既清史馆开，徐世昌方柄用，属取畿辅先正遗集，搜讨而论述之，以备一方文献。而其时贺涛死，独树枬健在；北方之学者，最推老宿云。始吴汝纶官直隶也，以兴学为务，尤重择师；其知冀州，欲得树枬以主书院；而黄子寿方主修直隶通志，倚树枬，靳不肯与，腾书互争。总督李鸿章为和之，令树枬居冀与志局各半岁，乃解。而树枬既去；继之者则贺涛，号大师，教冀士最久。然贺涛执业张裕钊、吴汝纶称弟子，而树枬独抗颜尔汝。自裕钊、汝纶主讲保定之莲池书院，先后十馀载，北方学者多出于其门；此两人者，皆尝亲承绪论于曾国藩，于是燕蓟之间，始有湘乡之学。惟树枏亦适以文学崛起于是时，且于义理、考据、词章三者皆有深得；其为文尤有合于国藩标举之旨。裕钊、汝纶并皆引为畏友，不在弟子之列。而树枏生平亦雅不欲标榜门户，谬托师承。顾当北学绝续之交，独能异军突起，以与东南争一席之长；非卓卓克自树立者，乌能若是！呜呼，可谓豪杰特立之君子者已！

贺涛附张宗瑛、李刚己、赵衡、吴闿生

贺涛，字松坡；先世自山西洪洞迁武强之段家庄，移居北代。世以文学有声于时。曾祖云，举进士，江宁督粮同知。祖式周，四川泸州州判。父锡璜，以举人官故城训导，孝友教谨，有学行。涛少承家学，与弟沅以文字相砥砺，中式同治庚午顺天乡试举人，兄弟同榜。而涛考取国子监学正，改官大名县教谕；又与沅同榜举光绪丙戌进士；涛以学使按郡至大名，不及殿试而归。吴汝纶知冀州，邀之主讲信都书院，因调署冀州学正。十五年殿试，以主事分刑部。而自以不乐为官，刑部尤非所宜。而时势所值，又不能决然舍去；仍兼冀州讲席，凡十有八年。汝纶在莲池书院久，且辞去。会袁世凯督直隶，坚留。汝纶举涛自代曰："贺君在！斯文之传，可以不绝。某去，犹不去也。"既而世凯因莲池书院故址，创文学馆，请涛主之，语所属曰："贺先生不至，则馆可废也！"再三聘，始应。南皮张宗瑛愿来受业为弟子焉！宗瑛，字献群，狂士也；后慕扬雄为人，以玄之尚白也，更字雄白。负气好奇。生五六岁，习闻古名将兵法，画地聚沙石为营陈以戏；稍长，采取历代史传，自《左氏》以来，凡言兵事者，绘图案书，悬拟其进退攻取拒守所道，与奇正开阖变化张弛之机，口状手摹，虽窒困不已；既又研求法律及国家典章制度，山海舆地形势险要；学为诗于胶州柯劭忞，亦习为训诂音韵之学；西学入中国，又徙为之；其为学数迁，然不数月辄弃去；独言

兵刑最久，几十年。性急隘婞直，不见容于世，发愤走海外国，踔海西迈，出亚丁湾，之柏林，遂踪巴黎，躡英伦，经大西洋，入华盛顿，穷探恣览，浮东海，躏日本。自傀终得当以归；而触忤逾多，又遭父丧，故强力自负，至是益困惫。私居叹诧，悔向时驰骛繁碎，铄精挫锐，终无所成。偶见张裕钊、吴汝纶所为文，则惊叫大喜。求其门人，得涛。涛曰："此怪物也！世不能容，吾当宝有之为己私。"宗瑛乃痛自折屈，抑抑诸生后，执卷从涛问难，一志为文，抗心追韩；豪情侈志，遏谧屏绝；而波涛光怪，磷彬骇幻，炎烁熠烂，纷藉纸墨，苞英涵灵，神趡鬼伏，孤往敻出，斸寝与饩。时既莫之知，顾益自喜曰："吾其几矣！"删定所著，曰《雄白文集》。其时宗人太保张之洞方柄国，能以文章奔走天下士，号有气力。尝进宗瑛，询说术业。宗瑛以所学对。之洞无言；既退，之洞目之曰："此子为吴挚甫所误！"挚甫者，汝纶字也。或以告宗瑛。宗瑛如故也，而自谓得法涛。涛之主文学馆也，宗瑛实首从。初汝纶之官畿辅，倡为古文之学；其知深州也，见涛所为《反离骚》，大奇之，遂进而诏以所学。"奇宝遗我"，涛深德之。及张裕钊北行，来主莲池书院。汝纶复使往受学于裕钊。裕钊叹曰："北行得松坡，吾道为不孤矣！"益勖之使进宏肆之境。涛欣然意会，而于裕钊之归也，乃为序以送之曰：

> 经词质；《诗》独烂然而华。楚人既侈其体以为赋。而贾谊、司马相如、枚乘、扬雄、班固、张衡之伦，用以荐功讽时，抒怀愫，状物变，益瑰放诡怪而不可穷。承效者多，沿用伪体，其弊也庞芜而纤仂。唐韩愈氏急起而持之，汰繁抑浮，一归于朴。群天下学者，惟韩之从。自汉迄唐，旷数百年而文章始复于古！习传之既久，或孤抱韩氏之义法而不敢他有所涉；其弊也意固而言俚。国朝姚姬传氏纂录古文，益以楚辞汉赋，其说既美矣！曾文正公取其说。而益恢之以自治其文；而

宋后数百年沿用之体，于是始变。汉文伟丽矣，而所谓质者固在也；末流汩焉耳！韩文简朴矣，而汉文气体固在也；末流靡焉耳！韩氏振汉氏之末流，反之古。曾公振韩氏之末流，反之汉。先生师曾公，尝取姚氏所纂录，而独说其辞赋以示学者。涛既蒙不弃，以为可与于兹事，而数进以闳肆之境。夫闳肆之境，舍先生所说，固莫由达也；而孰思之而莫窥其涯。于先生之归也，敬以问之。

裕钊受之，告白："'无望其速成，无诱于势利。'两语尽之矣；吾固无以易韩愈氏之说也！"涛既从裕钊游学，益抟精于古人之文，《六经》子史以逮唐宋八家，心维口诵，深有契于姚氏、曾氏义理、考据、词章三者不可偏废之说，尤必以词章贯澈始终，而兢兢于因声求气之说，日与从学者讨论，不厌不倦，以为："古之论文者以气为主。桐城姚氏创为'因声求气'之说。曾文正论'为文以声调为本'。吾师张、吴两先生亦主其说以教人；而张先生与吴先生论文书，乃益发明之。声者，文之精神，而气载之以出者也；气载声以出；声亦导气以行；声不中其窾，则无以理吾气；气不理，则吾之意与义不适，而情之侈敛，词之张缩，皆违所宜而不能犁然有当于人。质干义法可力索而具也；声不能强搜而得也！冶金以为钟，斫桐以为琴，截竹以为管，依古谱而奏之，伶人乐工盖可学而能矣！至于感阴阳，动万物，而辨治理之盛衰，则伶伦夔旷之外，盖无几人。以其神解妙会，无法之可传，不能据成迹以求之也。后之学者，将取合乎古，必取古人之文，长吟反覆而会其节奏；其徐有得也，含而咀之，毋操毋忘，薰炙浸灌，而渐而进焉以契乎其微而几于自然。然后吾之气，与古人之气相翕合；而吾之文乃随其意之所向，措焉而皆得其安。此之不能，罗列纂排，章摹而句仿之，其精神意象，岂有合哉！"及为文章，导源盛汉，泛滥周秦诸子，唐以后罕措意也。其规模藩域，依仿曾、吴，宏章巨制，差欲相埒；而矜练生创，意境浑化，则欲过之！大抵方、姚之文，由欧阳修、归有光以教史公，摈绝班固，而欲以洁其辞，渊其味；其声色格律，务以简淡寂寞为归。而曾、吴所作，则教韩愈、王安石以窥史公，旁及班固，而务欲茂其气，伟其辞；其句调声响，必叶铿锵鼓舞之节。此曾、吴之所以不同方、姚也！然曾国藩矫为雄而厉之已甚，又好袭成语，时有脱支失节之处；所幸气足以载其辞。吴汝纶则片段较整，又失之描头画角，不如国藩之高视阔步，举止岸异！桐城马其昶与涛皆早受业于汝纶。汝纶矜宠之甚，亦通之于张裕钊，以故兼受两家学，虽与涛同，而辞笔则异。其昶矜慎以敛，涛则雄峭以浑；其昶之学粹，而涛之才高，于汝纶皆有出蓝之誉。义宁陈三立题其昶《抱润轩集》目后曰："曾、张而后，吴先生之文至矣！然过求壮观，稍涉矜气，作者之不逮吴先生，而淡简天素，或反掩吴先生者以此也！"然其昶之不逮汝纶者，在矜慎而未能雄峭。而涛之所以智过其师，则在雄峭而出以浑厚。沛然出之，言厉气雄，行所无事，不如汝纶之跌宕顿挫，扪之有芒。然涛诵说汝纶，以为得法所自，谓："吴先生论文，每推崇曾文正公及张廉卿先生。自吾观之，先生所造，殆出曾、张之上，宋以来一人而已！其记近事、阐新理，尤可师法。"又曰："文章固为宋以后所无；而尺牍尤能浚发新知，激厉志气！"汝纶之殁也，涛既推本深；冀二州人士之意以为之状；又以其子闿生之请，表于墓；所以扬诩学行者，如恐不及！其《吴先生行状》曰：

先生，讳汝纶，字挚甫，姓吴氏，安徽桐城人。曾祖讳太和，候选府经历。祖讳廷森。父讳元甲，以诸生举孝廉方正；武昌张廉卿先生尝表其墓，所谓吴征君者也。母氏马。其卒也，张先生又有马太淑人祔葬之志。自先生贵，封赠两世如其官。先生幼喜读书；少长，以文章见知于曾文正公，遂从受学。同治甲子，举于乡。乙丑，成进士；文端公倭仁见其廷试策而奇之，拔置一甲。先是今湖广总督南皮张公以第三人及第，其策不用当时体；先生所为策，其体亦异。某公曰："此有所效而为之者！"抑置三甲，以中书用。曾公督两江，奏调先生至金陵；移督直隶，又调先生北来，补深州直隶州知州。以父忧归，又丁母忧；服除，署天津府知府，补冀州。先生之言曰："不可于上，守吾法。不可于法，利吾民。不可于民，行吾志与学。"故其为政，可博美政，取上考，而实无裨于民，且扰之者，一不厝意。逆民之情，实则利之，则毅然而行；虽触上官之怒，不顾也！初治深，布政使钱敏萧公令复废仓积谷，州县趋为之。先生为言其弊，以为扰民，独置不复。州旧有义学二百四十馀区，其学田，豪氏攘有之；前知州多注意于此，屡变其法而弊不除，先生曰："上务其名，民私其利，不责实之过也！"乃废义学，没入其田千四百馀亩，归之书院，又为书院追偿二十年负员五千金，厚给师生，广置书籍，而书院以兴！道光初，议均减徭役。知州张杰以为宜用摊丁法均之田亩，乃三分所辖村而更取之。同治十二年，谒东陵，吏以故事白。先生曰："均徭于亩，张杰之议善矣！村户改变不常；而班分而更取，仍以故籍为率，犹之不均也！"于是统境内田亩，依征粮册而一均之，而均徭之法，遂简易而无弊，垂为永式焉！其在冀，开冀、衡六十里之渠，泄积水于滏，变沮洳斥卤之田为膏腴者且十万亩。时财用匮竭，官钱不易得。先生既上言大府以请；苟可出力以助吾谋，无不通以书，情感势劫，与相违复；牍牒书问，日数十发，卒得白金十万两，而功以成。功之未成，先生与人书曰："百计哀求，情同无赖。"既成，则又曰："吾于事百无一能，至于筹款，可谓有作金之术矣！"其于书院，如在深州时；故二州人士，皆知务实学。先生在冀久，成材尤多；两书院遂为畿辅冠！冀之役法，合若干村为一官村；官村岁出钱若干。官取之官村；官村，村取之；村，户取之；官不问也，已有不均之患！村之丰啬，户之贫富，今昔不同，而官与官村之递相科敛者，不改其旧；而民之苦乐，遂至夐绝。先生一以深州均徭之法均之；民以为便！在深代游公智开，在冀，代李公秉衡，皆世所称廉能吏也！而今之称道先生所为者不容口，于二公之治顾忽焉；以先生所施皆实政也。先生既受学曾公；曾公国士目之，与闻大谋，辄为草奏。李文忠公代曾公总督直隶，尤倚重焉。与外国互市通好之始，中国人不知外事，辄召侮受欺；李公出而外交之道始明；其后交际事繁，有疑难，必取决于李公。故外交之政，皆所建立；而仿效西法，岁有兴改；其造端发难，惟先生是咨，而以章奏属之。张靖达公，刘壮肃公，亦皆虚怀接纳，访以救时所急。中国建筑铁路，刘公发其端，先生实劝之；其疏，先生所属稿也。先生数与诸公议天下事，既行其言矣，顾不乐仕进。在冀八年，引疾乞退。李公系时安危，故先生竭诚赞划，知无不言。数为李公辨谤，遭口语，而未尝有所求；尝一入幕府，已而辞不往。李公以先生天下才，说从计听；其居官，所请无不允。屡欲荐之，而先生辞，不强。故先生入仕二十年，未尝迁官增秩，而品服如初！及乞退，李公问其故。先生曰："无仕宦才！"李公曰："才则有馀；性刚，不能与俗谐耳！"先生笑不言；遂听其去官，而留主莲池书院，其倚办于先生者如前。李公失势，先生为尽力有加于初；故《祭李公文》有曰："不佞在门，或仕或止。迹疏意亲，谓公知己。"呜呼，贤者之相与，固不易测度哉！先生之学，何所不究，而以能济时变为归宿。于古人书，率以文衡之；以谓："文者，精神志趣寄焉。不得其精神志趣，则辞之轻重缓急离合失其宜，而不能得其要领，或悖其旨而旁趋。"又尝言："古人著书，未有无所为而谩言道理者。"故治群经子史，必因文以求其意；于古今众说，无所不采，亦无所不扫。文法司马子长，旁逮诸家以极真变；其论事之文，无高论肤说，不为苟快意之词，必使言之可行，行之可久。海外诸国，近百年，日出其所得新理，施之政事，遂致富强；挟其术东来，相逼日甚！中国相沿之政俗，不足以当之，非讲求其术，殆无以自立。三十年前，先生固尝以新学倡天下矣；近更旁搜广取，穷险阐幽，大畅厥旨；而文益博奥醇懿。侯官严幼陵先生博学能古文，精通外国语言文字，所译西书，自译书以来，盖未能及之者；而必就质于先生。先生每为审正，辄叹而服曰："非所及也！"其教人，既以古学进之；又必语以当世之务，夺其旧习。故自外交事起，士大夫毁所不见，以无所挟之骄，不自量之愤，为进退失据之说，谓之正论，散布于朝野上下间，使当事者有所牵率，不敢恣所为；民气亦因之不靖，祸乱屡生。而从先生游者，则类能通知世变，不为时所摇，而以息嚣庬，启愚昧为己任；于古学亦能破除庸陋，以所独得发为文章。先生于学者引掖奖荐，既出于至诚；故学者多乐从而爱慕之，意久而弥笃。在保定十馀年，深、冀之人，岁时往谒者不绝于途。尝有急需，二州人醵金以进；先生不能却也。光绪二十六年，外衅开，诸国兵并至，京师不守。先生避地至深。李公受命与诸国议和，以书招先生；先生遂至京师。和议成，天子忧世变之靡有届也；大新庶政，与天下更始，而以作育人才为先；诏天下用西国法立学，建大学于京师以统摄之；而命吏部尚书长沙张公为管学大臣。于是张公聘先生为大学总教习。先生辞，固请不可。直隶搢绅魏钟瀚等千二百人，上书先生，请就张公之聘；犹未应也。张公欲遂其事，递闻于朝。天子许之，命以五品京堂充大学总教习。先生既受命，思报张公之知遇，而虑学校初立，其法未能尽善也！日本用西法久，学制尤明备；自请赴日本考求之。既至，自长崎、神户、大阪与东西京所有之学校，无不往也！自文部大臣以及教师学徒，与凡以教育名家者，无不晤语也！自大学下至村町之学，其学地、学舍与于学事之人、学所应具之器物，无不博稽而详察也！教授之法，论学之旨，则必深求其所以然之故；求而不得，思之至困。日行数十里，日接数十人，而文部听讲，尤必日至不少间；举所闻见之涉乎学制者，编以为《东游丛录》，既备既精。在日本，凡百日而归；便道桐城，至数日，又如安庆，谋立桐城小学堂；议定乃还，还数日而病，病数日而卒，二十九年正月十二日也，春秋六十有四。先生声播中外，欧美名流皆喜与过从，推为东方一人！日本人尤信慕。学者或航海西来，执弟子礼受业；其居中国者，无不造门请见，赠珍物，通殷勤，而乞诗文以夸示其国。及先生东渡，倾一国人，无贵贱男女，皆以得一见为幸；更进迭来，或伺候言动以登报纸。有讥其国人趋谒不时，使不得休息，为不爱客者！其国君亦延见致敬爱。而有识之徒，则争出所有自效，曰："吾国维新之初，号称多才，无先生比者！"见所纂录，则又以为吾国人自为论次，不能如此精审。先生之始至，其士大夫及中国人之居游是邦者，结会相迎，谓之欢迎会；及其卒也，则又相与吊祭，为追悼会云！先生友于兄弟；伯兄病，屏去仆役，躬执烦辱。季弟病羸，服食药饵，必具必精；苟可以娱其意，竭财力为之；得闲，则守视不去；积十馀年，不怠。叔弟官山东，亦多病。先生时在保定，岁走千里往省之，为经纪其公私所应为者。兄弟殁，孤寡皆依焉。配汪氏，封淑人。女四人：长适直隶候补知县薛翼运，次适举人汪应张，次适翰林院编修、湖南学政柯劭忞，次适直隶候补知县王光鸾。侧室欧氏。子闿生，年少有轶才，游学日本，学且成矣；闻先生病，乃归。女一。所著书有《书说》三卷、《易说》二卷、《写定尚书》一卷、《诗文集》五卷、《深州风土记》二十卷、《日记》十二卷、《东游丛录》四卷。所读书皆章乙句绝；其文辞之美，以丹黄识别之，而评骘其醇疵高下；其考证校勘，亦杂识其中；书数万卷，皆有手迹。先生虽不乐久宦，未尝以忘世为高；李公事业，尝以所学济之；又将佐张公以新教法。虽未获竟其志，声光所被，已足增重国家，激厉士气。而所采录，法明义阐，尤可据以措施！厥功伟矣。其吏治于法不必；而纪二州政绩，必详且尽者，二州人皆以先生私我，辄欲私报之；故备书焉，以慰我二州人之私也。门人驾涛谨状。

《送张先生序》，历叙文章之变，提顿折转，而义必相辅，气不孤伸，自是国藩法脉；然气体闳远，而独发以高简之笔，则非国藩所能！至《吴先生行状》，则尤气厚色穆，靠实发挥；雄赡而归于朴，绝不张皇。其神郁动；写一人而当时政治之得失与其习尚所趋，皆历历如绘在目前；而究其极，不立间架；循其人之生平直叙，作一气奔放之势，而起伏照应，意象浑融，一望不能穷其际；此境惟退之有之，宋以后人不能为也！及其卒也，徐世昌为刻《贺先生文集》四卷，而序其首。涛以张裕钊、吴汝纶为师，以徐世昌为友；而读其文集所载，涉于三人者不少！《送张先生序》、《武昌张先生七十寿序》、《上张先生书》、《祭张廉卿先生文》，皆为张裕钊作也。《上吴先生书》、《送吴先生序》、《复吴先生书》、《吴先生六十寿序》、《再上吴先生书》、《吴先生行状》、《吴先生墓表》、《吴先生点勘史记序》，皆为吴汝纶作也。至《吴熙甫先生墓表》，则吴汝纶之季弟也。《马太恭人墓表》，则熙甫之妻，而汝纶之弟妇也。《吴宜人传》，则汝纶之第四女也。《欧太淑人墓表》，则汝纶之妾，而闿生之母也。《复吴辟疆书》、《复吴辟疆送籍亮侪之日本序后》、《送吴辟疆序》，则汝纶之子所谓闿生，而尝同学于涛者也。其它若《徐君少珊墓志铭》，则徐世昌之父也。《徐母刘太宜人六十寿序》，则世昌之母也。《北江旧庐记》、《书天津徐氏族谱后》、《题江楼送别图》、《题御制十臣赞册》、《送徐尚书序》、《上徐制军书》、《复徐制军书》、《上徐尚书书》，皆为世昌作也。世昌起自孤寒，而与涛为同年进士；文章赏会，道义切磋，气类之感，非徒以势利相结云。

涛既精于为文，以为："国之积弱，由于人才之消歇；欲起而振之，必有赖于文学。"而又深喜西儒学说，欲以彼国之法，匡我之所不逮，盖汝纶之教然也。乃作《国势篇》，推世界进化之理，以启吾国改革之基。逮见西学大兴，举国从风；则又忧吾道之将坠，斯文之将丧，而思有以存国粹，立大本。集中《复吴辟疆书》，尤深切言之，不随时俗为转移。其教弟子，必以博通世务为有用之才；深以取近名，谋小利为大戒。一方一时之事，不为喜戚。而精力趋注，尤在文学；自幼至老，卷册不去手，虽舟车逆旅，人事丛杂，而不以溷所学。中岁以后，病目失明，仍讲学不辍；日令从学者诵说中外群籍，为之解说；而评骘古书，及所为文章，亦得诸病目者造诣为多；而冥思孤往，弥臻神解，足以发作者之奥旨，诏后生以楷式。其论古之立言者曰："《易》不可为典要，以变动不居也。微独《易》，凡书皆然，其时、其人、其事各有取尔也。孔子答门人各异。观其以父兄退由而不知进；及观其进求，则又见人之退者而疑之；其可乎？孟子论汤、武放伐，以为'诛独夫'，抑齐王之侈心耳；使问者为人臣，必曰'有汤武之志则可，无汤武之志则篡也'语以语齐王者，岂非助之乱乎？论放太甲，归本伊尹之志；使人君问之，则必如师旷之对晋悼公矣。两说相辅，理乃具；知其一焉，恶有无蔽之言乎？'三传'述春秋时事各异；而诸子杂纪古人言行尤不合；或有激而寓之古人；或据古人素行以为宜尔，而撰具其事与言；其托迹以示义也。殆如《易》之取象，随地与时而变，岂有常形之可泥乎哉？荀子曰：‘持之有故，言之成理。’孟子曰：‘以意逆志，是谓得之。’据是而求，庶乎其无抵滞。而韩非乃取古人之事，一一难之，作《难》篇，诚多事矣；然吾观非所为书，其征引古人，亦辄迁就其事以佐吾说；则其所谓‘难’者，固将假之以抒所蓄，意不在难古人也！柳子厚好《国语》，为文辄效之；而作《非国语》六十馀篇，其意盖与韩非同。苏氏之文长于辨，往往间古人所为而代之谋，殆亦抵触于事，而谬托古人以见意欤？不然，以事后为人筹万全之策，苏氏固若是之矫诬哉！”其读《国语》曰：“《吴语》以越事为主，所述越事，又详言大夫种之谋，而不及范蠡；越之上篇亦如之；其下篇则专言范蠡而不及大夫种；既皆非史法所宜，而造端摛辞，亦不类史氏所纂，而近于晚周诸子之所为。《汉·艺文志·兵·权谋家》有《大夫种》二篇，《范蠡》二篇；疑后人取此二书，附之《国语》。”其论《史记》曰：“《太史公书》缀辑旧闻，既创为记叙之体；而敖睨古今，挥斥万有，孤行其意于若隐若见之间，乃一如诸子所为。故其体，史也；后人名其书为《史记》；实则以其文鸣不平于姬周以后。刘子政、杨子云、班孟坚，称其‘有良史才’，以为善叙事理，又以为实录；其于论史尽矣，而未为知史公。至韩退之侪其书于庄周、屈原、司马相如、扬雄之列，而上与诸经相衡量，乃归重于文，不以史称矣！然自汉以来，历二千年，史家既沿用其体以为例，莫之或逾；而文士代兴，殚智竭才，卒不能入其堂室；则以史有法可据，文无定势而其妙难窥也！归熙甫、方望溪以文字之说发明其指趣，乃稍有途辙可寻；其后知文者，各有平议。而桐城吴先生研说之尤深，章疏句栉，钩玄阐幽，益精以备；其参考异同，订正讹谬，亦惟取适于文；至是而文之奥窔乃大豁露！涛尝以为《左氏》，传经也；舍经以求之，而左氏之文乃见！《史记》，史家言也；离史以求之，而史公之文乃见！”其论《三国志·蜀志》曰：“蜀无史可征，其志略。诸葛公海内所仰，咨说者众；故述之特详。自二牧、二主、妃子、诸葛外，仅十篇，亦往往托于诸葛以传；其人之臧否高下，既多取其言以为断；而生平识趣功用，与夫言论书教，本传不及载者，则杂载之诸传。诸传阙不具矣，以诸葛事纬经其中，随所指称，辄能得其大者；合观之，为诸葛一传，可也。陈氏于三国时，所伏膺惟诸葛一人，至拟之咎繇、周公；故言之不厌如此！因事制义法，破除旧常，此其闳指孤诣，固宜肩随马班，而非蔚宗以下所能追步也。”其论古文之渊源曰：“张籍劝退之为书排释老，刘秀才劝之作史，退之皆推而却之。其心期殆他有所属；答书云云，特诡遁其词，非其实也！《答孟简书》云：‘使其道由愈而粗传，虽灭死万万无恨。’何恤身之有？抗疏触天子之怒，谴死不顾，而畏哓哓之口乎！《上李巽书》所谓‘旧文一卷，扶树道教’，当指《原道》诸篇；时永贞元年，退之年三十八，不待五十六十，而所以排释老者，固已有成书矣！《顺宗实录》，于当时权幸小人罪状，直书无所惮；何云畏祸乎！且其初志固非无意于史也。‘求国家之逸事，考贤人哲士之终始，非唐之一经’；尝与崔立之言之矣；今何自谢不能？古之作者，皆自辟区宇，峣然而特立，不相师放；而后乎我者，胥于是取则焉。使退之为史，则司马子长而已；为书距异端，则孟子而已；二子者，固退之所亟称而宗奉之者也；然遽蹈循途轨，而为其所为，犹不甘也。汉魏以来，多能文者，汇所杂著为一编，名曰文集；循俗应世之文耳！退之独约群经、子、史之义法则为之；其标类也不易其故，而辞体则由我造焉；而‘古文’之名以称。故《六经》之外，为编年之史者，本左氏；为志传之史者，本司马子长；指事揭义，傍问设辞，意尽语止，不标体格，本孔孟门人所记述；不隶于事，不离于人，不淆于数度，探根构空以论道，本老子；辞赋，本屈原；而古文则本退之。退之之文出，凡从事于此者，举不能外所为而别启途径；而其文遂与左、马、孟、屈诸家并峙于天地；此退之所以敖睨古今，独抱伟志而不肯告人者也。退之文多以奇胜；而少年与晚年之作尤奇！少作之奇，由于陈言务去，力为其难。晚年之奇，则涵育珍怪，积而愈多，不能自蔽遏。是固韩公之特质也。孙可之才学不能过绝人，特求奇于句调，故不免后人之讥。奇涩不可不常用，欲其习也；然用之不可太多，恐人疑我以此见长也，且恐伤我自然之元气。”其论治古文之法曰：“《春秋》旁事设辞，而文之属乎辞者，即事而异，遂以得事情而尽其变；辞如事；是非如辞。歉焉则不达；侈焉则辞侈而事晦；偏焉私焉则失平！韩退之文本诸经，而于《春秋》则取其谨严。太史公谓孔子制义法以次《春秋》；谨严，其义法也。其称《仪礼》，以为考于今无所用之，而独取其奇辞奥旨，殆亦慕乎其文耳！吾尝以为诸经皆缀辑而成，独《礼》与《春秋》成于一圣人之手，尤学者所宜究心！《春秋》者，圣人治事之书也。《仪礼》者，圣人尽性之书也。春秋时，公卿大夫习于仪矣。孔子处朝庙乡党，亦只如经所言，而《论语》详志之，若志所独者。其仪，夫人习而能之；而情随事变，发乎容色，不待勉强而中乎其节，则非圣人能尽其性者不能也！非圣人能尽其性者不能行，则亦非圣人能尽其性者不能言也！其书诚无所用之；而读其书而神游其时，不觉肃然自敛其侈邪，而爱敬哀乐之心，怦然动于中而不能自已焉，岂非其文之至耶？旌要以题事，节属以备典，标一以类馀，参通旁达以尽变，貌所形而情著，断所不然而义显，称名举物以隶乎事而丽乎辞，相所宜命之，奇而雅，典而不居，则于所谓义法，乃广而益备矣！治古文者，以谨严为之基，以礼之详博拓其规，然后合众材以具体焉，则庶几乎大雅之林矣！”其论《左文襄公年谱》曰：“今山东提学使湘潭罗公知兵能古文；所纂《左文襄公年谱》言兵事甚精。其言兵分四事：佐湖南幕为一事；东征为一事；而西征，则关内外各为一事；皆具事之本末而自为一文；于西事尤注重焉。自文襄始受命西征，至功成还朝，其筹画之见于章奏书牍者，既择精提要而备载之矣；而公所撰辑，洪赡坚重，一如谱所载文襄之文。昔赵充国降服西羌，言兵事利害及屯田诸奏，翔实矜慎，一洗贾、晁浮夸之习；于汉文中为最知体要。班氏论次其传，亦即仿效之；而其文乃与充国诸奏无异。文襄勋伐大于充国，而谋略则同；公所为谱文，如文襄，与

《班传》之仿充国诸奏亦同，‘惟其有之，是以似之’。桐城吴先生撰《深州风土记》自谓篇篇成文。公所为谱，挈大拾零，捃摭遗佚，至繁博矣；而融以精意，经纬成章，如吴先生所云。因论其大旨以归重于文。”其论《深州风土记》曰：“《深州风土记》，《河渠》、《赋役》、《兵事》三篇，严密而纵宕，盖兼《汉书》、《史记》之长；而远识孤怀，傲睨今古，则子长所独擅，孟坚不能也！自馀诸篇，亦皆奇而法，正而谲。而论黄彭年、张映棂及肆礼堂三事，尤为神妙！其论人物，或不立体格，任举一二事，淡荡似《五宗世家》；或以数语括其人之生平，简要似《先友记》。《物产后序》仿《货殖传》，《序目》仿《法言》，奇古皆足与埒，而识力过之。总之，体例皆自我创而变动不居；文辞则翕受古人，而并攘其美。至于贯串往籍，抉精指误，亦非国朝考据家所能！”其诏学者，必以文字为入德之门，亦以此要其归，不惟喻其理而已；安章宅句之法，必深研而详讨之。以为义法明，而古人之精神乃可见。自周孔以降，若左丘明、孟轲、庄周、太史氏、韩氏之书，未尝一日不致其思而诵于口，通微合莫，若躬处其间而相唯诺也！然于群经尤观其通；每诵汝纶“于学无所不采，无所不扫”之说。于《易》、《书》则手录诸家说，积成巨帙。《仪礼》、《周官》，讲之尤精；宫室车服之图，登降拜跪之节，与后生解说，一若身与其事而周施之者。以为《仪礼》非圣人不能行，亦非圣人不能言；故编次古今文章而首《仪礼》；实以古圣自著之书，传至近世无伪讹者仅此！又谓：“左氏非解《春秋》之书；太史公固与《虞氏春秋》、《吕氏春秋》同称；取经文而释其例，盖汉刘歆所为；后人误入之传耳，不得与《公羊》、《穀梁》比。”为说甚具。又为天算舆地之学。于天象，凡割圜曲线诸新理新术，皆录其要而会通之；行星轨道邃远，观象以求其密合，辄因图而悟其理。舆地为治史要术；乃探源《禹贡》、《水经》，下采历代地志，于顾氏祖禹诸人所言形胜，李氏兆洛诸人所为考证，近世江防海防中外疆界险要，尤极注意；自州县山水方域以至大地浑圆，皆为之图，细书精绘，纤如毛发，别以五色，依其犬牙钩绾裁剪之，使行省自为图可分合；与学者说《史记》、《汉书》，辄取所图，上溯春秋战国，以为沿革明，文章乃可读也！尝曰："吾无过人之才，惟不敢为无益之学扰其神明而费时日。为人为学，尤宜善养其气象，使渊然穆然为不可测；宋程氏每求古人之气象，可谓善学矣！"以民国元年五月一日卒，年六十一。

门下著籍弟子数百人，独张宗瑛最为高第弟子，刊有《雄白集》。今观其文，专志于韩，得其雄奇，而模拟之迹太甚，尚未臻于浑化。然体简词足，自然老健。大抵选字造句，务于奇崛，学韩之《曹成王碑》、《许国公神道碑》、《贞曜先生墓志铭》一路。运气使笔，刻意横恣，学韩之《与崔群书》、《答崔立之书》、《赠太傅董公行状》一路。轶宕陵跨，从茂厚出莽苍，远胜孙樵、王安石之以刻削为峻峭。集中《钞三十以前所为文书后》云："我不肯为文；苟为，则非靡退之之垒，抉介甫之藩不止。"可谓言有大而非夸。然禀命不融，年止三十有三。而造诣至此，于吴门弟子，骎骎与涛争后先矣！其次南宫李刚己。刚己以字行，为吴汝纶官冀州时所得士，俾受学于通州范当世及涛。汝纶每叹刚己诗文雄肆淋漓，殆为绝足；赠联曰："奇文间出汉三辅。闳识下规禹九州。"然得科第早，以光绪甲午进士，补官山西大同知县，诗文不自检拾；传有《李刚己遗集》五卷，乃其死后桐城吴闿生搜刻而为序之。其文大抵由王安石以教韩愈，亦衍曾国藩一脉；虽未臻韩公之雄奇瑰伟，而颇得介甫之瘦折拗劲，其在师门，雄茂逊张宗瑛，而清遒则胜赵衡；盖衡缛芜无不免填砌；而刚己瘦硬乃饶风力也。其诗则由李长吉以教韩愈，略似王树枏早年作，往往警丽，而不免雕琢伤朴。以民国二年卒。张宗瑛死尤早，为让清宣统二年；皆未能以所学传授其徒！贺涛既死，独吴闿生、赵衡克承父师之绪，以文章为北学所宗！衡字湘帆，冀州人，为涛之弟子；又尝奉手问业于吴汝纶、王树枏；亦从徐世昌受所谓颜李之学。及世昌当国，衡出入其门，管书记；受世昌指，取颜习斋存人、存性、存学、存治语，倡四存学会。而论文，则壹宗韩愈、曾国藩以导扬吴汝纶、贺涛之说；刊有《叙异斋文集》八卷。大抵碑传文以瑰奇穷笔势，仿佛皇甫湜、孙樵学韩一流；而气不能运掉，不免硬砌。议论文以拗折入深际，差似王安石学韩一流；而理不见精透，亦时肤絮。在涛弟子中，不如张宗瑛之鲜明紧健；而视韩门弟子，差胜皇甫湜之肤缛庸絮也！吴闿生者，汝纶之子也，字辟疆；早濡家学，作文呈父，奇许之曰："琢炼警耸，可与学韩！"俾受学于涛。及为文章，纵恣转变，能究极笔势；辞气喷薄，而出以酝酿深醇；兴象空邈，而能为沈郁顿挫。其势沛然！其容穆然！震荡错综，是真能得父师之血脉者！涛每叹曰："文章天下公器；自今日观之，已为吾师家事！"闿生既以守汝纶遗绪，穷数十年之力，传写父书，尽布于世；复以馀力平骘各家之文，摘其微词奥义，开导后学；而抒发所蓄，著之于文。论文以奇为主，独称张宗瑛；以为："文章苟无渊懿之思，沈博之气，而徒炫奇于字句间，皆为识者之所弃！虽然，沈博矣，渊懿矣，则其字句光采，自尔不凡，有不求奇而自奇者！此境未可骤几，但当积功力以俟之尔。如张献群文，岂易效耶？彼浸渍于《史》、《汉》、扬、马，步武于昌黎、永叔者，工力至深；非世俗之貌为高古而中无有者，所可袭似于万一也！龙川所谓'不为诡异之体而自宏富，不为险怪之辞而自典丽。'若韩公以镌镵造化为能事，艰穷变怪得而后造平淡，则从险怪入手，又何不可之有？但惧不得师承而失古人规矩准绳之法耳！盖沈潜于古人者深，而神明于矩矱者熟，则平易可也，险怪可也；非然者，险怪不免支离，平易亦入流俗矣。退之曰：'文无难易，惟其是尔！'是真知言！鲁直以好奇语为一病，殊不尽然。彼鲁直，固好奇语者也！"刊有《北江先生文集》七卷行世。

马其昶附叶玉麟

马其昶，字通伯；先世居六安，姓赵氏；始祖明永乐中赘桐城马氏，遂为桐城人。父起升，为诸生，务益发名成业；从同县戴钧衡、方东树受学，为诗古文，守乡先辈方、姚义法；有《趣园诗文稿》八卷。四体势宗怀宁邓山人完白，有《慎庵字范》四卷。而笃学媚古，尤服膺韩、欧、朱、王四家；韩、欧文宗，朱、王道统，极诣而互通，有《载道集》十二卷，稽讨义例，终其身不厌；谓文与道，不得而离也！其昶少承家学，刻意为古文词，请业于吴汝纶。汝纶则戒作宋元人语，曰："是宜多读周秦两汉时古书！"又言："今天下宿于文者，无过张廉卿；子往问焉，吾为之介！"则赋诗一篇，谐庄杂出，谓："得之桐城者，宜还之桐城。"其昶持往江宁，谒裕钊于凤池书院。裕钊则大喜，赋诗为答；且诏之曰："文之道至精。古之能者，义不苟立，词不苟措；陈义必取其最高而尤雅者；造言必深古，不使偏词杂乎凡近；其句调声响，必在在叶乎铿锵鼓舞之节。"又曰："培其源，无速厥成！善学者宜俟其自至！"其昶欣若有会，方年二十一岁。意气甚盛，自以守其邑先正之法，禅之后进，义无所让也！潜思力探，每有所作，益复劲悍矜练，力矫凡庸。汝纶诵之，叹曰："某老朽，于文事已无可望。朋友中，范肯堂困于贫病，贺松坡目已失明；唯吾通伯，尚精进不懈！"而裕钊亦引欧阳修语，谓："老夫当让此人出一头地矣！"惟其昶自以始学文时，受知爱于汝纶最深；而开辟径途，不迷其源，不阻其修，其得力于汝纶者为多。汝纶之殁也，贺涛既为之状，且表其墓；而其昶则更为《吴先生墓志铭》以章之；其辞曰：

> 光绪二十年，畿辅民肇乱，搆外衅。八国联兵内犯。京师不守！既和议成，朝廷喟然，图所以自立，更庶政；郡县罢书院，用西国法立学；而建大学堂京师，命吏部尚书长沙张公为管学大臣。于是张公奏荐桐城吴先生学行高，兼综中西，可以师多士！天子俞其请，命以五品卿衔，充大学总教习。先生坚辞不得，则请赴日本，考学制。既至日本，自其国君相，下

至教育名家，妇孺学子，皆备礼接款。海内外钦迟风采；而先生亦素以兴学育才济时变自诡，博搜精咨，穷日夜不怠息；思彼族所以骤盛，而度吾力之所能及，与时所宜，必得当以称天子明诏，塞知遇。归未及返命而卒！呜呼，悲夫！先生讳汝纶，字挚甫。祖庭森，县学生。父元甲，以诸生举咸丰元年孝廉方正。母马太淑人。两世皆以先生贵，赠如其官。征君孝友博爱，养育宗亲数十人，家日以贫！先生幼刻苦，向尝得一鸡卵，不食，易松脂以照读书；笃嗜古文词。少长，受知曾文正公，文益宏肆高洁；以同治甲子举于乡，明年，成进士，用内阁中书。曾公督两江，奏调至金陵；移督直隶，随调至北，补深州直隶州知州；连丁外内艰，服除，署天津府知府，补冀州，所至有迹。先生既师事曾公，与闻大谋，参章奏。曾公薨，李文忠公继督直隶，尤倚重焉！初在官，凡有请必得。任冀州八年，方叙迁，一旦投劾去；李公留之，不可；则处以宾师，聘为莲池书院山长；机要疏牍，必就咨视草；自是十馀年不离直隶，遂与李公相终始！先生为政，于世所矜尚为名高者，一不屑；独留意教化，经画书院；苟力所能至，不惮贵势；籍冀州已废学田为豪民所攘夺者千四百馀亩充书院经费；聚所属之高材生，求贤师而教之。深冀二州书院，遂为畿辅冠！其在冀州，成材尤多。又时时求其士之贤有文者礼先之，凡得十许人；自谓“每得一士，虽战胜而得一国，不足喻其喜”也！此十许人，皆守高不喜亲官府。先生强起之；与此十许人者，月一会书院；凡所施为便不便，兴革于民，必与此十许人者共之。开冀、衡六十里之渠，泄积水于滏，以溉田便商旅，费白金十万两；公私无一储，百方敛输，势劫情化，功卒以成！民或初不便其所为，既去而人思之。先生为人简易佚荡，不矜持威仪为曲谨；其宏奖好士出天性。始为吏，继为师，一以文术诱进之；以谓："文者，天地古今之至粹；苟入之不深，其精神意脉一有失，则所载道无幸焉！"其教始学，必本周秦古籍，由训诂以求通其文词；而要以能知当时之变，备缓急。其于西国新法，冥心孤探，得其旨要。欧美名流，皆倾诚缔结。日本学者，踔海请业。远近以文字求是正者，四面而至；又愈益以其暇，裨助李公谋略。李公操国柄久，其防海、交邻、购器，皆前古所未有！拘学恣意妒毁。先生愤国势弱，李公牵于异议，不克尽其能；为之剖析疑谤。李公尝失势，先生尤为之尽。其实先生入仕二十年，李公国士目之；而顾未尝有所迁官增秩；其于李公无分毫私也！先生既不乐仕宦，随李公媾和至都。李公薨，益浩然思归；不得已于张公之荐，殊亦无意教授；独欲考究学制得失，厘为定法，俟能者。其归自日本也，自乞先返籍省墓，因兴办桐城小学堂；数月，学堂成；北行有日矣！卧疾遂不起；二十九年正月十日也，春秋六十有四。嗟乎！处数千年递积递敝之俗，非大有以夺其故习，其势不足以振起。世方惩任事锐往之失；以先生之所挟，而揆时之须，其遂能有合耶？则不幸中驾而税，使夫朝野上下，以逮殊邻绝域之区，歔欷郁悼，谓"其人若存，其所为何遽若是"，以为斯世之不幸；而其于先生，犹未为不幸也。此其尤可慨痛者已。先生配汪氏，封淑人，前卒；侧室欧氏。子启孙有轶才，能世其学。女五人，长适候补直隶州知州薛翼运。次适举人汪应张。次适翰林院编修湖南学政柯劭忞。次适直隶候补知县王光鸾。幼女许聘姚氏。所著书有《易说》、《书说》、《深州风土记》、《诗文集》、《日记》、《东游丛录》，凡若干卷。启孙将以某年月日，营葬某所。门人马其昶为铭。铭曰：

宋后儒贤，睨之亡有！道吾不知，文抑何朽！嘲嚎风发，而行则修！我昆我弟，万古殊尤。苟恣其好，身命可沤！真性结牢，鬼愉神泣！惟其大偏，乃匪能及！寤姬锲孔，高跖远晞。亦图于新，造莫追微。竞存强力，救我民痱。凡此二行，世谓二反。馔德镵辞，九幽是烜！

昔唐韩愈死，其弟子李翱为行状，皇甫湜为墓铭。而李《状》演迤条畅，自然浑成；湜则句铸字炼，读者即以觇二人造诣之攸异。今观其昶此志，以与贺涛《吴先生行状》相衡。其昶综括一生，笔力坚净；拗峭之笔，饶有妩媚；浏亮之词，妙能顿挫；不为雄迈驱驰，而为瘦削拗折，是诚得王安石学韩愈之神者！然不如涛之出以高浑。而提折顿挫，在笔墨蹊径之外也！其昶承汝纶斯文之传，与涛为南北两宗，皆由王安石以教韩愈，而衍湘乡一脉。特涛则积健为雄，欲追韩愈。而其昶由拗得劲，乃比安石；气脉不如涛之大，骨节不如涛之浑，不敢出大笔重笔，而好用瘦笔拗笔。其昶尝以《上孙方伯书》就质于张裕钊。裕钊谓曰："学介甫文已甚峭似，此后便可上窥昌黎。介甫之瘦硬精劲，诚为罕俦，恨意境少狭！更进以他家恢廓之，使不窘于边幅，则善之善者已！"今观所作，则终其身于介甫，而未臻浑化者也！特以身丁丧乱，蒿目瘝心，常岌焉若不克终日；故其思深，其辞婉，其言虽简而意有馀，往往幽怀微指，感喟低徊；令人读之，而靡戛之音、醇醲之味沁入心脾！刊有《抱润轩文集》二十二卷。

其昶性淡泊，貌庄而气醇；自少于俗尚外慕，一不屑意；而刻苦锐进于学。三十以前，治古文辞；既而悼世变日亟，未可以文章经国；自识涯分，绝意进取，閟声光一室之中，十馀年不出；所治自《易》、《书》、《诗》、《礼记》、《大学》、《中庸》、《孝经》，旁及诸子史暨梵典之说，编摹撰述，寻蹑要眇，而一衷于斯文。每谓："学之始，利在实；其成也，利在虚。虚也者，所以超万类而莫滑其灵者也。自尧舜之事业，邹鲁之道术，千古所震骇；而其自睇，常廓然不有其一物。文之为方也亦然；不实，则植干不立；不虚，则气为之累。居常读顾亭林先生书，甚好。又尝喜读陆桴亭《思辨录》，私谓国朝诸儒之学，平湖、杨园，步趋朱子，至矣！顾氏之博，桴亭之通，近代曾文正之大，此三家者，不专主朱子；实与朱子为近，综赅本末，确然可施行。顾氏独好《五经》及宋人性理书，其自述盖如此。惟其论学论治，锐于自信，词旨矜高；且鉴明季空言之失，矫枉或过；其后学者遂祖其说，称述汉京，轻诋宋贤，风尚变焉！乃吾观其书，务求经世之业，固非章句小儒所可托也！夫古之君子，自任以天下之重者，深知事变无穷，故尝有退让审慎之意；矜其所学，而概欲施之天下，古若今操此而蹶者有矣！吾读《文正集》，歉然于学问之不足，事功之未可易言；其识固有过人者哉！抑更事多而后知量远也！然文正生平颇致力文事，务推大之。顾氏则一以礼教风俗为己任，于文若有不屑意。二者不同之致，果孰为得失乎？”又曰：“佛经译自梵文，诚不可律以常格；然立一意于此，宣之口，布之简册，言必有其序，义必有所归。无古今中外，人情一而已！况佛说法，普度愚智；岂故曼衍其辞，使人不能了其意绪之所在乎？余读《金刚经》，仍以章句文字之法求人；向之苦其繁复者，今见其亲切也！诸家之解，不免凿之使深；正如说《易》者之见智见仁，引《诗》者之断章取义，非不自成其说；然按之本文，或辽远矣！古人超悟自得，全在行解相应，不恃文字，亦不离文字也！文字明，而受持诵读者便焉。昔之人读是经而证悟者不可胜数；今则分画章段，条理晰，诵读便矣；而自反身修，乃无异常士。获者不必求知，知者又未必获；既不获矣，则其所谓知者，果有当乎？一日，读《圆觉》云：‘末世众生，希望成道；无令求悟，惟益多闻；增长我见，但当精勤；降伏烦恼，起大勇猛；未得令得，未断令断；贪瞋爱慢，谄曲嫉妒，对境不生；彼我恩爱，一切寂灭。佛说是人，渐次成就。’释之者曰：‘求悟，则有攀援心，则必于经论文句间理会；理会益明，只益识妄耳。’然后知吾之为说，虽明于文句，皆有攀援也，益多闻也，长我见也；成就之道，固在彼不在此！”每有诠论，听者咸犁然当于心。广西巡抚合肥李经羲者，李鸿章从子也；乃延其昶于家，教诸子弟；其中国松字木公者最知名，号能传其学，为刻所著《周易费氏学》、《庄子故》、《屈赋微》、《法言章义》等书。光绪三十三年，诏求人才。安徽巡抚冯煦以经明行修荐辟。其昶自以少无殊邈之操，粗解文句，亦尝从诸生后求举，累进累踬；今年逾五十，知能才力，无一可效用于世，因自退伏。非以此为高节；闲居无聊，其平素之所业，不欲中废。时时有所述作；而亦旷观当世之变，为开剖以来所未有；应之者不得持故常，阻道化不进；既群天下之才争新于其际，而数百千年先圣留遗之籍，为举世所不为者，亦必有人焉赓续而保存之；揣己度分，愿以自任；上书辞不应。宣统二年，学部聘之编辑《礼经课本》，遂入都。会吏部奏请考验续到人才，随同报到；特旨以学部主事补用；观政两月，即实授。其昶睹当国之操切，哀民生之况瘁，《上皇帝疏》不啻痛哭言之！

时朝论厉行新政，而其昶不谓然！曰：“方今朝廷发愤图治，罢科举，兴学校，奖游学，设巡警，广征兵，劝工业，启商会，变刑律，改官制，开咨议局，许地方自治；甚至损独裁威福之柄，定九年立宪之期；宜若富强之效可睹矣。而天下乃反岌岌不终日！此何故也？则以凡事务其虚名，而百姓受其实祸也！盖天下之穷甚矣！《王制》曰：‘国无九年之蓄曰不足；无六年之蓄曰急；无三年之蓄曰国非其国。’今非特无三年之蓄；每岁出入相较，亏四千馀万，逐年筹备宪政，则逐年增出，又不啻数十百巨万。夫无三年之蓄，已曰国非其国；况亏短至数十百巨万而可以为国乎？夫办事必先筹款。度支无款应付，固一事不能举行；倘度支竟能应付，其为祸烈，更不忍言！何则？度支总全国之财政；请款于度支，度支无款也，则索之于督抚；督抚亦无款也，而事又非款不办，则其所应付者，仍是多方搜括，虐取于民耳。天下之患，莫大乎是非利害，显然明白，而朝野上下，知之而不言，言之而不尽！吾国旧政，是古圣君贤相及我祖宗所行之而效者；然流弊至今日而极；不以实心行实政，此其失，人人能言之！今之新政，亦东西各国行之而效者；然而不以实心行实政如故也！此其失，人人知之而勿敢言；言之即被阻挠新政之名，而目为狂怪！今上自枢臣疆吏，下逮文儒搢绅之彦，莫不私忧叹息，以为未来之效，茫如捕风；必至之患，危如厝火；而奉行犹恐不力者，督之以至严之功令，限之以至迫之时日，困之以至窘之财政，劫之以至新之学说，而莫可如何也！张皇耳目之举，其声誉骤腾于报章；慎固邦本之图，则讥嘲已遍于众口；如是而求免于罪戾，其政策之出敷衍也必矣。夫变法，大事也！立宪，尤创举也！今欲变法而创古今未有之举，而上下承以敷衍之心，诚不知其可也！旧政之失，失之因循。新政之失，失之纷扰。因循之失，听民之自生自死，而不为之所。纷扰之失，日日为民谋所以生，而实迫之以死！何则？苛敛重而民不堪命也！《传》曰：‘长国家而务财用者，必自小人矣！小人之使为国家，灾害并至。’又曰，‘与其有聚敛之臣，宁有盗臣！’今灾害亦可谓并至矣！炸弹起于辇毂；民变兵叛，时有所闻；水火旱蝗，叠见层出；历稽天人相与之故，必有感召致此之由。当今在位之公卿大臣，其存于心者，未尝无公忠体国之志；观其设施，则皆财用聚敛之谋。岂得已哉？百端待举，兼营并进，不务财用而不得也！利之所在，上与下争，内与外争；绅民与官争；争之而民穷，亲民之官亦穷！国家愈穷，遂成灾害！夫以公忠体国之人，迫之使务财用而为灾害于国家，臣诚惜之。而说者且曰：‘欧美纳税重于吾国。人民应尽义务，多取之不为虐。’凡此皆亡国之言，不可听也！今日中国之民，其应享利益，何一事可比泰西？而独欲效其纳税；窃恐宪政成而民无孑遗矣！人莫不有室家妻子之爱；其欲就安利，去危殆，含生之伦，殆有同情。今不顾室家妻子，奋然一逞以阻遏新政，非其势万不容已，讵肯出此？谕旨何尝不严切责之曰：‘是皆不肖州县办理不善之所致。’州县，亦人也；岂真甘为不肖哉？责以就地筹款，而又以筹款激变罪之。筹款未有不滋怨毒者。民间无衣无食，无以为生；而朝程一法，出费若干；暮厘一事，出费若干；曰‘为尔图治安’；养生救死之不暇，而责之费无已时；治安未睹，而民死已久矣！州县亲民之职，古时所贵，今所甚贱。自新政兴，上下之言筹款者，莫不以州县为质的，同心而射之。于是其职非独贱也，贫乃益甚！夫人生仕宦，固以试其所学，亦欲自赡身家；若官累私亏，因而加重，自谋无术，何暇治民！贤者乃洁身思退；中材录录，岂能自守？是直迫之使为不肖。贤者退，而中材不能自守；察吏之术，至此益穷！此真天下之大患也。是故今日之四民，至穷者农人也；今日之百官，至穷者亲民之官也！亲民之官穷，而民愈不聊其生矣！尧、舜、禹相授曰：‘四海困穷，天禄永终！’四海困穷而天禄遂终，可不惧哉？自古丧亡之道不一，皆由暴君污吏虐政害民之所致；未有图强而反得弱，图富而反得贫如今日者！”

时朝论亟练新军；而其昶不谓然，曰：“今夫生计蹙而盗贼起；谋国者始惶然以养兵为要图。民以无所养而为盗。不悟其然，乃括民财以养兵；养兵，则民愈贫而盗贼愈炽；仍不寤，又益增兵。今之养兵如骄子，会操如儿戏，用财如泥沙。剥肤敲髓以练三十六镇之兵，而叛者四起。陆军不足恃，更谋海军。夫练兵平乱，而乱者即兵，兵可易言乎？故大学士曾国藩论湘军之功，在一二督兵大臣，能以忠诚为天下倡。闻忠诚能倡天下；不闻虚骄之气可以镇天下、慑四夷。内治不修，人才不出，纵竭全国之力，专供海军，犹未堪一战；况财力竭，外人即借口债权而攫财政；乱民起，又借口保商而干涉兵事；在在可以亡国，奚暇海战？则何如移其费以办实业，使内乱不作，犹可以图存乎？耗财莫甚于养兵，生财莫要于实业。危急存亡之秋，财者民命，岂堪浪掷？有识引为大戚，而皇上曾不闻知者，以海陆军政皆寄之亲贵，天下遂缄口结舌而不敢道也！从来亲贵用事，流弊滋大。位高，则穷于赏；亲近，则穷于罚。魁柄久持，趋附者众，势不能复就闲寂；缘竿百尺，有上无止，岂不至危？裁之，则生怨；断之，则伤恩；纵之，又无以善其后！我朝开国之初，专征秉钺，实赖亲藩；然皆起自艰难，有雄伟盖世之略。自后皇子概不预闻朝政。中兴以还，主少国疑，亲王辅政，事非得已！醇贤亲王以非成宪为言。今贝勒载洵、载涛慨然欲救危亡，以练兵为急务；然兵事变化，必资实验，非可坐谈；出洋考察，匆遽一过，岂遂得其深际！彼邻邦接待之优崇，皆其外交之机智，争欲售船炮于我耳！而海军一经开募，用费既广，用人尤多。急功喜事之徒，可以坐致通显，自必肆其营求。夫以生长贵富之王公，受外人优待，则不免有自是之心；乐群下推崇，更有勿能中止之势。聚无数急功喜事之徒，奉少不更事之王公，而握全国之军政，游历考察，糜费无已，徒豪举耳。西国王子，肄习军事，与齐民同编伍，劳瘁不辞；若一望能了，又何为自苦哉！”

时朝论放废礼教；而其昶不谓然，曰：“立国于天地之间，能传嬗数千年之久，必有其所以存立不弊之道，是曰国粹。吾国开化最早，自尧舜至于孔子，文教大备；其递相讲明而为法于天下后世者，无他，亦曰人伦道德而已！君臣、父子、兄弟、夫妇、朋友，五者相维系，相亲爱，而天下治矣！此真所谓国粹。若夫析阴阳造化之微，穷制作之巧，此泰西之能事矣。吾圣人非不重之。《易》曰：‘备物致用，立成器以为天下利。’是圣人未尝不以开物利天下为亟亟；特圣人启其端，后之学者，不能极而精之。然泰西制作之巧，其发明亦多在近世，不以是而轻其耶稣也！今乃以科学疑圣教，何其妄也！泰西之学，析理诚微，制作诚巧；要其国之所以存立不敝，必不仅此；而于人伦道德之意，亦必有其合者矣！谓其不如圣人之详备，可也；因其礼俗之异，谓其一无当焉，不可也。吾所未能极而精者，不可不效法于彼；幸而圣人之所讲明详备者，而顾可弃之欤？效法于彼，可也！皮傅，不可也！皮傅西学者，见吾国势之不振，遂疑圣人之教，不宜于今。不知世变虽大，而人伦道德不能变也！试问今国势之不振，果束于圣人之教而然乎？皮傅圣人之教，以至成为今之天下；又皮傅西学而毁弃圣教，更不知成为何等世宙！今之学堂，特造成皮傅西学之士，驱天下之在位，以为灾害于国家；更驱天下之学者以毁弃圣教，视三纲为桎梏，等《六经》为弁髦；大乱之道，其在此矣！向使专务富强，置人伦道德于不顾；则是举天下唯利是趋，强凌弱，众暴寡，臣不知有君，子不知有父，妻不知有夫；当是时，虽船坚炮利，能一日安乎！”心所谓危，语语警惕；疏上忤旨，以谓迂阔而远于事情也。然验之后日，有如蓍蔡。“维此老成，瞻言百里”，其昶有焉。

寻充京师大学堂教习。吴汝纶既逝，世之归仰桐城者，必曰：“是马通伯先生，当世之能古文者，承方、姚道脉而且见淑于吴先生！”其昶则自谓为文而不求之经，是无本之学也。时方治《费氏易》既卒业，复治《毛诗》，治《尚书》，及秦汉诸子，乃于文若有所不暇为者。民国肇造，其昶近六十矣！虽为教习如故；而自以不获安乡里，孤寄京师；厕抢攘嚣哄之场，危祸交乘，听睹皇惑；怏郁之极，浸淫佛乘，覃精穷思，须发尽白；然神完气凝，老而不衰！以民国十三年，领清史馆总纂；无日不到馆属稿，晨出夕返，风雨寒暑不少间；退值，则注《尚书》，成《尚书谊诂》八卷，夜半不辍，如是以为常；既而握管稍久，战悸不宁。医者曰：“心血尽矣！”遂以十五年夏南归养疴。四方问学者日至，酬对移晷，娓娓忘倦。肢体久不仁，而与人短札，犹力疾自书，密行小楷，无一笔苟者。十七年戊辰冬十一月十四日卒，年七十四岁。先卒之四日，疾已不支，告家人曰：“无害！吾将以十四日行！”及期，天未明，命侍者扶起更衣，移坐于椅，南向合掌，自卯至午不少欹；亲友诵佛号于前；其昶注视，神定色夷，渐以目瞑。释徒闻之，欢喜赞叹曰：“往生净土矣！”

其昶既死，而号能传其学以授徒者，曰同县叶玉麟，字浦荪，诸生，与李国松受业其昶最早，为高第弟子；刊有《灵贶轩文钞》一卷，中有《含纯女士传》，题下注代通伯师，而其昶《抱润轩集》亦收之。其昶晚年文，多以属玉麟代笔；亦甚矜宠之矣！今观其文，朴而不茂，宕而欠逸；意尽于言，故少味；语不免絜，斯伤洁；喜为闲情眇状，摇曳其声，以取姿媚，而乏高识远韵；又控御纵送，用笔未极伸缩转换之妙。此诚桐城之支与流裔，而独抱逸响以殁齿不贰者矣。然未足以绍其师也！

其昶及贺涛皆不为诗，而文亦不规规桐城姚氏义法。独桐城姚永朴、永概兄弟为古文，亦兼能诗，禅其家学；为文淡宕而坦迤，每不欲尽；其诗清刻而峭发，又不害尽；盖竺守姚鼐之教也；而永概名尤著！

姚永概、永朴

永概，字叔节，号幸孙。五世祖范，字南青，乾隆壬戌进士，官编修，著有《援鹑堂文集》六卷；学者称姜坞先生。姚鼐以从子受业焉；姚氏之学所由起也。祖莹，字硕甫，以诸孙受学于鼐；嘉庆戊辰进士，官终湖南按察使，著有《后湘诗集》二十一卷，《东溟文集》二十六卷。父浚昌，字慕庭，承累世宦业，而贫困几不能自存；独以诗受知于曾国藩，遂佐戎幕，洊保知县，终湖北竹山县知县，为治一本经术；自少至老，书未尝一日去手；而尤深于《易》，著有《读易推见》三卷；喜为诗，晚年自订其集为十二卷。姚氏自范以诗古文义授从子鼐；嗣是海内言古文者，必曰桐城姚氏。而鼐之诗，则独为其文所掩。自曾国藩昌言其能以古文之义法通之于诗，特以劲气盘折；而张裕钊、吴汝纶益复张其师说；以为天下之言诗者，莫姚氏若也。于是桐城诗派始称于世。有清一代自王士祯以神韵言诗；其敝也，绰约而无实。而矫其失者，则又僄悍以骋才，傥荡以使气，而温柔敦厚之旨，荡然无复存馀；识者盖益病焉！独范之为诗，事料醲郁，善于俪事；萧子显所谓“以新变为雄”者也。莹既焯有祖风，又师事鼐久，诗文之美，颇亦兼擅；然其中多感慨沈郁之音。浚昌则一秉家法，属辞比事，蔚然与姜坞同风；而骨力之清遒，神情之俊朗，则鼐之遗也。其昶早为浚昌女夫，独工文而不为诗。其次女夫，则通州范当世，尤以诗有大名；恨其昶不为诗而愧厉之。其昶发愤欲试一为。汝纶解之曰："子毋然！子为诗，徒见短耳；终莫能胜彼！"因相与一笑而罢。先是其昶甫逾冠，就婚姚氏；永概则十一岁耳。其长兄曰永楷，次永朴，每从其昶商论文史；以永概幼，未遽语也；永概则愠见辞色，谓："奈何轻我！"永概以其昶及范当世为姊婿，以永朴为兄，耳目濡染，神与古会。年十八，补诸生。二十有三，中式光绪戊子江南乡试举人，实为解首。考官李文田、王仁堪皆负时望；病科举文日即靡敝，以江南多才隽，思得老儒宿学振起多士；得永概文，置第一；谓耆硕也。撤卷，颇讶其年少；及观其先祖父有高名，乃喜相告，庆得士矣。后屡试礼部不第。既以家贫衣食于奔走，所主如长沙王先谦、婺源江人镜，皆当世名公；而依吴汝纶冀州最久，得力亦最深。汝纶尝称其诗才气俊逸，足使辞皆腾踔纸上，虽百钧万斛，而运之甚轻；故能出入于李、杜、苏、黄诸家，而自成体貌也！尝以大挑二等，选授太平县教谕；又举博学鸿儒；皆不就。当是时，变法之议兴；朝旨既罢科举，各行省皆兴学，以永概充安徽高等学堂教务长，改师范学堂监督。永概为人孝友笃至，其教士必根本道德，以文艺科学为户牖；与人友，披沥肝腑无不尽；广坐高谈，音响震越。安徽数更大吏，咸钦才望；有大计，辄就决，是非得不谬，乡里往往被其惠，而谤议滋起；于是浩然无用世之志矣！会范当世亦以兴学通州，卒遭谤侮，遂病不起。乃为之墓志铭以发其指曰：

太史公曰："《诗三百篇》大抵皆圣贤发愤之所为作也。"岂不诚然乎哉？诗体至唐而大备。然世之论者，每称李白、杜甫；二人者，途辙不同，其忧时疾俗之情则一。厥后以诗鸣者至多；而苏轼，黄庭坚，陆游，元好问为之最！四子之为诗，犹白、甫也。自是以降，竞于格律声色，公然模袭；其发愤也不深，则立乎中者不诚；中不诚，则气不昌；气不昌，则不足震动而兴起。孔子曰："《诗》可以兴。"兴于发愤也。惟我清载逾二百，五洲交通，艺术竞胜，仅持一国窳败不振之故习，不足敌彼族之方新；而朝野之论又龂龂不可合并，故酿为甲午、庚子之再乱。于时，范君起江海之交，太息悲伤，亡所抒泄，一写之于诗；震荡开合，变化无方。读者虽不能全喻精微，无不知爱而好之；以一诸生名被天下，噫！何其盛也！君，讳当世，字无错，号肯堂，世为江苏通州儒族。祖某，父某，皆不仕。君少出语惊长老，壮而益奇！武昌张先生裕钊有文章大名，客江宁。君偕张謇、朱铭盘谒之。张先生大喜，自诧一日得通州三生，兹事有付托矣！其后君弟钟、铠相继起；世又称“三范”；而称君为“大范”云。吴先生汝纶官冀州，见君与謇、铭盘唱和诗，贻书钩致。君亦乐依吴先生，遂之冀。而张先生亦来主讲保定，益相与论定古圣贤人微言奥谊，学更大进。是时，君方丧前夫人。吴先生为介，聘吾仲姊；因就昏先子安福署中。先子故能诗；吾姊亦娴吟咏；君往来二年，得诗益多。其后吴先生居保定，吾往从之。君方携吾姊客李文忠公所，见即饮酒赋诗，诙调间作；别十日不见君寄诗，即寄声诮责以为乐。迨甲午战败，文忠公得罪；君与吾皆东归，又复北游，视曩时游燕如易世矣！君初在冀，所教诸生，多为通才，知名于世。家居及道途所遇人士，有一语之善，必扶植之。其经承君讲授者，悉有成就，收科第者相望。两弟一成进士，为令河南；一拔贡朝考一等，为令山东；而君卒以诸生终。学堂令下，君已病肺卧，慨然强起，以助国家长育人才为己任。迂儒老生，极口訾嗷；至投书丑诋。君一接以和，而论文谕，使有端序。病且笃，就医上海，遂以光绪三十年十二月初十日卒，年五十一；逾年，葬于通州东门外范氏之阡，前夫人吴之右。吴夫人生二子，罕、况，皆诸生，有文学，足以推大君志；以况为弟钟后。一女适义宁陈衡恪，早卒。后夫人姚。君所为诗，尝自写定为十八卷，合文十卷，藏于家。方今海宇学术棼起，云变川增，治斯事者，材力已患不给；而吾国文至繁奥，习之尤费时日，议者乃欲更张之就浅易。君诗虽至工，真知其意者无几人；数世以后，又孰能测君所用心乎？然巴比伦、埃及之古碑，希腊、印度之诗，西士好古者搜醉之不馀力也。以吾国文字精深微妙，实有不可磨灭者存！意必有魁桀之士，宝贵而研索之，殆可决也！于君诗，又何忧乎？君事亲教弟，极于孝友；待朋友有终始。将葬，弟钟来问铭，未敢应也。既久，乃写所得于君者以纾吾哀，而系之以铭。铭曰：

猗与仁人，世有范君。大本既立，发为高文。若最其行，以儒而侠。友死孤稚，娟娟者妾；君引任之，以濡以沫。囊亡一泉，求者踵门，计子而贷，女释女忓。胸中恢恢，齐其仇恩。欺不女疑，背不女怨。有李生者，尝为人言。岂大奸欤，不即圣贤？何奸何贤，有韫弗宣。吾铭未信，曷读诗篇。

意以自抒感慨，而跌宕昭彰。其它未能称是。往往寂寥短章，声几欲下，词不敢尽，而未能以发其意。刊有《慎宜轩文集》若干卷。侯官林纾则序之曰：“气专而寂，澹宕有致，不矜奇立异，而言皆衷于名理，是固能祢其祖矣！”特诗则秀爽而为警炼，沈郁而能顿挫；早喜梅宛陵、陈后山，晚乃出入遗山，语必生新，而意在独造；是则曾国藩所谓劲气盘折，欲以古文义法通之于诗；亦其家风然也！方为安徽师范学堂监督时，布政使沈曾植尝为刊《慎宜轩诗》八卷；其中如《寒夜寄肯堂》曰：

西风吹芭蕉，片片都成丝；蟋蟀辞碧野，唧唧鸣霜闱。感物遽如此，怀君结梦思。海水净霜空，狼山矗崔巍。蒲团一龛内，坐对维摩师；原注：来书云近借邻庵养疴。梅花绕纸帐，香气砭肤肌。惝恍捫我手，喃喃颇有辞。伸足忽梦断，天鸡风送悲！恩情同骨肉，款曲未一时！明年君当来，我辕又北驰。但祝身长健，会面自有期。寄此当尺素，莫作扬雄麾！

又《书梅宛陵集后》曰：

《梅集》六十卷，买自武昌市。刻者明嘉靖，宋君巡按使。属工宣城令，字大殊可喜。惟其讹谬多，又阙数十纸。借得道光本，弥月事校理；所阙抄使完，其讹难订矣！我思文字贵，在切时与己；要使真面目，留与千秋视。时为何等时，士为何等士。当其入微妙，不在文字里。阅历助胸襟，天姿加践履。四事不关诗，诗固得此美。俗士动夸古，终身寄人篱！一体效一家，自矜工莫比。乞人衣百宝，不称徒为嗤。扬眉讥杜韩，况说宋诸子。告以先生诗，笑口或大哆！孰知六一翁，低首直到趾。古董何人卖，病在古入髓。东坡尚嫌酸，馀贤可知尔。检之笥箧中，我欢独在此！

又《赠陈静潭淡然》曰：

有田不能耕，有屋不能住。七尺不赀躯，竟为漂泊具。昨日金陵潮，今朝瓜口路。眼中三百里，未必当虎步。天门荡荡开，白日昭宿雾。帝旁玉女多，妒此修眉嫭！山庐鲜芳草，江径饶兰杜。著述百千言，蟠胸犹郁怒。呼叫千秋亭，痴人愕相顾。信陵骨已朽，肝胆向谁露？但取意气倾，钱刀何足慕！

侯官陈衍尤极称其《方伯恺仲斐招游天坛观古柏作歌》一首，以为音节苍凉，气息沈郁，极近遗山者也。辞曰：

> 天坛锁钥放三日，士女长安空巷出。琉璃厂内鞭影骄，正阳门外车声疾。方生邀客及衰朽，微醺莫放斜阳失。未到先惊势骏雄，出门已觉情萧瑟。绕坛一碧皆种柏，罗列骈生咸秩秩。元耶明耶世不知，百株千株数难悉。阴森夺日色凄凉，惨淡生风寒凛栗；怪根直下渴重泉，霜皮绉裂蟠修绛。真宜虎豹据为官，恐有狐狸攫作室。旁干犹承累叶露，中枝折为前宵飑。无情树木尚如此，系日长绳知乏术。祈年殿上望西山，金碧依然暮霭间；王气已随龙虎尽，夕阳只见雁鸟还。往圣千秋垂教泽，严祀昊天威百辟。彼苍视听悉依民，精意分明存简册。大道原为天下公，此心不隔耶回释。斋宫肃穆水环垣，想见千官助骏奔；中夜燔燎半空赤，连营宿卫万夫屯。五千运过苍天死，更闻开作公园矣。倚天拔地之古柏，愿与游人重爱惜！

此歌八卷本未收，盖民国改元后作矣。方段祺瑞为国务总理，以高等顾问官聘；总统徐世昌招入晚晴簃，选诗；皆笑谢曰：“吾如处女，少不字，老乃字耶？”顾殚心教学，一出应北京大学之聘，为文科学长。萧县徐树铮方佐段祺瑞用事，尤相礼敬；创正志学校，延为教务长；而永朴及马其昶、林纾为教师，皆一时宿学；士风肃静，出京师诸校上，天下无异词。清史馆之开也，永朴、永概皆从事为协修焉。永朴故短视，步行趑趄；每适馆，永概则肩随扶持。赵尔巽方以前朝大老领馆长，见之，迎永朴笑曰：“吾年八十矣。倘与君竞走，未知孰为后先。他日君逮吾年，欲无颠蹶，将终若弟是赖乎？”众为粲然。永概少秉先训，长博览群书，遍交海内贤士大夫，其论学不分门户，而制行一以宋贤为归。初以解元计偕入都，父犹在官，方年少气盛，顾恂恂自饬，无纤毫矜夸之习。姚氏风规：凡令节若诞辰，弟于兄必四拜；兄揖之而已！及永概之老也，永朴止无拜，曰："白首兄弟，何尚乃尔？"永概率礼如故。人第服其强记多闻，议论雄辩；岂知修己之谨，乃如是耶！晚年耽心内典，得趣颇深。以民国十二年癸亥夏六月十九日卒，年五十八岁。而永朴亦以老病归，赵尔巽闻而唏曰："今海内学人，求如二姚者，岂易得乎！"

永朴，字仲实，光绪甲午举人。少与永概以文章相礲切；年二十五岁，北行，过上海，遇同县萧穆，谆谆然勖以经史之学；既抵都，复与迁安郑杲游，于是锐意治经。吴汝纶知冀州，闻其名，延而宾礼之。永朴遂请业焉，始知精诵为学文始事；因取古人之文，悉心读之，久之乃涣然有得。顾自谓治学之途径，穆实开之；又以穆论议与汝纶异同，而交久益敬；乃作《萧先生传》曰：

萧先生，讳穆，字敬孚，桐城诸生；少谒曾文正公于安庆。文正语人曰："异日缵其邑先正遗绪者，必此入也。"先生屡应江南乡试，不售；客上海制造局广方言馆，得俸，辄购书，筑小楼于家，度之；不戒于火，烬焉！踵求不怠，久乃逾其旧。犹谓未足，踔海至日本求之。所储皆善本，或孤行于世，人未见者。盖先生所至，书贯每盈座焉。是时吾邑先辈如方先生宗诚著书多谈性道，及军国利病、吏治得失。徐先生宗亮亦究心边事。吴先生汝纶尤喜以泰西学说为吾国倡。惟先生一意编摩古籍，与后生言，于字句异同，刊本良否，以及前闻轶事，历历然如数室中物；而无一语及世务。吴先生每思广以异域之事，见必极论。先生意不与之合，讥嘲轰发；然吴先生退，未尝不重先生。在上海，凡数十年，四方贤公卿，下逮游客，语及闻见洽熟，必曰萧君！先生既笃意文献，见有力者，必诱之刊书，所刊数十种，皆躬为雠校，不取酬。初先生尝从市中得邵阳魏公光焘先世遗稿。其家无副本，闻之，挚金以求。先生笑曰："父祖之业，固宜传之子孙，何言财乎！"卒归其书。及光绪末，先生老矣，而家益贫。总办制造局者不相知，夺其事。会魏公总督江南，过上海，首诣先生，纵谈三日。总办大惊，急谢过增俸至倍。先生叹曰："是谓我将不利于若而货之也。"仍受故俸，而称其所长于魏公。人以为长者。先生于光绪某年月日卒，年六十有几；所著曰《教孚类稿》，嘉兴沈子培提学、合肥蒯礼卿观察为鸠资刊行，凡十六卷。

论曰：当今之世，如先生，有不以为迂阔者乎？顾其学于古，深有所得，宜乎爱之笃而护之周也！永朴少学古文辞。一日，过上海，先生劝之用力经史，谓匪是无以为文章根本，语意肫勤；由是始知从事朴学。今先生亡久矣，天下多故，闻所藏书散佚殆尽。而永朴浮沈斯世，深夜怀旧，愧负先生；撰次遗事，慨焉不知涕下也。

其文随手起落，不为张皇，坦迤平直中，自然感激顿挫；不如并世诸公之好做段落，狠其容，亢其气，硬断硬接；而我用我法，馀味曲包；此真姚鼐血脉也！刊有《蜕私轩诗文集》五卷，续一卷。其诗则无意雕琢，而简括坚琢，能以清遒出醲郁。如《夜起》曰：

雨过山气凉，虚室夜增爽。搴帷忽窗明，孤峰月初上。林疏竹萤流，石冷壁虫响。微风动高檐，暗香入幽幌。披衣下前除，悠然绝尘想。

又《雪中戏作呈大兄时将之湖口》曰：

人生聚散何所似？正如池萍阖复开。有时暂聚当痛饮，一举定须累百杯。幽居况逢三日雪，山川皓洁无尘埃；老鸦不飞枯木折，寒月自照墙边梅。天地不令生意绝，溪堂顿觉春风回。快弃笔砚陈尊罍，低头兀兀胡为哉！明朝霁放射蛟台，吾将举棹江之隈，安得从容试绿醅！

就诗化诗，永概挺拔，有俊逸之才；永朴清越，得冲淡之味；迭用短长，亦无懵焉。永概交满海内，好议论天下事；而永朴声华寂寞，专志读经三十馀年，不立门户，视唐如汉，视宋元明亦如唐，博稽而约取，会通众说，有不安，乃下己意；曰："传经者必守师说；治经则取其通而已！"或问郑杲："今世为汉学者几人？"杲曰："吾未见也。独如姚仲实者，舍书无他营，舍经无他书，虚心以求真，若将终身焉；其殆庶欤！"尝客旅顺；泰兴朱铭盘见其书，大惊曰："吴越士夫有此，早取声名一世。君乃掩覆不肯曝，今日见古人矣！"因投诗订交，而永朴意落落也。永概每太息曰："余同母兄弟三人。伯也早世，不竟其学。惟仲实及余存。余好为诗古文辞，而治之不专精；不如仲实耽于书，数十年如一日；每见辄用自惭焉。"方清末造，科举制废；永概尝参皖学政，每以兴学育才为身任；盖承汝纶之教也。永朴独虑兴学之无以善其后，上学部书，大旨谓："曩时乡闾中，盖家有塾矣；弦诵之声，遍于四境也。今则自学堂外，其自延师训课者，乃日少一日。查宪政编查馆、资政院会奏宪法大纲，方期逐年筹备，至第九年，人民识字者可得二十分之一。岂知兴学之效，人民识字者，且有减无增哉？此其故由于公款未充，学堂不能多设；民间穷困，更无力入学。事之可忧，孰大于是！盖一学堂之设，其始建筑有费，开办有费；至每年延聘管理员、教员及一切杂需，尤为不訾。将募之人民欤？以征费之故，酿成他变，屡见报章矣！将索诸求学者欤？今之所定膳费、学费，不可谓多；然诸生强半寒畯，往往不任。此创设所以难也。且合群少年麇集一校，约束稍宽，黠者扰于前，愿者和于后。此办理所以难也。为今之计，莫若高等小学堂以下，听民间自为，勿拘人数多寡以济其穷，第令开塾初报明提学使立案；及毕业，由提学派员考试，果年限程度与部章合，即给文凭。如是，民之庐舍，即学堂也，何须建筑？民之父兄，即管理员也，何须延聘？其为费仅教员修脯而已。生徒无多，气习何患不谨？财用即节，教泽何致不周？于一道同风之中，稍为变通，岂不可大可久哉？”永概无以难也。民国既建，永朴亦受聘为北京大学教授，因著《文学研究法》，凡二十五篇；每成一篇，辄为诸弟子诵说，危坐移时，神采奕奕，恒至日昃忘倦；仆御环听户外，若有会心者，其发凡起列，盖仿之刘勰《文心雕龙》；而自上古有书契以来，论文要旨，略备于是焉。既以老病南归，寻受聘为东南大学教授、安徽大学教授，犹强学不怠云。

永朴、永概生长桐城；而为文不矜奇奥，为诗自然清遒，恪守姚氏家法，顾不以桐城张门户。独有产匪出桐城，文不尽淡雅，异军突起，而持桐城姚鼐以为天下号者，厥有林纾焉。特是姚鼐学归而祛其庸絮，运实于虚，纡徐委备，以几永叔之逸，而失之不深厚。林纾学韩而无其雄博，融情于景，郁结苍凉，以得柳州之幽，而不免伤纤刻；于湘乡为转手；与桐城为异调。惟其为诗旷如奥如，尚清遒而不贵绮错，则庶乎姚鼐之具体而微焉。

林纾

林纾，原名群玉，字琴南，号畏庐，又自署冷红生，福建闽县人也。天性敦挚。年十岁，从同县薛锡极读，字之曰徽。一日，锡极读《檀弓》，至防墓崩，捧卷大哭。纾愕然。锡极曰：“若非人子乎？吾哭而若不动，何也？”纾曰：“徽重闱在上，不知所哭；虽然，闻先生哭，亦滋悸矣！”锡极叹曰：“谅哉徽也！”锡极家绝贫，夏日尝不举火。纾归食既，度先生未炊，乃觅得父袜，实米满中，负之以献。锡极大怒，咤曰：“徽！若年十一，竟行窃耶？”纾泣曰：“先生侵晨授徽书，逾午未食；归而对食心动，故自以其米来；非窃诸他氏也。”锡极曰：“他氏益不可矣！吾已得米，且至，无须此。若将归，当请杖于若母。吾竟不忍夏楚若矣！”纾归白母。母笑曰：“女以米饷师，奈何以袜？”易以巨橐，重益之，别令人赍以往。锡极乃受，因授纾欧文及杜诗，务于精熟；曰：“吾不为制举文。若熟此，可以增广胸次。”然纾贫无所得资买书，则杂收断简零篇，用自摩治。偶发簏，得季父所读《毛诗》、《尚书》、《左传》、《史记》四种残本，则大喜过望！而喜《史记》特甚。尝语人曰：“《史记》之文，纯一纪事之文也。然《本纪》、《世家》、《列传》中，有同时之事，不并叙，无以取证。已往之迹，不插叙，无以溯源。繁赜之文，不类叙，无以醒目。”为笺识，用力颇巨。自十三岁及于二十以后，校阅不下二千馀卷。迨三十以后，得与同县李宗言交，乃尽读其家所藏书，不下三四万卷。强记多闻，为骈文，慕王昙、金应麟。为古今体诗，追吴伟业、陈恭尹。能画，能经世文，才名噪里党，与林崧祁、林某有三狂生之目！久之，一切弃去，为古文，祈向桐城诸老，寝馈昌黎；自谓善阏抑蔽匿，当伯仲吴敏树、梅曾亮，不敢多让。或翘其阙，则勃怒于言。中式光绪壬午举人，再应礼部试不遇，大挑用教谕。以二十六年入京师，为五城中学国文教员，年五十矣！因得与吴汝纶遇，为论《史记》竟日。纾曰：“《大宛》一传，不划断诸国，融为长篇；犹散钱贯之以绳，前半贯以张骞，骞卒，续贯以宛马；于是安息、奄蔡、黎轩、条枝、身毒之通，皆为马也；零落不相胶附之国，公然与汉氏联络矣！但观传首大书曰：‘大宛之迹，见诸张骞’，则史公当日用心，因张骞以贯诸国，故能融散为整。又《绛侯世家》，叙侯功颇简约；至亚夫事，则文笔婉媚动人；犹欧西人之构宇，集民居为高楼，扩其馀城成公园，以待游侣。此文字疏密繁简之法也。《彭越传》疏率若不经意，不如淮阴之详，且与魏豹同传。然世称汉初功臣，必曰韩、彭者，几不得解；乃不知《高帝本纪》中，累书‘彭越反梁地以牵掣项羽，使不得过成皋’，厥功与韩信玹下之役实同。读《史记》者，能于不经意中求之，或得史公之妙乎！”汝纶大韪纾说；及读纾文，称曰：“是抑遏掩蔽，能伏其光气者！”日人伊藤氏问汉文高师谁何？汝纶应曰：“吾见惟林琴南孝廉纾。”于是声名益起。自言：“少时博览群书。五十以后，案头但有《诗》、《礼》二疏，《左》、《史》、《南华》、韩欧之文，此外则《说文》、《广雅》，无他书矣！”其诏学者，恒令取径于《左氏传》及马之《史》、班之《书》、韩之文，以为：“此四者，天下文章之祖庭也。自周秦以迄于元明，其间以文名，而卒湮没勿章者何限，胡以左、马、班、韩巍然独有千古？正以精神诣力，一一造于峰极，历万劫不复漫灭耳！而后人之称昌黎者，曰‘文起八代之衰’；此专言昌黎一人之文，不属于唐人之文也！唐之名家，如裴度、李华、独孤及、段文昌、权德舆、元稹、刘禹锡之流，力摹汉京，自以为古；然响梠而气促，体赝而格俗；偶与皇甫湜、李翱、孙樵之文杂陈，则意境神味，迥然不侔；矧能肩随退之哉？平心而论：六朝之文，去古尚近；而后来则弥不及。范晔、陈寿、魏收三君，较之马、班，固不能望其项背；然三家之文，咸沈穆方重，饶有古趣。自唐以下则渐杀。至于宋之刘原父、宋子京之伦，力欲求古而弥不古，则时时发为伧狞之音。迨及明之陈仁锡、李梦阳、王元美，日以赝体侈众，犹复唾弃南北朝为凡猥；则不可解矣。天下之理，制器可以日求其新；惟行文则断不能力掩古人而自侈其厚！六朝时，古书未尽毁，又去汉魏不远，元气深厚，制局用笔，敛而不散，精而能卓；虽体格弗高，然能遏光弗扬，亦其精力有独至者！故文家取材，知窥涉子书，而取其古色；不知六朝人之吐属名贵，亦故家风范，不能不用以荡涤其伧气。”是纾早年崇唐宋，故亦未尝薄魏晋者。然又谓：“为文师古人者，亦师其醇于理，精于法，工于言，神于变化者而已！凡是数者，求之古人，或不可得兼；兼者其惟昌黎乎？盖昌黎之文，理蓄于内，文肃于外，篇同而局不复，则先后处置之适宜也！语激而词不嚣，则吐吞研炼之出于自然也。或千旋百绕而不病其繁细。或东伏西挺而愈见其奇崛。”其所以推大韩愈而倾倒之者至矣！唐皇甫湜谓：“图王不成，其敝犹可以霸。”纾文则学韩不至，其趣乃迫近柳。柳宗元云：“漱涤万物，牢笼百态。”而兴化刘熙载著《文概》；以为：“自喻文境。乃若其文如奇峰异嶂，层见迭出；所以致之者有四种笔法：突起，纡行，峭收，缦回也。”观纾所译小说，蹊径正同。韩愈自言其文亦时有感激怨怼奇怪之辞；而纾之文，多含悲凉凄激之音，怨怼非所敢，奇怪又不能。其论古文，以文气、文境、文词为三大要；三者之中，文境尤重。谓：“古文不能造境，即沦于尘浊。方望溪斥钱虞山其秽在骨，即其造境俗也。下至竟陵、公安，非特不能造境，直以流漫媟洏之笔，入于古文，则文境尤不堪问；文章惟能立意，方能造境；故谓之意境。至于文气则附理而行，理足则气坚凝，理亡则气虚枵；舍理言气，皆欺人之言。古文，犹人身也；动作言语，皆气所使；动作言语可见，气不可见，实则一一皆气所运动。能多读书积理，则文气所发，声之短长高下皆宜矣！以理遣词，胡为不工？然必泽之《六经》、诸子，又湛深于小学，则一字一句，皆有来历矣！”及自为文，则矜持异甚！或经月不得一字，或涉旬始成一篇。独其译书，则运笔如风落霓转，而造次咸有裁制，不加点窜。盖古文者，创作自我，造境为难；而译书则意境现成，涉笔成趣已！

初纾与长乐高氏兄弟凤岐、而谦敦昆弟欢。凤岐、而谦历佐大府，为东诸侯上客有声，与纾相引重。而谦挚友王寿昌精法兰西文；亦与纾欢好。纾丧其妇，牢悉寡欢。寿昌因语之曰：“吾请与子译一书，子可以破岑寂；吾亦得以介绍一名著于中国，不胜于蹙额对坐耶？”遂与同译法国大仲马《茶花女遗事》，至伤心处，辄相对大哭。既出，国人诧所未见，不胫走万本。既而凤谦主于商务印书馆编译事，则约纾专译欧美小说；前后一百五十种，都一千二百万言；其中多泰西名人著作，若却而司·迭更司，若司各德，若莎士比亚，均有之；而以译却而司·迭更司为尤高！最先出者为《茶花女遗事》，致自得意。盖中国有文章以来，未有用以作长篇言情小说者！有之，自林纾《茶花女》始也。纾迻译既熟，口述者未毕其词，而纾已书在纸，能限一时许就千言，不窜一字，见者竞诧其速且工。然属他文，亦坐此率易命笔矣！自以工为文辞，虽译西书，未尝不绳以古文义法也。其序英哈葛德《斐洲烟水愁城录》曰："哈氏所遭蹇涩，往往为伤心哀感之词，以写其悲；又好言亡国事，令观者无欢。此篇则易其体为探险派，言穷斐洲之北，出火山穴底，得白种人部落；且因游历斐洲之故，取洛巴革为导引之人；书中语语写洛巴革之勇，实则语语自描白种人之智。书与《鬼山狼侠传》似联非联，斩然复立一境界；然处处无不以洛巴革为针线，何乃甚类我史迁也？史迁《大宛传》，其中杂沓十馀国。文章之道，凡长编巨制，苟得一贯串精意，即无虑委散。《大宛传》因极绵褫，然前半用博望侯为之引线，随处均著一张骞，则随处均联络；至半道张骞卒，直接入汗血马；可见汉之通大宛诸国，一意专在马；而绵褫之局，又用马以联络矣！哈氏此书，写白人一身胆勇，百险无惮，而与野蛮并命之事，则仍委诸黑人；白人则居中调度之，可谓自占胜著矣！然观其着眼，必描写洛巴革为全篇之枢纽，此即史迁《大宛传》篇法也；文心萧闲，不至张皇无措，斯真能为文章矣。"序英却而司·迭更司著《孝女耐儿传》曰："天下文章，莫易于叙悲；其次则叙战；又其次则宜述男女之情；等而上之，若忠臣、孝子、义夫、节妇，决脰绝血，生气凛然。苟以雄深雅健之笔施之，亦尚有其人。从未有刻画市井卑污龌龊之事，至于二三十万言之多，不重复，不支离，如张明镜于空际，收纳五虫万怪，物物皆涵涤清光而出，如凭阑之观鱼鳖虾蟹焉。则迭更司者，盖以至清之灵府，叙至浊之社会，令我增无数阅历，生无穷感喟矣！中国说部，登峰造极者，无若《石头记》，叙人间富贵，感人情盛衰，用笔缜密，著色繁丽，制局精严，观止矣！其间点染以清客，间杂以村妪，牵缀以小人，收束以败子，亦可谓善于体物，终竟雅多俗寡，人意不专属于是。若迭更司者，则扫荡名士美人之局，专为下等社会写照，奸狯驵酷，至于人意所未尝置想之局，幻为空中楼阁，使观者或笑或怒，一时颠倒，至于不能自已；则文心之邃曲，宁可及耶？余尝谓古文中叙事，惟叙家常平淡之事为最难着笔。《史记·外戚传》述窦长君之自陈，谓：“姊与我别逆旅中，丐沐沐我，饭我，乃去。”其足生人惋怆者，亦只此数语。若《北史》所谓隋之苦桃姑者，亦正仿此；乃百摹不能遽至，正坐无史公笔才，遂不能曲绘家常之恒状。究竟史公于此等笔墨亦不多见；以史公之书，亦不专为家常之事发也！今迭更司则专意为家常之言，而又专写下等社会家常之事，用意着笔为尤难！此书特全集中之一种，精神专注在耐儿之死；读者迹前此耐儿之奇孝，谓死时必有一番死诀悲怆之言，如余所译之《茶花女日记》，乃迭更司则不写耐儿，专写耐儿之大父凄恋之状，疑睡疑死，由昏愦中露出至情；则又于《茶花女日记》外，别成一种蹊径矣！”序迭更司著《块肉馀生述》曰：“此书为迭更司生平第一着意之书。分前后二部，都二十馀万言，思力至此，疑绝顶天！古所谓锁骨观音者，以骨节钩联；皮肤腐化，揭而举之，则全具锵然，无一屑落者；方之是书，则固赫然其为锁骨也！大抵文章开阖之法，全讲骨力气势；纵笔至于灏瀚，则往往遗落其细事繁节，无复检举，遂令观者得罅而攻；此固不为能文者之病，而精神终患弗周。迭更司他著，每到山穷水尽，辄发奇思，如孤峰突起，见者耸目；终不如此书伏脉至细，一语必寓微旨，一事必种远因，手写是间，而全局应有之人逐处涌现，随地关合；虽偶而一见，观者几复忘怀，而闲闲着笔间，已俯拾即是；读之令人斗然记忆，循编逐节以索，又一一有是人之行踪，得是事之来源。综言之，如善弈之着子然，偶然一下，不知后来咸得其用；此所以成为国手也！施耐庵著《水浒》，从史进入手，点染数十人，咸历落有致；至于后来，则如一群之貉，不复分疏其人，意索才尽，亦精神不能持久而周遍之故。然犹叙盗侠之事，神奸魁蠹，令人耸慑。若是书特叙家常至琐至屑无奇之事迹，自不善操笔者为之，且恹恹生人睡魔；而迭更司乃能化腐为奇，撮散作整，收五虫万怪，融汇之以精神，真特笔也！史、班叙妇人琐事，已绵细可味矣！顾无长篇可以寻绎。其长篇可以寻绎者，惟一《石头记》；然炫语富贵，叙述故家，纬之以男女之艳情而易动目。若迭更司此书，种种描摹下等社会，虽可哙可鄙之事，一运以佳妙之笔，皆足供人喷饭；尤不可及也！”又法森彼得著《离恨天译馀剩语》曰：“凡小说家立局，多前苦而后甘；此书反之。然叙述岛中天然之乐，一花一草，皆涵无怀、葛天时之雨露；又两少无猜，往来游衍于其中，无一语涉及纤亵者，用心之细，用笔之洁，可断其为名家。中间着入一祖姑，即为文字反正之枢纽，余尝论《左传》楚武王伐随，前半写一‘张’字；后半落一‘惧’字；‘张’与‘惧’相反，万不能咄嗟间撇去‘张’字转入‘惧’字。幸中间插入‘季梁在’三字。其下轻将‘张’字洗净，落到‘随侯惧而修政，楚不敢伐’。今此书叙葳晴在岛之娱乐，其势万不能归法，忽插入祖姑一笔；则彼此之关窍已通。用意同于左氏。”如此之类更仆难数，尝语人曰：“中西文字不同；而文学不能不讲结构一也。”即此可以征已。

纾之文工为叙事抒情，杂以恢诡，婉媚动人，实前古所未有。固不仅以译述为能事也。其自作《冷红生传》曰：

> 冷红生，居闽之琼水；自言系出金陵某氏，顾不详其族望。家贫而貌寝，且木强多怒。少时见妇人，辄踧踖匿隅。尝力拒奔女，严关自捍。嗣相见弃者恒恨之。迨长，以文章名于时，读书苍霞洲上。洲左右皆妓寮，有庄氏者，色技绝一时，夤缘求见，生卒不许。邻妓谢氏笑之；侦生他出，潜投珍饵，馆僮聚食之尽。生漠然不闻知，一日，群饮江楼，座客皆谢旧昵。谢亦自以为生既受饵矣！或当有情？逼而见之，生逡巡遁去。客咸骇笑，以为诡僻不可近。生闻而叹曰：“吾非反情为仇。顾吾褊狭善妒，一有所狎，至死不易志。人未必能谅之！

故宁早自脱也！”所居多枫树，因取“枫落吴江冷”诗意，自号曰冷红生，亦用志其僻也。生好著书，所译巴黎《茶花女遗事》，尤凄惋有情致。尝自读而笑曰：“吾能状物态至此！宁谓木强之人，果与情为仇也耶！”

又以中日之战，海军败绩，用丛诟厉；伤毁者之例以一概也！作《徐景颜传》曰：

徐景颜，江南苏州人，早岁习欧西文字，肄业水师学堂；每曹试必第上上。筝琶箫笛之属，一闻辄会其节奏；且能以意为新声。治《汉书》绝熟，虽纯史之家，无能折者。年二十五，以参将副水师提督丁公为兵官。壬辰，东事萌芽时，景颜归辄对妻涕泣：意不忍其母。母知书，明大义，方以景颜为怯弱；趣之行。景颜晨起，就母寝拜别。持箫入卧内，据枕吹之；初为徵声，若泣若诉；越炊许，乃斗变为惨厉悲健之音，哀动四邻；掷箫索剑，上马出城。是岁，遂死于大东沟之难！

论曰：余戚林少谷都督于大东沟之战，所领兵舰，碎于敌炮。都督浮沉海中，他舟曳长绳援之，都督出半身推绳，就水上拱揖，俾勿援！如是三四，终不就援以死！又杨雨亭镇军，军覆威海时，以手枪内龈齶之间，弹发入脑，白浆溃出，鼻窍下垂径尺许，端坐不仆，日人惊以为神！二公皆闽人，与景颜均从容就义者也！恒人论说，以威海之役，诋全军无完人！至三公之死节，亦不之数矣。呜呼，忠义之士，又胡以自奋也耶！

又作《赵聋子小传》以非相者；其辞曰：

赵聋子，楚人；以相术至闽。三日，闽之荐绅先生集其门，至不可过车马。纳金屏息，听决于聋子。聋子曰："某颐丰寿耋。"群客闻之，皆自摩其颐也！"某准隆位相。"群客闻之，又皆自按其准也。神色惴恐，惟患聋子之诋己者。"若者神木而色朽，当死！"则泪承睫，他客亦蹙然若悯其果死者；更抚其项，审其颊曰："是纹佳，可勿患。"则泪者笑矣！寿夭贵贱，惟聋子一言。聋子诡谲多智；尝阴饰姝丽若贵家者，而亦至求相。聋子伪叱曰："若倡也，若何相！"相者泚而栗，引去。见者大神之！士之应举者麇至，聋子皆许售。闽试得售者百有三人耳！聋子许售已百数。榜木未出，至于更欲有问者，晨款其扉；而聋子以夜去矣。

畏庐曰：有某公者，拥赀巨万，已任方面，事聋子甚恭！聋子策三年必开府；今已后期无验；病挛，不复良行！公恭俭峻整，亲故严惮，无敢陈乞；于聋子特厚。呜呼，聋子亦神于乞矣！

此《畏庐初集》之文也。其它若《先妣事略》，若《周养庵篝灯纱织图记》，若《苍霞精舍后轩记》，若《先母陈太宜人玉环铭》，每于闲漫细琐之处，追叙及母，音吐凄梗，令人不忍卒读。盖文章通于性情，不尽关功力也。晚年名高，好为矜张，或伤于蹇涩；不复如初集之清劲婉媚矣！《初集》出，一时购读者六千人；盖并世作者所罕觏焉！

当清之季，士大夫言文章者，必以纾为师法。遂以高名入北京大学主文科。尝教学者以作铭之法曰："铭者，有声之文也；与序事之体异。昌黎为《郑君弘之墓志铭》曰：'再鸣以文进涂辟。佐三府治蔼厥绩。郎宫郡守愈著白。洞然浑璞绝瑕谪。甲子一终反玄宅。'用'辟'字、'蔼'字、'谪'字，不特取其字，亦兼取其声也。顾但用其声，其中无波折停蓄之态，则声亦近杩；读之索然。故每句须用顿笔；用顿笔，则断不流利；故有‘拗’字、‘蹇’字、‘涩’字之诀。欧公为《安陆侯墓铭》，亦用七字；其文曰：‘思无邪，容则庄；蔚然有仪人所望。学而不止久愈彰。铭昭厥美示不忘！’可谓不‘拗’不‘涩’矣。然读之无声响。庐陵散文能至；而有声之铭词未必至。其不能至者，由少拗笔、蹇笔与涩笔也。南宋之词，至白石、草窗，亦皆沈哑，然播以声律，又复悠扬动听，如〔暗香〕、〔疏影〕，字字皆哑，亦字字皆圆。填词小道，尚须沈哑；况铭词高贵，安可以油滑之调出之？至于昌黎作铭时，不作七古之想；故力求蹇涩，正以敛避七古。”又曰：“或以为班固《封燕然山铭》用《楚辞》体者，非也。《楚辞》之声悲，而《班铭》之声沈；《楚辞》之声抗，而《班铭》之声哑。其词曰：‘铄王师兮征荒裔，剿凶虐兮截海外，夐其邈兮亘地界。封神邱兮建隆碣。熙帝载兮振万世！’班氏深知铭体典重，一涉悲抗，便为失体；故声沈而韵哑；此诀早为昌黎所得，为人铭墓，往往用七字体，省去兮字，声尤沈而哑。然此体尤难称；不善用者，往往流入七古。七古在近体中，别为古体，以不佻也；然一施之铭词，则立见其佻。法当于每句用顿笔，令‘拗’，令‘蹇’，令‘涩’，虽兼此三者，而读之仍能圆到，则昌黎之长技也！”纾读书能识古人用心，抉发阃奥。及其老也，虽散文亦以拗笔、蹇笔、涩笔出之，固非其伦！而名亦渐衰！

初纾论文持唐宋，故亦未尝薄魏晋。及入大学，桐城马其昶、姚永概继之；其昶尤吴汝纶高第弟子，号为能绍述桐城家言者；咸与纾欢好。而纾亦以得桐城学者之盼睐为幸；遂为桐城张目，而持韩、柳、欧、苏之说益力！既而民国兴，章炳麟实为革命先觉；又能识别古书真伪，不如桐城派学者之以空文号天下。于是章氏之学兴，而林纾之说熸。纾、其昶、永概咸去大学；而章氏之徒代之。纾愤甚！《与姚永概书》曰：

仆潜蛰京师久，咫尺之地，不与足下相闻。既见足下南归，不居大学。有人言校长不直足下；寻校长亦不见直于学子，且不见直于司学之人；而校长行矣！继其事者不知为谁？然以足下之鸿学方论，宜其不见容于大学也。夫瞢然不审中国四千馀年之继绍绝学，则蔽于东人之言；此少年轻剽者所为，虽力攻吾学，而不即隳堕于其手。敝在庸妄巨子，剽袭汉人馀唾，以挦扯为能，以饤饾为富；补缀以古子之断句，涂垩以《说文》之奇字，意境义法，概置勿讲；侈言于众："吾汉代之文也！"伧人入城，购搢绅残敝之冠服，袭之以耀其乡里；人即以搢绅目之，吾不敢信也！王、李之相竞以能古，震川先生岿然不之却；而后来古文之绍其传者，未闻以沧溟、弇州为正宗，矧弇州晚年之于震川又何如？震川之痛诋弇州，已不以能古属之，矧今日妄庸之巨子，其道又左于弇州万万也。古人因文以见道；非能文即谓之知道。盖古文之境地高，言论约；不本于经术，为言弗腴；不出于阅历，其事无验。唐之作者林立，而韩、柳传。宋之作者亦林立，而欧、曾传。正以此四家者，意境义法，皆足资以导后生而进于古；而所言又必衷之道；此其所以传也。孔孟之徒，传之勿替者，以其善诱也。庄、列恃其聪明，高蹠远步，惟晋人绍之；已而光焰熠然；然庄、列之文，亦岂挦扯饤饾，如今日妄庸之巨子者耶？近者其徒某某腾噪于京师，极力排媚姚氏，昌其师说；意可以口舌之力挠蔑正宗！且党附于目录之家，矜其淹博！谓古文之根柢在是也！夫目录之学，书贾之帐籍也。京师书贾之老暮者，叩以宋、明之椠历历然，谓文之有根柢者，必若书贾之帐籍，其可乎？贡父兄弟读书多于欧公，今日《二刘遗集》，宁足与居士集并立？矧庸妄之谬种，又左于二刘万万也。桐城之派，非惜抱先生所自立。后人尊惜抱为正宗，未敢他逸而外轶，转辗相承而姚派以立。仆生平未尝言派，而服膺惜抱者，正以取径端而立言正。若弗务正，而日以挦扯订饾，震眩流俗之耳目，吾可计日而见其败。离违久，不得足下之书，故拾其所闻以相语；非斤斤与此辈争短长；正以骨鲠在喉，不探取而出之，坐卧皆弗爽也！

盖卑卑无甚高论，而持唐以前之古为不可法，立说与前殊矣！既不得志于大学；会徐州徐树铮为段祺瑞谋主，以北洋军人魁桀，盗国之钧；自谓有文武才，喜谈桐城之学；以纾三人文章尊宿，遂引之入所办正志学校。一时言桐城者咸得皈依，而纾尤倾心焉；其撰《徐氏评点古文辞类纂序》曰：

总集昉于《文选》，梁以前未有也。昭明创立体例，法严而律精。迨宋之《文苑英华》出，始舍精而贵多，凌杂失统，柳宗元、白居易、权德舆、李商隐、顾云、罗隐诸人，至全卷收入。姚铉辑《唐文粹》，始铲刈繁芜，师承穆修、柳开一派，而独孤常州乃列为正宗。顾衡以退之，尚有间也！燕、许宗汉京；四杰尚骈俪；置韩、柳、李、孙四公于全唐文中，翘然莫肖其类。然非深于文者亦不能别。自是以来，吕祖谦之《宋文鉴》、苏天爵之《元文类》、程敏政之《明文衡》出；谓之备列三朝人之文，可也；谓之鉴别三朝文格之精，不可也。盖必深于文者，始能去取古人之文。若徒备数而取足；则梅鼎祚之《文纪》，合东西晋、南北朝而尽录之，直汇书耳！宁复谓之选本？故茅鹿门之选八家，失之滥收；储同人之选八家，亦未必得其传作。独惜抱先生沈酣于古文近六十年，获成是书；心力瘁矣！蜀中赵尧生侍御，称是书为“姚氏学”。余曰：“惟姚氏始有是学，他氏恶能有者！”姚氏之文，近于

> 欧、归。夫欧非学韩者耶？韩之变化，不可方物；欧则出之以冲融，顾外融而中矫，如《送徐无党南归序》，其中化单而偶，化偶为单，迹象浑然，读之不辨其为韩也！震川沈厚不及欧；而因事设权，能不自袭其旧；是亦解变化者。惜抱则综二氏之长，潜其脉而永其趣！脉潜则不见其偾张，趣永则弥觉其渊邃；殆所谓阴柔之文也！凡文近于阴柔者，恒深沈而善思；故亦精于鉴别。韩之文，崇义而履忠者，凛乎其阳刚也！叙哀而述情者，粹然其阴柔也！而欧公则寓阳刚于阴柔之中。惜抱近欧而慕韩，故集中所选韩文特多，欧次之。凡余平日所惬于韩、欧者，惜抱则皆录之矣。黎氏、王氏均有续集，黎则古今杂收而不审择；王本专收近人，于桐城之弟子为多；幸皆不悖于法；然其行世仍不如姚选之盛！吾友徐君又铮崇礼《姚氏全集》，已一一加墨！且集诸家评语标之眉间，间亦出以己意。又铮韬钤中人，而笃嗜古文如此！较余之驽朽为甚矣！夫文评始于《典论》，次则挚虞之《流别》，刘勰之《文心雕龙》，然皆自成一集。至宋明诸老则务求深解，好作高谈，非毁前人，毛举细事，用矜其识，又铮均不以为可。其刊成是篇，盖发明古人用心所在，用以嘉惠后学者。呜呼！天下方汹汹！又铮长日旁午于军书，乃能出其馀力以治此；可云得儒将之风流矣！

其所以推姚氏学者甚至。顾徐树铮军人干政，时论不予；而纾称为儒将，或者以莽大夫扬雄《剧秦美新》比之，惜哉！

方清末造，谭诗者既宗宋之西江派，章炳麟既力辟之。而天下之倡宋诗者，如闽县陈宝琛、郑孝胥、侯官陈衍之伦，皆林纾乡人也。顾林纾不以为然，语于人曰："汉之曹、刘，唐之李、杜，宋之苏、黄，六子成就，各雄于一代之间；不但沿袭以成家；既就一代之人言，亦意境各别。凡侈言宗派，收合党徒，流极未有不衰者也！时彦务以西江立派，欲一时之后生小子，咸为蹇涩之音。有力者既为之倡，而乱头粗服，亦自目为天趣以冒西江矣！识者即私病其鲜味。然宗派既立，亦强名之为涩体；吾未见其能欺天下也！陈后山之诗，犹寒潭瘦竹，光景清绝；性情稍弗近者，即弗能入。妄庸者乃极意张大之，力辟李、杜，惟此是宗。然闽中文人，在嘉、道间咸彬彬能诗，几见为枯瘠之语者？”是纾不惟不主宋诗；且斥闽人之主宋诗者为“妄庸”，如其以“妄庸巨子”之斥章炳麟矣。及其老也，自谦其诗，谓少作已尽弃斥；近年始专学东坡、简斋二家七言律。又称“方今海内诗人之盛，过于晚明；而余所服膺者，则陈伯严、吾乡陈橘叟、郑苏戡而已！”陈伯严者，义宁陈三立，而橘叟则陈宝箴，苏戡则郑孝胥，皆西江派之健者也！按林纾论文不薄六朝，论诗不主西江，不持宗派之见，初意未尝不是。顾晚年昵于马其昶、姚永概，遂为桐城护法；昵于陈宝箴、郑孝胥，遂助西江张目。然“侈言宗派，收合徒党，流极未有不衰”；纾固明知而躬蹈之者，毋亦盛名之下，民具尔瞻；人之藉重于我，与我之所以见重于人者，固自有在；宗派不言而自立，党徒不收而自合，召闹取怒，卒丛世诟？则甚矣，盛名之为累也！或者以桐城家目纾，斯亦皮相之谈矣！

未几，绩溪胡适自美国可伦比亚大学卒业归，倡文学革命之论，蕲于废古文，用白话，以民国七年入北京大学为教授，陈独秀、钱玄同诸人和之，斥纾三人为桐城余孽。纾心不平，作小说《妖梦荆生》诸篇，微言讽刺，以写郁愤。又致北京大学校长蔡元培书曰：

> 大学为全国师表，五常之所系属。近者外间谣诼纷集，我公必有所闻，即弟亦不无疑信？或且有恶乎阘茸之徒，因生过激之论。不知救世之道，必度人所能行；补偏之言，必使人以可信。若尽反常轨，侈为不经之谈，则毒粥朝陈，旁有烂肠之鼠；明燎宵举，下有聚死之虫。何者？趋甘就热，不中其度，则未有不毙者。方今人心丧敝，已在无可救挽之时；更侈奇创

谈，用以哗众。少年多半失学，利其便己，未有不糜沸麇至，附和之者！而中国之命如属丝矣！晚清之末造，慨世者恒曰："去科举，停资格，废八股，斩豚尾，复天足，逐满人，扑专制，整军备，则中国必强！"今百凡皆遂矣，强又安在？于是更进一解，必覆孔、孟，铲伦常为快！呜呼！因童子之羸困，不求良医，乃追责其二亲之有隐瘵，逐之；而童子可以日就肥泽，有是理耶？外国不知孔孟；然崇仁、仗义、矢信、尚智、守礼，五常之道未尝悖也；而又济之以勇。弟不解西文，积十九年之笔述，成译著一百二十三种，都一千二百万言，实未见中有违忤五常之语；何时贤乃有此叛亲蔑伦之论！此其得诸西人乎？抑别有所授耶？弟年垂七十，富贵功名，前三十年，视若弃灰；今笃老尚抱守残缺，至死不易其操。前年梁任公倡马、班革命之说。弟闻之失笑！任公非劣，何为作此媚世之言？马、班之书，读者几人？殆不革而自革，何劳任公费此神力？若云"死文字有碍生学术"，则科学不用古文，古文亦无碍科学。英之迭更，累斥希腊、腊丁、罗马之文为死物；而至今仍存者，迭更虽躬负盛名，固不能用私心以蔑古；矧吾国人尚有何人如迭更者耶？须知天下之理，不能就便而夺常；亦不能取快而滋弊！使伯夷、叔齐生于今日，则万无济变之方。孔子为圣之时；时乎井田封建，则孔子必能使井田封建，一无流弊；时乎潜艇飞机，则孔子必能使潜艇飞机不妄杀人；所以名为时中之圣！时者，与时不悖也。卫灵问陈，孔子行；陈恒弑君，孔子讨；用兵与不用兵，亦正决之以时耳！今必曰天下之弱，弱于孔子。然则天下之强，宜莫强于威廉，以柏林一隅，抵抗全球，皆败衄无措，直可为万世英雄之祖。且其文治、武功、科学、商务，下及工艺，无一不冠欧洲；胡为恹恹为荷兰之寓公？若云成败不可以论英雄，则又何能以积弱归罪孔子？

彼庄周之书，最摈孔子者也；然《人间世》一篇，又盛推孔子；所谓《人间世》者，不能离人而立之谓；其托颜回，托叶公子高问难孔子，而陈以接人处众之道；则庄周亦未尝不近人情而忤孔子。乃世士不能博辩为千载以上之庄周，竟咆哮为千载以下之桓魋，一何其可笑也！且天下唯有真学术，真道德，始足独树一帜，使人景从。若尽废古书，行用土语为文字；则都下引车卖浆之徒，所操之语，按之皆有文法，不类闽、广人为无文法之啁啾；据此，则凡京、津之稗贩，均可用为教授矣！若《水浒》、《红楼》，皆白话之圣，并足为教科之书。不知《水浒》中辞吻，多采岳珂之《金陀萃编》；《红楼》亦不止为一人手笔；作者均博极群书之人。总之非读破万卷，不能为古文，亦并不能为白话。若化古子之言为白话演说，亦未尝不是。按《说文》："演，长流也。"亦有延之、广之之义；法当以短演长，不能以古子之长，演为白话之短。且使人读古子者，须读其原书耶？抑凭师之一二语，即算为古子？若读原书，则又不能全废古文矣！矧于古子之外尚以《说文》讲授。《说文》之学，非俗书也；当参以古籀，证之钟鼎之文，试思用籀篆可化为白话耶？果以籀篆之文杂之白话之中；是引汉、唐之燕、环，与村妇谈心；陈商、周之俎豆，为野老聚饮；类乎不类？弟闽人也；南蛮鴂舌，亦愿习中原之语言；脱授我者以中原之语言，仍令我为鴂舌之闽语可乎？盖存国粹而授《说文》，可也。以《说文》为客，以白话为主，不可也。大凡为士林表率，须圆通广大，据中而立，方能率由无弊。若凭位分势力，而施趋怪走奇之教育；则为穆罕默德左执刀而右传教，始可如其愿望！今全国父老以子弟托公，愿公留意，为国民端其趣向。故人老悖，甚有幸焉！愚直之言，万死万死！

是时胡适之学既盛，而信纾者寡矣！于是纾之学，一绌于章炳麟，再蹶于胡适。会徐树铮又以段祺瑞为奉直联军所败，纾气益索。然纾初年能以古文辞译欧美小说，风动一时；信足为中国文学别辟蹊径。独不晓时变，姝姝守一先生之言；力持唐、宋，以与崇魏、晋之章炳麟争；继又持古文，以与倡今文学之胡适争；丛举世之诟尤，不以为悔！殆所谓“俗士可与虑常”者耶？然有系于一代文学之风会者固匪细；不可不特笔也！性勤事不少休，晚年卖文译书外：益肆力作画。自珂罗版书画盛行，虽家乏收藏，不难见古名人真迹。珂罗版者，西法用药水玻璃，照印字画，毫发不爽。纾用得饱临四王、墨井、南田，上及宋、元诸大家杰作，骎骎擅能品；而时出恢诡以发其趣。尝以二尺小横披，绘二乞儿争食。一乞前立者得食，意颇自得，掀盖将倾于釜。其一分食不得，意甚愤，自后拔其足使颠。神态栩栩。题其后曰：“遇食汝尽前，我拔其足汝便颠。汝遇食，须顾我，汝先我食如何可！乞儿纷纷方争食，林子过之长太息。不让固非佳，纷争亦何得！官场士品半如此，我今借汝作样子！”沽者麇至，幅直数十饼金，纸绢塞屋，益以版税版权，岁入巨万。版税者，著作稿书坊代印，每书分其价十之几；版权者，以著作稿售书坊，每千字价若干金；其丰歉壹视其人之声誉以为衡；而版税、版权之所饶益，并世所睹记，盖无有及纾者也。纾有书室，广数筵；左右设两案：一高将及胁，立而画；一案如常，就以作文；左案事暇，则就右案；右案如之；食饮外，少停晷也！作画译书，虽对客不辍；惟作文则辍。同县陈衍戏呼其室为“造币厂”，谓动即得钱也。然纾颇疏财，遇人缓急，周之无吝色；中年丧妻；置一妾，爱怜少子，而有不克家者！所著《畏庐文集》、《续集》、《三集》、《诗存》、《笔记》、《春觉斋论文》、《韩柳文研究法》，都若干卷。以民国十二年卒，年七十三岁。

二　诗

中晚唐诗

方今之世，文有古今之殊；而古文之中，又有魏晋、齐梁与唐宋之分，所谓歧之中又有歧焉！惟诗亦然。独文则唐与宋不分派；而诗则所谓“同光体”者，又喜谈宋诗，以别于中晚唐一宗焉。

近来诗派大别为三宗：清季王闿运崛起湘潭，与武冈邓辅纶倡为古体，每有作皆五言，力追魏晋，上窥《风》、《骚》，不取宋唐歌行近体。辅纶《白香亭诗》，高秀出《湘绮楼》之上！闿运自谓学二陆，至陶、谢已无阶可登。而辅纶和陶，冲淡微远，深㸌神味。衡阳曾熙学诗辅纶，又奉手闿运，述二人教学诗之法曰：“拟古而已！”盖以为六朝诗人，皆有拟古之作；惟其能与古合，斯能与古离也。武陵词人陈锐，字伯弢，为闿运弟子，著《袌碧斋》论诗，称曰诗中之圣；而自为诗，初学汉魏选体；晚乃脱然自立，思深旨远，虽时嫌生硬，尚不失为楚人之诗也。章炳麟诗不多作，每出一篇，韵古格高，欲轶湘绮。其弟子黄侃，五言颇窥庾、鲍，皆属此宗。张之洞总督两湖时，尝谓：“洞庭南北，有两诗人。壬秋五言，樊山近体，皆名世之作。”樊山者，恩施樊增祥也；早岁崇清诗人袁枚、赵翼；自识之洞，皆悉弃去；从会稽李慈铭游，颇究心于中晚唐；吐语新颖，则其独擅。龙阳易顺鼎，固能为元、白、温、李者。于是流风所播！中晚唐诗极盛，然学者颇多，而佳者卒鲜；何者？盖此体易入而难精也。至同光体者，闽县郑孝胥之伦，所为题目同、光以来诗人，不专宗盛唐者也；出入南北宋，标举梅尧臣、王安石、黄庭坚、陈师道、陈与义以为宗尚，枯涩深微，包举万象；盖衍桐城姚氏、湘乡曾氏之诗脉，而不屑寄人篱下，欲以自开宗者也。此宗又分为两派：一派为清苍幽峭，自《古诗十九首》、苏武、李陵、陶潜、谢灵运、王维、孟浩然、韦应物、柳宗元以下逮贾岛、姚合，宋之陈师道、陈与义、陈傅良、赵师秀、徐照、徐玑、翁卷、严羽，元之范梈、揭傒斯，明之钟惺、谭元春之伦，洗炼而烹铸之，体会渊微，出以精思健笔；字皆人人能识之字，句皆人人能造之句；及积字成句，积句成韵，积韵成章，遂无前人已言之意、已写之景；又皆后人欲言之意、欲写之景。此一派当以郑孝胥为魁垒。其同县陈宝琛，亦此中之健者；而五言佐以孟郊，七言参以梅尧臣、王安石及金之元好问；斯则郑孝胥之所独矣！孝胥尝语教六朝诗者曰："六朝诗非不佳妙！第陈陈相因，生意索然耳！"盖学六朝者，能入而不能出；或不失古格而罕出新意；此固孝胥之所不许也。其一派生涩奥衍，自《急就章》、《鼓吹词》、《铙歌十八曲》以下逮韩愈、孟郊、樊宗师、卢仝、李贺、梅尧臣、黄庭坚、薛季宣、谢翱、杨维桢、倪元璐、黄道周之伦，皆所取法；语必惊人，字忌习见；此派推义宁陈三立为巨子；而嘉兴沈曾植作诗喜用僻典，与三立之好用奇字，又少异焉！

樊增祥

樊增祥，原名嘉，字云门，号樊山，湖北恩施人。父燮，承袭一等轻车都尉，历官湖南水州镇总兵，酣饮不事事。巡抚骆秉章将劾之。湘阴左宗棠方以在籍举人，佐秉章，主其军政。燮恐，谒求解，伏地拜。

宗棠不答，又诟让夔。夔负武官至红顶矣，亦慚怒相诟唾而出也。遂以剥饷乘轿被劾。罢官归，谓增祥曰：“一举人如此，武官尚可为哉！若不得科第，非吾子也！”增祥天性聪颖，七岁读唐诗；夔曰：“汝能对‘开帘见月’否？”则应声曰：“闭户读书。”夔心喜之而故诃曰“书可对月耶！”时架上所有，自太白、香山、放翁、青丘而外，惟袁、蒋、赵三家诗；增祥不喜蒋而嗜袁、赵，放言高咏，动数百言；长老皆奇赏之。既而夔被议，则课增祥为举业，日坐斋中教督；属文，每数行，必取阅；阅必数数诃骂。中式同治丁卯举人，而家益贫。先是，夔归，有衣裘数笥，斥卖略尽；则母夫人徐典钗珥继焉。增祥既乡举，即为人司书记以供菽水。会张之洞视学，至宜昌，见增祥文，奇赏之，延致宾座，诏以治学途径；荐为潜江书院山长，又移主江陵讲席，日夕肆力于古。所为诗文稿草，岁尝逾寸，旋作旋弃，如剥笋箨，如断蔗梢；夙昔下笔千言，至是七言八句，或终夕不成。自汉及今名篇俊句，手所甄录者，不下数十卷，盖于此事，独得圣解；益以精思博学，手熟心虚，故其所作，称心而出，如人人意中所欲言，而实人人所不能言。顾食贫自甘；每日薪蔬不过钱三十文；性不肉食，食或不托数枚，或汤饼一器，取诸市肆，并爨火省焉；而尽以所获奉父母。母徐知增祥好书，每持馆金归，必检数金畀之曰：“尔且可买书。”如是者十年。先是，之洞以同治丁卯典浙试，得士称盛。增祥馆之洞久，故与浙士亲，因得见李慈铭，深相慕结；及计偕入都，遂受业焉。慈铭尝曰：“今世学人能诗者，皆幽邃要窈，取有别趣。若精深华妙，八面受敌，而为大家者，老夫与云门不敢多让。”增祥惊谢。慈铭叹曰：“得失寸心知；子自视宁不佳耶？”以光绪丁丑成进士。之洞适自蜀还京，与增祥别且久，相见叹曰：“子其终为文人乎？事有其大且远者，而日以风雅自命，孤吾望矣！”增祥皇然请业，尽屏所为词章之学，非有用之书不观。之洞与增祥故皆好谈，至是谈益剧，达昼夜不止，相与上下千古，举凡时政得失之由，中外强弱之形，人才消长之数；每举一事，必往复再三，穷其原始，究其终极。所著《广雅堂问答》一卷，即当日疏记者也。增祥纵横有机智，五官并用，笔舌所至，颠倒英豪，雕绘万象；执政畏而恶之！而胜流夙士，推襟送抱，莫不赏其奇逸！时俄事方棘，言者蜂起，增祥亦有论列，益见嫉焉。己卯冬，散馆试列二等，名与湖南孙宗锡相次；而宗锡在湘序第四，增祥在鄂第三。已而宗锡留馆得编修；增祥竟改外。时清流方盛，之洞为之盟主，广雅堂中，户屦恒满；而增祥议论雅不附和；之洞疑其将持异同，故荐剡不及。会以父艰归，服阕，久之，乃起谒选，得陕西宜川令。将行，李慈铭谓曰："子之诗信美矣！而气骨少弱。关中，汉唐故都，山川雄奥，感时怀故，当益廓其襟灵，助其奇气。老夫让子出一头矣！"既之官，历移咸宁、富平、长安三县。居常服膺宋儒玩物之戒，公事未毕，不读书观画；及退食萧然，绿茗一杯，石叶数片，清吟抱膝，入兴成章。尝以《春兴》八首寄慈铭，得报曰："子诗日益遒上，曩所许不虚矣！"寻以母丧归。张之洞方自广督移鄂，延致之。之洞高掌远蹠，举措非常；初以增祥诗人，清谈而已；久之，渐与谋议，乃大叹挹曰："云门智计过人！"益见亲待。服阕，还陕西，授渭南令。其为政尚严，而宅心平恕：所遇大吏，皆推诚相与；故得自行其志。贫贱日久，阅历世故三十馀年；其于物态诡随，情伪百变，无不揣摩已熟；又上自节镇，下至令长，出入宾幕，更事最多；故尤达于吏治。少时好听人折狱，无当意者；尝曰："使吾操丹笔从事，故当与此辈小异！"至是，果符曩言。每听讼，千人聚观；遇朴讷者，代白其意，适得其所欲言；其桀黠善辩、以讼累人者，一经抉摘，洞中窾要，皆骇汗俯伏，不得尽其词；乃从容判决，使人人快意而止。以故所至良儒怀恩，豪强屏息；而于家庭衅嫌，乡邻争斗，及一切细故涉讼者，尤能指斥幽隐，反复详说，科其罪，而又白其可原之情；直其事，而又擿其自取之咎；听者骇伏，以为调察而得。实则熟于世情，长于钩较，因此识彼，闻一知十；凡所侔揣，无不奇中。每行县，一马一仆，裹粮往返，不费民间一钱。其治盗，皆身自捕逐，立就擒缚；尝谓人曰：“作吏最苦！临事贵速，若昼寝夜宴，寄权于人，其所亡失，不知凡几矣！”湘人赵元臣者，善相人。增祥诣之；一见叹曰：“终身不得志也！”增祥谩曰：“吾宁穷饿死耶！”元臣曰：“非也！他人求之不得者，子得之皆若不足，是宁有满志时耶！”增祥笑抚元臣肩曰：“然，子知我！”有日者谓增祥权极重。谩应曰：“宰相乎？督抚乎？”则曰：“非也！阶不过四品。所谓权重者，譬如数人共事，必公一人尸之；人常逸而公独劳；公常发谋而人皆退听，此为权重耳。”增祥亦以为知我。二十许时，即好聚书；侵寻三十年，所得二十馀万卷，而书画碑帖之属，又十馀巨簏；关内目为收藏家。增祥尝曰：“意不能无所寄。声色服玩，非性所嗜；此事差以自娱！若值攻取之场，赴功名之会，视弃此物犹敝屣耳。吾宁作虎头痴哉？”自再入关，刑名钱谷笺启会计之属，皆身自为之。而鹿传霖为陕西巡抚，荣禄为西安将军，更以记室参军见委；他人十口不及详、十手不及书者，独从容庀治，咄嗟立办；而意必警切，辞必宏丽，灏乎沛然，腾跃行墨。盖自少至老，口诵之书殆逾万卷；手抄之牍，不啻百本；腹笥充积，俯拾即是。其代鹿传霖《祝荣禄五旬晋九生日并送还朝祝嘏叙》曰：

光绪二十年，恭遇皇太后六旬万寿；直省将军督抚以下奉诏入都祝嘏者四十二人，西安将军仲华尚书与焉。鸾书紫检，听玉殿之宣名；驷铁华镳，待金商而启节。传霖与君辇下钦风，关中抗手；交蜀公如兄弟，望景倩若神仙；请以奚斯复宇之辞，附于绕朝赠策之谊，可乎？先是，癸巳二月，祝君生日，既尝镌词绿玉，纪德金犀；第于君三朝出入之荣，平生忠亮之节，犹未尽也。粤自皇太后四旬万寿；君方以工部尚书总管内务府事。上慈宁之徽号，手奉瑶函；进长乐之霞杯，亲斟天酒。绿衣舞蹈，升玉阶以纠仪；法曲教成，先大常而按拍。月华门里，指挥万国之衣冠；上林苑中，辇致三山之花药。凡兹庆典，并得赞襄。追慈寿五旬，君年四九。长依日月，近在蓬莱。中更十年，再逢万寿。方谓奇章第宅，常居金椀之中；郑公履声，不离瑶阶之上。而乃金马自遥于万里，衮衣不见者三年。寇平仲暂出中书，来掌北门之钥；李卫公相将一妹，远投西岳之书。未免周览黄图，瞻依丹御。盼红云于香案，想甜露于金茎。而孰知天子徘徊，最忆凌云之气；宫嫔笑语，时称德雨之名；言祝慈釐，首衔明诏。定远遣材官诣阙，方冀幸于还京。曹参趣舍人治装，已心知其必召。传霖以为瞻天之愿，不以中外殊；捧日之心，不以夷险易。方君之值内廷也，累月宿禁近之中，朝夕对平台之上。黄家骑马，频至臣家；侍中珥貂，常拂御手。国事直如家事，重臣复是亲巨。缛礼云繁，明恩露湛。名驹玉带，特颁锦树之英；佳果新冰，先赐豫章之第。禁里喧传之口敕，日必数番；箧中未缴之诏书，动逾千首。璇闺鬓朵，无非内苑之花；娇儿乳汁，尽出天厨之馔。诸王驸马，多总角之交游；二府三司，若布衣之昆弟。而复以羽林宿卫，领龙武新军；颇牧出于禁中，孙吴走于帐下。君之贵盛，华裔传之；君之强直，朝廷惮之。内务府者，典司御药，句管金舆，大而朝庙之彝章，细及宫庭之服御；中官宣索，日累百纸，动称进奉，莫诘从来。君请尚方所需，钤以小玺。先帝曰“俞”，遂为定制。此则东吴哲后，立明鼠矢之奸；南国昭奚，无复虎威之假！既而两宫顾香山之佛寺，舍布地之金钱，爰诏水衡，规修绀宇，估值白金六十万两。君敷宣至理，引喻先朝，感动慈怀，卒得停寝。是则汉文罢露台之役，所省犹微；昌黎谏佛国之书，厥功非巨。帘子库者，地接周陆，人多猥杂；宫中暑寒代嬗，帘箪一新，率用此曹司其除换；依栖灵囿，譬雉兔之群游；居近液池，善鱼龙之百戏。或言于慈圣。以左珰乏人，欲悉召入宫，给扫除之役。君述铁牌之遗训，引宫史之明条；雷霆赫然，明争如故。卒使椒庭月朗，兰掖风清；屏汉室之弄儿，罢齐廷之宫市。从此鵔䴊冠底，竟毁申屠；青雀窠中，争谗斛律；而君遂引疾就第矣。屏居绿野，静卧漳滨；清酒三升，瑶琴数弄。汲淮阳之卧阁，渐就痊平；庾武昌之据床，最工谈咏。然且贤王屡顾，百辟纷来。紫微倘失君房，中书奚赖；天策不逢如晦，断割无人。虽散地之优游，仍忠谋之恳款。周公负扆，终资史佚之规绳。汉将如云，全赖留侯之卧护。置酒召朔方之诸将，驰书救东林之党人。北扉翰林，多公门之桃李；外夷馆伴，钦上国之枏榴。皇上褒录忠勋，眷怀耆旧，用伏波以安关陇，起韩琦而知永兴。立马莲峰，呼鹰紫阁。八千子弟，一一能呼其姓名；百二关河，处处习知其险要。劝学增举场之额，练兵颁奇器之图。博访材贤，力开风气。徒以去京日远，恋阙情深。明诏方宣，锋车待发。御床近接，邺侯重睹于龙颜；羽扇翩然，诸葛复还于鱼水。今者年将周甲，节届生申。阿母蟠桃，未启瑶池之宴；曲江红杏，先开旌节之花。百吏称觥，千军截镫。深惟赠送之义，无忘忠爱之忱。是以规谏文章，颂武公于淇水；泽袍气谊，美秦仲于《车邻》。将军此行，海内属望。天子待于西郎，百司候于东门。玉佩穿花，绯衣倚树。歌卿云之五色，不尽揄扬；捧金鉴于千秋，依然风度。三分礼绝，仲华特冠崇班；千叟筵开，君实犹居末座。是皆然矣！抑有进焉！朝廷若问玉关内外，馈运艰阻之状；则愿君为萧酂侯；若问三辅左右，流离鸿雁之民，则愿君为汲长孺。如欲齐一法令，登崇俊哲，以臻贞观、开元之盛，则愿君为姚元之；如欲调和宫掖，赞成慈孝，以显光献、宣仁之名，则愿君为韩魏国。如欲强国富民，绸缪边围，则愿君为李赞皇；如欲忠信文武，憺邻却敌；则愿君为富郑公。若欲慰塞人望，隐慑夷情，擢用老成，跻之枢要；则愿君为司马端明。若欲威加四海，子惠元元，大计英谋，朝咨夕考；则愿君为耶律文正。若问柏梁建章，千门万户之制；知君决不为张茂先。若问方田水利，青苗手实诸法；知君更不屑为王安石也！

陈善责难，以规为颂，经国至谟，不难以寻常酬酢出之。观其体赡而律调，志尽而文畅，应物掣巧，随变生趣，执辔有馀，故能缓急应节矣。刊有《樊山文钞》四卷，其中有骈有散，辞能舒徐，笔非遒紧，散文非当行。至其骈俪之文，安雅冲粹，无钩章棘句之形，而情味婉笃，事理曲畅；短书小记，亦有生峭。而酬对宾客，处分庶事，从容文史，若不经意。居渭南久，虓虎改行，风俗清美；他州之民，称为仙界。荣禄内调，以中日战争起，帮办军务；后三年，总统武卫五军。增祥适以卓异召对称旨，记名以道府用，交荣禄差遣。自是增祥居荣禄幕者一年。拳变作，乃款段出都，返西安。既而两宫西幸，荣禄以枢府秉笔无人，任增祥掌诏敕；罪己之诏，皆增祥削草。累擢陕西督粮道，布政使，移江宁布政使。张之洞七十岁，增祥方布政陕西，以文二千馀言寿之，为俪体，用电报分日拍发，告之洞；中有四句云："不嘉其谋事之智，而责其成事之迟；不谅其生财之难，而责其用财之易。"盖之洞志大而才疏，任督抚四十年，凡所兴作，多谋少成，而耗费巨万万，一时有"国家败子"之目也！之洞以其极意斡旋，大声琅诵，拊几曰："云门诚可人哉！"增祥又以之洞禁士夫为文用新名词；有句云："如有佳语，不含鸡舌而亦香。尽去新词，不食马肝为知味。"巧譬生新，亦为之洞激赏者也。顾增祥所自喜者在诗；刊有《樊山诗钞》六卷，以时地先后为次，起同治九年庚午，迄光绪三十二年丙午，前后三十七年；又起宣统三年辛亥，尽民国二年，刊《樊山集外诗文》八卷，身世遇合，朝局沧桑，略可考见。徒以心能超览，文无苦语，虽感深苍凉，而辞归绮丽。自言：弱冠以前，嗜袁子才、赵瓯北。庚午，从南皮游，遂捐弃故技，尽焚前作；存稿断自庚午，犹宋人以《见黄》名集云。然诗境并不与同。遂涉温庭筠、李商隐以溯刘禹锡、白居易，于此事颇具甘苦。今观所作，隶事稳称，风华掩映；而骨力未遒，意境欠深，媚而不遒，与文同蹊；性情所关，非可勉强；然而竖义常丰，涉情必显，圆若流珠，熟于美酝；尤雅负其艳体之作，谓可方驾冬郎，《疑雨集》不足道也！赋《前后彩云曲》并《序》，最为时诵；其辞曰：

傅彩云者，苏州名妓也；年十三，依姊居沪上，艳名噪一时。某学士衔恤归，一见悦之，以重金聘为篷室，待年于外。祥琴始调，金屋斯启。携至都下，宠以专房。学士持节使英，万里鲸天，鸳鸯并载；至英，六珈象服，俨然敌体。莫故女主，年垂八十，雄长欧洲，尊无与并！彩出入椒庭，独与抗礼；尝偕英皇并坐照像，时论荣之。学士代归，从居京邸，与小奴阿福奸生一女。学士逐福留彩，寝与疏隔。俄而文园消渴，竟促天年。彩故与他仆私，至是遂为夫妇。居无何，蓄略尽，所欢亦殂！仍返沪为卖笑计，改名曰赛金花。苏人公檄逐之！转至津门，虽年逾三十，而艳名不减畴昔。己亥长夏，与客谈此事，因记以诗。先是学士未第时，为人司书记，居烟台，与妓爱珠有啮臂盟；比再至，已魁天下，遽与珠绝。珠冤痛累日，竟不知所终。今学士已矣！若敖鬼馁，燕子楼空，唱《金缕》者，出节度之家；过市门者，指状元之第；得非霍小玉冥报李十郎乎？余为此曲，亦如元相所云："甚愿知之者不为，而为之者不惑耳。"

姑苏男子多美人，姑苏女子如琼英。水上桃花如性格，湖中秋藕比聪明。自从西子湖船住，女贞尽化垂杨树。可怜宰相尚吴棉，何论红红兼素素！山塘女伴访春申，名字偷来五色云。楼上玉人吹玉管，波头桃叶倚桃根。约略鸦鬟十三四，未遣金刀破瓜字。歌舞常先菊部头，钗梳早入妆楼记。北门学士素衣人，暂踏球场访玉真。直为丽华轻故剑，况兼苏小是乡亲。海棠聘后寒梅喜，侍君居外明诗礼。两见泷冈墓草青i鸳鸯弦上春风起。画鹢东乘海上潮，凤凰城里并吹箫。安排银鹿娱迟暮，打叠金貂护早朝。深宫欲得皇华使，才地容斋最清异！梦入天骄帐殿游，阏氏含笑听和议。博望仙槎万里通，霓旌难得彩鸾同。词赋环球知绣虎，钗钿横海照惊鸿！女君维亚乔松寿，夫人城阙花如绣。河上蛟龙尽外孙，虏中鹦鹉称天后。使节西持娄奉章，锦车冯嫽亦倾城。冕旒七毳瞻繁露，盘敦双龙赠宝星。双成雅得君王意，出入椒庭整环佩；妃主青禽时往来，初三下九同游戏。装束潜将西俗娇，语言总爱吴娃媚。侍食偏能餍海鲜，投书亦解翻英字。凤纸縇来镜殿寒，玻璃取影御床宽。谁知坤媪山河貌，只与杨枝一例看。三年海外双飞俊，还朝未几相如病！香息常教韩寿闻，花枝每与秦宫并。春光漏泄柳条轻，郎主空嗔梁玉清；只许丈夫驱便了，不教琴客别宜城。从此罗帐怨离索，云蓝小袖知谁托！红闺何日放金鸡，玉貌一春锁铜雀。云雨巫山枉见猜，楚襄无意近阳台；拥衾总怨金龟婿，连臂犹歌赤凤来。玉棺昼下新宫启，转麈玉郎长已矣。春风肯坠绿珠楼，香径还思苎罗水。一点奴星照玉壶，樵青婉娈渔童美；繐帷犹挂郁金堂，飞去玳梁双燕子。那知薄命不犹人，御叔子南先后死。蓬巷难栽北里花，明珠忍换长安米。身是轻云再出山，琼枝又落平康里。绮罗丛里脱青衣，翡翠巢边梦朱邸。章台依旧柳鬖鬖，琴操禅心未许参；杏子衫痕学宫样，枇杷门榜换冰衔。吁嗟乎！情天从古多缘业，旧事烟台那可说！微时菅蒯得恩怜，贵后萱芳都弃掷；怨曲争传紫玉钗，春游未遇黄衫客。君既负人人负君，散灰扃户知何益！歌曲休歌《金缕衣》，买花休买马塍枝！彩云易散玻璃脆，此是香山《悟道诗》！

某学士者，吴县洪钧，光绪间，出使英、俄、德、奥诸国者也，故增祥以洪容斋影之。尝语人曰：“祸水何能溺人；人自溺之。出入青楼者，可以彩云为鉴！”厥后彩云以庚子入京，会八国联军至，统师者德国瓦德西，则彩云前媵洪钧出使时所私昵也；至是重续坠欢，侍瓦居仪鸾殿。尔时联军驻京，惟德军最酷！留守诸大臣结舌坐视，莫之谁何？而彩云则言于瓦，止其淫掠。又曰：“琉璃厂，中国数千年文物之所萃也；幸毋毁！”凡瓦之欲使中国过于难堪者，彩云必争之！迨议赔款，则抑减其数；而于是朝局斡旋，民生之利赖，不在诸公之衮衮，而系彩云之纤纤！此可谓中国奇耻极辱也。然士大夫之向诅骂者，一转而颂彩云之能效忠于国矣。虽然，彩云则何知。一日，谓瓦曰：“中国之搜人材，在八股试帖；将相于是出焉。”瓦用其言，乃于金台书院集诸生而试之，示期悬榜如制。文题“以不教民战”；试题“飞旆入秦中”。试之日，人数溢额；瓦为评定甲乙，考得奖金者，咸欣然有喜色。自此事出，而向之誉彩云者，颂声未歇，又或大诟以为丧心辱国也！增祥乃著《后彩云曲》以叙其事；可以觇国势之不竞，世变之凌夷焉！其辞曰：

纳兰昔御仪鸾殿，曾以宰官三召见。画栋珠帘霭御香，金床玉几开宫扇。明年西幸万人哀，桂观蜚廉委劫灰；虏骑乱穿驿道走，汉宫重见柏梁灾。白头宫监逢人说：庚子灾年秋七月。六龙一去万马来，柏林旧帅称魁杰。红巾蚁附端郡王，擅杀德使董福祥；愤兵入城肆淫掠，董逃不获池鱼殃！瓦酋入据仪鸾座，凤城十家九家破；武夫好色胜贪财，桂殿秋清少眠卧。闻道平康有丽人，能操德语工德文；状元紫诰曾相假，英后殊施并写真。柏灵当日人争看，依稀记得芙蓉面。隔越蓬山十二年，琼华岛畔邀相见。隔水疑通云汉槎，催妆还用天山箭。彩云此际泥秋衾，云雨巫山何处寻？忽报将军亲折简，自来花下问青禽。徐娘虽老犹风致，巧换西装称人意。百环螺髻满簪花，全匹鲛绡长拂地。雅娘催下七香车，豹尾银枪两行侍。钿车遥遵辇路来，罗袜果踏金莲至。历乱宫帷飞野鸡，荒唐御座拥狐狸。将军携手瑶阶下，未上迷楼意已迷！骂贼还嗤毛惜惜，入宫自诩李师师。言和言战纷纭久，乱杀平人及鸡狗。彩云一点菩提心，操纵夷獠在纤手！胠箧休探赤仄钱，操刀莫逼红颜妇。始信倾城哲妇言，强于辨士仪秦口！后来虐婢如蝮虺，此日能言赛鹦鹉。较量功罪相折除，侥幸他年免缳首。将军七十虬髯白，四十秋娘盛钗泽！普法战罢又今年，枕席行师老无力。女闾中有女登徒，笑捋虎须亲虎额；不随槃瓠卧花单，那得驯狐集金阙。谁知九庙神灵怒，夜半瑶台生紫雾。火马飞驰过凤楼，金蛇燄舀燔鸡树。此时锦帐双鸳鸯，皓躯惊起无襦袴。小家女记入抱时，夜度娘寻凿坏处。撞破烟楼闪电窗，釜鱼笼鸟求生路。一霎秦灰楚炬空，依然别馆离宫住。朝云暮雨秋复春，坐见珠槃和议成。一闻红海班师诏，可有青楼惜别情。从此茫茫隔云海，将军颇有连波悔。君王神武不可欺，遥识军中妇人在。有罪无功损国威，金符铁券趣销毁！太息联邦虎将才，终为旧院蛾眉累。蛾眉终落教坊司，已是琵琶弹破时！白门沦落归乡里，绿草依稀具狱词。世人有情多不达，明明祸水褰裳涉。玉堂鹓鹭惩羽仪，碧海鲸鱼丧鳞甲。何限人间将相家，墙茨不扫伤门阀！乐府休歌《杨柳枝》，星家最忌桃花煞。今者《株林》一老妇，青裙来往春申浦。北门学士最关渠，西幸丛谈亦及汝。古人诗贵达事情，事有阙遗须拾补。不然落溷退红花，白发摩登何足数。

读者至以比清初吴伟业之《圆圆歌》；而《后曲》有当诗史，剧胜《前曲》，嘉兴沈曾植以为的是香山，不只梅村者也。增祥为诗甚捷疾，案头诗稿，用薄竹纸订厚百馀页，蝇头细字，下笔数行，极少点窜，不数月又易本矣！友人侯官陈衍尝辑《师友诗录》，以增祥之诗多而选难，欲于往来赠答之外，专选其艳体诗；而为之辞曰："后人见云门诗者，不知若何翩翩年少？岂知其清癯一叟，旁无姬侍；且素不作狭斜游者耶！"方增祥游宦关中时，同官涂少卿，江西宿士；谓其弟子田生曰："子之师，奇男子也。自弱冠至四十，不御内者十七年；此岂易到耶？"盖增祥二十馀丧妻，至三十九乃续娶也。逭老，闻妻侄纳姬，以诗规之云："樊山词笔擅风华，一世曾无称意花。冰簟银床凉雨夜，人生无过独眠佳！"好色不淫，弥见风趣；轻薄少年，慎无以增祥为借口也！生平论诗，以清新博丽为主；工于隶事，巧于裁对，见人用眼前习见故实，曰："此乳臭小儿耳！"作诗万首，而七律居其八九；次韵叠韵之作尤多，无非欲因难见巧也。近代诗人，其隶事之精，致力之久，益以过人之天才，盖无逾于增祥者。入民国，历任总统府秘书长、顾问。以退宦诗人，寓都下；文酒过从，与周树模少朴、左绍佐笏卿号楚中三老。而并时楚人中，及与增祥同举秀才者，只左绍佐一人而已。绍佐，应山人，一字竹笏，于清季官广东雷琼道，有政声；诗词均戛戛独造；所为日记，密行精楷，数十年如一日；诗在昌黎、东坡之间，与增祥不同，而交期极笃。增祥有《与笏卿论诗长歌》，其词曰：

君不见兰子七剑两手中，中有五剑常在空；巧手能虚以运实，开凿浑沌皆玲珑。又不见单父种花骊花宫，万花颜色无一同；匠心能以素为绚，坐使枯寂回春风。兵家在以少克众，权家在以轻起重，道家在以静制动，诗家在以独胜共。能言人所不能言，如山出灵无不宣；能圆人所不能圆，如月三五悬中天。百汲不竭井底泉，任烧不绝香上烟。百花酿作酒一甗，白药炼成丹一丸。五味入口取其甘，五色入目取其鲜，五声入耳取其和，惟貌不独取其妍。取之杜、苏根底坚，取之白、陆户庭宽，取之温、李藻思繁，取之黄、陈奥窔穿。言之有物饼中馅，裁之成幅机中练，视之无迹水中盐，出入则飞匣中剑。无意何能作一经？无笔何以役万灵？无才何以笼群英？无学何由跻老成？无法何所谓尺绳？无事何足为重轻？一字不安众所议，八面受敌谁则能。老笏杂言昨挑战，意亦学韩通其变。六十馀年穷生活，为君一骋雕龙辩。诗林篧篧百尺竿，老年进步如少年。学我者死殊不然，果如我语诗其仙。

增祥之诗，缉裁巧密，尤工隶事；而论诗乃贵虚以运实，素以为绚；不独取其妍而已！尤不拘拘宗派，每语于人曰："向来诗家率墨守一先生之集，其他皆束阁不观；如学韩、杜者必轻长庆；学黄、陈者即屏西昆；讲性灵者，则明以前之事不知；遵选体者，则唐以后之书不读。不知诗至能传，无论何家，必皆有独到之处，少陵所谓'转益多师是我师'也。人所处之境，有台阁，有山林，有愉乐，有幽愤。古人千百家之作，浓淡平奇、洪纤华朴、庄谐敛肆、夷险巧拙，一一兼收并蓄，以待天地人物形形色色之相需相感，吾即因以付之；此即所谓八面受敌，人不足而我有馀也。所蓄既富，加以虚衷求益，旬锻季炼；而又行路多，更事多，见名人长德多，经历世变多，合千百古人之诗以成吾一家之诗。此则樊山诗法也。"初取径于中、晚唐；而晚年亦为宋诗，《与苏戡冬雨剧谈》之作，瘦淡仿郑孝胥体，不为侧艳。而孝胥和诗，亦备极倾倒之。辞曰：

久于南皮坐，习闻樊山名。老矣始一见，赵璧真连城。落笔必典赡，中年越峥嵘。才人无不可，皎若日月明。春华终不谢，一洗穷愁声。南皮夙自负，通显足胜情。达官兼名士，此秘谁敢轻！晚节殊可哀，祈死如孤茕。其诗始抑郁，反似优生平。吾疑卒不释，敢请樊山评。

尝序伯严诗，持论辟清切。自嫌误后生，流浪或失实。君诗妙易解，经史气四溢。诗中见其人，风趣乃隽绝。一语莫非深，天壤在毫末。何须填难字，苦作酸生活。会心可忘言，即此意已达。

穷愁固易工，忧患宁爱好；奋飞抉世网，结习犹烦恼。午诒论诗骨，见谓饥不饱。心知小潺湲，河海愧浩渺。何期樊山老，闽荔喻益巧！荔甘而诗涩，唐突天下姣！庶几比谏果，回味得稍稍。嗜涩转弃甘，攒眉应绝倒。原注：夏午诒赠诗云："世人无此骨餐之不疗饥。"

说者谓能传增祥生平，不仅足征此日之诗派焉。顾增祥自负一代诗伯，从不轻许可人诗。某甲自负能诗，每对增祥诵所作。增祥不耐，一日嗤以鼻曰："君诗多不协韵，且误用故事，于他人尚不应如此！矧向余卖弄，尤可不必！"甲面发赤，谢曰："小于学殖荒落以致此也。"增祥抚掌狂笑曰："田无一草，不得言荒；树无一果，奚所用落。君胸无点墨，犹之无草之田，无果之树，何荒落之有！"甲不胜惭，发怒。增祥不顾也。独诵龙阳易则鼎之《初至关中》诗，则倾倒备至。如"翠华西幸周王骏，紫气东来李叟牛。""关百二重秦代月，宫三十六汉时秋。""云从武帝祠边散，雨自文王陵下来。""城堞雉连秦晋树，关门牡绣汉唐苔。"评云："精丽无匹！""何忍呼他为祸水，尚思老我此柔乡。"评云："绮艳。""流残清灞无情水，画出阿房不霁虹。"评云："名句。"集句之"词客有灵应识我，好云无处不遮楼。河山北枕秦关险，故国东来渭水流。"评云："巧匠运斤。"谭者诧为得未曾有。然顺鼎意殊不足；语于人曰："余《初入关中》诗，精丽绮艳者宁止此！如'瑶池雪作帘前水，玉并花为槛外峰。《三辅黄图》天下壮，九洲黛色此间浓！''行人立马罗敷水，仙客乘鸾玉女祠。天地魂销还有我，汉唐才尽久无诗！’‘渭城小雪如朝雨，秦地残云似美人。一百二重愁望远；五三六点欲催春。’诗虽不多，而无一联不簇簇生新，戛戛独造。试向渔洋《菁华录》中觅之，恐欲求如此之一联，亦未必可得也。”顺鼎《咏古诗六十首》，偕增祥作，盖仿西昆体而为之者。增祥甚赏宋仁宗“西夏不过鳞甲患；长秋微惜爪痕伤”一联。顺鼎曰：“樊山未为知言。自评以诸葛武侯一联为第一。其联云：‘万牛回首因龙卧，三马惊心为虎来！’盖咏武侯诗无人不用‘龙’典，而用‘虎’典者，止余一人，可谓工巧精切矣！孙伯符一联云：‘小弟坐分三足鼎，大乔方称并头花。’有此惊才！当为第二。唐明皇一联云：‘三郎枉自除安乐，四纪何曾保莫愁！’天生巧对，竟无人对过！当为第三。此外则西楚霸王云：‘早知秦可取而代；晚叹虞兮奈若何！霸业祖龙分本纪，诗才妾马入悲歌。’又一首两联云：‘二十有才能逐鹿，八千无命说从龙。咸阳宫阙须臾火，天下侯王一手封！’第四句自谓奇绝横绝；非如此不能将项羽为人写出。项王可爱，此诗亦可爱！当为第四。虞姬云：‘死怜斑竹湘妃庙，生笑桃花息国祠。良史他年如作传，美人当日定能诗。’当为第五。张丽华云：‘鸡台梦尚愁高颎，马嵬诗应怨郑畋。’咏张丽华断无人能用郑畋典，当为第六。明太祖云：‘开国不能降保保，复仇岂意仗圆圆！’当为第七。至如汉高祖之‘公然亭长能为帝，奇绝英雄不读书！’文帝之‘宣室客来湘水外，露台金出邓山馀！’贾生之‘黄老学兴儒术废，苍生对易鬼神难。’光武之‘上界星辰都作将，故人天子不能臣。’刘聪之‘生比季龙先作帝，死同擒虎尚称王。’晋元帝之‘半壁江山牛易马，渡江人物鲫随龙。’王猛之‘家在第三峰下住，孙于重五日间生。’隋文帝之‘普六非常知最早，独孤误我悔应迟！’罗隐之‘偕郑五终唐《雅》、《颂》；讨朱三合鲁《春秋》！’宋太祖之‘水色碧时留寡妇，火光红处产孩儿。’神宗之‘面垢臣思追孔子，颡宽君本类高辛。’较之西昆诸公以一二联脍炙千古者何如！”时两宫西狩，而顺鼎以道员领行在所转运也。闻者咋舌，以为顺鼎之磊落自喜，轶增祥矣。增祥以民国二十年三月十四日，卒于北平。年八十六；遗诗三万篇。

易顺鼎附僧寄禅、三多、李希圣、曹元忠

易顺鼎，字仲硕，一字实父，自署曰忏绮斋，又自号眉伽，晚署哭盦，湖南龙阳人。父佩绅，累官江苏布政使。顺鼎天生奇慧，三岁，读《三字经》，琅琅上口。五岁能作对。其父以“鹤鸣”使对，应声曰：“犬吠。”父曰：“‘犬吠’再对之。”曰：“猿啼。”“又作何对？”曰：“凤舞。”曰：“‘凤舞’更不可无对。”曰：“龙翔。”父大惊喜。有神童之目。自谓张梦晋后身；又自谓张船山、张春水后身；以为王子晋再世为王昙首，三世为梦晋，四世为船山，五世为春水，实则春水及见船山，焉得为其后身？不过天性诡诞，托所心好者以自夸异耳。十五岁补诸生，刻诗词各一卷，曰《眉心室悔存稿》。其七言律句如：“眼界大千皆泪海，头衔第一是花王。”“生来莲子心原苦，死傍桃花骨亦香。”“秋月一丸神女魄，春云三摺美人腰。”“寸管自修香国史，万花齐现美人身。”“飞龙药店输金屋，走马兰台感玉溪。”“仆本恨人犹仆仆，卿须怜我更卿卿。”七言乐府诸篇如：“冰蟾走入谁家楼，唤起楼中无限愁！”“貂裘公子气如虹，十万金钱掷秋雨。”及《七夕篇》之“红泪流成无定河，香肩倚倦长生殿”等句，皆传诵一时，称曰才子。十六岁，随父贵东道古州任所，有容园，以榕得名，得句云：“日斜花外红如此，人立榕阴碧欲无。”中光绪丁丑举人，时年十七，以是年冬应礼部试北上，取道江南，骑一卫冒大雪入南京城，遍访六朝及前明遗迹。一日中成《金陵杂感》七律二十首，其警句如：“地下女郎多艳鬼，江南天子半才人。”“淘残旧院如脂水，住惯降王没骨山！”“桃花士女桃花扇，燕子儿孙燕子笺。”“衰柳绿连三妹水，冰枫红替六朝花！”“如此江山奈何帝，误人家国宁馨儿！”哀感顽艳，亦有口能诵者也！忠州李士芬号能诗，为湘乡曾国藩总督两

江时所称，读《金陵杂感》诗有一联云：“蒋侯死去留青骨，江令生还负黑头！”谓曰：“何不改蒋侯死去留青史！”顺鼎举蒋子文青骨成神事告之。士芬大叹服，因赠诗云：“烂熟《南朝史》，澜翻东海波。”其为老辈折服有如此者。尝问业于王闿运。闿运诧叹，与湘乡曾广钧并称两仙童；顾不然其诡诞，讽以书曰：“海内有如祥麟威凤，一见而令人钦慕者，非吾贤与重伯耶？曾广钧字重伯。然亦惹非笑，不尽满人意者；重伯好利，仲硕好名故也。好名，不独好忠孝之名，即母姊皆仙，白吕神交，皆是浮名。见诸行事，害不及人，故无妨也；笔之于书，有目共见，则生同异矣。同必有异，异则必损名；强为无伤，人必伤之。故吾为‘仙童’之说，谓夫仙童有玉皇香案者，兄日姊月，所见美富，土苴诸天，遗弃一切，是上等也。有幽居岩穴，草衣木食者；一旦入世，则老虎亦为可爱，金银无非炫耀；乃至耽著世好，情及倡优，不惜以灵仙之姿，为尘浊之役；物欲所蔽，地狱随之矣！请贤择于斯二者。”顺鼎发书不为意也！自负才气。会中日战起，我军败绩，乃割辽东、台湾以媾和。顺鼎慷慨上书，请都察院代奏，大旨谓：“辽东者，北洋之藩篱。台湾者，南洋之门户。天下畏盗之人，必求远盗；未有揖盗于门内而求其不发箧探囊；天下畏虎之人，未有纳虎于室中，而冀其不磨牙吮血！倭既据我内地，且将取我民心；以利诱之，而桀黠者必为倭爪牙；以威迫之，而驽弱者必为倭鱼肉。行见流民无所依归，而西晋雄、特之祸起；奸民相与勾结，而嬴秦胜、广之变生。驱鱼为渊，瞻乌谁屋；中国将来必无可固之人民，可守之山河。”书上，不省；则间关航海，走台湾，欲赞刘永福军，为海外扶馀。既至，见事已不可为，乃脱身归国。时论推为气节功名之士。年三十，以同知候补河南，寻捐道员。骤冀大用，不得，志意牢落，有句云：“三十功名尘与土，五千道德粕兼糟。”沈滞无所事事，如是者六年，遂弃官，入浙，访诗僧寄禅，偕游普陀山，赋诗，得“海是空王泪，云为织女槎”，“三代以前无贝叶，《六经》而外有芙蓉。释典有《莲华经》。《离骚》注：芙蓉一名莲华。”“龙来拜佛成童子，客到游山变女人”诸句，自以为奇隽。溧阳狄平子者，常喜以禅论诗，见之叹曰：“蕴含万有，超妙极矣！”然以名士谈禅，未空色相！不如寄禅一律曰：“到此弥知佛理深，普门日夜演潮音。莲为大士出尘相，海是空王度世心。今古沧桑从变幻，鱼龙多少任浮沈。喜游华藏庄严刹，吐我生平浩荡襟。”可谓聿浚道源，得未曾有！不仅禅门本色，不染一尘也！寄禅者，本湖南湘潭姜畲黄姓农家子。幼孤贫，为人牧牛。十馀岁时，投山寺出家为僧；燃两指供佛，故又号八指头陀；具宿慧，能为诗，初不识字，以画代诗；不知“壶”字，辄画壶形，自言：“初学为诗，甚苦！其后登岳阳楼，忽若有悟，遂得句云：‘洞庭波送一僧来。’灵机偶动，率尔而成，不谓竟得诗奥！”其后僧众推主长沙上林寺，为士大夫所礼重。独叶德辉郎园谓之曰：“工诗必非高僧。古来名僧，自寒山、拾得以下，若唐之皎然、齐已、贯休，宋之九僧、参寥、石门，诗皆不工；而师独工。其为僧果高于唐宋诸人否耶？”寄禅不服。德辉书楹联赠之，有“正法眼空三教论，中唐音变九僧诗”之句，亦谓其诗自工而僧固不高也！主上林方丈一年，童童仆仆，无一日顷闲！德辉又举吴茵次讽大汕之语语之曰：“和尚应酬杂遝，何不出家？”寄禅笑颔之，不能答。辞上林席；还姜畲，宿杨度晰子山斋。度出屏纸，强其录诗，十字九误，点画不备，窘极大汗，书未及半，言愿作诗以求赦免。度许之，命题《击钵》，洪编立成。后游天台，得“袖底白生知海色，眉端青压是天痕”一诗；莫不称诵。未几，主天童方丈，作《白梅诗》，远近传写，呼之曰白梅和尚。一日，下山，睹流水，憬然有悟，为诗曰：“流水不流花影去，花残花自落东流！落花流水初无意，惹动人间尔许愁。”入民国，湘中寺产为党人所据，寄禅被推为中国佛学会会长，以二年入京请愿发还，与内务部主管司长某言语抵牾。某怒，起掴其颊。寄禅归所主法源寺，一夕，愤懑而死！杨度则收其平日诗文遗稿，付刊行世，都十九卷，曰《寄禅上人集》。其诗大抵清空灵妙，音旨湛远，以视顺鼎，一清一艳，有人间天上之别。顺鼎溺于绮语，不能出。少年之作，如“星光忽堕岸千尺，水气平添波一层”等句，绮障日深，不可复睹矣！又入庐山，于三峡涧上，筑琴志楼居之，若将终身。而幽忧侘傺，中丧其母，乃作《哭厂传》以见其意曰：

哭厂者，不知何许人也！其家世姓名，人人知之，故不述。哭厂幼奇惠。五岁陷贼中；贼自陕、蜀趋郧、襄，以黄衣锈葆缚之马背，驰数千里，遇蒙古蕃王大军，为骑将所获，献俘于王。哭厂操南音，王不能辨，乃自以右手第二指濡口沫，书王掌。王大喜曰：“奇儿也！”抱之坐膝上；趣召某县令，使送归。十五岁，为诸生，有名。十七岁举于乡。所为诗歌文词，天下见之。称曰才子。已而治经，为训诂考据家言。治史，为文献掌故家言。穷而思反于身心，又为理学语录家言。然性好声色，不得所欲，则移其好于山水方外，所治皆不能竟其业。年未三十而仕，官不卑；不二年弃去；筑室万山中，居之，又弃去。综其生平二十馀年内，初为神童，为才子；继为酒人，为游侠少年，为名士，为经生，为学人，为贵官，为隐士；忽东忽西，忽出忽处，其师与友谑之称为“神龙”！其操行亡定，若儒若墨，若夷若惠，莫能以一节称之。为文章亦然，或古或今，或朴或华，莫能以一诣绳之。要其轻天下，齐万物，非尧、舜，薄汤、武之心，则未尝一日易也！哭厂平时谓天下无不可哭，然未尝哭；虽其妻与子死不哭；及母殁而父在，不得渠殉，则以为天下皆无可哭；而独不见其母为可哭！于是无一日不哭，誓以哭终其身，死后而已，自号曰哭厂。

好为恢诡，素性使然。而闿运则重诒以书曰：“仆有一语奉劝：必不可称哭厂。上事君相，下对吏民，行住坐卧，何以为名？臣子披昌，不当至此。若遂隐而死，朝夕哭可矣！且事非一哭可了；况又不哭而冒充哭乎？闿运言不见重，亦自恨无整齐风纪之权；坐睹当代贤豪，流于西晋；五胡之祸，将在目前。因君一发之，毋以王夷甫识石勒为异也。”独两湖总督张之洞爱其才，又伤其不遇，意颇怜之。招入幕，又畀以两湖书院分教；亦不自得。二十五年冬，以大臣荐召见，意气发舒，赋《纪恩诗》，有句云：“金掷民膏二万万，珠含天泪一双双！”盖慈禧皇太后谕中日战败，赔款巨万，为之泪下也。此联盛传都下，谓“二万万”极不易对；而顺鼎以“一双双”对之，可谓神通狡狯矣！又有句云：“股肱周室留黄发，羽翼商山进紫芝。”不十日而立大阿哥，以尚书崇绮为师傅，说者谓建储为顺鼎所请；而商山四皓有绮里季，即影师傅崇绮也。其上宰相王文韶诗云：“北虏亦知司马相，南人都是卧龙儿。太皇太后嘉中国，天上天孙福子仪。”荣禄诗云：“心捧九重双日月，手携二十八星辰。庙堂范老寒西夏，帷幄留侯定奉春。”皆谀非其实；而顺鼎脱口无惭。上荣禄诗又有句云：“行地中犹洪水抑，措天下若泰山安。”时增祥在荣禄幕，为言相公亟赏此联。顺鼎夸称以为荣，士论薄之。一出为广西右江道，将出都，有句云：“新词欲赋《贺梅子》，他日应呼易柳州。”以右江道治柳州也。樊增祥调以诗，有“好收侧贰作蛮姬”之句。顺鼎和韵云：“已办腰刀思杀贼，未留须戟为谋姬。”或诘谋姬何意，顺鼎曰：“‘谋’字有二解：与姬谋，一解也；谋纳姬，一解也。”闻者大笑。既抵官，无所展布，寻为两广总督岑春萱劾罢；遂以不振，而益肆力于为诗。

顺鼎诗才绮绝，自少至壮，所作将万首。尤工裁对，与樊增祥称两雄。惟增祥不喜用眼前习见故实，而顺鼎则必用人人所知之典。增祥诗境，到老不变；而顺鼎则变动不居，学大小谢，学杜，学元、白，学皮、陆，学李贺、卢仝，无所不学，无所不似；而风流自赏，以学晚唐温、李者为最佳。所刻自《眉心室悔存稿》以后，有《丁戊行卷》、《摩围阁诗》，及《出都》、《吴蓬》、《樊山》、《沌水》、《蜀船》、《巴山》、《锦里》、《峨眉》、《青城》、《林屋》、《游梁》、《庐山》、《宣南》、《岭南》、《甬东》诸诗录，盖足迹所至十数行省；一行省一集也；而以《四魂集》为最所自喜。号于人曰："余所刻《四魂集》，誉之者满天下，毁之者亦满天下。湘绮、樊山皆极口毁之者也。然文章千古事，得失寸心知，余自信此集为空前绝后、少二寡双之作。盖毁余者皆以好用巧对为病；即张文襄亦屡言。不知以对属为工，乃诗之正宗。凡开国盛时之诗，无不讲对属者。如唐之初盛，宋之西崑，明之高刘皆然。自作诗者不讲对属而诗衰，诗衰而其世亦衰矣。杜诗亦讲巧对；如'子云清自守，今日起为官'，及'大司马''总戎貂'之类。况余诗对仗皆用成语，且不喜用僻典，而所用皆人人所知之典，又皆寓慷慨悲歌、嬉笑怒骂于工巧浑成之中。自有诗家以来，要自余始独开此派矣！其尤工者，如'城郭人民丁令鹤，楼台冠剑子卿羊。''云汝衣裳龙鸟往，风其臣妾马牛奔。'月云鄂国八千里，冰雪苏卿十九年'。'潮州谪宦能驱鳄，汐社遗民有拜鹃。''六月图南海东运，七星在北汉西流'。'送别五千人槜李，压装三百颗离支'。'东云龙向西云路，南海牛从北海风'。'丁令威真返辽海，申包胥合哭秦廷。''鸢肩火色宾王相，鹤唳风声太傅兵。'此皆无一字无来历，又无一字用僻典，又无一字稍杂凑而不浑成。必如此方可以讲对仗也！《四魂集》中凡用古人名，非属对甚工者不用，如'过江兵马狸终毙，亡国河山鼠亦妖。''竟同鹏举死冤狱，无怪马迁修谤书。''中朝党误牛僧儒，西域胡讥马伏波。''唤女惟闻木兰父，哭夫不顾杞梁妻。''李怨牛恩朋党论，桃生羊死贱贫交。''酎金罚已宽荀彘，盈箧书都示乐羊。''肯事春农王相国，漫同秋蟹贾平章。"觅得屠苏刘白堕，偕来广柳鲁朱家。''边墙故迹熊经略，幕府高贤鹿太常。''中朝旧议封关白，上相新闻使契丹。''忍耻灭吴求范蠡，写忧适越学梁鸿。''即墨田单为守将，睢阳南八是男儿。''深州未出牛元翼，浪泊难归马伏波。'此皆属对工巧，而用典隶事，又极精切，所以可贵耳。余尝有一推倒一时豪杰之论云：无工巧浑成对仗，竟可以不必作诗。盖尘羹土饭，人云亦云之语，虽数十万首，亦作不完；何必千首雷同，徒费纸墨乎？虽然《四魂集》中不仅以属对工巧为尚也；其隶事之精切，设色之奇丽，用意之新颖，皆兼而有之。如‘殿脚至今多妇女，露筋前代有神人。’‘此日盟犹存白马，何人塞欲卖卢龙！’‘海上鱼龙真跛扈，淮南鸡犬岂平安！’‘石马汗流唐祚永，铜驼泪下杞忧深！’‘星临吴分坚当败，雪满淮西济可擒！‘蓬莱海上三千岁，荆杞山中二百州。’‘鹤语今年时令异，乌知屋底达官空。’‘似闻文帝宽黄屋，每念高皇困白登！’‘棘门、灞上皆儿戏，太液、昆明是水嬉。’‘下泽当骑款段马，常山枉策率然蛇。’‘似报韩人仇侠累，未闻郑伯减宣多！’‘肯让秦人剪鹑首，欲回周纪次天鼋。’‘王母有图呈益地，麻姑无术救扬尘。’‘丹穴生灵熏越翳，乌桓部落奉田畴。’‘泛海零丁文信国，渡泸兵甲武乡侯。“梳头逆旅逢张妹，椎髻蛮夷起赵佗。’‘痛哭珠崖原汉土，大呼仓葛木王人！‘折节太原公子在，感怀真定弟昆多！’‘见说杜鹃啼蜀帝，不妨桀犬吠唐尧。’‘谢公昔欲凌穷发，葛相今思入不毛。’何其隶事之精切也！‘天吴紫凤为奇服，含景苍龙有佩刀，’‘雌龙雄凤曾北走，铜驼金狄有东迁！“重攀碧柳重魂断，一步红桥一泪流！‘鸡唱一声天已白，马通三尺地皆黄’。‘黄帝画图公玉带。素王书谶卯金刀。’‘白龙鳞甲为刀柄，翠凤翎毛作帚叉。’‘鳞甲玉龙三百万，觚棱金爵九重双。’‘鳌腾轴底思掀地，龙入窗中欲攫人。’‘《韬略》六三差虎豹，《骚辞》廿五感龙鸾！’‘白狼元菟都非我，青雀黄龙已赠人！’‘青绿山川图小李，丹黄村落认诸杨。’‘黄耳音书隔人海，红毛衣服共云山。’‘虎齿所居楼十二，鸿毛难载水三千。’‘元蜂赤蚁苍梧野，紫蟹黄鱼白苇庄。’‘南窗朱鸟贻书札，东国青童畏佩刀。’‘麒麟凤鸟为先戒，翡翠鲸鱼入小诗。’‘胭脂坐令输胡地，翡翠何曾赚越装！“馆问碧蹄平秀吉，城寻赤嵌郑成功。’何其设色之奇丽也！‘紧急春寒如战事，迟延花信似家书。’‘露布定寒西夏国，云台应画富春山。’‘军书竟日如经读，诗卷他年作史看。“墨磨盾鼻为诗砚，钱挂矛头当画叉。’何其用意之新颖也！其实皆人人眼前语，皆人人意中语，他人或眼前有之而意中无之，或意中有之而笔下无之，我不过取他人之眼前者意中者，而出之于我笔下耳！至集成语用虚字为句者，如《苏诗》‘君但未知其趣耳，臣今时复一中之’之类，古人亦常有之。《四魂集》中最喜集成语用虚字，而无不浑灏流转者；所以独开一派，突过前人也！如‘江潭摇落树如此，鶗鴂晨鸣草不芳！’‘母兮顾复生成我，某也东西南北人！’‘朝去黄河暮黑水，云横秦岭雪蓝关。’‘罛濊濊施鳣泼泼，车辚辚过马萧萧。’‘惟民所止畿千里，与汝游兮古九河。’‘讴歌恐不讴歌汝，笑骂还由笑骂他！’‘蓼蓼者莪应莽我，离离彼黍不关卿！’‘未识明年在何处，请看今日是谁家！’‘藤萝芦获如夔府，薜荔芙蓉似柳州。’‘魂归来些蘋齐叶，心悦君兮木有枝！’‘锦缆朱帘鸥与鹊，红颈白项燕兼乌！’字字如抛砖落地，又如生铁铸成，不能不谓之绝调矣！更有奇句创格，开古人所未开之境者；如‘庆历众贤之进日，元和惟断乃成年！’‘布衣臣本南阳者，冠冕人皆北斗之。’‘与诸君饮黄龙耳，若有人乘赤豹兮！’此与《四魂集》中‘北海知刘豫州否？南朝有李侍郎无’一联，及‘南朝可谓无人矣！北海犹知有备耶？’一联，皆可以横绝千古也！用成语为句而平仄不调者，如‘曰归曰归嗟岁暮！其雨其雨叹朝阳！’古称名作。《四魂集》中此体有数首；如‘相头上冠将腰箭，母手中线儿身衣。’‘其惟云乎雨天下，何多日也露泥中。’‘我徂东山别西土，王命南仲城朔方！’成语对仗之工，古今无两矣！集中更有音节高亮悲壮之作；如‘九叶藩封周正朔，千年礼乐汉衣冠。’‘人料苻坚难胜晋，帝知周勃可安刘。’‘立马岱宗青未了，闻鸡天下自如何！’‘渡河气壮周王兕，入蔡寒侵晋国貂。’‘生当火色鸢肩上，死不乌头马角还！’‘雪窖冰天前路永，云阶月地此生休！’‘裹革尸当糜作粉，冲冠发亦炼成钢！’‘无定河边新鬼在，长安市上故人多！’‘属国未收苍海郡，单于犹在白登台！’‘如龙如虎诗无敌，为鹤为猿国有兵！’‘皂帽辽东归路断，白衣易水哭声多！’‘水欲接天天接水，花难如雪雪如花！’‘唐陵汉寝凄翁仲！禹甸尧封媚夜叉！’‘自然流涕如周颉，何以销忧有杜康！’‘鼍愤龙愁沧海外，猿惊鹤怨草堂前！’‘帆席有情搴海月，褐衣无恙绣天吴。’‘海上星方明太白，天边月又照流黄！’‘汉弃珠崖非得已，越熏丹穴果何如？’‘廿年赐姓空开国，再世降王已入朝！’‘蛮烟瘴雨添行色，海水天风和哭声。’‘未许朱三是天子，尚留南八是男儿！’似此之类，亦不可以枚举也。”盖高自标置，誉不容口如此。然唐言寡实，又不检于行。其在仕途，颇工逢迎之术，惟有类饥鹰，饱即扬去；又恃宠而骄，以是见赏如张之洞，亦鲜克有终。尝以俚语为诗，上之洞云：“三十三天天上天，玉皇头戴平天冠。平天冠上竖旗竿，中堂更在旗竿巅。”盖讥之洞好佞谀也。之洞见之，为之掀髯笑乐；不之谴也。中年以往，日以诗词写其牢骚；然诲淫之作，居什之八九。顺鼎自以为玩世不恭；或俳优畜之：而顺鼎弥轶荡自喜。会民国更元，岁逢癸丑，新会梁启超邀都人士于三月三日，修禊京师之万生园，仿兰亭故事也。诸名士会而赋诗，而顺鼎长歌当哭，可以觇革除之际，都下士夫之用心焉！其辞曰：

噫吁戏悲哉！今日非同前代崇祯之甲申！今日岂同前代顺治之乙酉？我生不幸，逢此前代义熙之甲子；我生何幸，逢此前代永和之癸丑！义熙甲子宜止酒，顺治乙酉宜得酒，永和癸丑宜行酒。古人最重三月三、九月九。九月九乃陶元亮所专，三月三为王逸少所有。吾辈生于古人后，事事皆落古人之窠臼。岂知今日此身一半化为会稽山阴人，一半化为彭泽斜川叟。酒在口，笔在手；剑不必悬腰，印不必系肘。莺含桃，鱼贯柳；冠任汝沐猴，衣任汝成狗。喜有钓台朋，幸少金谷友。

昨者樊山寄诗云："莲社人居晋宋间。"今日吾亦赋诗云："兰亭禊在清明后。"西直门，万生园，先朝创造资游观，不知曾费几许水衡钱。中有牡丹厅、采莲船。如水之车，如龙之马，奔驰于其外；如斗之花，如凤之鸟，充牣于其间。我亦尝携壶觞，听管弦。逢初三下九，携三五二八，销三万六千。我昔尝有句云："照脸脸霞皆北地，压眉眉黛是西山。"此诗未成仅断句，此游亦复不记为何年。梁夫子，招我何为至于此？君著书数百万言，远过习凿齿；在外十有六年将及晋重耳。其学可以左右《十三经》，贯串《廿四史》；此才何止上下五千年，纵横九万里！来从析木津，恰看桃花水。七十二沽春水生，一百五日东风起；东风吹花花怒开，东风吹人人老矣。昔年丁酉，与君相见于湘川；今年癸丑，与君相见于燕市；我已憔悴枯槁，非复神禫吊靡；君之颜色尚觉女偊如婴儿，君之容貌尚觉姑射如处子，况有圣人之才，更如卜梁倚。方持玉杯断国论，方用铁函贮《心史》。且倾铜斗，洗金罍兮，饮此天宝之诗人，贞元之朝士。或言："不为无益之事，何以遣有涯之生！"或言："以后种种，譬如今日生；从前种种，譬如昨日死。"或言："前不见古人！"或言："不恨古人吾不见，恨古人不见吾狂耳！"又闻孔云："不曰如之何，吾末如之何！"又闻孟云："然而无有尔，则亦无有尔。"使我茫然莫知其所以，勿令下士闻之，声如苍蝇笑不止！噫吁戏悲哉！吾尝闻尧氏、舜氏之歌辞曰："菁华已竭，褰裳去之。"又尝闻穆满氏、西王母氏之歌辞曰："道里悠远，山川间之。"方今朱干苓落犹可期，白云黄竹何须悲！且相与采华芝，玩菊篱，餐蕨薇；亦安用谈刑天，说精卫，称钦䲹。梁夫子，与其有朱、虎、熊、罴、伯夷、龙、夔同列廿二人，召风使之南；不如有骅骝、騄駬、山子、盗骊亟行三万里，追日使不西。所以候人之歌曰："猗！"梁鸿之歌曰："噫！"丁令威之歌曰："城郭犹是人民非，何不学仙冢累累！"楚接舆之歌曰："凤兮凤兮，何德之衰！往者不可谏，来者犹可追！"古儒家之歌曰："青青之麦，生于陵陂。生不布施，死何用含珠为？"汉田家之歌曰："种一顷豆，落而为萁。生不行乐，死何以虚谥为？"元亮曰："时运而往矣！"逸少云："死生亦大矣！"此与"春非我春"、"日新又新"，皆为前哲之良规。然则今日之日兮，当一刻千金为要素；明日之日兮，当以寸阴尺璧为前提。梁夫子，勿我诃！帖不必摹临河，图不必仿上河。试问百年之间，癸丑能有几？正恐中年以后，上巳还无多！何况今日之共和，远非昔日之共和。国曰支那，土曰娑娑。历曰娄罗，时曰刹那。捧剑有金人，流觞有玉女，卧冢无石麟，流涕无铜驼。"庆云烂兮，纠缦缦兮！"'再听明日之国歌，有酒不饮意如何！

盖诗之诡诞极矣，所以寄郁勃之思也。时袁世凯为大总统，次子克文以才捷爱幸，顺鼎秉意投契，屡与谭宴，如杨修之于曹植焉。作《寒云茗话图记》曰：

南海有亭，题额曰流水音者，盖禁籞胜地，瀛台比邻；而在今为寒云主人读书之所也。水隔衣带，睇仪鸾殿而可招；坞藏画船，疑倚虹堂之在望。轩槛掩映，房栊窈深，宜青绿以画山，非丹朱之罔水。宋人词云："檀栾金碧，婀娜蓬莱。"斯境似焉。爰有翠松磊砢，争学虬翔；素瀑潺湲，时窥猿饮。石皆削立，将睹日观之峰；泉尽伏流，直探星宿之海。距龙楼凤阙而近，在鹦洲凫渚之间。主人读书其中，问寝多暇，于是命俦啸侣，挈榼提壶，招甫白以论文，延荆关而读画。沧江虹月，若登米家之船；紫泉烟霞，不下隋宫之锁。岂意轩冕之内，有此俊人！但觉图书以外，无他长物！忘驹阴之移晷，乐麈尾以谈玄。老聃所称：“虽有荣观，燕处超然。”道林所言：“虽在朱门，如游蓬户。”以今方古，殆过之矣。时则玄冥司契，旰光执权，验泽腹而既坚，卜天心而渐复。水失环珮，犹疑有声；冰成琉璃，误认为地。寻诗而缘磴道，如鹤一一以上天；照影而立桥阴，无鱼六六之可数。觞咏将倦，谈谐复生。娜环如虎之犬，不使卧乎阶前；汉祠如龙之马，不许驾乎门外。方其摄影也，主人如欲振衣千仞冈。方其临池也，众宾如欲濯足万里流。及执节益恭，则主人躬躬然如冬涉渊；及其推襟尽欢，则众宾熙熙然如春登台也。夫尊严之所，罕接章缝；华膴之胄，不亲山泽。穷鱼濡沫，每相呴于江湖；候蛩感秋，始争吟于圜砌。若乃香草十步，馨桂一山；人望如神仙，自视若寒素。去天不盈尺，而谢韦、杜二曲之纷华；为地仅方丈，而收壶峤三山之佳胜。寒山千尺雪，夺席宦光；庐岳一囊云，争墩宁献。其相较也，不已多乎？其人乃属汪子鸥客作图，而余为之记。癸丑仲冬十日。

其后袁氏僭帝，而顺鼎闲居日下，贫不能自存。克文问：“君能屈志小就否？”对曰：“枯鱼入水，岂遑择流；穷鸟奔林，乌暇问木！”遂荐为印铸局参事，两权印铸局长，志满意得，狂喜欲绝。亦作诗以自写其幸。既而帝制事败，袁氏发恨死，克文南行；而顺鼎侘傺失志，浮泊京师。又以日者言：“寿不过五十九。”歌场舞榭，放荡益甚。赋《买醉津门雪中》成咏三绝云：

焉知饿死但高歌，行乐天其奈我何？名士一文值钱少，古人五十盖棺多！

访戴寻梅意略同，楼台寂寞水晶宫。小车出没飞花里，疑是山阴夜雪蓬！

雪水斟来置竹炉，歌姬院里著狂夫。平生陶谷韩熙载，乞食烹茶画两图！

士夫诵而悲之。以民国九年卒，年五十有九。

顺鼎与樊增祥，同一好为绮语，形诸歌咏。而增祥持躬清谨，不如顺鼎之恣娱声色。然增祥潦倒晚景，一同顺鼎之侘傺末路！道路传言，谓增祥之未病也，国民军初定北平，有新贵为母寿；各要人拟制屏，欲得增祥文。增祥老寿，未能戒之在得；世亦知其贫而原之。乃于新贵之母，则以为特件，索润甚奢，且须先润后墨。'居间者谓："送屏诸人皆有身分；岂有食言不馈之理？若必先润，未免予人难堪。"增祥乃勉成一文。不意送屏者以此大不快，序成，谓不合格，退还。增祥自以文有大名，遭此其辱，发愤遂病，倚榻成《罪己》诗，中有"钱可通神亦载鬼，方知文字不疗贫"之句。既死，其友人绵竹曹经沅纕衡为治丧，挽诗曰："句多诙诡宁谐俗，文渐颓唐只为贫。"略迹论心，出以斡旋。而有署快恩仇馆主作悼诗，乃云："传后原非只易米，润金两字误先生！"直言相规，不只婉讽矣！

增祥为诗，惊才绝艳；然祈向者不多。杭州三多六桥、丹徒丁传靖闇公其著也；而三多为胜。三多称增样诗弟子，工于隶事，得其师法。于清末，历官绥远都统，库伦驻防大臣；尤熟于满蒙各地方言，与故实稍雅驯者，多以入诗。而歌行似增祥，尤似易顺鼎；七律似顺鼎，尤似增祥。增祥、顺鼎爱伶人贾璧云美，各为长歌以张之，极侔色揣称之能事。而三多赠贾诗，独以少许胜多许；诗云："万人如海笑相迎，月扇云衫隐此生。我惜贾郎仍不幸，倘逢刘季亦良平。"以张良貌似妇人女子，陈平美如冠玉，皆子都宋朝之美，非西施郑旦之美，可谓拟于其伦！又赠罗惇曧诗有句云："人品如西晋，家居爱北平。"稳称雅切，咸得增祥师法。

增祥与易顺鼎诗学温、李，而转益多师，变化自我。时则有专学李商隐者，当推湘乡李希圣、吴县曹元忠两人为著。希圣，字亦元，光绪壬辰进士，官刑部主事。庚子之变，著有《庚子传信录》，自肇乱至于西狩，不及万言，能尽情变，自负可追王闿运《湘军志》。通籍后，始学为诗，有作必七律，以玉谿生自许；著有《雁影斋诗存》，中《湘君》一篇，为光绪帝珍妃而作也。珍妃不悦于慈禧太后，将西狩，呼之出，投井中死。诗以哀之，其辞曰：

青枫江上古今情，锦瑟微闻呜咽声。辽海鹤归应有恨，鼎湖龙去总无名。珠帘隔雨香犹在，铜辇经秋梦已成。天宝旧人零落尽，陇鹦辛苦说华清。

希圣每喜自誉其诗，尝自举其得意之作，诵一绝句曰：

□□重逢又十年，云门风物尚依然。杨花瘦尽桃花落，开到酴醾更可怜！

自言："其乡云门寺旁，郑氏三女，皆有色；长者嫁一兵，次嫁贾人，先死；三者尤艳，感而题壁。"而与后来为欧阳君重《题吴楚两生图》一绝格调相同。辞曰：

京兆相逢侠少场，吴生落拓楚生狂。短衣匹马横门道，一试郊原春草长。

侯官陈衍曰："'吴生'句正好与'杨花'句作对；而后诗尤俊逸。"每许其诗，谓可肩随元之萨天锡云。

曹元忠，字君直，号夔一，光绪甲午举人；以词有名。诗不常作，学玉谿生，工处时出雁影斋上！专事摘艳熏香，托于芬芳悱恻，有《北游小草》。如《赠天韵阁主》二律曰：

碧玉小家女，青楼大道旁。杨花生命薄，李树代谁僵。凉笛缫烟思，秋衣怨夕香。南湖好风月，端合住鸳鸯！

误入华鬘劫，回头计总差。楼前尽珠翠，门外卓金车。风响衣交串，日娇裙透花。谁知红烛夜，背坐泣琵琶。

可谓工整绵丽矣。

顺鼎既逝，增祥亦老。而用熏香摘艳之词，抒感时伤事之旨，由李商隐沿洄以溯白居易、杜甫，而"诗史"自命，誉满江左者，则有杨圻焉。

杨圻附汪荣宝、杨无恙

杨圻，原名鉴莹，字云史，江苏常熟人。父崇伊，字莘伯，光绪庚辰进士，授编修，由御史外放汉中府知府。圻少负不羁之誉，与元和汪荣宝、江都何震彝及同县翁之润，皆以名公子擅文章，号江南四公子。年十七，娶大学士直隶总督李鸿章女孙，就馆甥焉。通州范当世为幕府上客，见其诗出入温、李，叹曰："杨郎清才！"二十一岁，以秀才为詹事府主簿。道扬州，遇老伶工蒋檀青，尝侍文宗于圆明园，追话恩幸，不觉泣数行下；为赋《檀青引》而弁以传，自负绝艳警才，不在王闿运《圆明园词》之下！长沙张百熙诵之，谓江东独步；遂以诗有盛名，而自署曰"江东杨圻"云。其辞曰：

蒋檀青，京师人，其先越产也。善弹筝吹笛，工南北曲；

文宗时，乐部推第一！长安名士宴宾客，非檀青在座则不欢。初高宗建圆明园于京师西北，园景宏丽。时海宇晏安，府库充牣，高台深地，极游观之乐；岁以首夏幸园，冬初还宫；历仁宗、宣宗以为例。文宗时，梨园尤盛；设升平署以贮乐工，内务府掌之；设南府，命乐工教内监之秀颖者习歌舞。当夫棠梨春晚，梧桐秋末，万几之暇，辄召两部奏新曲。檀青发喉，则天'颜怿霁，赏赉过诸伶。文宗中叶，粤匪据金陵，捻匪扰皖豫；英法龃龉，与战不利；东南多事，海内骚然！上抑郁不乐，稍近声色。总管圆明园事务大臣文丰方宠盛，承旨遣人采江浙美女以进，更广治台沼以居之。诸姬皆汉人，殊色善歌舞。咸丰十年七月，英法联军犯天津；胜保与战，败绩；敌长驱入北京。时秋暑犹盛；上方与诸美人避暑福海，荡米兰之舟，歌凉风之曲；闻变，于八月八日，仓猝率后妃皇长子巡幸木兰。诏恭亲王留守京师。奸民李某导联军劫圆明园，珠玉珍宝尽出，三朝御府希世之物，不知纪极；掠殆尽，择其尤者以奉英法军；纵火焚宫殿，火三日不息；诸美人不知所终！文丰北向再拜，投福海，死之；从者郎员数人。恭亲王既议和于礼部；事定，檀青乃赴行在；明年七月，文宗皇帝崩于避暑山庄行殿；梓宫奉安，返京师。尝于暮春入园，帝所居山高水长、朗吟阁、环碧亭、无边风月阁、听莺馆、无尽意轩、丽瞩轩、影湖楼及诸美人院，赭壁参差，不可指辨；惟福海潺潺，鸟啼花落而已！恸哭出，不忍再往！从人游江南；江淮间乱，无所业；檀青抱筝沿门卖曲为活。迄穆宗中叶，湘淮军克金陵，平捻匪，东南定，再见中兴；而檀青贫，终不得返京师。京师方重靡靡之音，无工昆曲者；于是诸伶中，亦无有知檀青姓氏者矣！朝廷稍稍闻圆明园之毁，祸由李某，下狱穷治，诛之！籍其产以赐文丰家属焉。后三十馀年，而东吴杨云史年二十一，游广陵，宴客平山堂。江山春暮，花絮际天，乃命丝竹以佐诗酒。坐上遇檀青，知余之自京师来也，清歌一声，弹筝一曲，白发哀吭，泪随声下。问所哀，为余述宫中事甚悉，言："咸丰九年三月某夕，牡丹堂牡丹盛开。月出，上敕诸美人侍夜宴，置酒赏花于镂月开云之台。春寒未解，以紫貂荐地，宝炬千百，珠翠瑟瑟，靓妆如云；召宴明皇沈香亭故事数折。花月之下，春光如醉，歌声遏云，不能自已！上顾诸美人嗟赏，赐伽楠牟尼、碧玉带钩各一事，西洋文锦两袭。内宫引余跪花阴谢恩，春露滴云鬟，舞衣犹未脱也！由今思之，四十馀年矣！每念先皇恩，如隔世事！"因叹曰："从此以往，无复此乐矣！"言已欷歔。余亦愀然。时光绪乙未四月也。今岁秋，复见之青溪花舫，哀音怆怆，益老矣！尝读少陵《逢李龟年》诗，于流离之况，寄国家之感。余悲檀青之与龟年，同一流落也；乃为传而长歌之。丁酉冬十月，识于京师。

江都三月看琼花，宝马香轮十万家。一代兴亡天宝曲，几分春色玉钩斜。玉钩斜畔春色去，满川烟草飞花絮。都是寻常百姓家，欲问迷楼谁知处。高台置酒雨溟溟，贺老弹词不忍听！二十五弦无限恨，白头犹见蒋檀青！雕栏风暖凝丝竹，筵上惊闻朝元曲！其时雨脚带春潮，江南江北千山绿。朱弦断续怨沧桑，望帝春心暗断肠！欲说先皇先坠泪，千言万语总心伤！坐客相看共呜咽，金徽弹罢愁难绝！同时伤春事不同，飘零身世何堪说！家在京师海岱门，少年往事不堪论！旗亭旧日多名士，北海当年侍至尊。太行北尽仙园起，灵合缥缈五云里。年年豹尾幸离宫，百官扈从六宫徙。万户千门鱼钥开，柳烟深浅见蓬莱。妆楼明镜云中落，别殿笙歌画里来。祖宗旰食勤朝政，百年文物乾坤定。万方钟鼓与民同，九重乐事怡天听。建康杀气下江东，百二关河战火红！猿鹤山中啼夜月，渔樵江上哭秋风！军书旁午入青锁，从此先皇近醇酒！花萼楼前春昼长，芙蓉帐里清宵久。三山清月照瑶台，夹道珠灯拥夜来。一曲吴歌调凤琯，后庭玉树报花开。临春、结绮新承宠，玉骨轻盈珍珠重。避面宁教妒尹、邢，当筵未许怜张、孔。太液春寒召管筵，官家小宴杏花天。昭阳宫里春如海，五鼓初传《燕子笺》。鞓红照睡繁华重，绝代佳人花扶拥。南府新声妒野狐，升平独赐龟年俸。夜半青娥扫落花，深宫月色照羊车。庸知铜雀春深事，留与词人赋馆娃！当时海内勤王事，慷慨誓师有曾、李。未见江头捷旗来，忽闻海畔夷歌起！避暑温殿夜气清，宫花露冷月华明。惊心一曲《长生殿》，直是渔阳鼙鼓声！延秋门外黄昏路，城阙生尘妃嫔去。穆王从此不重来，马上天颜频回顾。来朝胡骑绕宫墙，凝碧池头踞御床。昨夜《采莲》新制曲，月明多处舞衣凉。太白睒睒欃枪吐，云房水殿都凄楚；咸阳不见阿房宫，可怜一炬成焦土！和戎留守有贤王，八骏西幸入大荒。金粟堆空啼杜宇，苍梧云冷泣英皇！居庸日落离宫暮，北望幽州空烟树。初闻哀诏在沙丘，已报新君归灵武。鼎湖龙静使人愁，福海悠悠春水流！山蝶乱飞芳树外，野莺啼满殿西头！梨园寂寞闭烟雨，百草千花愁无主！汉家仙掌下民间，秦宫宝镜知何处！玉泉山下少人行，琼岛春阴水木清。独有渔翁斜月里，隔墙吹笛到天明！繁华事散堪悲恸，玉辇清游忆陪从。明年重过德功坊，梨花落尽柳如梦！小臣掩面过宫门，犬马难忘故主恩！檀板红牙今落魄，寻常风月最销魂！十年血战动天地，金陵再见真王气。南部烟花北地人，天涯那免伤心泪！武帝旌旗满九州，湘淮诸将尽封侯。两宫日月扶双辇，万国车书拜五洲。独有开元伶人老，飘泊秦淮鬓霜早。夜梦帘间唱谢恩，玉阶叩首依宫草。餬口江淮四十年，清明寒食飞花天。春江酒店青山路，一曲《霓裳》卖一钱！君问飘零感君意，含情弹出宫中事。乱后相逢话太平，咸丰旧恨今犹记！怜尔依稀事两朝，千秋万岁恨迢迢！至今烟月千门锁，天上人间两寂寥！

情词哀乱，音节苍凉，令人低徊欲绝。其后江南词人卢前字冀野，为撰《琵琶赚杂剧》者也！自是圻游宦京师，少年跳踉，遇大侠王正谊，倾心交欢。光绪二十六年庚子，八国联军入京；君相以下，逃徙一空；而正谊独以匹夫御敌死。乃赋《哀大刀王五》而系以序曰：

王正谊，字子彬，回教人；少为盗，出没燕、豫、秦、陇间，称大刀王五！吏莫能得。所取皆赃贿，得财济贫困，称义盗。因案自首。有司嘉其义，薄责，释之。乃设镖局于京师，以保运辎重为业；立子彬旗，数千里无警也！折节下士，喜近名流文人。戊戌春，余识之，时过从。余居京师久，习与士大夫游；与子彬言，乃与世殊；豁如也！庚子，死于拳匪之乱。多轶事，世多记载之。长眉豪气，今拱木矣！

长安谁健儿？王五四海友。高颡贯大鼻，河目胆如斗。策马过其门，遮客不得走。大臂如巨椽，持我坐并肘；呼妻出见客，布衣椎髻妇。杀鸡具面饼，酌我巨觥酒。大声谈刀剑，眼光忽左右。自言："少年事，谈笑杀人夥！天下多奸吏，安得尽授首！悖入不悖出，此理天不取。男儿贵坦白，为盗何足丑！英雄如落日，忽焉已衰朽！"我时方弱冠，闻言前席久。问以刀剑术？大笑握我手："公子好书生，才智得未有。一人何足敌，《六经》乃真守。豚儿令读书，君能教之否？世道促浩劫，饥寒十八九。天下一指掌，有事十年后。"斯言犹在耳，斯人木已秀。真气见肺肝，愧死肉食臭！乃知山泽间，奇士或一觏。人生共天地，流品何薄厚！苟不知礼义，衣冠有禽兽!

圻颇尚气好奇，优伶侠少，咸与推诚；而颇不慊意士大夫。二十七岁，为户部郎中，举光绪壬寅顺天乡试，为南元；调邮传部主稿，薪优冠京曹。顾默察同官多海内才俊，所为类胥吏琐屑事，而干请征逐，终日皇皇然；觉今日所谓用者，在此不在彼。而矫其弊者，且为异说诡行，举伦常体法制文物，百世之大防大经，一切摧陷为快；曰：“将以求治也。”才智之士，则扬波而煽焰焉；其势寖至反道败德，殆哉岌岌！而执政大吏，且荐拔如不及，以为斯人不出，如苍生何！乃叹或者古今事殊，俯仰咸不自得。而闻南洋群岛有海山之胜，中国人数十万居之，长子孙焉。心壮而慕之，请于外部，奏充英属南洋领事，驻新嘉坡。所居颇幽胜，水木数里，风月清夜，孤岛绝壁，高咏独啸，不知人间何世！既而辛亥国变，自以弱冠从政，事德宗者十二年，事幼帝者三年，弃职归里。常熟山水秀绝吴中。圻于是营缮园林，尤爱种梅，多高出于檐。继娶徐，艳而有文；夫妇吟啸，圻有“一囊诗句但谋妻”之句。带甲满地，天下无干净土，而圻则林卧江乡，寂寞人外，玩妇弄儿，若将终身焉。江西督军陈光远以民国九年十月，延致之幕，请为秘书。张宗昌方据袁州；光远患其逼也，谋逐之。圻以重苦民，谏毋用兵。既而宗昌败走，士民流离数郡。光远乃以十年正月为所部阵亡将士开追悼会。圻挽联曰：“公等都游侠儿，我也得幽燕气，可怜北去滞兰成，听鼙鼓一声，怆然出涕！醉后摩挲长剑，闲来收拾残棋，惭愧西来依刘表，看春江万里，别有伤心！”又赋《南昌军幕感怀》诗，有句云：“白骨如山诸将贵，黄金满地五丁愁。”哀时忧民，人争传诵。有以告光远者，谓讥其佳兵而好货也；且曰：“杨秘书欺我辈不识字，至敢以刘表拟公，谓公终如表让成都耳。”光远惭怒，拍案起曰：“我不薄云史，何辱我！”方张乐设饮，遽命罢。座客愕然，为圻解言：“让成都，是璋非表。表官江右，为汉末八俊。”终不解。一客愤，取《表本传》趋入，掷案上曰："谈何容易做刘表！"光远阅之，乃释然曰："我过矣！"圻即草牍乞放归曰："圻东吴下士；将军谬采虚声，致之幕府，时陪阎公之座，遂下陈蕃之榻，颇思尽其愚悃，有裨万一。得山妻徐书，谓'园梅盛开，君胡不归！'不禁他乡之感。复动思妇之怀。清辉玉臂，未免有情；疏影高窗，亦复可念。清狂是其素性，故态因之复萌。敢效季鹰烟波之请，乞徇林逋妻子之情，予以休假，遂其山野。庶白云在山，靓妆相对，此中日月，亦足为欢；则将军之赐也！"明日，遂行。光远知不可留，则致赆千金。及门，阍者曰："渡江矣！"光远意亦怅然！圻之行也，道出九江，远游匡山之黄龙寺。僧问姓字已；曰："公非别有伤心之杨秘书乎！"会吴佩孚以两湖巡阅使，奉曹锟之命，督师攻赵恒惕于湖南，驻宜昌；闻圻名，电招入幕。佩孚起家诸生，颇以文字相赏会；自是一心奉事，称曰主公。佩孚既取岳州，与赵恒惕媾和以解，归练兵洛阳。而圻以秘书长从，睹盗贼横行，官利民懦，感怀怆然！赋《哀中原》以献；辞曰：

贼来复官来，旦夕命如丝。嗟乎大河南，手足将安施！近年盗如毛，数数攻城池。飘忽若风雨，流亡满泽陂。大郡如临敌，小县闻声驰；饱掠复他去，空城弃如遗。狐狸出以昼，貔貅守其雌。妇女走山谷，老弱化为胔。千里绝炊烟，午夜无啼儿。大索良家子，狞笑令纳赀；赎命妻子切，救子父母慈。置身刀俎上，悉索焉避辞；岂不惜倾家，求免虎口饲！平时聚敛才，驱雀惟恐迟。此时官何往，哀呼宁或知！资贼在苟免，犹得留铢锱。忽闻官已至，民喜忘其饥。官曰"尔通贼"，结舌莫置词！喘息犹未定，俯就狱吏笞。乱后四壁立，赂赎将何资？贼来官先去，贼去官杀之。献俘上大吏，加爵功有差。贼去已经年，城中何伏尸。所望父母心，后来乃若兹！死官不死贼。良民理如斯！哀哀河南民，尔曷生今时！尔生不如死，死矣则莫悲！

佩孚读之震怒，任马志敏、田维勤、靳云鹗、丁香玲为四司令，分区兜剿，诛渠魁张国威、范明新；民稍安枕焉！佩孚方以武力统一为国是；而圻则哀大盗窃发，强藩割据，莫不以革命为名，胁制众心；遂有诗曰："历数岂有归，英雄徒虚伪。天意本无常，人事亦何为！得士必杀人，螳雀争觎觇。一姓岂终极，孤城几易帜；宁令万骨枯，成我数年事。所谓吊伐心，大盗胜者贵；逐鹿满今古，心迹岂同异。哀哉众生灵，浩劫将焉避！"可谓慨乎言之；佩孚亦不罪也。自是山海关之战，鸡公山之役，黄州、岳州之走，佩孚疲于奔命；而圻则间关相从，无役不与。佩孚再起不振，而圻则依佩孚而名益重，诗酒倜傥，每有作，争相传写，称曰"诗史"，媚曰"诗阀"焉。刊有《江山万里楼诗钞》十三卷，而佩孚为之序，分少年、壮年、中年、强年四集；欲以力振唐音，不落宋人哑涩之体。所作七古皆长庆体，自《檀青引》以外，如《金谷园曲》、《天山曲》、《长平公主曲》，缘情绮靡，直欲突过梅村。而《天山曲》，长数千字，纪香妃事，自有七古以来，无此长篇也。特是弹冠新朝，猥托攀髯之痛；委身强藩，特多阿谀之辞；进退失据，殊有足为诗史玷者焉。此外元和汪荣宝，字衮甫，入民国，为日本公使多年。在昔尝官京曹，与曹元忠及常熟张鸿璠隐往还，从事西昆，相戒毋作西江语，有《西砖酬唱》之集；西砖者，张鸿所居胡同名也。故其少壮之作，隐约缛丽，神肖玉谿；及后乃参取异派之长，致力于荆公、山谷、宛陵、后山诸集，其清超遒上，诗境益进；郑孝胥亦称其工。然西昆面目，固犹蜕之未尽也！而常熟有杨无恙让渔者，学玉谿而能变；所刊《无恙吟稿》，隐文谲喻，义归翰藻，而亦颇摆脱陈法，自出手眼；陈三立盖亟许之云！

典藏

中国学术名著丛书

现代中国文学史（下）

钱基博

吉林出版集团股份有限公司

宋　诗

陈三立附张之洞、范当世及子衡恪、方恪

陈三立，字伯严，江西义宁人；晚筑室金陵，署曰散原精舍，又称三原老人；故湖南巡抚宝箴子也。少而文，有风概，与湖北巡抚谭继洵之子嗣同，福建巡抚丁日昌之子惠康，提督吴长庆之子保初齐名，天下称“四公子”。而三立早为故侍郎出使英法大臣湘阴郭嵩焘所知，集中《留别墅遣怀诗》所称“绮岁游湖湘，郭公牖我最；其学洞中外，孤愤屏一世”者也！光绪丙戌进士，官吏部主事，不坐曹，侍父湖南巡抚任。天怀湛发，志意尤瑰玮，尝思振挈摧颓，幸赞乃父，作新百度。戊戌政变，三立以名公子与康有为、梁启超交关中外作气势，声称藉甚！而四品卿军机章京杨锐、刘光第又皆因宝箴荐以达德宗，既以骄诛；慈禧太后惎之甚，褫父子职。遂侍父归南昌；而宝箴以光绪二十六年庚子夏，闻拳匪之乱，发愤死！既而两宫回銮，党禁稍解，遂移家金陵；自是肆力为诗，陶写情性，呼之欲出。有《遣兴》一律云：

　　而我于今转脱然，埋愁无地诉无天。昏昏一梦更何事，落落相看有数贤。懒访溪山开画轴，偶耽醉饱放歌船！诗声尚与吟虫答，老子痴顽亦可怜！

又有《城北道上》一律云：

　　晶砾新驰道，晴霆迭马蹄；屋阴街柳浪，裾色润瓜畦。诣客能相避，偷闲亦自迷。归栖枝上鹊，为我尽情啼！

又《至沪访郑太夷》云：

生还真自负，杂处更能安。意在无人觉，诗稍与世看！所哀都赴梦，可老得加餐！吐语深深地，吹裾海气干。

三诗乃庚子以后移寓金陵作，真气旁薄。不假雕饰，沈忧积毁中，乃能吐属闲适如此！盖三立为诗学韩愈，既而肆力为黄庭坚，避俗避熟，力求生涩，与薛士龙季宣绝似。然其佳处可以泣鬼神，诉真宰者，未尝不在文从字顺中也！而荒寒萧索之境，人所不道，写之独觉逼肖，而壹出自然，可谓能参山谷三昧者。其题《豫章四贤象拓本》第三绝云：

驼坐虫语窗，私我涪翁诗。镵刻造化手，初不用意为。

世人只知以生涩为学庭坚，独三立明其不然，此所以敻绝人人！其为《濮青士观察丈题山谷老人尺牍卷子》曰：

我诵涪翁诗，奥莹出妩媚。冥搜贯万象，往往天机备。世儒苦涩硬，了未省初意！粗迹捋毛皮，后生渺津逮。书何独不然，笔法摹讹伪；九州炫赝本，蛇蚓使眼眯；岩拓亦损真，略具银钩势。望古忝邑子，遣墨期购致。邻寺守传幅，号称小三昧。髫髻转郡国，坐失摩挲地。属闻散人家，居奇千金利。濮叟骚雅宗，袭珍辱持示。阿谁乞伽佗，想见娱游戏。风日发光妍，珠玑蕴温粹。宛窥虞柳全，渐拾羲献坠。锋锐敛冲夷，乃副儒者事。取证内外集，波澜与莫二。得此夸家鸡，政尔适寤寐。后有五百年，永宝十行字。劣咏污败毫，凭叟哂以鼻！

盖论定黄氏，有不同人云亦云者。尝以宣统元年刊《散原精舍诗》二卷，郑孝胥序其端曰：

伯严诗，余读至数过，尝有越世高谈、自开户牖之叹。己酉春，始欲刊行，又以稿本授予曰："子其为我择而存之。"余虽喜为诗，顾不能为伯严之诗，以为如伯严者，当于古人中求之！伯严乃以余为后世之相知，可以定其文者耶？大抵伯严之作，至辛丑以后，尤有不可一世之概！源虽出于鲁直，而莽苍排奡之意态，卓然大家，非可列之江西社里也！往有巨公与余谈诗，务以清切为主，于当世诗流，每有"张茂先我所不解"之喻！其说甚正。然余窃疑诗之为道，殆有未能以清切限之者。世事万变，纷扰于外；心绪百态，腾沸于内；宫商不调而不能已于声，吐属不巧而不能已于辞；若是者，吾固知其有乖于清也！思之来也无端，则断如复断，乱如复乱者，恶能使之尽合；兴之发也匪定，则倏忽无见，惝怳无闻者，恶能责以有说；若是者，吾固知其不期于切也！并世而有此作，吾安得谓之非真诗也哉！噫嘻，微伯严，孰足以语此！

此孝胥赠樊增祥诗所称："尝序伯严诗，持论辟清切"者也。序中巨公，即指南皮张之洞也。晚清名臣能诗者，前推湘乡曾国藩，后称张之洞。国藩诗学韩愈、黄庭坚，一变乾嘉以来风气，于近时诗学，有开新之功。之洞诗取欧阳修、苏轼、王安石，宋意唐格，其章法声调，犹袭乾嘉诸老矩步，于近时诗学，有存旧之思。国藩识巨而才大，寓纵横诙诡于规矩之中，含指挥方略于句律之内，大段以气骨胜，少琢炼之功。而之洞则心思致密，言不苟出；用字必质实，勿纤巧；造语必浑重，勿吊诡；写景不虚造，叙事无溢辞；用典必精切，不泛引，不斗凑；立意必己出，毋袭故，毋阿世；称心而出，意不求工；刊落纤浓，宁质勿绮；虽以风致见胜处，亦隐含严重之神，不剽滑；其生平宗旨，取平正坦直。最不喜黄庭坚，题其集曰："黄诗多槎牙，吐语无平直；三反信难晓，读之鲠胸臆！如佩玉琼琚，舍车徒荆棘；又如佳茶荈，可啜不可食。子瞻与齐名，坦荡殊雕饰！"几于黴声发色，不啻微言讽刺；而见诗体稍僻涩者，则斥为江西魔派，不当意也！三立尝从之洞游南京燕子矶，有《九日从抱冰宫保至洪山宝通寺送梁节庵兵备》一律云：

啸歌亭馆登临地，今日都城隔世寻。半壑松篁藏梵籁，十年心迹比秋阴。飘髯自冷山川气，伤足宁为却曲吟。作健逢辰领元老，下窥城郭万鸦沈！

诗在三立为最清切之作，而之洞诵之，哂曰："元老那能见领于人！"又称"逢辰"二字为不经，"逢辰"二字，陈师道、朱熹常用之。盖亦不解之一。然之洞督鄂之日，尝聘三立校阅经心两湖书院卷，先施往拜，备极礼敬。而三立亦称之洞诗重厚宽博，在近代诸老之上焉。

三立之诗，晚与郑孝胥齐名；而早从通州范当世游，极推其诗；以当世亦学黄庭坚也。当世尝录示《甲午客天津中秋玩月》之作。三立诵叹绝曰："苏黄而下，无此奇矣！"因酬以诗称"吾生恨晚数千岁，不与苏黄数子游。得有斯人力复古，公然高咏气横秋"者也！当世困厄寡谐，一出客直隶总督李鸿章所，意气甚欢！既更世难，抑郁牢愁，壹发以诗，有《范伯子诗集》，工力甚深，下语不肯犹人，峻峭与三立同！而三立笔势壮险，仿佛韩愈、黄庭坚。当世意思牢愁，依稀孟郊、陈师道。顾三立喜之特甚！为子娶当世女，有《衡儿就沪学须过其外舅肯堂通州率写一诗令持呈代柬》一律云：

吾尝欲著《藏兵》论，汝舅还成《问孔》篇。此意深微俟知者，若论新旧转茫然。生涯获谤馀无事，老去耽吟倘见怜！

胸有万言艰一字，摩莎泪眼问青天！

志意牢落可想。盖三立名公子，既蹉跌不用！然不能忘情经世，则一发之于诗。其《甲辰感春》诗云：

杂置王霸书，其言综治乱。慷慨一时画，指列亦璀璨。世运疾雷风，幻转无数算；冥冥千岁事，孰敢恣臆断！况当所遭值，文野互持半！垂示不过物，道苦就羁绊；又若行执烛，迎距光影判；倍谲势使然，安能久把玩？巍巍孔尼圣，人类信弗叛！劫为万世师，名实反乖谩。起孔在今兹，旧说且点窜。摭彼体合论，差协时中赞。吾欲哀百家，一以公列贯。与之无町畦，万派益输灌。国民如散沙，披离数千岁。近儒合群说，哓哓徒置喙！无当下民心，反唇笑以鼻。“疴痒本非我，我爱焉所寄。”

生今探道本，亦可决向避。天地有与立，纲缪非细事！吾尤痛民德，繁然滋朋伪！东掖踬于西，宁独窒厥智！环球悬宗教，始赖缮万类。厮养炀灶间，上帝临无二。俗化得基础，然后图明备。嗟我号传孔，梓潼杂儿戏。回释既浮剽，耶和益相怼。向见龙川翁，组织别树帜；谬欲昌其说，用广师儒治。惜哉畏弹射，又倚厌世义。徒党散四方，杳茫竟谁嗣！

咄嗟渤海战，楼橹涌山岳。长黥掉巨蛟，咋死落牙角。腾挟三岛锐，其势病飞雹。立国何小大，呼吸见强弱。稍震邦人魂，酣梦徐徐觉。方今鏖群雄，万钧操牡钥。之死而之生，妙巧讵苟托；醉饱视息地，一吷飚扫箨！奋起刀俎间，大勇藏民瘼！兹事动鬼神，跃与泪血薄。一士沧瀛归，苍黄发装橐。携取太和魄，佐以万金药。曰“举国皆兵”，曰“无人不学”！

皆戛戛生新而绝不为钩棘者！然辛亥国变以后，则诗体一变，错于杜、梅、黄、陈间矣。《癸丑由沪还金陵散原别墅杂诗》云：

入门成生还，踌躇顾室庐！凝尘扫犹积，阴藓侵阶除！几案未改位，签架稍纷拏。檐间新巢燕，似讶客曳裾！猫犬饥不还，帙落干死鱼！纸堆弃遗札，略辨谁某书。因嗟哄变始：所掠半为墟！长旗巨刃前，守者对欷歔。就抚手植树，汝留劫烬馀！

夙恋山水区，辛勤营此屋。草树亦繁浓，颇欣生意足。移居席未暖，烽燧已在目！提携卧疾雏，指星庇海曲。栖息屡改火，奋身看新筑。四望带城陴，春气染花竹。狭巷闻卖浆，居邻唤黄犊。卸装此盘桓，倏骇万霆逐。窗壁为动摇，坐立几俱仆！地震兼鸣啸，平生所历独！夜中震复然，破寐叫庸仆。置彼灾祥说，一枕百忧续！

钟山亲我颜，郁怒如不平！青溪绕我足，犹作呜咽声！前年恣杀戮，尸横山下城。妇孺蹈藉死，填委溪山盈。谁云风景佳，惨憺弄阴晴！檐底半亩园，界画同棋枰。指点女墙角，邻子戕骄兵。买菜忤一语，白刃耀柴荆。侧踞素发母，挐婴哀哭并。叱咤卒不顾，土赤血奔倾！夜楼或来看，月黑磷荧荧！

前两首叙述曲折，后一首郁怒呜咽；革命之师，号曰吊民；而兵骄民残，可谓极绘写之能；诵者恍若闻睹焉！

初三立之移家金陵也，日从两江总督端方游，评品书画，意气甚欢。端方将具疏复其官。三立坚辞，忾然知时不可为，烦冤离憋，一放于诗。而为文恣肆奇峻，吴汝纶读之曰："是欲不立宗派，有意为曾文正者；然谈何容易！"李希圣则称其文在陈承祚、范蔚宗之间。而三立自言："余少年名习为文章，与南丰刘君孚京字镐仲者游。而君为之愈专且勤，所治书淫于周秦汉诸子杂家；所为文亦本之，不阑入唐以后体势及宗派诸说；与余颇持同异，互标举掎摭为噱乐。时君以主事厕刑部，俸入微，颇假士大夫责文吊贺，受金赡乏绝。一日，君属草稿，意蹇产良苦；乃取箧中有所谓《续古文辞类纂》者，涸君几案，谩语以：'且读且效为之！恶有日聒刘子政、班孟坚，贱易盐米至此乎！'未几，余去都。君以书告曰：'用公言，吾所卖文果易就；然累吾文益即卑近者，公也。'余大笑！方是时，海内才俊故旧集辇下，过逢络绎；而日以道义术业相切磨。晨夕昵语，为余所兄事而弟畜之者，独君与丰城毛君庆藩字实君两人而已！"盖早岁用事于文之劬且久有如此！顾海内争诵其诗，至真知其文者不多。自随其父废退居南昌，阅一年，拳祸作，而父以忧死。乃作《崝庐记》以抒愤曰：

西山负江西省治，障江而峙，横亘二三百里，东南接奉新、高安诸山，北尽于彭蠡；其最高峰曰萧坛，下纷罗诸峰，隆伏绵缀，上为青山之原，吾母墓在焉。墓旁筑屋，前后各三楹，杂屋若干楹，施楼其上，为游廊，与母墓相望；取"青山"字相并属之义，名崝庐。初吾父为湖南巡抚，痛窳败无以为国，方深观三代教育理人之原，颇采泰西富强所已效相表里者，放行其法。会天子慨然更化力新政，吾父图之益自喜，究用此得罪！免归南昌。因得卜葬其地；明年遂葬吾母，穴左亦预为父圹，光绪二十五年之四月也。吾父既大乐其山水云物，岁时常留崝庐不忍去，益环屋为女墙，杂植梅、竹、桃、杏、菊、牡丹、芍药、鸡冠、红踯躅之属。又辟小坎，种荷蓄鲦鱼；有鹤二，犬、猫各二，驴一。楼轩窗三面当西山，若列屏，若张图画；温穆杳蔼，空翠蓊然扑几榻，须眉帷帐衣履，皆映黛色。庐右为田家，老树十馀亏蔽之；入秋叶尽赤，与霄霞落日混茫为一。吾父淡荡哦对其中，忘饥渴焉！呜呼，孰意天重罚其孤，不使吾父得少延旦暮之乐；葬母仅岁馀，又几葬吾父于是耶？而崝庐者，盖遂永永为不肖子烦冤茹含，呼天泣血之所矣！尝登楼迹吾父坐卧凭眺处，耸而向者山耶？演迤而逝者，陂耶、畴耶？缭而幻者，烟云耶？草树之深以蔚耶？牛之眠者斗者耶？犬之吠，鸡之鸣，鹊鸱群雉之噪而啄、呴而飞耶？然满目凄然，满听萧然瑟然，长号而下。已而沈冥以思！今天下祸变既大矣！烈矣！海国兵犹据京师，两宫久蒙尘，九州四万万人民，皆危蹙莫必其命，乃益大恸，转幸吾父之无所睹闻于兹世者也！其在《诗》曰："谁生厉阶，至今为梗！"又曰："莫肯念乱，谁无父母！"曰："凡今之人，胡憯莫惩！"然则不肖子即欲朝歌暮哭，憔悴枯槁，褐衣老死于兹庐以与吾父母魂魄相依，其可得哉！庐后檐下植二稚桂，今差与檐齐。二鹤死其一，吾父埋之庐前寻丈许，亲题碣曰鹤冢。旁为长沙人陈玉田冢；陈盖从营吾母墓工有劳，病终崝庐云！

盖伤戊戌政变之无成功以至于斯也，意有与《甲辰感春诗》相发者焉。然而德宗奉慈禧太后西狩回銮，遂下诏变法，开学堂，练新军，筹备宪政，言新政者嚣然并起，卤莽灭裂，而革命随之，以有民国；目击伤心，浸又悟变法图治之未可求速效，急功利之无裨于富强；遂见于《庸盦尚书奏议序》曰：

庸盦尚书既退居沪渎，乃辑生平扬历所得奏议，区为十六卷，授刊竟，命三立序其端。窃维国家兴废存亡之数，有其渐焉；非一朝夕之故也！有其几焉，谨而持之，审慎而操纵之，犹可转危为安，销祸萌而维国是也！吾国自光绪甲午之战毕，始稍言变法。当是时，昧于天下之大势，怙其私臆，激荡驰骤，爱憎反复，迄于无效，且召大衅，穷无复之，遂益采嚣陵之说，用矫诬之术，以涂饰海内外耳目。于人才风俗之本，先后缓急之程，一不关其虑。而节钺重臣，号为负时望、预国闻者，亦复奋舌摩掌，扬其澜而张其焰，曲徇下上狂逞之人心，翘然以自异。于是人纪之防坠，滔天之象成，而大命随之矣！是故今日祸变之极，肇端虽不一辙；而由于高位厚禄士大夫不遏其渐，不审其几，揣摩求合，无特立之节，盖十而六七也；岂不痛哉！尚书当官京兆时，值庚子祸作，躬捍大难；旋督漕淮上，迁河南、江苏巡抚，擢督湖广，最后为直隶总督。其为治务培国本，恤民隐。凡所敷陈，常持大体，度势所能行，不欺其志；于预备立宪列上诸疏，尤言人所不敢言！往者三立从湘阴郭筠仙侍郎游。侍郎以为中国侈行新政，尚非其人，非其时；辄引青城道人所称"为国致太平，与养生求不死，皆非常人所能。且当守国使不乱，以待奇才之出；卫生使不夭，以须异人之至"；郑重低徊以寄其意。侍郎，世所目为通中外之略者也；其所守如此！时少年盛气，颇忽而不察。今而知老成瞻言百里，验若蓍蔡，为不可易！乃观于尚书疏，语中往复于重纲纪、挽学术，诫变更之繁，匡陵躐之弊，类皆切挚戆直，孤忠謇謇，有可揭日月而泣鬼神者！呜呼，其于青城道人守国使不乱之旨，倘有合欤？后之治国故者，讨其勋绩，综厥终始，憱然于尚书之不幸而垂空文，亦一代得失之林也！

庸盦尚书者，前直隶总督陈夔龙也。三立此序，感慨家国兴废之故。低徊引郭侍郎之言，忧心悄悄，乃深追悔少年之盛气，变法激荡驰骤之讫于无效，前后易虑，何啻南北驰；此直索解人不得也！

三立诸子皆能诗；而长子衡恪名最著，即三立写诗柬范当世署曰"衡儿"者也；字师曾，多能艺事，篆刻逼汉人，画得元人倪瓒、黄公望风味；而为诗喜教谢灵运、谢惠连之作，由沈郁出清迥；尤挚言情。

妇范早卒；继娶汪，又卒，悲之甚，有《春绮卒后百日往哭殡所感成三首》云：

我居西城闉，君殡东郭门。迢迢白杨道，萋萋荒草原！来此尽一哭，泪洗两眼昏。既不簠簋设，又无酒一尊。焚香启素幄，四壁惨不温！念我棺中人，欲呼声已吞！形影永乖隔，目渺平生魂！我何不在梦，时时闻笑言？倏忽已三月，卒哭礼所敦。我哭有已时，我悲郁难宣。藕断丝不绝，况此绸缪恩！苦挽已残月，留照心上痕！

故人九原土，新人三寸棺！相继前后水，一往不复还！我何当此戚，泪眼送奔澜！生时入我门，绿发承珠冠。死别即尘路，灵輀载鸣銮。忽忽十年事，真作百岁观。念此常恻怆，凋我少壮颜！少壮能几何，庆浥朝露团，会当同归尽，万事空漫漫！

子身转脱然，于我一何忍！相期白首欢，岂意娱俄顷！当时携手处，一一苦追省。伸纸见遗墨，检奁得零粉。衣绽何人补，书乱惟自整！亦有庭院花，独赏不成景！一昨致盆兰，三日叶枯殒。似我同心人，寿命吝不永！郁陶对暗壁，泪若繁星陨！天乎何困余，江海吊寒梗！有生有忧患，此味今再领！

侯官陈衍评："第二首'冠''銮'二韵，眼前事，人不能道。愈瑰丽，乃愈悲痛，信有不堪回首者！"春绮，其妇字也。又《题春绮遗像》云：

人亡有此忽惊喜，兀兀对之呼不起！嗟余只影系人间，如何同生不同死！同死焉能两相见，一双白骨荒山里。及我生时悬我睛，朝朝伴我摩诗史。漆棺幽閟是何物？心藏形貌差堪拟。去岁欢笑已成尘，今日梦魂生泪泚。

《月下写怀》云：

丛竹绿到地，月明影斑斑。不照死者心，空照生人颜！

词意凄厉，盖亦悼亡之作。陈衍谓其真挚处突过乃父。三立诘衍何乃誉儿以抑父？衍应之曰："此正吾辈求之不得者。恐君词若有憾，实乃深喜之！向在都，尝与林宰平推究古今闻人，其子往往赶不上；此与家学濡染之说，岂不大相反？宰平曰：'此殆谚所谓近庙欺神之故也！'"相与大笑而罢。顾衡恪诗不多作，特以画名，自称徐天池转生，屡梦天池与论画，且告之曰："我得年七十有三，汝寿如之！"自许当得大年，而以民国十二年卒，年三十有几；士论惜之。

衡恪之弟方恪，字彦通，亦能诗。陈衍赠以诗曰"诗是吾家事，因君父子吟"者也。衍尝论衡恪真挚，而方恪则名贵，有感于京师南妓，作《梁溪曲》，其词曰：

曲罢真能服善才，十年海上几深杯。不知一曲梁溪水，多少桃花照影来！

休言灭国仗须眉，女祸强于十万师。早把东南金粉气，移来北地夺胭脂。

灯痕红似小红楼，似水帘栊似水秋。岂但柔情软似水，吴音还似水般柔！

自跋言"前清末年，京师南妓最盛，皇室贵胄，无不惑溺，遂以苞苴女谒亡国。而梁溪亦成北来南去之李师师"云。然方恪诗有酷似其父者，如《为先母卜兆域至临安法华山中夜宿兰若》云：

荒山独夜自惊神，鼠落鸱腾簌屋尘。灯影扑床疑有魇，松涛如海欲沉身。免怀顾复承家日，换劫艰难拜墓人。明日出门愁雨脚，麻鞋趼足仰苍旻。

陈衍以为杂诸《散原精舍诗》崝庐诸作，几不能辨也！

陈衍附沈曾植

陈衍，字叔伊，少时，尝梦至一处，重楼叠阁，阒其无人；有书数百橱，随手抽数册阅之，书边印“石遗某某”，书中似是自己著作；醒时只记如此，书中云何，则忘之矣。时方阅《元遗山集》，因遂自号石遗；盖以旧字叔伊，“遗”“伊”国语同音，“石”“拾”同音，而“叔”训“拾”也。中式光绪壬午举人，官学部主事，历任京师大学、厦门大学文科教授。生而警敏；四岁诵《千家诗》，喜“花开红树”、“绿树阴浓”、“黄梅时节”、“去年花里”诸首，别有会心。五岁，父用宾授《四子书》、《毛诗》、《春秋左氏传》、《尚书》，日必数千言，若《尚书·禹贡》，《左传》公子重耳之出亡，韩、城濮、邲、鄢陵之战，皆起讫，限一日背诵。衍则临睡熟读，倦极乃寝；诘旦迟明起，奔立案头，一手披衣一手翻书朗诵，逾时，厨下晨餐熟，则成诵矣！一日，读《孟子·不仁者可与言哉》章，一日，读《小弁小人之诗也》章，喜其音节苍凉，抗声往复。父自外归，闻之色喜曰：“此儿于书理，殆有神会！”九岁，兄书授唐诗，自秋徂冬，王维、孟浩然、韦应物、柳宗元诗皆成诵，上及陈子昂、张九龄之作，次年，乃及李白、杜甫与晚唐诸家，每言：“夜读时，见案头瓶中所插折枝菊花、梅花，秀色香韵，沁入脑际，胸中一种诗味，不可名言！”十岁以后，毕诵《诗》、《书》、《易》、《春秋》、《左传》、《周礼》、《礼记》、《尔雅》，习为制举之文。然终年学为诗，日课一首；盖书之教也。书胸中不滞于物，诗境超逸，于白居易、苏轼为近；中间为陈师道、陆游、杨万里，为陆龟蒙、皮日休，雅不以空言神韵，专事音节为岑参、李颀、孟浩然、韦应物、柳宗元之所为者为然。衍秉其教；旁逮考据，以唐、宋、金诗，皆有纪事，而元独无，遂辑《元诗纪事》。其教人学诗，必因材性之所近，不主一家；而自为诗，则欲荟萃古人之所长以自名家。如《与默园论诗即送其行》曰：

黄生手持荆公诗，密密圈点吟哦之。此中海藏久探索，更无馀地堪因依。君家双井富书卷，驱使诘屈或汝师。兹行山水入八桂，剑铓罗带相参差；柳韩笔力藉磨砺，勿怨世路多岖崎！

又《胡诗庐诗存题后》曰：

君于五七言，气体均不俗；问其不俗故，服膺在山谷。山谷之为人，磊珂见节目；生长山水窟，历皖湘黔蜀。世间清刚气，贯凑入骨肉。发为诗文字，可喜不可欲！知者谓坚凝，不知谓严酷。君生于其乡，师又谷之续。今诗尽谷体，谷致杜之曲。别古体为今，吾国之所独！音业与古异，貌自为唐局。李、白、贺。孟郊。不律诗二杜审言、甫。沈、陈属。陈律何铿然，五古古自复。要知杜与黄，万卷胸积蓄。当其欲下笔，万象森瞻瞩。春蹂范奇偶，左右罔不足。七言始《骚经》，刘、项节犹促。《武徽》云兆端，“帝力”更高躅。《柏梁》不易韵，杜、韩厮二渎。然实《骚》之流，两句韵一束。但省其“兮”字，一韵自起伏。又视古乐府，长短句尽劚；试将枚、苏、李，用韵一细读。显与歌曲流，同流而异澳。因君偶放言，敢谓识归宿！

盖教黄舍荆公以学山谷；而诏胡勿以山谷自限，而进之以杜、韩也。至《论诗一首送觐俞同年归里》，则曰：

> 君从故乡来，忽索我诗看。言逢畏庐说："子诗近所罕！"因得读君诗，湖上作居半。湖光与山渌，着笔不肯散！自言探诗境，一叶坠浩漫。岷峨在何许，蜀道险不惮。我从学诗来，亦复思之烂。乐天善闲适，柳子工嗟叹。孟郊骜且雄，次山碎何惋。奇兵双井出，短剑渭南锻。老树曲而直，颓云连复断。连宵快纵谈，归棹惜岁晏。何当小旗亭，画壁赌之涣。

盖欲集古人之长以自名家也。尤喜翘称渭南；盖近人为诗，喜学北宋，学陆游者特少；故表而出之也。尝语人曰："放翁七言近体，工妙宏肆，可称观止。古诗亦有极工者；盖荟萃众长以为长也。"以光绪二十四年，应两湖总督张之洞辟召。之洞督鄂久，值中外多故，而武昌居长江上流，形势扼要；之洞以陶侃自命。衍未许之。有友人同在幕府，酷嗜赌；衍因以诗规之曰："摴蒱运甓等无用，互讼廷尉难为平！"盖兼讽之洞也。而衍为从事久，诵说计学。之洞则维新庶政，方以作业剧而财匮，无所为计；而用衍之谋，通轻重之权，以铸铜圆，消息财货；遂以讲武兴学，显名中朝；其议自衍发之也。学则博闻强记，自经史子集以逮小学、金石、目录、山经、地志，靡所不赅贯，有叩斯应；而泓深渟蓄，久乃不掩，发为文章以抒胸中之瑰伟，皆不屑屑袭古人窠臼，而异军别张以自开派。伟辞独铸，诗最有名；盖有会于宋贤梅尧臣之洗炼，苏轼之谐畅，杨万里之拗折，陆游之宏肆，而以上窥韩愈之雄奇诙诡，白居易之萧闲旷适，熔裁而出之一手，精思健笔，时有拙语，而气能运之，成章以达，透辟生峭，与陈三立、郑孝胥一时争雄，同出宋贤西江，而蹊径各别。三立奥峭而出之以磊砢。孝胥枯涩而抒之以清适。衍则奥衍而发之以爽朗，凿幽出显，力破馀地，此其所独也！客武昌，谒嘉兴沈曾植。曾植见刺，张目视曰：“岂著《元诗纪事》之衍耶？是固吾走琉璃厂肆，以朱提一流之所购读者！”衍曰：“吾丙戌在都，闻郑苏戡诵君诗，相与叹赏，以为同光体之魁杰。”苏戡，郑孝胥字也。曾植，字子培，号乙盦，浙江嘉兴人，光绪庚辰进士，累官安徽布政使。顾是时曾植方以京曹官掌教两湖书院，博极群书，于辽、金、元史及舆地，尤精熟；初若不屑意为诗。衍曰：“吾亦耽考据。其实谈经说史，皆为人作计，无与己事！作诗尚是自家意思，自家言说。此外学问皆诗料也。”曾植意动，因言：“吾诗学深，诗功浅，夙喜张文昌、玉豀生、山谷内外集，而不轻诋七子诗。”“诗学深”者，谓阅诗多；“诗功浅”者，作诗少也。衍曰：“君爱艰深，薄平易，则黄山谷不如梅宛陵。”时人无道梅尧臣者，因贻《宛陵集》残本以赠。时郑孝胥亦在武昌，投衍诗索和。衍句云：“著花老树初无几，试听从容长丑枝。”孝胥曰：“此本《宛陵》诗。”因赠衍诗曰：“临川不易到，宛陵何可追。凭君嘲老丑，终觉爱花枝！”自是始有言宛陵者，实自衍一人倡之。所居与沈曾植邻，谈诗过从极欢。平生论诗，谓“诗莫盛于三元”；三元者，上元开元，中元元和，下元元祐也。曾植戏教时语应曰：“三元，皆外国探险家觅新世界，殖民政开埠头本领。”衍言：“今人强分唐诗、宋诗，又咎同光以来舍唐诗不为而为宋诗。不知宋诗皆，推本唐人诗法，力破馀地耳。欧阳修、梅尧臣、苏轼、王安石、黄庭坚、陈师道、陆游、杨万里诸家，唐诗岑参、高适、李白、杜甫、韩愈、孟郊、刘禹锡、白居易之变化也。陈与义、陈傅良、严羽及永嘉四灵徐照、徐玑、翁卷、赵师秀诸家，唐诗王维、孟浩然、韦应物、柳宗元、贾岛、姚合之变化也。故开元、元和者，世所分唐宋人之枢纽也。若墨守旧说，唐以后之诗不读，有日蹙国百里而已！”然衍论诗宗宋，而于宋诗之弊，亦极言之；曰：“咸同以来，古体诗不转韵，近体诗不尚声，貌之雄浑焉尔；其弊也，蓄积贫薄，翻覆只此数意数言；或作色张之，非其人而为是言，非其时而为是言，视貌为六朝、盛唐之言者无以胜之也！余于诗文，无所偏好，以为惟其能与称耳。浅尝薄植，勉为清隽一二语，自附于宋人之为；江湖末派之诗耳！”刊有《石遗室诗集》十卷，附《补遗》一卷，《续集》二卷；每语人曰：“江右诗家，五十年来，惟吾友陈散原称雄海内；后生英俊，谬以余与海藏侪诸散原，方诸北宋苏、王、黄三家，以为海藏服膺荆公，遂以自命；双井为散原乡先哲，散原兀傲僻涩似之，皆成确证；因以坡公属余。余于诗不主张专学某家，于宋人固绝爱坡公七言各体，兴趣音节，无首不佳；五言则具体而已，向所不喜！双井、后山，尤所不喜。日本博士铃木虎雄特撰《诗说》一卷，专论余诗，以为专主张江西派，实大不然！余七古向鲜转韵，七律向不作拗体，皆大异山谷者；故时论不尽可凭。若自己则如鱼饮水，较知冷暖矣！至鄙人续刻诗二卷，似近来之我，颇非昔时之我；形容变尽，语音亦变。往尝为海藏言之，今则轮到我矣！此外尚有百首诗待刻，亦多非故我。所读时贤号称能诗者之诗，多不过瘾，如何如何！”日本文学士神田喜一郎慕衍名，过访，谓：“公所著《尚书》、《周礼》、《礼记》、《考工记》、《说文》诸书尚未读过；惟见《元诗纪事》、《近代诗钞》、《诗话》，因谈铃木虎雄博士著《诗说》，谓主江西派，然否？”衍应之曰：“大家诗文，要有自己面目，决不随人作计。自《三百篇》以逮唐宋各大家，无所不有，而不能专指其何所有。盖不徒于诗中讨生活也！”神田极以为然。

衍喜说诗，所著有《石遗室诗话前编》三十卷，《续编》六卷，上下古今，靡所不论及；盖自有《诗话》以来，未有如是之浩博者！其论古今人诗曰：“李习之论文，谓：‘《六经》之创意造言，皆不相师。故其读《春秋》也，如未尝有《诗》也。其读《诗》也，如未尝有《易》也。其读《易》也，如未尝有《书》也。其读屈原、庄周也，如未尝有《六经》也。’古之诗人亦然。一人各具一笔意。谢之笔意，绝不似陶；颜之笔意，绝不似谢；小谢之笔意，绝不似大谢。初唐犹然。

至王右丞而兼有华丽、雄壮、清适三种笔意。至老杜而各种笔意无不具备。大历十子，笔意略同。元和以降，又各人各具一种笔意。昌黎则兼有清妙、雄伟、磊砢三种笔意。北宋人多学杜、韩，故工七言古者多。南宋人稍学韦、柳，故有工五言者。南渡，苏黄一派流入金源。宋人如陈简斋、陈止斋、范石湖、姜白石、四灵辈，皆学韦、柳，或至或不至。惟放翁无不学，独七言古不学韩、苏。诚斋学白、学杜之一体。此其大较也。”

又曰：“诗贵风骨，然亦要有色泽，但非寻常脂粉耳；亦要有雕刻，但非寻常斧凿耳。有花卉之色泽，有山水之色泽，有彝鼎图书种种之色泽。王右丞，金碧楼台山水也。陈后山，淡淡靛青峦头耳。黄山谷则如赭石，时复著色朱砂。陈简斋欲自别于苏、黄之外，在花卉中，为山茶、腊梅、山矾。‘吴波不动，楚山丛碧’，李太白足以当之。‘木叶微脱，石气自青’，孟浩然足以当之。‘纷红骇绿’，韩退之之诗境也。‘萦青缭白’，柳子厚之诗境也。”

又曰：“五律四十字，字字清高，惟初唐至太白为然！老杜五律，高调似初唐者，以‘国破山河在’一首为最。自大历以后，高调者渐少。宋人七律，可追唐人；五律罕可诵者，其高者仅至晚唐而止。盖一句只五字，又束于声律对偶，难在结响有馀音，易同于排律句调。欲学初唐五律，求之于音节，须求之于用字；音节由用字出也。”

又曰：“严沧浪云：‘少陵诗法如孙吴，太白诗法如李广。’殊为得之！孙吴有实在工夫，李广则全靠天分，不可恃也！渔洋于沧浪，不取此二语，而取‘羚羊挂角’之说；盖未尝学杜故也。表圣之‘不著一字，尽得风流’，已在可解不可解之间。‘羚羊挂角’，是底言乎？至如禅家所云‘两头明，中间暗’，及诗家之‘鸳鸯绣出从君看，不把金针度与人’，竟是小儿得饼，且将作谜语、索隐书而后已乎？渔洋更有‘华严楼阁，弹指即现’之喻；直是梦魇，不止大言不惭也。”

又曰：“学古人，总要能变化。曹孟德《苦寒行》中云：‘熊罴对我蹲，虎豹夹路啼。’少陵《石龛诗》云：‘熊罴哮我东，虎豹号我西。我后鬼长啸，我前狨又啼。’盖变本加厉言之；而用之篇首，与曹公用之篇中者，尤见罕兀。《水会渡诗》‘大江动我前’，又用此种句法。《草堂诗》之‘旧犬喜我归，低徊入衣裾；邻舍喜我归，酤酒携胡卢；大官知我来，遣骑问所须；城郭知我来，宾客隘村墟’，则用《木兰辞》而小变换之。他人之学少陵者，王荆公思王逢原云：‘庐山南堕当书案，湓水东来入酒卮。’非从‘沲水流中座，岷山到此堂’来乎？少陵《奉观严郑公厅事岷山沲江画图十韵》句。‘青山扪虱坐，黄鸟挟书眠’，非从‘钩帘宿鹭起，丸药流莺啭’来乎？少陵《水阁朝霁奉简云安严明府》句。但‘庐山’一联，视‘沲水’一联无不及。‘钩帘’一联，何等自然；‘青山’二语，则所谓‘是底言’矣！山谷之‘凄其望诸葛’，则明用《晚登瀼上堂》之‘凄其望吕葛’耳。”

又曰：“少陵之‘边秋一雁声，露从今晚白’，从江淹《别赋》‘值秋雁兮飞日，当白露兮下时’，不觉脱化而出！‘月是故乡明’，亦翻用谢庄‘隔千里兮共明月’意耳！”

又曰：“少陵诗用字之有来历者，如《甘林》之‘脱粟为尔挥’，言长老留饭也；‘挥’字，用范彦龙‘恨不具鸡黍，得与古人挥’句。”

又曰：“杜陵古诗，往往将后面意撮在前面预说，使人不易看出线索；退之作文之善于蔽掩，即此法也。如《遣怀诗》为高适、李白叙哀而作；‘芒砀’十字，似登台语；而寓意极微，语切友生，怀深先帝。上句喻云驭上宾，时事改易；下句喻庸庸求食，无复功名之想。此二句置在未入‘先帝’之先，故无所阂口，而使人不觉；下面即紧顶先帝好武，叙拓境后，便接以存殁，中间全无曲折，盖亦倒找势耳！通篇要指，全在‘气酣’二十字中，言先皇升遐后，三人皆无望于进取。白佯狂诗酒，恳辞还山，原是避诸杨之祸；集中有《惧谗》一诗，又句云：‘谗惑英主心，恩疏佞臣计。’史称帝每欲官白，辄为妃子所沮；适先曾授钺淮南，为李辅国所沮毁，改授詹事，后来摄钺西川，旋经内召，身虽显于肃代间，特以资格迁官；以云受知则未也！《甘林诗》‘子实’四句，即长老语；却用‘主人’二句倒押在后；杜诗如此笔法甚多！”

又曰：“少陵《别唐十五诫因寄礼部贾侍郎至诗》，言唐负经济才，九载相逢，仍旧未遇，岂甘槁饿老死！设其此举一虚，势必于谒镇帅，谋以他途进身。‘胡星’六句，所以著骄将悍帅之夥；末‘念子善师事，岁寒守旧柯’二句，祝其遇合；如其不然，不可改操。后来昌黎《送董召南序》，用意全本此诗。”

又曰：“今人作诗，学元、白者视诗太浅，视元、白太浅也。学韦、柳者视诗太深，视韦、柳太深也。学温、李者，只知温、李之整丽。学韩、苏者，只知韩、苏之粗硬。非直知诸家者也！”

又曰：“涛园说诗，时有悟入处；尝云：昌黎《南山诗》，连用五十一‘或’字；少陵《北征》已有‘或红如丹砂，或黑如点漆’之句，实则莫先于《小雅·北山》‘或燕燕居息，或尽瘁事国’，十二句连用十二‘或’字。余谓《北山》将苦乐不均两两相较；视《南山》专状山之形态，有宽窄难易之不同。《北山》到底竟住，斩截可喜！《南山》则不免辞费，故中多复处，如‘或戾若仇雠’，非即‘或背若相恶’乎？‘或密若婚媾’，非即‘或向若相佑’乎？‘或随若先后’，非即‘或连若相从’乎？其馀‘或赴若辐辏’与‘或行而不辍’，‘或妥若弭伏’与‘或颓若寝兽’，大同小异之处尚多。故昔人谓《北征》不可无，《南山》可以不作也。且其叠用‘若’字，‘如’字，‘或’字，又本于《高唐赋》之‘愀兮如风，凄兮如雨’，‘若生于鬼，若出于神’；《神女赋》之‘耀乎若白日初出照屋梁，皎若明月舒其光’，‘哗乎如华，温乎如莹’；《洛神赋》之‘翩若惊鸿，婉若游龙’，‘仿佛兮若轻云之蔽月，飘摇兮若流风之回雪’，‘皎若太阳升朝霞，灼若芙蕖出渌波’，‘肩若削成，腰如约素’，‘或戏清流，或翔神渚，或采明珠，或拾翠羽’诸句来也。等而上之，《淇奥》之‘如切如磋，如琢如磨’，‘如金如锡，如圭如璧’；《板》之‘如埙如篪，如璋如圭，如取如携’；《荡》之‘如蜩如螗，如沸如羹’；《三百篇》早有之矣！”

又曰：“白乐天《寄韬光禅师》云：‘一山门作两山门，两寺原从一寺分。东涧水流西涧水，南山云起北山云。前台花发后台见，上界钟声下界闻。遥想吾师行道处，天香桂子落纷纷！’此七言律创格也。惟灵隐、韬光两寺实一寺，‘一山门实两山门’者，用此格最合。其馀东西涧，南北峰，前后台，上下界，无一字不真切，故此诗不可无一，不能有二！惟东坡能变化学之，《游西菩寺》次联云：‘白云自占东西岭，明月谁分上下池’，略翻乐天意说之。据《咸淳临安志》，寺前有东西双峰，寺中有清凉池、明月池，有似灵隐、韬光；故东坡亦分‘东西’、‘上下’言之。又《赠上天竺辩才师》云：‘南北一山门，上下两天竺。’又《自普照游二庵》云：‘长松吟风晚雨细，东庵半掩西庵闭。’皆用此例；亦以天竺寺有上下，庵有东西故也。王摩诘《访吕逸人诗》云：‘城上青山如屋晨，东家流水入西邻。’又乐天诗所自出。”

又曰：“宛陵古体用意笔，多本香山；异在香山多用偶，宛陵变化用奇；香山多五言，宛陵变化以七言。东坡意笔曲达，多类宛陵；异在音节，梅以促数，苏以谐畅；苏如丝竹悠扬之音，梅如木石摩戛之音。放翁、诚斋皆学香山，与宛陵同源。世于香山，第赏其讽谕诸作，未知其闲适者之尤工！于放翁、诚斋，第赏其七言近体之工似香山，未知其古体常合宛陵、香山以为工；而放翁才思较足耳！”

又曰：“东坡七言古，全用对句排奡到底，本于老杜《岳麓山》、《道林二寺行》。他如《洗兵马》、《追酬高蜀州人日见寄》，则全用对句而有转韵；东坡却少学。后山七律，结联多用涩语对收，则学杜而得其皮者。山谷、铁厓多学杜之七言绝句。”

又曰："苏长公之诗，自南宋风行，靡然于金；元明中熄；清而复炽，二百馀年中，大人先生殆无不濡染及之者。大抵才富者喜其排奡，趣博者领其兴会。即学焉不至，亦盘硬而不入于生涩，流宕而不落于浅俗；视从事香山、山谷、后山者受病较鲜，故为之者众。张广雅论诗，扬苏斥黄，略谓：'黄吐语多槎牙，无平直，三反难晓，读之梗胸臆；如佩玉琼琚，舍车而行荆棘；又如佳茶，可啜而不可食。子瞻与齐名，则坦荡殊雕饰，受党祸为枉！'亦可见大人先生之性情，乐广博而恶艰深，于山谷且然，况于东野、后山之伦？广雅过芜湖，吊袁沤簃，则云：'江西魔派不堪吟，北宋清奇是雅音。双井半山君一手，伤哉斜日广陵琴！'不喜江西派，即不满双井；特本渔洋说'山谷虽脱胎于杜，顾其天姿之高，笔力之雄，自辟门庭。宋人作《江西宗派图》，极尊之，以配食子美，要亦非山谷意'云云。故阳不贬双井，而斥江西为'魔派'；实则江西派岂能外双井？双井岂能高过子美，雄过子美，而自辟门庭哉？渔洋未用功于杜，故不知杜，不喜杜，亦并不知黄，乃为是言。"

又曰："余尝谓达官而足山林气者，莫如荆公。荆公佳句，皆山林气重，而时觉黯然销魂者，所以虽作宰相，终为诗人也。余尝语子培，荆公诗甚妖冶。子培曰：'何以言之？'余曰：'怊惆俯凌波，残妆坏难整，不谓之妖冶，得乎？"'

又曰："宋诗人工于七言绝句，而能不袭用唐人旧调者，以放翁、诚斋、后村为最。大约浅意深一层说，直意曲一层说，正意反一层侧一层说。诚斋又能俗语说得雅，粗语说得细；盖从少陵、香山、玉川、皮、陆诸家中一部分，脱化而出也。如'归去江南无此景，未须吃饭且来看！"中间不是平林树，水色天容拆不开。'点检风来无觅处，破窗一隙小于钱。小儿不耐初长日，自织筠篮胜打闲。''醉去皆然卧绿窗，醒来一枕好凄凉！''皂荚树阴黄草屋，隔篱犬吠出头来！'全首如：'诗人长怨没诗材，天遣斜风细雨来。领了诗材还又怨，问天风雨几时开？’‘晴明风日雨干时，草满花堤水满溪。童子柳阴眠正著，一牛吃过柳阴西。’‘莫言下岭便无难，赚得行人错喜欢。正入万山圈子里，一山放出一山拦！“风雨掀天浪打头，只须一笑不须愁。近看两日远三日，气力穷时会自休’。此外以粗语、俗语入诗者，未易悉数。善学之，可以上追圣俞、后山；不善学而一味为之，或流于钉铰击壤。后世袁简斋多学诚斋。近人则竹坡先生宝廷、木庵先生陈书、林暾谷旭亦时为之。”

又曰：“陈简斋五言古，在宋人几欲独步；以宋人学常建、刘慎虚及韦、柳者鲜也。至《夏日集葆真池上》一首，尤为压卷之作。厉樊榭平生所心摹力追者，全在此种。”

又曰：“厉樊榭先生《樊榭山房诗》，为浙派领袖，在前清风行颇久，至近日稍衰。然其参会唐宋，于渔洋、竹垞外自树一帜；虽以沈归愚之主张汉、魏、盛唐，亦盛称之。实则五言古、七言律、七言绝句，佳者甚多！七言古才力薄弱，局势平常；五言律殊少神味；非其所长耳！”

又曰：“有清二百馀载，以高位主持诗教者，在康熙曰王文简，在乾隆曰沈文悫，在道光、咸丰，则祁文端、曾文正也。文简标举神韵；神韵未足以尽《风》、《雅》之正变，《风》则《绿衣》、《燕燕》诸篇，《雅》则‘杨柳依依、雨雪霏霏’，‘穆如清风’诸章句耳。文悫言诗，必曰温柔敦厚。然孔子删诗，《相鼠》、《鹑奔》、《北门》、《北山》、《繁霜》、《谷风》、《大东》、《雨无正》、《何人斯》以迄《民劳》、《板》、《荡》、《瞻印》、《召旻》，遽数不能终其物，亦何尝‘温柔敦厚’者？而皆勿删。祁文端学有根柢，与程春海侍郎为杜，为韩，为苏、黄；辅以曾文正、何子贞、郑子尹、莫子偲之伦，而后学人之言，与诗人之言合而恣其所诣；于是貌为汉魏、六朝、盛唐者，夫人而觉其面目性情之过于相类，无以识其若人之言也！夫文简、文悫，生际承平，宜其诗之为‘正风’、‘正雅’、但其才力为

'正风'则有馀，为'正雅'犹或不足。文端、文正以来丧乱云膴，迄于今变故相寻而未有届，其去《小雅》废而《诗》亡也不远矣。”

又曰：“诗至晚清同光以来，承道咸诸老，蕲向杜韩，为'变风'、'变雅'之后，益复变本加厉，言情感事，往往以突兀陵厉之笔，抒哀痛迫切之辞！甚且戏笑怒骂，无所于恤。矫之者则为钩章棘句，僻涩聱牙，以至于志微噍杀，使读者悄然而不怡然。皆豪杰贤知之子乃能之；而非愚不肖所及也！道咸以前，则慑于文字之祸，吟咏所寄，大半模山范水，流连景光；即有感触，决不敢显然露其愤懑，借咏物、咏史以附于比兴之体；盖先辈之矩矱类然也。自今日视之，则以为古处之衣冠而已！”

又曰：“后山学杜，其精者突过山谷，然粗涩者往往不类诗语。暾谷学后山，每学此类；在八音中，多柷敔，少丝竹，听之使人寡欢。若循此春夏行冬令，则四十五十，尚何诗之可为！”

论作诗之法曰：“诗贵淡荡，然能浓至，则又浓胜矣！诗喜疏野，然能精微，又精善矣！'鸣鸠乳燕青春深，落花游丝白日静'，'雷声忽送千峰雨，花气浑如百和香'，可谓浓至！'穿花蛱蝶轻轻舞，点水蜻蜓款款飞'，可谓精微！”

又曰：“诗要处处有意，处处有结构，固矣。然有刻意之意，有随意之意；有结构之结构，有不结构之结构。譬如造一大园亭然；亭台楼阁，全要人工结构；而疏密相间中，其空处不尽有结构也；然此处何以要疏，何以要空，即是不结构之结构。作诗亦然，一篇中某处某处要刻意经营，其馀有只要随手抒写者，有不妨随意所向者；如走路然，今日要访何人，今夜要宿何处，此是题中一定主意，必须归结到此者。至于途中又遇何人，立谈少顷；又逢何景，枉道一观；迤逦行来，终访到要访之人，终宿到可宿之处而已！若必一步不停，一人不与说话，一步路不敢多走，是置邮传命之人，担夫争道之行径矣。譬之造屋，尽是楼阁构连，亭台攒簇；并无山花野草生长之方，陂陀回伏自然之天趣矣。”

又曰："诗有四要三弊：骨力坚苍为一要。兴趣高妙为一要。才思横溢，句法超逸，各为一要。然骨力坚苍，其弊也窘；才思横溢，其弊也滥；句法超逸，其弊也轻与纤。惟济以兴趣高妙，则无弊。唐之孟浩然、王摩诘、杜少陵、韦苏州，宋之东坡、荆公、放翁，皆有真兴趣者。孟、韦才思，庸有不及时耳。渔洋自夸学王、孟、苏州，则非有真兴趣，而才思骨力，不足以赴之！"

又曰："诗最患浅俗。何谓浅？人人能道语，是也。何谓俗？人人所喜语，是也。"

又曰："苏戡言律诗要能作高调。余曰：高调要不入俗调，要是自家语。元裕之多是高调，却无俗调。高季迪、前后七子喜高调，遂多俗调。东坡律句极少高调，属对每以动宕出之；此秘发于沈佺期、王右丞，极变化于老杜。《吴都赋》云：'嵚崟乎数州之间，灌注乎天地之半。'七律中对，要有此二语体势。"又曰："余言作诗起调不落凡近易，结调不落凡近难。苏戡言作诗用利笔易，用秃笔难；谓即诗家'折钗脚'、'屋漏痕'之说耳！大抵诗要兴象才思，两相凑泊。有惘惘不甘之情，不自觉其动魄惊心，回肠荡气也。有自然高妙之旨，乃使人三日思，百回读也。"

又曰："宛陵尝语人曰：'凡为诗，必能状难写之景，如在目前；含不尽之意，见于言外；乃能为至。'此实至言。前二语，惟老杜能之；东坡则有能有不能。后二语，阮、陶能之；韦、孟、柳则有能有不能。惟宛陵此四语，前二语实难于后二语。姜白石《说诗》云：'僻事实用，熟事虚用，学有馀而约以用之，善用事者也！意有馀而约以尽之，善措词者也！句中无馀字，篇外无剩语，非善之善者也！句中有馀味，篇中有馀意，善之善者也。始于意格，成于句字。诗有四种高妙：一曰理高妙；二曰意高妙；三曰想高妙；四曰自然高妙。一篇全在结句，如截奔马，词意俱尽；如临水送将归，尽意不尽词。若夫意尽词不尽，剡溪归棹，是也。'此言颇尽作诗之妙！惟譬喻尽不尽处，亦有未当！截奔马，正是词尽意不尽；奔马本意不止于是，截之使止于是。临水送将归，已是词意俱不尽。然不过宛陵后二语而已！今人非不能如白石所言约以用之；然而学未尝有馀矣！非不欲如白石所言约以尽之，然而意未必有馀矣；约又何足贵乎？句中且未能无馀字，篇外且不能无剩语；而遽言句中有馀味，篇中有馀意，亦谁信之？始于意格，成于句字，然后再言高妙。大抵作古体诗，患在无结想，患在结想之不高妙！作近体诗，患在意不足；如七律诗八句，奈无八句之意，则空滑搪塞，无所不至矣！但果是作手，尚张罗得来；八句中有两三句、三四句可味，馀亦可观耳！意有馀，而后如截奔马，如临水送将归，非施手段，善含蓄不可。意仅足，则剡溪归棹，故作从容，故留馀地，工于作态而已。”

又曰：“钟记室作《诗品》，遂谓：‘清晨登陇首，羌无故实；明月照积雪，讵出经典。思君若流水，既是即目；高台多悲风，亦惟所见。’以示宗旨。由是流传名句，写景者居多，如老阮之‘门外大江横’；陶潜之‘倾耳无希声，在目皓已洁’咏雪，‘往燕无遗影，来雁有馀声’，‘采菊东篱下，悠然见南山’；大谢之‘池塘生春草，园柳变鸣禽’，‘晓霜枫叶丹，夕曛岚气深’；小谢之‘红药当阶翻，青苔依砌上’，‘馀霞散成绮，澄江净如练’，‘天际识归舟，云中辨江树’；丘迟之‘风轻花落迟’；谢贞之‘风定花犹落’；何逊之‘夜雨滴空阶’；皆写景也。大约代不数人，人不数语。至隋炀帝忌人能作‘空梁落燕泥’、‘庭草无人随意绿’句而杀之；亦可知工于写景之不易矣！唐郑翼观崔信明全集，曰只有‘枫落吴江冷’五字。孟浩然‘挂席几千里，名山都未逢。泊舟寻阳郭，始见香炉峰’四语；王摩诘至写为图。‘微云淡河汉，疏雨滴梧桐’二语，举座英华，尽为阁笔。大历以降，犹有常建‘曲径通幽处，禅房花木深’，钱起‘曲终人不见，江上数峰青’诸传作。韦苏州之‘春潮带雨晚来急，野渡无人舟自横’，后人取以建庵，名野渡庵。元和后，并讲求一字两字，如‘僧推月下门'、'僧敲月下门'，'昨夜数枝开'、'昨夜一枝开'之类，开宋人许多诗说。祖咏《赋终南残雪》，至'林表明霁色，城中增暮寒'，自谓意尽，不终篇而止。司空表圣自谓得味外味，亦第举'绿树连村'，'棋声花院'二联，皆写景也。宋人除陆放翁、范石湖、杨诚斋外，往往写景中带着言情，一联中或一句写景，一句言情，或两半句写景，两半句言情；岂好景果为前人写尽乎？抑亦嫌赋体浅直，不如比兴深而曲耳！然景中带情，六朝盛唐人已有之，如薛道衡之'人归落雁后，思发在花前'；杜甫之'感时花溅泪，恨别鸟惊心'是也。沈休文云：'相如工为形似之言，二班长于情理之说。'宋张戒《岁寒堂诗话》云：'建安、陶、阮以前诗，专以言志；潘、陆以后诗，专以咏物。'此言情与景分者也。刘彦和云：'因情造文，不为文造情。'又曰：'情在词外曰隐，状溢目前曰秀。'梅圣俞云：'含不尽之意，见于言外；状难写之景，如在目前。'此言情与景合者也。宋人写景句，脍炙人口者，如晏元献之'梨花院落溶溶月，柳絮池塘淡淡风'；林和靖之'疏影横斜水清浅，暗香浮动月黄昏'，'雪后园林才半树，水边篱落忽横枝'；梅圣俞之'春洲生荻芽，春岸飞杨花'，'野凫眠岸有闲意，老树着花无丑枝'；东坡之'竹外桃花三两枝，春江水暖鸭先知'；荆公之'坐看青苔色，欲上人衣来'，'细数落花因坐久，缓寻芳草得归迟'；山谷之'近人积水无鸥鹭，时有归牛浮鼻过'，亦不过代数人，人数语；视唐人传作之多，不及远甚！此外惟放翁之'小楼一夜听春雨，深巷明朝卖杏花'，'山重水复疑无路，柳暗花明又一村'，'云归时带雨数点，木落又添山一峰'，'白菡萏香初过雨，红蜻蜓弱不禁风'，较多数联耳！其东坡之'帘前柳絮惊春晚，头上花枝奈老何'，'酒阑病客惟思睡，蜜熟黄蜂亦懒飞'；陈简斋之'客子光阴诗卷里，杏花消息雨声中'，诗中皆有人在，则景而带情者矣。"

又曰："作诗文要有真实怀抱，真实道理，真实本领；非靠着一二灵活虚实字，可此可彼者，斡旋其间，便自诧能事也！今人作诗，知甚嚣尘上之不可娱独坐，‘百年’、‘万里’、‘天地’、‘江山’之空廓取厌矣！于是有一派焉，以如不欲战之形，作言愁始愁之态，凡‘坐觉’、‘微闻’、‘稍从’、‘暂觉’、‘稍喜’、‘聊从’、‘政须’、‘渐觉’、‘微抱’、‘潜从’、‘终怜’、‘犹及’、‘行看尽’、‘恐全非’等字，在在而是，舍此无可着笔。非谓此数字之不可用，有实在理想，实在景物，自然无故不常犯笔端耳！”凡此之类，皆所谓语无泛设，洞中奥窍者！

衍之为文，则极意避熟俗，而辞笔奇矫，于孙樵、王安石为近，瘦硬通神，盖学韩愈而得其一体。自以生平服事张之洞久，而挽清之新政新猷，无不自之洞发其端；而见闻之真，无如己者；遂为之传曰：

张之洞，字孝达，一字香涛，直隶南皮人，晚自号抱冰；督两广时，创广雅书院、广雅书局，故又称广雅。父官贵州观察使，生之洞，躯干短小，不类北人，广颡伟鼻，目三棱有光，修髯及腹，行坐揖让，仪观秩然！未冠，举顺天壬子乡试第一，癸亥，始成进士。时粤匪方炽，诏廷对勿拘旧格式。之洞纵陈时事，然终以第三人及第。旋督学湖北，取士提倡朴学，才华次之；建经心书院，选高才生肄业，《校士录》出，天下传诵！丁卯、庚午，典浙江四川试，皆遍搜经策遗卷，名下士无一失者！遂督川学，著《輶轩语》、《书目答问》教士。道咸以来，士溺于陈腐时艺，愈益不学；自是后进乃略识读书门径。有诋諆《书目》不尽翔实，稿非己出；然不害其励学爱士勤勤意也！同治间，大乱初定，朝廷尚兢业，开言路。言者竞进，颇党伐同异；久而孝钦太后厌之。独之洞多上书陈政事，不以参劾为能。光绪初，由内阁学士简授山西巡抚。京曹久不放疆吏，倚畀之重自兹始矣！未几，法越事起，擢两广总督。沿海驿骚，方修炮台楼船水战具；之洞注意陆战，专力筹军饷，重顾广西边防，兼济云南，馀力及福建之台湾，皆百十万。以湘淮军已暮气，王德榜、潘鼎新辈连战不利；乃起宿将粤人冯子材，畀以重任，谅山告大捷，为自来中西构兵所未曾有！云南宣光亦捷，法人势大屈，浼英人议和，急请停战。政府怵且暗，遂从之。之洞力争，且密饬冯军速战；朝旨终连责，不得已，乃退师。粤俗多盗，多海贾，以博为生；闱姓尤非法，士绅分肥——闱姓者，遇童子试，乡会试，限稍僻之姓，射其中否，以百十万为博注；姓僻者，则有代之作文通关节，使之必中而后已。害亦甚矣！然禁之不易；筹饷无所出，则且因势而重征之，岁入恒百十万。中国币制，铜钱外，向用生银互市；口岸则用外国所铸银圆，渐及内地；乃创铸龙文银圆、小银圆；造兵轮船、商轮船，设水师学堂，诸要务繁然兴矣！时铁路风气未开；惟台湾巡抚刘铭传言之最早，疑阻者众！之洞以为："铁路，国之脉络。无铁路，是人身无脉络也；无干路，是无督脉也！"乃建议首办芦汉干路，而后西达秦晋，南通湘粤。中朝因调督湖广。湖广治武昌，督抚同城；自胡林翼以湘军戡定武汉，开办厘金，筹饷察吏，事权一归巡抚；总督拱手而已！之洞至，兴铁厂、枪炮厂、纺纱、织布、缫丝、制麻、制革各厂；创设官钱局、造币局，行用钞票，铸银圆，以固根本，剂盈虚；揽铸东三省、云、贵、四川各省小银圆，收其馀利，岁百十万。用从事陈衍言，仿造外国暗字银纸；创铸当十铜圆，当二铜钱，行用南北各省，至数千万，馀利至千百万；继而邻省竞利，分画行用疆界，而闭塞滞销矣！又继而京师集权，禁限各省铸造，而铜币业已充斥，值亦贬矣。议者咎铜圆之渔利病民，直不足当十。然一文钱既极敝而乏绝，无铜圆，即无以交易；失在铜价既贵，当用金银主币，不当用铜；有主币、补助币乃有限制；铜圆特一时济急，先铸者暂获其利耳！湖北为数省要冲。若盐斤加税，土药加税，罢厘金，行统捐，开富签票，岁入增数百万。益以沿江沙田，堤工坚实，汉口后湖涨滩，大冶、崇通铁煤矿，会城内外筑马路、辟商场，生活穷民无算。用以添造枪炮及浅水兵轮。首开速成师范，两湖完全师范，方言及普通中小各学堂；选派学生，留学东西国，甲于各省，先于各省；其讲武则武备将弁各学堂，练军全镇，炮队辎重各营，罔不具备；湖北列在小省，摊京饷，摊赔款，至方驾江南焉。庚子之乱，端王载漪矫旨命各疆吏攻击居留外人。之洞不奉诏，与两江总督刘坤一、两广总督李鸿章倡互保之策。北方鼎沸，东南晏然！前后坐镇武昌二十年，中权两江总督者二年；丁未，乃以大学士入为军机大臣，兼管学部。未几，景帝、孝钦太后相继崩殂，少帝立。醇王载沣摄政监国，专用亲贵，至十部大臣中，惟司法学部属汉人；以母弟载洵、载涛典水陆军。载洵招权作威福，日营宫室，天下侧目！载泽长度支，无所知；惟与之洞争币制，袒庇瑞澂以亡其国。之洞力争亲藩典兵，至于椎心呕血，病旬月，以薨；遗疏有“守祖宗永不加赋之规，凛古人不戢自焚之戒”各语，天下诵之！生平独立无奥援；惟高阳相国李鸿藻稍左右之。李卒，政府皆不以所为为然；刚毅翁同龢尤恶之。戊戌，景帝召，将内用；翁以留办教案阻之，中途折回。之洞天资稍迟钝，而精力过人，文章经济之学，弗得弗措；思深忧长，眼光因之及远；长虑却顾，亦间坐此！宏奖知名士，无不罗致；然不与谋政事。所用多杂流奔走承意旨之人，亦无荐剡为公卿大臣者！

论曰：《传》曰“长国家而务财用者，必自小人”；此大一统之世之言也！今不能与列强闭关绝约，人富强，己贫弱，犹为此言，非騃则狂易耳！中国士夫讳言财用，见之洞用财如粪土，从而百端诟病之；然其家固不名一钱也。三十年经营财用，与外国理财家较挈短长，去之尚远；而中国居高位者，遂未有其人！闱姓签捐之类，固不轨于正；铁厂纱布丝麻各厂亦折阅相继；然一易商办，则赢利巨万；一击不中，谤者引为大戒，岂不误乎？独铜圆钞票畅行时，衍请以中国所自有金铸造金币，以数百万建织呢大厂，可支三十年国用；迟回审顾，未之能从；兹可惜耳！为专制之说者，至谓开学堂、派游学、练兵造械为乱阶。彼骊山囚徒，又何尝负笈之学子耶？

其为文章，遣言造意，不屑屑为含蓄顿挫，以力脱尽桐城畦封。然并世文家，有力脱桐城畦封，与衍同，而取径适相反。新城王树枏《陶庐文稿》，造语逼韩退之，陈义师曾南丰，力救桐城脆薄之弊，有与为清隽、宁为繁衍者。而衍之文，取径于孙可之，用笔似王半山，以矫桐城滑易之失，有与为妍媚、宁为峻削者。树枏力有馀劲而或未隽。衍则气有馀清而微伤妍。又衍直抒欲言，不事间架，而或失之碎，不成片段者。其乡人林纾诵说桐城以传门户，而衍不然！然以矜慎矫平熟，以琢炼救滑易，则又不同趣而同归。顾纾矜慎而或为搔首弄姿，衍琢炼而不害粗头乱服；盖纾用功在炼辞，而衍着意欲炼骨也。然以矜慎伤气，以琢炼伤格；纾润泽而不腴，衍清隽而未逸；得趣不得笔，有笔又无气，则又不同工而同病！刊有《石遗室文集》、《续集》、《三集》、《四集》，自序谓“生平无韵之文，何啻二三千首。教授京师、武昌各学校，说经之文数百首，论史之文数百首。论文之文百十首。佐幕台北、武昌，草奏书札数百首。卖文海上十年，寿言数百首，杂报论说又数百首；而少时里居课经义治事词章于书院者不与焉，今皆弃不取！尚有数百首，属于记载告语各类。”下笔缅缅，不肯自休；而垂老经意之作，莫如《福建通志》，凡六百馀卷，约一千万言，皆以一人心力目力经营论纂。其新创门类为前志所未有者，如《通纪》二十卷，《方言志》

二十卷，《艺文志提要》七十六卷，《艺文志附录》五卷，《板本志》八卷，《金石志》三十卷，《三经》三十五卷，《河渠书》十一卷，《儒行传》六卷，《酷吏传》、《滑稽传》、《宦者传》各一卷，分类《列女传》七卷；其改名目者，为《高士传》五卷，《高僧传》一卷，《神仙传》一卷，《道士传》二卷；而新政不在此论焉。所采取必载出处，皆主广义，宁繁毋简；曰："此史料也，以备后人删节，可也！"

尝读姚鼐《泰山记》，寂寥短章，故示高简，不为题压，世称传作，而衍殊不以为然。曰："'东汉马第伯《封禅记》，洋洋二千言。'盖必如是，乃移不到他山去。若《姚记》，则普通高山皆是矣；诸峰或得日，或不得日，最是警语；然以状衡山，不更善乎！"迨宣统辛亥，游泰山，作记一篇，二千馀言，所以状泰山者，特为穷工尽妍。又得五言律四首，以为"古今登岱，未为传作。惟少陵《望岳》一诗，然实未尝登，乃想象之作；末四句凡高山皆可用，不必岱也。独余诗广大雄深，殆无抗手者矣！"衍雅好山水，足迹遍上谷、居庸、昌平、泰岱、嵩山、华山、衡山、匡庐、罗浮、峨眉，京西之香山、翠微，江上之金、焦、北固、钟山、石钟、西山、赤壁，汉上之大别、郎官，西湖之南北两峰，及其它诸名胜，无地不赋诗，无诗不雅切云！

顾以性好说诗；同辈有作，必请论定，而衍抗论得失，谓："赵瓯北言：'元遗山才不甚大，书卷亦不甚多，较之苏、陆自有大小之别；然正惟才不大，书不多，而专以精思锐笔，清炼而出；故其廉悍沈挚，胜于苏、陆。'苏戡诗七言古今体，酷似遗山；正可引瓯北说以为论耳！"严复相告："或以此言告苏戡，苏戡愠矣！"衍乃致书孝胥以解之。孝胥答曰："兄叙吾诗许与太过，刻后自视殊不慊；奈何不许知者之评骘乎？仆虽不德，然恩怨恢疏，不介于抱；至友朋相爱之情，老而弥笃；知我有几人，岂所忍怒哉？"既而孝胥有诗稿一卷，为衍涂窜。客窃以献诸孝胥。孝胥鄙之，告衍。衍曰："公乃牛奇章，吾则刘梦得。"盖唐宰相牛僧孺文字，尝为刘禹锡窜点殆尽，厥后二人相见，亲好如故相识；故衍以为况也。

陈衍论诗，当代最推陈三立、郑孝胥。然三立奇崛雄肆，以山谷为门户，而根极于韩愈。孝胥凄惋深秀，以柳州树骨干，而润泽以半山。

郑孝胥附陈宝琛及弟孝柽

郑孝胥者，字太夷，苏戡其号，福建闽县人也；中式光绪壬午乡试榜首，与林纾同榜。纾方治诗古文词，孝胥问为诗祈向所在，答以《钱注杜诗》、《施注苏诗》。孝胥曰："何不取法乎上？"意在汉魏六朝也。取苏轼"万人如海一身藏"诗意，自名其楼曰海藏，又集其所为诗曰《海藏楼诗》凡八卷，以年先后为次。其三十以前，专攻五古，规模谢灵运而浸淫于柳宗元，又以孟郊琢洗之；沈挚之思，廉悍之笔，一时殆无与抗手！三十以后，乃肆力于七言，自谓为吴融、韩偓、唐彦谦、梅尧臣、王安石；而最喜王安石。尝言："作诗工处，往往有在怅惘不甘中者。"此其所为与樊增祥、易顺鼎异趣者也！张之洞诵孝胥诗，亦极推重曰："苏戡是一把手！"闲适之作，夷旷冲淡；而骨力坚炼，罔一字涉凡近！诗体百变，咸衷以法，语质而韵远，外枯而中膏，吐发若古之隐沦；同县陈宝琛赠以诗曰"苏盦诗如人，志洁旨弥复"者也！宝琛，字伯潜，号弢庵，又号橘隐，同治戊辰进士，名辈先孝胥而诗名不如！宣统逊国，官太保，抚时感事，一托于诗，有《沧趣楼集》；尤长于五古，潜气内转，真理外融，肆力于韩愈、王安石，出入于苏轼、黄庭坚，幽思峭笔，略与孝胥相似！顾宝琛乐易长厚，与人为亡町畦；而孝胥则自负经世之略，好奇计，抵掌谈兵，有口辨。于清之季，尝以道员赏四品京堂，率湖北武建军，督办广西边防。既柄兵，骤擢用。顾所自喜者在诗，与人书曰："何意以诗人而为边帅！"或震边帅之贵，乃解以诗曰：

高楼先生耽苦吟，廿年来往江之浔。何曾梦见烟瘴地，蛮荒一落颜为黔！连城三月脱鬼手，龙州还对山嵌嵚。边关形如马振鬣，戍卒状似猿投林。风情收拾付隔世，坐觉老人来相侵。岂无春花与秋月，路绝不到诗人心。终年望饷数不至，欲和《乞食》谁知音？此人此地宁足爱，庙堂用意殊难寻，天高匪高海匪深。平生诗人岂不贵，何以卑我空伤今！

襟抱可想。顾孝胥之乘边也，着短后衣，亲历戎行，勤放哨，教打靶，振刷士气，日日俨对大敌，以此坐镇两年，威惠甚著。已又不适，以光绪三十一年乞罢归江南。三十三年，中朝再以安徽按察使、广东按察使征，皆不起。宣统二年，东三省总督锡良方营辽沈；孝胥至，为策画十馀事，疏上不报；于是悒悒，至京师，寻南归。明年，再抵京师，投刺中朝贵人，署曰诗人郑孝胥。于唐柳宗元、孟郊、韦应物、韩愈、吴融、唐彦谦，宋梅尧臣、王安石诸人诗，皆手写。《录贞曜先生诗题后》云：

复古孤莫立，佞今群所褒。初非荣世物，而亦为名劳。风雅业坠地，士心兹淫慆。先生不偶生，结束归坚牢。咄嗟浮游子，没齿徒滔滔。

高意属秋迥，惠心屏春华。手挥海上琴，衣缀岩间霞。诗涛涌退之，束手徒咨嗟。羌以意表论，邈兹神理遐。不为一世可，坐使千秋哗！

五年南国游，一卷东野诗。寄余独往意，重此绝世辞。连城必良玉，三染必素丝。勿惊绚烂文，终与大璞期。夷厚含陶思，超异同谢规。谁言中唐声，此是《小雅》遗。太息贞懿士，老死山嶷嶷。

端人思无邪，笃行言自文。运思虽匪涯，立义各有云。下士逐纷华，百年心如熏！性情荡不支，荣枯随世氛。行跖而言夷，此语非所闻。余表先生节，以振顽懦群！

毕生独吟诗，得此物外身。中有感怀篇，恻怆难具陈。玉堂悲玄鸟，故国望星辰；素月忽经天，鸱鸮不可因。忧时匪吾事，远念何酸辛。位卑惧为罪，言孙遇益屯！“春晖”一终曲，忠孝两龂龂。咄哉眉山叟，铜斗岂足论！

《录韦苏州诗题后》云：

违华即冲漠，散性难自整。岂云与俗殊，意独得沈省。平生一深念，异代爱隽永。三叹古之贤，曾同惜徂景。

《录柳州诗毕题卷后》云：

河东文章伯，童冠拔时选；翻飞触世网，壮岁坐迁转。盛名自取病，众诟实不浅！瘝疚辞徒悲，晚景遇益蹇。丽思郁欲流，惊才蹋未展。横经眇心贯，读《骚》偃躬践；蓄悲语离奇，取幽气奥衍。发为淡荡作，嘘吸出坟典。五言暨七言，老手废雕篆；每放寂寞游，偶托释、老辩。鲍、谢方抗行，李、杜足非靦。以兹敻妙篇，千古解宜鲜。当代竞宗韩，北辰故易显。那知东方曙，启明上云巘。晴窗与往复，尘虑得驱遣。心折《吊屈》文，语息特修謇。伟人不世出，我辈类狂狷；怀哉文先生，吾砚蚀秋藓！

三诗未收入《海藏楼诗》，然可以征孝胥诗功所自出。其《书韦诗后》云：

为己为人之歧趣，其征盖本于性情矣！性情之不似，虽貌合神犹离也。夫性情受之于天，胡可强为似者？苟能自得其性情，则吾貌吾神，未尝不可以不似似；则为己之学也！世之学者，慕之斯貌之；貌似矣，曰异在神；神似矣，曰异在性情。嗟乎，虽性情毕似，其失已不益大欤！吾终恶其为佞而已矣。韦诗清丽而伤隽，亚于柳；多存古人举止，则高于王。遗王而录韦，与其不苟随时；然亦不可与入古。柳之五言，可与入古矣；以其渊然而有渟也。柳之论文也，曰“得之为难”。韦之为韦，亦曰“得之而已矣”。弗能自得其性情而希得古人之得；尽为人者也！

可以窥其生平论诗之宗旨焉。

生平论诗，以为写景视记事、抒情为难。举古人名句如柳宗元之“壁空残月曙，门掩候虫秋。”“回风一萧瑟，林影久参差。”白居易之“一道斜阳铺水中，半江瑟瑟半江红。”王安石之“南浦辞花去，回舟路已迷。暗香无觅处，日落画桥西。”赵师秀之“行向石栏立，清寒不可云。流来桥下水，半是洞中云。”其极超妙者，人不过一联两联。而所自得意者，则“乱峰出没争初日，残雪高低带数州”，“月影渐寒秋浩洞，柝声弥厉夜嵯峨”，“月黑忽惊林突兀，泉枯惟对石嶕峣”，“楚泽混茫方入夏，暮云嵷崒忽连山”，“白下溪流向人静，紫金山色入春妍”，“入春风色连林觉，过雨山园一半开”，“两郡楚山临岸起，一江初日抱楼生”七联。可谓“夥颐沈沈”矣！

孝胥为诗，一成则不改。与陈衍书曰：“骨头有生所具，任其支离突兀也。”禀性喜雨，爱诵姜夔“人生难得秋前雨，乞我虚堂自在眠”二句。其《同南通张謇夜坐吴氏草堂赋诗》云：

一听秋堂雨，知君病渐苏。欲论十年事，庭树已模糊。

略用姜诗意也。所作七言绝句，以《子朋属题山水小幅》两绝及《吴氏草堂》两绝为最工。其《子朋属题山水小幅》云：

江东顾五倦游还，占取城西水一湾！卷卷清诗皆入画，底须俗笔污溪山！

二十风流比阮、嵇，年来物役苦难齐！欲知白下闲踪迹，只向书堂觅旧题！原注：子朋所居深柳读书堂中，余旧日题诗最多。

《题吴氏草堂》云：

雨后秋堂足断鸿，水边吟思入寒空。风情谁似霜林好？一夜吴霜照影红！

水痕渐落霜渔汀，秃柳枝疏也自青！唤起吴兴张子野，共看山影压浮萍！

陈衍最喜诵两题之第二绝，曰："韦苏州之'独怜幽草'，苏东坡之'竹外桃花'，不是过也！"

孝胥之诗，得趣宋之王安石；而论文则推唐之柳宗元；其《海藏楼杂诗》之七云：

幼时学为文，独喜柳子厚！《断刑》与《时令》，熟读常在口！近人尚桐城，其论深抑柳。阳湖分支派，相袭亦已久。柳文彼所轻。学柳更可有！奇人吾炜士，爱我忘其丑！咨嗟愧室辞，沈至信高手。子亦毗陵宗，胡不惮众诟？损名勿轻言，意子适被酒！

盖推柳文如此。及所自作，情文骚楚，则得柳之幽峭纡郁，有《拟谢灵运怨晓月赋》云：

梦既觉兮心然疑？下匡床兮搴罗帷。有厌厌之纤月，托夜堂而徘徊！徘徊兮何其？怨绮疏兮天涯！漏促光沈，窗涵影弱。乍讶孤飞，旋愁将落。腹顾菟而谁怀？锁关山而无钥。浮云兮尚羊，羌自宝兮精光！惜残宵之荏苒，众星纷其耀芒。奈须臾之流影，怅修途之阻长；山岩岩而向曙，海荡荡而无梁。寄瑶华于千里，劳引领兮相望！

《诔燕文并叙》云：

初秋早起，墙隅露草间，坠燕，且毙矣！取视几，俄而遂毙。瘗之东院芭蕉之下，坎深及咫。旬日，草茸茸然合其墟也。诔之以文曰：

惟此一抔，微尘瘗愁。雕梁坠月，老翅伤秋。寒暑几何，星火既流！恨沈沧海，梦锁高楼。终古江南，芳草悠悠！莺啼花落，鸿过庭幽。并随逝往，杳与今留！

昔人评柳文以为"丰缛精绝"；如孝胥之《拟谢》、《诔燕》两文，殆庶几焉！

孝胥诗文之外，喜作书，笔力挺秀，而瘦硬特甚；盖原本苏轼而参以变化者。顾于古人书，极推王安石。有《作书久不进愤赋此》一诗云：

作书无难易，要自习之久。苟怀世人誉，俗笔终在手。古今祗此字，点画别谁某。必随人作计，毋怪落渠后。但当一扫尽，逸兴寄指肘；行间驰真气，莫复抟土偶。时贤争南北，扰扰吾无取！狂奴薄有态，得者进猿叟。达哉临川言：“忘凿妍与丑！”原注：王荆公诗：“谁初妄凿妍与丑，坐使学士劳筋骸。”

《杂诗》云：

学书欲何为？坐使百事废！规规摹古人，久之意不快！冥追愈向上，聊以避前辈，人云似某某，窃用引为愧。虽古亦犹人，面目那可对？作真不如草，稍悟竟奚异。谁能起自运，写此盖世气？每奇王介甫，下笔风雨至！聊为宋仲温，千纸勿惜费！原注：宋克仲温杜门染翰，日费千纸。

能书由天资，成就在学力。遍搜古人奇，一悟或有得。篆分绝矜严，取势常以逆。草真趋隽永，神味务自适。唐庸宋益弛，晋魏诚造极。扫去殊未能，岂免为人役！幼年慕从祖，淳古仍宕激。中年观忠端，独往深莫测。米颠恨其手，坐受谈口厄。纵手且勿谈，破柱来霹雳。原注：米元章诗云：“有口能谈手不随。”

此可以证其学书之劬。而论书则贵行笔之完。《简梦华》云：

梦华足下：

属书高丽纸，辄以奉还。书殊不佳，然亦有所妄见。昔之论书者曰“圆健”。“健”诚是也。“圆”之义乃未了，徒增后生魔障；终无悟入地。必当正之则宜曰“完”。夫书以气脉为主。结字之工，在于行笔；如人筋骸百节，面目四肢，都无残损；充以涵养，成后精神焕发，生韵迥出！结字随时不同；惟行笔无不足之病，则于长短肥瘠反正之中，各具起伏往来顿挪之观。每作一笔，神理俱备，合而成字，亲于骨肉；所谓

"完"也。观近人作，结字每苦支离，行笔动伤夭札；因无完笔，遂无完字。又其下者，但辨行列，则小史之技尔！然仆为此言，大不自量。米老曰："有口能谈手不随。"言之不怍，则为之难！皆吾病也。既为足下书毕谛视，益惭。姑述代谈，即讯文祉。

梦华者，金坛冯煦也；极叹孝胥为至论。

孝胥之弟曰孝柽，稚辛其字也；能诗如其兄。将之江南，《留题福州西湖禅壁一律》云：

一天离绪望吴门，彳亍湖堧昼易昏。山榭叶黄词客面，水蕖花瘦女儿魂。上方听法传清梵，他日寻诗拂坏垣。谁为慰留行不得？痴禽着意太温存。

时光绪二十二年也。迨辛亥国变归里，《旧地重游重赋一律》云：

曾闻共命是频伽，啼落曼陀一树花。七字题诗犹疥壁，廿年归客已无家。远峰扫黛眉如语，旧事成尘眼欲遮。只有湖波留不尽，照人青鬓点霜华！

题曰："岁丙申将去福州，留诗西湖禅壁，和者数十首。顷归自吴，沧桑换世，坏壁重题，他日又当若何触怅也！""山榭"一联，极似陆游"断桥烟雨梅花瘦，绝磵风霜榭叶深"七字一联，极似苏轼"老僧已死成新塔，坏壁无因见旧题"。廉悍不如乃兄，而婉约胜焉！

孝胥之诗，与陈三立齐名。三立弟子，推铅山胡朝梁为高第。而学孝胥诗者，则以侯官李宣龚为最早云。

胡朝梁

胡朝梁，字子方，自号诗庐。诗以外无他好。为人嬲观剧，自午至酉，万声阗咽中，攒眉搜肠，成五言古一篇，盖和其师陈三立《题听水第二斋》韵者。其为诗专学黄庭坚。七言律中二联，多兀傲不调平仄。《夏日即事》云：

> 人生快意是会合，尽日好风来东南。芳塘半亩水清浅，茅屋一间人两三。看水看山殊未厌，栽桑栽竹粗已谙。青云可致不须致，我愿食贫如荠甘！

《写义宁师诗竟辄书所触以呈》云：

> 大块噫气幻万千，上飞下走日月旋。诗人能事通造化，驱使万物归新篇。吾师读书善养气，胸次浩荡收百川。作诗不须故作势，却自凌厉横无前！

《夏居漫兴》云：

> 双塘之水明如镜，一带垂杨青可攀。得意醉而非醉候，游身材与不材间！有时嚄唶仰天语，消得寻常负手闲！幸是中年健腰脚，短衣匹马好还山！

《述怀》云：

> 年年作计随人后，短发长歌只自疑。来日万端付之酒，江

南片月为吾私！非关早岁思齐物，合有寒儒瘦到诗。我已穷于孟东野，高天厚地更何之！

疏宕遒隽，大率类是。陈三立许其直造宋贤胜处。而陈衍则告之曰："盖仿山谷之学杜，得其一体者。在杜如'爱汝玉山草堂静，高秋爽气相鲜新。有时自发钟声响，落日时见渔樵人。''锦官城西生事微，乌皮几在还思归。昔去为忧乱兵入，今来惟恐邻人非！'如此之类，不过百首之一二。在山谷则十首之三四。然犹仅三四也。君则十之七八矣。不俗在此！仅能不俗亦在此！"朝梁深服其言，而不能改也。

李宣龚附夏敬观、诸宗元、奚侗、罗惇曧惇㬊、黄浚、梁鸿志、何振岱、龚乾义、曾克耑、金天羽

李宣龚，字拔可；早年为诗，学陈师道。及从郑孝胥游，乃为王安石。而孝胥之为汉口铁路局总办也，宣龚实为记室。时陈衍在武昌，宣龚旬日必过诣衍所，有诗云：

石遗小住藤为屋，无闷新居竹满庭。准拟过江寻一憩，午凉容我作诗醒。

不知鱼鸟归何处，却与蚊蝇共一区！眼底了无芳草色，那能长日闭门书！

盖最早为孝胥诗派者。孝胥在日本有诗题曰："决壁施窗，豁然见海，名之曰无闷。"诗中无闷，即指孝胥也。后孝胥去职。宣龚又有《过盟鸥榭有怀太夷奉天一律》云：

庭前病桧自萧疏，门外惊鸥不可呼。饱听江声十年事，来寻陈迹一篇无。投荒坐惜人将老，望鲁空嗟道已孤。赖有胜天坚念在，稍分肝胆与枝梧！

盟鸥榭者，盖汉口铁路局之临江一室，而孝胥决壁施窗以为燕客谭诗之所者也。宣龚之学诗，实于是大成焉。

宣龚诗最工嗟叹，盖古人所谓凄惋得江山助者！《题吴文剑隐鉴园图》云：

事业欲安说！溪边柳成围。当时叩门人，百过亦已衰！此园在城东，地偏故自奇。世俗便贵耳，浊醪争载窥！那识赏寂寞，但闻簧与丝。我向喜独游，扁舟弄连漪。拊槛一片云，钟山远平篱。花竹不迎拒，鱼鸟无瑕疵。岂惟客忘主，青溪吾所私。中间共出处，就官淮之湄。土瘠民力瘁，百无一设施。鄂渚将再觌，征车方北驰。归途望楚氛，被服鹢退飞。陵谷事已改，变迁到茅茨。相逢忽揽卷，不收十年悲。《郑记》似柳州，平淡乃过之！夙忝文字饮，可能欠一诗。巷南数椽屋，有枝亦无依。倘免耀耀畏，滔滔还当归。芳草结忠信，吾言兹在兹！

盖宣龚少游金陵，后自筑屋青溪旁，小有林亭，经国变，颇遭蹂躏；又目击武昌兵乱，吟此寄怀，正郑孝胥称王安石诗所云“工处有在怅惘不甘中者”。论者谓：“此诗二十年青溪钟阜间交游踪迹，直举孝胥《海藏楼诗》：《吴氏草堂》、《晚登吴园小台》、《正月二日诗笔》、《上巳吴园修禊》、《濠堂》、《题吴鉴泉新城水榭》、《舟过金陵》诸诗怀抱而萃之一诗”云。

宣龚有诗友二人：曰新建夏敬观剑丞，曰绍兴诸宗元贞壮。宗元审曲面势，善使逆笔，而造语用意，胥求透过一层者。惜其太少。而宗元以为得此已足；若必求益，则卖菜佣所为已。早年随宦江西，得交敬观而未谈诗。及寓沪时，始与敬观唱和，味隽而永，有“二妙”之目。敬观生平论诗所服膺者东野、宛陵；及所自为，则刻意锻炼，不肯作一犹人语。陈衍尝嘲之曰：“吾子诗卓自树立，视乡老陈散原，尚思徐行后长者否也？”因题其诗稿曰：“命词薛浪语，命笔梅宛陵。散原实兼之，君乃与代兴！”盖追散原之逸轨者。当涂奚侗无识宦金陵久，奉手散原，诗语奇崛，亦为近之！而顺德罗惇曧掞东、罗惇㬊敷庵，二难竞爽，咸推诗伯。然而惇曧苍秀，惇㬊谨严；惇曧气体骏快，得东坡之具体；惇㬊意境老淡，有后山之遗响。迹其成就，其在散原，亦犹苏门之有晁、张也！侯官黄濬秋岳尝从陈衍学，诗工甚深；天才学力，皆能相辅，有杜、韩之骨干，兼苏、黄之诙诡，其沈着隐秀之作，一时名辈，无以易之。晚乃私淑于三立，气体益苍秀矣！其乡老林纾不以诗名，早岁有作，则学梅村；而六十以后，渐为苍秀，自命杜陵诗史；惟结体松缓，未能精严，写数十首示陈衍。衍谓工者二三，不工者七八，寓书劝其删汰，媵以一绝，有“铺张排比杜陵人”之句；“铺张排比”四字，元稹以赞杜甫。而纾则大不悦；以视于濬，殊觉前贤畏后贤也。长乐梁鸿志众异有作，必请益陈衍；其诗植骨杜、韩，取径临川，工为嗟叹，颇得介甫深婉不迫之趣；盖郑孝胥之同调矣！陈衍言：“乡人中能为深微淡远之诗者，有何振岱梅生，非惟淡远，时复浓至；其用力于柳州、郊、岛、圣俞、后山者，皆颇哜其胾也。龚乾义惕庵，则诗思窈曲，而辞多僻涩，造语使事迥不犹人。”盖乾义于三立为近，而振岱，则孝胥之流也。顾衍又言：“近贤诗清脆者多，雄俊者少。独闽县曾克耑履川兀傲不群，可以走僵籍湜。”克耑论诗主雄深雅健，以谓：“诗之能深者未必雄，能健者未必雅。雄而深，斯为真雄；健而雅，斯为真健；此固缪合而不可分。世之视浮嚣为雄，粗犷为健者不喻焉！疲心于字句之末，自足于艰晦逼仄，而笑纵横悲壮之作为‘可以惊四筵，不可适独坐’者不喻焉。”所致力者，陶潜、阮籍、杜甫、韩愈、苏轼、黄庭坚诸家，要归之于杜；亦博其趣于孟郊、李贺、李商隐、韩偓、王安石、陆游；宋以下作者，元好问外，涉猎而已；刊有《涵负楼诗》八卷。凡兹所论，咸足以张西江之壁垒，而殿同光之后劲者也。

晚近诗派，郑孝胥以幽秀，陈三立以奥奇，学诗者，非此则彼矣！顾有异军突起，为诗坛树赤帜者，当推吴江金天羽松岑。天羽才气横肆，极不喜所谓同光体；越世高谈，自开户牖；论诗宗旨，可于其答樊山老人一书征之。以谓："诗之为学，根乎性识，成乎服习，性习相守，流别以成。甄综大要，盖有三途。刘彦和曰：'在心为志，发言为诗。'夫心之精微，不达于毫素。志之菀结，宁播乎声乐。是故隐文谲喻，冥心绝迹，哀乐百端，惊听回视，《变雅》、《离骚》是其初祖。浣花、东野尤工悴吟。赵宋一代，西江、永嘉遂成涩调。夫其激音内转，妙思侧出，踠骏足于蚁封，握鸷爪于蟠木，劲折奥邃，良足餍心！而末学滞固，依声逐影，爱谢傅风流，吟当拥鼻；师德耀高志，出必椎髻；斥崔颢为轻薄，呼阮籍为老兵；枝条纤曲，华叶萎悴，空山啄木之响，里巷舂杵之节，劳歌互答，以为娱赏。论者谓为山林文学，虽非精诂，良亦近似。此其一也。惨舒异节，弇侈殊音；六艺之道，有隐有显。是以能文之士，含咀百家，韬会六籍，经典深富，方册隐暧，体宪乎两汉，考文乎六代，振绮乎徐、庾，骈秀乎卢、骆，订律乎元、白，缄情乎温、李。至清代梅村，蔚成诗国；《碧城》、《瓶水》，亦足附庸。然其蔽也，丰词少骨，繁采寡情，驱使故实，义隐迹晦。况今梯抗四达，心灵棣通，诗歌文学，同乎政理。是以拜轮、戈德、嚣俄之伦，并驰声区外，万口吟讽。乃如吾国文学，四杰、七子、西昆、长庆，一经鞮译，将剽剥俪偶，摆落典制；鸿裁雅什，声理不烂。'日角''天涯'之句，'丁年''甲帐'之吟，'生张''熟魏'之佳嘲，'黄祖''乌孙'之劲对，味同嚼蜡，或将哗笑。故知仓颉造文，单音独体，音通乎律，质有其文；二偶俶落乎《典谟》，四声萌柢乎《三百》，迁地弗良，永为国性。此其二也。有清一代，诗体数变。渔洋神韵，仓山性灵，张洪竞气于辇毂，舒王骋艳于江左，风流所届，遂成轻脱。夫口餍粱肉，则苦笋生味；耳倦筝笛，斯芦吹亦韵。西江杰异，瓯闽生峭，狷介之才，自成馨逸。纤文弱植，未工模写，而瓣香无已，标举宛陵。洎夫临篇搦翰，乃不中与钟谭当隶圉。文质两敝，在乎偏霸；图霸不成，齐晋分裂。世有大雅君子，张皇坠绪，振起宗风，张乐洞庭之野，敷座灵山之会，九幽觌怪，千仞刷翮；胚胎六义，吐纳百家，揖让庄、马之庭，出入李、杜之囿，体左、鲍以树骨，蹑颜、谢以振采，服陶、韦以涤志，规韩、孟以厉气，狎坡、谷以广志，樵陆、范以尽态，此数子者，皆情条敷畅，思业高奇，景羡方矩，作程遐域。视彼任昧，雅郑殊科；安得有缛藻之病，而钩吻之劳乎！”其所自造，能副所言；自谓：“我诗有汉魏，有李、杜、韩、苏，有张、王小乐府，有长吉，有杨铁厓，有元、白，有皮、陆，有遗山、青邱，而皆遗貌取神，不袭形似。自幼学义山，人不知也；学明远、嘉州，人不知也；学山谷，人不知也；然于此数家功最深。”斯盖寸心得失之言；刊有《天放楼诗集》、《续集》。陈衍谓：“其才思如矿出金，如铅出银，在明则杨升庵，在清则龚定盦，可相仿佛。及其老笔纷披，殊有杜少陵所云绝代佳人，‘摘花不插鬓，采柏动盈掬’之态。”并著于篇以备考论焉。

三 词

谈词学者，匪如诗与文之歧其途也，壹以宋词之常州派为宗。盖词莫盛于宋，而宋人目词为小道，名曰“诗馀”，及让清而词学大昌。秀水朱彝尊、钱唐厉鹗先后以博奥淡雅之才，舒窈窕之思，倚于声以恢其坛宇。浙派流风，泱泱大矣。浙派始于朱彝尊，盖承明词之弊，而崇尚清灵，欲以救啴缓之病，洗淫曼之陋也！然标格仅在南宋，以姜夔、张炎为登峰造极之境。厉鹗继之，而好用新事；后生效之，每以捃摭为工；流极所至，为饾饤，为寒乞。其后乃有常州派起。张惠言、董士锡易学大师；周济治《晋书》，号为良史；各以所学益推其谊，张皇而润色之，由乐府以上溯《诗》、《骚》，阐意内言外之旨，推文微事著之源，盖至于是。而词家之业乃与诗家方轨并驰；而诗之所不能达者，或转藉词以达之。张惠言为常州开山之祖；其论词以深美闳约为旨，缘情造端，兴于微言，以相感动。董士锡、周济稍后出，而士锡则惠言甥也。士锡与济至交，而论说互相短长。士锡初好玉田，而济谓之曰：“玉田意尽于言，不足好。”济不喜清真，而士锡推其沈着拗怒，比之少陵。抵牾者一年，士锡益厌玉田，而济遂笃好清真，以为“初学词求空，空则灵气往来。既成格调，求实，实则精力弥满。初学词，求有寄托，则表里相宣，斐然成章。既成格调，求无寄托；无寄托，则指事类情，仁者见仁，知者见知。北宋词，下者在南宋下，以其不能空，且不知寄托也；高者在南宋上，以其能实，且能无寄托也。南宋，则下不犯北宋拙率之病，高不到北宋浑涵之诣。”故曰：“词非寄托不入，专寄托不出。一物一事，引而伸之，触类多通，驱心若游丝之罥飞英，含毫如郢斤之斲蝇翼，以无厚入有间，既习已，意感偶生，假类毕达，阅载千百，謦咳弗违，斯入矣。赋情独深，逐境必寤，酝酿日久，冥发意中，虽铺叙平淡，摹绘浅近，而万感横集，五中无主。读于篇者，临渊窥渔，意为鲂鲤；中宵惊电，罔识东西；赤子随母笑啼，乡人缘剧喜怒，抑可谓能出矣！余所望于世之为词人者盖如此。”著有《词辨》一书，又选《宋四家词》以为倚声之正鹄。四家者，曰周邦彦、辛弃疾、王沂孙、吴文英。其所望于词人之读是选者，问途碧山，历梦窗、稼轩以造乎清真。自张惠言有“缘情造端，兴于微言以相感动”之论，而词之体乃尊。自周济有“非寄托不入，专寄托不出”之论，而词之学乃大。浙派但事绮藻韵致，已为下乘，论者谓南宋之作法于凉。要之浙派之词，朱彝尊开其端，厉鹗振其绪，皆奉白石、玉田为圭臬，不肯进入北宋人一步，况唐人乎？故南北宋者，世所分浙派、常州之枢纽也。常州以拙、重、大，学北宋之浑涵。浙派以松、轻、灵，学南宋之清空。常州派兴而浙派替。至晚近世，仁和谭仲修崛起同光之间，乃衍张惠言、周济之学以纂《箧中词》十卷，盖皆清词也。又取济所纂《词辨》而评之，自谓持论小异，而折衷柔厚则同；所著《复堂词》，大雅遒逸，深得张惠言深美闳约之旨；而传其学于杭县徐珂仲可。由是浙江杭州有常州之学。同时有高密郑文焯叔问者，奉天铁岭人，汉军；其自称高密郑氏者，文焯自诡托于康成之后也；所著词曰《樵风乐府》，感兴微言，淡远沈着。其人少工侧艳，而不尽协律；游吴中十年，学琴于江夏李复翁，极论古音，乃大悟“四上竞气”之指；于白石自度曲所记音拍，能以意通之，深明管弦声数之异同，上以考古燕乐之旧谱，撰成《词原斠律》一书，而能因《姜词》以上溯唐谱，推求词律之本原，为研求词学者别辟途径。文焯既留心于乐律，故其词亦偏宗周邦彦、姜夔。两宋词人号知音能自制曲者，惟柳永、周邦彦、姜夔最为大家；而姜词旁谱，至今犹在，为其有迹可寻，因求其声律，而兼及其格调；故文焯中年，于《白石词》致力尤深；其教人亦舍白石外，并在禁例；而晚乃兼涉梦窗，以上追清真。又谓："东坡词气韵格律，并到空灵妙境。"则受临桂王鹏运之熏染也。鹏运，字佑遐，一作幼霞，自号半塘僧鹜，于光绪朝官礼科掌印给事中，号强直敢言事；而慈禧太后及德宗常驻颐和园，鹏运争之尤力。卒以不见容去位，之江南，寻客死！郁伊无聊之概，一于词陶写之。所著词刊为《半塘定稿》。其词幻眇而沈郁，义隐而指远，盖导源碧山，复历稼轩、梦窗以上追东坡之清雄，还清真之浑化；与周济之说，固契若针芥也。由是常州词派流衍于广西矣！鹏运死，而文焯寂寞不求闻；乃群推归安朱祖谋、临桂况周颐为词宗，二人之学，盖一出于王鹏运云。

朱祖谋附王鹏运、冯煦

朱祖谋，原名孝臧，字古微，号沤尹；世居浙江归安之埭溪渚上彊山麓，唐白居易所谓"惟有上彊精舍，与刘商戹之仙知"者也，自号上彊村民，因题其集曰《彊村词》。少时随宦河南，遇王鹏运，交相得也。鹏运之治词也，盖取谊于周济，而取律于万树。万树者，于康熙间尝著《词律》以纠驳《啸馀谱》、明程明善撰。《填词图谱》清赖以邠撰。及诸家词集之讹，即所称万红友者是也。鹏运常语人曰，"万氏持律太严，弊失之拘。然使来者之有人，综群言于至当，俾倚声一道，不致流为句读不缉之诗，则筚路开基，万氏实为初祖。"而祖谋强识分铢，宗万氏而益加博究，上去阴阳，矢口平亭，不假检本；鹏运惮焉，谓之律博士。然祖谋之词学，实受之鹏运者为多。祖谋以光绪癸未进士，殿试二甲第一人，授编修。二十二年赴官京师。鹏运方官御史，举词社，邀之入。顾鹏运性喜宏奖，于祖谋则绳检不少贷，微叩之，则曰："君于两宋途径，固未深涉；亦幸不睹明以后词耳。”因贻所刊《四印斋词》十许家，四印斋者，鹏运所以自署其室者也。又约校《梦窗词》四稿，谓：“以空灵奇幻之笔，运沈博绝丽之才，几如韩文杜诗，无一字无来历。”时时语以源流正变之故，旁皇求索，从南宋入手；明以后词，绝不寓目。如是者三年，则曰：“可以视今人词矣！”示以顾贞观、厉鹗、蒋春霖等所作。二十六年，拳匪入京师，汹汹将作乱。祖谋以侍读学士，与太常袁昶侍郎许景澄上疏力谏，格于端王不得达。慈禧太后召王大臣议攻使馆。昶侃侃力争。德宗持景澄而泣。祖谋抗声曰：“拳匪不可恃，袁昶言是也！”太后勃然变色，询：“言者为谁？”祖谋徐白姓名，语杂浙音。太后不辨，幸不及于难。联军入京，都人士骇而走，祖谋则偕修撰刘福姚就鹏运以居。三人者，痛世运之凌夷，知患气之非一日致，则发愤叫呼，相对太息！既困守穷城，乃约为词课，拈题刻烛，喁于唱酬，日为之无间。一阕成，赏奇攻瑕，诙谐间作，若忘其在颠沛兀鼿中，而自以为友朋文字之至乐。即世所传《庚子秋词》也。鹏运投劾，之上海，讲学于南洋公学，而祖谋以太后回銮，得前疏，读之流涕；遂擢礼部侍郎，视学广东，奉诏南下，遇于上海，鹏运则出示所为词九集，将都为《半塘定稿》，约曰：“吾两人作，交相校订。”祖谋携其稿之粤，以《疆村词》邮致，索删定，鹏运复以书曰：

大集琳琅，日来料量课事讫，即焚香展卷，细意披吟，宛与故人酬对。昨况夔笙渡江见访，出大集共读之，以目空一世之况舍人，读至《梅州送春》、《人境庐话旧》诸作，亦复降心低首曰：“吾不能不畏之矣！”夔笙素不满某某，尝与吾两人异趣，至公作则直以独步江东相推，非过誉也。若编集之例，则弟日来一再推求，有与公意见不同之处，请一陈之：公词庚辛之际，是一大界限。自辛丑夏与公别后，词境日趋于浑，气息亦益静，而格调之高简，风度之矜庄，不惟他人不能及；即视疆村已亥以前词，亦颇有天机人事之别。鄙意欲以已见《庚子秋词》、《春蛰吟》者编为别集，已亥以前词为前集，而以庚子《三姝媚》以次以汔来者为正集，各制嘉名，各不相杂；则后之读者，亦易分别。叔问词刻，集胜一集，亦此意也。自世人之知学梦窗，知尊梦窗，皆所谓“但学兰亭面”者。六百年来，真得髓者，非公更有谁耶？夔笙喜自诧，读大集竟，浩然曰：“此道作者固难，知之者能有几人？”可想见其倾倒矣。拙集既用《味黎集》体例，则《春明花事》诸词，其题目拟〔金明池〕下书“扇子湖荷花”题，序则另行低一格，而去其“第一”、“第二”等字，似较大方。公集去之良是；体例决请如此改缮。暑假不远，拟之若耶上冢，便游西湖。江干暑湿，不可久留；南方名胜，当亟游，以便北首。

时光绪三十年夏五月也。祖谋得书之浃月，而鹏运客死苏州矣！祖谋恸之甚，遂以书弁《疆村词》之首，而哭之以词；即《疆村词》卷二、卷三载〔木兰花慢〕、〔哨遍〕、〔八声甘州〕诸阕也。而〔木兰花慢〕、〔八声甘州〕两阕尤凄绝！

木兰花慢

程使君书报半塘翁亡。翁将之若耶上冢，且为西湖猿鹤之问，遽逝湖中；赋此寄哀。时方为翁校刊《半塘定稿》，故章末及之。

马塍花事了，但持泪问西泠。信有美湖山，无聊瓶钵，倦眼难青！飘零！水楼赋笔，要扁舟一系暮年情。才近要离冢侧，故人真个骑鲸！自注：昔年和翁生圹词有云：“傍要离穿冢尔，何心长安。”翁笑曰：“息壤在彼。”岂谶耶？　瑶京何路问元亭，九辨总无灵。算浮生销与功名抗疏，心事传经。冥冥。夜台碎语咽，飘风邻笛不成声！恨墨盈笺未理，暗虫凉堕愁灯！

八声甘州

暮登灵岩绝顶，叔问为述半塘翁昔年联棹之游，歌以抒哀，用梦窗韵。

倚苍岩半暝，拂春裾千鬟乱明星。信间僧指点愁香粘径，荒翠通城。故国鸱夷去远，断网越丝腥。销尽兴亡感，一塔铃声。　招得秋魂来否？对冷漪空酹，梦难醒。问琴弦何许？飘泪古台青。好湖山孤游翻懒，又咽风衰笛起前汀。把筇去小斜廊路，双屧苔平。

祖谋按试广东，务以拔取真才，汪兆铭即出其门。见朝政日非，挂冠归，买宅苏州，与郑文焯商量词学，并以校刊历代词集自任焉。

祖谋之词，初学吴文英，晚又肆力于苏轼、辛弃疾二家；而于轼词尤所嗜喜，遂校刊《东坡乐府》，而属金坛冯煦序其端曰：

词之有南、北宋，以世言也；曰秦、柳，曰姜、张，以人言也。若东坡之于北宋，稼轩之于南宋，并独树之帜，不域于世，亦与他家绝殊。世第以豪放目之，非知苏、辛者也。顾二君专刻，世不恒有！坡词尤鲜善本。古微前辈，词家之南董也，酷嗜坡词，乃取世所传毛、王二刻，订讹补阙，以年为经，而纬以词。既定本，属煦一言简耑。煦嗜坡词，与前辈同。综其旨要，厥有四难：词尚要眇，不贵质实；显者约之使隐，直者揉之使曲。一或不善：钩辀格磔，比于禽言；扑朔迷离，或侪兔迹。而东坡独往独来，一空羁靮，如列子御风以游无穷，如藐姑射神人吸风饮露而超乎六合之表。其难一也。词有二派，曰刚与柔；毗刚者斥温厚为妖冶，毗柔者目纵佚为粗犷。而东坡刚亦不吐，柔亦不茹；缠绵芳菲，树秦、柳之前称；空灵动宕，道姜、张之大辂；唯其所之，皆为绝诣。其难二也。文不苟作，寄托寓焉。所谓文外有事在也。于词亦然。然世非怀襄，而效灵均《九歌》之奏；时非天宝，而拟杜陵《八哀》之篇；无病而呻，识者恫之。而东坡夙负时望，横遭谗口，连蹇廿年，飘萧万里；酒边花下，其忠爱之忱、幽忧之隐，旁薄郁积于方寸间者，时一流露；若有意，若无意，若可知，若不可知。后之读者，莫不罤然思，逌然会，而得其不得已之故；非无病而呻者比。其难三也。夫侧艳之作止以道淫；悠谬之词或将损性，拘虚小儒县为徽纆。而东坡涉乐必笑，言哀以叹。暗香水殿，时轸旧国之思；缺月疏桐，空吊幽人之景；皆属寓言，无惭大雅。其难四也。噫，东坡往矣。前辈早登鹤禁，晚栖虎阜；沈冥自放，聊乞玉局之词；峭直不阿，几蹈乌台之案；其于东坡，若合符契。今《乐府》一刻，殆亦有旷百世而相感者乎！若夫校订之审，笺注之精，则前辈发其几矣。此不具书。

时宣统二年夏五月也。冯煦者，母朱，梦僧拈花入室，遂寤而生，字以梦华。少好词赋，有江南才子之目。累举不第。至四十五岁，实为光绪十二年丙戌，成一甲三名进士，授编修。廷对策用双行，文仿陆宣公《奏议》，书作钟元常体。阅卷大臣大学士张之万、侍郎徐郙怪而抑之。而尚书翁同龢、潘祖荫则力主进呈。胪唱，跪螭蚴下，慈禧皇太后遥见之，顾谓左右曰："此老名士！"累官安徽巡抚，上疏请核名实，明赏罚，忤朝旨罢斥。入民国，起总纂《江南通志》，年已八十，犹能作蝇头小楷。著有日记，积六十二年，迄殁之日，皆精楷不苟，都四十五册。所为骈散文，陶染典籍，衷于物则。诗则无体不工。旁究倚声，一以南唐、北宋为则；尝就常熟毛晋《汲古阁汇刊》之《宋六十一家词》，择其尤精粹者，为《宋六十一家词选》十二卷。所定例言，谈词者奉为模楷。少时尝以词质正仁和谭献。献故推本周济之旨，发挥光大，称词家名宿；跋其稿曰："阅丹徒冯煦梦华《蒙香室词》，趋向在清真、梦窗，门径甚正，心思甚邃，得涩意。惟由涩笔，时有累句，能入而不能出；此病当救以虚浑。单调小令，上不侵诗，下不堕曲，高情远韵，少许胜多，残唐北宋后，成罕格！梦华有意于此，深入容若、竹垞之室，此不易到。"虽有微词，然期于增美释回，盖以古作者待煦矣！煦与祖谋有《同赋精忠柏》，用岳飞〔满江红〕旧韵各一阕，盖作于民国以寄思者。

满江红

赋精忠柏，敬用忠武旧韵

朱祖谋

大木无阴，浑不是众芳凋歇。相望处灵旗风雨，于今为烈！亘古心坚如铁石，何人手植无年月。向南枝应有旧啼鹃，声凄切！　　奸桧铸，沈冤雪！幽兰瘗，仇雠灭。问乔柯几见金瓯完缺？朱鸟定飘枋得泪，碧苔错认苌弘血！更空山玉骨冷冬青，悲陵阙！

满江红

同古微前辈赋精忠柏，敬踵岳忠武韵

冯　煦

萧艾披昌，邈今世众芳衰歇！留一木孤撑天宇，寸心尤烈！七百馀年陵谷变，英灵犹恋西湖月。算亭阴鬼雨怒涛飞，身悲切！　　离九节，凌冰雪。传海外，何生灭！恁抚柯舒啸唾壶敲缺！古殿苔封虫食篆，空枝春尽鹃啼血。问南朝遗孽桧分尸，孱王阙？

祖谋又有《清明渝楼同梦华》之〔高阳台〕、〔六幺令〕两阕：

高阳台

短陌飞丝平碾曲，市帘江柳争青。中酒年光，买春犹有旗亭。彩幡长记花生日，甚彩窗儿女心情？尽安排画幰吴缣，钿阁秦筝。　　白头未要相料理；要哀吟狂醉，消遣浮生。无主东风，博劳怨不成声！朦胧几阵东阑雪，算今年又看清明。怕相逢睇燕归来，犹诉飘零！

六幺令

碧纱烟语，恩怨无端的！分明宋墙东畔，帘幕几重隔？扶梦花灯宛转，不照伤心色。后期今夕，青天碧海，未道相思是无益。　　蜡烛花还有泪，惜别筵前滴。罗带诗本无题，出意机中织。千万秦筝素手，莫教危弦急！凤帷鸳席，能拼憔悴，知否金钗未堪擘？

盖两人同调常相酬答也，声情激楚，有弦外之音焉。既而汪兆铭为行政院长，以前清补学官弟子出其门；奉手致币以明束修之敬，而祖谋谊不以受；兆铭一不之强也。祖谋又有为《曹君直题赵子固凌波图》之〔国香慢〕一阕曰：

一幢湘魂，正捐珰水阔，泛瑟烟昏。江皋几丛憔悴，留伴灵均。日暮通词何许？有婵媛北渚含颦。国香纵流落，未许东风换土移根！　　经年亡国恨！料铜槃冷透，铅泪潸痕。故宫天远，鹅管从此无春。补作宣和残谱，《宣和画谱》无水仙。尽消凝老去王孙。不成被花恼，步入鸥波，满袜秋尘。

调亦凄咽，殆所谓“弦弦掩抑声声思”者矣。曹君直者吴县曹元忠也。祖谋以民国六年校刻唐、五代、宋、金、元词总集四种，别集一百六十八家，名曰《疆村丛书》。盖词起晚唐，越三百馀年，而有南宋之刻《百家词》；据《直斋书录解题》于《笑笑词》一条下云：“自南唐二主以下，皆长沙书坊所刻，号《百家词》”。又四百馀年，为明末造，而有常熟毛晋《汲古阁》之刻。又且三百年，而后有祖谋之校刻也。千祀以来，词苑于是为第三结集矣！元忠盖与有力，遂属为之序曰：

彊村侍郎校刻唐、五代、宋、金、元词，以元忠尝助搜讨，共抱微尚；约书成为序其首。今年秋工竣，得别集百有十三家，总集所收，犹不以此数。盛矣哉！自《汲古》以来，至于近时，朋旧若《四印斋》、《灵鹣阁》、《石莲山房》、《双照楼》诸刻，皆未足方，虽然，彊村是刻之所以独绝者，则尚不因此！盖尝取近世所传《国策》、《管》、《晏》、《荀》、《列》诸子书录，而知其校刻各词，犹有刘向家法，为不可及焉！按向所校雠，以中书为主，尚取太史书，太常书，大中大夫卜圭书，射声校尉立书，臣富参书，校除复重，定著篇数；可见虽据善本，犹待参订也。而疆村所校如之。其于误字，如以“趙”为“肖”，以“齐”为“立”，以“尽”为“进”，以“贤”为“形”，以“夭”为“芳”，“又”为“备”，“先”为“牛”，“章”为“长”，每云：“皆已定杀青可缮写。”可见实事求是，不妨改字也。而疆村所校又如之。顾疆村所尤致意者，则在声律；故于宫调旁谱之属，莫不悉心校定；或非向之所及。然《汉书·艺文志》既载《河南周歌诗》，又附《河南周歌声曲折》；既载《周谣歌诗》，又附《周谣歌诗声曲折》；度向所校，必亦精审如疆村可知。则又惜其书久亡，并无书录之可证也。且夫唐、五代、宋、金、元之词，汉魏六朝之乐府也。往读《宋书·乐志·汉鼓吹铙歌》十八曲，至《有所思》之“妃呼豨”，《临高台》之“收中吾”，虽以索解无从；然犹得据王僧虔启所云：“诸调曲皆有声有辞，辞者歌诗，声者若‘羊吾夷伊那何’之类。”引为比例。独至宋《鼓吹铙歌》、《上邪》、《晚芝田》、《艾如张》诸曲，几于满纸皆“几令吾”，“微令吾”，令人口呿吞挢，不知其作何语。及考诸《乐府解题》，则云：“凡古乐录；皆大字是辞，细字是声，声辞合写致然。”然后知乐府工伶官，既无左騆、史妠、謇姐名倡理董其事；士大夫复以非肄业所及而不屑道；又谁为之刊正者？故自宋迄梁，不过七八十年；而沈约所见已舛驳如此。使当时有如彊村者出而校勘，岂非《宋史·乐志》、《导引六州》、《十二时》、《降仙台》之流，纵音节不传不可歌，宁至不可读哉！然则汉魏六朝乐府，以声辞杂糅之故，等诸若存若亡；知凡夫唐、五代、宋、元词之仅存者，欲延坠绪于一线，殆非精校传刻不可！我彊村惟有鉴于此，故《梦窗》锓版者三，而《草窗》亦至于再；馀诸家亦复广搜珍秘，博访通雅，必使毫发无憾而后已。岂不以南宋所传《望瀛十二遍散序》无拍，《韵语阳秋》能言之，而今不可知矣；《夷则商霓裳羽衣曲》十一段起第四遍至煞拍，《碧鸡漫志》能言之，而今又不可问矣？姑无论大曲也！甚而缠慢小令，若《词源》所称张枢《寄问集》旁缀音谱者，今且无自访求；恐再阅百年，即此总集别集百数十家，亦将灰飞烟灭。不及时整娖，安知不如刘向所言：“为其俎豆管弦之间，小不备，绝而不为以至大不备，惑莫甚焉！”不得不尽力以为之乎？则又用心与向相同；不但校雠守其家法已也。元忠故详言之，以告当世读《彊村丛书》者。

盖近今词集之校刻，王鹏运《四印斋》造其端，而祖谋实以是书集其大成；志益博而智专，心益勤而业广，其有功于词学者不浅也！徒以裒然巨帙，卒业为难；而阐词学之阃奥，诏后生以途辙，始宋徽宗皇帝，迄李清照，凡八十七人，人选数首，曰《宋词三百首》，比之于《唐诗三百首》。中以周邦彦、吴文英为最多，盖求之体格神致，以浑成为主旨也。况周颐尝翘以语人曰："能循途守辙于三百首之中，必能取精用宏于三百首之外。益神明变化于词外求之，则夫体格神致间，尚有无形之诉合、自然之妙造，即更进于浑成，要亦未为止境。无止境之学，必有以端其始，莫如《宋词三百首》。"盖甚推其书也。及所自为，大抵寄绵密于藻丽，抒情感于比兴，而融诸家之长，声情益臻朴茂，清刚隽上，并世词家推领袖焉！

祖谋以词名，顾诗亦入能品，《和远根乞米曲》曰：

宣州诗翁恒苦饥，索米梦持篆窠归。举家啜粥癯不肥。平原笔力弩释机，先生研田十年耘，溉墨一斗键其扉。临川三昧荧荧晖，浓锋蹶岂诸城痱，赫蹄纸百不供挥。玺书增俸畴敢唏，月料半流埒茹薇，焉能休粮脱尘鞿？道山延阁接太微，胡不陈书紫宸闱？胡不曼胡短后衣？捷书夜草旄头飞，何为颇颔幽篁围？乾愁漫诞不可矶，诸公遑辨"妃"与"豨"，一丘之貉蒙庶几，菜佣求益来已稀。牛铎黄钟荒是非，枵然者腹负大诽，安用陶胡奴累欷？逝将着鞭骖子騑。安吴笔诀绝几韦，他年奇字森烟霏！

又题《胡愔仲金光明胜经卷子》二绝曰：

妙伽佗谛绝传衣，花雨香中旧捷扉。一逝翩如黄鹄子，刺天海水又群飞！

江左一流今日尽，诗篇连卷共谁论？不如自拨炉烟坐，饶舌丰干已不言！

诗研炼似陈三立，而用事下语或失之晦。陈衍称之曰："诗中之梦窗"，允矣。以民国二十年辛未冬卒，年七十五岁。

况周颐附徐珂、邵瑞彭、王蕴章、龙沐勋

临桂况周颐者，名周仪，以讳清宣统溥仪名，遂改周颐；夔笙其字，别号蕙风，官内阁中书，王鹏运致祖谋书所称"目空一世之况舍人"也。少而察惠，读书辄得神解，垂髫应府县学试，冠其曹，举案首。同考或窃窃低语："何以稚子，独争上流？"知府事者至榜示谓："广右以灵淑所钟毓，诞此英才；所望为贤父兄者，善为掖进，俾以有用之身，致国家之用；则宦辙所至，亦复与有荣"云。九岁，补博士弟子员。十三岁赋诗有句云："薄酒并无三日醉，寒梅也隔一窗纱。"其姊婿蒋栋材见而诫之曰："童子学诗，何乃作衰飒语！"十八岁举优贡。一日，往省姊，偶得《蓼园词选》读之，试为小词，而沈浸者日以深；其集中附有《存悔》一卷，即十七前作也。轻倩流慧，理境两绝；有曰："春小于人，花柔似汝。云涯怅望知何处？"每谓神来之笔，若有所感；至于垂老追念，都难为怀。二十一，举光绪五年乡试。乃娶于赵，伉俪綦笃。夫人擅雅乐，因并习操缦，俨然理曲。既而宦游京国，遵例官内阁中书，与王鹏运同官，益以词学相砥砺。并治金石文字，凡有碑版无不罗致，得万馀本，中《龙门造象》千馀本；尤长于许氏《说文》，名声训诂，潜造精研，故其治碑版，并为渊源之学。寻以会典馆纂修叙劳，用知府分发浙江，曾参两江总督端方幕府。端方藏碑版甲于海内，辄属周颐定之，《陶斋藏石》一记，盖出手纂。时合肥蒯光典礼卿以进士官道员，分发江南，与周颐学不同；乃荐兴化李详以间之，每

见端方，必短周颐而称详。一日，端方招饮，光典又及周颐。端方太息曰：“亦知夔笙必将饿死，但我端方在，决不容坐视其饿死耳！”周颐闻之，感激涕下，而致怨于李详。详以不得志于端方。既而端方入川被杀；详以诗吊之，有云：“轻薄子云犹未死，可怜难返蜀川魂！”“轻薄子云”，盖指周颐也。自是有宴会，周颐与详，必避不相见。而周颐濡古既深，字画必谨，自以氏况，见人书“况”字只写两点为“况”则必斥其讹讹；而为之加成三点水焉；又睹文书中“金樽”字，必涂去木旁作“尊”字，诸如此类，崇古不苟，冯煦戏称之为“况古人”。而所自喜者尤在词；尝自谓：“世界无事无物不可入词；但在余能自运其笔，使宛转如意耳！”所著曰《第一生修梅花馆词》、《二云词》、《香樱词》、《蕙风词》。逊国而后，家国之感，身世之情，所触日深，而词格亦日遒上；顿挫排宕，柔厚沈郁，千辟万灌，略无炉锤之迹；而又严于守律，一声一字，悉无乖桀。方之古人，庶几白石；亦自谓五百年后，得为白石，亦复相类也。录其二词，聊当举隅：

齐天乐　秋雨

沈郎已自拌憔悴，惊心又闻秋雨。做冷欺灯，将愁续梦，越是宵深难住。千丝万缕，更搀入虫声，搅人情绪！一片萧骚，细听不作乎是故园树！　沈沈更漏渐咽，只檐前铁马，幽怨如诉。倘是残春，明朝怕有无数飞花飞絮。天涯倦旅，记滴向蓬窗，更加凄苦。欲谱潇湘，黯愁生玉柱。

四字令

南陵徐积雨得小铜印，文曰“石家侍儿”，白文方式，以拓本见诒，报之以词。

石家侍儿，绿珠宋祎。当年毕竟阿谁，捺银槲紫泥？香名未知，乡亲更疑。绿珠，广西博白人；余旧有“绿珠红玉是乡亲”小印。红玉，陈文简侍儿，墓在临桂凄霞山麓。愿为宛转红丝，系裙腰恁时！

盖周颐之词，细腻熨贴，典丽风华，阔大不及祖谋，而绵密则过之焉！然周颐之词学，实得助于祖谋者不鲜，尝语人曰："余之为词，二十八岁以后，格调一变，得力于半塘。比岁守律綦严，得力于沤尹。人不可无良师友也！"周颐为词崇性灵，而或伤尖艳；既与王鹏运同官中书，鹏运词夙尚体格，于周颐异趣，多所规诫。又以所刻宋、元人词属为斠雠，自是周颐得窥词学之深，所谓"重、拙、大"，所谓"自然从追琢中出"，积心领神会之，而体格为之一变。盖声律与体格并重也。周颐之词，仅能平侧无误，或某调某句有一定之四声，昔人名作皆然，则亦仅守勿失而已。未能如鹏运之一声一字，剖析无遗也！鹏运刻词至三十馀家，周颐任校勘者多。当其时.，海宇澄清，人物丰穰，厂肆购书之乐，苇湾清游之胜，裙屐毕集，似可终古。鹏运笑傲烟霞，一灯斗室。周颐以词学相砥砺，传授心法；而亦并传鹏运之半榻一灯；其烟具，皆鹏运所馈遗也。如是者二十年。既鹏运卒，乃与祖谋相切礦。祖谋于词不轻作，恒以一字之工，一声之合，痛自刻绳；而因以绳周颐。周颐亦恍然向者之失，断断不敢自放，乃悉根据宋、元旧谱，四声相依，一字不易，其得力于祖谋，与得力于鹏运者同。如《甲午展重阳日邃父招同半塘登西爽阁子美因病不至》，调寄〔蝶恋花〕云：

西北云高连睥睨，一抹修眉，望极遥山翠！谁向西风传恨字，诗人大抵伤憔悴！　　有酒盈尊须拌醉，感逝伤离！自注：端木子畴前辈于数日前谢世。何况登临地，卷好秋光图画里！黄花省识秋深未？自注：西爽阁在京师土地庙下斜街山西会馆，可望西山。

自跋云："金元已还，名人制曲，如《西厢记》、《牡丹亭》之类，皆平侧互叶，几于句句有韵；付之歌喉，极致流美。溯其初哉肇祖，出于宋人填词。词韵平侧互叶，丁北宋已有之，姑举一以起例：贺方回〔水调歌头〕云：'南国本潇洒，六代浸豪奢。台城游冶，襞櫇能赋属宫娃。云观登临清暇，壁月流连长夜，吟醉送年华。回首飞鸳瓦，却羡井中蛙。访乌衣，成白社，不容车。旧时王谢，堂前双燕过谁家？楼外河横斗挂，淮上潮平霜下，樯影落寒沙。商女蓬窗罅，犹唱《后庭花》！'蕙风此作，倘有合者。"又《题徐仲可舍人珂女公子新华山水画稿》，调寄〔玉京瑶〕云：

> 玉映伤心稿，凤羽清声，梦里仙云幻！自注：用徐陵母五色云化为凤事。故纸依然，韶年容易凄晼。乍洗净金粉春华，淡绝处山容都换。　瑶源远。湘苹染墨，昭华摅管。自注：徐湘苹、徐昭华皆工画。苇窗旧扫烟岚。韵致云林，更楷模北苑。陈迹经年，蟺奁分贮丝茧黯。赠琼，风雨萧斋，带孺子泣珠尘潸。帘不卷，秋在画图香篆！

自跋曰："此调为吴梦窗自度曲，夷则商犯无射宫腔。今四声悉依梦窗，一字不易。"盖抗心希古，严于守律，大率类此。

周颐论词最工，细入毫芒，能发前人所未发，所著曰《香海棠馆词话》、《餐樱庑词话》。论词境曰："词境以深静为主。韩持国〔胡捣练令〕过拍云：'燕子渐归春悄，帘幙垂清晓。'境至静矣；而此中有人如隔蓬山，思之思之，遂由静而见深。盖写境与言情非二事也；善言情者，但写境而情在其中；此等境界，唯北宋人词往往有之。持国此二句尤妙在一'渐'字"。又曰："《小山词》〔阮郎归〕云：'天边金掌露成霜，云随雁字长。绿杯细袖趁重阳，人情似故乡。兰佩紫，菊簪黄，殷勤理旧狂。欲将沈醉换悲凉，清歌莫断肠！''绿杯'二句，意已厚矣！‘殷勤理旧狂’五字三层意。狂者，所谓‘一肚皮不合时宜，发现于外’者也；狂已旧矣，而理之，而殷勤理之，其狂若有甚不得已者。‘欲将沈醉换悲凉’，是上句注脚。‘清歌莫断肠’，仍含不尽之意；此词沈著厚重，得此结句，便觉竟体空灵！”又曰：“《东坡词》〔青玉案〕用贺方回韵送伯固归吴中，歇拍云：‘作个归期天已许。春衫犹是小蛮针线，曾湿西湖雨。’上二句未为甚艳，‘曾湿西湖雨’是清语，非艳语；与上二句相连属，便成奇艳绝艳，令人爱不忍释！”又曰：“词有淡远取神，只描取景物，而神致自在言外，此为高手。然不善学之，最易落套，亦如诗中之假王、孟也。刘招山〔一翦梅〕过拍云：‘杏花时节雨纷纷，山绕孤村，水绕孤村。’颇能景中寓情。”又曰：“罗子远〔清平乐〕：‘两桨能吴语。’五字甚新。杨柳波头，荷花荡口，暖风十里，翦水咿哑，声愈柔而景愈深。尝读《饮水词》〔望江南〕云：‘江南好！虎阜晚秋天！山水总归诗格秀，笙箫恰称语音圆。人在木兰船！’‘笙箫’句与此‘两桨’句，同一妙于领会。”又曰：“《空同词》〔浪淘沙〕《别意》云：‘花露涨冥冥，欲雨还晴！’能融景入情，得迷离惝恍之妙。‘涨’字亦炼。”又曰：“韩子畊〔高阳台〕《除夕》云：‘频听银签，重燃绛蜡，年华衮衮惊心！饯旧迎新，能消几刻光阴？老来可惯通宵饮？待不眠还怕寒侵。掩清尊，多谢梅花伴微吟。邻娃已试春妆了，更蜂枝簇翠，燕股横金。勾引春风，也知芳意难禁。朱颜那有年年好！逞艳游赢取如今！恣登临，残雪楼台，迟日园林。’此等词语浅情深，妙在字句之表。便觉刻意求工，是无端多费气力。”又曰“《履斋词》〔二郎神〕云：‘凝伫久，蓦听棋边落子一声声静。’〔千秋岁〕云：‘荷递香能细。’此‘静’与‘细’，亦非雅人深致，未易领略。”又曰：“王易简《谢周草窗惠词卷》〔庆宫春〕歇拍云：‘因君凝伫，依约吴山，半痕蛾绿！’此十二字绝佳，能融景入情，秀极成韵，凝而不佻！”又曰：“填词景中有情，此难以言传也。元遗山〔木兰花慢〕云：‘黄星几年飞去？淡春阴，平野草青青。’平野春青，只是幽静芳倩；却有难状之情，令人低徊欲绝！善读者约略身入景中，便知其妙。”又曰：“党承旨〔月上海棠〕《用前人韵》后段云：‘断霞鱼尾明秋水，带三两飞鸿点烟际。疏飒秋声，似知人倦游无味。家何处？落日西山紫翠。’融情景中，旨淡而远。又〔鹧鸪天〕云：‘开帘放入窥窗月，且尽新凉睡美休。’潇洒疏俊极矣！尤妙在上句‘窥窗’二字。窥窗之月，先已有情；用此二字，便曲折而意多；意之曲折，由字里生出，不同矫揉钩致，不堕尖纤之失。”又曰：“段诚之《菊轩乐府》〔江城子〕云：‘月边渔，水边鉏。花底风来，吹乱读残书。’前调《东园牡丹花下酒酣即席赋之》云：‘归去不妨簪一朵，人也道看花来。’骚雅俊逸，令人想望风采。〔月上海棠〕云：‘唤醒梦中身，鶗鴂数声春晓’，前调云：‘颓然醉卧，印苍苔半袖。’于情中入深静，于疏处运追琢，尤能得词家三昧。”又曰：“真字是词骨；情真景真，所作必佳。金章宗《咏聚骨扇》云：‘忽听传宣须急奏，轻轻褪入香罗袖。’此咏物兼赋事，写出廷臣入对时情景，确是咏聚骨扇，是章宗咏聚骨扇。他题他人，挪移不得。”又曰：“密国公琦词，《中州乐府》著录七首，姜、史、辛、刘两派，兼而有之，〔春草碧〕云：‘旧梦回首何堪，故苑春光又陈迹。落尽后庭花，春草碧！’〔青玉案〕云：‘梦里疏香风似度，觉来惟见，一窗凉月，瘦影无寻处！’并皆幽秀可诵；〔临江仙〕云：‘薰风楼阁夕阳多！倚阑凝思久，渔笛起烟波！’淡淡着笔，言外却有无限感怆！”又曰：“遗山句云：‘草际露垂虫响遍。’写出目前幽静之境，小而不纤，妙在‘垂’字、‘响’字，此二字不可易。”

论词笔曰：“《清真词》〔望江南〕云：‘惺忪言语胜闻歌’；谢希深〔夜行船〕云：‘尊前和笑不成歌’，皆熨帖入微之笔。”又曰：“词亦文之一种。名家词笔，亦有理脉可寻；所谓蛇灰蚓线之妙。如范石湖〔眼儿媚〕《萍乡道中》云：‘酣酣日脚紫烟浮，妍暖试轻裘。困人天气，醉人花底，午梦扶头。春慵恰似春塘水，一片縠纹愁。

溶溶泄泄，东风无力，欲皱还休。’‘春慵’紧接‘困’字‘醉’字来，细极！”又曰：“潘紫岩词，余最爱其〔南乡子〕《题南剑州妓馆》一阕，小令中能转折，其词笔有尺幅千里之势！词云：‘生怕倚阑干，阁下溪声阁外山。空有旧时山共水，依然！暮雨朝云去不还！相见蹑飞鸾，月下时时认佩环。月又渐底霜又下，更阑！折得梅花独自看。’歇拍尤意境幽瑟。”又曰：“词笔艳与丽不同。艳如芍药牡丹，慵春媚景。丽若海棠文杏，映烛窥帘。薛梯飙词工于刷色，当得一丽字。〔醉落魄〕云：‘单衣乍着，滞寒更傍东风作，珠帘压定银钩索。雨弄初晴，轻旋玉麈落。花唇巧借妆梅约，娇羞才放三分萼。尊前不用多评泊，春浅春深红向杏梢觉。”’又曰：“曾宏父〔浣溪沙〕云：‘紫禁正须红药句，清江莫与白鸥盟’，寻常称美语，出以雅令之笔，阅之使不生厌。”又曰：“翁五峰〔摸鱼儿〕歇拍云：‘沙津少驻。举目送飞鸿，幅巾老子，楼上正凝伫！’东坡《送子由诗》：‘时见乌帽出复没’，是由送客者望见行人，极写临歧眷恋之状。五峰词乃由行人望见送者；客子消魂，故人惜别，用笔两面俱到。”又曰：“刘伯宠〔水调歌头〕《中秋》云：‘破匣菱花飞动，跨海青光无际，草露滴明玑。’‘跨海’云云，是何意境！下乃忽作小言。子云所云‘大者含元气，细者入无间’，略可喻词笔之变化。”又曰：“近人作词，起处多用景语虚引，往往第二韵方约略到题，此非法也。起处不宜泛写景，宜实不宜虚，便当笼罩全阕，他题挪移不得。唐李程作《日五色赋》，首云：‘德动天鉴，祥开日华。’虽篇幅较长于词，亦以二句隐括之，尤有弁冕端凝气象。此旨可通于词矣！”又曰：“名手作词，题中应有之义，不妨三数语说尽。自馀悉以发抒襟抱所寄托。往往委曲而难明；长言之不足，至乃零乱拉杂，胡天胡帝。其言中之意，读者不能知，作者亦不蕲其知，以为流于跌宕怪神，怨怼激发而不可以为训；则亦楚徒之骚些云尔。夫使其所作，大都众所共知，无甚关系之言，宁非浪费纸墨耶！”又曰：“词笔固不宜直率，尤切忌刻意为曲折。以曲折药直率，即已落下乘。昔贤朴厚醇至，由性情学养中出，何至蹈直率之失？若错认直率为真率，则尤大不可耳。”又曰：“党承旨〔青玉案〕云：‘痛饮休辞今夕永。与君洗尽满襟烦暑，别作高寒境。’以松秀之笔，达清劲之气，倚声家精诣也。‘松’字最不易做到。”又曰：“金古齐散汝弼，字良弼，官近侍副使，〔风流子〕《过华清作》云：‘三郎年少客，风流梦，绣岭虫瑶环。看浴酒发春，海棠睡暖！笑波生媚，荔子浆寒。况此际，曲江人不见，偃月事无端。羯鼓数声，打开蜀道；《霓裳》一曲，舞破潼关。马嵬西去路，愁来无会处，但泪满关山。赖有紫囊求进，锦袜传有。叹玉笛声沈，楼头月下；金钗信杳，天上人间。几度秋风渭水，落叶长安。’正大三年刻石临潼县，今存。词笔藻耀高翔，极慷慨低徊之致。”又曰：“姚成一《雪坡词》〔霜天晓角〕《湖上泛月归》换头云：‘烟抹，山态活。雨晴波面滑。’五字对句，上句读作上二下三，‘抹’字叶韵，不勉强，尤饶有韵致。词笔灵活可喜！”又曰：“宋江致和《五福降中天》句：‘秋水娇横睃眼，腻雪轻铺素胸。’以‘铺’字形容腻雪，有词笔、画笔所难传之佳处，无一字可以易之！”又曰：“词笔能直固大佳。顾所谓‘直’诚至不易，不能直率也。当于无字处为曲折，切忌有字处为曲折。”又曰：“云林‘寿彝斋’〔太常引〕云：‘柳阴濯足水浸矶，香度野蔷薇。芳草绿萋萋。问何事王孙未归？一壶浊酒，一声清唱，帘幕燕双飞。风暖试轻衣。介眉寿遥瞻翠微。’寿词如此着笔，脱然畦封，方雅超逸，寿字只于结处一点。后人可取以为法。”

论词句曰：“‘诗酒尚堪驱使在，未须料理白头人！’少陵句也。《梅溪词》〔喜迁莺〕云：‘自怜诗酒瘦，难应接许多春色！’盖反用其意。”又曰：“卢申之〔江城子〕后段云：‘年华空自感飘零，拥春酲，对谁醒？天阔云闲，无处觅箫声。载酒买花年少事，浑不似旧心情。’与刘龙洲词‘欲买桂花重载酒，终不似少年游’，可称异曲同工。然终不如少陵之‘诗酒尚堪驱使在，未须料理白头人’为倔强可喜！”又曰：“草窗〔少年游〕《宫词》云：‘一样春风，燕梁莺户，那处得春多！’即‘梨花雪，桃花雨，毕竟春谁主！’之意；俱从义山‘莺啼花又笑，毕竟是谁春！’脱出。”又曰：“《竹山词》〔虞美人〕《咏梳楼》云：‘楼儿忒小不藏愁，几度和云飞去觅归舟。’较‘天际知归舟’更进一层。”又曰：“寄闲翁〔风入松〕云：‘旧巢未着新来燕，任珠帘不上琼钩。’用‘待燕归来始下帘’句意，翻新入妙。〔恋绣衾〕云：‘自不怨东风老，怨东风轻信杜鹃！’是未经人道语。”又曰：“宋周端臣〔木兰花慢〕句云：‘料今朝别后，他时有梦，应梦今朝。’吕居仁〔减字木兰花〕云：‘来岁花前，又是今年忆昔年！’命意政同而遣词各极其妙。”又曰：“仲弥性〔浪淘沙〕过拍云：‘看尽风光花不语，却是多情！’语淡而深。〔忆秦娥〕《咏木樨》后段云：‘佳人敛笑贪先折。重新为翦斜斜叶。斜斜叶，钗头常带一段秋风月。’末二句赋物上乘，可谓药纤滞之失。”又曰：“大卿荣諲《咏梅》〔南乡子〕云：‘江上野梅芳，粉色盈盈照路旁。闲折一枝和雪嗅，思量！似个人人玉体香。’‘似个’句艳而质，犹是宋初风格，《花间》之遗。”又曰：“宋名词多尚浑成，亦有以刻画见长者。沈约之〔谒金门〕云：‘犹倚危阑清昼寂，草长流翠碧！’又云：‘寒色着人无意绪，竹鸣风似雨！’〔如梦令〕云：‘忺睡忺睡，窗在芭蕉叶底！’〔念奴娇〕刻本无题，当是咏海棠之作。云：‘醉态天真，半羞微敛，未肯都开了！’虽刻画而不涉纤，所以为佳。”又曰：“陈梦弢《和石湖》〔鹧鸪天〕云：‘指剥春葱去采蘋。衣丝秋藕不沾尘。眼波明处偏宜笑，眉黛愁来也解颦。　巫峡路，忆行云，几番曾梦曲江春。相逢细把银釭照，犹恐今宵梦似真！’歇拍用晏叔原‘今宵剩把银釭照，犹恐相逢是梦中’句；恐梦似真，翻新入妙；不特不嫌沿袭，几于青胜于蓝！”又曰：“张武子〔西江月〕过拍云：‘殷云度雨井桐凋，雁雁无书又到。’昔人句云：‘江头数尽南来雁，不寄西风一幅书。’此词括以六字，弥觉沈顿。”又曰：“马古洲〔海棠春〕云：

‘护取一庭春，莫弹花间鹊。’用徐干臣‘闷来弹鹊，又搅碎一帘花影’，可谓善变。”又曰：“黄雪舟词清丽芊绵，颇似北宋名作。其〔水龙吟〕云：‘柔肠一寸，七分是恨，三分是泪。’盖仿东坡‘春色三分，二分尘土，一分流水’之句；所不逮者，以刻镂稍着痕迹耳。其歇拍云：‘待问春怎把千红，换得一池绿水？’亦从‘一分流水’句引申而出。”又曰：“吴乐庵〔水龙吟〕《咏雪次韵》云：‘兴来欲唤羸童瘦马，寻梅泷首。有客遮留，左援苏二，右招欧九。问聚星堂上，当年白战，还更许追踪否？’此词略仿刘龙洲〔沁园春〕‘斗酒彘肩，醉渡浙江，岂不快哉！被香山居士，约林和靖与坡公等驾勒吾回’云云！而吴词意较胜。”又曰：“填词之难，造句要自然，又要未经前人说过。自唐五代以还，名作如林；那有天然好语，留待我辈驱遣。必欲得之，其道有二：曰‘性灵流露’，曰‘书卷酝酿’。性灵关天分，书卷关学力。学力果充，虽天分少逊，必有资深逢源之一日；书卷不负人也！中年以后，天分便不可恃；苟无学力，日见其衰退而已。江淹才尽，岂真梦中人索还锦囊耶？”又曰：“易祓〔喜迁莺〕云：‘记得年时胆瓶儿畔，曾把牡丹同嗅。’语小而不纤，极不经意之事，信手拈来，便觉旖旎缠绵，令人低回不尽。纳兰成德〔浣溪沙〕云：‘被酒莫惊春睡重，睹书消得泼茶香，当时只道是寻常！’亦复工于写情，视此微嫌词费矣！〔喜迁莺〕歇拍云：‘强消遣，把闲愁推入花前杯酒。’由举杯消愁意翻变而出，亦前人所未有！”

论词与诗之别曰：“《吹剑录》云：‘古今诗人间出，极有佳句。陈秋塘诗：不知筋力衰多少？但观新来懒上楼。’按此二句，乃《稼轩词》〔鹧鸪天〕歇拍。或者俞文豹氏误记耶？此二句入词则佳，入诗便觉未合。词与诗体格不同处，其消息即此可参。”又曰：“赵愚轩〔行香子〕云：‘绿阴何处？旋旋移床。’昔人诗句‘月移花影上阑干。’此言移床就绿阴，意趣尤生动可喜！即此是词与诗不同处。可悟用笔之法。”

论词律曰：“《梅溪词》《寻春服感念》〔寿楼春〕有句云：‘几度因风飞絮，照花斜阳。’又云：‘最恨湘云人散，楚兰魂伤！’‘风飞’、‘花斜’、‘云人’、‘兰魂’并用双声迭韵字，是声律极细处。”又曰：“入声字于填词最为适用。付之歌喉，上、去不可通作，惟入声可融入上、去声。凡句中去声字，能遵用去声固佳；若误用上声，不如用入声之为得也！上声字亦然。入声字用得好，尤觉峭劲娟隽。”又曰：“上、去声字，近人往往误读；如动静之‘静’，上声，误读去声；暝色之‘暝’，去声，误读上声。作词既守四声，则于宋人用‘静’字者用上声，用‘暝’字者用去声，斯为不误矣！顾审之声调，反蹈聱牙戾喉之失。意者宋人亦误读误用耶？遇此等处，惟有检本人他词及他人此词征之，庶几决定从舍。特非精研宫律者之作，不足为据耳！”又曰：“宋人名作于字之应用入声者，间用上声；用去声者绝少。检《梦窗词》知之。”又曰：“词用虚字叶韵最难。稍欠斟酌，非近滑，即近佻。忆二十岁作〔绮罗香〕过拍云：‘东风吹尽柳绵矣！’端木子畴前辈埰见之，甚不谓然，申戒至再。余词至今不敢复叶虚字。又如‘赚’字‘偷’字之类，亦宜慎用。‘儿’字尤难用之至，此字天然近俚，用之得如闺人口吻，即亦何当风格！若于此等难用之字，笔健能扶之使坚，意精能练之使稳，庶极专家能事矣！此境未易臻，仍以不用为是。”又曰：“畏守律之难，辄自逃律外，或托前人不专家未尽善之作以自解，此词家大病也！守律诚至苦；然亦有至乐之一境。常有一词作成。自己亦既惬心，似乎不必再改，惟据律细勘；仅有某某数字于四声未合；即姑置而姑存之，亦孰为责备而求全者。乃精益求精，不肯放松一字，循声以求，忽然得至隽之字；或因一字改一句，因此句改彼句，忽然得绝警之句；此时曼声微吟，拍案而起，其乐何如！虽剥珉出璞，选薏得珠，不逮也。彼穷于一字者，皆苟完苟美之一念误之耳！”

论词与曲之别曰：“曲有煞尾，有度尾。煞尾如战马收缰，度尾如水穷云起。煞尾，犹词之歇拍也。度尾犹词之过拍也，如水穷云起，带起下意也。填词则不然。过拍只须结束上段，笔宜沈着；换头另意另起，笔宜挺劲。稍涉曲法，即嫌伤格。此词与曲之不同也。”又曰：“元人制曲，几于每句皆有衬字，取其能达句中之意；而付之歌喉，又抑扬顿挫，悦人听闻；所谓‘迟其声以媚之’也。两宋人词，间亦有用衬字者。王晋卿云：‘烛影摇红向夜阑，乍酒醒、心情懒！’‘向’字‘乍’字是衬字。”又曰：“两宋人填词，往往用唐人诗句。金元人制曲，往往用宋人词句；尤多排演词事为曲。关汉卿、王实甫《西厢记》，出于赵德麟〔商调蝶恋花〕，其尤著者。就一句一事而审谛之。填词之用笔用字何若？制曲者又何若？曲由词出，其渊源在是。曲与词分，其经途亦在是。曲与词格迥殊，而能得其并皆佳妙之故，则于用笔用字之法，思过半矣！”

论词之代变曰：“六朝已还，文章有南北之分，乃至书法亦然。姑以词论：金源之于南宋，时代略同；疆域之不同，人事为之耳，风会曷与焉？如辛幼安先在北，何尝不可南？如吴彦高先在南，何尝不可北？顾细审其词，南与北确乎有辨。其故何耶？或谓《中州乐府》，选政操之遗山，皆取其近己者。然如王拙轩、李庄靖、段氏、遁庵、菊轩，其词不入《元选》；而其格调气息，以视《元选》诸词，亦复如骖之靳；则又何说？南宋佳词能浑至；金源佳词近刚方。宋词深致能入骨，如清真、梦窗是；金词清劲能树骨，如萧闲、遁庵是。南人得江山之秀；北人以冰霜为清。南或失之绮靡，近于雕文刻镂之技；北或失之荒率，无解深裘大马之讥。善读者抉择其精华，能知其并皆佳妙。而其佳妙之所以然，不难于合勘而难于分观；往往能知之而难明言之。然而宋、金之词之不同，固显而易见者也。”又曰：“《清真词》有句云：‘多少暗愁密意，惟有天知；最苦梦魂，今宵不到伊行！拌今生对花对酒，为伊泪落！’此等语愈朴愈厚，愈厚愈雅。至真之情，由性灵肺腑中流出。不妨说尽而愈无尽。南宋人词如姜白石云‘酒醒波远，政凝想明珰素袜’，庶几近似。然已微嫌刷色。明已来词纤艳少骨，致斯道为之不尊。窃尝以刻印比之。自六代作者，以萦纡拗折为工；而两汉方平正直之风，荡然无复存者！”厥辞甚夥，最其要者著于篇。

方清末造，周颐故以文学有大名，端方总督两江，礼致入幕，又优以税差。既入民国，窜居海上无所事；赁庑一廛，渐以不继。室人以无米告，占〔减字浣溪沙〕云：

> 逃墨翻教突不黔，瓶罍何暇耻虀盐。半生辛苦一时甜。
>
> 传语枯萤共宁耐，每怜饥鼠误窥觇。顽夫自笑为谁怜！

又集《左传》、《通鉴》语署楹联曰：“余惟利是视！晋侯使吕相绝秦。民以食为天。贾闰甫谓李密语。”盖牢落可想焉！以民国十五年秋卒，年六十有六。而硕果仅存，独一朱祖谋矣！然自王鹏运之殁，朱祖谋、况周颐更主词坛，导扬宗风；而后学者乃趋向北宋，以深美闳约为归；佻巧奋末之风，自此而杀！徐杭徐珂仲可、淳安邵瑞彭次公、无锡王蕴章西神亦皆以词有名，年辈差次，而归趣略同；则朱祖谋、况周颐导扬之力也。祖谋旋亦老死；而传其学于闽县龙沐勋榆生；盖以平生校词朱墨两砚并为一匣者与之，而以当衣钵之传焉！

四 曲

词盛于宋，剧起于元。而词者，剧曲之所自出也。顾能词者不必识曲。而并世之治词以进于剧曲者，有海宁王国维、长洲吴梅。

王国维

王国维，字静安，亦字伯隅，号观堂，亦曰永观。生而歧嶷，读书通敏；年未冠，文名噪于乡里。寻入州学，以不喜帖括之文，再应乡举，不中程。于时值中日战役，我师败绩，海内士夫争抵掌言天下事，谋变法。国维方冠年，思有以自试，乃之上海，顾伥伥无所遇。适上虞罗振玉叔蕴与吴县蒋黼伯斧结农学社于上海，遂译东西各国农学书报；以乏译才，遂以光绪二十四年戊戌夏，立东文学社，聘日本藤田博士丰八为教授。国维乃往受学，写所为咏史绝句于同舍生扇头。振玉见而赏异，遂拔之俦类之中，为赡其家。而国维之知学问途辙以自发闻名家，皆振玉有以启之也。国维欲以其间治古文辞；自以所学根柢未深，读江子屏《汉学师承记》，欲于此求修学途径。振玉诏之曰："江氏说多偏驳。本朝学术，实导源于顾亭林处士。厥后作者辈出，而造诣最精者，为戴氏震、程氏易畴、钱氏大昕、汪氏中、段氏玉裁及高邮二王。"因以诸家书赠之。国维虽加流览，然方治东西洋学术，未遑致力于此。治日文之馀，则从藤田博士受欧文及西洋哲学、文学、美术，尤喜韩图、叔本华、尼采诸家之说，发挥其旨趣，为《静安文集》。岁庚子，既毕业东文学社。振玉适主武昌农学校，以教授多日人，乃延国维任译授。明年东渡，留学日本物理学校。而其时革命之说大昌。振玉移书，谓："留学诸生，多后起之秀，其趋向关系于国家者甚大。曷有以匡救之？"国维答书言："诸生骛于血气，结党奔走，如燎方扬，不可遏止。料其将来，贤者以殒其身，不肖者以便其私。万一果发难，国是不可问矣！"时有闽中萨生均坡与国维同留学，亦入党籍。国维以书告振玉曰："萨固贤者；然性高明而少沈潜。彼既入籍，见所为必非之。惟背之则危身，从之则违心。迩见其居恒郁郁，恐以此夭天年也！"已而萨生果夭，如国维言。寻以脚气病归，止振玉家。病愈，乃荐之南通师范学校，主讲哲学、心理、伦理诸学。甲辰秋，振玉主江苏师范学校；乃移国维于苏州，凡三年，刻所为诗词，骎骎致力于文学。以为："生百政治家，不如生一大文学家。何则？政治家与国民以物质上之利益，而文学家则与以精神上之利益。夫精神之与物质，二者孰重？物质上之利益，一时的也。精神上之利益，永久的也。前人政治上所经营者，后人得一旦而坏之。至古今之大著述，苟其著述一日在，则其遗泽且及于千百世而未沫。故希腊之有鄂谟尔也，意大利之有唐旦也，英吉利之有狭斯丕尔也，德意志之有格代也，皆其国人人之所尸而祝之、社而稷之者。而政治家无与焉！惟文学家能与国民以精神上之慰藉，而国民之所恃以为生命者，若政治家之遗泽，决不能如此广且远也。"顾独谓中国无纯文学，中国文学无悲剧，辟奇论以砭往古，树新义而诏后生。其言曰："'自谓颇腾达，立登要路津。致君尧舜上，再使风俗醇'，非杜子美之抱负乎？'胡不上书自荐达，坐令四海如虞唐'，非韩退之之忠告乎？'寂寞已甘千古笑，驰驱犹望两河平'，非陆务观之悲愤乎？如此者，世谓之大诗人矣！至诗人之无此抱负者，与夫小说、戏剧、图画、音乐诸家，皆以侏儒优倡自处，世亦以侏儒优倡畜之；所谓'诗外尚有事在’，‘一命为文人，便无足观’，我国人之金科玉律也。呜呼！美术之无独立之价值也久矣！此无怪历代诗人多托于忠君爱国，劝善惩恶之意以自解免；而纯粹美术上之著述，往往受世之迫害而无人为之昭雪者也！以是之故，所谓诗歌者，则咏史、怀古、感事、赠人之题目，弥满充塞于诗界；而抒情叙事之作，什伯不能得一；其有美术上之价值者，仅其写自然之美之一方面耳！甚至戏曲小说之纯文学，亦往往以惩劝为旨；其有纯粹美术之目的，世非惟不知贵，且加贬焉！故曰：‘中国无纯文学也。纯文学，以诗歌、戏曲、小说为其顶点；以其目的在描写人生故。而所谓描写人生者，在描写人生之苦痛与其解脱之道，而使我侪冯生之徒，于此桎梏之世界中，离其生活之欲之争斗而得其暂时之平和。若然者，唯悲剧能之！昔雅里大德勒于《诗论》中谓：‘悲剧者，所以感发人之情绪而高上之。’而如恐惧与悲悯二者，为悲剧中固有之物；由此感发而人之精神于焉洗涤。然而我国人之精神，世间的也，乐天的也；故代表其精神之戏剧、小说，无往而不著此乐天之色彩；始于悲者终于欢，始于离者终于合，始于困者终于亨；非是而欲餍阅者之心，难矣！若《牡丹亭》之《返魂》，《长生殿》之《重圆》，其最著之一例也。《西厢记》之以《惊梦》终也，未成之作也；此书若成，我乌知其不为《续西厢》之浅陋也？有《水浒传》矣，曷为而有《荡寇志》？有《桃花扇》矣，曷为而又有《南桃花扇》？有《红楼梦》矣，彼《红楼复梦》、《补红楼梦》、《继红楼梦》者，曷为而作也？又曷为而有反对《红楼梦》之《儿女英雄传》？故我国之文学中，其具厌世解脱之精神者，仅有《桃花扇》与《红楼梦》耳！而《桃花扇》之解脱非真解脱也！沧桑之变，目击之而身历之，不能自悟，而悟于张道士之一言；且以历数千里冒不测之险，投缧绁之中所索之女子，才得一面，而以道士之言，一朝而舍之；自非三尺童子，其谁信之哉！故《桃花扇》之解脱，他律的也，而《红楼梦》之解脱，自律的也。且《桃花扇》之作者，但借侯、李之事，以写故国之戚，而非以描写人生为事。故《桃花扇》，政治的也，国民的也，历史的也。《红楼梦》，哲学的也，宇宙的也，文学的也。此《红楼梦》之所以大背于我国人之精神，而其价值，亦即存乎此！彼《南桃花扇》、《红楼复梦》等，正代表我国人乐天之精神者也。故曰‘中国文学罕悲剧’也。”具见所著《静安文集》。徒以议多违俗，物论骇之；寻遭禁绝，不行于世。

国维年三十一，而有《静安文集》之刻；是为光绪三十年丁未也。先一年，振玉奉学部奏调；至是荐国维于尚书荣庆，命在学部总务司行走。入都以后，始治宋、元以来通俗文学，而殚瘁于宋之词，元之曲。著有《人间词话》，论词标举境界；谓：“有境界则自成高格，自有名句。五代、北宋之词，所以独绝者在此。而境非独谓景物也；喜怒哀乐，亦人心中之一境界；故能写真景物、真感情者，谓之有境界；否则谓之无境界。‘红杏枝头春意闹’，著一‘闹’字而境界全出；‘云破月来花弄影’，著一‘弄’字而境界全出。境界有大小，不以是而分优劣。‘细雨鱼儿出，微风燕子斜’，何遽不若‘落日照大旗，马鸣风萧萧’？‘宝帘闲挂小银钩’，何遽不若‘雾失楼台，月迷津渡’也？有造境，有写境，此理想与写实二派之所由分。然二者颇难分别，因大诗人所造之境，必合乎自然；所写之境，亦必邻于理想故也。有有我之境，有无我之境。‘泪眼问花花不语，乱红飞过秋千去’，‘可堪孤馆闭春寒，杜鹃声里斜阳暮’，有我之境也。‘采菊东篱下，悠然见南山’，‘寒波淡淡起，白鸟悠悠下’，无我之境也。有我之境，以我观物，故物皆着我之色彩。无我之境，以物观物，故不知何者为我，何者为物。古人为词，写有我之境者为多；然未始不能写无我之境；此在豪杰之士，能自树之耳。无我之境，人唯于静中得之。有我之境，于由动之静时得之。故一优美，一宏壮也。”更进而辩词境，有隔不隔之别，而谓：“南宋逊于北宋。白石写景之作，如‘二十四桥仍在，波心荡，冷月无声’，‘数峰清苦，商略黄昏雨’，‘高树晚蝉，说西风消息’，虽格韵高绝，然如雾里看花，终隔一层。梅溪、梦窗诸家写景之病，皆在一隔字。即以一人一词论，如欧阳公〔少年游〕《咏春草》上半阕云：‘阑干十二独凭春，晴碧远连云。二月三月，千里万里，行色苦愁人。’语语都在目前，便是不隔。至云‘谢家池上，江淹浦上’，则隔矣。白石〔翠楼吟〕：‘此地宜有词仙，拥素云黄鹤，与君游戏。玉梯凝望久，叹芳草萋萋千里。’便是不隔。至‘酒祓清愁，花消英气’，则隔矣！然南宋词虽不隔处，比之前人，自有浅深厚薄之别。‘生年不满百，常怀千岁忧。昼短苦夜长，何不秉烛游？’‘服食求神仙，多为药所误。不如饮美酒，被服纨与素。’写情如此，方为不隔。‘采菊东篱下，悠然见南山；山气日夕佳，飞鸟相与还。“天似穹庐，笼盖四野。天苍苍，野茫茫，风吹草低见牛羊！’写景如此，方为不隔。古今词人，词格之高，无如白石；惜不于意境上用力，故觉无言外之味，弦外之响，终不能与于第一流之作者也。南宋词人，白石有格而无情，剑南有气而乏韵；其堪与北宋人颉颃，唯一幼安耳！幼安之佳处，在有性情，有境界。”此国维论词之大概也。所为《人间词》，自谓境界不隔，足追五代、北宋名家。〔蝶恋花〕《昨夜梦中》，可置之《花间集》中；而〔浣溪沙〕“天末同重”则颇有李后主气象，为论词者所重焉！

顾所殚心者尤在剧曲，著有《曲录》六卷，《戏曲考原》一卷，《宋大曲考》一卷，《优语录》二卷，《古曲脚色考》一卷；而国维所自惬意者，莫如《宋元戏曲史》，盖综生平论曲之旨而集其大成者也！大旨以为：“戏曲之原，盖始于古之巫。巫者，实以歌舞为职，以乐神人者也。其后有俳优。晋有优施，楚有优孟，优之为言调戏也。巫与优之别：巫以乐神，而优以乐人；巫以歌舞为主，而优以调谑为主；巫以女为之，而优以男为之。优孟为孙叔敖衣冠，而楚王欲以为相；优施一舞，而孔子谓其笑君，则于言语之外，其调笑亦以动作行之；与后世之优颇复相类。后世戏剧，当自巫优二者出。惟古之俳优，但以歌舞及戏谑为事。自汉以后则间演故事。而合歌舞以演一事者，则始于北齐，如

《兰陵王入阵曲》、《踏摇娘》，著于《旧唐书·音乐志》，皆有歌有舞以演一事。而前此虽有歌舞，未用之以演故事；虽演故事，未尝合以歌舞；不可谓非戏之创例也。唐代歌舞戏之外，又有滑稽戏。始于开元，盛于晚唐。其与歌舞戏不同者，则一以歌舞为主，一以言语为主；一则演故事，一则讽时事。一为应节之舞踏，一为随意之动作。此其异也。然后代之戏剧，必合言语、动作、歌唱以演一故事，而后戏剧之意义始全；故真戏剧必与戏曲相表里；而戏剧实滥觞于宋之歌曲也。宋之歌曲，其最通行而为人人所知者，是为词，亦谓之近体乐府，亦谓之长短句；宋人宴集，无不歌以侑觞；然大率徒歌而不舞。其歌舞相兼者，则谓之传踏，亦谓之转踏，亦谓之缠踏。其初恒以一曲连续歌之。然至汴宋之末，则其体渐变，先以引子，引子后只有两腔迎互循环。此外又有曲破与大曲，则曲之遍数虽多，然仍限于一曲。至合数曲而成一乐者，则自诸宫调始。诸宫调者，小说之支流，而被之以乐曲者也。其所以名诸宫调者，则由宋人所用大曲，传踏不过一曲，其在同一宫调中甚明；惟此编每一宫调中，多或十馀曲，少或一二曲，即易他宫调；合若干宫调以咏一事，故曰诸宫调。今考周密《武林旧事》载官本杂剧段数二百八十本；其用普通词调大曲、法曲、诸宫调者，至一百五十本。其用大曲、法曲、诸宫调者，则曲之片数颇多，以敷衍一故事，自觉不难；而单用词调及曲调者，只有一曲，当以此曲循环敷衍，如传踏之例。则知南宋剧曲，实综合种种之乐曲。至成一定之体段，用一定之曲调，而百馀年间无敢逾越者，则元杂剧是也。自有元杂剧而后中国之真戏曲出。元杂剧之视前代戏曲之进步，约而言之，则有二焉。宋杂剧中用大曲者几半。大曲之为物，遍数虽多，然通前后为一曲，其次序不容颠倒，而字句不容增减；格律至严，运用不便。其用诸宫调者，则不拘于一曲，凡同在一宫调中之曲，皆可用之；顾一宫调中，虽或有联至十馀曲者，然大抵用二三曲而止；移宫换韵，转变至多；故于雄肆之处稍有欠焉。元杂剧则不然。每剧则用四折；四折之外，意有未尽，则以楔子足之；或在前，或在各折之间，每折易一宫调；每调中之曲，必在十曲以上，其视大曲为自由，而较诸宫调为雄肆。且于正宫之〔端正好〕、〔货郎儿〕、〔煞尾〕，仙吕宫之〔混江龙〕、〔后庭花〕、〔青歌儿〕、南吕宫之〔草池春〕、〔鹌鹑儿〕、〔黄钟尾〕，中吕宫之〔道和〕，双调之〔□□□〕、〔折桂令〕、〔梅花酒〕、〔尾声〕，共十四曲，皆字句不拘，可以增损。此乐曲上之进步也。其二则由叙事体而变为代言体也。宋人大曲，就现存者观之，皆为叙事体。金之诸宫调，虽有代言之处，而大体只可谓之叙事。犹元杂剧之为物，合动作、言语、歌唱三者而成；纪所歌唱者曰曲，纪动作者曰科，纪言语者曰宾曰白；自于科白中叙事，而曲文全为代言，亦不可谓非戏曲上一大进步也。然元剧所用曲，仍不出宋杂剧，或出普通词调，或出大曲，或出诸宫调；而诸曲配置之法，亦有如传踏之以二曲迎互循环者；其事实之取材于宋杂本官剧者尤不少。然则元曲之佳处何在？曰：'自然而已矣！'古今之大文学，无不以自然胜，而莫著于《元曲》。盖元剧之作者，其人均非有名位学问也；其作剧也，非有藏之名山，传之其人之意也。彼以意兴之所至，为之以自娱娱人。关目之拙劣，所不问也；思想之卑陋，所不讳也；人物之矛盾，所不顾也。彼但摹写其胸中之感想与时代之情状；而真挚之理与秀杰之气，时流露于其间。故谓元曲为中国最自然之文学，无不可也！明以后传奇无非喜剧，而元则有悲剧在其中；就其存者言之，如《汉宫秋》、《梧桐雨》、《西蜀梦》、《火烧介子推》、《张千赞杀妻》等，初无所谓先离后合，始困终亨之事也。其最有悲剧之性质者，则如关汉卿之《窦娥冤》，纪君祥之《赵氏孤儿》；即列之于世界大悲剧中，亦无愧色也。元剧关目之拙，固不待言，此由当日未尝重视此事；故往往互相蹈袭，或草草为之。然如武汉臣之《老生儿》，关汉卿之《救风尘》，其布置结构，亦极意匠惨淡之致。然元剧最佳之处，不在其思想结构，而在其文章；其文章之妙，亦一言以蔽之，曰：'有意境而已矣！'何以谓之有意境？曰'写情则沁人心脾'，'写景则在人耳目'，'述事则如其口出'是也。古诗词之佳者，无不如是。元曲亦然。其言情述事之佳者，如关汉卿《谢天香》第三折：

〔正宫端正好〕我往常在风尘，为歌妓，不过多见了几个筵席，到家来仍作个自由鬼。今日倒落在无底磨，牢笼内！

马致远《任风子》第二折：

〔正宫端正好〕添酒力，晚风凉！助杀气，秋云暮！尚兀自脚趔趄，醉眼模糊。他化的俺一方之地都食素。单则是俺这杀生的无缘度。

语语明白如话，而言外有无穷之意。又如《窦娥冤》第二折：

〔斗虾蟆〕空悲戚，没理会。人生死，是轮回！感着这般疾病，值着这般时势！可是风寒暑湿，或是饥饱劳役，各人证候自知。人命关天关地，别人怎生替得；寿数非干一世！相守三朝五夕，说甚一家一计。又无羊酒缎匹，又无花红财礼；把手为活过日，撒手如同休弃。不是窦娥忤逆，生怕旁人论议。不如听咱劝你，认过自家悔气；割舍的一具棺材，停置几件布帛，收拾出了咱家门里，送入他家坟地！这不是你那从小儿年纪指脚的夫妻。我其实不关亲，无半点凄怆泪。休得要心如醉，意似痴，便这等嗟嗟怨怨，哭哭啼啼！

此一曲直是宾白，令人忘其为曲。元初所谓当行家，大率如此。至中叶以后，已罕觏矣。其写男女离别之情者，如郑光祖《倩女离魂》第三折：

〔醉春风〕空服遍晒眩药，不能痊，知他这腌臜病何日起？要好时直等的见他时！也只为这症候因他上得！一会家缥缈呵，忘了魂灵；一会家精细呵，使着躯壳；一会家混沌呵，不知天地！

〔迎仙客〕日长地，愁更长！红稀也，信尤稀！春归也，奄然人未归！我则道相别也，数十年！我则道相隔着数万里。为数归期，则那竹院里刻遍琅玕翠。

此种词如弹丸脱手，后人无能为役。至写景之工者，则马致远之《汉宫秋》第三折：

〔梅花酒〕呀！对着这迥野凄凉，草色已添黄，兔起早迎霜，犬褪得毛苍。人搠起缨枪，马负着行装，车运着糇粮，打猎起围场。他，他，他，伤心辞汉主！我，我，我，携手上河梁。他部从，入穷荒；我銮舆，返咸阳！返咸阳，过宫墙。过宫墙，绕回廊。绕回廊，近椒房。近椒房，月昏黄。月昏黄，夜生凉！夜生凉，泣寒螿。泣寒螿，绿纱窗。绿纱窗，不思量！

〔收江南〕呀！不思量，便是铁心肠！铁心肠，也愁泪滴千行。美人图今夜挂昭阳。我那里供养，便是我高烧银烛照红妆。

〔尚书云〕陛下回銮罢！娘娘去远了也！（驾唱）

〔鸳鸯煞〕我煞大巨行，说一个推辞谎。又则怕笔尖儿那火编修讲。不见那花朵儿精神，怎趁那草地里风光！唱道伫立多时，徘徊半晌。猛听的塞雁南翔，呀呀的声嘹亮！却原来满目牛羊。是兀那载离恨之毡车，半坡里响！

以上数曲，直所谓‘写情则沁人心脾’，‘写景则在人耳目’，‘述事则如其口出’者。第一期之元剧，虽浅深大小不同，而莫不有此意境也！古代文学之形容事物也，率用古语，其用俗语者绝无；又所用之字数，亦不甚多，独元曲以许用衬字故，故辄以许多俗语，或以自然之声音形容之，此自古文学上所未有也！例如《西厢记》第四剧第四折：

〔雁儿落〕绿依依墙高柳半遮。静悄悄门掩清秋夜。疏刺刺林梢落叶风。昏惨惨云际穿窗月。

〔得胜令〕惊觉我的是颤巍巍竹影走龙蛇，虚飘飘庄周梦蝴蝶，絮叨叨促织儿无休歇，韵悠悠砧声儿断绝。痛煞煞伤别，意煎煎好梦儿应难舍，冷清清的咨嗟，娇滴滴玉人儿何处也！

此犹仅用三字也。其用四字者，如马致远《黄粱梦》第四折：

〔叨叨令〕我这里稳丕丕土坑上迷飚没腾的坐，那婆婆将粗刺刺陈米喜收希和的播！那蹇驴儿柳阴下舒着足乞留恶滥的卧，那汉子去脖项上婆娑没索的摸。你则早醒来了也么哥！你则早醒了也么哥！可正是窗前弹指时光过！

其更奇者，则如郑光祖《倩女离魂》第四折：

〔古水仙子〕全不想这姻亲是旧盟，则待教袄庙火刮刮匝匝烈焰生，将水面上鸳鸯忒楞楞腾分开交颈。疏刺刺沙鞲雕鞍撒了锁鞓。厮琅琅汤偷香处喝号提铃。支楞楞争弦断了不续碧玉筝，吉丁丁珰精砖上摔破菱花镜，扑通通东井底坠银瓶。

又无名氏《货郎旦剧》第三折，则所用叠字，其数尤多！

〔货郎儿六转〕我则见黯黯惨惨天涯云布，万万点点潇湘夜雨；正值着窄窄狭狭、沟沟堑堑路崎岖。黑黑暗暗彤云布；赤留赤律、潇潇洒洒、断断续续、出出律律、急急鲁鲁阴云开处；霍霍闪闪电光星注。正值着飕飕摔摔风，淋淋渌渌雨，高高下下、凹凹答答一水模糊。扑扑簌簌、湿湿渌渌疏林人物，却便似一幅惨惨昏昏潇湘水墨图。

由是观之，则元剧实于新文体中自由使用新言语；在我国文学中，于《楚辞》、《内典》外，得此而三，然其源远在宋、金二代；不过至元而大成！其写景、抒情、述事之美，优足以当一代之文学；又以其自然，故能写当时政治及社会之情状，足以供史论家论世之资者不少。又曲中多用俗语，故宋、金、元三朝遗语所存甚多，辑而存之，理而董之，自足为一专书。此又言语学上之事，而非此书之所有事也。”盖国维之盛推元剧如此。自序其书曰：“一代有一代之文学。楚之骚，汉之赋，六代之骈语，唐之诗，宋之词，元之曲，皆所谓一代之文学，而后世莫继焉者也。独元人之曲，为时既近，托体稍卑，故两朝史志与《四库》集部均不著录。后世儒硕，皆鄙弃不复道。而为此学者，大率不学之徒；即有一二学子以馀力及之，亦未有能观其会通，窥其奥窔者。余读元人杂剧，以为能道人情，状物态，词彩俊拔，而出乎自然，盖古所未有，而后人不能仿佛也！辄思究其渊源，明其变化之迹，以为非求诸唐、宋、辽、金之文学，弗能得也！世之为此学者，自余始。其所贡于此学者，亦以《宋元戏曲史》一书为多。非吾辈才力过于古人，实以古人未尝为此学故也！”识者信其言之匪夸！然国维沈思于宋、元以来通俗文学者，先后不逾三年；盖未若治哲学之久也；而所获则远过之！国维治哲学，未尝溺新说而废旧闻；其治通俗文学，亦未尝尊俚辞而薄雅故。

迄辛亥国变，振玉挂冠神武门，避地东渡，航海走日本。国维则携家相从。振玉乃劝之专研国学，而先于小学训诂植其基，并与论学术得失，谓："尼山之学在信古。今人则信今而疑古。本朝学者疑《古文尚书》，疑《尚书孔注》，疑《家语》，所疑固未尝不当。及大名崔氏著《考信录》，则多疑所不必疑。至于晚近，变本加厉，至谓诸经皆出伪造。至欧西之学，其立论多似周、秦诸子。若尼采诸家学说，贱仁义，薄谦逊，非节制，欲创新文化以代旧文化；则流弊滋多。方今世论益歧，三千年之教泽，不绝如线；非矫枉不能返经。士生今日，万事不可为，拯此横流，舍反经信古未由也。君年方壮，予亦未至衰暮，守先待后，期与子共勉之！"国维闻而懔然，自怼以前所学未醇，乃取行箧《静安文集》百馀册，悉摧烧之，欲北面称弟子。自是又尽弃所治宋元文学，专攻经、史，日读注疏尽数卷，旁及古文字声韵之学，如是者数年！所造益深且醇。先振玉三年反国。振玉割藏书十之一赠之，送之神户，执国维手曰："以君进德之勇，异日以亭林相期矣！"迄以治殷墟龟甲文成名。而国维之学，于是为三变矣！其治殷墟甲骨文也，考之史事制度与文物以知其时代之情状；本之《诗》、《书》以求其文之义例；考之古音以通其义之假借；参之彝器以验其文字之变化。所撰《殷卜辞中所见先公先王考》及《殷周制度论》，义据精深，方法缜密，极考证家之能事；而于周代立制之源，及成王周公所以治天下之意，言之尤为真切。自来说诸经大义，未有如国维之贯串者。国维之学，于让清二百馀年中，最近歙县程瑶田易畴及吴县吴大澂愙斋。程氏所著书，以精识胜而以目验辅之；其时古文字古器物尚未大出，故扃途虽启而运用未宏。吴氏之书，全据近出之文字器物以立言，其源出于程氏，而精博则逊之！国维识力不亚程氏，而步吴氏之轨躅，又当古文字古器物大出之世，故其规模大于程，而精博则过吴，能由文字声韵以考古代之制度文物，并其立制之所以然；其术在由博而反约，由疑而得信，务在不悖不惑，当于理而止。其于古人之学说亦然。国维尝谓："今之学者，于古人之制度文物学说无不疑；独不肯自疑其立说之根据。"有慨乎其言之也！孜孜兀兀，没身而止，都十五六年。生平治学，盖以考证学为至劬且久云！而处心积虑，所欲号于天下人人者，又志不在此。尝以为："自三代至于近世，道出于一而已。泰西通商以后，西学西政之书，输入中国，于是修身齐家治国平天下之道，乃出于二。光绪中叶，新说渐胜；逮辛亥之变，而中国之政治学术，几全为新说所统一矣。而原西说之所以风靡一世者，以其国家之富强也！然自欧战以后，欧洲诸强国情见势绌，道德堕落，本业衰微，货币低降，物价腾涌，工资之争斗日烈，危险之思想日多。……而中国此十馀年中，纪纲扫地，争夺频仍，财政穷蹙，国几不国者，其源亦半出于此。尝求其故，盖有二焉：西人以权利为天赋，以富强为国是，以竞争为当然，以进取为能事；是故挟其奇技淫巧，以肆其豪强兼并，更无知止知足之心，浸成不夺不餍之势。于是国与国相争，上与下相争，贫与富相争。凡昔之所以致富强者，今适为其自毙之具，此皆由贪之一字误之！此西说之害，根于心术者一也。中国立说，首贵用中。孔子称过犹不及，孟子恶举一废百。西人之说，大率过而失其中，执一而忘其馀者也。试言其尤著者：国以民为本，中外一也。先王知民之不能自治也，故立君以治之；君不能独治也，故设官以佐之；而又虑君与官吏之病民也，故立法以防制之；以此治民，是亦可矣！西人以是为不足，于是有立宪焉，有共和焉。然试问立宪共和之国，其政治果出于多数国民之公意乎，抑出于少数党人之意乎？民之不能自治，无中外一也；所异者，以党魁代君主，且多一贿赂奔走之弊而已！孔子言患不均，《大学》言平天下，古之为政，未有不以均平为务者；然其道不外重农抑末，禁止兼并而已。井田之法，口分之制，皆屡试而不能行，或行而不能久。西人则以是为不足，于是有社会主义焉，有共产主义焉。然此均产之事，将使国人共均之乎？抑委托少数人使均之乎？均产以后，将合全国之人而管理之乎？抑委托少数人使代理之乎？由前之说，则万万无此理。由后之说，则不均之事俄顷即见矣。……抑西人处事，皆欲以科学之法驭之。夫科学之所能驭者，空间也，时间也，物质也，人类与动植物之躯体也。然其结构愈复杂，则科学之律令愈不确实。至于人心之灵，及人类所构成之社会国家，则有民族之特性，数千年之历史与其周围之一切境遇，万不能以科学之法治之。而西人往往见其一而忘其他，故其道方而不能圆，往而不知反。此西说之弊，根于方法者二也。至西洋近百年中，自然科学与历史科学之进步，诚为深邃精密，然不过少数学问家用以研究物理，考证事实，琢磨心思，消遣岁月斯可矣！而自然科学之应用，又不胜其弊；西人兼并之烈，与工资之争，皆由科学为之羽翼。其无流弊如史地诸学者，亦犹富人之华服，大家之古玩，可以饰观瞻，’而不足以养口体。是以欧战以后，彼土有识之士，乃转而崇拜东方之学术；非徒研究之，又信奉之；数年以来，欧洲诸大学议设东方学讲座者以数十计。德人之奉孔子、老子说者，至各成一团体。盖与民休息之术，莫尚于黄、老；而长治久安之道，莫备于周、孔；在我国为经验之良方，在彼土尤为对症之新药；是西人固已憬然于彼政学之流弊，而思所变计矣！我愔不知，乃见他人之落阱而辄追逐其后，争民施夺，处士横议，以共和始者，必以共产终。”垂涕而道，而世人不果所言，则见以为迂远而阔于事情！犹称其考古之学，为前无古人，后启来者。然征文考献，有裨文学；厥推阐扬元剧，开其筚路之功也。逊帝宣统钦其学行，赏食五品俸，赐紫禁城骑马，命检昭阳殿书籍，监定内府所藏古彝器。既而逊帝遁荒天津，国维受聘为清华研究院教授；以民国十六年四月，感时丧乱，自沈颐和园之昆明湖，于衣带中得遗墨曰：“五十之年，只欠一死！”海内识与不识，罔不惜其学而闵其愚；使不即死，所造未可量也。特是曲学之兴，国维治之三年，未若吴梅之劬以毕生；国维限于元曲，未若吴梅之集其大成；国维详其历史，未若吴梅之发其条例；国维赏其文学，未若吴梅之析其声律。而论曲学者，并世要推吴梅为大师云！

吴梅附童斐、王季烈、刘富梁、魏铖、姚华、任讷、卢前

吴梅，字臞安，一字灵鳷，又号霜崖。少有志治曲学，常曰：“诗文词曲并称。余谓诗文固难，而古今名集至多；且论文论诗诸作，指示极精。惟词曲最难从入；而曲为尤难。何者？词自南唐、两宋，名家著述，易于购取；学者有志，尚可探索。曲则自元以还，关、马、郑、白之作，不可全见；吴兴百种而外，存者不多。有明一代，名世者不过王于一、阮圆海二三十人：而其所作，已在有无之间。且填词宾白之法，素乏专书。词隐之《南词谱》、玄玉之《北词谱》不易得，所依据者不过《西厢》、《琵琶》数种而已。”以年十八作《风洞山传奇》。顾仅为其词而已，未能度曲也。心辄怏怏，尝谓：“欲明曲理，须先唱曲；《隋书》所谓‘弹曲多，则能造曲’是也。”吴中里老多善讴者，乃从问业；往往就曲中工尺旁谱，教以轻重疾徐之法。进叩所以。则曰：“非余之所知也！且唱曲者可不问此。”顾梅意有不慊，遂取古今杂剧传奇，博览而详核之，积四五年，出与里老相问答，咸骇却走。里老中有俞宗海粟庐者，工为书，而度曲尤臻神妙；独与亲交。梅从之游，途径斯辟。会康有为、梁启超变政，事败，而有为之弟广仁与杨深秀、杨锐、林旭、刘光第、谭嗣同六人，骈戮都市；所谓六君子是也。梅闻而哀焉；为谱传奇，名曰《血花飞》。昭文黄振元为之序，而梅大父惧以文字贾祸，遂取其稿焚焉。既能度曲，乃核审律。所自得意者，尝为吴江陈去病题《徐寄鹿女史西泠悲秋图》，图为悲绍兴女子秋瑾之以革命被戮平墓而作者，用〔越调小桃红〕一套，其中《下山虎》，固举世所称难作者也。尝诵《幽闺记》中一支云：“大家体面，委实多般，有眼何曾见，懒能向前。他那里弄盏传杯，恁般腼腆；这里新人忒煞虔。待推怎地展，主婚人不见怜。配合夫妻事，事非偶然。好恶姻缘总在天！”曲中“大”字及“懒能向前”句，“待推怎地展”句，“事非偶

然”句，四声一字不可移易，而自以为题此一支之能因难见巧也，其辞曰：

> 半林夕照，照上峰腰。小冢冬青少；有柳丝数条。记麦饭香醪，清明拜扫。怎三尺孤坟，也守不牢！这冤怎样了！土中人，血泪抛；满地红心草，断魂可招。你敢也侠气阴风在这遭！

以较《幽闺记》，自诧青出于蓝焉。又尝作《双泪碑》传奇，仅成四折，未成书也。丹徒丁传靖者，亦工诗词；作《沧桑艳》、《霜天碧》二曲，词采葩发，才名甚盛；辄以贻梅。独梅规其不律，与之书曰：

> 琇甫足下：
>
> 承惠《沧桑艳》、《霜天碧》二曲，循诵再三，渲染点缀，雅近《倚晴》之境。就文而论，无可献疑。弟敢渎进一言于左右者：则以足下之才之大，苟范之以韵律而不逸于先正之规，虽玉茗百子犹将敛手，而惜夫出之之易也！夫杂剧之名，滥觞《宋志》。传奇之作，发轸金源。顾当时管器，专力弦索；所陈乐色，间以胡声；嘈杂缓急之间，南人至不能按。迨及元季，永嘉乃兴，扬关马之流风，创为院本；而伶官旧格，不尽餍一时士夫之心。于是君美、菊庄之徒斐然有作；乐府声调之遗，户工嘌唱之法，规模略具，堂奥斯成。然而对山募国工以正音，天池拜德明而按拍，断断刌黍，非故为其难也，盖郑重之也。足下丽藻天授，敢不心倾！弟所乐与足下商榷者，宫调与音韵之际耳。宫调者，六宫十一调也。音韵者，五音十九部也。凡所谓曲，必隶属于一宫一调；而声之抑扬高下，又各视其所隶之宫调以为衡。而此一宫一调之中，所隶诸曲，

虽多至百数，其声之抑扬高下，能者早辨之于无声，初不必制谱而知之也。惟此宫调之意，尤各有所归。黄钟宜富贵缠绵也，则词之富丽者属之。仙吕宜清新绵邈也，则词之隽逸者属之。是故为词者，必先审其情势之哀乐而定之于一宫；复酌其牌名之繁简而归之于一套；然后晰其阴阳，辨其清浊，审其板之疏密，称其词之美恶；要归诸自然而已矣。能如是，则神而明之，存乎其人；即小德出入，明者亦无所吹求，此凌次仲所谓"传奇无定法"；而《清远》、《四梦》所以终难见诸场上也。至于音韵要守中州；周德清之说，惟供北词；范昆白之书，仅利南曲。真文庚清之分，齐微鱼模之辨，运用变化，惟在一心，深甫《大典》不足法焉！虽然，犹有难至者在也！引子过曲，人所尽知；而过曲有长短刚柔之殊，有近慢缓快之别。鼓色板格，又有疾徐正赠之不同。则至于斯者，惟因时制宜，操纵合度，不囿于势，不逸于范，竭吾力焉已耳；局促之与覂驾，安得谓之良马哉？弟少喜度曲，辄复倚声。往者刘君子庚屡述盛意，不图并世尚有斯人；岂知握手之期，即在此日，其愉快以为何如耶？用略陈其愚，惟垂察焉。

盖严于核律如此。顾虚衷博采，有工度曲者，辄造论得失。尝访仇涞之于金陵。金陵言度曲，仇为最，为歌《渡江》、《弹词》二折。梅以为口齿不如吴人；而转调换气，有广陵先正之规。仇意欢然。时民国初定，金陵以大都再遘兵祸；为语秦淮旧事。梅感其言，作北词〔折桂令〕曰：

记秦淮载酒曾过，画舸回灯，水榭听歌，欢事无多。河桥依旧，花月消磨。走青楼，揿不住新亭风火；渡清溪，填不平故国风波。回首蹉跎，十载如梭，说甚么金粉南朝，倒变做春梦东坡！

因即订谱歌之，一时闻者皆惘惘也。

初梅以精词曲，任北京大学文科教授，寻转任东南大学、广州中山大学、南京中央大学，所著有《顾曲麈谈》、《百嘉室曲选》、《南北九宫简谱》等书，皆论曲之作。其论词与曲之递变曰："我国文学改变之迹，皆由自然，非一二大文豪所得左右其间也。自乐府不能按歌，而唐人始有词。太白、香山开其先，至飞卿而其艺遂著。南唐、两宋，更发挥光大之。于是词学乃独树一帜矣。金、元入主中原，旧词之格，往往于嘈杂缓急之间，不能尽按，遂糅杂方言，别立一格，名之曰曲；创始于董解元，而关汉卿、马东篱、郑德辉、白仁甫乃达其变。然则曲也者，为宋、金词调之别体。当南宋词家慢近盛行之时，即为北调榛莽胚胎之日。一时中原弦索，披靡天下；非复垂虹桥畔，浅斟低唱光景矣。'然则词之变而为曲，亦有端倪可寻乎？'曰：'有之，即宋时大曲是也。'宋人宴集，无不歌以侑觞；其歌以词一阕为率，其有连续歌此一阕者，如赵德麟之商调〔蝶恋花〕十章，咏《会真》之事，亦徒歌而不舞。其所以异于普通之词者，不过将此词牌叠用成套，以咏一事而已。宋时官本杂剧，皆以词牌迭用成套，而《东京梦华录》载杂剧队舞之制极详；是已具搬演戏剧之性质矣。至《乐府雅词》又备录董颖《薄媚》大曲一套；其曲牌有'排遍'、'十撷'、'入破'、'虚催'、'衮遍'、'催拍'、'歇拍'、'煞衮'等名；更与《董西厢》及元人杂剧相类。而东坡〔哨遍〕隐括《归去来辞》，虽开代言之体，然以数曲代一人之言。且专赋吴越故事者，实自董颖此套为始。要之德麟〔蝶恋花〕十曲开董解元之先声；此套则为元套数杂剧之祖。故戏曲之极盛于金、元，实自宋词变化中来；而大曲尤为词与曲嬗蜕之显而易见者也。始也承两宋诗馀之格，而移易其声调，出辞渊雅，有类秦柳，是曰小令；赵闲闲〔青杏子〕、元遗山〔骤雨打新荷〕是也。继则沿宋人大曲之制，择同调各曲，联缀成篇；写怀赋物，各称其才，是曰散曲；张禄之《词林摘艳》，郭苍岩之《雍熙乐府》，凡所辑录者皆是也。此皆有辞而无科白者也。董解元《西厢》为诸宫调体，有白语矣；而科介则阙焉。科介具者有二：作北曲者为杂剧，作南曲者为传奇，至是戏剧之用始备矣！北剧极盛于元，南戏继起有明。而原南戏之兴，当在宋光宗朝，永嘉人作《赵贞女》、《王魁》二传，实为首唱。或云宣和间已有萌芽，至南渡时则盛行，号曰《永嘉杂剧》；其文字即本宋人词，而益以里巷歌谣，不协宫徵；士大夫罕有传习者！至元时，北剧蔚兴，南戏衰熄。迨高则诚《琵琶传》出，尽洗胡元古鲁兀剌之风，而易之以缠绵顿宕之声；又得明高皇帝奖许，于是海内向风，别名为南曲；以元套杂剧为北曲，而相骖靳。此一时也，澉川杨康惠公梓得贯云石之传，尝作《豫让》、《霍光》、《尉迟敬德》诸剧，流传宇内，与中原弦索抗行。而长子国材复与鲜于去矜交游，以乐府世其家，总得南声之秘奥，别创新音，号为海盐调；江西两京间翕然和之。此一时也。嘉、隆间，太仓魏良辅、昆山梁辰鱼以善讴名吴下。良辅探讨声韵，坐卧一小楼者十馀年，考订琵琶板式，造水磨调，辰鱼作《浣纱记》付之，流丽稳协，天下始有清音，号曰昆曲；历世三百，莫不俯首倾耳，奉为雅乐。此犹宋代嘌唱家用就旧声而加以泛艳者也。此又一时也。明之中叶，杂剧亦用南词，传奇间取北曲者，此又事之变也，不可绳之以法也。自明以来，南词特盛；论其高下，派别攸分。《荆》、《刘》、《拜》、《杀》，谐俗者也；《香囊》、《玉玦》，藻丽者也。汤奉常之新颖，沈寿宁之古拙，吴石渠之雅洁，范香令之工练，协律修词，并足为法。逊清一代，高莫如东塘，大莫如昉思。《藏园》、《湖上》，虽雅郑不同，非二家之敌也，夫声歌之道，远本风诗。体格之尊，俨若乐府。自艳语赠答，动乖典章；才士寄情，不辞猥亵；君子观之，辄复鄙弃。抑知雕绘物情，模拟人理，极宇宙之变态，为文章之奇观；又乌可以小技薄之也哉！”

又论词与曲之别曰："今人言声歌之道，辄将词曲并举，一若二者无异；此不知音者之言也！七音十二律，互乘为八十四调；以宫乘律为宫，以其他六音律为调，而以限定乐器管色之高低，无论词曲一也。惟按歌则大不同。诸词皆一字一音，初无繁声介乎其中，与朱子所述《鹿鸣》、《四牡》等十二章诗谱，按之相合；是与北曲之驰骤，南曲之柔峭，绝不相类。此其异于按歌者一也。至于用韵，曲尤谨严。盖填曲之韵，既非诗韵，又非词韵，其间去取分合，大抵以入声分派三声，而各将一韵分清阴阳；如世传之《中原音韵》与《中州音韵》皆是也。大凡词韵与曲韵相异者，词中所用入韵有协入三声者，有独用入声者，故万不可守入派三声之例，则入声一部，断不能缺；此曲家所以不可用词韵也。且词韵支思与齐微合并为一；居鱼、苏模二韵，寒山、桓欢、先天三韵，家麻、车遮二韵，艳咸、廉纤二韵，亦合而为一。而曲则各判畛域，不可假借；以开口与闭口，出音各殊；鼻音与颚音，吐字宜细。盖不分析，则发音不纯，起调毕曲，无所归宿矣。惟曲韵亦有较诗词宽者，诗则东与冬不能混，萧与豪又不能相合。词虽略宽，顾如魂元之类，有时亦稍当区别。而曲则江阳一致，庚亭不分；宜合平上去三声而共用之，选韵尤绰有馀地，固诗与词所万万不能者也。此其异于用韵者二也。词之长调，意内言外。自宋以来，作者虽多，而论其体例，止有小令、中令、长调之分耳。按诸起调毕曲之说，则首韵与两结韵，各宜慎重下字。然曲则注重在尾格；而每注之起毕，反不必斤斤焉。一支者名小令；二支四支者名重头；全套有尾者名散套；其繁简多寡，与词大异。此其异在结构者三也。词之作法，不论小令、中调、长调，一言以蔽之，曰雅而已矣。曲则有雅有俗。何也？词无角目，曲有角目也。两宋名词具在，大抵主宾酬酢，皓齿一转而已；但冀一牌脱稿，即可引吭发声，初无套数之多少，更无忠佞之分配也。曲则有清曲、戏曲之分。清曲与词尚近，无容费辞；剧曲则邪正贤奸，最宜分析。然而生旦之神情易写，净丑之口吻难描。旧传奇中，净丑诸曲，往往失之太雅，不合本相；不知净丑多市井小人，非若生旦之可以文言见长；身不读书，何能以才语相向乎？是误以作词之法作曲也。此其异在填词者四也。今人混曰'词曲'，宁非与于不知言之甚者耶！"

又论南曲与北曲之别曰："王元美曰：'南曲重板眼，北曲重弦索。南字少而调缓，缓处见眼；北字多而调促，促处见筋。南主柔媚，北主刚劲。南宜独奏，北宜和歌。'此说极是！惟北曲有倍难于南者，北词调促而辞繁，下词至难稳惬；而衬字无定法，板式无定律，初学填词，几于无从入手。不如南曲之衬字不多，且有一定格式。检南词定律，正衬分明；若北曲，则诸家所定之谱，颇有出入，偶一较对，何去何从。清初如《大成宫谱》、《钦定曲谱》之类，虽多所发明；而按诸名家之说；其间尚费斟酌。至《啸馀谱》、《吴骚合编》等书，于北词往往不点板式；而以衬作正，以正误衬，不一而足；令人无从遵守。惟近来时伶，熟习诸套，若者为衬，若者为正；谱中聚讼之处，可就脚本之工尺旁谱中决之。此其难在填词者一也。且北曲不尚词藻，专重白描；胡元方言，尤须熟悉；句法字法，别有一种蹊径；与南曲之温柔典雅，大相悬绝。如《西厢》'系春心情短柳丝长，隔花阴人远天涯近！'语妙今古。顾在当时，不甚以此等艳语为然，谓之行家生活，即明人谓'案头之曲'，非'场中之曲'也。实甫如'颠不刺的见了万千，似这般可喜娘罕曾见'，及'鹘伶渌老不寻常'等语，却是当行出色！故作南曲，词章佳者尚易动笔；若作北曲，则语语不可夹入词赋话头，以俚俗为文雅；虽词章才子，对此无所措手矣！试遍检明、清传奇，南曲佳者至多，北词佳者绝少，皆坐此病。昔洪昉思与吴舒凫论填词之法。舒凫云：'须令人无从浓圈密点。'时昉思女在座曰：'如此则天下能有几人可造此诣！'此其难在本色者二也。且北曲无唱入声，而以入声诸字俱派入三声；盖以北人言语，本无入声；故唱曲亦无入声也。然必分派入三声者，何也？北曲之妙，全在于此；盖入声本不可唱，唱而引长其声，即是平声。南曲唱入声无长腔，出字即断；其间有引长其声者，皆平声也。何则？南曲唱法以和顺为主，出声吐腔，重在字头，不必四声凿凿，故可稍为假借。至北曲则平自平，上自上，去自去，字字清真，出声、过声、收声，守定《中原音韵》，分毫不可假借；故唱入声，亦必审其字势该近何声，及可读何声，派定唱法；出声之际，历历分明，亦如三声之本音不可移易；然后唱者有所执持，听者分明辨别。此其难在唱入声者三也。故曰‘南曲易，北曲难’也。然亦有北曲可不求工，而南曲不可不求工者，即宾白一事是。元人杂剧，以宾白叙事，以词曲写情，故每折之首，先将一折中人出场齐备，说明事迹何若，而后作大套长曲；及其演串登场，歌者自歌，白者自白；一人居中司歌，其宾白诸人环侍左右；先令宾白者出场，两旁分立；待此一折中人齐集以后，然后正末登场，引吭而歌；众人或和歌，或介白。是故宾白在元剧，仅为点清眉目而设，不必求工；即每折抹去宾白，亦无不可。昆调悠扬，一字可数转，虽数人分唱，而仍苦其劳；故曲中宾白，万不可少；一则节唱者之劳，二则宣曲文之意；非若元剧止供和声介曲之用也。且元人各曲，善用腾挪之法；每一套中，其开手数曲，辄尽力装点饱满；而于本事上，入手时不即擒题；须四五曲后方才说到；是一套之曲，不啻一篇文字；不必换一曲牌，更另换一意思也，故视宾白为无足轻重。南曲则一套之中，唱者既系多人，意境势难合一；不独生旦同场，必须分清口角；即同是一生，同是一旦，措词亦各有分寸；名为一套，实则一曲之意；而于关捩转折之际，能显其优美之趣者，则全在乎宾白。曲中词曲，歌时丝竹嗷嘈，一时未必即能领会；十分佳妙，只显七分；而宾白则一时一语，人人皆知，不分雅俗；每当笔酣墨饱之时，常有因得一二句好白，而使词曲亦十分畅达，加倍生色者。如《牡丹亭·惊梦》折白曰：‘好天气也。’以下便接〔步步娇〕‘袅晴丝吹来闲庭院’一曲，可谓妙矣！试思若无‘天气’二字，此曲如何接得上？又云‘不到园林，怎知春色如许’，以下便接〔皂罗袍〕‘原来姹紫嫣红开遍’一曲；试思若无‘不到园林’二语，曲中‘原来’云云，如何可接？斯其显而易见者矣。”

又论北曲之宜知务头曰：“务头者，曲中平上去三音联串之处也，如七字句，则第三第四第五之三字，不可用同一之音；大抵阳去与阴上相连；阴上与阳平相连，或阴去与阳上相连，阳上与阴平相连亦可；每一曲中，必须有三音相连之一二语，或二音相连之一二语，此即为务头处。周德清《中原音韵》论务头曰：‘要知某调某白字是务头，可施俊语于其上。’盖填词家宜知某调某句某字作务头，而施以俊语也。换言之，谓当先自定以某句某字为务头，定其去上，析其阴阳，而用俊语实之；不可拘牵四声阴阳之故，遂致文理不顺也。”

又论南曲之宜检板式曰：“板拍所以为曲中之节奏。北曲无定式，视文中衬字之多少以为衡，所谓死腔活板，是也。南曲则每宫每支，除引子及本宫赚不是路外，无一不立有定式。如仙吕宫之〔河传序〕共三十二板，〔桂枝香〕二十三板，其下板处，各有一定不可移动之处，谓之板式。文人善歌者少，往往不明板式之理，或任意多加衬字；以致上一板与下一板相隔太远；遂令唱者赶板不及，甚者落腔出调者，皆填词时不检板式之病也。未填词之先，必先将欲填之曲检出，细察此曲之板式，其疏密若何；若板式至简，或上句之末一板与下句之第一板中间间隔多字者，则下句之首万不可再加衬字矣！”

又论字音与曲调之殊曰：“声中字音，以上声为最高；而在曲调中则上声诸字，反处极低之度。又去声之音，读之似觉最低；不知在曲调中，则去声最易发调，最易动听。故逢去上两字连用之处，用去上者必佳，用上去者次之；所谓卑亢之间，最难联贯也。凡事自上而下较易，自下而上较难。自去声至上声，由上而下也；自上声至去声，由下而上也。所以去上之声，必优美于上去。总之就曲调之高低，以律字音之卑亢。调之低者，宜用上声字，调之高者，宜用去声字；而上声字能少用，则所填诸词，无不可被管弦者矣！尝怪古今曲家自金源以迄今日，其间享大名者不下数百人；所作诸曲，其脍炙人口者亦不下数十种。而独于填词之道则阙焉不论，遂使千古下人，欲求一成法而不可得。于是宗《西厢》者以妍媚自喜，宗《琵琶》者以朴素自高，而于分宫配调、位置角目、安顿排场诸法，悉委诸伶工，而其道益以不彰；虽有《中原音韵》及《九宫曲谱》二书，亦止供案头之用，不足为场上之资。”自以少时潜心于此，叩之曲家，卒无人晓示本末者！既钻究有会，乃喟然曰：“曲学之所以不昌者，无他，在识曲者之务自秘而已矣。从来文章之事，就其高深言之，各有见到之处，父不能传诸子，师不能传诸弟，此固难言！惟规矩准绳，必须耳提面命，才能有所步趋。今一切不讲，使人暗中扪索，在秘而不宣者，以为填词之法，非尽人所能；且此法无人授我，我岂肯独传于人？宁箝吾舌，使人莫明其妙，而吾略为指点之，则人将以关、马、郑、白尊我矣！此所以迄无成书也。夫文章，天下之公器，非我之所能独私；何必靳而不与至如是哉？”故不惮罄竭所晓，苦心分明，启曲学之径途，诏来者以不诬焉。爰斥专知，撷共喻，而撰其要著于篇。

梅藏曲之富，一时无两。盖南北遨游，手自搜罗者垂二十年，益以朋好所诒，弟子所录，架积日多，盖六百种。尝谓：“曲虽小伎，艺兼声文。往昔明嘉、隆间金陵唐氏有《富春堂》演剧百种，万历中吴兴臧氏有《雕虫馆元曲选》，崇祯末海虞毛氏有《汲古阁六十种曲》，近二十年中，贵池刘世珩、武进董康复有《汇刻传奇》及《十段锦》、《盛明杂剧》等诸刊本。网罗放失，可谓勤矣。顾《富春》、《汲古》二本，稀如星凤，未易购求。《雕虫》旧椠，虽有复刊，而流传未广。刘、董两家，刊印颇精，而散曲不多，终嫌漏略。”因辑所藏，刊其尤者，曰《奢摩他室曲丛》，凡一百五十种，分散曲、杂剧、传奇三类。臧、毛等辑，仅具一体，固未足与拟；而《散曲丛书》，自来无刊。兹分别集、总集两目，体类大备；盖著录之所未睹也！

凡散曲之属十一：曰《小山小令》，曰《梦符小令》，以上乾隆重刻嘉靖本。曰《楼居乐府》，嘉靖常评事集本。曰《碧山乐府》，曰《南曲次韵》，以上崇祯张宗孟本。曰《浮海堂词稿》，影钞嘉靖本。曰《击筑馀音》，旧钞本。此散曲别集之属也；曰《词林摘艳》，嘉靖吴江张氏本。曰《南词韵选》，吴江沈氏原本。曰《吴骚合编》，武林张楚叔刻本。曰《太霞新奏》，影钞江南图书馆藏崇祯刻本。此散曲总集之属也。

凡杂剧之属六十五：曰《风云会》，曰《蓝采和》，曰《赤壁赋》，曰《野猿听经》，曰《豫让吞炭》，以上影钞嘉靖本。曰《桃源景》，曰《常椿寿》，曰《香囊怨》，曰《复落娼》，曰《得驺虞》，曰《仗义疏财》，曰《踏雪寻梅》，曰《团圆梦》，曰《牡丹品》，曰《牡丹园》，曰《牡丹仙》，曰《继母大贤》，曰《仙官庆寿》，曰《庆朔堂》，曰《悟真如》，曰《曲江池》，曰《烟花梦》，曰《豹子和尚》，曰《小桃红》，曰《乔断鬼》，曰《半夜朝元》，曰《八仙庆寿》，曰《蟠桃会》，曰《辰钩月》，以上宣德宪藩本。曰《不伏老》，曰《僧尼共犯》，以上影钞嘉靖本。曰《游春记》，曰《中山狼》，以上崇祯张宗孟本。曰《歌代啸》，影钞本。曰《驾座记》，曰《寒衣记》，以上影钞嘉靖本。曰《红纱》，曰《碧纱》，曰《挑灯剧》，以上倘湖小筑本。曰《鸳鸯梦》，午梦堂本。曰《西楼剑啸》，钞袁箨庵自订西楼本。曰《祭皋陶》，安雅堂全集本。曰《坦庵四种》，坦庵自刻本。曰《后四声猿四种》，旧钞本。曰《春水轩九种》，赐锦楼本。曰《四大痴四种》，山水邻本。凡传奇之属七十六，曰《琵琶》，曰《幽闺》，以上陈眉公评本。曰《荆钗》，李卓吾评本。曰《三元》，曰《和戎》，以上富春堂本。曰《葵花》，曰《剑舟》，以上广庆堂本。曰《青楼》，曰《目连救母》，以上富春堂本。曰《凤求凰》，曰《花筵赚》，曰《长命缕》，以上山水邻本。曰《还魂》，冰丝馆本。曰《紫钗》，竹林堂本。曰《邯郸》，独深居本。曰《南柯》，玉茗堂集本。曰《紫箫》，汲古阁本。曰《红梅》，玉茗堂评本。曰《碧珠》，万历刊本。曰《东郭》，曰《醉乡》，以上白雪斋本。曰《红梨》，洛诵生原刻本。曰《红梨》，快活庵评本。曰《新灌园》，曰《女丈夫》，曰《梦磊》，曰《洒雪堂》，曰《精忠旗》，曰

《量江记》，曰《酒家佣》，曰《楚江情》，曰《双雄》，曰《万事足》，以上墨憨斋重订本。曰《绿牡丹》，曰《画中人》，曰《西园》，曰《疗妒羹》，以上两衡堂本。曰《情邮》，梨花斋初刻本。曰《快活三》，乾隆内府钞本。曰《息宰河》，且居初印本。曰《异梦》，玉茗堂评本。曰《题塔》，万历刻本。曰《彩舟》，曰《投桃》，以上环翠堂原刻本。曰《珊瑚玦》，曰《双忠庙》，曰《元宝媒》，以上容居堂原刻本。曰《广寒香》，书带草堂本。曰《眉山秀》，一笠庵原刻本。曰《双金榜》，曰《燕子笺》，曰《春灯谜》，曰《牟尼合》，以上石巢园原刻本。曰《偷甲》，曰《双锤》，曰《鱼篮》，曰《万全》，曰《十醋》，曰《双瑞》，曰《四元》，以上金陵坊刻。曰《乞巧》，康熙刻本。曰《香草吟》，曰《载花舲》，以上曲波园原刻本。曰《芙蓉楼》，双溪原刻本。曰《空青石》，曰《念八翻》，曰《风流棒》，以上梨花别墅原刻本。曰《扬州梦》，曰《双报应》，以上葭秋堂原刻本。曰《珊瑚鞭》，穿柳堂原刻本。曰《称人心》，曰《蝶归楼》，以上旧钞本。曰《报恩缘》，曰《才人福》，曰《文星榜》，以上古香林原刻本。曰《伏虎韬》，奢摩他室钞本。

尽发所藏，播之儒林。百五十种中，如《词林摘艳》、《太霞新奏》、诚斋诸剧、桐威四种，皆词林逸品，曲苑鸿篇，向传其名，罕睹其籍！而梅搜采所及，别集总集，则取才尚精；杂剧传奇，则选录从广。作者寓意，不厌详求，遗事轶闻，附书简末。朱祖谋之《彊村词编》，及梅之《曲丛》一刻，咸稽古葺佚，蔚为巨观，而骈峙于当代。文章之囿，于是为不落寞矣！所自为曲，曰《霜压四剧》：一《湘真阁》，二《无价值》，三《西台恸哭记》，四《惆怅爨》。而《惆怅爨》子目又四类；一云《香山老出放杨柳枝》，一云《湖州守乾作风月司》，一云《高子勉题情围香曲》，一云《陆务观寄怨钗凤词》。模写物态，雕绘人事，濡染既广，吐属自俊。而弟子传其学者，有江都任讷仲敏，从梅游，就奢摩他室居，尽发藏曲读之，纂《读曲概录》五册。

江宁卢前冀野，亦梅弟子也；著有《饮虹五种曲》，曰《琵琶赚》、《茱萸会》、《无为州》、《仇宛娘》、《燕子僧》。梅为序之曰："近世工词者或不工曲；至北词则绝响久。君五折皆俊语，不拾南人馀唾，高者几与元贤抗行！"民国二十一年一月，日人犯我上海，以焚商务印书馆；而梅之《奢摩他室曲丛》毁焉，精椠中辍，学者所惘！而前则承其绪业，专治令套，搜罗孤本，汇刊二十七种，曰《饮虹簃所刻曲》云。宜兴童斐伯章，亦以文人而工度曲，引商刻羽，细校毫芒；纂有《中乐寻源》一书，备论八十四调之原，乐器弦管之法，以及聆音作谱之方，复取古代旧谱，一一为之厘订，上自《关雎》，下至唐诗宋词南北曲，粲然毕具。梅读之而称曰："苏祇婆琵琶入中国，适当雅乐亡佚之时，四旦二十八调，为后世言燕乐者之祖。惟七角调名，大抵居吟宫之位，非角调之正声，尝疑而不得其解；及读斐所著《论琵琶借角》之说，始悟南北词之角调，皆沿琵琶旧称；而古时七角正音，转多堙晦。得斐一言而深谷峭壁，夷为康庄，不亦大可快耶！昔凌氏《燕乐考原》，陈氏《声律通考》，所论金元乐名之异同，宫调正犯之要妙，多有前人未发者。顾释理而遗器，审音而略谱，未能如斐之明且备！"然斐于梅十年以长，而致推梅为能自力，非己所逮也！又有梅同县人曰王季烈君九者，尝论昆曲之在今日，其优于他种歌曲者：一曰文词之典雅，二曰音调之纡徐，三曰字音之正确，四曰口诀之细密。顾此四端，一人之精力，未必能悉行精究，则不妨分途程功。长于文藻者任制曲之事，精于音律者任谱曲之事，耳聪口敏嗓亮者任度曲之事。合此三种人才精心研究，始得尽昆曲之能事也！论构成昆曲之次第，则先填词，次制谱，而后度曲。然论习昆曲之次第，则须先习度曲，而后学填词制谱；盖不习度曲，则曲牌之选择，衬字之安放，四声之布置，决不能得其宜；纵使曲文极佳，而不能被之管弦。因著《螾庐曲谈》四卷。先度曲，次制曲，次谱曲，终乃论其源流沿革；而尤精审曲谱。以俗工沿误，有乖正音，与嘉兴刘富梁凤叔辑《集成曲谱》一书，都四百馀折：

选戏剧，则采曲律词章之兼善；订宫谱，则求古律俗耳之并宜；曲文曲牌，皆悉心订正；小眼宾白，一一详载；锣段笛色，无不注明；斯足集曲谱之大成，示学者以指南。而吴梅《奢摩他室曲丛》之刊，则尝索序季烈，而以冠编首焉。盖吴中曲学，启筚路自俞宗海；而金声玉振以吴梅及季烈；歌场坛坫，大江以南，莫与京也！山阴魏铖铁三、贵筑姚华茫父，亦以能文章、审曲律有名当世。姚华纂《菉猗室曲话》，校订毛晋刻《六十种曲》极核也。而王季烈之刻《集成曲谱》，魏铖序焉。然皆不如梅之著名。

梅为南社社员之一。而南社者，创始于让清光绪己酉，为东南革命诸巨子所组合；虽衡政好言革命，而文学依然笃古。诗唱唐音，不尚西江；文喜挼藻，亦非桐城；无一定宗派，初以推倒满清为主，故多叫嚣亢厉之音。又一派则喜效为龚自珍之体，徒为貌似而失其胜概！其下者，更辞无涓选，殊足为玷。但就其铮铮者而论，亦足各自成家。其尤著者：慈利吴恭亨悔晦、醴陵傅熊湘钝根、成都吴虞又陵、吴江陈去病佩忍、柳弃疾亚子、泾县胡蕴玉朴庵以诗文；香山苏玄瑛曼殊、山阴诸宗壮贞长、顺德黄节晦闻、番禺沈宗畸太侔、潘飞声兰史以诗；淳安邵瑞彭次公、馀杭徐珂仲可、无锡王蕴章西神以词；顺德蔡有守哲夫以金石书画；而梅以曲；各以所能擅闻于世，称矫矫者，亦文章之渊薮，而儒者之林囿也。始发起者，陈去病、柳弃疾及松江高旭天梅；而柳弃疾连被推为社长，春秋佳日，必为文酒之会。其地则在上海之愚园者为多；岁汇所著，出《南社丛刊》两巨帙，分诗文词选三种，已刊至二十馀集。其中多愤世嫉时，慷慨悲歌之作，与少陵诗史相近也。它如善化黄兴克强、桃源宋教仁渔父、三原于右任、广东汪兆铭精卫之徒，皆一时政雄，而隶籍南社，煜耀斯世焉！谨援《明史·文苑传》附纪复社、几社之例，附于末。

下编　新文学

一 新民体

当代之文，理融欧亚，词驳今古，几如五光十色，不可方物！而要其大别，曰古文学，曰今文学，二者而已。谭古文学者，或远祧中古以上，或近祢近古而还。王闿运，章炳麟、刘师培、李详、孙德谦、苏玄瑛之文与诗，盖远祧中古以上者。其近祢近古而还者，文则有王树枏、贺涛、马其昶之为湘乡，姚永朴、永概兄弟及林纾之为桐城派焉。诗则有易顺鼎、樊增祥、杨圻之中、晚唐，陈三立、郑孝胥、陈衍之宋诗焉。词则有朱祖谋、况周颐之为常州派焉。曲则有王国维、吴梅之治元剧焉。此古文学之流别也。论今文学之流别：有开通俗之文言者，曰康有为、梁启超。有创逻辑之古文者，曰严复、章士钊。有倡白话之诗文者，曰胡适。五人之中，康有为辈行最先，名亦极高；三十年来国内政治学术之剧变，罔不以有为为前驱。而文章之革新，亦自有为启其机括焉！

康有为附简朝亮、徐勤

有为，康氏，原名祖诒，字广厦，号长素，广东南海人。世以理学传家，为粤名族。祖赞修，官连州教谕，治程朱之学；多士矜式。父达初，早卒，乃受教于大父，授以书，过目不忘。七岁，能属文，有志于圣贤之学。里党传以为笑，戏号之曰“圣人为”；盖以其开口辄曰“圣人圣人”，故冠于名以为谑也。有为以十九岁丧大父。年十八始游同县朱次琦之门，受学焉。次琦，粤中大儒也；湛深经术，其学根柢于宋儒，而以经世致用为主；穷理治事，刮磨汉、宋纷纭之见，惟尚躬行。一出为山西襄陵令，出则徒步，入则齑盐，朝饔夕飧，皆三十钱；终身布袍；朴学高行，学者翕然宗之。其弟子有名者，厥称顺德简朝亮及有为。朝亮坚苦笃实，壹慕其师；所注《论语》、《尚书》，折衷汉、宋而抉其粹，最为次琦高弟。而有为则诡诞敢大言，异于朝亮；言学杂佛耶，又好称西汉今文微言大义，能为深沈瑰伟之思，实思想革新者之前驱！而发为文章，则糅经语、子史语，旁及外国佛语、耶教语，以至声光化电诸科学语，而冶以一炉，利以排偶；桐城义法至有为乃残坏无馀，恣纵不傥；厥为后来梁启超新民体之所由昉。学问文章，不尽类次琦也。然生平言学必推次琦。次琦著书，晚岁皆自焚之；既卒三十年，其子之绂辑佚，凡诗二十卷，文数十篇；而有为乃序之以显大其学。其辞曰：

以躬行为宗，以无欲为尚，气节摩青苍；穷极问学，舍汉释宋，原本孔子，而以经世救民为归；古之学术有在于是者，则吾师朱九江先生以之。先生令山西襄陵百九十日，政化大行，以巡抚某为某亲王嬖人，拂衣归。讲学于其九江乡礼山草堂垂三十年。先生为先祖连州公之友，先君知县公与伯叔父两广文公皆捧杖受业。有为未冠，以回、参之列，辟咡受学，则先生年垂七十矣！望之凝凝如山岳，即之温温如醇酒；硕德高风，不言而化，兴起奋发于不自知焉！乃知以德化人之远也！先生授学者以四行五学。四行：一曰敦行孝弟，二曰崇尚名节，三曰变化气质，四曰检摄威仪。五学：一曰经，二曰史，三曰掌故，四曰义理，五曰词章。日一登堂讲学，诸生敬侍，威仪严肃。先生博闻强记，不挟一卷，而征引群书，贯穿讽诵，不遗只字；学者录之，即可成书一卷；今所传《礼山讲义》，是也。然十不能得六七。至夫大义所关，名节所系，气盛颊赤，大声震堂壁；听者悚然。为才质无似，粗闻大道之传，决以圣人为可学，而尽弃俗学；自此始也。先生天才敏隽，少以神童闻于粤。方十三龄，仪征阮文达督粤而召之，试诗而大惊！辟学海堂，授为都讲。沈浸经史掌故词章之学。凡吾粤长老，若曾勉士之经，侯君谟之史，谢兰生之词章，皆翕受而自得之；旁及金石书画，罔不穷经极微。当是时，汉学方盛，饾饤为上，猎琐文而忘大谊，矜多闻而遗躬行。先生敻识高行，独不蔽于俗；厉节行于后汉；探义理于宋人。既则舍康成，释紫阳，一一以孔子为归。其行如碧霄青云，悬崖峭壁；其德如粹玉馨兰，琴瑟彝鼎；其学如海，其文如山，高远深博，雄健正直；盖国朝二百年来，大贤巨儒，未之有比也。黎洲精矣，而奇佚气多；船山深矣，而矫激太过！先生之学行，或于亭林为近似；而平实敦大过之。著书满家，以为所知，有《国朝学案》、《国朝名臣言行录》凡百卷；《蒙古记》、《晋乘》各数十卷；诗文数十卷；晚皆自焚之，世多疑焉。意者先生疾世之哗嚣，多以文学炫宠，而以身为法耶？夫言之不足化人久矣！文人之亡实多矣！天下无我是书，而教化遂以陵夷，人心遂以熄绝，则其书必当存也！天下无我是书，而教化亡大损，人心未至灭，则先圣先哲之遗书具在，循而行之，大道可宏，生民可救；则何以著作炫世乎？孔子曰："予欲无言。"子思述《中庸》之末曰："声色之以化民末也。上天之载，无声无臭，至矣！"先生之德，于是至矣！后之人受不言之教，以躬行为归，何必遗书！否则著书等身而中心薮慝，其书愈多，其名愈章，其坏风俗，败国家愈甚，是毒吾民也，奚取焉！予小子稍有所述作，每念先生焚书之旨，未尝不反省而悚然曰："吾岂有心欤？抑出不得已不忍人之心欤？其昔人曾发之而亡待己之喋喋欤？否则宜焚之也！"先生卒于光绪壬午之春，年七十五。诗文既尽焚，无一传，同门友营祠墓毕，议遗文。简广文竹居、胡茂才少恺皆博学高行，以先生恶表襮哗嚣，绍述遗旨，相约勿刻；至于今又垂三十年矣！虽然，令先生无一字流于后世，于先生至人之德，不言之教，则不背矣！于后人思慕之意，则非也。先生嗣子之绂明敏克家，搜辑先生佚诗文于乡里中，得《是汝师斋诗》一卷，《大疋堂诗集》一卷，皆三十岁前作；及佚文数十篇，皆书札为多；盖皆流传于外，先生无从焚者。先生之文雄深疋健，深入秦汉之奥；为今所为文，皆受法于先生。此率尔之文，少日之作，诚不足以见先生之万一！然丹凤一羽，夏鼎一足，得之亦为至宝！与其弃之，无宁过而存之！且大义亦时见焉。后之学者，稍闻遗训而瞻文采，不犹愈于无耶？故敢违先生之旨，负同门之约，刻而布之；诚知罪戾，不遑避矣！先生讳次琦，号稚圭，又字子襄，南海县人；道光丁未进士，行事详于《平阳水利碑》。用弁卷端。其《是汝师斋诗》，刻于粤之学海堂。光绪三十四年秋九月，弟子康有为记。

盖诵说次琦如此。然有为之学，从次琦入，而不从次琦出。次琦制行谨笃；而有为权奇自喜。次琦学宗程朱；而有为旁骛西汉，称微言大义，自负可为帝王师，言天下大计。早岁酷好《周礼》，尝贯穴之，著《政学通义》。后见井研廖平所著书，乃尽弃其旧说。廖平者，王闿运弟子。闿运以治《春秋公羊》闻于时。平受其学，著《四益馆经学丛书》十数种，阐今文家法，开蜀学；尝以其间来分校广雅书院。而有为之通《公羊》，明改制，盖染于平之说者为多也。有为最初所著书曰《新学伪经考》。“伪经”者，谓《周礼》、《逸礼》、《左传》及《诗》之《毛传》，凡西汉末刘歆所力争立博士者。“新学”者，谓新莽之学。时清儒诵法许、郑者，自号曰汉学。有为以为此新代之学，非汉代之学，故正其名曰新学；而《新学伪经考》之作，最其要旨：一曰：“西汉经学，并无所谓古文者；凡古文皆刘歆伪作。”二曰：“秦焚书，并未厄及《六经》，汉之十四博士所传，皆孔门足本，并无残缺。”三曰：“孔子时所用字，即秦汉间篆书，即以文论，亦绝无今古之目。”四曰：“刘歆欲弥缝其作伪之迹，故校中秘书时，于一切古书，多所羼乱。”五曰：“刘歆所以作伪经之故，因欲佐莽篡汉，先谋湮乱孔子微言大义。”而微言大义之所寄，则在于《春秋公羊》。有为之治《公羊》也，不断断于其书法义例之小节，专求其微言大义，即何休所谓“非常异义可怪之论”者。定《春秋》为孔子改制创作之书，谓文字不过其符号，如电报之密码，如乐谱之音符，非口授不能明。又不惟《春秋》而已。凡《六经》皆孔子所作，昔人言孔子述而不作者误也。孔子盖自立一宗旨，而凭之以进退古人，去取古籍。孔子改制，恒托于古。尧舜者，孔子所托也；其人有无不可知；即有，亦至寻常，经典中尧舜之盛德大业，皆孔子理想上所构成也！又不惟孔子而已；周秦诸子，罔不改制，罔不托古。老子之托黄帝，墨子之托大禹，许行之托神农，是也。近人祖述何休以治《公羊》者，若刘逢禄、龚自珍、陈立辈，皆言“改制”，而有为之说，实与彼异。有为所谓“改制”者，盖称“政治革命”、“社会改造”而言也。故喜言“通三统”；“三统”者，谓夏、商、周三代不同，当随时因革也。喜言“张三世”；“三世”者，谓“据乱世”、“升平世”、“太平世”愈改而愈进也。孔子之改制，上掩百世，下掩百世，故尊之为教主。谓欧洲之尊景教，为治强之本；故恒欲侪孔子于基督，乃杂引谶纬之言以实之；于是有为心目中之孔子又带有神秘性矣。具见所著《孔子改制考》。教人读古书，不当求诸章句、训诂、名物制度之末，当求其义理，所谓义理者，又非言心言性，乃在古人创法立制之精意。于是汉学宋学，皆所唾弃。《伪经考》既以《古文经》为刘歆所伪造；《改制考》又以《今文经》为孔子托古之作；于是今文古文，皆待考定！数千年共认神圣不可侵犯之经典，于是根本发生疑问，引起学者之怀疑批评，而国人之学术思想，于是乎生一大变化！有为言孔子托古改制；而所以学孔子者，亦必出托古改制。孔子之托古改制，见其义于《春秋》；而有为之托古改制，则托其说于《礼运》。有为以《春秋》三世之义说《礼运》；谓"升平世"为"小康"，"太平世"为"大同"。《礼运》之言曰："大道之行也，天下为公。选贤与能，讲信修睦。故人不独亲其亲，不独子其子；使老有所归，壮有所用，幼有所长，鳏寡孤独废疾者皆有所养；男有分，女有归。货恶其弃于地也，不必藏诸已。力恶其不出于身也，不必为已。……是谓'大同'。"有为谓此为孔子之理想的社会制度。曰"天下为公，选贤与能"，后世之所谓"民治主义"存焉。曰"讲信修睦"，后世之所谓"国际联合主义"存焉。曰"人不独亲其亲"，"使老有所终"，"鳏寡孤独废疾者皆有所养"，后世之所谓"老病保险主义"存焉。曰"不独子其子"，使"幼有所长"，后世之所谓"儿童公育主义"存焉。曰"壮有所用"，曰"男有分"，后世之所谓"职业固定主义"存焉。曰"货恶其弃于地也，不必藏诸已"，后世之所谓"共产主义"存焉。曰："力恶其不出于身，不必为已"，后世之所谓"劳作神圣主义"存焉。谓《春秋》所谓"太平世"者即此！乃衍其条理为《大同书》，凡若干事（一）无国家，全世界置一总政府，分若干区域。（二）总政府及区政府，皆由民选。（三）无家族，男女同栖不得逾一年，届期须易人。（四）妇女有身者入胎教院，儿童出胎入育婴院。（五）儿童按年入蒙养院及各级学校。（六）成年后，由政府指派分任农工等生产事业。（七）病则入养病院，老则入养老院。（八）胎教、育婴、蒙养、养病、养老诸院，为各区最高之设备，入者得最高之享乐。（九）成年男女，例须以若干年服役于此诸院，若今世之兵役然。（十）设公共宿舍、公共食堂，有等差，各以其劳作所入，自由享用。（十一）警惰为最严之刑罚。（十二）学术上有新发明者，及在胎教等五院有特别劳绩者，得殊奖。（十三）死则火葬，火葬场比邻为肥料工厂。《大同书》之具体计划如是。全书数十万言，于人生苦乐之根原，善恶之标准，言之极详辩；然后说明其立法之理，其最要之关键，在毁灭家族。有为谓："佛法出家，求脱苦也；不如使其无家可出。谓私有财产为争乱之源；无家族，则谁复乐有私产，若夫国家，则又随家族而消灭者也；夫而后大同之世，不蕲而自至。"有为悬此鹄为人类进化之极轨，于齐家治国平天下而外，独树新义，固一无依傍，一无剿袭；著书立说在三十年前，而其理想与今世所谓"世界主义"、"社会主义"者多合符契，而国人之政治思想，于是乎又生一大变化！凡此皆次琦所不敢道、不知道者也。初有为从学次琦，凡六年而次琦卒；又屏居独学于南海之西樵山者四年；乃出而有事于四方：北走山海关，登万里长城；南游江汉，望中原；东诣阙里谒孔林；浪迹于燕、齐、楚、吴、荆、襄之间，察其风土，交其士大夫；西溯江峡，如桂林。畴昔山中所修养者，一一案之经历实验。如是者五六年。尝以其间道香港、上海，见西人殖民政治之完整；属地如此，本国之更进可知；因思其所以致此者，必有道德学问以为之本原。乃悉购江南制造局及西教会所译出各书，尽读之。时所译者皆初级普通学，及工艺、兵法、医学之书，否则耶稣经典论疏耳。于政治哲学，毫无所及。而有为以其天禀学识，别有会悟，能举一以反三，因小以知大；自是于其学力中别辟一蹊径。有为自言："上海制造局译印新书，始于同治三年，其书经所购自读及送人者共三千馀册，综计制造局开办以来，三十年间鬻书总额，不过一万一千馀册。而其一人所购，竟达四分一以上。"可见当日风气之不开，而有为能自任以开风气也！既而造京师，乃上书乞见尚书师傅翁同龢，请间言事，不纳。时同龢以毓庆宫师傅，为户部尚书，兼管国子监事，清德雅望，重于朝廷。有为又因国子监祭酒盛昱以通于同龢，具封事，极陈时局艰危，请及时变法以图自强，乞为代奏。同龢恶其讦以为直；曰："无裨时局，徒长乱耳。"书格不达。独户部侍郎曾纪泽于有为变法之议，相视莫逆。而有为献议，以朝鲜辟为万国公地，纪泽尤为赏叹云。然无术以进之。有为既郁无所舒，乃游心艺事，于厂肆间，搜得汉魏六朝、唐、宋碑版数百本，从容玩索，学为书，其执笔本得法于朱次琦，主虚拳实指，平腕竖锋；其用墨浸淫于南北朝，而知气韵胎格。乃广泾县包世臣所著《艺舟双楫》，论篆隶变化之由，派别分合之故，世代迁流之异，而序其端曰：

> 可著圣道，可发王制，可洞人理，可穷物变；则刻镂其精，冥縩其形为之也。不劬于圣道、王制、人理、物变，魁儒勿道也。康子戊、己之际，旅京师，渊渊然忧，悁悁然思，俯览万极，塞钝勿施，格绌于时，握发埶然，似人而非。厥友告之曰："大道藏于房，小技鸣于堂，高义伏于床，巧䁖显于乡。标枝高则陨风，累石危则坠墙。东海之鳖，不可游于井；龙伯之人，不可钓于塘。汝负畏垒之材，取椞杙，取榈栌，安器汝？汝不自克以程于穷，固宜哉！且汝为人太多，而为已太少；徇于外有而不反于内虚；其亦暗于大道哉！夫道，无小无大，无有无无。大者，小之殷也；小者，大之精也。蟭螟之巢蚊睫，蟭螟之睫，又有巢者。视虱如轮，轮之中，虱复傅缘焉。三尺之画，七日游，不能尽其蹊径也；拳石之山，丘壑岩峦，窋深窅曲，蠛蠓蚋生，蛙螟之夜，蒙茸茂焉；一滴之水，容四大海，洲岛烟立，鱼龙波谲，出日没月。方丈之室，有百千亿狮子广坐，神鬼神帝，生天生地。反汝虚室，游心微密，甚多国土，人民丰实，礼乐黼黻，草木龙郁。汝冲禫其中，弟靡其侧，复何骛哉？盍黔汝志，锄汝心，悉之以阴，藏之无用之地以陆沈！山林之中，钟鼓陈焉；寂寞之野，时闻雷

声。且无用者，又有用也。不龟手之药，既以治国矣。杀一物而甚安者，物物甚安焉！苏援一枝而入微者，无所往而不进于道也！”于是康子翻然捐弃其故，洗心藏密，冥神却扫，摊碑摛书，弄翰飞素，千碑百记，钧午是富，发先识之覆疑，窍后生之宧奥。是无用于时者之假物以游岁暮也。国朝多言金石，寡论书者；惟泾县包氏钲之扬之；今则孳之衍之，凡为二十七篇；论书绝句第二十七。永维作始于戊子之腊，实购碑于宣武城南南海馆之汗漫舫，老树僵石，证我古墨焉。归欤于已丑之腊，乃理旧稿于西樵山北银塘乡之淡如楼；长松败柳，侍我草玄焉。凡十七日，至除夕，述书讫；光绪十五年也。述书者，西樵山人康有为也。

有为论书绝精，顾强不知以为知，夸诞其词；所作又不能称是；而转折多圆笔，六朝转笔无圆者；倘所谓“吾眼有神，吾腕有鬼”，《广艺舟双楫.述学篇》语。不足以副之欤？有为固自知之矣。

有为既以上书言变法，被放归西樵山。乡人目为怪。新会梁启超方与南海陈千秋同学于学海堂，独好奇，相将谒之；一见大服，遂执业为弟子；共请有为开馆讲学。而以光绪十七年，于长兴里设黉舍焉；则所谓万木草堂，是也。二人者，既夙治汉儒许、郑之学，千秋尤精洽，闻有为说，则尽弃其学而学焉。《新学伪经考》之作，二人者多所参议也。有为经世之怀抱在大同，而其观现在以审次第，则起点于小康拨乱。有为论政之鹄的在民权，而其揆时势以谋进步，则注意于君主立宪。虽著《大同书》，然秘不以示人，其弟子最初得读此书者，陈千秋、梁启超，读则大乐！锐意欲宣传其一部分。有为弗善也！而亦不能禁其所为。后此万木草堂学徒多言大同矣！而有为谓：“今方为据乱之世，只能言小康，不能言大同；言则陷天下于洪水猛兽。”其教弟子，以孔学、佛学、宋明学为体，以史学、西学为用。其教旨专在激厉气节，发扬精神。其学纲，曰志于道，格物克己，励节慎独。据于德，主静出倪，养心不动，变化气质，检摄威仪。依于仁，敦行孝弟，崇尚任恤，广宣教惠，同体饥溺。游于艺。礼、乐、书、数、画、枪。其学目，曰义理之学，孔学、佛学、周秦诸子学、宋明学、泰西哲学。考据之学，中国经学、史学，万国史学、地理学、数学、格致科学。经世之学，政治原理学、中国政治沿革得失、万国政治沿革得失、政治实际应用学、群学。文章之学。中国词章学、外国语言文字学。其课外作业，曰演说，每月朔望课之。曰札记。每日课之。行之校内者也；曰体操，每间一日课之。曰游历，每年假时课之。行之校外者也。而其组织则有为自为总教授，而立学生中三人或六人为学长，曰博文科学长，主助教授及分校功课。约礼科学长，主劝勉品行、纠检威仪。干城科学长。主督率体操。其图书仪器之室，亦委一学生专司之，曰书器库监督。凡学生人置一札记簿；日记读书治事所心得以自课，月朔则缴呈之；而有为为之批评焉。每日在讲堂演述必四五小时；论一事，必上下古今以究其沿革得失，又引欧美以比较证明之；又出其理想之所穷，及悬一至善之鹄以进退古今中外，盖使学者理想之自由日以发达，而别择之知识亦以生焉！方是时，义乌朱一新鼎甫以御史言事罢官，主广州之广雅书院。既旧学高望，重实行而屏华士，闻有为之敢为高论，而心不然焉，乃贻书规曰："君之热血，仆所深知。然古来惟极热者，一变乃为极冷；此阴阳消长之机，贞下起元之理。纯实者甘于淡泊，遂成石隐；高明者率其胸臆，遂为异端；此中转捩，只在几希。故持论不可过高，择术不可不慎也。君伏阙上书，仆盖心敬其言，而不能不心疑其事。孔子之赞《艮卦》，孟子之论蚳蛙，其义可深长思耳。庄生之书，足下所见至确，而其言汪洋恣肆，究足误人。凡事不可打通后壁。老、庄、释氏皆打通后壁之书也。愚者既不解，智者则易溺其心志，势不至败弃五常不止，岂老、庄、释氏初意之所及哉？然吾夫子则固计及之矣，以故有不语，有罕言，有不可得而闻。凡所以为后世计者，至深且远。今君所云云，毋亦有当罕言者乎？读书穷理，足以自娱；乐行忧违，贞不绝俗；愿勿以有用之身，而逐于无涯之知也。汉学家治训诂而忘义理，常患其太浅。近儒知训诂不足尽义理矣，而或任智以凿经，则又患其太深。夫浅者之所失，支离破碎而已，其失易见；通儒不为所惑也。若其用心甚锐，持论甚高，而兼济之以博学，势将鼓一世聪颖之士，颠倒于新奇可喜之论；而惑经之风，于是乎炽！战国诸子，孰不欲明道术哉？好高之患中之也。仆故不敢不罄其愚，冀足下铲去高论，置之康庄大道中，使坐言可以起行；毋徒凿空武断，使古人衔冤地下，而仍不得《六经》之用也！道也者，如饮衢尊然，无知愚贤不肖，人人各如其量挹之而不穷。世之人，以其平淡无奇也，往往喜为新论以求驾乎其上，遂为贤智之过而不之悟。窃恐大集流传，适为毁弃《六经》张本耳！足下兀兀穷年，何可倒持太阿而授人以柄？始则因噎废食，终且舐糠及米，其殆未之思乎？原足下之所以为此者，无他焉，盖闻见杂博为之害耳！其汪洋自恣也取诸庄，其兼爱无等也取诸墨，其权实互用也取诸释，而又炫于外夷一日之富强，谓有合吾中国管商之术，可以旋至而立效也；故于圣人之言灿著《六经》者悉见为平淡无奇，而必扬之使高，凿之使深；恶近儒之言训诂，破碎害道也，则荡涤而扫除之。以训诂之学，归之刘歆，使人无以自坚其说，而凡古书之与吾说相戾者，一皆诋为伪造；夫然后可以唯吾所欲为，虽圣人不得不俯首而听吾驱策。噫，足下之用意则勤矣！然其所以为说者，亦已甚矣！足下不信壁中古文，谓《史记·河间》、《鲁共王传》无壁经之说。夫当史公时，儒术始兴，其言阔略，《河间传》不言献书，《鲁共传》不言坏壁，正与《楚元传》不言受诗浮丘伯一例。若《史记》言古文者，皆为刘歆所窜，则此二传，乃作伪之本；歆当弥缝之不暇，岂肯留此罅隙以待后人之攻？足下谓歆伪《周官》，伪《左传》，伪《毛诗》、《尔雅》，互相证明，并点窜《史记》以就己说；则歆之于古文为计固甚密矣；何于此独疏之甚乎？史公《自叙》年十岁，则诵古文；《儒林传》有《古文尚书》，其他涉古文者尚夥；足下悉以为歆之窜乱。夫同一书也，合己说者则取之，不合者则伪之；此宋元儒者开其端；而近时汉学家尤甚；虽有精到，要非仆之所敢言也。”有为送难往复，再三不休。迨二十年秋，以著书讲学，被御史奏参，下粤督查究；避居桂林之风洞，而过桂山书院，撰《桂学答问》以答士夫之来问学者。

有为之学，以《孔子改制考》树骨干，以《新学伪经考》张门户，而《答问》为开示途辙。其论经学，一裁以《公羊》；由《公羊》以通《六经》，由孟子而学孔子，而欲以《孟子》通《公羊》，以《荀子》通《穀梁》，由《春秋繁露》以发《公羊》之义例，由《白虎通》以观礼制之折衷。《大戴礼记》当与《小戴礼记》同读，皆孔门口说。《尚书大传》、《韩诗外传》，亦皆孔门口说，与《繁露》、《白虎通》并重。《七经纬》亦皆孔门口说，中多非常异义。然后由《五经异义》用陈寿祺疏证本以读《新学伪经考》，而别古今，分真伪；然后知孔子所以为圣人，以其改制而曲成万物，范围万世也。其心为不忍人之仁，其制为不忍人之政。仁道本于孝弟，则定为人伦；仁术始于井田，则推为王政；孟子发孔子之道最精，而大率发明此义，盖本末精粗举矣！《春秋》所以宜独尊者，为孔子改制之迹在也；《公羊》、《繁露》所以宜尊信者，为孔子改制之说在也；能通《春秋》之说，则《六经》之说，莫不同条而共贯；而孔子之大道可明矣！其治诸子，亦如治经；孔子以《六经》改制，诸子亦各以所学改制。诸子改制，正可明孔子之改制也。《吕氏春秋》、《淮南子》为杂家，诸家之理存焉，尤可穷究。其论宋学，以为宋儒专言义理，《宋元学案》荟萃之，当熟读。《明儒学案》，言心学最精微，可细读。《近思录》为朱子选择，《小学》为做人样子，可熟读。千年之学，皆出于朱子；《朱子大全集》及《语类》，宜熟读。数书皆宜编为日课，与经史并读。《小学》尤为入手始基也。

其论读史，《二十四史》宜全读，而以《史记》、两《汉》为重。《史记》多孔门微言大义。《汉书》虽为刘歆伪撰，而考汉时事，舍此不得。《后汉》为孔子之治，风俗气节至美；范蔚宗又妙于激扬；皆有经义，皆妙文章，故三史宜熟读。秦汉间日改用孔子之制，可细心考之，当日有悦怿也。三史破，馀史可分政、事、人、文四者读之，自易。然读史当知史例；《史通削繁》可读；《十七史商榷》、《廿二史考异》、《廿一史四谱》可参考；而《廿一史札记》尤通贯，并详掌故治乱，不止史例矣；宜熟读。读史尤贵贯串。编年之史，莫如《资治通鉴》、《续资治通鉴》。纪事则有《左传纪事本末》、《通鉴纪事本末》、《宋史纪事本末》、《明史纪事本末》，皆贯串群史之书，可熟观精考。掌故则“三通”并称。杜佑《通典》，郑樵《通志》，马端临《文献通考》，而《通考》最详，宜与《通鉴》同读，可改称为“二通”也。若《通典》详于礼而多伪说；《通志》惟二十略为精，馀皆史文，故应不如《通考》。

其论词章之学，文先读《楚辞》，次读《文选》，则材骨立矣。《文选》当全读，读其笔法、调法、字法，兼读《骈体文钞》，则能文矣。读《古文辞类纂》，韩、柳集，则有法度矣。若欲成家数，当浸淫秦汉子史，乃有得。桐城派褊薄，不足师也！诗则导源《文选》；《唐宋诗醇》所选极精，可全读。王、孟、韦、柳、李、杜、韩、白、苏、陆各大家集，均随性之所近学之；而杜为宗。《杜诗镜诠》最佳，宜全读。此外二李宜学；玉谿之绵丽，昌谷之奇丽，真所谓“不废江河万古流”者。赋亦导源《文选》，而《赋汇》为巨观。唐赋以王粲、黄滔为宗，选本无佳者；当于《文苑英华》求之；不得已，则律赋必以国朝赋，以吴锡麒、顾元熙为宗；大要树骨于六朝，研声于三唐而已。

其论学书，以为楷法率宗唐碑，欧、颜为尚。唐《石经》尤为有益，既供摹临，尤资考证。若欲以书名，则包慎伯《艺舟双楫》及吾之《广艺舟双楫》，遍见千碑乃能之；初学未易语此；博学详说，津逮后学，亦宏通，亦平实。

其论朱子《小学》为做人样子，入手始基；楷法须摹唐碑欧、颜，而不遽教以《艺舟双楫》；皆极平实之论也。后学骛其宏通而忽其平实；有为又放言高论，益之以怪。朱一新更诤以书曰：“学术在平淡，不在新奇。宋儒之所以不可及者，以其平淡也。世之才士，莫不喜新奇而厌平淡；导之者复不以平淡而以深奇。学术一差，杀人如草；古来治日少而乱日多，率由于此。世亟需才，才者有几？幸而得之，乃不范诸准绳规矩之中，以储斯世之用；而徒导以浮夸，窃恐诋讦古人之不已，进而疑经；疑经之不已，进而疑圣；至于疑圣，效可多矣。”顾有为不为动。入京师；以《新学伪经考》献同龢；欲以微感其意，而同龢狃于故常，惊诧不已；以为真说经家一野狐也，益不欲见之矣！方是时，我败于日，海军歼焉。乃率其徒从礼部试，公车入都者凡数千人，上书申变法之议，世所传“公车上书”者是也。中国之有群众的政治运动，于是乎托始！及赴礼部试，题为“达巷党人曰大哉孔子”；而有为试文，结语曰：“孔子大矣！孰知万世之后，复有大于孔子者哉！”盖隐以自况也！房考阅之，咋舌弃去。至二十一年乙未成进士，出侍郎李文田之门。文田恶其敢为诡诞，殿试得有为卷，抑置三甲；遂授职工部主事，不得翰林；有为大恨，竟削门生之籍！自是四年之间，凡七上书，申前议。而有为自负其口，工捭阖；于古今中外史迹，及人名年号统计之数目字，皆能历举无讹，见者惊其强记；而论议纵横，放得开，收得住，波澜极壮，首尾条贯；上说下教，虽天下不取，强聒而不舍者也！既通籍，住上斜街，仍颜其室曰万木草堂；仆从十许人，夹陛侍立，如王公贵人。久宦京朝，宾朋杂遝，争以望见颜色为幸。徒从既众，乃立强学会于京师，继设分会于上海，寻复开保国会于北京。朝论渐变，声生势张；旬日之间，必遍谒当国贵臣，见辄久谈，或频诣见；时翁同龢最号得君，在毓庆宫授帝读久，以户部尚书协办大学士，又为军机大臣，在总理各国事务衙门行走，以忠诚结主知，以和平剂群嚣。天下之士，奔走其门，而亦有为之所欲藉重以要君者也！乃谒同龢于总理衙门，高睨大谈，其大要归于变法；所具封事，曰立制度，新政局，练民兵，开铁路，借外债数大端。同龢心愤其狂而无以难也，为递折上。有为七上书而姓名达帝听；其最后书，请告天祖，誓群臣，以变法定国是。德宗诵之感愤；诏以有为前后折并《俄皇彼得变政记》皆呈慈禧太后览，而命同龢宣索有为所进书，令再写一份递进。同龢对："与有为不往来。"帝问："何也？"曰："此人居心叵测！"帝曰："前此何以不说？"对曰："臣顷见其所著《孔子改制考》知之。"帝默然！间日，帝又宣索有为书。同龢对如前。帝发怒诘责。同龢对传总署令进。帝以同龢老臣，又师傅；必欲藉以进有为而间执诸大臣之口，不许，曰："着汝诣张荫桓传知。"同龢曰："张荫桓日日进见，何不面谕？"帝终不许。同龢退，乃告荫桓。同龢既不悦于有为；而有为则故固不知，日日扬言于朝曰："翁师傅荐我矣！谓康某才百倍老臣也！"德宗则既激发于有为之上书，乃以光绪二十四年戊戌四月二十四日下诏誓改革；其诏草则仍以属同龢；而同龢先以示其门生南通张謇者也。顾二十七日，即下诏斥同龢揽权狂悖，开缺回籍。同龢则闻驾出，亟趋赴宫门，伏道旁碰头，帝回顾无言，神采极凋索也！于是文武一品官及满汉侍郎补缺者，咸具折谢太后。太后则已有疑于帝矣！特逐同龢以示警耳！而帝不为意！二十八日，召见有为；诏悉进所著书，曰《日本明治变法考》，曰《俄大彼得变政致强考》，曰《突厥守旧削弱记》，曰《波兰分灭记》，曰《法国革命记》，曰《孔子改制考》，曰《新学伪经考》，曰《董子春秋学》，凡八种。德宗既读所进《波兰分灭记》一种，泪承于睫，汍澜湿纸；曰："吾中国几何不为波兰之续矣！"特赏给编书银二千两。又以有为言，显擢内阁候补侍读杨锐，刑部候补主事刘光第，内阁候补中书林旭，江苏候补知府谭嗣同四人，均著赏四品卿衔，在军机章京上行走，参预新政事宜；所谓"四新参"者是也。废八股，开学堂，汰冗员，广言路，凡百设施，不循故常；而有为发纵指示，实管其枢。内阁学士阔普通武又以有为指，奏请行宪法而开国会。廷议不以为然，德宗决欲行之。大学士孙家鼐谏曰："若开议院，民有权而君无权矣！”帝喟然曰：“朕但欲救中国耳！若中国得救，朕虽无权无害！”于是大臣不悦。大学士荣禄既出为直隶总督，谒帝请训。适有为奉旨召见，因问：“何辞奏对？”有为第曰：“杀二品以上阻挠新法大臣一二人，则新法行矣！”荣禄唯唯，循序俯伏，因问：“皇上视康有为何如人？”帝叹息不早用也！已而荣禄赴颐和园谒辞皇太后。时李鸿章新失职，放居贤良祠；谢皇太后赏食物，同被叫入。荣禄奏：“康有为乱法非制。皇上如过听，必害大事，奈何？”因顾鸿章，谓：“鸿章多历事故，不可不为皇太后言之。”太后问曰：“鸿章意云何？”鸿章即叩头称皇太后圣明。太后叹息：“儿子长大，宁知有母？我问不如不问。汝为总督，凭汝所知好为之，勿负我！”荣禄即退出。有为告人：“荣禄老辣，我非其敌也。”太后既以荣禄言益疑德宗。而德宗珍妃、瑾嫔皆编修文廷式女弟子。珍妃尤得宠，既怂恿帝大考翰詹，预知赋题为《水火金木土谷》，以告廷式，使宿构考取第一；并代妃兄捉刀，列高等。既而与太后争谐价鬻官，先鬻广州织造于玉铭，又鬻上海道于鲁伯阳。旨下，两江总督刘坤一不识伯阳何如人，电奏诘问。为太后所知，召珍妃讯实，挞而幽之。母子间嫌隙益深矣！于是谭嗣同进密计，说帝召见武卫军统领袁世凯，好言抚之，擢兵部侍郎；而嗣同夜驰谒世凯，传帝旨，诏以勒兵废太后，诛荣禄。世凯患嗣同躁，又惮荣禄，不即发也。荣禄则微有闻，伺世凯来谒，卒问之。世凯既不得隐，则以归诚于荣禄。事泄，太后怒，临朝训政，夺帝柄而锢诸。急逮御史杨深秀及谭嗣同、林旭、杨锐、刘光第与有为之弟曰广仁者，骈戮焉，世所谓“戊戌六君子”。广仁以康有为弟，而深秀以常言得三千杆毛瑟围颐和园有馀也。各省惟湖南行新政最认真，得罪最甚！巡抚陈宝箴、学政江标、巡警道黄遵宪皆革职。然太后终疑帝之任有为，以翁同龢故；乃下诏罪同龢，着地方官严加管束，禁交关宾客；其词以荐康有为也！独有为先期得帝旨，令逃走，且曰：“他日更效驰驱，共建大业。”则微行之上海，得英人以兵舰迎护，至香港，仅乃免于难也！遂署号曰更生。自是亡命海外，作汗漫游者十六年，随从奴子皆顶戴如戈什。华侨望见，疑为中国大臣，输款佽左，日盈于门；则以其间纠合海内外同志，名其会曰保皇会，一以声援在幽之德宗，一以消杀革命之势力。卒无有成功，而意气不衰！足迹所之，遍十三国；率以为莫吾中国若也！作《爱国歌》以见意曰：

登地顶昆仑之墟，左望万里，曰维神洲。东南襟沧海，西北枕崇丘。岳岭环峙，川泽汇流。中开府之奥区，万国莫我侔。

我江河浩浩万馀里，其馀百川无涯涘。江南十里必有川，深广可以泛汽船！新头、恒河与密士失必，浅窄仅比我小泉；来因、多锐、泰吾士、先河、秦摆，皆是短小流涓涓！幼发拉的、底格里两河，难比江河之长源。万国无我水利专。巨山广泽，大野深林，原隰陵衍，江河溪浔。千百里间，必备崇深。相彼印度与北美，万里平原无寸岑。埃及、波斯、阿拉伯，沙漠沉沉。地形自欧洲之外兮，无与我并驾而倚衿。

地兼三带，候备寒暑。川岳含珍，原野平楚。五金荟萃，万宝繁膴。以花为国，灿烂天府。横览大地，莫我能与！

鸟兽昆虫，果蓏草木。亿品万汇，物产繁毓。羽毛齿革，锦绣珠玉。衣食器用，内求自足。五色六章，袨丝为服。饮馔百品，美备水陆。冠绝万国，犹受多福！

巍巍我祖，懿惟黄帝！天启神灵，创始治世。监视万国，无如赤县地。自崑崙西，东徙临莅。时巡镇抚，师兵营卫。有苗蚩尤，铁额铜头！是戮是平，乃统九洲。力牧开辟，风后宣猷。仓颉制字，文明休休！

惟我文明，曰五千年。历史绵远莫我先！埃及金字陵，中绝文明不传！印度九十六道，微妙多不宣。惟我圣作文字远而存。尧舜让帝创民主，孔子改制文教宣！汉、唐开辟益光大，东亚各国皆我文化权。希腊兴周末，文章盛贺、梅。罗马更是强汉世，皆只当我云来孙！何况欧洲诸国之后生，岛陆群种，属更何言？

我同胞兮祖轩辕！《世本》族谱百世传；皆诸侯大夫遗子孙，金枝玉叶布中原。于今兄弟五万万，同一源！地球之大姓，莫我远原！万国之人民，莫我庶繁！

中华地大比全欧！全国同文东亚洲！日本、高丽、安南，皆我语言文字之遗留。虽有闽、粤音稍转，十六省语能通邮。印度文二十，语言分四流。欧洲十馀国，国国语文殊异难搜求。奥国十四文；英之威路士与爱尔兰，语言殊异难讲闻。彼遍设铁路尚如此，我无铁路乃能同语文。大地同化之力，无如我神！

神禹开华夏，秦汉大一统。长城万里压崇岽，张骞西域远凿空！汉武唐太鞭四夷，南朔东西皆入贡。郭侃百日灭波斯，天朝自古诸蛮重！亚洲国土我最尊，上国之人众所奉！至今安南、印度称阿叔，二千年内神威动！

我人相好端金色，我人聪明妙神识，我国制作最先极！据几着裤持箸饮。突厥、印度、埃及号文明，不裤手食坐地席；英用刀匕二百年，倍根之世尚不识。惟我圣贤豪杰多如鲫，文化武功如交织。我心怦怦起感激，大地文明世家我第一！

我若生高丽兮，一时胁罢兵而亡！噫！我若生阿富汗、暹罗之小国寡民兮，虽自厉而无能强！噫！我若生印度兮，久为奴而无乡！噫！我若为突厥、波斯之人兮，教力压而难扬！噫！我即为荷兰、比利时、瑞典、丹、墨之国民兮，蕞尔强善而难张！噫！我又为德、法、奥、意诸强之民兮，争雄于欧，而难逞大力于太平洋！噫！方霸义之相竞兮，非有广土众民难回翔。唯我有霸国之资兮，横览大地无与我颉颃。我何幸生此第一大国兮，神气王长！

我之哲学包东西！我无压力无所迷！我欲自强兮，一号而心齐！大呼而奋发，气锐神横飞！我速事工艺汽机兮，可以欧、美为府库！我人民四五万万兮，选民兵可有千万数！我金铁生殖无量兮，我军舰可以千艘造！纵横绝五洲兮，看黄龙旗之飞舞！

有为不以诗名；然辞意非常，有诗家所不敢吟，不能吟者。盖诗如其文，糅杂经语、诸子语、史语，旁及外国佛语、耶教语；而出之以狂荡豪逸之气，写之以倔强奥衍之笔，如黄河千里九曲，浑灏流转，挟泥沙俱下，崖激波飞，跳踉啸怒，不达海而不止；返虚入浑，积健为雄；权奇魁垒，诗外常见有人也。

自负为先知先觉；及为文章，誉己如不容口。言大道，则薄后进而以为不如我知。论政俗，则轻欧、美而以为不及中国，每语人曰："未游欧洲者，想其地皆琼楼玉宇，视其人若皆神仙才贤；岂知其放僻邪侈，诈盗遍野。故谓百闻不如一见也！"时亦以此召闹取怒。然笔墨通于情性；而怪奇伟丽，往往震发于其间！此所以使好奇爱博者不卒弃也。方居外国为亡人，受其保护，而议论常轻之，自矜自重。尤喜以孔子学说衡量欧、美一切宗教、道德、政治、风俗，犹之林纾以古文义法，衡量欧、美文学也。所言之踳不免于非，而要期于辅世长民，拂俗匡时，足以资论证、备考镜。

其论宗教曰："吾于二十五年前，读佛书与耶氏书，窃审耶教全出于佛。其言灵魂，言爱人，言异术，言忏悔，言赎罪，言地狱天堂，直指本心，无一不与佛同。其言一神创造，三位一体，上帝万能，皆印度外道之所有；但耶改为末日审判，则魂积空虚，终无入地狱、登天堂之一日；不如说轮回者之易耸动矣！其言养魂甚粗浅，在佛教中，仅登斯陀含果，尚未到罗汉地位。考印度九十六道之盛，远在希腊开创之先；则七贤中毕固他拉之言灵魂，戒杀生，已有所自。盖希腊之与印度，仅隔波斯，舟车商贾大通，则文学教化，亦必互相输转。波斯已侵印度，至亚力山大半吞印度，印之高僧人士，必多有入波斯、希腊而行于巴勒斯坦、犹太之间，此尤浅而易征者矣！且以外仪观之，耶教亦无一不同于佛教焉。不娶妻，一也。出家不仕宦，二也。堂上供像以敬礼，或木像、金像、画像，三也。左右设白蜡烛多对，烧香，四也。案上陈花瓶，五也。神前设坛，几案布席，六也。供酒食，七也。僧衣袈裟亦有斜条，八也。合掌跪拜，九也。肩挂数珠，或手弄之，乃至人民多然；女子颈皆挂之，与蒙满俗同，而今施之中国长官矣！十也。神前昼夜点长明灯，十一也。鸣钟磬，十二也。神前跪诵经，十三也。朝夕礼拜讽诵，十四也。有食斋日，断肉，十五也。僧居寺中修习，十六也。女尼，十七也。出游着法服，十八也。削发之一部，十九也。有僧正法王统之，二十也。路德之娶妻改像法，犹日本亲鸾之改真宗，西藏莲华生之娶妻改红教，虽人情盛行，实非教主正义。考其内心外礼，无一不同；其为出于印之教无可疑！英之学士多证其然。恶士佛大学教习麦古士米拉作《宗教起元论》，以《新约》证之《佛典》皆同，尤可为据矣。佛兼爱众生，而耶氏以鸟兽为天之生以供人食，其道狭小不如佛矣！然其境诣虽浅，而推行更广大者，则以切于爱人而勇于传道。其传道者曾以十三代投狮矣！耐劳苦，不畏死而行之，而又不为深山枯寂闭坐绝人之行，日为济人之事，强聒不舍，有此二者，此其虽浅易而弥大行欤？夫道在养魂。行在医济，身神并有以养，而又以大仁大勇推之，蔑不济矣！虽近者哲学大盛，哥白尼、奈端重学日出，达尔文物体进化之说日兴，其于一神创造上帝万能之理，或多有不信。然方今愚夫多而哲士少，尚当神道设教之时；设无畏警，则尽藉人力，其于迁善改过者必不勇。盖观于朱子为无鬼论而可证矣！耶教以天为父，令人人有四海兄弟之爱心，此其于欧、美及非、亚之间，其补益于人心不鲜。但施之中国，则一切之说，皆我旧教之所有。孔教言天至详，言迁善改过，言鬼神，无不备矣；又有佛教补之；民情不顺，岂能强施？因救人而兵争，至于杀人盈城野，未能救之而先害之，此则不可解者矣！求之中国；独墨子传道于巨子以为后，至死百馀人而争之，可谓重大矣！巨子，即教皇也，墨子尊天明鬼，尚同兼爱，无一不与耶同。使墨子而成教主，中国亦有教皇出矣。但墨子有妻而多鬼，此则不同。其道太觳，夫不言魂而尚苦行，此必不可行者也！庄子以为去于王远，岂不宜哉？夫古之为教主者，多有异术以耸人心；观佛之服大迦叶及诸梵志，皆以异术；耶稣亦然。墨子乃从哲学者，王阳明亦直指本心，颇与耶同；然皆有道而无术。于吉之流，有术无道。惟张道陵尊天尚仁，又有符呪之术，道术全备，殆与耶同。其张角三十六方同日起，几成教皇矣；而一败不振！而晋名臣谢安、郄鉴等尚奉其道；卢循亦然，必有可观者！若寇谦之所挟大矣；然又有术无道。推诸子所以致败，则以中国孔子之道，无所不备；虽以佛教之精深，尚难大行，况馀子哉？其中虚者，外得侵之；其中实者，外物不久。中国本自有至精美之教，此诸子之所以难大盛也！故佛教至高妙矣，而多出世之言，于人道之条理未详也。基督尊天爱人，养魂忏恶，于欧、美为盛矣；然而今中国人也，于自有之教主如孔子者，而又不得尊信之，则是绝教化也。夫虽野蛮，亦有其教；则是为逸居无教之禽兽也！今以人心之败坏，风俗之衰敝，稍有识者，亦知非崇道德不足以立国矣！而新学之士，不能兼通中外之政俗，不能深维治教之本原，以欧、美一日之强也，则溺惑之。以中国今兹之弱也，则鄙夷之。溺惑之甚，则于欧、美敝俗秕政，欧人所弃馀者，摹仿之惟恐其不肖也！鄙夷之极者，则虽中国至德要道，数千年所尊信者，蹂躏之，惟恐少有存也！于是有疑孔教为古旧不切于今者，有以为迂而不可行者。吁！何其谬也！夫伦行或有与时轻重之小异，道德则岂有新旧中外之或殊哉？而今之新学者，竟嚣嚣然昌言曰：方今当以新道德易旧道德也。嗟夫！仁、义、礼、智、忠、信、廉、耻，根于天性，协于人为，岂有新旧者哉！《中庸》之言德，曰聪明睿智，宽裕温柔，文理密察，斋庄中正，发强刚毅；而仁智勇为达德；岂有新旧者哉？岂有能去之者哉？欧、美之贤豪，岂有离此德者哉？即言伦行父慈子孝，兄友弟恭，君仁臣忠，夫义妇顺，朋友有信，岂如韩非真以孝、弟、忠、信、贞、廉为'六虱'乎？则必父不慈，子不孝，兄不友，弟不恭，君不仁，臣不忠，夫不义，妇不顺，朋友欺诈而不信，然后为人而非虱，为新德而非旧道乎？推彼之言新道德者，盖以共和立国，君臣道息，因疑经义中之尊君过甚也，疑为专制压民之不可行也。岂知先圣立君臣之义，非专为帝者发也！《传》曰：'王臣公，公臣卿，卿臣大夫，大夫臣士，士臣仆，仆臣隶，隶臣皂，皂臣舆，舆臣台。'由斯以观，士对大夫为臣，而对仆为君；仆对士为臣，而对隶为君矣；故严其父母曰家君，尊家长曰君，此庶人亦为君之证也。故秦汉人相谓为君臣。汉、晋时，郡僚对郡将称臣，且行君臣之义焉。而今人与人言，尚尊人为君，自谦为仆焉。盖君臣云者，犹一肆一农之有主伯亚旅云尔。其司事总理之主者，君也；其奔走分司百执事之亚旅，臣也。总理待百执事，当仁而有礼；百执事待总理，当敬而尽忠。岂非天然至浅之事义，万国同行之公理者哉？岂惟欧、美力行之，其万国前有千古，后有万年，岂能违之哉？藉使总理之待百执事，不仁而无礼；百执事之待总理，不忠而傲慢，其可行乎？若以是为道，恐一商肆一工厂一农场之不能立也！自梁以后，禁属官不得称臣，改称下官；于是臣乃专以对于帝者。今若不以君臣为然，则攻梁武帝，可也！以疑孔子，则无预也！孔子之作《春秋》也，各有名分，其道圆周；故书君，无道也；书臣，臣之罪也。莒人弑其君庶其。《公羊》曰：'书人以弑者，众弑也，君无道也。'岂止诛臣弑君而已哉？故孟子曰：'闻诛一夫纣矣，未闻弑君。'孔子曰：'汤、武革命，顺乎天而应乎人。'今之言革命者，实绍述于孔子。若必如宋儒尊君而抑臣，则孔子必以汤、武为篡贼矣！盖孔子之道，溥博如天，并行不背，曲成不遗，乃定执君臣一义以疑圣，岂不妄哉！孔子于《礼》设三统，于《春秋》成三世，于乱世贬大夫，于升平世斥诸侯，于太平世去天子。故《礼运》孔子曰：‘大道之行也……某未之逮也，而有志焉。’‘大道之行也，天下为公，选贤与能。’孔子之所志也，但叹未逮其时耳。孔子何所不备！法国经千年封建压制之馀，学者乃始倡人道之义，博爱、平等、自由之说。新学者言共和慕法国者，闻则狂喜之，若以为中国所无也；揭竿树帜以为新道德焉，可以易旧道德也！夫人道之义故美也。《中庸》曰：‘仁者人也。’孟子释之曰：‘仁者人也，合而言之道也。’故人与仁合，即谓之道。孔子曰：‘道二，仁与不仁而已矣。’故《中庸》又曰，‘道不远人，人之远人，不可以为道；……故以人治人，改而止。’则人道之义，乃吾《中庸》、《孟子》之浅说，二千年来，吾国负床之孩、贯角之童皆所共读而共知之。昔日八股之士，发挥其说，鞭辟其辞，无孔不入，际极天人；是时欧人学说未出未发，但患国人不力行耳，不患不知也！乃今得‘人道’二字奉为舶来之新道德品，而以为中国所无也，真所谓家有文轩而宝人之敝驷也！夫《中庸》、《孟子》，孔子之学也，非僻书也；而今妄人不学无知，而欲以旧道德为新道德也。人有醉狂者，见妻于途，惊其美而搂之，以为绝世未见也。及归而醒，乃知其为妻也。今之所谓新道德者，无乃醉狂乎！《论语》曰：‘仁者爱人。’‘泛爱众’。韩愈《原道》犹言‘博爱之谓仁’。《大学》言平天下，曰：‘絜矩之道。’《论语》子贡曰：‘我不欲人之加诸我也，吾亦欲无加诸人。’岂非所谓博爱、平等、自由而不侵犯人之自由乎？《论语》、《大学》者，吾国贯角之童、负床之孩，所皆共读而共知之；昔日八股之士，发挥其说，鞭辟其义，际极人天。是时欧人学说未出未发，患国人不力行也。乃今得博爱、平等、自由六字，奉为西来初地之祖诀，以为新道德品，而以为中国所无也！真所谓家有锦衣而宝人之敝屣也！夫《论语》、《大学》，孔子之学也；非僻书也；而今妄人不学无知，而欲以新道德为旧道德也。贫子早迷于异国，遇父收恤抚养之而不知也；谬以为他富人赠以璎珞也。今之妄人，不学无知，奚以异是也！以《论语》、《大学》、《中庸》之未知未读，而妄攻孔子为旧道德。夫孔子，以人为道者也，故《公羊》家以孔子为与后王共人道之始。盖人有食味、被服、别声、安处之身，而孔子设为五味、五色、五声、宫室之道以处之。人有生我，我生，同我并生，并游并事偕老之身；而孔子设为父子、夫妇、兄弟、朋友、君臣之道以处之。内有身有家，外有国有天下；孔子设修身、齐家、治国、平天下之道以处之。明有天地、山川、禽兽、草木，幽有鬼神；孔子设为天地、山川、禽兽、草木、鬼神之道以处之。人有灵气魂知死生运命，孔子于明德养气，穷理尽性以至于命，无不有道焉。所谓人道也，上非虚空之航船道，下非蛇鼠之穿穴道；孔子之道，凡为人者不能不行之道。故曰：'何莫由斯道也。'凡五洲万国，教有异，国有异；而惟为僧出家者，不行孔子夫妇之一道而已。此外乎？凡圆颅方趾号为人者，不能出孔子之道外者也。夫教之道多矣：有以神道为教者，有以人道为教者，有合人神为教者。要教之为义，皆在使人去恶而为善而已；但其用法不同，圣者皆是医王，并明权实而双用之。古者民愚，阴冥之中，事事物物，皆以为鬼神；圣者因其所明而怵之，则有所畏而不为恶，有所慕而易向善；故太古之教，必多明鬼；而佛、耶、回乃因旧说，为天堂地狱以诱民。独孔子敷教在宽，不语神怪，不尚迷信，故教以仁让，务民之义；不如佛、耶、回之天志明鬼。然治古民用神道；渐进，则用人道。吾昔者视欧美过高，而以为渐至大同；由今按之，则升平尚未至也。孔子于今日犹为大医王，无有能易之者！而病者乃欲先绝医，殆死矣。"则是欧洲宗教道德，不如中国一也。

论政治曰："人民之性，有物则必争，平等则必争；至于国土尤争之甚者。故自种族而并成部落，自部落而合成国家，自国家而合成一统之大国，皆经无量数之血战，仅乃成之。故自分而求合者，人情之自然。孔子倡大一统之说，孟子发'定于一'之论，盖目睹争地以战，杀人盈野，故大倡统一以救之。李斯绍述荀卿之儒学，预闻微言，故丞相绾等请立诸子以为侯王；始皇用李斯言不行，乃分天下以为三十六郡。自是封建废；中国遂以二千年一统，民安其生；比之欧洲千年黑暗之乱祸，其治安多矣！然我国幸而一统得以久安；不幸则以无竞争而退化！求所由然，则我国地形，以山环合；欧西地形，以海回旋。山环，则必结合而定一。海回，则必畸零而分岐。故马其顿、罗马之一统，实年不过六七百；而战国、三国、六朝、五代之分裂，亦不过六七百年。我国数千年，以合为正，以分为变。欧洲数千年，以分为正，以合为变。此则其大同而相反之故；而一切政俗因之。呜呼！岂非地形哉！我昔尧、舜咨岳，盘庚进民，岂非宪政公诸庶民之具体？而中国亘古乃无议院政体，民举之司者；国民非不智也，地形实为之也。盖民权之起，必由小国寡民，或部族酋长之世，地方数十里十馀里不等；人民自千数百至数万，人多相识；君不甚尊，去民不远；而贵族争政，君位难久，迭代为君，而渐陵夷以臻议院政体出焉。而欧洲数千年时之有国会者，则以地中海形势使然；以其港岛槎枒，山岭错杂，其险易守，故易于分立而难于统一。分立，故多小国寡民，而王权不尊，而后民会乃能发生焉。若印度则七千里平陆，文明已数千年，在佛时虽分立多国而皆有王，人民繁多，君权极尊，国体久成，非同部落。若波斯则自周时已为一统之大国，帝体尤严。埃及、巴比伦、亚西里亚更自上古已为广土众民之王国。至阿剌伯起立更后，不独染于旧制，亦其教理已非合群平等之义，益无可言。凡此古旧文明之国，则必广土众民而后能产出文明；既有广土众民，则必君权甚尊，而民权国会皆无从孕育矣。况我中国之一统，已当黄帝、尧、舜之世；盖古号九州为中国者，在大江以北，太行以南，旷野数千里，地皆平陆，无险可守；故为一统帝国之早之远，在万国之先。不止成国体，立君权而已；既为数千里之大国众民，则君权必尊，无可易者。统全大地论之：他国野番之部落，会议盖多；但无从得文明以立国。亚洲之文明立国已久，则以大国众民，君权久尊而坚定，无从诞生国会。惟欧洲南北两海，山岭丛杂，港汊繁多。罗马昔者仅辟地中海之海边，未启欧北之地；至欧北既启，则无有能统一之者。以亚洲之大，过欧十倍，而蒙古能一之。而欧洲之小，反无英雄定于一；故至今小国林立。而意大利、日耳曼中自由之市，若喱呢士、汉堡之类时时存焉。至英以条顿种与挪曼人同漂泊于不立颠，传其旧俗而世行之。至西一千二百六十五年，约翰王时，遂定大宪章，日益光大，以至今日而推行于天下。英国世有王，而国会不废，久之且全夺王权，而成为立宪最坚之政体；而大地立宪政体皆法之。此为大地最奇特之事，亦绝无而仅有之事！盖考英当威廉由荷兰入主英国之时，当我清康熙二十七年，而是时英全国人口不过五百万，区区小国寡民，故克林威尔之革命，亦不过如春秋时列国之废逐其君，晋厉、宋殇之弑，鲁昭、卫辄之出，若是者不可胜数。卫人立晋，乃出于众；贵族柄政，盖视为常。苏格兰、阿尔兰之混一不久，上溯约翰世又四百年，计其时英国仅英伦一隅，当西一千二百六十五年，人民必不过二百馀万；如威廉第一之世，不过百馀万耳；立国于宋世，亦不过人口数万或十数万；名虽有王，不过如今滇、黔土司之酋长耳。盖民数甚少，则君不尊大；地僻海隅之一岛，则罗马及东方大一统之宏规不见；故能传其旧俗而不至灭绝。及文明大启，则国会已坚；而又有希腊、罗马议会故事，傅会之以为民治之极隆；而国会之制，遂为大地之师焉。故日耳曼之分国虽多，而独能传其旧俗者，日耳曼开创之始，攘辟山林，粗开部落，未成国土，未有君王，部落既多，群族相斗，必开会谋之。凡称戈之卒皆得预议，不能荷戈者不得预会。所议者，公举头目将军及编兵之事，而预会者亦只有赞成可否之权，无发言之权。焚火射矢以集众于邱陵林丛，可者舞蹈，不可者击器以乱之，其大不愿者则投戈于地。此种集会，实为英伦国会制之俶落权舆矣。不属他国而属英伦，则以边海之小岛寡民故也。故曰地形使然也。然则中国之不为议院先进，非中国人智之不及，而地势实限之也。吾又游法国烟弗列武库，正室有各国戎衣，吾国御用甲胄及将士之服存焉。御用甲绣龙，铜片蔽足二，玉如意夹之；咸丰十年，法、英联军入京得之者也。惟兵士衣宽袖褂，背心博裤，直非武服，置之各国兵服比较中，非止惭色，亦觉异观，不伦不类，鲜有不以为笑者！岂知吾国一统久矣，养兵仅为警察，只以捕内盗，原非以敌外侮，故谓通国数百年无兵可也。夫苟如欧洲之群雄角立，安得不治兵？观吾战国时，魏有苍头，秦有武骑，齐有武士，可见矣！惟为一统，天下一家；环我小夷，皆悉主臣，听吾鞭笞，无敢抗行者；故可罢兵息民，仅存巡警；此真一统天下之宠规，而非欧人诸小竞争所能望我治平者也！然则兵衣宽博，乃益见吾一统、久安不竞之盛规。但今者汽船大通，万国沟合；吾已夷为列国，非复一统，冬夏既更，裘葛殊异，而犹用昔者一统之规以待强敌，则大谬矣！然欧人经千年黑暗战争之世，若亦甚矣！今读《五代史》，五十馀年之乱杀，尚为不忍；而忍受千年之黑暗乱争乎？今中国迟于欧洲之治强，亦不过让之先数十年耳！吾国方今大变，即可立取欧人之政艺而自有之；岂可以数十年之弱，而甘受千年之黑暗乎？”则是欧洲分争，不如中国统一者又一也。

论法治曰：“中国奉孔子之教，固以德礼为治者也。孔子曰：‘道之以德，齐之以礼，有耻且格。道之以政，齐之以刑，民免而无耻。’太史公曰：‘法者，制治之具，而非制治清浊之原也；故法出而奸生，令下而诈起。’中国数千年不设辨护士，法律疏阔而狱讼鲜少。戴白之老，长子抱孙；自纳税外，未尝知法律。盖以半部《论语》治天下，国民自以礼义廉耻，孝弟忠信，相尚相激，而自得自由故也。今南洋华人父子兄弟之间，开口即曰‘沙拉’‘抄拉’，欧化哉！‘沙拉’者，法律也！盖以个人独立之义，有国而无家，故薄恩义而但尊法律。然奸诈盗伪，大行于奉法之中。诚哉其免而无耻也！法治乎，何足尊！”则是欧洲法治，不如中国礼治者三也！

论自由曰：“中国人之生长于自由而忘自由，犹之其生长于空气而不知空气为何物耳。世之浮慕共和、自由、平等者，必称法国。夫法国之所以不得不革命者，以法国王者之下，尚有群侯大僧之交为压制也。夫法之小当吾两省耳；而建侯十万。当时德国封建三十万。奥封建二万。英尤至小，封建六万馀。一侯之下，分地主无数。地主皆为封君，有治民之权。其税也，王取十之五，僧取十之四，侯则听其所取，乃至刈麦之刀，烧面之锅，必租于侯而不能自由。营业职工，皆有限禁；物价皆听发落；民之物产，随意没取；聚会言论，皆有禁限，违旧教者焚之。民刑皆无定律，惟判官之所轻重；而君大夫之夫人、公子、女公子，皆得擅刑讯罚而置私囚焉。民禁不得为吏，禁不得适异邦，但充封君之奴。女子惟封君之所取，其嫁也，必待封君之宿而后得配夫焉。民久苦压制之酷毒，故大呼'不自由，无宁死'也。所求自由者，非放肆乱行也；求人身自由，则免为奴役耳！免不法之刑罚、拘囚、搜检耳！求营业之自由，免除一切禁限耳！求所有权之自由，不能随意没取耳！求聚会、言论、信教之自由，今煌煌著于宪法者是矣！求平等者，非绝无阶级也；求去其奴佃而得为官吏，预公议、民刑裁判、纳税，皆同等而已。试问吾中国何如？中国之为小地主，听人民自有田地；盖自战国以至于今，乃在罗马未出现之前，不止日耳曼矣。自秦、汉已废封建，人人平等，皆可起布衣而为卿相；虽有封爵，只同虚衔；虽有章服，只等徽章。刑讯到案，则亲王宰相与民同罪。租税至薄，乃至取民十分之一，贵贱同之。乡民除纳税诉讼外，与长吏无关。除一二仪饰黄红龙凤之属稍示等威，其馀一切皆听民之自由，凡人身自由，营业自由，所有权自由，集会、言论、出版、信教自由，吾皆行之久也矣！法大革命所得自由平等之权利，凡二千馀条；何一非吾国人民所固有，且最先有乎？但有之已数千年，而忘之不知夸耳！今吾国欲再求自由，除非遇店饮酒，遇库支银，侵犯人而行劫掠，必更无自由矣！今法人尚存世爵数万，仍有尊称，吾乃无之；吾国突进于法多矣！今吾国欲再求平等，则将放肆乱行，绝无阶级。法之平等、自由，果若此乎？嗟乎，纪纲尽破，礼教皆微，何以为治？故中国之人早得自由之福已二千馀年。而今之妄人不察本末，以欧人一日之强，乃欲并其毒病医方而并欲效法而服之。昔有贵人，有痈而割之，血流殷席，命几不保。有贫子美好无病，慕贵人之举动，乃亦引刀自割，貌为呻吟，已而剖伤难合，卒以自毙。今吾国妄人媚外者，自以为取法于法、德，发狂呼号，日以革命自由为事；不几类美好贫子，引刀自割，貌为呻吟，卒以创伤自毙者？岂止见笑于欧、美之识者，无病服毒，不其伤乎！”则是欧洲平等自由，不如中国先进者四也。

论妇女独立曰：“巴黎之以繁丽闻于大地者，在其淫坊妓馆、镜台绣闼，其淫乐竟日彻夜。已领牌之妓凡十五万，未领牌者不可胜数。若其女衣诡丽，百色鲜新，为欧土冠。各国王子，宁舍帝王之位而流恋巴黎之妓乐。而贵家妇女，亦多有出而为妓者。法人自由既甚，故妇女多不乐产子，有胎则堕之，以故户口日少。盖自同治九年，德法战时，法人已逾三千万，迄今亦不过三千馀万，就此二三十年间，德之人，增至六千二百馀万，英增至四千馀万，而法乃日衰。若仍此不变，法可自绝灭，不待人灭绝之也！此其故何哉？一薄于教孝也。夫妇女之生子，自孕妊至诞育抚养，至苦矣！当其妊也，行动饮食，卧起皆不便，男女之道又绝；至妊成而产，则痛苦呻吟如割，或有害及生命者；幸而母子无恙，则抚婴劬劳，乳之哺之，提之携之，夜则转侧号啼，病则抚摩按抱，时而竟夕不寐，当餐不食。以其生育之、抚养之、劳苦之甚也。故孔子立法尚孝，教子报之；故《诗》曰‘欲报之德，昊天罔极’也。以中国之厚于父母，故女母乐于生子而望倚养于终身，报之于耆老。是故女有生子之望，人无堕胎之俗；故中国人民繁多，过于万国；盖有由也！今欧、美之俗，人人自立，父母不能有其子；劬劳而抚子，子长而嫁娶，别父母而远居，积财而不养父母；岁时省亲，仅同作客；其父困绝而不必养；其母病而不之事。既无得子之报，然则为妇女者何所望于子？安所肯舍性命、忍嗜欲、耐劳苦，而生之抚之？无宁预绝其萌以省事耶？一妇女自立也。凡天下之忍苦耐劳待人者，必其不能自立，不得已而出之者也。苟能自立，则自由绰绰，何事忍苦耐劳而待无所为之人哉？今妇女之于子也，产之至苦也，抚之至劳也，育之至艰也，不知若何艰苦，然后得子之成立，则待我之老而子养焉，待子之富贵而我尊荣焉，甘耐无穷之劳苦，而思有以易之。今我自能养，我自能富贵尊荣，无事于求人待人；然则何为竭十馀年之力，忍苦耐劳而生子养子哉？无宁预绝其萌而先堕之。美国堕胎之俗，有同于法；妇人居常之论，皆不愿有子矣。美之禁堕胎也，罚银六千元，囚三年，然不足以禁之！德、英妇女之好淫乐而自立，今虽未至于法之地位；然独立之风既扇，亦必不能久矣。其妇女为教习者，且多不愿嫁人。然则欧、美之人口，不其危乎？嗟夫！天下万事，皆赖人类为之；若人类减少，则复愚。人类灭绝，则大地复为狉獉草昧之世。而人之生也，皆赖妇女。故妇人不愿有子，乃天下之大变，洪水猛兽，不烈于此者也。而法、美以文明自由闻；乃先有之，且盛行焉！立法之难，得乎此则失乎彼。抑女而过甚，则非男女平权之义；矫之以独立，又有生人道尽之悲。谈何容易，得其宜乎？今之学者，不通中外古今事势；但闻欧人之俗，辄欲舍弃一切而从之，谬以彼为文明而师之。岂知得失万端，盈虚相倚，观水流沙转而预知崩决之必至。苟非虚心以察万理，原其始而要其终'，推其因而审其果者，而欲以浅躁一孔之见，妄为变法，其流害何可言乎！"则是欧洲妇女独立，不如中国教孝者五也。

论衣服曰："中国饮食衣服之美，实冠万国，他日必风行万国。凡美者，人情之所爱。丝服之美，自在优胜劣败之例；不能以欧人一日之长而见屈也。吾国地兼三带，衣服亦备寒暑，既无印度之薄縠，天衣无缝；亦非欧土之厚绒，紧迫其身；不宽不紧，易减易增，披服简便，过于欧、美远矣！欧土多寒，故西服用绒，紧束其身。若我温带，施于盛暑，汗淋如渍，尤损卫生，限以三袭，大寒不能加，盛暑不能减，于观不美，于体不宜。吾昔病于纽约，美医谓我曰：'中国服制最宜。曾有千人大会，莫不感寒，惟中国公使独无恙。若他日变法，一切可变，惟服制必不可变！’吾谓欧服以绒，中服以丝，取材不同。欧服尚披禽兽之毛，羶腥未除；而丝则我天产至美之物也。若吾国舍其天产而从人，则一国四万万人皆服毡绒之服，一人四袭，一袭至贱者二十金，并革履毡帽，人必百金而后可。是我舍数万万金之丝，无所用之，而须购绒革之服料于外。以人百金计之，是费四五万万兆而纳贡于外，过于八国联军之赔款尚百倍也。且吾中国乃大地丝产国也，民之衣食于丝织者以数千万计也。今一易服，全国衣履冠带之丝，皆尽失业，丝织者彷徨而不知所措矣！何为变本加厉，倾民之所有以自敝乎？万国皆不产丝，而为中国独有之天产；上考《禹贡》，蚕桑丝篚，已在四千年前。故服物之五色六章，最为妙丽。此天以最厚吾中国者，宁可弃天贶乎？弃天贶者不祥，弃土产者自敝，服毡绒者退化，随人后者无耻！印度岂不变服；益为奴耳；于自立何有！将欲以此为亲；吾面既黄，虽欲亲而安能亲？日本小岛耳，炮声隆隆，则欧、美畏媚之！近各国王宫，多为日本装殿，而美人暑时，亦多为日本服，但使内政修明，物质精美，炮舰大横庚庚，则中国丝服，自为大地所美而师之。若徒改服乎，则印度人与黑人之改服，何见亲之有？吾奴吾奴耳。何有堂堂数千年文明之中国，抚有天产吾丝，文章之美，而自弃之，以俯从深林后起日耳曼之毡服！”则是欧服毡绒，不如中国丝服者六也。

论膳食曰：“膳食之美，必地为大陆而后得之。大地之国，吞大陆者四域；欧土、波斯、印度及中国耳。印度诸教盛行，多所戒禁，或不食豕，不食羊，或不食牛，不食鸟，或全戒杀生，若此，则食不能美。且其地奇热，好食苦辣腥臭之味，尤为印人所独，而外人不能入口焉！波斯信回教与火教，亦多所禁食。欧土自中世纪黑暗世后，侯国竞争，国境小或十数里，界关隔绝，百货难通，则食品难集！至今尚脔而不切，酱齐之和后加焉；其食之未精，可知也！惟中国自汉一统，地兼三带。百货骈集，品兼水陆；故八珍之美，自周已精，故用酱以和齐入味，先切而用箸弃刀，已在周时矣！今欧洲美食，皆称巴黎；然法国之食，皆出自西班牙，班人僻乡亦解调和，吾游班及墨，觉其价贱而精，尚过于法也。班之食学，又出于葡；吾游葡京理斯本，闻其馔名，有与粤同。盖葡自一千四百几十年，哥仑布寻得美洲，至一千五百三十馀年，遂得澳门。是时英培根之世，尚用手食而未用刀割，其未能调和，不待言也。葡人以东方之食味，移植葡京，乃大变焉。是时推班与葡并驱海外，抚有全美，民大富而备海陆之珍，故班首学葡食。法路易十四遣孙非特腊第五王班，贵妇宫女、大臣从者数千人，及王长而后归法，乃移班食味于法。路易十四盛陈宫室服食以怀柔十万诸侯，于是食馔之美大进，风行欧、美焉。然葡食实我所出，班食为吾孙，法食为吾曾孙，欧、美为吾云来；突厥、日本切食，尤为吾嫡嗣。盖吾食之博而至精，冠于万国，且皆师我者也！欧食美否不论，但今尚设五味架，从后加味，味不能入，其为不知和可见矣。而今吾国乃反盛行西食。若以同食不洁，则吾明以前无小异食者，上考宋之《武林遗事》，下考戏剧，犹可推见；何不每人异器，如日本然？既可得洁，又保己国之美食，而何事弃己万国最美之馔而退化从人哉？”则是欧人膳食，不如中国先进者七也。

论酗酒曰：“法人之好酒极矣。吾游巴黎，入店不饮。酒家请曰：‘吾巴黎无不饮酒者。’乃为饮之，则法人之沈湎可见矣！《书·酒诰》曰：‘群饮，汝勿佚，尽执拘以归于周，予其杀！’此与道光年间重惩鸦片之刑同。夫饮酒小过，何至惩以杀刑？盖当时风俗沈湎之极，故欲以严惩之。吾观欧、美人醉酒之风，夜卧于道而哗于市，归驱其妻而争杀开枪致死者，比比也。所经小市大衢，酒店相望；竟日作工所入，尽付酒家，而导淫演杀，与酒为邻。若此败风，惟吾国无之。欧、美皆然，惟法人为尤甚耳！盖吾国酒俗为过去世矣。不知者开口媚欧、美人为文明；试入卖酒垆，观其喧哗，与我孰为文明哉？近世鸦片之毒，弱人体质，厥害为中国数千年所无。然其毒自外来，去之不难，不如酒之甚也。即以鸦片店之患，一榻横陈，亦岂有哗争斗杀之害乎？天下人道之大患，莫甚于相杀；故以酒烟相比，酒之害为尤烈也。”则是欧人嗜酒，不如中国吃鸦片者八也。

论宫室曰：“吾昔闻罗马文明，尤闻建筑妙丽，倾仰甚至。及亲至罗马而遍历名王之古宫，乃见土木之恶劣，仅知用灰泥与版筑而已。其最甚者，不知开户牖以导光。以王宫之伟壮，以尼罗之穷奢，而犹拙蠢若此；不独无建章之万户千门，直探类予古公之陶复陶穴。吾国山西富人，尚有穴山作屋，仅取中溜以通光，穿室数十重，壁盖厚数尺，乃极似罗马古帝宫焉。若法路易十四之宫，夸为世界第一者，雕镂固精，然仅此一大座；比之吾国帝居禁城之宏壮，相去尚十百倍！突厥波斯之宫殿，吾未之见！印度壮丽亦未极闳。若除此外，则中国帝室皇居之壮大，实为大地第一。盖万里大国，二千年一统致然。自建章、未央千门万户，由来久矣。此其雄规，实关文明；不得以专制少之。今以《三辅故事》所述汉武帝之宫比之：建章宫，度为千门万户；其东则凤阙，高二十馀丈，上有铜凤凰；立神明台，井干楼，皆高五十丈；辇道相属焉，其上有九室，形或四角八角。张衡赋谓‘井干叠而百层’，与巴黎之铜楼何异？其北大液池，中有渐台，高二十馀丈；中有蓬莱、方丈、瀛洲、壶梁，象海中三神山，龟鱼之属；其南有玉堂、壁门、大鸟；承露盘高二十丈，大七围，以铜为之；上有金铜仙人掌，至唐尚存，李贺尚见之，有《金铜仙人辞汉歌》。其甘泉宫之通天台，高三十丈，可望长安城，其上林苑连绵四百馀里，离宫别馆三十六所。《汉书》称成帝之昭阳殿，中庭彤朱，赤壁青琐，殿上髹漆，砌皆铜沓，黄金途，白玉阶，壁带往往为黄金釭，函蓝田璧，明珠翠羽饰之。班固《西都赋》所谓‘雕玉瑱以居楹，裁金璧以饰珰，屋不呈材，墙不露形，裹以藻绣，络以纶连；随侯明月，错落其间；金釭衔璧，是谓列钱；翡翠火齐，流离含英’，是也。此不过偶举一二耳。若《汉书》称秦之骊山，高五十馀丈，周回五里，石椁为游馆，人膏为灯烛，水银为江海，黄金为凫雁，珍宝之藏，机械之变，棺椁之丽，宫馆之盛，不可胜原。而阿房宫三百馀里，作者七十万人；破各国，写其宫室；门列金人十二，每重二十四万斤，门以磁石为之；前殿东西五百步，南北五十丈，可坐万人，下可建五丈旗；二百里内，宫观二百七十，甬道复道相连，帷帐钟鼓，不移而具；周驰为阁道，自殿抵南山，表南山之颠以为阙；复为复道，渡渭，至咸阳，北至九嵕甘泉，南至长阳五柞，东门至河，西门至汧渭，东西八百里，离宫相望。甘衣绨绣，土被朱紫。宫人不徙，穷年不能遍。由此观之：吾国秦皇、汉武时宫室文明之程度，过于罗马不可以道里计矣！惟罗马亦有可敬者：二千年之颓宫古庙，至今犹存者无数，危墙坏壁，都中相望；而都人累经万劫，争乱盗贼经二千年，乃无有毁之者。今都人士，皆知爱护，皆知叹美，皆知效法，无有取其一砖，拾其一泥者，而公保守之以为国荣。令大地过客皆得游观，生其叹慕，睹其实迹，拓影而去，足以为凭。而我国阿房之宫，烧于项羽，大火三月。未央、建章之宫，烧于赤眉之乱。仙掌金人为魏明帝移于邺，已而入于河北。齐高氏之营高二十六丈者，周武帝则毁之。陈后主结绮、临春之宫，高数十丈，咸饰珠宝，隋灭陈则毁之。馀皆类是。故吾绝少五百年之宫室。即如吾粤巨富若潘、卢、伍、叶者，其居宅园林皆极精丽，几冠中国。吾少时皆尝游之。即若近者十八甫伍紫垣宅，一门一窗，一栏一楯木，皆别花式，无有同者；而以伍家不振，忽改为巷，遂使全粤巨宅，无一存者。夫以诸巨富之讲求土木，不惜巨赀；其玲珑窈窕，皆几经匠心。若如日本之日光庙及奈良庙，游者收赀，岁入数十万。而所存美术精品，后人得由此益加改良进步；则其美术岂不更精焉？乃不知为公众之宝，而一旦扫除，后人再欲讲求，亦不过仅至其域，谈何容易胜之乎？故中国数千年美术精技，后人或且不能再传其法。若宋偃师之演剧木人，公输墨翟之天上斗鸢，张衡之地动仪，诸葛之木牛流马，北齐祖暅之轮船，隋炀之图书馆，能开门掩门、开帐垂帐之金人，宇文恺之行城，元顺帝之钟表，皆不能传于后，至使欧、美今以工艺盛强于地球。此则我国人不知保存古物之大罪也。不知保存古物，则真野蛮人之行为！而我国人乃不幸有之；则虽有千万文明之具，亦可耗然尽矣。”则是欧人宫室，不如中国宏伟者九也！

论浴房曰：“欧人浴房，但分男女室；男与男赤体同浴，女与女赤体同浴。日本则男女同浴。吾国粤人廉耻最重，无赤体相对者；故粤无浴室。欧人尚乐，故雕刻皆尚赤体，宜其浴无择也。然今则颇尚耻，以短裤遮其下体。瑞典与日本同，并不用短裤矣。盖浴为洁体之大事，可以祛病；浴为乐魂之妙术，可以畅怀。独乐不如同乐，故多同浴。各国多同之，《史记》讥‘於越之俗，男女同川而浴’；盖人道之始必如此。及其后廉耻日进，则男女异浴；又进而恶其秽也，不肯裸以相见，则人人异室矣。吾遍观大地各国，人情无不好浴者。惟西藏、布丹、廓尔喀人不好浴，故最不洁；则以难得水之故，且极寒之故也。野蛮不浴。据乱同浴。升平之世，廉耻与乱世异，则尚异浴。太平大同之世，人各自立，人各自由，则复归于同浴耶！”则是欧人据乱同浴，不如中国异浴之为升平者十也。凡此之类，度长絜大，极世界之美，无逾中国。未尝不发愤而道曰：“吾国人不可不读中国书，不可不游外国地，以互证而两较之；当不至为人所恐吓而自退处于野蛮也。日本著书多震惊欧、美者。此在日本之小岛国则然，岂吾五六千年地球第一文明古国，而若此之浅见寡闻乎？”因汇所睹记，成《欧洲十一国游记》，而序其端曰：

将尽大地万国之山川、国土、政教、艺俗、文物，而尽揽掬之，采别之，掇吸之，岂非凡人之所同愿哉？于大地之中，其尤文明之国土十数；凡其政教、艺俗、文物之都丽郁美，尽揽掬而采别掇吸之；又淘其粗恶而荐其英华焉；岂非人之尤所同愿耶？然史弼之征爪哇也，误以为二十五万里。元卓术太子之入钦察也，马行三年乃至。博望凿空，玄奘西游，当道路未通，汽机未出之世，山海阻深，岁月澶漫。以大地之无涯，而人力之短薄也；虽哥仑布、墨志领、发顿曲之远志毅力，而足迹所探游者，亦有限矣。然则欲揽掬也，孰从而揽掬之？故夫人之生也，视其遇也。芸芸众生，阅亿万年，遇野蛮种族部落交争之世，居僻乡穷山之地，足迹不出百数十里者，盖皆是矣。进而生万里文明之大国，而舟车不通，亦亡由睹大九洲而游瀛海；吾华诸先哲，盖皆遗恨于是。则虽聪明卓绝，亦为区域所限！英帝印度之岁，南海康有为以生！在意王统一前三年，德、法战之前十二年也。所遇何时哉？汽船也，汽车也，电线也，之三者，缩大地促交通之神具也；汽船成于我生之前五十年；汽车成于我生之前三十年；电线成于我生之前十年；而万物变化之祖，为瓦特之机器，亦不过先我八十年。凡欧、美之新文明具，皆发于我生百年之内外耳！萃大地百年之英灵，竭哲巧万亿之心精，奔走荟萃，发杨蜚鸣，旁魄浩瀚，积极光晶，汇百千万亿泉流，而成江河湖海，以注于康有为之生也，大陈设以供养之！俾康有为肆其雄心，纵其足迹，穷其目力，供其广长之舌，大饕餮而吸饮焉。自四十年前，既揽掬华夏数千年之所有；七年以来，汗漫四海。东自日本、美洲，南自安南、暹罗、柔佛、吉德、霹雳、吉冷、爪哇、缅甸、哲孟雄、印度、锡兰，西自阿刺伯、埃及、意大利、瑞士、奥地利、匈加利、丹墨、瑞典、荷兰、比利时、德意志、法兰西、英吉利，环周而复至美。嗟乎！康有为虽爱博好奇，探赜研精，而何能穷极大地之奇珍绝胜，置之眼底足下，揽之怀抱若此哉？缩地之神具，不自我先，不自我后；特制竭作以效劳贡媚于我。我幸不贵不贱，亡所不入，亡所不睹；俾我之耳目闻见，有以远轶于古之圣哲人。天之厚我乎，何其至也！夫中国之圆首方足，以四五万万计。才哲如林，而闭处内地，不能穷天地之大观。若我之游踪者殆未有焉。而独生康有为于不先不后之时，不贵不贱之地，巧纵其足迹、目力、心思，使遍大地；岂有所私而得天幸哉？天其或哀中国之病，而思有以药而寿之耶？其将令其揽万国之华实，考其性质色味，别有良楛，察其宜否，制以为方，采以为药，使中国服之而不误于医耶？则必择一能若不死之神农，使之遍尝百草；而后神方大药可成，而沉疴乃可起耶？则是天纵之远游者，乃天责之大任！则又既皇既恐，以忧以惧；虑其弱而不胜也。虽然，天既强使之为先觉以任斯民矣！虽不能胜，亦既二十年来昼夜负而戴之矣！万木森森，百果具繁，左捋右撷，大嚼横吞，其安能不别良楛、察宜否、审方制药，以馈于我四万万同胞哉？方病之殷，当群医杂沓之时，我国民分甘而同味焉，其可以起死回生，补精益气以延年增寿乎？吾之谓然，人其不然耶？吾于欧也，尚有俄罗斯、突厥、波斯、西班牙、葡萄牙未至也。于美也，则中南美洲未窥，而非洲未入焉。其大岛若澳洲、古巴、檀香山、小吕宋、苏禄、文莱未过。则吾于大地之药草，尚未尽尝；而制方岂能谓其不谬耶？抑或恶劣之医书可以不读；或不龟手之药可以治宋国；而犹有待于遍游耶？康有为曰："吾犹待于后遍游以毕吾医业。"今欧洲十一国游既毕；不敢自私，先疏记其略以请同胞分尝一脔焉。吾为厨人，而同胞坐食之；吾为画工，而同胞游览也。其亦不弃诸！

其自任以天下之重如此。自称"童而好讽诗；顾学以经世，志在撢理，不能雕肝呕肺以为诗人。而嗜杜甫诗若出性生，能诵《全杜集》，一字不遗。又性好游，玩山水，爱风竹；船唇马背，野店驿亭，不暇为学，则馀事为诗。及戊戌遭祸，遁迹海外，五洲万国，靡所不到，风俗名胜，托为永歌；若拔抑塞磊落之怀，日行连犿奇伟之境，临睨旧乡，邅回故国，阅劫已夥，世变日非。灵均之行吟泽畔，骚些多哀；子卿之啮雪海上，平生已矣。河梁陇首，游子何之；落月屋梁，水波深阔，嗟我行迈，皆寓于诗。”既而游突厥，道出所谓耶路撒冷者，犹太人哭所罗门城壁，男妇百数，日午凭城泪下如縻，诚万国所无也。喟然曰：“惟有教有识，故感人深远。吾念故国，为《怆然赋》。”凡一百韵。其辞曰：

崇壁严仡仡，围山上摩天；巨石大盈丈，莹滑工何妍。筑者所罗门，于今三千年。城下聚男妇，号哭声咽阗：日午百数人，曲巷肩骈连；凭壁立而啼，涕泪涌如泉。惨气上九霄，悲声下九渊。始疑沿具文，拭泪知诚县。电气互传载，真哀发中宣。一人向隅泣，不乐满堂缘。借问犹太亡，事远难哀怜；万国有兴废，遗民同衔冤！譬如父母丧，痛深限年旬；岂有远古朝，临哭旦夕酸？罗马后起强，第度扬其鞭；虽杀五十万，流血染城闉。当时严上帝，清庙金碧鲜。我来瞻遗殿，华严犹目前。珍宝移罗马，痛心亦难喧。正当吾汉时，渺茫何足云。吾国二千载，亡国破京频；刘石乱中华，洛阳惨风云；侯景围台城，一切文物焚；耶律执重贵，雅乐遂不闻；暨至宋徽钦，汴京虏君民。岂无思古情，颇感骚人魂？或作怀古诗，亦传哀吊文。未有凭城哭，至诚逮野人；妇婴同洒泪，千载恸遗民。吾迹遍万国，奇骇何感因？答言：“祖摩西，奉天创业勤；艰苦出埃及，转徙红海滨。帝降西奈山，特眷吾家春。十二以色列，奄有佐顿川。大辟所罗门，两王尤殊勋！拓边大马色，筑庙耶路颠。武功与文德，焜耀死海漘；馀波跃耶回，大地遍遵循。人种我最贵，天孙我最亲！岂意灭亡后，蹂躏最惨辛！罗马与萨逊，蹈藉久纷纭；英暴当中世，俄虐今尚繁。遗种八百万，飘荡大地魂！有家而无国，处处逐辱艰。被虐谁为护？蒙冤谁为伸？传言上帝爱，我呼彼充瑱。穷途无控诉，凭城啼吾先。”言罢又再啼，四壁啼益喧；哀哀不忍闻，吾亦为垂涟。亡国人皆恨，惟汝有教贤！他国不知愁，同化久忘筌。汝城文明民，文明成瘴愆；区区此遗黎，艰苦抱守艰。虽然犹太教，今犹立世间。吾游墨西哥，文字皆不传；英哲与图器，泯灭咸无存！读学皆班文，性俗忘祖孙；岂比汝犹太，能哭尚知原！哀哀念远祖，仁孝无比援。他日买故国，独立可复完。先啕必后笑，物理固循环。吾哀犹太人，吾回睨中原！四万万灵胄，神明自羲、轩；唐、虞启大文，禹、汤、文、武联；孔圣宝文王，制作大礼尊。圣哲妙心灵，图器文史篇。后生坐受之，枕胙忘其源！如胎育佳儿，如酿蕴良醇！我形胡自来？我动胡自迁？我识与我神，明觉胡为先？喜怒胡自起？哀乐胡所偏？我咏歌舞蹈，我饮食文言。一一英哲人，化我同周旋。忘之我坐忘，悟之大觉圆。一往情与深，思古吾翩跹。庄周梦化蝶，吾实化国魂。若其国竟殇，哀恸不知端！凡亡非我亡，畸士托古诠。吾未免为人，多情犹为牵。吾为有国故，身家频弃捐！哭弟哀友生，柴市埋冤云。哭墓已不获，先骸掘三坟。十死亡海外，谗侮百险煎。受诏久无功，缠身万苦难！十载逋亡人，拂逆痛心肝！我本淡荡人，方外乐谈玄。胡事预人国？误为不忍缠？今既荷担之，重远难释肩。地狱我甘入，为救生民艰！受苦固所甘，忍之复忍焉。久忍终难受，去去将舍旃。浩荡诸天游，欢喜作散仙。天外不能出，大地不能捐。国籍不能去，六凿不能穿。犹是中国人，临睨旧乡园。睊睊涕被席，眈眈伤我神。类告爱国者，犹太是何人？

其辞磊落而英多，其意激切而孤愤；揆之古人，独《湛然居士集·西游诗》、长春真人《西游记》中诗、陈刚中《交州集》可相仿佛；然有其俶诡，而无此慷慨也！尝以为中国不可行民主；傅会孔、孟，旁援欧、美，其大要归于强国庇民，因时制宜。故曰："天下无万应之药；无论参木苓草之贵，牛溲马渤之贱，但能救病，便为良方。天下无无弊之法；无论立宪、共和、专制、民权、国会一切名词，但能救国宜民，是谓良法。执独步单方者，必非良医。执一政体治体者，必非良法。故学莫大乎观其会通，识莫尚乎审其时势。《礼运》曰：'时为大，顺次之，体次之。'协于时，宜于人，顺于地，庶几良法矣！孟子曰：'民为贵，社稷次之，君为轻。'社稷者国也；国权、民权、君权三者迭递代兴而时为轻重者也。专制之世，则君权重；太平之世，则民权重。此皆自然之势，而克当其宜者也。欧洲民权君权之争，在百年前矣；至数十年来，君权之说已绝，馀波荡于亚洲。若民权乎？则在百年前欧、美最盛之时；而数十年来国权之说忽盛；俾士麦以此强德国；虽以美国平民之政，罗斯福亦大倡霸国之义，而各国亦皆鼓吹之。处列强并峙，日事竞争，少不若人，即至夷灭；故霸国之义，不得不倡者，时为之也。昔在春秋战国之时，管、商之学，专以国权为重。孔、孟意存一统，则专以民权为先。义各有为也。凡学说之盛衰，视其时宜。倡国权说于法国革命之时，则无当矣；倡民权说于德国既强之后，尤为大谬矣！以美国之富盛，昔无海军时，则德人极轻之；近年大治海军，则德人重之。日本以战俄之故，重人民之赋税；然日之威棱震于全球矣！倘使美、日犹主重民之义；则日税太重，民难负担；美而治兵，尤悖华盛顿、孟禄之训。然而美、日不得不重国而轻民者，诚察时势之宜！不得已也。故重民而张民权之说，乃欧、美百年前之旧论，于药则为渣滓，于制则为刍狗，于米则为秕糠，于花则为落瓣。乃吾国通明之士，号称新学，而拾欧、美之残羹冷炙以为佳馔新烹，于胃则不宜，于体则不协；小之致病，大之致死。盖失其时，悖其顺，非其宜故也。"既斥民权而崇国权，国权所寄，必在君主。其初戊戌变政，则进君主立宪之说。及至辛亥革命，益倡虚君共和之论。终莫之用，而革命有成功，建号民国；于是发愤而道曰："南方之魁桀何尝无帝制自为之心？而矫为民主共和之说以饵于民曰：‘贫富共产也’，‘人人可为总统议员也’，‘若入吾党，可得富贵也’，甚至谓‘改民主共和后，米价可贱也，可不纳税也’。此与‘迎闯王可免钱粮’何异哉？愚民乐其便己也，信而从之。强豪桀颉者辍耕垅上，倚啸东门，平宁已久，无从发愤，藉为乱具，侥幸图成。风气所鼓，四海之人，习见枭雄夸诈之夫，能为共和之大言，能为自由之谬论，因时乘势，袭据土壤，纷纷攀附，各藉权势。其夸垒尤甚者，中分天下，指挥风云；政府则敬畏之，乃至藉外款千百万以媚事之。其次亦复上将勋位，剖土分藩。下之灶养市魁，皆一蹴而秉麾纡组，列鼎鸣钟，呼叱而金帛盈山，顾盼而声色列屋；其车马、宫室、服食之豪侈过于王公；其颉颃、横暴、跋扈、肆睢之气势，行于州县。向之偷儿、里盗、椎埋、剽窃之夫，进称雄于州邑，退亦为政于乡里，横行攘据，武断乡曲。然则谁不慕之？谁不辗转效之？权利之思想已溢，自由之势力弥充，进无所慕于古，退有以荣于人，时风众势，卷而成俗，人所羡慕，皆在此徒。苟不破法律，作奸欺，谋乱略，营党私，何以充塞其权利之私，弥满其自由之壑乎？即有廉让之士，而风俗既成，坐而相化，则织衣大帻，谨厚者亦复为之。故当今之世，人不谋乱，更复何事，而涂泽以欧、美之文明。群众所尚，报纸所哗，则新世界之所谓‘共和’、‘平等’、‘自由’、‘权利思想’诸名词也。夫‘自由’者，纵极吾欲云尔。‘权利思想’者，日思争拓其私云尔。所谓‘平等’者，非欲令人人有士君子之行；不过锄除富家贵族，而听无量数之暴民横行云尔。所谓‘共和’者，倒帝者之专制，自馀则两党相争，陈兵相杀，日为犯上作乱云尔。以风俗所尚，孕育所成，则只有为洪水猛兽布满全国而已。今夫地方自治，至美之良法也；而中国行之，则惟资豪猾武断乡曲，未见能于地方兴利也。设辨护士，岂非保护贫弱者之美意哉？而中国行之，则劫贼横行；及被捕获，则亦将延辨护士而解脱；于是盗劫日滋。其他辨护士之日诱人讼以破人产者无论也。若夫官制弃资格而听长官自拔，则惟有引用亲私；负贩牛医，皆上列大位，下绾铜墨；甚至一丁不识，人皆怀非分之想；人情既不能无私利，则官方何自而整。任官若此，而望其牧民任职，岂非欲入而闭之门哉？若废科举而用学校，则学者自听讲义、读课本外，束书不观，乃至中国相传之名物日用之书，亦不之识；其愚闭乔塞，殆甚于八股之时；而八股之士尚日诵先圣之经，得以淑身而善俗。今学校之士，则并圣经而不读，于是中国数千年之教化扫地！而士不悦学，惟知贪利纵欲，无所顾忌，若禽兽然。其他举议员，入政党，则惟有挟势鬻金以把持纵肆、败风坏俗而已！然则所谓‘共和’、‘民权’、‘平等’、‘自由’者，实不过此十数万之暴民得之耳！此十数万暴民之‘民权’、‘平等’、‘自由’，诚肆睢傥荡，无所不用其极矣！试问吾四万万同胞，谁则实得民权乎？民权托之代议；夫谁能代我民者？其立义已为大谬。况我所欲举者，未必被举，既为多金所买，又为大力所挤；而吾民实俯首叹恨而无所与焉？故民权者：大党十数要人之权；而于我四万万同胞何与焉？又试问，吾四万万同胞，谁实得平等、自由乎？彼千百暴民之魁，凭权据势，占领土壤，汽车听其盘游，女色惟其所择，车马流水，金帛堆山；发言有权，一电而各省响应；横行如意，举步而开会欢迎；总统则畏其乱而罗笼之，报馆则藉其势而张皇之；随意居游，惟所欲适，无不平等，无不自由。故平等、自由者，彼千数百暴民之平等、自由；吾民宛脔于虐政之下，一言有误而枪死，一事见诬而枪死，薄言往诉，普天无告。然则吾四万万同胞，谁实得平等、自由乎？夫使吾四万万同胞，果皆得民权、平等、自由，则个人各得其权利，而国权必屈。方今列强并争之世，犹非所宜也！然四万万人果真得民权、平等、自由，则少屈国权，而伸个人之权利，犹之可也！无如四万万人皆无所得于民权、平等、自由，而仅令千数百之暴民得民权、平等、自由；是排除一人之专制，而增设千数百人之专制也！名称‘共和’，实日结党而图共乱；号为‘民主’，实以少数而行专制；戴假面，则朱唇玉貌；揭暗幕，则青面獠牙！”言之若有馀悸也！情不能以自禁，辞不免于过讦，播所欲言，署曰“不忍”。

或讼共和之美，在扬民权。则正告之曰：“人实诳汝！共和者，欧制况称之辞；且大诳于中国。夫号称‘共和’者，乃凡在国民人人得发其意之谓。民意昭宣，民权发皇；卢骚之流，大发其义。此在欧洲，古之希腊，中世之威尼士、致那华，及德之汉堡、罕伯雷、伯来问、佉伦、佛兰拂及今之瑞士，蕞尔之国，百数十万之民，而大事，则人民共议，则诚得民意矣！选举则人人有权，则亦庶几民权矣！卢骚亦谓‘二万人之国，可行共和’。若二万人者，或可真得民意，真行民权矣！此不过如吾粤之大乡云尔。吾粤南海之九江、沙头，顺德之龙山、容奇、桂州，新会之外海，番禺之沙湾。皆聚十数万人为一乡，比于卢骚之二万人已过之；其立乡约，行乡法，能得民意与民权与否，尚不可知也。南美洲之各共和国也，若玻里非、委内瑞拉、乌拉圭、巴拉圭，皆以数千人举一议员。即巴西、阿根廷、秘鲁、智利之大，亦不过以万人举一议员。塞维、布加利牙、希腊、罗马尼亚，亦略皆以万人举一议员。若比利时、荷兰、那威、丹麦亦不过以万人举一议员。即英国之大，为宪法选举之祖，亦不过以三万人选一议员。然当威廉第三入英之际，英民不过四百万；至与拿破仑交战之时，亦不过五百万，是时英最盛昌，亦不过万人选一议员耳！夫尊民意民权者，不能直达，而以‘代议’名之；苟不能如瑞士之直议，何权之有！人与人面目既殊，心意必异！父子师弟，亦难强同。而谓所举之人能达我意，必无是理矣！故以一人举一人，已不能得其意；况以万数千人而举一人；人人异意；而谓能以一人曲肖万数千人之意，代达万数千人之意，有是理乎？故万数千人选一议员之国，号称代议，其说已大谬矣。虽然，若英国三万人选一议员。三万人者，亦如吾粤一巨乡耳，既以代议为制，势不能不选于众。三万人之乡，其有才贤，乡人略皆知之，则虽不能得民意，发民权；然既自民之耳目心思所自举者，则亦可谓之民举也。德、法以十万人举一人；日本以十三万人举一人；更不能比于英矣。然十万之乡县，耳目亦近；彼宪政既久，选举既熟，或能知其人者，谓之民举焉，亦未尝不可也。至如中国之大，人民之多，今之选举法也，以八十万人选一人。夫八十万人之多数，地兼数县，或则数府，壤隔千里，少亦数百里；吾国道路不通，山川绝限，人民无识，交游未盛，选举不习；则八十万人之中，渺渺茫茫，既为大地选举例之所无；而曾谓八十万人者，能知其人而举之；其人又能代达八十万人之意乎？此尤必无之理也！然则在今大地中，凡百有国，皆可言民意、民权；惟我中国能言民意、民权，则无之也，徒资数万之暴民而已！是大妄也，是欺人也！惟国民真愚，乃受其欺耳！夫欧、美之说，知直议不可得，则诡以代议为民以欺人。然曰'代议'，虽不得民意、民权，告朔饩羊，犹有其名也！而今选举之学说，则猩狂而大言曰：'代议者，乃代一国之政，非代民个人之意也。'此说也，则明明非代民之意矣！以实事言之，彼议员自议国政，非代民之意。以虚名言之，则此学说，亦大声疾呼非代达民之意；然于其宪法也，于其国会也，于其选举法也，则大书特书曰'代议院'也，'代议员'也。名实相反，言议相乖；实而案之，不过欺民而已，不过豪猾之士，欲搂夺国政，借民权民意以欺人而已。无论议员之选，出于金钱与势胁也，难于得民望也；即不然，要必非民权民意而代民议，则可断断言也！夫既非民意民权，非代民议，则今之国会大声疾呼曰'代议'者，岂不大谬哉！代金钱而议，则有之矣！代势力而议，则有之矣！代民意而议，则未之见也！故在欧人之说，已是辞穷而为欺民诱众之计矣！我国地等全欧，人民倍之，国与民相去甚远。民意民权必不可得，而学欧、美人之舌，大声疾呼曰民意、民权。我今质问四万万人，'汝有何权？''所选举者，谁为汝意？议员所陈，谁得汝心？'吾意真选举之人，必不及四千；而得其心意者，必不及千也。若云权乎权乎，谁则有之？欺人自欺，无俟言矣。"或谓民主之治，托之政党。又激论之曰："人实欺汝！政党者，欧治积弊之俗；且大戾于中国。夫以英国政体之美，为万国之最；其为政党也，武人不得人，法官不得人，诸吏不得人，非学人富商寻常工商，不得人。其本党之得权也，获官者不过六十人，馀皆无所报酬。全国官吏皆不动，工商皆安业。其为政党者，不过如买马票者之视斗马；所买票之马得胜，则为之抚掌大喜，欢忭舞蹈，不知其然而然。虽然，买马票者犹有所获利也；此政党中之六十者得官者也；其它政党人绝无报酬而奚乐为之？盖彼积数百年之风俗，贵人罢居，富人无事，以为游戏博猎之举而为欢娱者耳！譬如昔之试得科第者，其本省人得状元，本府县人得翰林，本乡人获举贡青衿；其省府县乡之人，无所分杯酒肉羹之惠也，更无所谓报酬也；而接闻报时，莫不欣然色喜，莫解其所以然者。又若观竞渡焉，两曹之观竞者，无所报酬也，而咸乐捐赏执花击鼓以助竞事；于其曹之胜也，大喜若狂；若是云尔！然英人之攻之者，犹谓政党为奸诈之府，腐败之薮也。若夫美国平民政治之政党，则各地方皆有波士握权，把持党事，鱼肉良善，武断一切，纳贿作奸，甚者杀人。其为祸害，美人已痛心疾首之矣。我不得美之长，而先收其短，今且学而青出于蓝焉。以吾所睹：非其党不官。入其党，则可无法。藉其党以遍握权要，鱼肉良善，出入罪恶，吞踞财产，杀戮人民，禁锢异党，封禁报馆，强占选举，万恶皆著矣！盖未有政党之前，中国有法律；既有政党之后，中国无法律。未有政党之前，人民生命财产得保全；既有政党之后，人民生命财产不保全！未有政党之前，人民言论、身体得自由；既有政党之后，人民言论、身体不自由。吾夙昔仰慕欧、美首创政党，曾不意政党之害至是也！夫政党岂无佳士？然既入其中，则为大势所驱而不能自拔矣。政党愈大，则薰莸愈杂，整率愈难。若其为法之山岳党乎？挟势横行，斯为屠伯矣。”极言急论，若有不得已！而袁世凯为总统，致书称国老，其大旨谓：“京洛故人，河汾弟子，咸占汇进，宏济艰难。爱国如公，宁容独善！”厚币卑礼，款致之京师而一见焉。有为谢勿赴也。然国权之论，进步党遂袭之以相袁世凯盗国专制；久之，国民党熸，而进步党亦倾，卒以酿洪宪之祸也！世凯既殪，有为弥用自喜；昌言无忌，好恶拂人之性。久之，渐为论政持国是者所不喜，独长江巡阅使张勋有贰心于民国，阴赞其说而加隆礼焉！则以逊帝复辟之说进也。勋则曰："诺，是吾志也。汝其问诸冯华甫。"冯华甫者，副总统领江苏省督军冯国璋也。有为乃以勋意赞于国璋及故广西督军陆荣廷；皆无违言。国璋且曰："张绍轩岂能办此？倘君出，我则执鞭弭以从！"有为则大喜！乃属周树模以致告于段祺瑞。时祺瑞方以国务总理，不得志于总统黎元洪，而元洪又挟国会自重，鞅鞅以失职；则应曰："民主日争，非君主不能已乱！但只可有其形式，不可用其精神。"有为曰："此我之所谓'虚君共和'者也！段芝泉同我矣！我则问诸徐菊人。"徐菊人者，东海徐世昌，民国之元老，逊帝之太傅，一时称为巨人长德者也；既闻有为之言，而协赞焉！有为则以复于张勋曰："众谋佥同矣。"于是十四省督军以六年五月，会议徐州，谋复辟，署盟书，信誓旦旦，画诺惟谨，而推勋为主盟，以亲卒三千入京师解散国会；于七月一日迎逊帝溥仪号宣统者出复辟。溥仪年十一岁，初闻复辟之谋，问师傅曰："我即出，将置民权何地？"师傅曰："权仍在民；皇上即君临天下，亦无权！"溥仪曰："即如是，何必复辟？"师傅曰："民意也！"溥仪曰："事之不成，将集众谤，必集以诟厉于我矣！"师傅无以应也！至是勋挟溥仪以行大事，既逐黎元洪避日本使馆，而不戒于段祺瑞。祺瑞既藉勋手以逞志黎元洪；乃徐起乘勋之敝，一举而覆其军，再造共和；以收民望！冯国璋以副总统代元洪为总统。段祺瑞再起柄国。自勋之复辟仅十二日，而事败，走荷兰使馆，既知见给于祺瑞、国璋，而利用之为驱除夫难者，则大愤曰："此一役也，岂吾一人意，而用集谤于我也！"将公布所署盟书以告于国人，而探箧则无有矣！有为既以勋谋主，被名捕，逃而免。则愤而致书徐世昌，累五千言，发其事焉！然后知所谓"复辟"者，凡段祺瑞、冯国璋及世昌咸与于谋！世所传与《徐太傅书》，刊见《不忍》第九第十之合册者也。顾有为议论坚持中国宜虚君共和，不宜民主如故。既蹶不振，重草《共和平议》，条其利害，凡九万言，而叙其端曰：

> 吾二十七岁著《大同书》，创议行大同者。吾两年居美、墨、加，七游法；吾居瑞士，一游葡，八游英，频游意、比、丹、那；久居瑞典；十六年于外，无所事事。考政治，乃吾专业也！于世所谓共和，于中国宜否，思之烂熟矣！其得失，关中国存亡，至重也。不揣愚昧，以为邦人君子，百尔所思，不如我所知；以所见闻，草成《共和平议》四卷，数十篇。昔《吕氏》、《淮南》之成，悬之国门，有能易一字者，予以千金。吾今亦悬此论于国门，甚望国人补我不逮，加以诘难。有能证据坚确，破吾论文一篇者，酬以千圆！

其果于自信如此！然发生民之疾苦，扶共和之极敝，至谓："搔首问天，惟民国之鞠凶。今惟创业之伟人，争权之政客，藉以掠民争利者，数百人外，无不厌民主者矣！或者外国之游学生，中下阶级之军官，各学校学生，蔽于近见而无远识，寡于阅历而侈听闻，与夫海外华商，空慕共和之美名，未受共和之实害，亦或安焉！自尔之外，数万万国民，无不闻民主而谈虎色变，畏之恶之，苦之厌之，但不敢公然笔之于书，以告我国民耳！则恐获罪云尔！"其言为人人所欲吐，其意则人人之所嗫嚅！未尝不可为世之大人先生当头一棒喝也！自是不问世事，创天游学院于上海。盛名所招，从游无算，独称乡人林奄方。每语人曰："吾昔讲学万木草堂，门下最高材者，为曹泰与陈千秋二人。梁卓如之思路，常赖二子浚发尔。非其匹也。惜皆夭死，年不过二十五六，为吾生第一恨事！今林生茂才力学，意态与著伟绝似，而行纯无疵且又过之！"奄方年二十，而文笔奇警，思力亦伟，投函《甲寅周刊》为长沙章士钊所称道；字迹矫健，尤似有为。顾贫无所得食，投考上海邮局以执事，不能竟学也！有为尤以为恨云！

有为禀赋绝异，老而不衰。虽摈不容于世，然无所屈于人！复辟既败，所至见嫉，而有为未尝以自挫。其垂殁之年，实为民国十五年，以事至天津；人颇议其阴谋再复辟也。汉文《泰晤士报》訾之尤甚，标题康有为大逆不道字，连载数日不休。有为读之无怍色。长沙章士钊亦辟地天津；往过焉，谈次及之。有为微喟曰："《书》云：'兼弱攻昧。'今吾国士夫之昧，真是骇闻！共和国以民意为从违；民意多数曰何者，政即何从；其中并无独禁君政不谈之理。法兰西有君政党，赫然列席国会，岂是秘事？何吾人之昧，一至于此！"然言下亦无遽色，徐曰："吾生平不喜攻人，惟著《新学伪经考》，为辨学术源流，有所诋諆，如箭在弦，不得不发耳。此外则一听人毁我，我决不毁人，士君子为国惜才，以诚接物，其道应尔。"士钊为神移者久之！而有为年则七十二矣！口辨悬河，声若洪钟，精神矍铄，见者辟易！士钊退语人曰："二十年前，闻之服南海者曰：'天下之丑诋南海者，其人直未尝见之耳！见之，未有不易侮为敬者也！'吾尝举其语以为笑！而今见之，乃信异人。"其明年，国民军再奠江南；有为走死于青岛，年七十三！

有为自以生平担荷斯道之重，比于孔丘；抗颜为人师，无所于让。方讲学万木草堂，弟子著籍者众；尤赏南海曹泰、陈千秋。曹泰，字著伟，年二十二，署语壁柱曰："我辈耐十年寒，供斯民暖席。朝廷具一副泪，闻天下笑声。"最耽哲理，思想渊渊入微；尝为《儒教平等义》十馀篇，未成。晚年欲穷魂学之精髓，以为佛教密咒，必有特别妙谛，捐弃百学以冥索之；居罗浮岁馀，以暴病卒！其文豪放连犿，波谲云诡，能肖其心思。从有为作八比文，题为《天地之大也人犹有所憾》，凡二千馀言，万怪皇惑，不可思议！末两比云："《同人》以啕为始，则忧患已伏于生时；可知泣血涟而，即降孕已受天囚之惨！""《未济》以火为归，则乾坤必毁于灰烬；可知亢龙有悔，即上帝难为乞命之身f'’有为亟赏其名理。侍有为游桂林，题诗崖壁曰："大地权舆我到迟，也曾歌泣也怀思。深山大泽堪容剑，天老地荒独有诗。龙蛇昔曾归觉想，涅槃今欲证心期。我行幸有微风舵，元气舟中任所之！”盖亦哲人之诗也，其精神意趣可想矣。陈千秋，字通甫，与曹泰同县，累见姓氏于梁启超著书。梁启超以辛卯计偕试入京师。千秋赠以诗，有句云：“非无江湖志，跌宕恣游遣。苍生惨流血，敝席安得暖？”又为启超题箑数语曰：“伊川赏‘梦魂惯得无拘检，又踏杨花过谢桥。’通甫赏‘蝴蝶上阶飞，风帘自在垂。’二词谁工？请问知者。”好学能文，才望甲于一邑。以诸生推主西樵乡局，练民团五百人，兴一学校，建一藏书楼，治盗禁赌，风化肃然。乡中十馀万人，奉令惟谨；而为豪强不便，起而讦之，千秋则发愤呕血以死也！尝为《仁说》一书，其持论略与浏阳谭嗣同之《仁学》相出入；又著《性论》、《教宗平议》等书，皆未及成，临殁，则手取摧烧之。年二十二！有为尤恸之。其后有为命草堂诸子汇刊日课札记，系以诗三绝曰：“万木森森散万花，垂珠连璧照红霞；好将遗宝同珍护，勿任摧残毁瓦沙。”“春华秋实各为贤，几年伤逝化风烟。偶登群玉山头望，八万珠璎总可怜！”“万木森森万玉鸣，只鳞片羽万人惊。更将散布人间世，化身万亿发光明！”于时陈千秋、曹泰则已逝矣！故第二绝云云，盖伤之也！刻竟不成，而两人所著散佚既尽，其名氏亦渐湮没以无闻于世！世所知名者，首梁启超，其次三水徐勤。勤之从有为游者二十有四年，与有为共患难者十有五年；其待有为至忠且敬也！美、墨、非、澳、亚环海之国民党二百埠，皆附有为而隶属于保皇者；定名于丙午，因以丙午国民党名；皆勤总护之以秉成于有为！有为之居东也，日本前文部大臣国民党魁犬养毅，议员柏原文太郎同游于热海，驱车于汤河，俯仰海山，纵论人物，问于有为曰：“吾识先生门弟子多矣！若徐勤者，德行第一，至诚不息；其为孔门之颜渊耶？若梁启超之文学，其为门下之子夏乎？”独梁启超文章骏发，传诵海内，尤善论议，名高出于徐勤云。

梁启超附陈千秋、谭嗣同

梁启超者，字卓如，别署任公，广东新会人也。六岁毕业五经。八岁学为文。九岁能日缀千言。顾家贫，无它书可读，惟有《史记》、《纲鉴易知录》、《唐诗》诸书，日以为课，咸成诵。老辈有爱其慧者，赠以《汉书》、《古文辞类纂》；则大喜，读之卒业焉。十二岁，补新会县学生。十三岁，始治段、王训诂之学，遂负笈入省城之学海堂。学海堂者，让清嘉庆间总督阮元所立，以训诂词章教学粤人者也。十七岁中式光绪辛卯广东乡试举人。主考李端棻奇其文，以女弟归之。年十八，计偕入京师。报罢归，重肄业学海堂；乃得与陈千秋交。千秋语之曰："吾闻康先生在京师上书请变法；不报，被放南下。吾往谒焉。其学乃为吾与子所未梦及，吾与子师之矣！"康先生者，康有为，喜持《公羊》家所谓"非常异义可怪之论"，时人故迂怪少之！而启超闻千秋言，独好奇，介以谒。启超自以少年擢科第，且于时流所重难之训诂辞章，咸窥途辙；以此沾沾自喜！有为一见，则一一斥其非学！至是启超乃尽失所恃，惘惘然归，竟夕不得寐！明日再谒，请何学而可？有为乃告以陆、王心学，而并及史学、西学之梗概。启超则大服，愿执业为弟子。自是决然舍去旧学。自退出学海堂，而间日请益于万木草堂。顾有为不轻以所学授人；草堂常课，《公羊传》以外，则点读《资治通鉴》、《宋元学案》、《朱子语类》等书，又时时习古礼。启超勿嗜也，则与千秋相偕治周、秦诸子及佛典，亦涉猎清儒经济书及译本西籍；皆就有为决疑滞。居一年，乃闻所谓"大同义"者，喜欲狂！锐意谋宣传。有为谓非其时，然不禁也！启超治《伪经考》，时复不慊于其师之武断；后遂置不复道。其师好引纬书，以神秘性说孔子，启超亦不谓然。启超谓："孔门之学，后衍为孟子、荀卿二派，荀传小康，孟传大同。汉代经师，不问为今文家古文家，皆出荀卿；二千年间宗派屡变，壹皆盘旋荀学肘下。孟学绝而孔学亦衰！”于是专以绌荀申孟为标帜；引《孟子》中指责“民贼”、“独夫”、“善战服上刑”、“授田制产”诸义，谓为大同精义所寄，口倡道之。又好墨子，诵说其“兼爱”、“非攻”诸论。启超屡游京师，渐交当世士大夫；而其讲学最契之友，前称陈千秋。千秋既早死，乃交钱唐夏曾祐、浏阳谭嗣同。曾祐方治龚自珍、刘逢禄之所谓今文家言，每发一义，辄相视莫逆！而嗣同则治王夫之之学，喜谈名理，谈经济；及交启超，亦盛言大同，著《仁学》。而启超之学，受夏、谭影响亦至巨。其后启超舍讲学而有志从政；创一旬刊杂志于上海，曰《时务报》。自著《变法通议》，批评秕政；而救敝之法，归于废科举，举学校；亦时时发民权，但微引其绪，未敢昌言；厥为启超投身论政之发轫也。已而嗣同与黄遵宪、熊希龄等设时务学堂于湖南长沙，聘启超主讲席。启超至，则承有为之学，以《公羊》、《孟子》教，课以札记。学生仅四十人，而蔡锷最称高材生焉！启超每日在讲堂四小时，夜则批答诸生札记每条或至千言，往往彻夜不寐！所言皆傅会古学以阐民权；又多言清代故实，胪举失政，盛昌革命。其论学术，则自荀卿以下，汉、唐、宋、明、清学者，掊击无完肤！时学生皆住堂，不与外通，议论激张，人无知者！及年假，诸生归省，出札记示亲友。全湘大哗！顾宛平徐仁铸，方为湖南学政，尤礼异启超，著《輶轩今语》，独申引其说，颁之学官。士论益不服。而首发难者，长沙叶德辉焕彬著《翼教丛编》数十万言，将康有为所著书及启超批札记以至《时务报》诸论文，逐条痛斥。而张之洞方总制湖南北，则著《劝学篇》以折衷新旧；旨趣亦与启超不同。于是启超浸不安于位。既则随有为走京师，上书论变法之宜亟；开强学会，开保国会，启超咸与赞画有力！寻以侍郎徐致靖荐，总理衙门荐，被召见。诏办大学堂译书局事务。启超既有为高第弟子，参闻秘计；方造谭嗣同，有所议讨；而抄捕南海馆之报至。南海馆者，康有为之所居也。嗣同从容语启超曰：“昔欲救皇上，即成蹉跌；今欲救康先生，亦恐无及！吾已智尽能索，惟有一死以报知己耳！虽然，天下事知其不可而为之。足下盍入日本使馆，谒伊藤氏，请致电上海领事而救先生焉？”启超则以是夕宿日本使馆；而嗣同竟日不出门以待捕者。捕者既不至，则于其明日入日本使馆，与启超见，劝东游。日使从旁讽曰：“不如君偕！”嗣同不可。再三强之。嗣同曰：“各国变法无不从流血而成。今中国未闻有因变法而流血者！此国之所以不昌也！有之，请自嗣同始！”因顾启超曰：“不有行者，无以图将来；不有死者，无以酬圣主。今康先生之生死未可知。程婴、杵臼，月照西乡，吾与足下共勉之！”而不知有为之先期跳遁也；嗣同既不免于难；而启超则乘日本大岛兵舰以东，遂亡命日本，作《去国行》以见志曰：

> 呜呼！济艰乏才兮儒冠容容！佞头不斩兮侠剑无功！君恩友仇两未报，死于贼手毋乃非英雄！割慈忍泪出国门，掉头不去吾其东！东方古称君子国，种俗文教咸我同！尔来封狼逐逐磷齿瞰西北，唇齿患难尤相通！大陆山河若破碎，巢覆完卵难为功！我来欲作秦廷七日哭，大邦犹幸非宋聋。却读东史说东故，卅年前事将毋同？城狐社鼠积威福，王室蠢蠢如赘痈；浮云蔽日不可扫，坐令蝼蚁食应龙。可怜志士死社稷，前仆后起形影从。一夫敢射百决拾，水户萨长之间流血成川红。尔来明治新政耀大地，驾欧凌美气葱茏。旁人闻歌岂闻哭，此乃百千志士头颅血泪回苍穹！

时日本新变法图强有成功；而启超师弟谋改制，乃不容于中国，故有所激发。自是启超避地日本，既作《清议报》丑诋慈禧太后；复作《新民丛报》痛诋专制，导扬革命。章炳麟《訄书》、邹容《革命军》先后出书，海内风动，人人有革命思想矣！而其机则自启超导之也。启超早年为诗如其文；词旨不甚修饬，而淋漓感慨，恻恻动人，此固所长！然非所论于诗界革命之诗也。诗界革命之说，始倡于夏曾祐，而谭嗣同和焉。嗣同有诗咏《金陵听说法》云：“纲伦惨以喀私德，法会盛于巴力门。”喀私德之为言，即Caset之译音，盖指印度分人为等级之制也。巴力门，即Parliament之译音，盖英国议院之名也。所为诗喜挦扯舶来新名词以自表异，大率类此！而启超不谓然！曰：“过渡时代，必有革命。然革命者，当革其精神，非革其形式。吾党近好言诗家革命。虽然，若以堆积满纸新名词为革命，是又满洲政府变法维新之类也！能以旧风格，含新意境，斯可以举革命之实矣！”谭嗣同既死；启超独称夏曾祐与嘉应黄遵宪，诸暨蒋智由，并推为新诗界三杰。其实三人皆取法古人，并未能脱尽畦封！中国与欧美诸洲交通以来，持英荡与敦槃者，不断于道；而能以诗鸣者，惟黄遵宪，毅然有改革诗体之志；模山范水，关于外邦名迹之作，颇为夥颐；其成就虽未能副其所期；然规模既大，波澜亦宏，世称“硬黄”，一时巨手矣！蒋智由、夏曾祐皆喜摭用新理西事入诗；而智由则宗李翰林，风格固规模前人；是启超所谓“以旧风格，含新意境”者也。惟三人皆颇摭用新理西事以润泽其诗，与谭嗣同同；而启超则颇以伤格为讥耳！

启超既被放海外，而时时以文字牖导国人，前后为《清议报》、《新民丛报》、《新小说》、《政论》、《国风报》诸杂志，畅其旨意；而《新民丛报》播被尤广！国人竞喜读之，销售至十万册以上！清廷虽严禁，不能遏也。其间亦为革命排满之论；而其师康有为深不谓然！屡责备之；继以婉劝，两年之间，函札数万言。启超亦不慊意当时革命家之所为，惩羹而吹齑，持论稍变矣！初，启超为文治桐城；久之舍去，学晚汉、魏、晋，颇尚矜练；至是酣放自恣，务为纵横轶荡，时时杂以俚语、韵语、排比语及外国语法，皆所不禁，更无论桐城家所禁约之语录语，魏晋六朝人藻丽俳语，诗歌中隽语，及南、北《史》佻巧语焉。此实文体之一大解放。学者竞喜效之，谓之“新民体”；以创自启超所为之《新民丛报》也。老辈则痛恨，诋为“文妖”！然其文晰于事理，丰于情感。迄今六十岁以下四十岁以上之士夫，论政持学，殆无不为之默化潜移；可以想见启超文学感化力之伟大焉！录《俾士麦与格兰斯顿》一文。其辞曰：

欧洲近世大政治家，莫如德之俾士麦，英之格兰斯顿。俾士麦之治德也，专持一主义，始终以之。其主义云何？则统一德意志列邦是也。初以此主义要维廉大帝而见信用；继以此主义断行专制，扩充军备；终以此主义挫奥蹶法，排万难以行之。毕生之政略，未尝少变！格兰斯顿则反是！不专执一主义，不固守一政策；故初时持守旧主义，后乃转而为自由主义；壮年极力保护国教，老年乃解散爱尔兰教会；初时以强力镇压爱尔兰，终乃倡爱尔兰之当自治；凡此诸端，皆前后大相矛盾；然其所以屡变者，非为一身之功名也，非行一时之诡遇也，实其发自至诚，见有不得不变者存也！夫世界者，变动不居者也。一国之形势与外国之关系，亦月异而岁不同也。二三十年前所持之政见，至后年自觉其不适用而思变之；智识日增之所致乎，庸何伤焉！故能如格兰斯顿者，可谓之真守旧矣！俾公坚持其主义，而非刚愎自用者所得藉口。格公屡变其主义，而非首鼠两端者所可学步。曰：“惟至诚之故！”

凡任天下大事者，不可无自信力。每处一事，既见得透，自信得过，则以一往无前之勇气以赴之；以百折不回之耐力以持之；虽千山万壑，一时崩圻，而不以为意；虽怒涛惊澜，蓦然号鸣于脚下，而不改其容；猛虎舞牙爪而不动；霹雳旋顶上而不惊；一世之俗论嚣嚣集矢，而吾之主见如故。若此者，格兰斯顿与俾士麦正其人也！格公倡议爱尔兰自治之时，自党分裂，腹心尽去，昨日股肱，今日仇敌；而格公不少变，乃高吟曰：“舍慈子兮涕滂沱，故旧绝我兮涕滂沱！呜呼！绵绵此恨兮恨如何！为国家之大计兮，我终自信而不磨！”俾公为行德国之合邦，或行专断之政策，或出压制之手段；几次解散议院而不顾；几次以身为舆论之射鹄而不惧；尝述怀曰：“以我身投于屠肆，以我首授于国民；我之所以谢天下苍生者，尽于是矣！虽然，我之所信者终不改之！我之所谋者终不败之！”呜呼！此何等气概！此何等肩膀！非常之原，黎民惧焉！非有万钧之力，则不能守一寸之功。

启超之文，篇幅之巨，亦创前古所未有。古人以“万言书”为希罕之称！而在启超无书不万言，习见不鲜也！《俾士麦与格兰斯顿》一文，洋洋六百馀言，在古人不为短幅；而在启超则札记小品耳！然纡徐委备，往复百折，而条达疏畅，无所间断；气尽语极，急言竭论，而容与间易，无艰难劳苦之态；遣言措意，切近的当；能令读者寻绎不倦，如与晓事人语，不惊其言之河汉无涯。呜呼！此启超之文之所为独辟一径者也！启超自东渡以来，已绝口不谈“伪经”，亦不甚谈“改制”；而其师康有为大倡设孔教会，定国教祀天配孔诸议，国中附和之者众！而启超不谓然。常以为“中国思想之痼疾，在‘好依傍’与‘名实混淆’，而有为亦未能自拔！其大同之学，空前创获；而必谓自出孔子。及至孔子之改制，何为必托古？诸子何为皆托古？则亦‘依傍’、‘混淆’也已！此病根本不拔，则思想终无独立自由之望！”启超盖于此三致意焉！于是启超学术思想，别出于康有为而自树一派，屡起而驳之，语具《新民丛报》。

启超见世之教为新民体者，学其堆砌，学其排比，有其冗长，失其条畅，于是自为文章，乃力趋于洞爽轩辟。《国风报》已臻洁净，朴实说理，不似《新民丛报》之浑灏流转，挟泥沙俱下！然排比如故，冗长如故！既，清廷逊国，启超自海外归，欲以言论与国人相见。而革命党人不悦；以为“启超曾主张君主立宪。在今共和政体之下，不应有发言权；即欲有言，亦当先自引咎以求恕于畴昔之革命党。”而启超归国之日，正黄兴出都之日；其时国民党本部已以决议不攻启超，且愿与民主党合；以为启超，民主党之暗中党魁也。其时国民党人方痛骂之；而党魁黄兴则殷勤愿见梁某颜色；以启超在大沽遇风阻滞，候至数日而未得见，遂遗书痛骂，危言激论，谓其不慊于共和，希图破坏。而启超之徒，亦有疑于平昔所主张，与今日时势不相应，舍己从人，近于贬节；因嗫嚅而不敢出言。独启超意气洋洋，不欲授革命党人以间；而独居深念，知不尽言，且无幸。既抵京师，出席报界欢迎会，历陈二十年办报之经过，而卒言之曰：“我欲以言论与国人相见，不可不以我之为我，自陈于国人之前。我则立宪党人也；我尤不可不以立宪党之为立宪党，剖析以陈国人之前。即以近年立宪党所主张，对于国体，主维持现状；对于政体，则悬一理想以求必达；此志固可皎然与天下共见！夫国体与政体本不相蒙；稍有政治常识者，类能知之矣。当去年九月以前，君主之存在，尚俨然为一种事实；而政治之败坏，已达极点。于是忧国之士，对于政治前途发展之方法，分为二派；其一派则希望政治现象日趋腐败，俾君主府民怨而自速灭亡者，即谚所谓苦肉计也；故于其失政，不屑复为救正，惟从事于秘密运动而已！其一派则不忍生民之涂炭，思随事补救，以立宪一名词，套在满政府头上，使不得不设种种之法定民选机关，为民权之武器，得凭藉以与一战。此二派所用手段，虽有不同；然何尝不相辅相成。去年起义至今，无事不资两派人士之协力，此其明证也。然则前此曾言君主立宪者，果何负于国民？在今日亦何嫌何疑而不敢为国宣力？至于强诬前此立宪派之人为不慊共和，则更无理取闹。立宪派人，不争国体而争政体。其对于国体主维持现状，吾既屡言之；故于国体，则承认现在之事实；于政体，则求贯彻将来之理想。夫于前此障碍极多之君主国体，犹以其现存之事实而承认之，屈己以活动于此事实之下；岂有对于神圣高尚之共和国体，而反挟异议者？夫破坏国体，惟革命党始出此手段耳！若立宪党，则从未闻有以摇动国体为主义者也；故在今日拥护共和国体，实行立宪政体，此自论理上必然之结果！若夫吾侪前此所忧革命后种种险象，其不幸而言中者十而八九；事实章章，在人耳目，又宁能为讳？既能发之，则当思所以能收之。自今以往，其责任之艰巨，视前十倍！今激烈派中人，其一部分则谓吾既已为国家立大功、成大业矣；畴昔为我尽义务之时期，今日为我享权利之时期；前此所受窘逐戮辱于清政府者，今则欲取什伯倍之安福尊荣于民国以为偿；此种人自待太薄，既不复有责备之价值！其束身自好者，则谓吾前此亦已尽一部分之责任，进国家于今日之地位矣！自今以往，吾其可以息肩；则翛然尘外而已！而所谓温和派者，则忘却自己本来争政体，不争国体；因国体变更，而自以为主张失败，无话可说；如斗败之鸡，垂头丧气；如新嫁之娘，扭扭捏捏，而不知现在政治之绝未改良，立宪主张之绝未贯澈！若谓前此曾言君主立宪之人，当共和国体成立后，即不许其容喙于政治。吾恐古往今来，普天率土之共和国，无此法律。吾侪惟知中国人之中国，尽人有分，而绝非一部分人所得私！前清政府以国家为其私产，以政治为其私权；其所以迫害吾党，不使容喙于政治者，无所不用其极。吾侪未敢缘此自馁而放弃言责也！况在今日共和国体之下，何至有此不祥之言！”闻者莫不动容；即革命党亦无以难之。乃为《庸言报》以儆戒于国人；而睹国人忻于共和之名而昧其实也！作《罪言》曰：

无其实而尸其名，君子曰不祥，而狂愚骛焉！天下骛名之民，则未有过今日之中国者也！英人以守旧闻天下，我亦以守旧闻天下。彼旧其名而新其实。我旧其实而新其名。今英之王，非犹乎昔之王也；然固名曰王。其卡边匿内阁非犹乎昔之卡边匿也；其巴力门国会非犹乎昔之巴力门也；然固名曰卡边匿、巴力门。乃至一切法制礼俗，实质日日蜕变，转瞬陈迹；而千百年前之名，抱守勿弃也。我则反是！实莫或察而惟名之断断！钧是人也！名曰盐嫫，相望却走；易名嫱施，则啧啧共道其美也！厩无马，指鹿，锡以马名，则相庆曰吾有马矣！急焉榜于国门曰“立宪”，国遂为立宪国，民遂为立宪国民也。忽焉榜于国门曰“共和”，国遂为共和国，民遂为共和国民也。门以内勿问也，而日以所榜自豪！人所有者，我勿容无有也。有责任内阁乎？曰有。有政党乎？曰有。有独立法庭乎？曰有。有自治团体乎？曰有。有学校乎？曰有。有公司乎？曰有。有能参政之女子乎？曰有。有能征讨之军士乎？曰有。乃至有旷世间出之伟人乎？曰有。朝弗善也，易以府；谕勿善也，易以令；军机处弗善也，易以秘书厅；内阁弗善也，易以国务院。尚、侍弗善也，易以总、次长；督抚弗善也，易以都督；镇、协弗善也，易以师、旅。爵秩弗善也，易以勋位；大人、老爷弗善也，易以先生。他人积百数十年而仅闻者，或更积百数十年而犹惧未致者，我一旦而尽有之。畴者共指为万恶之薮者，一易其称而众善归焉！偃师陈戏，鱼龙曼衍；瞿昙说法，楼台弹指。集事之易，进化之速，殆莫吾京也。狙公赋芧，朝三暮四，名实未亏，喜怒为用。我不喜怒于实而喜怒于名，其智抑加狙一等矣！久假不归，安知非有？名不足以欺天下，固可聊以自娱。虽然，啖名不饱！殉名自贼！及并其名而堕焉，则实落材亡，固已久矣！呜呼！

他所论说称是也。诵其文者比之东坡之嬉笑怒骂，俱成文章焉！时国内士夫，人人效为启超文，而启超转自厌倦所为，时时以诗古文辞质正于望江赵熙、闽县陈衍诸人；而赵熙尤所心折！赵熙，字尧生。逊清宣统末，由翰林院编修转江西道监察御史，奏劾邮传部尚书盛宣怀借债卖路，直声震朝宁！而诗功湛深，苍秀密栗，成之极易；见者莫不以为苦吟而得，其实皆脱口而出，不加锤炼者也！尝与同官杨增荦及陈宝琛、陈衍数人联句，意思萧闲，若不欲战；而占句特多，下笔则缅缅不自休。同辈樊增祥、易顺鼎、陈三立外，莫与比捷。而诗格各不同；尤工言山水。增荦改官将之蜀。熙成《竹枝词》三十首送行，专写入蜀山水，自鄂渚至成都者。陈衍诵而爱之，请书一横幅见畀。熙立增首尾四诗为赠云："石遗老子天下绝，谈诗爱山无世情！大好金华读书处，闻风心到锦官城。""送客魂销下里词，故人杨子最能诗。迟君一纵巴山棹，细雨迎秋唱竹枝。""千山万水三生约，好句亲题送子云。西向定将人日报，草堂花发最思君！""水驿山程约略齐，并应渔具手中携。闲吟为伴陈无己，一夜乡心到蜀西。"次日，衍相过，熙送行诗，又增为六十首矣！衍以告增荦，无不叹其敏捷！增荦在京师，诗名甚盛；高秀似放翁，闲适出右丞；其风骨峻峭之作，又时近文与可、米元章；诗境时与熙不同；而致叹熙之缒幽凿险，范山模水，出以歌咏，直有抉天心、探地肺之奇；不徒以捷给见长也！熙自言："三十前学诗，三十后专治小学、古文。年近五十，又学诗。文章高下之境，一一悬量胸中，求以自立；乃知世之驰逐虚声者，政篻若海也！有知以来，荷交海内通人，其性好大都不一。今老矣，追数一生闻见，仍以仁者为至难！若词采蔚然，或周知雅故，凤皇之异于凡鸟，毛羽固殊；然自别有和盛之德也！"每观近人刻集多空陋；心嗤其骛名而无本，遂自戒不轻付刻。问学道义，相知者无不爱敬！而启超闻声忾慕，致其相思，每不自觉长言永叹，感慨之深也！方其遁荒海外，有《庚戌秋冬间，因若海纳交于赵尧生侍御，从问诗古文辞，所以进之者良厚，顾羁海外，迄未识面，辄为长谣以寄遐忆》一诗；其辞曰：

道术无古今，致用乃为贵。交亲无新旧，相尚在风义。我以古人心，纳交当世士。夙慕蜀多才，捧手得数子；直节刘子政，粹德杨伯起。原注：裴村、叔峤两京卿。其人与其言，磊磊在青史。早年所往还，尤敬延陵季。诸郎尽麟凤，昵我逾昆季。原注：吴季清先生及德嗣铁樵、仲弢、子发兄弟。料简心相宗，研索象数旨。执御汔无成，哭寝但頮沘！觥觥周孝侯，刚果通大理。官节遍三川，气骨横一世。此并赵侯友，夙昔不我弃！赵侯云中鹤，轩轩抗高志。名节树藩篱，艺林厚根柢。峨眉从西来，去天尺有咫，终古孕冰雪，元精逼象纬。御风问真源，独往恣所止。八十四盘陂，陂陂印屐齿。荡胸极雄深，即境领新异！所以其文行，邈与俗殊致。开元及元和，去今各千祀；君独遵何辙，接彼将坠纪？诗撼少陵律，笔摩昌黎垒。择言转气盛，刊华得神拟。浩浩扬天风，郁郁斐兰芷，幽幽缭洞壑，漠漠弄洲沚。詄荡天门开，恢诡蜃市起；迅健骏下坂，淡宕鱼戏水。有时一篇中，摄受万态备；探源析正变，证诣惬醇肆。自从同光来，斯道久陵替。岂期万人海，复听九皋唳。周知言皆宜，要在中有恃。文章虽小道，可以觇识器，释褐及中年，簪笔作谏议。上策皆贾、晁，陈义必牧、贽；遥遥千圣心，落落天下计！昔昔勤论思，字字迸血泪。亦知逆耳言，夙干道家忌！黎元正倒悬，斧锧安得避？回天精卫瘏，逐恶鹰鹯鸷。谏草留御床，直声在天地！自我出国门，交旧半弃置！逖听得云天，怀想空梦寐。何期绝尘姿，盼睐及下驷！群动蛰三冬，尺素枉千里。我学病驰骛，所养失端委。皇皇求助友，恳恳得砻砥；商量到刌分，往复累百纸。吁嗟末俗心，相应以骄伪。岂闻倾盖交，乃辱百朋赐！天步正艰难，民生日憔悴！衔石念海枯，入渊援日坠。吾徒乘愿来，为此一大事。君其体坚贞，走也将执辔。燕市风萧萧，须浦月弥弥！相望不相即，歌答杂商徵！闲居潘安仁潘若海，就我方谋醉。聊因天末风，一讯君子意！

时民国建元之前二年庚戌也。民国既建，入都；则时时与林纾、陈衍、易顺鼎过从；述志言情，间出俪体。《答宋伯鲁书》曰：

芝栋先生几下：

萧瑟平生，哀时泪尽；从军书剑，双鬓飘零。仰灵光其嵯峨，标清流之眉目；关西称为夫子，天下唯有使君！忆昔春明之游，梦如隔世！抚今感往，下泪如縻。钩党西京，朝衣东市；兰摧瓜蔓，骨折心惊！蜚语载以百车，知名尽于一网！投井其汹汹下石，戴盆则郁郁瞻天！狱急同文，令严大索。公既诖议，仆亦遁荒。或削迹柏台而荷戈，或窜身樱岛而櫜笔。解手背面，星纪再更。私谓此生，无再相见。不意命悬虎口，誓验乌头；整顿乾坤，二三豪俊！吴竟鹿游目睹，梁以鱼烂自亡。至于仆者，皮骨已空，文字不死！公乃以口舌之先声，比廓清于武事。见誉其过，乌敢承哉！帝社既屋，公名如山！每念履綦，苦探息耗。兹承锡以咳唾，慰其索离。重喜高贤，谋参闻幄。毕缄咨答边防，近见颇牧。山涛言议兵事，暗合孙、吴。方之古人，风采与匹！又假麾下之馀闲，度秦中之支部。导宣政略，藻镜人伦。从者如云，所居成市！从此莲花千叶，观山先拜主峰；神木万年，设治不遗边县。同人拜赐，吾道西行。疏示经用不充，故党务多蹇。已如尊旨，转告同侪。苟活水之有源，必分支以普润。仍烦棘手，共矢素心。譬犹河导龙门，天擎华岳，兹事非公莫属矣！仆叨冒时誉，因缘幸会，无才试吏，有路妨贤。倘获拭目升平，屏身陇亩，释禽鱼于笼缚，访蓑笠之交游，亲觌燕私，追谈忧患，寻求白渠之故址，考订黑水之真源，登龙首而盛缅未央，涉辋川而遐瞻杜曲，赋诗洒酒，一览千秋；盖不劳域外之游踪，而自极生人之奇趣者矣！顷间主国即真，兵衅鏖靖。特公私扫地，礼教横流；正俗救贫，骤无长计！即仆所司刑狱，有策亦付悬谈。财力窟空，人才消竭。在昔白云宿吏，坐曹犹鲜专家！今则黄颌稚年，筮仕即为长令！师门甫别，官牒同荣，更事未深，攖谤奚免！此欲案无留牍，狱鲜冤声；亦恐貌饰维新，口憏谀颂。不剪兹弊，奚以临民；、伏维我公学行绝人，经纶冠世，前所云云，治本攸系。是用顿首上请，为国乞言。庶几日照潼关，不吝分明逮仆矣乎？南海师顷奉家讳，未计出山。后有所闻，续日邮报。即今世网逼侧，愿公珍啬自寿，黄发相期，下情岂胜向往之至！不宣。

宋伯鲁者，昔官御史，与启超欢好；而以预于戊戌变政谪戍者也。方戊戌政变之无成也，梁启超以致怨于袁世凯。及世凯当国，为临时大总统，则曲意以交欢于启超。启超既不慊于革命原动力之所谓国民党者；于是拥其徒从以组进步党而自为之魁。世凯遂用之以倾国民党也！而进步党者，则共和党之所自出。迨事之急，长沙章士钊遇武进杨廷栋翼之于江苏都督程德全所。廷栋则共和党员也。士钊为言："项城杖视共和党，杖南方狗。狗毙，杖亦随手弃耳！"不听！国民党之初计，既欲破进步党与袁世凯之联合，以孤世凯之势；又欲破启超与进步党之连合，以孤进步党之势。卒不得逞，而有宁沪之役，以资袁世凯削平东南，摈国民党而放流之，当选为第一任大总统，盖多藉重于启超。国民党既覆，袁世凯以凤凰熊希龄为国务总理。希龄不可。启超以大义敦劝，谓"苟利国家，何恤小己！"希龄不得已起，欲成第一流经验与第一流人才之内阁，而以启超长教育。启超坚辞。希龄大不怿，诘曰："我不欲出，而公责以牺牲。我既牺牲，而公乃自洁；岂熊希龄三字，不抵梁启超三字之值价耶？公且不出，其他何望！"声色俱厉。而世凯闻启超之坚不出，昌言："大局如此！社会责我不用新人；及竭诚相推，而新人复望望然！"启超乃亲见世凯，自明出处之义。会希龄入谒，世凯乃谓："总理在此，君可自与商之。"苦辞往复，不得要领出。希龄黯然。总统府秘书等惕然！世凯乃语人曰：“任公不任，成何说话！”启超不得已起，为司法总长，顾无所设施，为世凯撰拟文字，出入讽议。会逊国隆裕皇太后卒；代表大总统致祭《清德宗帝后奉安文》曰：

中华民国二年十二月十二日，大总统袁世凯谨代表国民遣官赵秉钧、梁启超、朱启钤、荫昌、岷源、陆建章，马龙标等，致祭于大清德宗景皇帝、大清孝定景皇后之灵曰：呜呼！遏密而如丧考妣，已韬天山之羲娥；闻善而若决江河，同颂女中之尧舜。三千牍神功圣德，民不能忘，卅六宫懿范徽音，史犹可述。惟我德宗景皇帝冲龄践祚，变法图强；孝思不废于寝门，俭德弥彰于卑服。龙髯递逝，鼎湖弃乌号之弓，马鬣未封，橐泉待鱼膏之烛。望苍梧而叫虞帝，不返六螭；歌《黄竹》而吊周王，难回八骏。孝定景皇后尧门表瑞，姒屋垂型。伤别鹄于离弦，感斗麟于失镜。神器不私一姓，大同则天下为公；惠泽流于千春，让德则万邦惟宪。方冀翟褕日畅，慈竹长青。何期鸾掖风凄，柰花竞白！衔哀二圣，永痛重泉。在天之灵爽倘凭；率土之哀思弥切！虽配天配地，无改骏奔之容；而葬阴葬阳，未合鲋鱼之象！今者灵輴并举，吉壤同安；六台霜凄，万人雨泣！拜汉家之陵墓，长对南山；降弟子之灵旗，倘逢北渚。郁葱佳气，定产夏黄之芝；邃密幽扃，岂怆冬青之树。再窥松柏，应见云飞；迟荐樱桃，伫看春熟。九夏饮帝台之水，象为耕而马为耘；八方怀女几之山，鸾自歌而凤自舞。尚飨！

一书一文，于启超中年以后为别调；倘初年学晚汉、魏晋，绮习未除，而有忍俊不禁者耶！于是之时，启超亦时时学为桐城文以应人请；而因事抒慨，亦致深切动人；是其天性善感，终非描头画角所可几也。跋周印昆所藏《左文襄公书牍》曰：

> 《左文襄公书牍》三册，皆公上其外姑周太君及致其妻弟汝充汝光两先生者也。公殁后三十馀年，汝光先生之孙印昆始搜缀装池之，自宝袭焉，且以遗子孙。启超谨按：公微时，馆甥于周者且十岁。其间常计偕如京师；授学陶文毅家，抚其孤，理其产；后乃入骆文忠幕，渐与闻国家事矣！而筠心夫人犹依母而居；女公子亦育于外氏。故公与周氏昆弟，分虽姻娅，而爱厚过骨肉；其视周母若母也！此三册者，则当时十馀年间所相与往复也。其间以学业相砥砺，以功名相期许者，固往往概见；而其泰半乃家人语，谋所以治生产作业，计农畜出入至纤悉，盖文襄自始贫无立锥地！其俨然成家室，无恤饥寒自此时也！昔刘玄德论人物，以谓“求田问舍，为陈元龙所羞”；而躬耕之孔明，则三顾之；抑何以称焉？吾又尝读《曾文正公家书》，其训厉子弟以治生产作业，计农畜出入至纤悉，殆更甚于左公书；又何以称焉？盖恒产恒心之义，岂惟民哉？士亦有然。士不至以家计撄虑，乃可以养廉，可以壹志。而恃太仓之米以自赡畜者，其于进退之间，既鲜馀裕矣！印昆与启超同生乱世，不能为畸处岩穴之行；寒苦盗廪，而以任天下事自解嘲；其视昔贤所以善保金玉者何如哉！吾跋斯册而所感仅此；后之揽者，亦可以知其世也！

跋尾署甲寅四月，盖民国之三年也。于是启超既一出为袁世凯之司法总长，寻转币制局总裁，以无所事事辞职；贻书世凯曰：“以不才之才，为无用之用。”世凯笑曰：“卓如非不才，总裁实无用！”自以平日所怀政略，百不施一二；而徒食于官以自愧厉！故感激而发若此。会欧战初起，遂假馆西郊之清华学校，作《欧洲战役史论》以诏国人，意甚自得。有《甲寅冬假馆清华学校，著书成（欧洲战役史论），赋示校员及诸生》一诗；其辞曰：

在昔吾居夷，希与尘容接。箱根山一月，归装稾盈箧。虽匪周世用，乃实与心惬。如何归乎来，两载投牢筴；愧俸每颡泚，畏讥动魂慑。冗材惮享牺，遐想醒梦蝶。推理悟今吾，乘愿理夙业。郊园美风物，昔游记逌怗。愿言赁一庑，庶以容孤笈。其时天逢凶，大地血正喋；蕴怒夙争郑，导衅忽刺歙。解纷使者标，合从载书歃。贾勇羞目逃，斗智屡踵蹑。遂令六七雄，傞舞等中魇！澜倒竟畴障，天坠真已压。狂势所簸薄，震我卧榻軨！未能一丸封，坐遭两鲸挟。吾衰复何论！天僇困接折。猛志落江湖，能事寄简牒。试凭三寸管，貌彼五云叠。庀材初类匠，调势乃如谍。溯往既纚纚，衡今逾喋喋。有时下武断，快若鬣赴镊！哀哉久宋聋，持此饷葛馌！藏山望岂敢，学海愿亦辄。月出天宇寒，携影响廊屧。苦心碎池凌，老泪润阶叶。咄哉此局棋，圻角惊急切。错节方余畀，畏途与谁涉！莘莘年少子，济川汝其楫！相期共艰危，活国厝妥帖。当为雕鸢墨，莫作好龙叶。夔空复怜蚿，目若不见睫！来者倘暴弃，耗矣始愁喋！急景催跳丸，我来亦旬浃。行袖东海石，还指西门喋。惭非徙薪客，徒效恤纬妾。晏岁付劳歌，口呿不能嗋！

综前所述，可知启超归国以来，则亦时时喜治所谓诗古文辞者；盖其时在京师投简札而与过从者，大率治诗古文辞者多也；最折服为赵熙，每有所为，常以质正焉！又有《寄赵尧生侍御以诗代书》一篇；其辞曰：

山中赵邠卿，起居复何似？去秋书千言，短李为我致。’生客睹欲夺，我怒几色市。此复凭罗隐，寄五十六字。把之不忍释，句浃同卧起。稽答信死罪，惭报亦有以：昔岁黄巾沸，偶式郑公里。岂期姜桂性，遽撄魑魅忌！青天大白日，横注射工矢。公愤塞京国，岂直我发指！执义别有人，我仅押纸尾。怪君听之过，喋喋每挂齿！谬引汾阳郭，远拯夜郎李！我不任受故，欲报斯辄止。复次我所历，不足告君子！自我别君归，哆哆不自揆！思奋躯尘微，以救国卵累！无端立人朝，月躔迅逾纪。君思如我戆，岂堪习为吏？自然枘入凿，窘若磨旋蚁。默数一年来，至竟所得几？口空痡罪言，骨反销积毁！君昔东入海，劝我慎祍趾。戒我坐垂堂，历历语在耳。由今以思之，智什我岂翅！坐是欲有陈，操笔此颣泚！今我竟自拔，遂我初服矣！所欲语君者，百请述一二。一自系匏解，故业日以理。避人恒兼旬，深蛰西山阯。冬秀餐雪桧，秋艳摘霜柿。曾踏居庸月，眼界空夙滓。曾饮玉泉水，洌芳沁痘脾。自其放游外，则溺于文事；乙乙蚕吐丝，汩汩蜡泫泪；日率数千言，今略就千纸。持之以入市，所易未甚菲。苟能长如兹，馁冻已可抵。君常忧我贫，闻此当一喜。去春花生日，吾女既燕尔。其壻夙嗜学，幸不橘化枳！两小今随我，述作亦斐亹。君诗远垂问，纫爱岂独彼！诸交旧踪迹，君倘愿闻只！罗瘿跌宕姿，视昔且倍蓰！山水诗酒花，名优与名士；作吏更制礼，应接无停晷。百凡皆芳洁，一事略可鄙！索笑北枝梅，楚璧久如屣。曾蛰蛰更密，足已绝尘轨。田居诗十首，一首千金值，原注：蛰厂躬耕而表其贽。丰岁犹调饥，骞举义弗仕；眼中古之人，惟此君而已！彩笔江家郎，原注：翊云。在官我肩比。金玉兢自保，不与俗波靡！近更常为诗，就我相砻砥。君久不见之，见应刮目视！三子君所笃，交我今最挚！陈、林、黄、黄、梁，原注：陈征宇、林宰平、黄孝觉、哲维、梁众异。旧社君同气。而亦皆好我，襟袍互弗閟。更二陈，原注：弢庵、石遗。一林，原注：

畏庐。老宿众所企！吾问一诣之，则以一诗赞。其在海上者：安仁原注：潘若海。嘻憔悴！顾未累口腹，而或损猛志！孝侯原注：周孝怀。特可哀，悲风生陟屺；君曾否闻知，备礼致吊诔？此君孝而愚！长者宜督譬。凡兹所举似，君或稔之备，欲慰君索居，词费兹毋避。大地正喋血，毒螫且潜沸！一发之国命，懔懔驭朽辔！吾曹此馀生，孰审天所置？恋旧与伤离，适见不达耳。以君所养醇，宜夙了此旨。故山两年间，何藉以适己？箧中新诗稿，曾添几尺咫？其他藏山业，几种竟端委？酒量进抑退，抑遵昔不徙？或一比持戒，我意告者诡！岂其若是恝，辜此郫筒美！所常与钓游，得几园与绮？门下之俊物，又见几騄弭？健脚想如昨，较我步更駛。峨眉在户牖，贾勇否再拟？琐琐此问讯，一一待蜀使。今我寄此诗，媵以《欧战史》；去腊青始杀，敝帚颇自喜！下走代班籍，将勿笑辽豕？尤有《亚匏集》，我嗜若脍胾；谓有清一代，三百年无此。我见本井蛙，君视谓然否？我操兹豚蹄，责报乃无底！第一即责君，索我诗瘢痏。首尾涂肥之，益我学根柢。次则昔癸丑，禊集西郊沚。至者若而人，诗亦杂瑾玼。丐君补题图，贤者宜乐是。复次责诗卷，手写字栉比。凡近所为诗，不问近古体；言多斯益善，求添吾弗耻。最后有所请，申之以长跪。老父君夙敬，生日今在迩。行将归称觞，乞宠以巨制。乌私此区区，君义当不诿！浮云西南行，望中蜀山紫。悬想诗到时，春已满杖履。努力善眠食，开抱受蕃祉！桃涨趁江来，伫待剖双鲤。岁乙卯人日，启超拜手启。

赵熙以外，启超又尽裒生平所为诗数百首，畀之陈衍曰："子为我正之。"衍亦奋其笔削，未尝有所逊谢退让诿避也！曰："任公诗如其文，天骨开张，精力弥满。顾任公《庚戌秋冬间，因若海纳交于赵尧生侍御，从问诗古文辞，辄为长谣以寄遐忆》一诗；‘衔石念海枯’句，与上‘回天精卫瘏’句事复；不如易‘精卫’为‘鸱鸮’，与‘瘏口回天’意均合。大抵古体长于近体；惟七律中对时有未工整处；古体诗用韵有上去声通押者，似非所宜。”启超亦不为嫌也。此四五年中，厥为启超文学之复古时期焉。

启超既相袁世凯以翦国民党！国民党尽，袁世凯专政；启超亦不用事，遂返粤而省其父。既而入都，道南京。江苏将军冯国璋告之曰：“我闻总统将帝制自为；我辈不力争，无以谢天下！”遂偕启超俱入京以谒袁世凯也，将以谏。既入见，世凯知二人欲有言，即称曰：“外论欲我称帝以定民志。然天下尽人可更变共和国体；惟我不可变更共和国体。我为民国元首，就任之日，信誓旦旦，为民国永远保存此国体。我若渝誓，人即不言，我何面目以临民上！”辞气慷慨。寻又曰：“我已小筑数椽于英伦；若国民终不见舍，行将以彼土作汶上。”两人噤不发一言而出。启超行且顾国璋微语曰：“我观总统意无他；讹传耳！”国璋惭应曰：“然，讹传耳！”国璋南归；而启超则赴天津，杜门读书，若示无意于天下；信世凯之果不为帝也！俄而总统府宪法顾问美博士曰古德诺者，昌言共和国体不适中国国情，著为《共和与君主论》，历举中美、南美、墨西哥诸共和国之卒以坏国残民，以大戒于国。群情震沸！于是参政院参政杨度遂发起筹安会，以研讨君主、民主国体二者之于中国孰为适也！启超既诵古德诺之论，以语其徒，且骂且哂曰：“此义非外国博士不能发明耶！则其他勿论，即如鄙人者，虽学说谫陋，不逮古博士万一，然博士今兹之大著，直可谓无意中与我十年旧论，同其牙慧。特恨透辟精悍，尚不及我十分之一、百分之一耳！此非吾妄自夸诞，坊间所行《新民丛报》、《饮冰室文集》，何啻百十万本？可覆按也！独惜吾睛不蓝，吾髯不赤；故吾之论，宜不为国人所倾听耳！呜呼！前事岂复忍道？吾愿国中有心人，试取甲辰、乙巳两年《新民丛报》之拙著一覆观之。凡辛亥迄今数年间，全国民所受苦痛，何一不经吾当时层层道破！其恶现象循环迭生之程序，岂有一焉能出吾当时预言之外！然而大声疾呼，垂涕婉劝，遂终无福命以荷国民之嘉纳；而变更国体所得之结果，今则既若是矣！夫孰谓共和利害之不宜商榷？然商榷自有其时。当辛亥革命起初，其最宜商榷之时也。过此以往，则殆非复可以商榷之时也。呜呼！天下重器也！可静而不可动也！岂其可以反复尝试，废置如弈棋；谓吾姑且自埋焉，而预计所以自搰之也！吾自昔常标一义以告于众，谓吾侪立宪党之政论家，只问政体，不问国体。盖国体之为物，既非政论家之所当问，尤非政论家之所能问。方当国体彷徨歧路之时，政治之一大部分，恒呈中止之状态，殆无复政象之可言；而政论更安所丽！苟政论家而牵惹国体问题，政导之以入彷徨歧路；则是先自坏其立足之基础，譬之欲陟而捐其阶，欲渡而舍其舟。故曰‘不当问’。何以言乎‘不能问’？凡国体之一彼一此，其驱运而旋转之者，恒存夫政治以外之势力。其时机未至耶？绝非缘政论家之赞成，所能促进。其时机已至耶？又绝非缘政论家之反对所能制止。以政论家而容喙于国体问题，实不自量之甚！故曰‘不能问’。岂惟政论家为然！常在现行国体基础之上，而谋政体政象之改进，此即政治家惟一之天职；苟于此范围外越雷池一步，则是革命家或阴谋家之所为；岂堂堂正正之政治家所当有！故鄙人生平持论，无论何种国体，皆非所反对；惟在现在国体之下，而思以异议鼓吹他种国体；则无论何时，皆必反对！”世凯既藉启超以翦国民党而无所于惮；独畏启超有异议，则馈之十万金，曰：“敢以为太公寿也！”将以饵而间执启超之口。顾启超则谢不受，而著《异哉所谓国体问题》一文，以复于世凯，以播之国中，而清议渐彰。卒出秘计以脱其弟子蔡锷于羁，俾之出走，而起兵云南，讨袁世凯之罪。蔡锷之走，启超则与把臂约曰：“行矣勉旃！事幸而捷，吾党毋以宠利居成功，不猎官，不怙权，还读我书。败则以死殉之，不走租界，不奔外国！”蔡锷诺，请如命。袁世凯既失蔡锷，所以侦启超者严甚。启超惧不免，微服行；中宵与妇诀，妇送之门曰：“上自君舅，下逮儿女，我一身任之。君但为国死，毋反顾也！”容烈而辞壮，启超为神王焉！既抵上海，则航海走安南，间关千里，之南宁，说广西将军陆荣廷举兵北出，取湖南以应蔡锷。而广东将军龙济光既受袁世凯之命，引兵西向，示欲攻荣廷，牵之不得北。而蔡锷久困泸州，兵顿势绌；启超计无所出，则只身走广州，抚龙济光而柔之，卒熸世凯，而奠民国，启超之力也。世凯既死，副总统黎元洪代为大总统。国民党再起用事，乃制宪法，于是启超在北京虎坊桥演说《宪法之纲领》，大旨惩前失，戒师心，按时立论，闻者震悚。会欧战停，美、英、法、日、意五强国开和会于巴黎，而日本方要盟是利，以谋侵占我山东。我以陆征祥、顾维钧为和会代表。而启超则以私人往。既至，万国报界方设俱乐部于巴黎，则以启超之为中国报界名主笔也，辄盛馔具宴焉！盖和会开时，万国报界俱乐部尝宴飨者四人：一美之国务卿兰辛，一英之外交大臣巴尔福，一希腊首相维亚柴罗，皆一代之英！而其一则中国名主笔梁启超也。顾以日人之狡焉启疆于我也，佥议不邀日本。而日本新闻记者五人，则志愿参加焉。于是启超辄即席以演说山东问题曰：“假有一国而欲承袭德人在吾山东侵略主义之遗产者，此和平之公敌，而为世界第二大战之媒者也！”四座为之鼓掌，日记者无如何。美记者赛蒙氏以著《战史》有名者也，则问于启超曰：“汝回国将何以？岂欲携西洋之所谓科学文明以归饷遗国人耶？”启超曰：“然！”赛蒙太息言曰：“汝毋然！西洋竞富强，中国尚仁义。富强者，科学之所致也；仁义者，经典之所遗也。然而争民施夺，末日将至！西洋文明则破产矣！噫！甚矣惫！”启超愕曰：“然则公将何以？”赛蒙曰：“我归杜门不事事，静俟公之输中国文明以相救拔尔！”启超为之怃然。顾此一役也，启超之于国事裨补也鲜，而学问文章之转变也甚大。其文学转变之足征者，即由复古文学而骎骎回向新民体；又舍诗古文辞不为，而时时为语体文也。在英京《与弟仲策书》曰：

仲弟鉴：

半载无书，知觖望者不独吾弟也！淹法三月，昨日又来英矣！今日最称清暇，草草寄此纸，地远迅疏，殆恒情耶。默计一书往复，例须三月，甫执笔而兴已减。吾书固稀，弟亦不数！馀亲朋几无一字。以云缺望，彼此均也。而此间之忙，又为乏书之最大原因，弟宜察之。今当首述吾四月来之状况，以慰远怀。简单言之，则体气日加强，神志日加发皇也。起居虽非严格的有节制；然视国内生活，较有秩序；运动及呼吸空气时较多；故体胖而颜泽。最近影相，曾次第奉寄；试以较去岁病后，所影殆如两人矣！至内部心灵界之变化，则殊不能自测其所届；数月以来，晤种种性质差别之人，闻种种派别错综之论，睹种种利害冲突之事；炫以范像通神之图画雕刻，摩以回肠荡气之诗歌音乐，环以恢诡葱郁之社会状态，饫以雄伟娇变之天然风景；以吾之天性富于情感，而志不懈于向上；弟试思之，其感受刺激，宜如何者！吾自觉吾之意境，日在酝酿发酵中！吾之灵府，必将产生一绝大之革命性！革命产儿为何物？今尚在不可知之数耳。数月来，主要之功课，可分为四：一曰见人。二曰听讲义。三曰游览名所。四曰习英文。法国方面之名士，已见者殆十之七八，其多见者，则政治家及哲学家、文学家也。政治家除专制怪杰之克里曼梭外，殆皆已见。克氏专派一属员来相接待，维两度约见皆以忙而订后期。大约此人须待彼下野后始见矣。法之政党以十数，自极右党，自极左党，其首领皆已见，觉气味最好者为社会党，次则王党，次则天主教党；所谓温和共和党，急进共和党者，最占势力，而最为无聊；中庸君子之性质，万方同概也！学者社会极为沆瀣。第一流之哲学家三人，皆已见，且成交契。其文学家则第二流者略已见。最著名之两人以不在巴黎，未获见；将来必当见也！巴黎人最富于社交性，每赴茶会一次，可得友无算。吾于其他茶会多谢绝；惟学者之家，有约必到；故所识独多，若再淹留半年，恐全巴黎之书呆子，皆成知己矣！所见人最得意者有二：其一为新派哲学巨子柏格森。其二为三国协商主动人大外交家笛尔加莎。二人皆为十年来梦寐愿见之人，一见皆成良友，最足快也。笛氏与克里曼梭，两雄相厄，今方为失败者！然其人精悍谙练，全法之政界殆罕俦匹，将来必有活动无疑！彼之外交，精通欧洲情状；而对于远东实多隔膜。他日再见，当有以进之。吾辈在欧访客，其最矜持者，莫过于初访柏格森矣！吾与百里、振飞三人，一日分途预备谈话资料；彻夜读其所著书，检择要点以备请益。振飞翻译，有天才，无论何时，本皆纵横自在；独于访柏氏之前，战战栗栗，惟恐不胜！及既见，为长时间之问难，乃大得柏氏褒叹，谓吾侪研究彼之哲学极深邃云！可愧也！吾告以吾友张东荪译彼之《创化论》，已将成；彼大喜过望，索赠印本，且允作序文；乞告东荪努力成之；毋使我负诺责也。除法人外，则美国人最多见。五全权已见其四，为威尔逊、兰辛、何斯大佐、槐德。惟英人甚寡缘，其要人皆未得一面也。此外小国名士见者甚多。希腊各当局尤稔熟；因归途欲游雅典，特与结欢也。芬兰、波兰人极力运动我往游彼国，然交通太不便，未必能成行。游历地方颇少！初到时，曾以十日之力游战地及莱因河左岸联军占领地，其后复游北部战地，又一游克鲁苏大铁厂；除此三外，未尝出巴黎一步。将来法国南部农工业最盛处，非游不可。惟在法游历，有一难题，因其政府招待太殷勤，每游一次，必派数员随伴；且旅费皆政府供给；吾受之滋愧，因此颇阻游兴也！住巴黎虽有数月，然游览名胜颇少，因每日太忙，惟来复稍得休暇，则尽一日之力以流连风景，故所得殊少。其间有可特别相告者三事：其一游隧道内，陈髑髅七百万具，皆大革命时发掘累代古坟，罗列此间者；当为世界独一无二之壮观！入之胜读佛经七百万卷也！其二游卢骚故居，即著《民约论》处；其阍人言亚洲人来游者，以吾辈为嚆矢也！其三有一七十八岁之老女优，当拿破仑第三时已负盛名者，多年不登场矣！其日为一文豪纪念，特以义务献技，其日吾本约往参议院旁听；临时谢绝，改往听之，因得一瞻西方谭叫天之颜色；实此行一段奇事也！又曾乘飞机腾空五百基罗米突！曾登最大之天文台，窥月里山河，土星光环。此皆足记者！至博物馆、图书馆、美术馆等，皆匆匆而已。最苦者，每诣一处，其政府皆先知照该馆，馆长职员等全部官样迎送，甚感局促也！生平不喜观剧，弟所知也！至此乃不期而心醉！每观一次，恒竟夜振荡不怡，而嗜之乃益笃。虽然，为时日所限，往观尚不逮十度也。吾在此发愤当学生，现所受讲义：一、战时各国财政及金融。二、西战场战史。三、法国政党现状。四、近世文学潮流。即此已费时日不少矣！其讲义皆精绝，将来可各成一书也。他日复返法，尚拟请柏格森专为讲授哲学，不审彼有此时日否耳？此行若通欧语，所获奚啻十倍！前此蹉跎，虽悔何裨！今惟汲汲作补牢计耳！故每日所有空隙，尽举以习英文，虽甚燥苦，然本师（丁在君）奖其进步甚速，故兴益不衰！吾弟读至此，则吾每日之起居注，可以想象得之矣！质言之，则数月来之光阴，可谓一秒一分未尝枉费。所最鞅鞅者，则中国人之拜往寒暄，饮食征逐，夺我宝贵时间不少！此亦无可如何也。弟察此情形，则我书稀阔之罪，当可未减耶？所最负疚者，此行与外交丝毫无补也！平情论之：失败之责任，什之七八在政府，而全权殊不足深责。但据吾所见：事前事后，因应失当者亦正不少！坐视而不能补救，付诸浩叹而已！三四月间谣言之兴，悬想吾弟

> 及同人不知若何怫怒？尔来见京沪各报为我讼直者，亦复多方揣测，不得其真相。其实此事甚明了，制造谣言，只此一处！即巴黎专使团中之一人是也。其人亦非必特有所恶于我；彼当三四月间，兴高采烈，以为大功告成在即，欲攘他人之功，又恐功转为人所攘，故排亭林，排象山。排亭林，妒其辞令优美，骤得令名也。排象山者，因其首领，欲攻而代之也。又恐象山去而别有人代之也，于是极力谋毁其人；一纸电报，满城风雨。此种行为，鬼蜮情状，从何说起。今事过境迁，在我固更无劳自白。最可惜者，以极宝贵之光阴，日消磨于内讧！中间险象环生，当局冥然罔觉；而旁观者又不能进一言！呜呼！中国人此等性质，其何以自立于大地耶？

盖启超游欧时，学问思想之变，具详所著《欧游心影录》。此文仅引其绪而已。大抵启超为人之所以异于其师康有为者：有为执我见，启超趣时变；其从政也有然，其治学也亦有然。有为常言："吾学三十岁已成，此后不复有进，亦不必求进。"启超不然，常自觉所学于时代为落伍，而懔后生之可畏；数十年日在旁皇求索中。故有为之学，站定脚跟，有以自得者也；启超之学，随时转移，巧于通变者也。方启超之游欧洲而归也，骤见军阀称兵，党人横议，民不聊生，事益无可为，乃宣言不谈政治，意以文学自障，舍一时而争百年之业。少年有绩溪胡适者，新自美洲毕所学而归，都讲京师，倡为白话文，风靡一时；意气之盛，与启超早年入湘主时务学堂差相埒也！启超则大喜，乐引其说以自张，加润泽焉！诸少年噪曰："梁任公跟着我们跑也！"以视民国初元，启超日本归来之好以诗古文词与林纾、陈衍诸老相周旋者，其趣向又一变矣！顾启超出其所学，亦时有不"跟着诸少年跑"，而思调节其横流者。诸少年排诋孔子，以"专打孔家店"为揭帜；而启超则终以孔子大中至正，模楷人伦，不可毁也。诸少年斥古文学以为死文学；为骈文乎？则斥曰选学妖孽；偶散文乎？又谥以桐城谬种；无一而可。而启超则治古文学，以为不可尽废，死而有不尽死者也；启超论文之旨，则具见于《论中国韵文里头所表现的情感》、《中学以上作文教学法》两文。盖一为清华学校之文学的课外讲演，而一则演讲于东南大学者也。尝谓："文章之大别为三：一记载之文。二论辨之文。三情感之文。"其《论中国韵文里头所表现的情感》一文，所以治情感之文。而《中学以上作文教学法》，则论记载之文与论辨之文者也。其《论中国韵文里头所表现的情感》曰：

韵文是有音节的文字；那范围从《三百篇》、《楚辞》起，连乐府、歌谣、古近体诗、填词、曲本乃至骈体文都包在内，我这回所讲的，专注重表现情感的方法有多少种？是希望诸君把我所讲的做基础，拿来和西洋文学做比较；看看我们文学家表示情感的方法，缺乏的是那几种？先要知道自己民族的短处去补救；才配说发挥民族的长处。这是我讲演的深意，现在请入本题。

向来写感情的，多半是以含蓄蕴藉为原则，像那弹琴的弦外之音，像吃橄榄的那点回甘味儿，是我们中国文学家所最乐道。但是有一类的情感，是要忽然奔迸一泻无馀的；我们可以给这类文学起一个名，叫做奔迸的表情法。例如碰着意外的过度的刺激，大叫一声，或大哭一场，或大跳一阵；在这种时候，含蓄蕴藉是一点用不着；凡这一类都是情感突变，一烧烧到白热度，便一毫不隐瞒，一毫不修饰，照那情感的原样子，迸裂到字句上。这种表现法，十有九是表悲痛；表别的情感，就不大好用。我勉强找，找得《牡丹亭·惊梦》里头："原来是姹紫嫣红开遍，似这般都付与断井颓垣！"这两句确是属于奔迸表情法这一类。他写情感忽然受了刺激，变换了一个方向，将那霎时间的新生命，迸现出来；真是能手！我意悲痛以外的情感，并不是不能用这种方式去表现。他的诀窍，只是当情感突变时，捉住他“心奥”的那一点，用强调写到最高度。那么，别的情感，何尝不可以如此呢？苏东坡《水调歌头》便是一个好例：“明月几时有？把酒问青天。不知天上宫阙，今夕是何年？我欲乘风归去，又恐琼楼玉宇，高处不胜寒！”

这全是表现情感一种亢进的状态，忽然得着一个“超现世的”新生命，令我们读起来，不知不觉也跟着到他那新生命的领域去了。这种情感的表现法，西洋文学里头恐怕很多，我们中国却太少了！我希望今后的文学家努力从这方面开拓境界。

第二种叫做回荡的表情法，是一种极浓厚的情感蟠结在胸中，像春蚕抽丝一般，把他抽出来。这种表情法，看他专从热烈方面尽量发挥，和前一类正相同。所异者，前一类是直线式的表现；这一类是曲线式或多角式的表现。前一类所表的情感，是起在突变时候，性质极为单纯，容不得有别种情感搀杂在里头。这一类所表的情感，是有相当的时间经过；数种情感交错纠结起来，成为网形的性质。人类情感在这种状态之中者最多，所以文学上所表现，亦以这一类为最多。这种表情法，我们中国人也用得很精熟，能够尽态极妍。

现在讲第三种是含蓄蕴藉的表现法。这种表情法，向来批评家认为文学正宗，或者可以说是中华民族特性的最真表现。这种表情法，和前两种不同：前两种是热的，这种是温的；前两种是有光芒的炎焰，这种是拿灰盖着的炉炭。这种表情法，也可以分三类：

第一类是情感正在很强的时候，他却用有很节制的样子去表现他；不是用电气来震，却是用温泉来浸；令人在平淡之中，慢慢的领略出极渊永的情趣，他是把情感收敛到十足，微微发放点出来；藏着不发放的还有许多。但发放出来的，确是全部的灵影；所以神妙！这类作品，自然以《三百篇》为绝唱。

第二类的蕴藉表情法，不直写自己的情感，乃用环境或别人的情感烘托出来。这一类诗，我想给他一个名字，叫做“半写实派”。他所写的事实，是用来做烘出自己情感的手段，所以不算纯写实。他写的事实，全用客观的态度观察出来，专从断片的表出全部，正是写实派所用技术，所以可算得半写实。

第三类的蕴藉表情法，索性把情感完全藏起不露，专写眼前实景（或是虚构之景）；把情感从实景上浮现出来。这种写法，《三百篇》中很少。北齐有一位名将斛律光，是不识字的，有一天，皇帝在殿上要各人做诗。他冲口做了一首，便成千古绝调，那诗是：

“敕勒川，阴山下。天似穹庐，笼盖四野。天苍苍，野茫茫，风吹草低见牛羊。”

这时是独自一个人骑匹马在万里平沙中所看见的宇宙，他并没说出有什么感想。我们读过去，觉得有一个粗豪沈郁的人格，活跳出来。须知这类诗，和单纯写景诗不同。写景诗以客观的景为重心，他的能事在体物入微，虽然景由人写，景中离不了情，到底是以景为主。这类诗以主观的情为重心：客观的景，不过借来做工具。

第四类的蕴藉表情法，虽然把情感本身照原样写出，却把所感的对象隐藏过去，另外拿一种事来做象征。这类方法，自起《楚辞》，篇中许多美人芳草，纯属代数上的符号，他意思别有所指。若不是当作代数符号看，那么，屈原到处调情，到处拈酸吃醋，岂不成了疯子？自《楚辞》开宗后，汉、魏五言诗，多含有这种色彩。中、晚唐时，诗的国土被盛唐大家占领殆尽，温飞卿、李义山、李长吉诸人，便想专从这里头辟新蹊径。这一派后来衍为西昆体，专务挦扯词藻，受人诟病。近来提倡白话诗的人，不消说是极端反对他了。但就唯美的眼光看来，自有他的价值。就如《义山集》中《碧城三首》的第一首：

碧城十二曲阑干，犀辟尘埃玉辟寒。阆苑有书多附鹤，女墙无树不栖鸾。星沈海底当窗见，雨过河源隔座看。若使晓珠明又定，一生长对水晶盘。

这些诗他讲的什么事，我理会不着。拆开一句一句的叫我解释，我连文义也解不出来。但我觉得他美，读出来令我精神上得一种新鲜的愉快。须知美是多方面的；美是含有神秘性的。我们若还承认美的价值，对于这种文学，是不容轻轻抹煞呵！

现在要附一段专论女性文学。近代文学写女性，大半以“多愁多病”为美人的模范。古代却不然！《诗经》所赞美的是“硕人其颀”，是“颜如舜华”。《楚辞》所赞美的是“美人既醉朱颜酡，娭光眇视目层波”。《汉赋》所赞美的是“精耀华烛，俯仰如神”，是“翩若惊鸿，矫若游龙”，凡这类形容词，都是以容态之艳丽，和体格之俊健合构而成；从未见以带着病的恹弱形态为美的。以病态为美，起于南朝，适足以证明女学界的病态。唐、宋以后的作家，都汲其流；说到美人，便离不了病，真是文学界一件耻辱！我盼望往后文学家描写女性，最要紧先把美人的康健恢复才好！

此启超论情感之文学也。论非情感之文学曰：

文章作用，和语言一样，都是要把自己的思想传达给人家。但是所谓思想，实具有两种条件：（一）有内容的，譬如令小儿为文，他胸中本来一无所有，强令执管，决不成文。又如考试的八股文章，和骈体的应酬文字，虽然成文，还是没有内容的；所以于文章上绝无价值。（二）有系统的。虽然有了种种思想，还须加以有条理的排列才好。否则如乱石一堆，不能成文。古人说："言之有物"，就是有内容；"言之有序"，就是有系统。传达思想亦有两条件：（一）须适中。所言嫌多或嫌少，都不合。吾们做文章，须要言所欲言，不多不少；意尽则言止，到恰好的地位才兴。（二）须明晰。传达思想，须使人能明白。孔子云："辞达而已矣！"可知辞贵乎"达意"。复加"而已"两字，可知"达意"之外，无事他求也！大凡做成功一篇文章，总须具备此四种条件才好！

至于做文章的功夫，可分做两步：（一）结构；（二）修辞。结构可以学而致，修辞则要在天才。同一意思，或说来索然无味，或说来妙趣环生，此全在天才。孟子云："大匠能予人以规矩，不能使人巧。"我说："教师能够教人做文章的一个结构；未必能教人做文章修辞一定修得好。"但是文章有有结构而不好的，断乎没有无结构而能好的。我今天讲的就是怎样整理思想成一个结构。

结构也各种文章不同。文章种类，可以思想途径之不同而区分为两类：（一）将客观的事物取入以充吾思想之内容者，为客观的，属记述文。（二）以我之思想发出者，为主观的，属论辨文。然而人人不能不用功夫做客观之叙述，不必人人能做主观的论辨。因为主观的论辨须要自出主张；有识见，才有议论，这不是容易的。就是主观的论辨，也离不掉客观的事实做材料。倘使我们一切事物，见见闻闻，都像影戏一样闪过去就算；不能做客观的叙述功夫；那就要做主观的论证，也全没有把鼻。所以客观的叙述最要紧，也最有用。

客观的叙述可分两种：（一）记静态。（二）记动态。静态是一事物已经完全或比较的已成固定状态，或前后均有变动而中间一部已归静止。记静态，和绘画一样；一人形状，尽管前后无定，那绘画者，只取现在一定之形状来画。又如山水风景，尽管气象万千，画的人只取在所呈之景象来画一样。举个例，就像一种书之提要是。动态是人、物、事的活动状况。记动态，系记人、物、事活动之过程；如留声机，各人曲调不同，而高下疾徐，皆能传出；又如电影，仅视其一片，不成形象；及统合演放，可成一完全戏剧；如传记及记事本末等皆是。大抵记述文，不外记静态与动态。或记静中之动，或记动中之静，或记静中之静，或记动中之动，皆不外静动两种。

静态有单纯的，有复杂的。如做一种书之提要，系单纯的；做几种书之提要，则为比较的复杂。又如记一山一河，为单纯的；记许多山，许多河，则为复杂。动态亦然；如一人在一时间有一种动作，为单纯的；记多数人在一时间有种种动作；或在不同时间为一种动作，为复杂的。文章难易之分，即在于是。记单纯者较易。记复杂者较难。惟无论记何种状态，精神须顾到两方面：（一）外表的。（二）内容的。如叙一种书共几篇几页，为外表的；而是书之要义在何处，则为内容的。又如作战记，孰胜孰败，为外表的；而其人之性格品行等，均能借以看出，为内容的。

作文有以简驭繁之法，即收空间与时间之关系而整理之。凡空间发生一事，或时间发生一事，均有不并容性；即在一时间发生之事，在空间必不相容；反之在空间发生之事，在时间亦必不相容。记静态以空间为主，时间为辅。记动态以时间为主，空间为辅。但无论记空间与时间，尤有一种原则，即不能单记平面；必须有一部甚详，一部较略，配搭成文；这就是所谓思想的整理。

此其大略也。《中学以上作文教学法》并非据《改造》四卷九号刊载梁氏手定讲稿，乃录自《时事新报》通信中，以较简赅也。启超自欧游归，壹屏向者新民体之政论不为；而周游讲学，历任东南大学、清华研究院教授，时时为语体文之学术论著，以饷遗我国人。又欲创设国学院，其设计可得而陈者六事：第一、编审国学丛书。以一百种为一集，其目分学术思想，以校理阐发先哲某家某派之学说为主，其译述外国书及自己创作皆不采。文艺、以诠述批评前代作家或作品为主，自己创作不采。历史一、各科专史，如中国文学史、中国音乐史之类，题目或总或分，或大或小，皆不拘。二、时代史，如有史以前史、春秋史、两汉史等。地理、自然科学、例如中国矿物学、中国生物学等。社会现状等项。此丛书由本院拟定题目，聘请专家编著，或收已成之稿；其海外著作可采，或亦译登；每年最少出二十四种；除专聘所编外，其投著稿译稿者，或优给酬金，或受其版权，或量给奖励金，版权仍归作者。第二、编辑近代学术文编及国学海外文编。略师贺氏《经世文编》之例，广搜清初迄今学者专集及杂志中所发表凡研究国学有价值之文字，专书不录。分类编录，使学者可以尽见难得之资料，且省翻检之劳。此书以一年完成之。海外文编，则专译欧、美、日本研究中国学术事情之著者。第三、编制大辞书。一百科总辞书，二分科专门辞书。第四、校理古籍。凡古籍有不朽价值而较难读者，例如《六经》、诸子、四史、《通鉴》等，择出二三十种，精校简择，加圈点符号，补图表，冠以详核之解题，令青年学子人人能读，且引起兴味，拟于五年内将最重要的古籍校理完竣。第五、续辑四库全书。搜辑四库未收书及乾、嘉以后名著，编定目录，撰述提要。第六、重编佛藏。精择各宗派代表之经论，删伪删复，再益以续藏中之主要论疏，约泐成三千卷，各书附以提要。造端宏大，以语掌邦教者，徒惊其言之河汉无涯而已。每自叙曰："启超学问欲极炽；其所嗜之种类亦繁杂。每治一业，则沈溺焉，集中精力，尽抛其他；历若干时日，移于他业，则又抛其前所治者。以集中精力故，故常有所得。以移时而抛故，故入焉而不深。尝有诗题其女令娴《艺术馆日记》云：'吾学病爱博，是用浅且芜！尤病在无恒，有获旋失诸。百凡可效我，此二无我如。'顾启超虽自知其病而改之不勇；中间又屡为无聊的政治活动所牵率，耗其精而荒其业。识者谓启超若能永远绝意政治，且裁敛其学问欲，专精于一二点，则于将来之思想界，当更有所贡献，否则亦适成清代思想史之结束人物而已。"可谓有自知之明者也。用以卒吾篇。其最近刊布著书，有《中国历史研究法》、《先秦政治思想史》、《清代学术概论》、《梁任公近著》、《梁任公学术演讲集》诸书，兹不具论；而著其涉于文学者。以民国十七年卒，年五十七。

二　逻辑文

自衡政操论者习为梁启超排比堆砌之新民体，读者既稍稍厌之矣！于斯时也，有异军突起，而痛刮磨湔洗，不与启超为同者，长沙章士钊也。大抵启超之文，辞气滂沛，而丰于情感。而士钊之作，则文理密察，而衷以逻辑。逻辑者，侯官严复译曰“名学”者也。惟士钊为人，达于西洋之逻辑，抒以中国之古文；绩溪胡适字之曰“欧化的古文”；而于是民国初元之论坛顿为改观焉。然中国言逻辑者，始于严复，而士钊逻辑古文之导前路于严复，犹之梁启超新民文体之开先河自康有为也；故叙章士钊者宜先严复，犹之叙梁启超者必溯康有为。然而康有为、梁启超之视严复、章士钊，其文章有不同而同者；籀其体气，要皆出于八股。八股之文，昉于宋、元之经义，盛于明、清之科举，朝廷以之取士者逾六百年。而其为之工者，无不严于立界，犯上连下，例所不许。巧于比类，截搭钓渡。化散为整，即同见异，通其层累曲折之致，其心境之显呈，心力之所待，与其间不可乱、不可缺之秩序，常于吾人不识不知之际，策德术心知以入慎思明辨之境涯，而不堕于卤莽灭裂。每见近人于语言精当，部分辨晰，与凡物之秩然有序者，皆曰合于逻辑矣；盖假欧学以为论衡之绳墨也。然就耳目所睹记，语言文章之工，合于逻辑者，无有逾于八股文者也。此论思之所以有裨；而数百年来，吾祖若宗德术心智之所资以砥砺而不终萎枯也欤？迄于清末，而八股之文，随科举制以俱废；而流风馀韵，犹时时不绝流露于作者字里行间。有袭八股排比之调，而肆之为纵横轶宕者；康有为、梁启超之新民文学也。有用八股偶比之格，而出之以文理密察者；严复、章士钊之逻辑文学也。论文之家，知本者鲜。独章炳麟与人论文，以为严复气体比于制举；而胡适论梁启超之文，亦称蜕自八股；斯不愧知言之士已！若论逻辑文学之有开必先，则不得不推严复为前茅；叙章士钊而先严复，庶几先河后海之义云！

严复

严复，原名宗光，字又陵，一字几道，福建侯官人也。早慧，师事同里黄宗彝，治经有家法，饫闻宋、元、明儒先学行。让清同治间，同县沈葆桢号知兵，以巡抚居忧在里，奉诏创船政，招试英髦，储海军将才；得复文，奇之，用冠其曹；则年十四也。五年卒业，分派扬武军舰为练习生。舰长为英人德勒塞，英之海军中校也；携之周历南洋黄海及日本各口岸。是时日本方筹办海军；扬武至，聚观者万人空巷。既而德勒塞归国，濒行，谓复曰：“君之海军学术，已卒业矣！然学问一事，并不以卒业为终点，此后自行求学之日方长。君如不自足自封，则新知无尽。”复之所以终身尽瘁于学者，谓德勒塞启之云。光绪二年，派赴英国海军学校，肄战术及炮台建筑诸学。是时日本亦始遣人留学西洋，伊藤相、大隈伯之伦皆其选；而复试辄最上第。湘阴郭嵩焘以侍郎使英，时引与论析中西学同异，穷日夕不休。比学成归，葆桢已薨，无用之者。于是发愤治八比，冀以科第显；纳粟为监生，应南北乡试者再，佹得复失！而合肥李鸿章方总督直隶，领北洋大臣，器复之能，乃辟教授北洋水师学堂。复见朝野玩惕，而日本同学归者，既用事图强，径翦琉球，则大戚。常语人不三十年，藩属且尽，缳我如老牸牛耳。闻者弗省。鸿章亦嫌其危言激论，不之亲也！法越事裂；鸿章为德璀琳辈所给，皇遽定约；綦言者摘发，疑忌及复。复亦愤而自疏。及鸿章大治海军，以复总办学堂；不预机要，奉职而已！甲午之战，海军熸于日，割地赔款，仅以无事！德宗大恨，锐欲变法，特诏遴人才。复被荐，以二十四年戊戌秋召对称旨；退上皇帝万言书，大略言："中国积弱，于今为极；此其所以然之故，由于内治者十之七，由于外患者十之三耳。而天下汹汹，若专以外患为急者，此所谓为目论者也。今日各国之势，与古之战国异。古之战国务兼并；而今之各国谨平权；此所以宋、卫、中山不存于七雄之世；而荷兰、瑞士、丹麦尚瓦全于英、法、德、俄之间。且百年以降，船械日新，军兴日费，量长较短，其各谋于攻守之术也亦日精，两军交绥，虽至强之国，无万全之算也；胜负或异，死丧皆多；且难端既构，累世相仇；是以各国重之。使中国一旦自强，与各国有以比权量力，则彼将隐销其侮夺觊觎之心，而所求于我者，不过通商之利而已；不必利我之土地人民也！惟中国之终于不振而无以自立，则以此五洲上腴之壤，无论何国得之，皆可以鞭笞天下，而平权相制之局坏矣！虑此之故，其势不能不争；其争不能不力。然则必中国自主之权失，而后全球杀机动也。虽然，彼各国岂乐于是哉？争存自保之道，势不得不然也！今夫外患之乘中国，古有之矣！然彼皆利中国之弱。而后可以得志。而今之各国，大约而言之，其用心初不若是；是故徒以外患而论，则今之为治，尚易于古叔季之时。夫易为而不能为，则其故由于内治之不修，积重而难反；而外患虽急，尚非吾国病本之所在也。其在内治云何？法既敝而不知变也。今日吾国之富强，民之智勇，无一事及外洋者；其所以然之故，所从来也远！大抵建国立群之道，一统无外之世，则以久安长治为要图；分民分土，地丑德齐之时，则以富国强兵为切计；此不易之理也。顾富强之盛，必待民之智勇则后可几；而民之智勇，又必待有所争竞磨砻而后日进；此又不易之理也。欧洲国土，当我殷、周之间，希腊最盛，文物政治皆彬彬矣！希腊中衰，乃有罗马。罗马者，汉之所谓大秦者也，庶几一统矣；继而政理放纷，民俗抵冒，上下征利，背公营私。当此之时，峨特、日尔曼诸种起而乘之，盖自是欧洲散为十馀国焉，各立君长，种族相矜，互相砥砺，以胜为荣，以负为辱。盖其所争，不仅军旅疆场之间而止；自农工商贾至于文词学问，一名一艺之微，莫不如此！此所以始于相忌，终以相成，日就月将，至于近今百年；其富强之效，遂有非馀洲所可及者。虽曰人事，抑亦其地势之乖离破碎使之然也。至我中国则北起龙庭、天山，西缘葱岭、轮台之限，而东南界海，中间数万里之地，带山砺河，浑整绵亘，其地势利为合，而不利为分；故当先秦、魏、晋、六朝、五代之秋，虽暂为据乱，而其治终归于一统。统既一矣，于此之时，有王者起，为之内修纲维而齐以法制，外收藩属而优以羁縻，则所以御四夷而抚百姓，求所谓长治久安者，事已具矣！夫圣人之治理不同；而其求措天下于至安而不复危者，心一而已。圣人之意，以谓天下已治已安矣，吾为之弥纶至纤悉焉，俾后世子孙，谨守吾法，而有以相安养、相保持，永永乐利，不可复乱；则治道至于如是，是亦足矣！吾安所用富强为哉？是故其垂谟著诫，则尚率由而重改作，贵述古而薄谋新。其言理财也，则重本而抑末，务节流而不急开源；戒进取，敦止足，要在使民无冻饿，而有以制丰歉，供租税而已。其言武备也，则取诘奸宄，备非常，示安不忘危之义；外之无与为絜长度大之劲敌，则无事于日讲攻守之方，使之益精益密也；内之与民休息，去养兵、转饷之烦苛，则无由蓄大支之劲旅也。且圣人非不知智勇之民之可贵也，然以为无益于治安而或害吾治；由是凡其作民厉学之政，大抵皆去异尚同，而旌其纯良谨悫；所谓豪侠健果、重然诺、与立节概之风，则皆惩其末流而黜之矣！夫如是，数传之后，天下靡靡驯伏，易安而难危，乱民无由起，而圣人求所以措置天下之方，于是乎大得。此其意非必欲愚黔首、利天下、私子孙也；以为安民长久之道莫若此耳！盖使天下常为一统而无外，则由其道而上下相维，君子亲贤，小人乐利，长久无极，不复乱危；此其为甚休可愿之事，固远过于富强也！不幸为治之事，弊常伏于久安之中；而谋国之难，患常起于所防之外；此自前世而已然矣！而今日乃有西国者，天假以舟车之利，闯然而破中国数千年一统之局；且挟其千有馀年所争竞磨砻而得之智勇富强以与吾相角；于是吾所谓长治久安者，有儳然不终日之势矣！今使中国之民，一如西国，则见国势倾危若此，方且相率自为，不必惊扰仓皇，而次第设施，自将有以救正，而数稔之间，吾国固已富已强矣！顾中国之民有所不能者，数千年道国明民之事，其处势操术，与西人绝异故也！夫民既不克自为，则其事非倡之于上，固不可矣！然所以成其如是者，率皆经数千载自然之势流衍而来，对待相生，牢不可破；故今日审势相时而思有所变革，则一行变甲，当先变乙，及思变乙，又宜变丙，由是以往，胶葛纷坛；设但支节为之，则不特徒劳无功，且所变不能久立。又况兴作多端，动糜财力，使其为而寡效，则积久必至不支，此亦事之至可虑者也。”所论通达治体，而出之以至诚悱恻；徒以其后言变法而推极论之，必先破把持之局。语为大臣所嫉，格不得上。而政局亦变，德宗被幽。后二年拳匪祸作。自是避地居上海者七年！

复既摈不用，则殚心著述，蕲于匡时拂俗。既于学无所不窥，举中外治术学理，靡不究极原委，抉其失得，证明而会通之；一治之以名学而推本于求诚。诚者非他，真实无妄之知是已。名学者，求诚之学也。顾其所重尤专在求；据已知以推未知，席既然以睹未然。其已知既然，为公例可也，为散著可也。名学所辨论，非所信者也；在据所征以为信。盖信一理一言者，必不徒信也，必有其所以信者；此所以信者，正名学所精考微验而不敢苟者也。顾吾国所谓学，告吾以所以信者则如何？自晚周、秦、汉以来，大经不离言词文字而已；求其仰观俯察，近取诸身，远取诸物，如西人所谓学于自然者，不多遘也！夫言词文字者，古人之言词文字也；乃专以是为学，故极其弊为支离，为逐末，既拘于墟而束于教矣；而课其所得，或求诸吾心而不必安，或放诸四海而不必准；如是者，转不若屏除耳目之用，收视反听，归而求诸方寸之中，辄恍然而有遇；此达摩所以有廓然无圣之言，朱子晚年所以恨盲废之不早，而王阳明居夷之后，亦专以先立乎其大者教人也！惟善为学者不然！学于言辞文字以收前人之所以得者矣；乃学于自然。自然者何？内之身心，外之事变，精察微验，而所得或超于向者言辞文字外也；则思想日精，而人群相为生养之乐利，乃由吾之新知而益备焉；此天演之所以进化，而世所以无退转之文明也！知者，人心之所同具也。理者，必物对待而后形焉者也。吾心之所觉，必证诸物之见象，而后得其符也。王阳明谓："吾心即理。"使六合旷然无一物以接于吾心；当此之时，心且不可见，安得所谓理者哉？此中国言明心见性，而不本之格物致知者之所以为修辞不立其诚也！然执是遂谓中国言词文字之所著者一切无当于学，则亦不可也！古书难读，中国为甚！英国名学家穆勒约翰有言："欲考一国之文字语言而能见其理极，非谙晓数国之言语文字者不能也！"岂徒言语文字之散著者而已？即至大义微言，古之人殚毕生之精力以从事于一学，当其有得，藏之一心则为理；动之口舌、著之简策则为词；固皆有其所以得此理之由，亦有其所以载焉以传之故。自后人之读古人之书，而未尝为古人之学；则于古人所得以为理者，已有切肤精忼之异矣！又况历时久远，简牍沿讹；声音代变，则通假难明；风俗殊尚，则事意参差；夫如是，则虽有故训疏义之勤，而于古人诏示来学之旨，愈益晦矣！故曰："读古书难！"虽然，彼所以托焉而传之理，固自若也。使其理诚精，其事诚信，则年代国俗无以隔之。其故不传于兹，或见于彼，事不相谋而各有合，考道之士，以其所得于彼者，反以证诸吾古人之所得，乃澄湛精莹，如寐初觉；其亲切有味，较之占毕为学者万万有加。而生今日者，乃转于西学得识古之用焉！此可与知者道，难与不知者言也。夫以西学识古，以实验治学，后来胡适倡新汉学者之所持以为揭帜；而实导之于复。复常以为中西二学，兼途并进，或者藉自它之耀，祛旧知之蔽！译有英哲赫胥黎《天演论》、斯密亚丹《原富》、耶方斯《名学浅说》、穆勒约翰《名学》《群己权界论》、斯宾塞尔《群学肄言》、甄克思《社会通诠》、法人孟德斯鸠《法意》诸书。凡译一书，与他书有异同者，辄旁考博证，列入后案，张皇幽眇，以补漏义；尤能以古文辞达奥旨，而不断断于字比句次之间。国人之言以古诗体译西诗者，自苏玄瑛；言以古文辞译小说者，自林纾；而言以古文辞译欧西政治、经济、哲学诸科，盖自复启其机鐍焉！自以生平师事服膺者，厥惟桐城吴汝纶；每译一书，必以质正。汝纶既高文硕望，常以“晚周以来，诸子各自名家。其大要有集录之书，有自著之言。集录者，篇各为义，不相统贯；原于《诗》、《书》者也。自著者，建立一干，枝叶扶疏，原于《易》、《春秋》者也。汉之士争以撰著相高；其尤者，《太史公书》继《春秋》而作；扬子《太玄》，拟《易》而为之；是皆所谓一干而枝叶扶疏者也。及唐中叶，而韩退之氏出，源本《诗》、《书》，一变而为集录之体；宋以来因之。是故汉氏多撰著之编；唐、宋多集录之文，其大略也。集录既多，而向之所谓撰著之体不复多见；间一见之，其文采不足以自发，知言者摈焉勿列也！独近世所传西人书，率皆一干而众枝，有合于汉氏之撰著。”又惜吾国之译言，大抵弇陋不文，不足传载其义！独推复博涉兼能，文章学问，奄有东西数万里之长；扬子云笔札之功，赵充国四夷之学，美具难并，钟于一手，求之往古，殆邈焉罕俦。复常虚心请益，而汝纶则自谦不通西文；顾亦时有独见！尝答书于复以论译西书曰：

来示谓新、旧二学，当并存具列，且将自它之耀，以祛蔽揭翳，最为卓识！某前书未能自达所见，语辄过当。本意谓中国书猥杂，多不足行远；西学行，则学人日力夺去大半，益无暇浏览向时无足轻重之书；而姚选《古文》则万不能废，以此为学堂必用之书，当与六艺并传不朽也！若中学之精美者，固亦不止此等。往时曾太傅言；“《六经》外有七书，能通其一，即为成学。七者兼通，则间气所钟，不数数见也。”七书者，《史记》、《汉书》、《庄子》、《韩文》、《文选》、《说文》、《通鉴》也。某于七书皆未致力，又欲妄增二书，其一姚公此书，馀则曾公《十八家诗钞》也。但此诸书，必高材秀杰之士，乃能治之。若资性平钝，虽无西学，亦未能追其途辙。独姚选《古文》，即西学堂中亦不能弃去不习，不习则中学绝矣！世人乃欲编造俚文以便初学；此废弃中学之渐，某所私忧而大恐者也！区区妄见，敬以奉质。别纸垂询数事，某浅学不足仰副明问，谨率陈臆说，用备采择：欧美文字与我国绝殊；译之，似宜别创体制，如六朝人之译佛书，其体全是特创；今不但不宜袭中文，并不宜袭用佛书。窃谓以执事雄笔，必可自我作古。又妄意，彼书固自有体制，或易其辞而仍其体，似亦可也。不通西文，不敢意定。独中国诸书无可仿效耳。来示谓“行文欲求尔雅，有不可阑入之字，改窜则失真，因任则伤洁”，此诚难事。鄙意与其伤洁，毋宁失真。凡琐屑不足道之事，不记何伤？若名之为文，俚俗鄙浅，荐绅所不道。此则昔之知言者，无不悬为戒律，曾氏所谓“辞气远鄙”也！文固有化俗为雅之一法，如左氏之言“马矢”，庄生之言“矢溺”，公羊之言“登来”，太史之言“夥颐”，在当时固皆以俚语为文，而不失为雅。若《范书》所载“铁胫尤来”、“大枪”、“五楼”、“五蟠”等名目，窃料太史公执笔，必皆芟薙不书。不然，胜、广、项氏时，必多有俚鄙不经之事，何以《史记》中绝不一见？如今时“雅片馆”等比，自难入文，削之自不为过；倘令为林文忠作传，则烧雅片一事，固当大书特书；但必叙明原委，如史公之记《平准》，班氏之叙《盐铁论》耳；亦非一切割弃，至失事实也。姚郎中所选文，似难为继；独曾文正《经史杂钞》能自立一帜；王、黎所续，似皆未善。国朝文字，姚春木所选《国朝文录》，较胜

> 于《二十四家》。然文章之事，代不数人，人不数篇。若欲备一朝掌故，如《文粹》、《文鉴》之类，则世盖多有！若谓足与文章之事，则姚郎中之后，止梅伯言、曾太傅及近日武昌张廉卿数人而已！其馀盖皆自郐也。来示谓“欧洲国史，似中国所谓‘长编’、‘纪事本末’等比”。然则欲译其书，即用曾太傅所称《叙记》、《典志》二门，似为得体。此二类，曾云“于姚郎中所定诸类外，特建新类”；非大手笔不易办也。欧洲记述名人，失之过详；此宜以迁、固史法裁之。文无剪裁，专以求尽为务，此非行远所宜。中国间有此体，其最著者，则孟坚所为《王莽传》；若《穆天下》、《飞燕》、《太真》等传，则小说家言，不足法也。《欧史》用韵，今亦以韵译之，似无不可，独雅词为难耳。中国用韵之文，退之为极诣矣。私见如此，未审有当否？

复致服其言，常语人曰：“不佞往者每译脱稿，辄以示桐城吴先生；老眼无花，一读即窥深处；盖不徒斧落徽引，受裨益于文字间也。故书成必求其读，读已必求其序。”已而汝纶卒；复感伤不已，集玉溪、剑南诗句为挽曰：“平生风义兼师友，天下英雄惟使君！”每言：“吾国人中，旧学淹贯，而不鄙夷新知者，吴先生一人而已！”初复之译书最先出者，赫胥黎《天演论》。汝纶读，叹绝曰：“自中土翻译西书以来，无此鸿制；匪直天演之学，在中国为初凿鸿濛；亦缘自来译手无似此高文雄笔也。顾蒙意尚有不能尽无私疑者：以谓执事若自为一书，则可纵意驰骋；若以译赫氏之书为名，则篇中所引古书古事，皆宜以原书所称西方者为当，似不必改用中国人语。以中事中人，固非赫氏所及知！法宜如晋、宋名流所译佛书，与中儒著述，显分体制，似为入式！”顾复自以志在达旨，不尽从也。定为《译例》三事：

一译事三难：信、达、雅。求其信，已大难矣！顾信矣不达，虽译犹不译也，则达尚焉！海通以来，象寄之才，随地多有；而任取一书，责其能与于斯二者，则已寡矣！其故在浅尝，一也；偏至，二也；辨之者少，三也。今是书所言，本五十年来西人新得之学，又为晚出之书。译文取明深义，故词句之间，时有所颠倒附益，不斤斤于字比句次，而意义则不倍本文，题曰“达旨”，不云“笔译”；取便发挥，实非正法。什法师有云“学我者病”，来者方多，幸勿以是书为口实也。

一西文句中，名物字多，随举随释，如中文之旁支，后乃遥接前文，足意成句。故西文句法，少者二三字，多者数十百言。假令仿此为译，则恐必不可通；而删削取径，又恐意义有漏。此在译者将全文神理融会于心，则下笔抒词，自然互备。至原文词理本深，难于共喻，则当前后引衬以显其意。凡此经营，皆以为达，即所以为信也。

一《易》曰：“修辞立诚。”子曰：“辞达而已。”又曰：“言之无文，行之不远。”三者乃文章正轨，亦即为译事楷模；故信达而外，求其尔雅。此不仅期以行远已耳；实则精理微言，用汉以前字法句法则为达易。用近世利俗文字，则求达难。往往抑义就词，毫厘千里。审择于斯二者之间，夫固有所不得已也！岂钓奇哉！不佞此译，颇贻艰深文陋之讥；实则刻意求显，不过如是。又原书论说，多本名数格致及一切畴人之学；倘于之数者向未问津，虽作者同国之人，言语相通，仍多未喻。矧夫出以重译也耶？

它所译大率似此。大抵不肯于汝纶所称“与其伤洁，毋宁失真”而已。顾复自言：“《原富》之译，与《天演论》不同。下笔之顷，虽于全节文理，不能不融会贯通为之；然于辞义之间无所颠倒附益，独于首部篇十一《释租》之后，原书旁论四百年以来银市腾跌，文多繁赘，而无关宏旨；则概括要义译之。”又言：“穆勒约翰《群己权界论》，原书文理颇深，意繁句重。若依文作译，必至难索解人；故不得不略为颠倒。此以中文译西书定法也。”质言之，曰“译意”而已；故不断断于字比句次之间也。虽至名义亦然。顾谨于造辞，矜慎不苟，自谓：“一名之立，旬月踟蹰。”译赫胥黎《天演论》曰：“新理踵出，名目纷繁。索之中文，渺不可得；即有牵合，终嫌参差。译者遇此，独有自具衡量，即义定名。顾其事有甚难者。即于此书上卷《导言》十馀篇，乃因正论理深，先敷浅说；仆始翻‘卮言’，而钱唐夏穗卿曾佑病其滥恶，谓：‘内典原有此种，可名悬谈。’及桐城吴丈挚父汝纶见之，又谓：‘卮言既成滥词，悬谈亦沿释氏，均非能树立者所为，不如用诸子旧例，随篇标目为佳！’穗卿又谓：‘如此则篇自为文，于原书建立一本之义稍晦。’而‘悬谈’、‘悬疏’诸名，‘悬’者系也，乃会撮精旨之言，与此不合，必不可用。于是乃依其原目，质译‘导言’；而分注吴之篇目于下，取便阅者。此以见定名之难；欲避生吞活剥之诮，有不可得者矣。他如‘物竞’、‘天择’、‘储能’、‘效实’诸名，皆由我始。”译斯密亚丹《原富》曰：“‘计学’西名叶科诺密；‘叶科’此言‘家’，‘诺密’为聂摩之转，此言‘治’、言‘计’；则其义始于治家，引而申之，为凡料量、经纪、撙节、出纳之事；扩而充之，为邦国天下生食为用之经。盖其训之所包至众，故日本译之以‘经济’，中国译之以‘理财’。顾必求吻合，则经济既嫌太廓，而理财又嫌过陋。自我作古，乃以‘计学’当之；虽计之为义，不止于地官之所掌，平准之所书；然考往籍‘会计’、‘计相’、‘计偕’诸语，与常俗‘国计’、‘家计’之称，似与希腊之聂摩，较为有合！故《原富》者，‘计学’之书也。然则何不径称‘计学’而名‘原富’？曰：‘从斯密氏之所自名也。’且其书体例，亦与后人所撰计学，稍有不同：达用多于明体，一也。匡谬急于讲学，二也。其中所论，如部丙之篇二、篇三，部戊之篇五，皆旁罗之言，于计学所涉者寡，尤不得以科学家言例之。云原富者，所以察究财利之性情，贫富之因果，著国财所由出云尔！故《原富》者，计学之书，而非讲计学者之正法也。计学于科学为内籀之属。内籀者，观化察变，见其会通，立为公例者也；如斯密、理嘉图、穆勒父子之所论者，皆属此类。然至近世，如耶方斯、马夏律诸书则渐入外籀，为微积曲线之可推，而其理乃益密。此二百年来计学之大进步也。计学以近代为精密；乃不佞独有取于是书，而以为先事者：盖温故知新之义，一也。其中所指斥当轴之迷谬，多吾国言财政者之所同然，所谓从其后而鞭之，二也。其书于欧、亚二洲始通之情势，英、法诸国旧日所用之典章，多所纂引，足资考镜，三也。标一公理，则必有事实为之证喻；不若他书勃窣理窟，洁净精微，不便浅学，四也。”译穆勒约翰《名学》曰：“‘逻辑’此翻‘名学’。其名义始于希腊，为‘逻各斯’一根之转。‘逻各斯’一名兼二义；在心之意，出口之词，皆以此名；引而申之，则为论为学；故今日泰西诸学，其西名多以‘罗支’结响，‘罗支’即‘逻辑’也；如‘斐洛罗支’之为字学，‘唆休罗支’之为群学，‘什可罗支’之为心学，‘拜诃罗支’之为生学，是已，精而微之，则吾生最贵之一物，亦名‘逻各斯’；此如佛氏所举之‘阿德门’，基督教所称之‘灵魂’，老子所谓‘道’，孟子所谓‘性’，皆此物也。故‘逻各斯’名义最奥衍，而本学之所称为‘逻辑’者，以如贝根言，是学为一切法之法，一切学之学；明其为体之尊，为用之广，则变‘逻各斯’为‘逻辑’以名之，学者可以知其学之精深广大矣！‘逻辑’最初译本，为固陋所及见者，有明季之《名理探》，乃李之藻所译；近日税务司译有《辨学启蒙》。曰‘探’曰‘辨’，皆不足与本学之深广相副；必求其近，姑以‘名学’译之，盖中文惟‘名’字所函，其奥衍精博，与‘逻各斯’字差相若；而学问思辨，皆所以求诚；正名之事不得舍其全而用其偏也。”译穆勒约翰《群己权界论》曰：“或谓旧翻‘自繇’之西文‘里勃而特’，当翻‘公道'；犹云事事公道而已；此其说误也！谨按'里勃而特'，原古文'里勃而达'，乃自由之神号，其字与常用之'伏利当'者同义；"伏利当"者，无挂碍也，又与'奴隶'、'臣服'、'约束'、'必须'等字为对义。'公道'西文自有专字曰'札思直斯'，二者义虽相涉，然必不可混而一之也。中文'自繇'，常含放诞、恣睢、无忌惮诸劣义；然自是后起附属之话，与初义无涉！初义但云不为外物拘牵而已；无胜义，亦无劣义也。夫人而自繇，固不必须以为恶；即欲为善，亦须自繇。其字义训，本为最宽。'自繇'者，凡所欲为，理无不可；此如有人独居世外；其自繇界域，岂有限制？为善为恶，一切皆自本身起义，谁复禁之？但自入群而后，我自繇者，人亦自繇；使无限制约束，便入强权世界而相冲突。故曰：'人得自繇，而必以他人之自繇为界。'此则《大学》絜矩之道，君子所恃以平天下者矣！穆勒此书，即为人分别何者必宜自繇，何者不可自繇也。斯宾塞《伦理学·说公》一篇，言：'人道所以必得自繇者，盖不自繇，则善恶功罪皆非己出，而仅有幸不幸可言，而民德亦无由演进，故惟与以自繇而天择为用，斯郅治有必成之一日。'佛言：'一切众生，皆转于物；若能转物，即同如来。'能转物者，真自繇也。是以西哲又谓：'真实完全自繇，形气中本无此物，惟上帝真神，乃能享之！禽兽下生，驱于形气，一切不由自主，则无自繇而皆束缚。独人道介于天物之间，有自繇，亦有束缚。治化天演，程度愈高，其所得以自繇自主之事愈多。'由此可知'自繇'之乐，惟自治力大者为能享之；而气禀嗜欲之中，所以缠缚驱迫者，方至众也！卢梭《民约》其开宗明义，谓'斯民生而自繇'，此语大为后贤所呵！亦谓初生小儿，法同禽兽，生死饥饱，权非己操，断断乎不得以自繇论也。名义一经俗用，久辄失真。如老氏之'自然'，盖谓世间一切事物，皆有待而然；惟最初众父，无待而然；以其无待，故称'自然'，惟'造化'、'真宰'、'无极'、'太极'为能当之；乃今俗义，凡顺成者皆'自然'矣！又如释氏之'自在'，乃言世间一切六如变幻起灭；独有一物，不增不减，不生不灭；以其长存，故称‘自在’。惟力质本体，恒住真因，乃有此德。乃今欲取涅槃极乐引伸之义，而凡安闲逸乐者皆‘自在’矣！则何怪‘自繇’之义，始不过谓自主而无以挂碍者；乃今为放肆，为淫佚，为不法，为无札；一及其名，恶义坌集；而为主其说者之诟病乎？穆勒此篇所释名义，只如其初而止，柳子厚诗云：‘破额山前碧血流，骚人遥住木兰舟。东风无限潇湘意，欲采蘋花不自由！’所谓‘自由’，正此义也。‘由’、‘繇’二字，古相通假。今此译皆作‘自繇’字，不作‘自由’者，非以为古也，盖其字依西文规例，本一系名，非虚乃实；写为‘自繇’，欲略示区别而已。”凡此之类，皆几经籀讨，而后定一名，下一义。学者称之曰“侯官严先生”。自是士大夫多领向西人学说。而复则以为“自由”、“平等”、“权利”诸说，由之未尝无利；脱靡所折衷，则流荡放佚，害且不可胜言，其究必有受其弊者！独居深念，尝谓近者吾国以世变之殷，凡吾民前者所造因，皆将于此食其报。而浅谫剽疾之士，不悟其所从来如是之大且久也！辄攘臂疾走，谓以旦暮之更张，将可以与胜我抗也！不能得，又搪撞号呼，欲率一世之人，与盲进以为破坏之事！顾破坏矣，而所建设者，又未必其果有合也；则何如稍审重而先咨于学之为犹愈也。每于广众中陈之，急言急论。顾闻者不以为意，辄谓复之过计也。以光绪三十一年，因事赴伦敦，孙文适在英，闻复之至，造访焉。复乃为痛陈中国民品之劣，民智之卑，即有改革，害之除于甲者，将见于乙；泯于丙者，将发于丁。如不从教育下手，更新何日。文曰：“俟河之清，人寿几何？君思想家，我乃实行家也。”遂不复见云。

复既以海军积劳叙副将矣！尽弃去，入赀为同知，洊擢道员。宣统元年，海军部立，特授协统。寻赐文科进士出身。其乡人郑孝胥调以二诗。其一曰：“严侯本武人，科举偶所慕。弃官更纳粟，被刖尝至屡。平生等身书，弦诵遍行路。晚邀进士赐，食报一何暮。回思丙丁间，春闱我犹赴；都门有文会，子作必寄附；传观比尤王，一读舌俱吐。谁知厄场屋，同辈空交誉。天倾地维绝，万事逐烟雾。八股竟先亡，当时殊不悟。寒窗抱卷客，亿兆有馀诅。吾侪老更黠，检点夸戏具。烦君发庄论。习气端如故！”其二曰：“左侯左宗棠居军中，叹息谓欧斋，林寿图以进士出身，官陕西布政使。时左官陕甘总督也。‘屈指友朋间，才第有等差。进士胜翰林，举人又过之。我不得进士，胜君或庶几。’欧斋奋然答：‘霞山刘蓉以诸生从戎，累官陕西巡抚。语益奇。举人何足道，卓绝惟秀才！’言次辄捧腹，季高怒竖眉。观君评制艺，折肱信良医。少年求进士，得之特稍迟。风味如甘蔗，倒嚼境渐佳。何可遽骄满，持将傲吾侪！不穀虽不德，自知背时宜。三十罢应试，庚寅直至斯。誓抱季高说，不顾欧斋嗤。君诗貌烦冤，内喜堪雪悲。官里行皆促，老苍仗头皮。八股纵已亡。身受伏馀威。知君不忘故，得意还见思。”亦以证复曩昔之治八股者劬耳！旋充学部名词馆编纂。其后章士钊董理其稿，草率敷衍，乃弥可惊！叹复藉馆觅食，未抛心力为之也。旋以硕学通儒征为资政院议员。三年，授海军部一等参谋官。

袁世凯与复本雅故；其督直隶，招复不至，以为恨！既罢政，诋者蜂起。复独抗言折之，谓：“世凯之才，一时无两。”则又感复！及被举为临时大总统，遂聘复长京师大学堂，充公府顾问，参政院参政及宪法起草委员。复恒昌言：“国人识度不适于共和。”又言：“自由平等者，法律之所据以为施，而非云民质之本如此也！夫言自由而日趋于放恣，言平等而在在反于事实之发生；此真无益，而智者之所不事也！大抵治权之施，见诸事实；故明者著论，必以历史之所发见者为之本基；其间籀取公例，则必用内籀归纳之术而后可存。若夫向壁虚造，用前有、假如之术，立为原则，演绎之；及其终事，罔不生心害政。卢梭之《民约论》出，以自由平等为天下号，适会时世，民乐畔古；而卢梭文辞又偏悍发扬，语辨而意泽，能使听者入其玄而不自知。顾所谓‘民居之而常自由常平等’者，卢梭亦自言其为历史之所无矣！夫指一社会，考诸前而无有，求诸后而不能，则安用此华胥、乌托邦之政论而毒天下乎？况今吾国人之所急者，非自由也，而在人人减损自由，而以利国善群为职志。至于‘平等’，本法律而言之，诚为平国要素，而见于出占投票之时；然须知国有疑问，以多数定其从违，要亦出于法之不得已；福利与否，必视公民之程度为何如。往往一众之专横，其危险压制，更甚于独夫，而亦未必遂为专者之利。是以其书名为救世；于穷檐编户，妪煦燠咻；而其实则惨刻少恩，恣睢暴戾。”乃著《民约平议》一文，其说本之英哲家赫胥黎。而戴袁世凯者，利复有言，又以复雄文高名，欲资之以称帝。始发其谋者杨度。宪法顾问美博士古德诺氏《共和与君主论》既发表之第三日，杨度访复于西城旧刑部街之居，侈陈其比来博塞之利；谓“数日前，挟二千金之天津，访所眷某姬，约友作雀戏，以千元作底，加旺子百元，和与翻无限制；会吾轮庄牌，作饼子清一色，案上碰出八九饼；手中一饼三枚，二五饼对碰等和；旁家发一饼，以常情论，吾无开杠理。顾吾欲藉以卜吾运之亨塞，乃举手中牌七枚，翻以示人曰：‘吾既杠一饼，已无异自宣吾蕴，尚何秘为？苟吾运果佳者，所需二五饼，终当摸索自得之；天缘凑巧，或且杠上开花矣！’不意翻取诸杠头之牌视之，果为二饼；遂以一色全对成和，作五翻计算，合旺子之数，一次所赢，已逾万金也！吾以是知吾运已入亨通之境；意有所图，必当如愿。近谋组织一公司，朋辈争相互股，群思托荫于吾，冀有所膏润”云。复闻度言之津津，若有至味，颇不识何所取意。

次日，度复相过，问：“见古德诺《君主论》乎？”曰：“见之。”问：“公视今日政治，何如前清？共和果足以使中国臻于富强兴盛乎？”复喟尔而言曰：“此一时殊未易答。辛亥改革之顷，清室曾颁布宪法信条十九，誓以勿渝。仆于其时主张定虚君之制，使如吾言，清室怵于王统之垂绝幸续，十九信条必将守之惟谨，不敢或背，而君臣之义未全堕地，内外百官犹有所慑。国事之坏，当不至如今日之甚！或得如英国国君端拱无为而臻于上理，未可知也？”度曰：“惟然；我将与同志诸人组合一会，名曰筹安，专就吾国是否宜于共和，抑宜于君主，为学理之研究。古德诺引其端，吾等将竟其绪。国中士庶，向惟公之马首是瞻。请公为发起人，可乎？”复瞿然作色曰：“适吾所云，不过追维既往，聊备一说。国经改革，原非一蹴可期其大治。君主之制，所赖以维系者，厥惟人君之威严。今日人君威严，既成覆水；贸然复旧，徒益乱耳！仆持重人所共知，居恒每谓国家革故鼎新，为之太骤；元气之损，往往非数十百年不易复。故世俗所谓革命，无问其意在更民主抑君主，凡卒然尽覆已然之局者，皆为仆所不取！国家大事，宁如弈棋，一误岂容再误？吾国之宜有君而舆尸征凶，此虽三尺童子知之！而所难者，孰为之君？此在今日，虽为圣者，莫知适从！鄙意诚所重惮！”度应之曰：“而公曾不闻之乎？德皇威廉一再语梁崧生公使、袁芸台公子：梁士诒、袁克定。‘中国非君主不治；长此不更，为害必且累及世界。’其言诚洞中肯綮。以公之明，讵尚见不到此？且吾辈但事研究，可耳。至君主应否规复之议一决，吾辈之责任已毕。若夫实施，别有措置。尔时水到渠成，尚何重惮之有？”复又曰：“若然，则欲君主，便君主可耳！自古觊觎大位者，一惟势力是视；何尝有待于研究哉？”度乃以大义相劫，正色告曰：“政治之弛张，不本之学术；于理未融，即于情不顺。公宿学雅望，士林瞻仰；既知共和国体之无补于救亡，即不宜苟安听其流变！”复意不能无动，乃曰：“筹安会，足下必欲成之；仆入会为会员，贡一得之愚，固未尝不可。特以研究相号召，度不能强人主张以必同也！”度乃起告别，寻语曰：“日者相者俱判吾鹏程万里，行且将扶摇上青天。吾不已告公博塞之微，其通亨且若彼；公果降心相从，何鳃鳃虑夭阏也？”复至是始悟昨之侈言博塞，意在以讽喻，为今日游说张本耳！

明日，度具柬邀复晚餐，柬叙同座，则孙毓筠、刘师培、李燮和、胡瑛姓名赫然在焉！皆度所要给以发起筹安会者也！复既以疾辞。至晚宴散，度复相过。复固辞不见。度快快去。夜逾半，度忽遣使以一书相诒，谓：“筹安会事，实告公，盖承极峰旨。极峰谕非得公为发起人不可。固辞恐不便，事机稍纵即逝。发起启事，明日必见报。公达人，何可深拒？已代公署名，不及待复示矣。”缄尾并缀“阅后付火”四字。复得书，仓卒不知所为。明日筹安会启事出；而复列名发起人第三。阍者启：“门首晨出，即有壮士二人荷枪鹄立；询之，则谓长官恐匪党或相扰，遣来警卫也。”于是复杜门不出；筹安会召议事，辄称疾谢之；直至筹安会解散，未尝一莅石驸马街，望筹安会之门。

及梁启超有异议，其论一出，风动海内。而世凯谋所以折其议者，乃以为非复莫属！署券四万金，令内史夏寿田持以谒复，请为文以难启超。复却其币，告寿田曰：“吾苟能为，固分所应尔。若以货取，其何以昭信天下？非主座见命之意也。容吾徐图之以报命。”寿田唯唯退。而复得要胁之书，无虑二十通，或讽以利害，或胁以刺杀，或责其义不容辞，而诡称天下属望。所署姓字真伪不得知，要皆谓复非有以折启超而关其口不可。复筹虑数日，乃诣寿田，举所得诸函示之曰：“梁氏之议，吾诚有以驳之。惟吾思主座命为文，所祈以祛天下之惑而有裨于事耳！闽中谚云：‘有当任妇言之时。有姑当自言之时。’时势至今，正当任妇言之。吾虽不过列名顾问，要为政府中人，言出吾口，纵极粲花之能事，人方视之为姑所自言；非惟不足以祛天下之惑，或转为人藉口。吾以是踌躇不轻落笔，非不肯为也。为之而有裨于事，吾宁不为哉？至于外间以生死相恫吓，殊非吾所介意。吾年逾六十，病患相迫，甘求解脱而不得；果能死我，我且百拜之矣！”寿田以白世凯。世凯知其意不可夺，驳梁启超之文乃改命孙毓筠为之。是故名与筹安发起之列者六人；世谓之“筹安六君子”，语含讽嘲。馀五人皆有美新之作，劝进之文，而杨度《君宪救国论》，最传诵人口。独复学问文章，冠绝后辈，未尝有只字著论；而语于人曰：“大总统宣誓就职之后，以法律言，于约法有必守之义务。不独自变君主不可训，且宜反抗馀人之为变。堂堂正正，则必俟通国民之要求。顾民意之于吾国，乃至难出现之一物；使不如是。则共和最高国体，亦无所云不宜者矣。”徒以名高为累，遂为世凯所浼！英人多辣司氏谓其友曰：“世凯苟具卓荦之识，积学如严先生辈，正不应牵令入政治漩涡，摧毁国之精英。然未尝以不如己意而杀其身；贤于贵国古代奸雄远矣。”

世凯既失志以死。而黎元洪代为总统，知复之不与谋也，故缉治筹安肇首，复不与焉。顾明令未颁之先，颇有传复不为元洪所谅者。林纾至泣涕以迫复宵遁。复慨然曰：“吾俯仰无愧怍，虽被刑，无累于吾神明；庸何伤！”夷然处之。然千夫所指，清望顿减矣！顾复通知古今，善于觇国；既感时惊心，有所切论；知之者以为警世之危言，不知者以为逊朝之殷顽也！然谈言微中，不为苟同，足以资监观裨国是者，不鲜焉。

方袁世凯之为大总统也，国人震其威名，以为可遗大投艰。而复则殊不谓然！曰：“中国之弱，其原因不止一端；顾其大患，在上习凡猥，而上无循名责实之政。齐之强以管仲，秦之起以商鞅，其他若申不害、赵奢、李悝、吴起，降而诸葛武侯、王景略，唐之姚崇，明之张太岳，凡为强效，大抵皆任法者也！吾国人学术既不发达，而于公中之财，人人皆有巧偷豪夺之私，如是而增国民负担，谁复甘之！草衣木食，潜谋革命，则痛哭流涕，訾政府穷凶极恶！一旦窃柄自雄，则舍声色货利，别无所营；平日爱国主义，不知何往。以如是之国民，虽为强者奴隶，岂不幸哉！是故居今而言救亡，惟申韩庶可用。除却综名核实，岂有他途可行！试观历史，无论中外古今，其稍获强效者，何一非任法者耶？项城固一时之桀，顾吾所心憾不足者，无科学知识，无世界眼光；又过欲以人从已，不欲以已从人；一切用人行政，未能任法而不任情也。望其转移风俗，奠固邦基；呜呼！非其选尔！顾居今之日，平情而论，于新旧两派之中，求当元首之任而胜项城者谁乎？此国事之所以重可叹也！财匮民穷，不为根本救济之法，方戚戚以断炊破产为忧；刻意聚敛，以养君为最急之事，尚何能为民治生计乎？教育强国根本，而革命以后，此论久不闻矣。”

及世凯之败也，国人怒其稔恶，又以亟去之为快。而复意又不然；曰：“项城此时去，则天下必乱，而必至于覆亡。德人有言：‘祖国无上；为此者，一切无形有形之物，皆可牺牲。’复之不劝项城退位，非有爱于项城也；无他，所重在国故耳。夫项城非不可去，然必先为其可以去。苏明允谓：‘管仲未尝为其可以死，其于国为不忠。’使项成而稍有天良，则前事既差，而此时为一国计，为万民计，必不可去。而他日既为可去之后，又万万不可以留。盖使项城今日而去，则前者既为不义，而今日又为其不仁！使项城他日而留，则前者既为其寡廉，而他日又为其鲜耻。故曰‘今日必不可去，他日必不可留’也。历观各报，函电旁午，壹以迫项城退位为宗。顾退位矣，而用何道出之，使神州中国得以瓦全？则又毫无办法。故复常谓中国党人，无论帝制、共和两派，蜂起愤争；而迹其行事，诛其居心，要皆以国为戏以售其权利愤好之私，而为旁睨胠箧之傀儡。以云爱国，逖乎远矣！夫中国自前清之帝制而革命，革命而共和，共和而一人政治，一人政治而帝制复萌，谁实谓之，至于此极！彼项城固不得为无罪；而所以使项城日趋于专，驯至握此大权者，夫非辛壬党人、参众两院之捣乱，靡所不为，致国民寒心，以为宁设强硬中央，驱除洪猛，而后元元至息肩喘喙之地故耶？不幸项城不悟，以为天下戴己，遂占亢龙，遽取大物；一着既差，威信扫地。’呜呼！亦可谓大哀也已！然所谓帝制违誓种种，特反对者所执之词；而项城之失人心，一败至于不可收拾者，固别有在，非帝制也！盖项城之失败众矣；而最制其死命者，莫如财政；项城之败著夥矣，而莫厉于暗杀。项城自柄政以还，于中交两行，其亏负显然可指者过四千万！而黯昧通挪，经梁士诒、叶恭绰为之腾攫者，尚过此数。不得已，梁士诒倡停止付现之院令，盖以逢项城之意，欲取中国银行预备金以为济急之计。乃京、汉而外，举不奉令；则事已全反其所期，而徒为益深益热之败著。呜呼！吾曹终日忧叹，为国怀破产之惧；而项城则长作乐观，泥沙挥霍；小人逢长，因而啜叶促訾，是其败宜久矣！就职五年，民不见德；不幸又值欧战发生，工商交困，百货瞢腾，而国用日烦；一切赋税，有加无减。社会侈靡成风，人怀非望。此即平世，已不易为！乃国体适于此时议变更，遂为群矢之的。且项城自辛亥出山以来，得以首出庶物者，无他，旧握兵权而羽翼为尽死力故也。生性好用诡谋以锄异己。往者勿论！乃革命军动，再行出山，至今若吴禄贞、若宋教仁、若赵秉钧、若应桂馨，最后若郑汝成、若张思仁，若黄远庸，海宇哗然，皆以为项城主之。夫杀吴、宋，虽公孙子阳而外之所不为；然犹可为说。至于赵秉钧、郑汝成，皆平日所谓心腹股肱，徒以泄秘密之口，忍于出此，又况段祺瑞以不同意称帝，杜门不动，数见危机。人间口语，怪怪奇奇，则群下几何其不解体乎？夫求之财政则如彼；察之人心又如此；虽以魏武、刘裕当之，殆难为力；矧非其伦！而自就职以来，于中国根本问题，毫末无所措注。即以治标而论，军旅素所自许，而悍兵骄将，军实战械，皆未闻有统一之规。徒以因缘际会，群龙无首，为众所推，遂亦予圣自雄，以为无两。而以参众两院捣乱之太过，于是救时之士，亦谓中国欲治，非强有力之中央政府不可。新修约法，于法理本属无当；而反对者少。无他，冀少获救国之效已耳。而谁谓转厚项城之毒乎？筹安会之起，私衷本不赞同。然丈夫行事，既不能当机决绝，登报自明；则今日受责，即亦无以自解。惟于此日取消帝制之后，而欲使我劝项城退位，则又万万不能。”

袁世凯既殂，而黎元洪代起为大总统；国人推长者，谓其可息世嚣、夷大难！而复意又不然；曰：“遍读中西历史，小人固覆邦家，而君子亦未尝不失败。大抵政治一道，如御舟然，如用兵然；履风涛、冒锋镝，各具手眼，以济以胜为期；能济能胜而后为群众所托命。道德之于国君，譬之如财政家之信用，非是固不可行；然而乃其一节，而非其全能也。黎公道德，天下所信！然救国图存，断非如此道德所能有效。何则？以柔暗故。遍读中西历史，以谓天下最危险者，无过良善暗懦人，下为一家之长，将不足以庇其家；出为一国之长，必不足以保其国。古之以暴戾豪纵亡国者，桀纣而外，惟杨广耳；至于其馀，则皆煦煦妹妹，善良谨葸者也。又况今日邦基陧杌，其能宏济艰难，拨乱世而反之正者，决非仅仅守正高尚，如今人所谓道德者，足以集事！当是之际，能得汉光武、唐太宗，上之上者也；即不然，曹操、刘裕、桓宣武、赵匡胤，亦所欢迎。盖当国运飘摇，干犯名义是一事；而功成治定，芟夷顽梗，得以使大多数苍生安居乐业，又是一事。此语若对众宣扬，必为人人所唾骂。然细思之，今日政治惟一要义，其对外能强，其对内能治；所用方法，则皆其次。孟子谓：'行一不义，杀一不辜，虽得天下不为。'此自极端高论，殆非世界所能有。然吾所患于袁氏者，以其多行不义，多杀不辜；而于外强内治两言，又复未尝梦到！观其在位四年，军伍之不统一，财政之纷乱；夫治标乃渠侬最急之图，尚是如此；至其他根本问题，如教育、司法，尤不必论！综其行事，所最为中外佩服者，'即其解散国会一事，谓其有利刃斩乱麻之能；而抵制日本要求不与焉！尝观陕西教士著一《见闻录》，谓："袁世凯大罪，不在规图帝制；在于不审始终，至于事败，转使强盗群称守正，匪人皆居成功；而民国之苦痛遂极。"此真针针见血之语！夫国乱如此，北洋系经一番酣豢之后，既成暮气而无能为！则使有政党焉，以其魄力盘踞把持，出而为一切之治，锄诛异己，号令出于一门，人曰'此暴民专制'也，而吾则曰'犹有赖焉'。而乃好恶拂人，贪酷无厌。假令一旦异己者亡，而同室之中，又乖离分张，芽蘖萌动，而争雄长矣。夫盗贼匪人，岂有久合之道？欲其利国，不益远乎？此吾国前途所为可痛哭也。"

其时梁启超方以政论负天下望，而袁世凯之殪，又发难于启超之一论，国人仰之如景星庆云。而复意又不然！曰："国家欲为根本改革之计，其事前皆须有预备。而今之人，则欲一蹴而几，又焉可得？少年人大抵狂于声色货利之际；即其中心地稍净者，亦闻一偏之说，鄙薄古昔，而急欲一试，以谓必得至效。逮情见势屈，始悟不然；此时即有次骨之悔，而所亡已多。今日之事，不如是耶？但问今日局面不可收拾之所由来，则其原因至众，项城不过因其势而挺之而已，非造成此势者也。若论造成此势，则清室自为其消极；而康、梁以下诸公为其积极；二者合，而大乱遂为不得不成之势。至于元二诸公，所谓推波助澜，而其身亦在漩涡滚浪之中，欲不为然，或不可得！夫满清入关，以东胡种人而为中国之主，比较而论，其暴君乱政，以视朱明、胡元要为稀少。而一旦权臣欺其寡孤以与人市，臣民之中绝少为之太息扼腕者，虽曰自取；而向来执笔出报诸公，不得不谓其大有效力耳。嗟嗟！吾国自甲午以来，变故为不少矣！而海内所奉为导师，以为趋向标准者，首屈康、梁师弟。。顾众人视之以为福首；而自仆视之，则以为祸魁。何则？政治变革之事，蕃变至多，往往见其是矣，而其效或非；群谓善矣，而收果转恶！是故深识远览之士，愀然恒以为难，不敢轻心掉之，而无予智之习。而彼康、梁则何如？生长粤东，为中国沾染欧风最早之地。而粤人赴美者多，赴欧者少，其所捆载而归者，大抵皆十七八世纪革命独立之旧义。其中如洛克、米勒登、卢梭诸公学说，骤然观之，而不细勘以东西历史、人群结合开化之事实，则未有不熏醉颠狂，以其说为人道惟一共遵之途径，仿而行之，有百利而无一害者也。而孰意其大谬不然乎！平生于《庄子》累读不厌，因其说理语打破后壁，往往至今不能出其范围！其言曰：‘名，公器也，不可以多取。仁义，先王之蘧庐也，止可以一宿，而不可以久处。’庄生在古则言‘仁义’，使生今日，则当言‘平等’、‘自由’、‘博爱’、‘民权’诸学说矣。庄生言：‘儒者以诗书发冢。’而罗兰夫人亦云：‘自由自由，几多罪恶，假汝而行！’甚至‘爱国’二字，其于今世最为神圣矣！然英儒约翰孙有言：“‘爱国’二字，有时为穷凶极恶之铁炮台。”西国文明，自今番欧战扫地遂尽。英国看护妇某氏正命之顷，明告左右，谓：‘爱国道德为不足称。何则？以其发源于私，而不以天地之心为心故也。’此等醒世名言，必垂于后，正如罗兰夫人论刑时，对自由神谓‘几多善恶，假汝而行’也！可知谈理论一入死法，便无是处。是故孔子绝四，而释迦亦云：‘如筏喻者，法尚应舍，何况非法。’而彼康、梁则何如？于道徒见其一偏而出言甚易。南海文笔沈闷。至于任公妙才，下笔不能自休；其自甲午以后，于报章文字，成绩为多，一纸风行，海内观听为之一耸！仆尝寓书戒之，劝其无易出言，致成他日之悔。当日得书，闻颇意动；而转念乃云：‘吾将凭随时之良知行之。’由是猖狂无忌，畅所欲言；至学识稍增，自知过当，则曰：‘吾不惜与自己前言宣战。’然而革命、暗杀、破坏诸主张，并不为悔艾者留馀地也。其笔端又有魔力，足以动人；言‘破坏’，则人人以破坏为天经；倡‘暗杀’，则人人以暗杀为地义；敢为非常可喜之论，而不知其种祸无穷。往者唐伯虎诗云：‘闲来写得青山卖，不使人间造业钱。’以仆观之，梁任公所得于杂志者，大抵皆造业钱耳。今夫亡有清二百六十年社稷者，非他，康、梁也！何以言之？德宗固有意向之人君。向使无康、梁，其母子未必生衅。西太后天年易尽，俟其百年，政权独揽，徐起更张；此不独祖宗之所式凭，而亦四百兆人民之利赖。而康乃踵商君之故智，卒然得君，卤莽灭裂，轻易猖狂，驯至于幽其君而杀其友；已则逍遥海外，立名目以敛人财，恬然不为耻。夫曰保皇，试问其所保今安在耶？必谓其有意作乱，固属大过；而狂谬妄发，自许太过，祸人家国，而不自引咎；则虽百仪、秦，不能为南海作辩护也。至于任公，则自窜身海外以来，常以摧剥征伐政府为能事；《清议》、《新民》、《国风》，进而弥厉；至于其极，诋之为穷凶极恶，意若不共戴天。以一己之新学，略有所知，遂若旧制一无可恕，其辞具在，吾岂诬哉？于是头脑单简之少年，醉心《民约》之洋学生，至于自命时髦之旧官僚，乃群起而为汤武顺天应人之事；迨万弩齐发，堤防尽隳，而天下汹汹，莫适谁主。盖至辛亥壬子之交，天良未昧，任公悔之晚矣。于是熏穴求君，思及朱明之恪孙，曲阜之圣裔。乃语人曰：‘吾往日议论，止攻政府，不诋皇室。’嗟嗟！任公生为中国之人，读书破万卷，尚不知吾国之制，皇室政府不得歧而二之；于其体诚欲保全，于其用不得不稍留馀地，亦可谓枉读一世之中西书矣！今夫中国立基四千馀年，含育四五百兆，是故天下重器，不可妄动；动则积尸成山，流血为渠！古圣人所以严分义而威乱贼者以此，伊尹之三就桀者以此！周发之初会孟津而复散归者以此！操、懿之久而后篡者亦以此！英人摩理有言：‘政治为物，常择于两过之间。’法哲韦陀虎哥有言：‘革命时代，最危险物，莫如直线。’任公理想中人，欲以无过律一切政法，而一往不回，常行于最险直线者也！故其立言多可悔；迨悔而天下之灾已不可救矣！今夫投鼠忌器，常智犹能与之。彼有清多罪，至于末造之亲贵用事，坏法乱政，谁不知之。然使任公为文痛詈之时，稍存忠厚，少敛笔锋；不至天下愤兴，流氓童騃尽可奉辞与之为难，则留一姓之传，以内阁责任汉人，为君主立宪；所全岂不甚多？而无如其一毁而无馀何也。至于今日，事已往矣。师弟翩反，复睹乡枌，强健长存，仍享大名，而为海内之巨子；一词一令，依然左右群伦；而有清之社，则已屋矣。《黄台瓜》辞曰：‘种瓜黄台下，瓜熟子离离。一摘使瓜好，再摘使瓜稀，三摘犹为可，四摘抱蔓归。’康、梁之于中国，已再摘而三摘矣！耿耿隐忧，窃愿其慎勿四摘耳。大抵任公操笔为文时，其实心救国之意浅，而俗谚所谓‘出风头’之意多。庄生谓：‘蒯聩知人之过，而不知其所以过。’而德文豪哥德剧曲中，载有鲍斯特者，无学不窥，最后学符咒神秘术；一夜召地球神，而地球神至，阴森狞恶。六种震动。问欲何为？鲍大恐屈伏；然而无术退之。嗟乎！任公既以笔端搅动社会至于此矣！然惜无术再使吾国社会清明；则于救亡本旨，又何济耶？时局至此，当日维新之徒，大抵无所逃罪。仆虽心知其危，故《天演论》既出之后，即以《群学肄言》继之，意欲蜂气者稍为持重。不幸舍其旧而谋其新，风会已成。而郑苏戡《五十自寿长句》有句云：‘读尽旧史不称意，意有新世容吾侪！’嗟乎！新则新矣！而试问此为何如世耶？大抵吾人通病，在睹旧法之弊，以为一从夫新，如西人所为，即可以得无弊之法；而孰意不然。专制末流，固可为痛；则以为共和当佳；而孰知其害乃过于专制。始知世间一切法举皆有弊；而福利多寡，仍以民德民智高下为归。使其德智果高，将不徒新法可行，即旧者亦何尝遂病。倘德与智，未足心知其意，即民权亦复何为。其最受病，在用共和而不知选举权之重，放弃贩卖，匪所不为。根本受病，此树不能久矣！所以哓哓者，即以亿兆程度，必不可以强为；即自谓有程度，其程度乃真不足；目不见睫，常苦不自知耳！辛亥革命，而段祺瑞执梃袁门，搂合武人以为兵谏，宣统逊政，共和以成。八九年来，当以保障共和自任；然而于所以为共和者，段氏宁梦见也？国会之惟利是视，摧剥民生，殆吾国有历史来所未有。旧有风宪之官，言西法者皆以为非善制；今则以其权界国会矣！由是明目张胆，植党营私；当国者只须有钱以豢养此辈议员，便可以诸善勿作，诸恶奉行，而身名仍复俱泰！呜呼！真不图我生不辰，乃见如此世界也！间尝深思世变，以为物必待极而后反。前者举国暗于政理，为共和幸福种种美言夸辞所炫，故不惜破坏旧法从之！今之民国近十年矣！而时事如此；更复数年，势必令人人亲受苦痛，而恶共和与一切自由平等之论如蛇蝎，而后起反古之思；至于其时，又未必不太过！此社会钟摆原例，无可奈何者也！往者突厥，群称近东病夫，至十九稘末造，毅然变法；于是有少年突厥之特称！列邦拭目观其变化，佥谓自兹欧、亚接壤中间，将必有崛兴之强国矣！顾乃大谬不然！数年之间，埃及、巴尔干群属几尽；而最后乃不量德力，为德所利用；屈指年月，更绘舆图；不独欧洲必无回部，即在安息、大食中间，亦不知占得幅员几许？是故变法而兴者，日本也。变法而亡者，突厥也。天时、地利、人事三者交汇以为其因；此中消息至微，惟狂妄者乃欲矢口高论耳！吾辈托生东方，天赋以国；国者，其尊如君，其亲如父。今乃于垂老之日，目击危亡之机，欲为挽救之图，早夜思维，常苦无术。又熟知世界大势，日见半开通少年，于醉梦中求浆乞酒，真使人祈死不得。所绝对不敢信者，以中国之地形民质，可以共和存立；梁任公亦谓：‘共和必至亡国。’而求所以出此共和者，又断然无善术。呜呼！今乃知当日肆口击排清室，令其一毁无馀者，为可恨也。《传》曰：‘无易由言。’人人自诡救国，实人人皆抱火厝薪之夫。一旦及之后知，履之后艰；虽痛哭流涕，戟指呵骂其所崇拜盲从之人，亦已晚矣！悲夫！”

既而丧乱频仍，国人意又稍苦共和。康有为乃与长江巡阅使张勋阴谋复辟。而复意又不然！曰：“九年卤莽共和，天下事至于如此。自常识而论，复辟岂非佳事？惟君主之治，必须出于自力；其次亦须辅佐。况当武人拥兵时代，非聪明神武，岂能戡祸乱而奠治安？此时中国已患无才：至于满人，更不消说。此正合历史一姓不再兴公例。倘卤莽灭裂以图之，非惟无补于苍生，抑将丛诟于清室！名为爱之，适以害之；苌叔违天，乌足尚乎？须知清室若可再兴，则辛亥必不失国。当时天子声灵，尚自赫耀；故家遗老犹有存者；手握雷霆万钧之势。乃亲贵乱政，授人口实，坏此山河；而谓今日凭藉鸱张武夫，可以光复旧物？必不然矣！此议果行，大非旧朝之福！”

于时天下汹汹，一分而不可复合；北洋之军阀，南方之民党，纷纭角讼。各有藉词！而复则两不以为然！曰：“吾国革命之后，占势力者不过两系：军人，一也；所谓民党，二也。时局至此，民党则被罪于军阀之干政；而北洋军人则归狱于万恶之国会。互相抨击，殆无休时。顾我辈平情论之，恐两派均难逃责也。数千年文胜之国，所谓兵者，本如苏明允所称；‘以不义之徒，操杀人之器。’武人当令，则民不聊生；乃历史上之事实！近数十年来，愤于对外之累败，由是项城诸公得利用之，起而言尚武，言练兵。所以练兵；自唐以来，朝廷于有兵封疆，必姑息敷衍；清中兴以后尤甚！此项城所以刻志言兵也！虽然，武则尚矣，而教育不先，风气未改，所谓新式军人，新于服制已耳；而其为‘不义之徒，操杀人之器’自若也。虽然，此类军人亦惟在中国始能存立耳；稍与节制师遇，无不披靡。日本有某将官尝言：‘军人娶得美妻，殖产至数十万金，其人即非军人。’然则歌童舞女，列屋环侍；偷粮蚀饷，积资数百千万；其人尚有军人资格耶？以如是之人而秉国成，淫佚骄奢，争民施夺，国帑安得而不安虚？民生安得而不憔悴？由是浸淫成五季之局，斯为幸耳。吾国原是极好清平世界。外交失败，其过亦不尽在兵。自光、宣间，当路目光不远，亦不悟中西情势大殊。倜然主张练兵，提倡尚武；而当日所禀令者，依然是‘以不义之夫，执杀人之器’。此吾国今日所由纷纭大乱，万劫不复也。若夫民党，尤为可哀。侈言自由，假途护法。其在野也，私立名字，广召党徒，无事则以报纸为机关，有事则藉电报为风雷，把持倡和，运动苞苴。一日登台，所用者必其党徒，曰：‘此固美、法先进民主国之法程也！’蜂屯蚁聚，虽二十二行省全国官僚，不足以敷其位置；而徒党之中，驴夫走卒，目不识丁，但前有摇旗呐喊之功，则皆有一脔分尝之获。吏治官方，扫地而尽。至其所谓‘护法’者，亦不过所奉之辞而已。一旦手握重权，则破法者亦即此辈。军人诚恶；然尚有统系纪律之存，其为害或稍胜狂愚谬妄之民党也！北洋军人之奢骄淫佚，夫岂不知？然孰使此类之人，于社会有势力而犹为人心所系者；民党诸公宜自反也。民党诸公，所畏忌无过北系军人；顾识其真际者，窃以为不足畏。盖北系名为军人，养尊处优，大抵暮气。而民党仰取俯拾，方在进行一是，无所忌惮，以必得为主；故当胜也。然于‘福国利民’四字，皆为无望。群不逞志，太息俟时。而中央失政，方镇恣睢，既授以可乘之隙，则群起而挺之。至于成事，则得位行权，各出其钩爪锯牙，以攘拿国帑、鱼肉吾民者，犹吾大夫，未见君子。《诗》曰：‘譬彼舟流，不知所届。’吾国今日所最苦者，在于乏才。十年前，志士以政府腐败之故，日日鸣鼓攻之，致令身无完肤；然于事无济，徒假极无价值人，甚至强盗流氓以隙，使得借以为资，生称伟人，死铸铜像。目下举国若狂，是非自无定论。然我辈去后三十年，人心稍定时，回观今日，不识当如何叹恨，如何齿冷耳！从来历史当国是国体大更动时，必呈此种现象；俟种种经历丧失，流血已多，而后人天厌乱，渐趋正轨。合欧洲已事观之，此时正佛家所谓浩劫，未见黄人之遂臻平世也。俄虽欧之大国，民物土地，泱泱雄风；而其间大公窃权，女谒弄政，宠赂苛法，与夫其民之不学，较之吾国，殆有甚焉。故虽蚕食亚洲，而一遇强对，辄复不振。比者其国半明之民，乘机革命，亦复定制共和。不知国之治乱强弱，初不系此。盖革命所制锄者，特贵族耳！而民之愚暗，初不能一蹴而跻休明。而旧法提防既堕，逞忿纵欲，二者必大横决。故法经八十年而始有可循之轨，犹不足以盛强。最近者俄方且由革命而造成恐怖，由共和而流为过激；其宗旨行事，实与百年前革命一派绝然不同。其人极恶平等自由之说，以为明日黄花，过时之物；所绝对把持者，破坏资产之家与为均贫而已。残虐暴厉，据所记载，真令人有天地末日之悲！故中国乱矣，而俄罗斯比之则加酷焉。此如中国明季政窳而有闯、献，斯俄之专制末流而结此果，真两间劫运之所假手！与我中国，均不知何日始有向明之机！此时伫苦停辛，所受痛楚，要皆必循之阶级。极端自由平等之说，殆如海啸飓风，其势固不可久；而所摧杀破坏，不可亿计。此等浩劫，内因外缘两相成，故其孽果无可解免。使可解免，则吾党事前不必作如许危言笃论矣！”

党竞既烈，乃藉辞外交，段祺瑞为国务总理，以对德宣战，不为黎元洪所可，发愤走天津；而国会则佑元洪以逐祺瑞，佥谓德人无败理也。而复则独不谓然；曰：“西方一德，东方一倭，皆犹吾古秦，知有权利，而不信有礼义公理者也。德有三四兵家，且借天演之言，谓战为人类进化不可少之作用。顾以正法眼藏观之，殊为谬说。战真所谓反淘汰之事，罗马、法国则皆受其敝者也。故使果有真宰上帝，则如是国种，必所不福。又使人性果善，则如是学说必不久行。德意志联邦自千八百七十年来，可谓放一异彩！不独兵事船械，事事见长，起夺英、法之席；而国民学术，如医、如商、如农、如哲学、如物理、如教育，皆极精进。乃不幸居于骄王之下，轻用其民以与四五列强为战；而所奉之辞又多漏义，不为人类之所通韪。目论者徒见其摧坚破强，锐不可当。惟是兵战之道，必计成功，不重锋锐：项羽百战百胜，而卒蹶于汉高。今之德皇，殆如往史之项羽，即胜巨鹿，即烧咸阳，终之无救于垓下。德皇即残比利时，即长驱入巴黎，恐亦终无补于危败也。盖德皇竭力缮武二十馀年。用拿破仑与其祖维廉第一之术，欲以雷霆万钧，迅霆不及掩聪，用破法擒俄，而后徐及于英国，故其大命悬于速战而大捷。顾计所不及者，英人之助比、法也，列日起致死为抗也。德国极强，然孟贲、乌获，力有所底；飙发雷奋；所齑粉者，比国耳；浸淫而及于法之北疆，顾咫尺巴黎，经百日而不能破；东不能入俄境；南不能庇奥邻。至马兰之挫衄，而无成之局兆矣！及逾二年，则正蹈曹刿三竭之说。而英人则节节为持久之画；疏通后路，维持海权，联合三国，不许单独媾和。曹刿以一鼓当齐之三，以为彼竭我盈；英人之术，正复如是。大抵德人之病，在能实力而不能虚心。故德、英皆骄国也；德人之骄，益以剽悍；英人之骄，济以沈鸷。然则胜负之数，不待蓍蔡矣。尝谓今日之战，动以国从。战事之起，于人国犹试金之石；不独军政兵谋，关乎胜负，乃至政令、人心、道德、风俗，皆倚为衡。俄广土众民，天下莫二；然以蚕食小弱有馀，至于强对作战，则无往不败！昔之于日本，今之于德，皆其已事之明效也！此其故不在兵而在国之政俗。据今策之，纵横二系，非一仆不止。而德意志国力之强，固可谓生民以来所未有；东西二面，敌三最强国矣；而比、塞虽小，要未可轻。顾开战十阅月，民命则死伤以兆计；每日战费不在百万镑以下；来头勇猛，覆比入法，累败俄人；至今虽巴黎未破，喀来未通，东则瓦骚尚为俄守；海上无一国徽，殖民地十亡八九，然而一厚集兵力，则尽复奥所亡城；俄人退让，日忧战线之中绝；比境法北之间，联军动必以数千伤亡，易区区数基罗之地；所谓死龉不得入尺寸者也；不独直抵柏林。虽有圣者，不能计其期日；即此法北肃清，比地收复，正未易言。此真史传之所绝无，而又知人事之大可恃也。英人于初起时，除一二兵家如罗勒、吉青纳外，大抵皆以为易与。及是始举国忧悚，念以全国注之。而于政治，则变政党之内阁而为群策群力；于军械子药，则易榴弹以为高炸；取缔工党，向之以八时工作者，至今乃十一时；男子衽兵革，女子职厂工；国债三举，数逾千兆镑，而犹苦未充。由此观之，则英人心目之中，以条顿种民为何等强对，大可见矣。故尝谓国之实力，民之程度，必经苦战而后可知；设未经是役，则德之强盛，不独吾辈远东之民不窥其实；即彼与接壤相摩者，舍三数公外，亦未必知其真际也。使彼知之，则英人征兵之制，必且早行；法之政府于平日军储，必不弛然怠缺而为之备，明矣。今夫德以地形言，则处中央散地四战之境；犹战国之韩、魏也。顾自伏烈大力以来，即持强权主义；虽中经拿破仑之蹂躏，而民气愈益深沉。千百八十年累胜之馀，一跃千丈；数十年磨厉以须，以有今日之盛强。由此而知，国之强弱无定形；得能者为之教训生聚，百年之中，由极强可以为巨霸；观于德，可征已。德人之于英、法，文明程度相若；而政俗则大不同。德人虽有议院，然实尚武而专制，以战为国民不可少之圣药；外交则尚夸诈，重诇侦；其教民以能刻苦、厉竞争为本；其所厉行，乃尽吾国申、商之长而去其短。日本窃其绪馀，遂能于三十年之中，超为一等强国。而英、法则皆民主。民主于军谋，最不便；故宣战后，其政府皆须改组，不然，败矣！日本以岛国而为君主立宪，然其经国训民，不取法同型之英，而纯以德为师资者，不仅察其国民程度为此；亦以一学英、法，则难以图强故也！年来英国屡经失败，其自救而即以救欧洲者，在幡然改用征兵制之一着；否则至今尚未知鹿死谁手耳。世变正当法轮大转之秋；凡古人百年数百年之经过，至今可以十年尽之。盖时间无异空间，古之程度，待数年而后达者，今人可以数日至也。故一切学说法理，今日视为金科玉律，转眼已为蘧庐刍狗，成不可重陈之物；譬如平等、自由、民权诸主义，百年以往，真如第二福音；乃至于今，其弊日见，不变计者且有乱亡之祸。老夫年将七十，暮年观道，十八九殆与前不同；以为吾国旧法断断不可厚非。今有一证在此：有如英国十四年军兴以来，内阁实用人才，不拘党系；足征政党，吾国历史所垂戒者，至于风雨飘摇之际，决不可行；一也。最后则设立战时内阁；而各部长不得列席；此即是前世中书、枢密两府之制，与夫前清之军机处矣；二也。英人动机之后，俄、意诸协商国靡然从之。夫人方日蜕化，以吾制为最便；而吾国则效颦学步，取其已唾弃之刍狗而陈之；此不亦大异也耶？方战事勃发之初，以德人新兴之锐，乘英、法积弛之政，实操十全胜算。尔乃入巴黎不能，趋卡来不至，仅举比境与法北徼而不得过雷池半步者，此其中殆有天焉？及至旷日持久而不得志，则今日之事，其决胜不在战阵交绥之中，而必以财政兵众之数为最后。德虽至强，而兵力固亦有限。试为约略计之，则一年中，其死伤或云达三百万，即令少此，二百馀万当亦有之。而其东陲对俄之兵，报称三百五十万众；如此则六百万矣。而西面比、法之间，至少亦不下二百万，是德之胜兵八百万也。方战之初，德人自言兵有此数，群诧以为夸诞之言！乃今此众已全出矣。英、法之海众未熸，而财力犹足以相持。军兴费重，日七八兆镑；久之，德必不支。要而言之：德之霸权，终当屈于财权之下。又知此后战争，民众乃第一要义。吾国之繁庶如此，假有雄桀起而用之，可以无对。而日操戈同室，残民以逞，为足痛也。”

时论方趋欧化而訾读经。而复则甚不谓然；曰：“吾垂老亲见支那七年之民国，与欧罗巴四年亘古未有之血战。觉欧人三百年之进化，只做到‘利己杀人，寡廉鲜耻’八个字。回观孔、孟之道，真觉量同天地，泽被寰区。此不独吾言为然，往闻吾国腐儒议论，谓孔子之道，必有大行人类之时！心窃以为妄语！乃今听欧、美通人议论，渐复同此。彼都人士，研究中土文化之学者，亦日益加众，学会书楼，不一而足。即此可知天下潮流之所趋矣。士于国学，茫乎未有知，斯已耳。如其不然也，聆他国学说，观他国国政民风，必益信吾国先圣之言为不可易；而以其新知发挥旧学，转足使之盛大而不穷。盖心愈瀹者知愈通；量愈拓者气愈平；而圣人之道，实已立其极也。中国目前危难，全由人心之非；而异日一线命根，仍是数千年来先王教化之泽。读经之在学校，当特立一科；而所占时间，不宜过多。宁可少读，不宜删节；期以熟读，亦不必悉求领悟；而要必于童蒙之教植其基；非不知辞奥义深，非小学生所能领解；然如祖父容颜，总须令其见过；至其人之性情学识，自然须俟年长，乃能相喻。《四子》、《五经》亦然。皆中国数千年人伦道德之基，此时不妨先教讽诵；能解则解，不能解则置之，俟年长学问深时，再行理会，有何不可。若少时不肯盲读一过，则终身与之枘凿；徐而理之，殆无其事。虽然，其中有历古不变者焉，有因时利用者焉；使读书者自具法眼，披沙见金，则新陈递嬗之间，转足为原则公例之铁证。老夫行年将近古稀。窃尝究观哲理，以为耐久无敝，尚是孔子之书。《四子》、《五经》，固是最富矿藏，唯须改用新式机器，发掘淘炼而已。顾古圣贤人所讲学而有至效者，其大命所在，在实体而躬行；今日号治旧学者，特训诂文章之士已耳！故学虽成，其于人群社会无裨益也。其次莫如读史，当留心细察古今社会异同之点。古人好读“四史”，亦以其文字佳耳。若研究人心政俗之变，则赵宋一代历史最宜究心。中国所以成为今日现象者，为善为恶，姑不具论；而为宋人之所造就，什八九可断言也。”

时论方戒早婚而崇自由。而复则亦不谓然！曰：“吾国前者以宗法社会，又以男女交际不同欧人，遂有早婚之俗，而末流或至病国，诚有然者。而今日一知半解之年少，莫不以迟婚为主义，若有志于化民善俗。顾细察其情，则实不尔！盖少年得此可以抵抗父母，夺其旧有之权；一也。心醉欧风，于配偶求先接洽，既察姿容之美恶，复测情性之浅深，以为自由结婚之地；二也。复次凡今略讲新学少年，莫不以军国民自居，于古人娶妇所以养亲之义，本已弃如涕唾，至儿女似续，尤所不重；则方致力求进之顷，以为娶妻适以自累！假一不知谁氏女子以与之商终身不二之权利，则私计亦所不甘，则何若不娶单居？他日学成，幸而有百金以上之人；吾方挟此遨游，脱然无累；群雌粥粥，皆为肉欲之资；孰与挟一伉俪而啼寒号饥，日受开门七件之累乎？此其三也。用此三因，于是今之少年，其趋于极端者不但崇尚晚婚，亦多傫然不娶；又睹东西之俗，通侻逾闲，由是怨旷既多，而夫妇之道亦苦。不如中国数千年敬重女贞；男子娶妇，于旧法有至重之名义，乃所以承祭祀，事二亲，而延似续。而用今人之义，则舍爱情俗欲而外，羌无目的之存；女色衰则爱弛，男财尽则义绝；中道仳离者往往而有。今试问二者之中，何法为近于禽兽？则将悚然而知古礼之不可轻议矣！婚嫁旧法，至以子女为禽犊，言之伤心。而新法自由，男女幸福，乃以益薄！今夫旧法之弊，时流类能言之。至一趋于新而不知所裁制，其害且倍蓰于旧，彼昏不知也。”

时论方废文言而倡白话。而复则亦不谓然；曰：“北京大学陈独秀、胡适、钱玄同诸君，主张言文合一而作白话文，意谓西国然也。不知西国为此，乃以语言合之文字；而陈、胡诸君则反是，以文字合之语言。今夫文言文之所以为优美者，以其名辞富有，著之手口，有以导达奥妙精深之理想，状写奇异美丽之物态耳。如刘勰云：‘情在词外曰隐，状溢目前曰秀。’沈约云：‘相如工为形似之言，二班长于情理之说。’梅圣俞云：‘含不尽之意，见于言外；状难写之景，如在目前。’今试问欲为此者，将于文言求之乎，抑于白话求之乎？诗之善述情者无若杜子美之《北征》；能状物者，无若韩吏部之《南山》。设用白话，则高者不过《水浒》、《红楼》；下者将同戏曲中簧皮之脚本。就令以此教育，易于普及，而遗弃周鼎，宝此康匏，正无如退化何耳！世间万事，无逃天演，革命时代，学说万千；然而施之人间，优者自存，劣者自败，虽千陈独秀，万胡适、钱玄同，岂能劫持其柄？则亦如春鸟秋虫，听其自鸣自止可耳。林纾辈与之较论，亦可笑也。”

好为危言抗论，不为随俗，大率类此。而老病颓唐，感时发愤，无可告语，常自叹恨曰：“我生之后，世界泯纷；眼见举国饮狂，人理几绝；而袖手旁观，不能为毫末补救。虽有透顶学识，何益人己之间！然则徒言学术，亦何与人事？此羊叔子所以不如铜雀伎也。吾人不善读书，往往为书所误；是以以难进易退为君子，以隐沦高尚为贤人。不知荣利固不必慕，而生为此国之人，即有为国尽力之天职。往者孔子固未尝以此教人，故公山、佛肸之召，皆欲往矣。而于沮溺之讥，则云：‘天下有道，某不与易。’孔子何尝以消极为主义也？世事朝局，所以败坏不可收拾如今日者，正坐吾辈自名读书明理，而纯用消极主义，一听无数纤儿，撞破家居之故。使吾国继此果亡，他年信史，平分功过，知亦必有归狱也。吾六十之年又加四矣，羸病扫轨，自力不能，惟有浩叹。向使年仅知命，抑虽老未衰，将鞭弭櫜鞬，出而从事；杀身亡家，所不顾耳！”

英使朱尔典归国；而复往送之，与谈朝局，抚今感昔，不觉老泪如绠。朱慰之曰：“君毋然！吾观中国四千馀年蒂固根深之教化，不至归于无效。天之待国犹人，眼前颠沛流离，即复甚苦；然放开眼孔看去，未必非所以玉成之也。君其勿悲！”复闻其言，稍为破涕也。中年以来，既以文学为天下所仰；杂文散见，不自留副；仅存诗三百馀首，树骨浣花，取径介甫，偶一命笔，思深味永，不仅西学高居上流也。其为学一主于诚，事无大小无所苟；虽小诗短札，皆精美，为世宝贵。而其战术、炮台、建筑诸学，则反为文学掩矣！以民国十年九月二十七日卒，年六十九。遗书三事，以诏子孙：一，中国必不亡，旧法可损益，必不可叛。二，新知无尽，真理无穷，人生一世宜励业求知。三，两害相权，轻己重群。其用心端可知矣！

章士钊

章士钊，字行严，湖南长沙人。少好文章。于唐宋八家，独称柳宗元，每语人曰：“子厚《答韦中立书》，自道文章甘苦，有曰：‘参之《穀梁》以厉其气。参之《孟》、《荀》以畅其支。参之《老》、

《庄》以肆其端。参之《国语》以博其趣。参之《离骚》以致其幽。参之《太史》以著其洁。’夫于气则厉，于支则畅，于端则肆，于趣则博，于幽则致，于洁则著，相引以穷其胜，相剂以尽其美，凡文章之能事，至此始观止矣。就中‘洁’之云者，尤为集成一贯之德；有获于是，其馀诸德自帖然按部而来；故子厚殿以为文章之终事。自来文家，美中所感不足，盖莫逾‘洁’字之道未备。韩退之《致孟东野书》，一篇之中，至连用‘其’字四十馀次，此科以助词未甚中程，似不为过。苏子瞻论文，谓‘宜求物之妙，使了然于口于手’，此独到之见，恒人所无。然东坡之文，往往泥沙俱下；‘气盛’诚有之，‘言宜’每不尽然，为宜之道则奈何？曰：凡式之未慊于意者，勿著于篇。凡字之未明其用者，勿厕于句。力戒模糊，鞭辟入里，洞然有见于文境意境，是一是二；如观游涧之鱼，一清见底；如察当檐之蛛，丝络分明。命意遣词，所定腕下必遵之律令，不轻滑过，要其归于‘洁’而已矣。”此士钊论文之旨也。读书长沙东乡之老屋，前庭有桐树二，东隅老桐；西隅少桐。老者叶重荫浓，苍然气古。少者皮青干直，油然爱生。时士钊年二十耳，日夕倚徙其间，以桐有直德，隐然以少者自命；喜白香山有“一颗青桐子”之句，因自号青桐子。二十一岁，负笈来南京，学于江南陆师学堂，总办山阴俞明震恪士素擅学问，尤工为诗，感物造端，摄兴象空灵杳蔼之域；晚益托体简斋，句法间追钱仲文；尝言：“诗人非有宏抱远识，必无佳构。”其为人和隽两至，飘然绝俗；能奖掖后生，尤重士钊。而士钊乡人马晋羲愓吾则主讲国文，兼授史地。时校律严，为士钊敬惮；然以此为躁妄者不便。时值上海南洋公学大罢学后，阳湖吴敬恒稚晖主《苏报》，特置《学界风潮》一栏，恣意鼓吹，士气骤动，风靡全国。中国学生之以罢学为当然，自敬恒之倡也。当时知名诸校，莫不有事，陆师亦不免焉。时士钊既以能文章，为校士魁领，则何甘于不罢课而以示弱诸校。一日，毅然率同学三十馀人，买舟之上海，求与所谓爱国学社者合，并心一往，百不之恤。三十馀人者，校之良也，此曹一去，菁华略尽！俞明震知士钊魁率多士，函劝不顾，马晋羲垂涕示阻，亦目笑存之也。自以为壮志毅魄，呼啸风云，吞长江而吹歇潮矣。然三十馀人，由此失学者过半，或卒以惰废不自振。中年以后，士钊每为马晋羲道之，往往有刺骨之悔；曰："罢学之于学生，有百毁而无一成；何待他征？愚所及身亲验，昭哉可睹，既若此矣。"事在逊清光绪二十八年壬寅也。

方是之时，革命之说稍起，而孙文名字未著。章炳麟、吴敬恒及善化秦巩黄力山、山阴蔡元培孑民之徒，次第张之。巩黄掉臂绿林，潜踪女闾，自为风气，罕与士夫接。而炳麟、敬恒、元培皆籍爱国学社。炳麟挟《驳康有为书》一册，沾沾自喜，侪类亦以此推之。敬恒以辩才闻于时；安垲第之演说，大擅江海；然其所言，能得人之耳，而未必得人之心。元培退然若不胜衣，与之言事，类有然诺而无讽示。士钊既罢学之上海，与诸公者合，周旋其间，独抵掌说军国民之义焉。炳麟则大喜，以为得一奇士也。时沧州张继博泉、巴县邹容蔚丹方以劫取日本留学监督姚某之辫，走上海，亦居爱国学社。而容著《革命军》一书；士钊则润泽之，初版签书《革命军》三字，乃士钊笔也；而容以序属炳麟。一日，炳麟挈士钊与张继及容同登酒楼，痛饮极酣，曰："吾四人当为兄弟，僇力天下事。"炳麟年最长，自居为伯；而仲士钊，叔继，季容；自是士钊弟畜二人而呼炳麟曰兄也。容十九岁，年最幼，而气陵厉出士钊上，卒然问曰："大哥为《驳康有为书》；我为《革命军》；博泉为《无政府主义》；子何作？"士钊笑谢之而已；顾自内惭，乃据日本宫崎寅藏所著《三十三年落花梦》为底本，成一小册子，颜曰《孙逸仙》。而自序其端曰：

> 孙逸仙，近今谈革命者之初祖，实行革命者之北辰，此有耳目之所同认。吾今著录此书，标之曰《孙逸仙》，岂不尚哉？而不然。孙逸仙者，非一氏之新私号，乃新中国新发露之

名词也。有孙逸仙而中国始可为，则孙逸仙者，实中国过渡虚悬无薄之隐针。天相中国，则孙逸仙之一怪物，不可以不出世。即无今之孙逸仙，吾知今之孙逸仙之景与魍魉，亦必照此幽幽之鬼域也。世有疑吾言乎？则请验孙逸仙之原质为何物，以孙逸仙之原质而制作之义为何物。此二物者，非孙逸仙之所独有！不过吾取孙逸仙而名吾物，则适成为孙逸仙而已。既知此义，谈兴中国者，不可脱离孙逸仙三字。非孙逸仙而能兴中国也，所以为孙逸仙者而能兴中国也。然则孙逸仙与中国之关系，当视为克虏伯炮弹成一联属词，而后不悖此书本旨。吾，黄帝之子孙也，有能循吾黄帝之业者，则视为性命所在，且为此广义，正告天下；以视世之私谊相标榜、主张伪说、迷惑天下者，读此书当能辨之矣。共和四千六百一十四年八月二十日。

其时天下固瞢然不知孙氏为谁何者。上海同志与孙氏有旧者，独一秦巩黄，尤诵有喜焉。为之序曰："四年前，吾人意中之孙文，不过广州湾一海贼也，而岂知有如行严所云云者？吾东洋人最好标榜，彼得毋又蹈此病？巩黄阅人多矣；吾父理刑名，少小随侍往来宦场中；继又访吾国之逋臣于东南群岛；复求草泽无名之英雄于南部各省。龚瑟人曰：'乌睹所谓奇虬巨鲸大珠空青者耶！'我行仆仆，亦若是则已矣。大盗移国，公私涂炭。秦失其鹿，丧乱弘多；而孙君乃于吾国腐败尚未暴露之甲午乙未以前，不惜其头颅性命，而虎啸于东南重立之都会广州府，在当时莫不以为狂。而自今思之，举国熙熙皞皞，醉生梦死，彼独以一人图祖国之光复，担人种之竞争，且欲发现人权公理于东洋专制世界；得非天诱其衷而锡之勇者乎？吾曾欲著此书；而以三年来与孙君有识，人将以我为名也，复罢之。今读行严之书，与吾眼中耳中之逸仙，其神靡不毕肖。喜而为之序。"巩黄又曰："热心家初出门任事，其进诚锐；

意若曰：‘以齐王犹反手。’而不知前途有无限之荆天棘地。一旦失败，则又徜徉歧路。是以朝秦暮楚，比比皆是。此则孙君之所以异乎寻常志士。读者之所当注意，吾辈之极宜自励者。”炳麟则为题词曰：“索虏披昌乱禹绩，有赤帝子断其[illegible]嗌之籀文。掩迹郑洪为民辟，四百兆民视此册。”自是孙文、孙中山著为文章，浸喧于士人之口矣！时孙文易名中山樵以避逻者，士钊著录，用孙中山三字，缀为姓字称之。睹者大诧，谓无真伪两姓骈举成名之理。然孙中山之名自此称。而亦以其间时时投稿上海《苏报》及《国民日日报》，中有署名青桐之诗歌，即士钊作也。会清廷遣俞明震以江苏候补道来检察革命党。章炳麟、邹容皆就逮；而士钊得脱，则以明震之厚重之也。士钊既免于难，乃还湖南，随善化黄兴克强，纠合湖南革命人物，创立华兴会于长沙，又与洪帮哥老会合，举事不成。士钊乃亡命日本，走江户；则顿悟党人无学，妄言革命，祸发且不可收拾，功罪必不相偿。渐谢孙文、黄兴，不与交往，则发愤自力于学；二十四岁，初习英文字母而不以为耻。于是黄兴以华兴会并入孙文所主之兴中会，及留学生有志革命者，合组同盟会于日本之赤坡：中分八部，各有专职，而以“驱除鞑虏，恢复中华，建立民国，平均地权”为信条。会众三百馀人，举孙文为总理。已而章炳麟亦脱狱来会，一日在新宿寓庐，与寿州孙毓筠少侯迫士钊署约入同盟会，共图大事。士钊不许，则动之以情，更劫之以势，非署名者不得出室庐一步，如是者持两昼夜，卒不许也。世风乍启，革命之说鼎盛一时。女子之教。且由外言不入，一跃而藩篱尽撤。士钊遁荒域外，见名门淑女，年十七八，无父兄师保自随，独游异邦，呼朋啸侣，男女无别，行止自便者无算，尤不谓然。顾于其中得一人焉，曰吴弱男，盖庐江吴保初君遂之女也。保初为清故提督长庆谥武壮次子，为四公子之一。保初文弱颖异，长庆以为非将种，使入都师事故侍郎宗室宝廷。宝廷文章直节，早擅重名；方罢官，无以自存。长庆岁资助之而属以保初。保初则濡染为清折闲肆之诗，遂识沈曾植、陈衍之伦；郑孝胥至都，独请业学诗称弟子。孝胥素不主张弟子之说，坚拒之。而庐江陈诗者，年长于保初，又从而称诗弟子焉。保初尚气好文章，事事效法宝廷，为诗千百言立就；前后千百首，刊有《北山楼集》，音节悲壮，遣词命意时近王安石；其回肠荡气之作，亦不亚《海藏楼》也。时刚毅方长刑部，自命刑名家，保初以荫补主事，与争一狱，谳稿反复詻詻持不下。至掷稿于地，自褫公服出署去。既弃官居上海；慈禧太后临朝，报效麇集，政日敝。保初乃电请归政，康有为、梁启超谋变法；保初奔走号召，助张目；而唐才常起事汉口，相传保初与谋焉。兄保德惧连，将告密；又与保初妇谋给而坑之；嗣子世炎具以告，逃之日本；逾年归。袁世凯方为北洋大臣，以早为长庆所识拔，而谋得当于保初，月致二百金，使居金陵，勿得至上海；继益百金，要以三事：不入都，不言朝政，不结交新党，若圈禁于天津焉；恐其及祸也。世炎有神童之目，书过目不忘，十馀岁喉疾卒。保初伤之甚。唯二女弱男、亚男，遣游学日本，勖女以诗，有"西方有美人，贞德与罗兰"之句；而弱男倜傥好事，通中英文，足有才藻，至是邂逅士钊，自由缔婚焉。弱男时为同盟会英文书记，与孙文上下议论，持极端欧化之说，又谓："非平等自由，不足征欧化"，气焰万丈。士钊初解字母，不能读西书，雅不然之！然天下盛称西方美人贞德、罗兰如是，无以难也！未几，偕游英伦。初至，与王小徐论贤母良妻，不协，愤而趋泥北淀。居之三年，至是亲接彼中妇女，往来大学教授及名牧师之家庭间，尽得其忠勤端静，持家教子，非成年之女，无督不得独出诸状。乃征贤母良妻，无碍欧化；欧化亦不尽于自由平等；而刮弃昔日之所轻信谬执，一以亲炙于西贤者为归，而渐化焉！自是以迄归国，绝不问外事，尤鄙女子参政论，闭户理家政、修文学；非亲故，外间获见其面者且罕。士钊每喟然曰："嘻，欧化真似之辨，吾妻今昔之殊，诚不料其相违之度如此之大也！然亦贵有人善体认焉而速改其度耳！庸讵知吾辈须眉男子之论西政西学，不与吾妻未游欧前之言社会革命者同其谬妄耶？吾思之！吾重思之！"

士钊既之英，乃入伦敦大学，习政治经济之学。顾最喜者逻辑，又通古诸子名家言，杷梳梳理而观其通。自国中言名学者，严复而后，莫之或先也。自是衡政论文，罔不衷于逻辑。每谓："文自有逻辑独至之境。高之则太仰，低焉则太俯；增之则太多，减之则太少；急焉则太张，缓焉则太弛。能斟酌乎俯仰多少张弛之度，恰如其分以予之者，惟柳子厚为能；可谓宇宙之至文也！"黄花岗既败。志士殉者七十二人，而至友杨守仁笃生同客英伦，自恨不与其役，发愤蹈海死。士钊旅居无憀，黯然有秋意；感于诗人秋雨梧桐之意，遂易"青"而"秋"焉！其时北京《帝国日报》屡征士钊文，士钊则为《英宪》各论，皆署"秋桐"二字与之。辛亥八月，革命突起，不数月而清帝逊位，共和告成，推孙文为临时大总统，奠都南京。然革命党人所能依稀仿佛以涣然大号者，惟立国会、兴民权，廓然数大事耳！其中经纬百端，及中西立国异同本义，殆无一人能言。士钊归自英伦，晤桃源宋教仁遁初于游府西街。教仁以能文善辩说，有造于共和；而为孙总统所倚重者也；则坦然相告曰："子归乎？吾幸集子所言，以时考览，藉明宪政梗概。"士钊问其故。教仁出示一帙，盖士钊投寄北京《帝国日报·英宪》各论，教仁次第裁取，已裒然成一册也。于是士钊乃以明宪法、通政情，为革命党人所欲礼罗！吴敬恒、张继、于右任之徒，联翩而至，邀之入同盟会，士钊卒婉谢之。于右任方主《民立日报》，乃委已以听。《民立日报》者，同盟会之机关报也。同盟会既得势，不知所为，唯四出抵排人。梁启超尝持立宪以与同盟会晤；至是归国，求不见绝于同盟会，因扬言于众曰："吾夙昔言立宪者，手段也；目的同为革命。"同盟会不听，而讧益急；又不能持论，唯指与立宪党有连，则莫不关其口而夺之气！其湖北同盟会员王慕陶侃叔者，至抗辩于众曰："吾非王八蛋，焉为立宪党！"海上群言，以次屏息！顾士钊习于逻辑，持论不为诡随。独谓："政党政治成功之第一要素，在于党德。党德云者，即认明他党为合法团体，而听其并力经营于政治范围以内，以期相与确守政争之公平律也；即英儒梅依所言‘听反对党意见之流行’一语也。凡一时代急激之论，一派独擅之以为名高，因束缚驰骤人，使慑于其势，不显与为抗，一遭反诘，甚且嗫嚅无敢自承；于是此一派者，气焰独张，或隐或显，垄断天下之舆论而君之。久之他派尽失其自守之域，轩豁之态，如弹簧然，一唯外力之所施者以为受；不论久暂全阙，天下大势终统于一尊。然理屈不伸，利害情感郁结无自舒发；群序既不得平流而进，国家社会之元气，乖戾过甚，卒亦大伤。盖不认反对党之行为为合法；凡所争执，隐之走入偏私，显之流于暴举，乃为事势之所必然。十七世纪，英伦之政争纪录，凡号为阴谋史或流血史，有时总理退职，得安然亡命以去，且称幸运焉者，即以此也。是故以和平改革四字，导领政治，使两党相代用事；非认反对党之所为有益于国，万万不可。且政党不单行。凡一党欲其党内之常新，他党忽尔消灭，或日形削弱，均非所利；盖失其对待，已将无党可言；他党力衰，而己党亦必至虫生而物腐也。”壹本其平素所笃信而由衷者，质焉剂焉，持说侃侃，于同盟会意壹不瞻徇。以此大踬于国人，然亦以此失同盟会欢。同盟会既改组为国民党；黄兴緟要隶籍。士钊又不许，国民党人大讙。士钊主《民立报》所为文，以本字“行严”标识，未用“秋桐”，国民党人，既与士钊见相左，因讦前之投稿《帝国日报》署“秋桐”，而今匿情，若有隐图；又揭杨守仁与士钊书，以明士钊故与立宪党有连，不宜资《民立日报》以隐为立宪党道地。士钊则愤发舍去，杨口口怀中者，杨守仁之兄弟也，自柏林致书询所以。士钊则复以书曰：

怀中学长左右：

得书知由瑞士复抵柏林，此行饱看山水，得诗几何，以为念也。公见《神州日报》，与弟抗论，颇觉不快，以为政争生涯，如是如是！恐弟以之灰心。想公决不料新闻记者之卑劣，日甚一日，在今日望公所见之《神州日报》，转在天上也。《民立报》夙为革命党机关，光复时，声光最盛。南京政府既立，同盟会人执政；南方新闻群以立宪派嫌怨，遇事不敢论列，《时报》至数周不载社论。当时惟《民立报》有作诤友之资地，于右任复以言论独立颂言于人。弟因缘入该社，与右任要约，务持“独立”二字不失；冀于同盟会炙手可热之时，以中道之论进，使有所折衷，不丧天下之望。此种设想本不自量，至其心则无他也。自从《民立报》与同盟会提携之道，不出于朋比，而出于扶掖。弟意有所不可，辄不妄为假借；有时持论，势不得不与党人所见，取义互有出入；而卒以此伤同盟会人之心。夫伤其心，宜也；弟决不以为彼等咎！盖弟非同盟会人；彼毁弟借该会机关倾轧该会，面质右任：“何事出此自杀之愚计？”“并何厚于章某而薄于本党？”如此等语，皆非在情理之外。故彼辈造作诬词，百计骂弟，弟概置之不问，而独此等语不得不听。何也？嫌疑所在，道德上说不过去也。弟既去《民立报》，谤词复连载十馀日不休，若谓中国可亡，而章行严之名誉不可使存。公当不信行严返国，胡乃陡增如许声价。夫天地之大，何所不容？弟涵养工夫虽不如公，此等流言，尚能包含下去；故彼等如何毁弟，无取为公述之，惟笃生遗书一通，近发布于《中华民报》，中诋弟语甚众；彼等遂引为口实以中伤弟；是不得不有所质于公，冀得公一言以祛烦惑。笃生于公至亲，于弟至友，在英时，三人形影相吊，自始未离一步。凡弟有负笃生，公必知之。笃生暮年感慨过多，好持无端涯之论以抹杀人，与吾二人意多不合，此当为公所能忆。弟于笃生，风义本在师友之间，有所论议，因故避其锋，而笃生辄龂龂不已。一日，以小事哄于弟寓，顿失常度。弟妇吴弱男至为之骇走。弟以笃生忽有此意外之举，中心痛之；而其事弟亦有失检处，尤难为怀；譬说之馀，至于雪涕。弟生平未尝为人流泪，独此次不能忍；此景公亲见之，谅未忘也！若而事者，笃生书中俱屑屑道之。罪弟负友，颇为良证，然此尚非同盟会人发表遗书之意。彼意所在，乃欲实弟为保皇党耳。原书有"弟疑彼原注：笃生不忠革命，借词责之；而已乃徘徊于梁卓如、杨皙子之间，既在《帝国日报》投稿，《国风报》上复有大作一首，又安足以服其心"云云，凡兹所言，实为笃生末日褊狭之态造一肖像；弟实哀之之不暇，安忍以其言为过？特未许他人窃之以妄骂人耳。弟与南海康氏未谋一面。自弟稍解政治，康之足迹，即不见于国内。且笃生书中并未及康；以为言者，则《国风报》上曾有大作一首，遂断其依傍梁卓如耳。所谓大作者，乃论翻译名义，见该报二十九期中，公熟知之。此事弟自始未以为当讳；在《民立报》略谈逻辑，首及译名，并屡引前论，使为左证。存蔡君尔文至据原论与弟驰辨，其书赫然在投函栏内，可考也！此于彼等，诚以谓最脆弱可攻处；而在弟则固久矣坦怀置之！以共和之邦，文网尔密，弟决不愿更争旦夕之命也。至何以作此文者，则弟在东京，曾撰《双枰记》小说求鬻；彭希明为携前年至梁处。支取稿费百元；乃稿未成而弟西渡，逾年，弟状更窘，议重鬻焉；而前半在梁处，且百元亦无虚受理，乃与梁一通书，并以大作一首寄之，此其大略也。此外与梁有关，则彼创政闻社时，介于徐佛苏、黄兴之，曾在东京晤谈一次，特寒暄数十语耳，未及政治；以其时弟以文学自炫，方鄙政治不谈，且将西行，亦未遑及之也。此种关联，较之某君即发书者与《新民丛报》之亲切，实无可言；即较之笃生自身与梁之纪念，亦无可言。杨、梁关系为中国革命史上一大纪念，谊当为表之。笃生以此责弟，由于神经刺激过甚，遂乃举社会一切事情而恶绝之。黄花岗败后，什匿克之心理尤亢；吾辈日与之习，又是政见不合，因首承其蔽，而为彼病态动作之目的物焉，殆不足奇。涉思及此，弟固不忍为笃生过。惟弟与梁卓如并无密交，事实具在于是，一览而知。弟为此言，决不许彼辈妄度弟意，以梁君方为民国不韪之人，而弟必望望然去之，前此交谊，概置不顾。世风凉薄，此种随处皆是。弟夙昔痛恨之。弟果与梁君缔交弥笃，虽难解于儇薄少年之口语，断不肯以夙昔所痛恨者反而效之；匪惟不效，弟犹且用力表出以为反复小人激劝。夫梁君自丁酉以还，于举世醉梦之中，独为汝南晨鸡，叫唤不绝，亘十馀年不休；一国迷妄，为彼扬声叫破者，岂在少量？此今日革命党人扪心而自知者也！虽彼未尝躬亲革命之业，以致为急激派所借口；而平心论事，彼昔年开导社会之功，自有其独立自存之值，无取与后来功罪相提并论。且立国之业大矣，所有人才，奚必出于一途？以彼之学之才，称为本邦建树之资；其所成就，将非馀子可望。急激者必欲排而去之，谅是怠与忌之两念驱之使为。社会之公德心，如是缺乏，此弟与公言之所为长太息者也。推彼等用心，以弟与康、梁有秘密交谊，而特畏为人所发，故阳与同盟会人交欢，俾掩厥迹；今其秽史，出于与弟最昵、道德最高之杨笃生，弟必无颜更在民国言说短长焉矣。见地如此浅鄙，真足令人喷饭！弟自癸卯败后，审交接长江哥弟，非己所长，因绝口不论政事。窃不自量，欲遁而治文学以自见。此凡与弟习者皆能言之，十年来之革命事迹，与弟无关，此自事实。弟固未图以是示异，并向何所妄有所称说。弟苟欲挂革命党招牌，则昔年谈革命于东京，较之上海，尤为太平；何章太炎、孙少侯闭弟于室，强要入会而弟不许，此犹得曰热心利禄。洋翰林非异人任，作党人终未便也。今民国既建，革命已成，险阻艰难，变为荣华；依附末光，此其时矣！胡乃以吴稚晖、张博泉、于右任之敦劝，而弟不入同盟会；以黄克强、胡经武之推挽，而弟复不入国民党？弟始终持此，弟自有其一人之见，人尽议其刚愎，尽訾其别有用心，而以明弟不惜革命党之头衔自重，要为有馀！弟被骂甚，革命党中之知弟者，每举弟昔年实行诸迹以谋间执，无论彼等可曰弟始革命而终保皇，其口仍不可以间执也。即间执矣，而弟谓大是隔靴搔痒之事。夫民国者，民国也；非革命党所得而私也。今人深体挽近国民权利，自有为于其国；宁有以非革命党之故，而受人非礼之排击者！弟固不为保皇党，而请让一步承之。弟固不为政闻社员，而亦让一步应之。凡此俱不足以使弟自生惭怍，退然无动；且正以革命党贪天之功，于稍异己者，妄挟一顺生逆死之见以倒行而逆施，行见中华民国汩没于此辈骄横卑劣者之手而不可救；愈不得不困心横虑，谋有以消其焰。吾舌可断，斯言不可毁也。呜呼，笃生留英之年，神经亢不可阶。往往小故，在他人宜绝不经意者，而笃生视与地坼天崩无异，卒至亲其所疏，疏其所亲，颠倒误乱，一至于是！谅公闻之，当不禁为之长叹也！偶有所触，书之不觉满幅。若以此书有累笃生盛德，公责言至，亦所乐受。彼手写遗诗，尚未付印，以正觅旧友作跋，欲并印为一册。今谤言日至，此举或不足传笃生之名，而转以败之；故弟颇复怅怏踌躇尔。馀不白。士钊顿首。

士钊既失职于国民党，而法理政论，一时推为宗盟。既痛当日舆论缚于党见，意皆有所郁结不得抒；则发愤为《独立周报》以畅欲言；又怒国民党人间执“秋桐”二字以为口实也，大书特书以示无畏。其发端辞引英国文家艾狄生所主撰之周报《司佩铁特》；司佩铁特者，袖手旁观人之谓也，艾狄生实以自况；而士钊则藉以致其企慕，隐寓旁观者醒之意。而溢之曰“独立”者，所以揭持论不为苟同之旨也。士钊既名重一时，出其凌空之笔，抉发政情，语语为人所欲出而不得出，其文遂入人心，为人人所爱诵，不啻英伦之于艾狄生焉！

时袁世凯为临时大总统，方图专政，而欲藉途宪法以谋称制。既知士钊之通宪法，而闻其不得志于国民党也，则以孙毓筠为介，招入见，馆之锡拉胡同，礼意稠叠，壹惟士钊之意，欲总长，总长之；欲公使，公使之；舍馆广狭惟择，财计支用无限；所责于士钊者，亦宪法为之主持而已！士钊则大窘！顾袁氏则以吴保初父子雅故，又尝有恩；士钊，其亲女夫，意可托大事也。促膝深谈，具悉其所以为帝制者，其计井然，则尤大骇！宋教仁既见贼；士钊意自危，而其妻吴弱男又戒以勿受暴人羁縻；则尽遣其行李仆从，孑然宵遁。既抵上海，造黄兴，方图举兵南京，士钊则袖出《讨袁之檄》，而与章炳麟先后之武昌，说黎元洪同图大事。元洪隐持两端，而二次革命之役猝起。于是国民党乃重认士钊为政友；岑春萱亦起而声讨袁世凯以称大元帅，士钊则为之秘书。既不克，士钊亦被名捕，东窜日本；知袁氏不可与争锋，而欲藉文字以杀其焰；乃组《甲寅杂志》社于日本之东京小石川区林町七十番地，以中华民国三年五月十日出版第一期；言不迫切，洞中奥会。

袁氏之徒方以大难初夷，唯集权足以奠定；而士钊则揭联邦论以持之。联邦论者，自民国初元，意已萌动，经癸丑二次革命之役，以集权制之反响，势尤潜长；徒慑于袁氏之淫威，国内谈士如丁佛言、张东荪辈，词旨可见，而无敢尸其名。截断众流，严立界说，毅然翘联邦论以示天下，自士钊始也。袁氏之徒，方以大总统总揽治权，制为约法；而士钊则说统治权以折之。统治权者，出于欧文萨威棱帖。萨威棱帖者，犹言一国最高之权也；国而无此最高之权，则不国；此最高权而无国，则不词。是故国家与统治权合体者也；从其凝而言之，为国家；从其流而言之，为统治权；之二物者，非二物也，一物而两象者也。然而大总统非国家也，何能总揽统治权而与之合体？而欲明此别也，当先严国家与政府之分，国家者，统治权之本体也；政府者，领受国家之意思以敷陈政事者也。国家者，无责任者也；而政府不得不有之。今若以统治权之总揽者属之政府，则为之首长者势将行其绝对无限之权而莫能制之；苟制止之，其事即等于革命。由前之说，是无国家；由后之说，是危政府。二者皆大不可也！惟厘国家、政府而二之，使各守其防，不相侵越，而后国政可得而理。国家之权无限；而政府之权则不得不有限。盖政府者，国家所创置者也；苟政府之权而无限焉，则惟有通国家政府之藩，而反乎专治无艺之实；若而国者，并非绝无可以成立之道；惟宪法一物，不当存在。何也？宪法云者，其在欧文首以限制为义，而政权所使，举有一定之范围，不得逾越。设或逾越，而即有法督乎其后。由斯以谈，国家自有宪法以后，则政权无论大小要有限制；既有限制，即不得冒统治权之一名词。今则以统治权之总揽者属之大总统矣。吾闻行权绝对无限者，最后必有所以限之，其权亦与之为绝对无限。限之如何？即法皇路易之头之所以砍，英王查尔士之首之所以悬，桀、纣、幽、厉经历期以迄前清之所以死，所以流，所以灭，所以亡也。

国民党人既遁荒海外，而袁氏之徒务屏绝之不与同中国；士钊则晓之以政力向背论。政力向背论者：昔者英儒奈端治天文称宗匠，断言太阳系中有二力于焉运行，日者，全系之心也；一力吸行星而向之；一力复曳行星而离之；前者曰向心力；后者曰离心力；斯律既著，质学大进。后蒲徕士覃精史学，深明律意；以奈端之说，可通于政治，极言作政当保持两力平衡之道。其说曰："社会号有组织，必也合无数人无数团体而范围之。其所以使此人若团体共相维系，则向心力也；反之，人若团体因而瓦解，则离心力也。凡曰社会，无不有前力为之主宰，此至易明；然谓后力可以悉量免除，自有社会以来，完美亦决不至是。盖社会者，乃由小团体组织而成，而小团体中之个体，莫不各自有其中心环之而走，无论何之，不尽离宗。此种趋势，对于他团体及其个体，其为离立，决非调融，可不俟辨。且也社会过大，人人之意见、希望、利益、情感，断无全归一致之理。彼之所以为康乐，此或以为冤苦；彼受如斯待遇而以为足，此或受之而不能平。缓则别求处理，急且决欲舍去；社会之情，一伤至此。久而久之，势且成为中坚，所有忧伤疾苦，环趋迸发，群体不裂，又复几何？”夫所谓群体裂者何？即革命之祸之所由始也。然则欲祸之不起，惟有保其离心力于团体以内，使不外崩；断无利其离而转排之之理，苟或排焉，则力之盛衰原无一定；强弱相倚，而互排之局成；辗转相排，辗转相乱，人生之道苦，于国家之命亦将绝矣！由是两力相排，大乱之道；两力相守，治平之原。当民军一呼，满廷解纽，昔日之主张君宪者，转而表同情于革命。此较之拿破仑第三既败，共和政府已宣布于巴黎；而君宪之声威，尚公然扬于全国；国民会议，以君党名义而得选举者，至居多数；因日在共和会议，昌言恢复帝政者，其为势顺逆难易何似，不难想见。于法兰西共和先烈，有道以立于楚歌四面之中；而吾首义诸君，乃不知利用众山皆向之势。十三省代表集于汉口，议创临时政府，其中多昔日主持立宪之徒，遂大为革命党人所龉龁，鸟兽散去，实则此诸人者，为执役民军而来。其后唐绍仪南下议和，从行者多一时俊髦之士，而俱以昔日见党不同，接洽未遑，即欲仇以白刃，致彼仓皇投止，狼狈北归。保皇党者，乃过去之名词；当事者以欲张其鼓吹革命之功，乃日寻敌党之宿慝以相媒孽。凡此数端，求于前举政则，乃离心力之可转为向心力者；既为所排而去，而国内所有一切离心力，更不识所以位之使得其所，而日以独伸向心力为事。卒之离心力骤然溃决，全体以解，已竟陷于绝地而不自觉焉！以言今政府之所为；彼既利用国民党穷追离心力之势，悉收之以向己，而人心以得，而同时乃不审筹一相当之地，以置不可收之离心力，使运行于法制之内，借图政治剂质之用，而措国家于和平之域也。

刘廷琛、劳乃宣、宋育仁、章梫之徒，昌言复辟；舆论排之，指为邪说；政府綦之，欲兴大狱；士钊则进之以《政本论》。为政有本，本何在？曰在有容。何谓有容？曰不好同恶异。近世立国，不外将国中所有意见、情感、利害、希望维持而调护之，使一一各得其所。惟所谓各得其所，其所必异；异则党派以生。君政者，亦党派之得以为帜者也；苟吾守异说至坚，断无禁其存在之理。于是有为事实之谈者曰：“国体何事？既云确立，复容他说以叛之，视国家如弈棋，又焉可尚？”不知此正所以固国本也。盖对抗国体之论，张之则为顽词，闭之则为秘计。顽词之张，谁则听之；而一部分之孤怀野性，有所寄托；反侧之志，既销于言词；宽大之名，复归于民国；名曰张之，其实弛之，非失计也！反是叛国之辞，悬为厉禁；感情既郁，诡秘横生，国基纵不以是而颠，而鼬鼪时闻，大有害于和平进步之序。议者得无谓吾为共和，有倡言复辟者，即当执而戮之，肆诸市朝，以儆有众。则法兰西之山岳党，曾为之于百馀年前矣；不仅王党被戮，即有通王之嫌，或温和而可被以是嫌者皆上断头台。彼岂不曰：“王孽既绝，共和之花，当百年不凋？”乃死事之血未干，王政之基复起，中经数王，往复数十载；至师丹败后，拿破仑第三被卤，而共和始庆更生。时则建国诸贤，深明治体，对于尊王反动之徒不加压迫，转与提携议会之中，君政党公然列席，初为多数，逐年递减，至今日仍存二十馀席焉。如此优容，转不闻共和为其所坏。此诚一孔之士所不可解；而明理之夫以为自然者也！盖其时君政党跋扈于议会；国家之运命，彼实操之；帝政之不复苏，其间不能以寸。幸而其党自有内讧，所拥各异，未能即决。苟民政党过张其理想，迫之以不能堪，则反动立成，彼惟有自泯其争端，相携以制共和之死命已耳！倡共和者知其然也，相与让之；只须保存共和之名以上；一切制度，自审其无可抗议，即惟其所欲；善养帝政馀孽之锋，而待其自挫；听其自然，卒未闻于共和有害。于以知褊狭者不可以谋国，浮浅者不可与议法。此诚观于法兰西之往事，而当著为炯戒者也！且一说之起，必有其所由起。今复辟说之所由起者何也？此在稍明时势之人，可以一言断之，曰伪共和也。伪共和者何也？帝政其质，而共和其皮者也。质不异矣，我之质，胡乃独贵于人之质？人求其质，而我必自贵，强人以从我，此安足以服之！今人痛排帝政，并不自认帝政之嫌，而辄翘共和以对。意谓共和之名，一出吾口，即有鬼神呵护，帝政邪说，法当退听。则拿翁设祭，华圣顿之灵，翩然来格，斯可耳！不然，则我露其质，乃朝四而暮三；我蒙厥皮，亦朝三而暮四；名实未亏，而冀其喜怒为用。狙公诚智，刘、劳、章、宋之徒，未见有若众狙如庄生所称也。《传》曰："尧舜率天下以仁，而民从之。桀纣率天下以暴，而民从之。其所令反其所好而民不从。"今所令者共和也；而所好则不在是。凡民且为离心，焉论俊秀！董子曰："诘其名实，观其离合，则是非之情，不可以相谰已！"愚固共和论中之走卒，而兴言及此，对于复辟论者，盖不知所以为情。由斯以谈，复辟论非其本身足以自存；乃伪共和有以召之，明白甚矣！其因既得，攻复辟者惟有证明今日之共和非伪，或促进今后之共和，使不为伪而已！盍亦反其本矣！

严复著《民约平议》一文，揭之天津《庸言报》以痛诋卢梭，而袁氏之徒张之以为民权自由，群治之所由不进；士钊则折之以《读民约平议》。《民约平议》者，严氏之所号称自造，盖全出于赫胥黎《人类自然等差》一文。赫氏为生物专家，近世寡其辈流；而以拘墟于科学之律特甚，扞格不通，自相抵牾；是故以言物理，赫氏诚为宗工；以言政理，时乃驰于异教；术业专攻，势使然也。自有《民约论》以来，论者百家，名文林立，持说无论正负，要有不尽不竭之观。严氏作为平议，体亦大矣！乃皆外而不求，略而不论，独取一生物学者之赫胥黎先入以为之主；不知赫胥黎固非不认民约之说者，特其所谓约，不如卢梭作界之严耳！卢梭曰："约以意，不以力。"而赫胥黎则曰："无意无力，两造相要，举谓之约。"严氏今以产业见夺于人，吾无力与之相抗，因俯首帖耳从其条件，疑即卢梭之所谓"约"，反词以诘之；冀崇拜民约者，无敢置对，词穷而去。是殆先熟赫胥黎之论于胸。请得更诵卢梭之言曰："约以想，不以力。屈于力者，乃势之事，非意之事也。"然赫胥黎究非能坚守己说，而得其所以言约者，严氏盖敷陈其意以入乎所译《天演论》；下卷严意第四。而撮其大旨，取数点焉：一曰民既合群，必有群约。一曰其为约也，实自立而自守之，自诺而自责之。一曰尊者之约，非约也，约行于平等。一曰民权日伸，公治日出，亦复其本所宜然而已。兹数说者，皆不啻为卢梭之书下以铁板注脚，与赫胥黎他日之所以攻卢者，其意不符！赫氏之论平等，其说从体智身份而入，谓智愚、强弱、贵贱、贫富之不同，自然而然，无法齐之，其言不为无理。然当知此种不同，卢梭非无所见；以此间执卢梭，宁非无谓之尤！卢梭撰《民约论》，论产业终，结以一语曰："吾今此语，当用以为群制之本源，是何也？是乃民之初约，在不违反天然平等之性，而以道德法律之平等，取体质之不平等而代之。以体质之不平等，乃造物以加于人，无可解免者也；由是民力民智纵或不齐，而以有约之故，其在法律，乃享同等之权利。"是则智愚强弱之不一，卢梭已有说处此！至贵贱贫富之所由异，有时乃属贤愚勤惰之结果；卢梭宁不知之？故其言曰："以言平等，其慎勿以为若权若富，吾人皆当保持同等之量。斯语之所谓，不外有权者不当使之为暴；其行权也，务准乎位，依于法。富者不当使之足以买人；反之，贫不当使人不足自存，至于自鬻；如是而已！"是卢梭所以配置贵贱、贫富之道，亦不如俗论所云，彼于权位财产，必芟荑蕴祟，绝其本根，然后快也！呜呼！世人一耳卢梭之名，几相惊以伯有矣！乃夷考其实，言之平正通达如此，且时时戒人勿作极端之思焉！英儒鲍生蔡尝病卢梭之书。为人妄解，而发愤一道曰："凡伟人之意见，一入常人之口，其所留意戒备，视为不可犯者，辄犯之不已；甚且假其名以行焉。"此诚有慚乎其言之！

袁氏稔恶，既以称帝。梁启超则领袖进步党以与国民党合而讨袁；君子有清流大同盟之颂！而蔡锷者，启超高第弟子也，有云南首义之功，意国民党当下之！国民党不乐！于是肇庆之军事刚终，沪上之讧声复起！方蔡锷之起云南也，岑春萱实入肇庆以为两广都司令，辟士钊为秘书长。启超亦来会。士钊建议辟新运以别立政统，至少亦决不复国会。启超韪之，春萱亦以为然！而汤化龙、吴景濂之徒大会沪上，以民意相劫持；天下重足而立，敢怒而不敢言；约法国会表里唱和之局，咄嗟立成，春萱、启超惕息莫敢动！世凯既殕，春萱释兵以归于沪，士钊则劝以从容养望，不可妄动，词旨切至。春萱颔之。士钊即求入北京大学讲逻辑，以三年不闻政相期。居顷之，春萱惑于人言，以为桂军必奉令，又欲恢复国会以收民望；一年之中，三约士钊之沪议行止。每议，钊辄力沮之；春萱则怏怏。士钊贻书痛陈桂军不足恃，并言国会黩货长乱，恢复无当国人意状。春萱偶发其函于赵世钰，议士大恨！春萱亦卒走粤，召国会，立军府，而自为总裁，急电相召，无立异馀地。士钊则降心相从。

自后启超附于段祺瑞以征南。而春萱遮蔽民党，用事于粤；士钊实为上佐，言："议员宜课资格，受试验。"闻者大哗！又在上海揭论，主宪法不由国会订立。其文流传，两院中人指为叛逆；而以士钊之亦为议员也，张皇号召，削其籍。又以附之者衡政必曰学理，谥之为政学系，时人为之语曰："北有安福，南有政学"，以为大诟。曹锟乘之，用吴佩孚以败段祺瑞；而岑春萱不容于孙文，亦以奔走失职！居无何，孙文亦为其将陈炯明所放逐！士钊睹事无可为，而疑代议之无裨治制；又慑于斯制惰力之未全去，所称宪政祖国之英伦，尤如北辰所在，时论拱焉！乃于十年二月，于役欧洲，亲加考览，长途万里，所怀百端，即红海舟中，草致章炳麟书，历陈国会之乱政，而谓："有人民神圣、国会万能诸说，稗贩政治者流，得以奔走张皇，莫能颂言其非。惟兄集中有《代议然否》一论，造于逊清末年，主不设国会。其说建于未立本制之先，始为人人所不能言，中为人人所不敢言，卒为人人所欲言而不知所以为言。此诚不能不蒲伏于兄先识巨胆之下，不胜欢喜，深用自壮者也！"既抵英伦，历访其文人政士，而小说家威尔思，戏剧家萧伯讷，皆于民治有贬词！威尔思约士钊赴其乡园，纳凉池畔，从容谈及中国国政，慨然曰："民主主义，吾人击之使无完肤，只须十分钟耳！但其馀主义脆弱，且又过之；持辩至五分钟，便是旗靡辙乱。是民主政治之死而未僵，力不在本身，而在代者之未得其道。世间以吾英有此，群效法之，乃最不幸事！中国向无代议制，人以非民主少之，不知历代相沿之科举制，乃与民主精神深相契合；盖白屋公卿，人人可致，岂非平等之极则？辛亥革命，贸然废之，科举之废不待革命，威氏之言微误。可谓愚矣！吾欲著一书曰《事能体合论》，意在阐明何事需用何能，何能始为何事：事能之间，有一定之拣选方法，使之体合。中国民治，其病在事能之不体合也！”为太息者久之。而萧伯讷之所以语士钊者，意尤恢诡！其言曰：“能治人者始可治人。林肯以来，政坛有恒言曰：‘为民利，由民主之民治。’然人民果何足为治乎？如剧，小道也，编剧即非尽人能之。设有人言：‘为民乐，由民编之民剧。’语之不词，至为章显。盖剧者，人民乐之而不审其所由然。苟其欲之，不能自制，而必请益于我，惟政府亦然！英、美之传统思想，为人人可以治国。中国则反是！中国人而跻于治人之位，必经国定之试程；试法虽未必当，而用意要无可议。今所当讲，亦如何而使试符其用耳！”士钊又以所为《业治论》质正于群家潘悌。潘悌旧为工程师，乃树立基尔特社会主义之先觉，而倡业治以矫巴力门制者也！则诏于士钊曰：“中国自立代议制，政事棼不可理。盖所谓代议者，并未尝代人民而议。且以选区如彼其辽阔，凡所以为选者，其权例操于少数党人之手；此曰代表，词直不通。以此之故，凡政客下选区为演说，其政纲类由自择。人民于不自我起之争论中，迫而指名一造，代己谋国；而其争论又为性至复，非深知其内容，是非莫明；即深知之矣，所列问题每浮伪不切事情，无关民福；选民纵英爽能断，亦无所用。要之党人所标政策，徒于己党朋分政权而见为利；以云利国，直去万里。彼辈初挟理想而学为政！而一例以骑墙派终，非无故也！盖选区之分划，绝不与实际相符。试思一区之中，利害百出，包举于一人之身，如何可能？吾英谋矫此弊，因有基尔特制之创议。斯制非他，即所以运政治于实际者也。夫代议制之虚伪，以机体不立；故基尔特首祛是病，乃举一国之人，类聚而群分之。如此为分，其最自然之尺度曰业；诚以业者，人所相依为命者也。彼谈国政，恒不免于无意识；而本业夫惟不谈，谈则不离乎意识者近是。何以故？问题较简，而己与之相习故。自有基尔特运动以来，发轫于英伦，风靡于欧、美大陆，使言政之家，论思一变；盖以其说深抵巴力门制之创痛。而予意尤以中国为饶有施行业治之机会。盖所谓七十二行，气力不足而行会未亡，以新治加于其上，为势甚顺。中国果其实行，尤且得促西方之反省，使奉为矩范，起而效法。此征于今日西方人心之大觉，予语良非泛然。何也？以其厌恶今制，信念全失，思古幽情，油然以生；举凡生活方式，使人由之，心差安而理差得尔。然吾之基尔特，于资本制未兴以前即已消失；今以业治期之，宜先有准备工夫以资过渡。是何也？即计议资本如何可去，而基尔特如何可复也。中国斫丧未久，犹有存焉者；而在西方，则不反而求诸过去，不可得见也。”潘悌持之以正言庄论，威尔思、萧伯讷出之以嬉笑怒骂；而要归于然否代议则一。于是士钊之政治信念全变。遂返国，道出法之里昂，而吴敬恒方为里昂大学校长。士钊论议文章，敬恒所重；每谓宝山张嘉森君迈曰：“章行严之一骭毛，无非佳者！”至是邀讲演。将登坛；有粤生起指士钊大骂，词不可堪，其大指影射粤军政府，无关问学。横逆之来，士钊默尔。而敬恒噤声拊掌，不知所出。粤生兴尽自去，仅乃得讲。私询知为陈炯明党也！炯明资之来校，同伴凡数十人。时惟粤生多金，校费从出，号贵族，故跋扈如此。士钊私心自计，不审敬恒平日驭贵族何术者？

后数月，诸生哄而驱敬恒，布词丑诋。敬恒则大愤，绝去，归国以后，誓不更兴办学事。私居聚议，每严颜斥若辈青年无望，恨恨不已！然敬恒持论大廷，建言新闻，则又大神圣而特神圣其新中国之新青年者，壹是有褒而无贬，有书而无但；且制为通律曰：“学生与教习斗者，学生必胜；犹之人民与政府战者，人民必胜。”藉是长养天下学生暴动，曾不动色！士钊尝引以为怪焉。

士钊之归国也，会曹锟以直隶督军胁总统黎元洪而逐之。其大将吴佩孚练兵洛阳，申讨军实以为奔走御侮之臣。曹锟弥洋洋自得，又欲供重议士饵诱以选为总统。士钊既未甘以自货，遂遁而之沪，橐笔已久，辄复思动，而联邦自治之说，士钊实倡之。赵恒惕遂据湖南以制省宪，自命为湖南自治省长；其宣布大政之就职文，即士钊笔也。既为《新闻报》有所撰述，其尤著者，曰《论威尔逊》、《论列宁之死》，《论麦克道纳内阁》、《农治述意》，皆为时所称诵。士钊自以《甲寅》得大名，益油然生嗣兴前迹之思，名仍《甲寅》，刊则以周，招赀授事，计议粗定，而轩波以大起！江苏督军齐燮元用吴佩孚之命，起兵以逐卢永祥于浙江，吴佩孚自将大军出山海关以攻张作霖；冯玉祥随吴佩孚出师而有贰志；取间道归以袭北京，取曹锟而幽诸，杀其嬖人李彦青；遂与张作霖联军以夹击吴佩孚，尽俘其众；欲推一人以主国事。

段祺瑞既失职居天津，图起用事，而以士钊能文善论思，有声南北，请以为谋主。士钊乃置《甲寅周刊》不论而奔命以赴，与祺瑞左右谋以何道而起。士钊曰："吾向主毁法造法，逆料有一时期，约法既坏，新法未生，总统旧称无所用之；非别立一名不可。以前军务院之抚军长，及军政府之总裁，独是一隅自限之号；建位北京，军民并治，取义当有未同。因念西史纪元前，罗马初设民主，署曰公萨，译家如严几道、林琴南均取吾籍'执政'两字当之，宏义雅名，向往弥切。曹锟窃国，黎黄陂移节上海，议立政府。愚不取法统说，以临时执政制进；议虽未成，而窃以为段公再起，谊必出此。"于是段祺瑞以执政建号，开府北京；遂以士钊为司法总长，寻兼教育总长，自以习熟情伪，奋欲更张；于是奂然号于众曰："吾国兴学许久，而校纪日颓，学绩不举。学生谋便旷废，致倡不受试验之议；即受试矣。或求指范围，或胁加分数，丑迹四播，有试若无。为教授者，以所讲并无切实功夫，复图见好学生以便操纵，虚应故事，亦固其然。他国大学教授，在职愈久，愈见一学之权威：而吾国适得其反。夫留学生初出校门，讲章在抱，虽无成业，条贯粗明；而又朝气尚好，污俗未染，骤膺教职，弥觉兢兢；此类人选他国至多置之研究院内、助教室中，而在吾国则为上品通材，良足矜贵；何校得此。生气立滋，过此以往，渐成废料！新知不益，物诱日多；内谄学生，外干时事，标榜之术工，空疏化为神圣！犷悍之气盛，一切可以把持！教风若斯，谁乐治学？北京八校，教授多至数百人，年耗库款少亦二百万元以上；岁终至无百页可读之书、三年可垂之籍，以登学府而版国门。独念吾华号为文化古国。海通以还，学术途径益形扩大。除旧籍所当加意整理外，近世应用科学及各邦文史政俗种种著录，为学子所万不可忽者，所涉尤繁。使先辈讲学之精神得存一二，今时述作将百倍于古而未有已！乃自上海制造局倡议译书以还，垂四五十年，译事迄无进步；而文字转形芜俚，所学未遑探索；鸾刀妄割，谬种流传！无其书，有斯文将丧之忧；有之，转发不如无书之叹。昔徐建寅、华蘅芳、李善兰、徐寿、赵元益、江衡辈，所译质、力、天算诸书，贯通中西，字斟句酌，由今视之，恍若典册高文，攀跻不及！即下而至于格致书院课艺，其风貌亦非今时硕博之所能几！以云进化，适得其反。髦士以俚语为自足，小生求不学而名家；黄茅白苇，一往无馀。学者自扪，宁诚不怍？而为之学生者，读西籍，既乏相称之功能；质本师，又乏可供之著述。几纸数年不易破碎不全之讲义，尸祝社稷，于是出焉。此云兴学，宁非背道！且也大学为学术总集之名，犹之内阁为政治总集之名。内阁有长财政者，不闻称财政内阁；有长司法者，不闻称司法内阁。今大学宜讲农工业，竟自号农业大学与工业大学；大学宜讲法律政治，复自号法政大学；甚至师范美术，文科中之一部耳，亦分别独立，各称大学。干为支灭，别得类名！逻辑所不能通，行政所大不便。部落思想横被学林。卒之兼课纷纭，师生旁午，学统尽坏，排娼风生。欲求首都有一宏深精进、条干分明之大学，与伦敦、巴黎竞爽，俟之百年，将亦难得。欲图易俗，乃画三策：一、本部设考试委员会，仿伦敦大学成例，学生入学毕业诸试，概由部办。二、本部设编译馆，要求各大学教授通力合作，优加奖励，期于必成，务使期年之间，有新著数十百种，布之黉舍，辞理并当，餍人取求。三、合并八校。”骤议之日，士钊持说侃侃，无所避就，莫之能难！然而风声所播，诟谤乃丛。部试诸生，青年自视为大逆不道，先生长者阳持静默而阴和之，潜势极张。宏奖著述，竟讹传为甄别教员，不加考询，顽然抗议。合并八校，施受之间，暗潮不可终日。士钊又以其间重刊《甲寅》，论列时贤，于吴敬恒、胡适之伦，多所讥切；好恶拂人，弥以丛怨。而五月七日之事起。五月七日者，岁岁以纪念爱国为循例者也；惟警厅以岁必滋事，禁止游行，咨请教育部，转知各校。士钊亦未照办，黠者乃造转知一文以揭于报，且甚其辞曰：“摧残教育，阻挠爱国！”于是学生大恨，以为“不扑杀此獠，卖国贼其何所惩！”建旗呐喊以趋魏家胡同十三号，欲得士钊而甘心焉。士钊遁，而毁其室也，士钊既知其后有大力者负之而趋，未可深究，则置不问。而独居深念，意忽忽不乐；因吟白香山《孤桐》诗曰：“‘直从萌芽拔，高见毫末始；四面无附枝，中心有通理。寄言立身者，独直当如此！’孤桐孤桐，人生如此，尚复何恨！”因易字孤桐。其时北京女子师范大学学生，逐其校长杨荫榆。荫榆至，则持木棍砖石，叫骂追逐，无所不至，撕其布告，而易以学生求援宣言。北京大学学生从而应之，声生势张，男女啸聚，锁闭办公室，把守校门，阻止校长教职员不许入。诸生跳梁于内，校长侨处在外。士钊大怒，请于段祺瑞曰：“士钊少负不羁之名，长习自由之说。名邦大学，负笈分驰；男女同班，亦尝亲与。所有社会交际，两性衔接之机缄缔构，一一考求，其中流以上之家，凡未成年之女子，殆无不惟阿保之命是从，文质彬彬，至可爱敬。从未见有不受检制，竟体忘形，聚啸男生，蔑视长上；家族不知所出，浪士从而推波，伪托文明，肆为驰骋；谨愿者尽丧所守，狡黠者毫无忌惮；学纪大紊，礼教全荒，如吾国今日女学之可悲叹者也！以此兴学，直是灭学；以此尊重女子，直是摧辱女子！钊念儿女乃家家所有，良用痛心。当此女教绝续之秋，宜为根本改图之计。不如查照马前次长处理美术专门学校成例，将女子师范大学停办解散为便。”祺瑞可其请。部令一出，士论哗然。于是号称代表九十八校之学生联合会，登报以声讨士钊之罪，曰：“章士钊两次长教，摧残教育，禁止爱国，事实昭然。敝会始终表示反对。乃近日复受帝国主义之暗示，必欲扑灭学生爱国运动而后快。不特不谋美专之恢复，且复勾结杨荫榆，解散女师大，以数千女同学为牺牲。此卖国媚外之章贼不除，反对势力益将气焰日高。不特全国教育前途受其蹂躏，而反帝国主义之运动，亦将遭其荼毒矣！故敝会代表九十八校，不特否认章贼为教长；且将以最严厉之手段，驱之下野。望我国人其共图之！”诵者同然和之！

北京大学教授李石曾会士钊于广座，攘臂起曰：“余本不欲言。惟今日京师女学，有一极悲惨之纪念，颇欲藉以警告教育当局，使知女子师范大学学生，有为警察殴伤者若干人。其导因为外交问题，其表见为摧残女学。如此痛心之事，演于首都。已成之国学而不能保；何暇计及地方私立女学之成毁盛衰乎！”语甚悲壮，合座动色。士钊从容诘之曰：“石曾所称警察殴伤女生若干人，果何所见而云然乎？石曾曾身亲焉否乎？若仅以告者为凭，则凡来教部骇告，及所告负责任之呈报，遮得君言之反。当日警察，盖绝未敢侵学生，徒见学生纷持木棍砖石，追逐校长，而为从中调解而已。以北京学界见嫉之甚，保护弱者声浪之高，而女师大又向为一切教联、学联休戚与共之大彀。岂有女生伤及多人，事越三日，并一纸声诉书而不得见；而魏家胡同十三号之门庭，复宁静乃尔矣乎？石曾平旦视愚，岂求摧压学生以为己利者哉？诸君抹杀事实，广构虚词，鸟瞰先机，务锄异己。狙使血气未定之学子，恣为一切坏乱之秘谋。此其用心，直不使有读书种子留连京府，董理教务，以气类之相感，为学问之远图；而宁禽视鸟息于军阀官僚之下，伺其颜色，倚为奸利；偶有冲激，寻衅有名。而凡手持毛瑟，或腰带指挥刀者，诸君乃立为第二天性所暗示，不复正觑；而惟使夙称同类同情，决不肯滥用政力，侵陵学府者，不复有旋足吐气之馀地。以愚不明心解，苦味其故。石曾思之，亦能示我转语否乎？”石曾无以应也。

于是吴敬恒扬言于众曰："整顿学风，宜也。顾章行严何人，足言整顿学风乎？足解散女师大乎？若蔡孑民，斯可矣。"蔡孑民者，北京大学校长蔡元培也。两公既高名宿学，不快士钊，沸腾群口。而士钊又以司法总长审查金佛郎案而予通过；事发，士论益哗，以为伙同受贿有据；再毁士钊之室，肆力而捣，尽量以攫；卒扫聚所馀，相与火之。呼啸千百众学生，十馀人为之发踪指示，自门窗以至椅凳，凡木之属无完者！自插架以至案陈，凡书之属无完者；由笥而椸，无键与不键，凡服用之属无完者；荡焉尽焉，以得肆志为快。吴敬恒为讲其义曰："此诚作官者之业报也。"士钊乃不得一日安于其位，相应而解官。然而士钊则以号于人曰："吾官可解，吾道不可易也！由今之道。无变今之俗，扰攘终年，羌无一是，政益见其浑乱，学益趋于荒落。虽有圣方，只速人死！"士钊解官而众怒未已。

士钊好尽言而与众立异，又工臧否人物。吴敬恒者，一世之人震而惊之，以为人伦模楷，称曰吴先生者也；而士钊则以与梁启超、陈独秀同讥切，以为："国人图新之第一大病，在无办法。其自谓有办法者，其无尤甚！近世革新，分立宪、革命、共产三期，以梁先生尸立宪，吴先生尸革命，陈先生尸共产，允为适当之代表人物。之三人者，各有所长，亦各有所短。以物为喻：稚晖自始闻政以迄今兹，所领盖为游击偏师；己既绝意势位，复无何种作政纲领，惟于意之所欲击者而恣击之尔。盖如盘天之雕，志存击物，始无所不击，终乃一无所击，回旋空中，不肯即下。任公者，知更之鸟也。凡民之欲，有开必先；先之秘息，莫不知之；且凡所知，一一以行，乃致今日之我，纷纷与昨日之我战而无所于恤。独秀则不羁之马，奋力驰去；言语峻利，好为断制；性狷急不能容人，亦辄不见容于人，则别树一帜，为马克思之说以自宠异，回头之草弗啮，不峻之坡弗上，尽气途绝，行与凡马同踣。如此等人，岂非世所谓魁异奇杰之伦？而各各所事之为无裨于国，则如十日并出之所共照，无可诋谰！任公曰'立宪立宪'，今时宪安在者？稚晖曰

‘革命革命’，无命不革，己命且莫之逸，遑言其他。独秀曰‘共产共产’，试问民穷财尽，尚复何产可共？于是语其义也，莫不粹然成章，闻者悦服。至语其效，则同是乱天下有馀。何以故？曰无办法故。盖以主义而言主义，天下固未有持之而无故者！其见为善不善，当以为之之若何而定，不当以本身之存值而定。庚子而降，凡吾国魁异奇杰者之所为倡，只图倡之之时，快于心而便于口；至为之偏何在而宜补，弊何在而宜救，事前既讲之无素，事至复应之无方，鲁莽灭裂，以国尝试；一摘再摘，三摘四摘，以至今日空抱蔓归，犹是一无办法，了无进步。吾意无办法矣，与其伪为有办法，四出缴绕，治丝益棼，以覆其国，无宁自承无办法，少安无躁，使国家复其元气，徐图兴造。稚晖、任公、独秀以及不肖，皆试药医生，丧人之命至夥者也。”然而敬恒弗承也。敬恒尤喜言物质救国，自谓弄斧头之年龄已过，未能为劳工之神圣；入与伦敦西南工人为邻，习植铅字数千；出携柏林廓大克一具，以意摄取天然诸美，服劳自给，庶几无负此生。其辞博辩雄伟。杂出庄谐，口无择言，少年宗尚以为一家。而士钊则以为：“稚晖富于玄想，巍然大师。语其高，可与希腊诸哲抗席；语其低，乃不足与中学毕业生程材。英之威尔士，文行与稚晖相仿。顾稚晖薄威尔士不为，笔阵偶张，旋复弃去。稚晖试思之，入植铅字数千，出携廓大克一具，食力不过百钱，为烈不逾一手足者，此诚满街皆是，何劳吴稚晖为之？稚晖为之，亦既二十年矣；语其所获，果何益于盛衰成败之数？”然而敬恒弗服也。愤懑之馀，习为激宕；由是论锋横溢，毛举细故。此其士钊得罪世所谓贤人君子者一矣。

新文化、新文学者，胡适之所以哗众取荣誉，得大名者也！而士钊则以为：“新文化者，亡文化也。夫文章，大事也；曩者穷年矻矻，莫获贯通；偶得品题，声价十倍。今适之告之曰：‘此无庸也。凡口所道，俱为至文；被之篇目，圣者莫易！’彼初试而将疑，后倡焉而百和，如蚊之聚，雷然一声。而其所谓白话，亦止于口如何道，笔如何写；韵味之不明，剪裁之不解，分位之不知，道谊之不协，横斜涂抹，狼籍满纸，媸研高下，无力自判。已与徒党辄悍然号于众曰：‘文学革命也！文学革命也！’以鄙倍妄为之笔，窃高文美艺之名；以就下走圹之狂，堕载道行远之业。跳踉以喜，风靡一时；处势差比前清之谈革命；而其纵阔之深至，更远过之；何也？以运动之式可以公开，少年窃此以自便其不学，恣斯世盗名之图。河流急转，一泻千里，又较之前清革命党人艰贞为国，前仆后起，如马十驾乃登峻坡者，为势顺逆不可比数也。而有一事相同；则持其故者，一切务为劫持；凡异议之生，不察以理而制以势，天下之人，因亦竞为选愞以应之。老师宿儒如梁任公者，闻之且大喜，尽附其说以自张，尤加甚焉！诸少年噪曰：‘梁任公跟着我们跑也！’有不肯跑者，则群訾曰‘落伍落伍’，千人所指，不疾自僵。有不肯跑而稍稍匡救焉者，则群版其名曰反动；发为口号曰‘枪毙枪毙’，国人皆杀，时或不远。而国家之教育机关不尽操纵于若辈之手，不止。历来之教育长官所不为若辈颐使，位不安！京沪规模较大之书局，所不遵若辈之教条出书，书不售！语其表也，似天下之论已归于一；至语其里，则不学者少数人发纵指示，强令夫天下之学者默焉以屈于已而已！如金在冶，不跃为常；复假定天下之学者，自默焉屈于己外，无他道而已！为问此默而屈者，其将与之终古否乎？与之终古，中国之文也化也将至何境矣乎？四五年来，自非无目，莫不见伦纪之凌夷，文事之倾落，如水就下、兽走圹，日蹙千里而未艾也。吾尝澄心求之，以谓人本兽也；人性即兽性，其苦拘囚而乐放纵，避艰贞而就平易，乃出于天赋之自然，不待教而知，不待劝而能者也。使充其性而无道以节之，则人欲不得其养，争端不知所届，祸乱并至，而人道且熄。古之圣人知其然也，乃创为礼与文之二事以约之，一之于言动视听，使不放其邪心；著之于名物象数，使不穷于外物；复游之以《诗》、《书》六艺，使舒其筋力而瀹其心灵。初行似局，浸润而安，久之百行醇而至乐出。彬彬君子，实为天下之司命；默持而善导之，天下从风，炳焉如一！夫是之谓礼教，夫是之谓文化。斯道也，四千年来，吾国君相师儒，续续用力以恢弘之，其间至焉而违，违焉而复至，所经困折，不止一端。盖人心放之易而正之难；文事弛之易而修之难；质性如是，固无可如何者也！今乃反其道而行之；距今以前，所有良法美意、孕育于礼与文者，不论精粗表里，一切摧毁不顾；而惟以人之一时思想所得之，口耳所得传，淫情滥绪，弹词小说所得描写，袒裼裸裎，使自致于世，号曰至美！是相率而返于上古榛榛狉狉之境，所谓苦拘囚而乐放纵，避艰贞而就平易，出于天赋之自然，不待教而知，不待劝而能者也！”然而胡适弗服也。适之言曰：“旧文学者，死文学也，不能代表活社会，活国家，活团体。”而士钊则曰：“此最足以耸庸众之听，而无当于理者也。凡死文学，必其迹象与今群渺所不相习，仅少数人资为考古而探索之，废兴存亡，不系于世用者也：今之欧人，于希腊、拉丁之学为然，而吾也岂其俦乎？且弗言异国古文也！以英人而治赵瑟 chaucer，十四世纪之诗人。即号难读；自非大学英文科生，解之者寥寥。吾则二千年外之经典，可得琅然诵于数岁儿童之口，韩昌黎差比麦考黎；英十九世纪之文家。而元白之歌行，且易于裴、Byron，裴伦。谢 Shelley 谢烈与裴同为十九世纪诗人。之短句，莎米更非其伦。死之云者，能得如是之一境乎？且文言贯乎数千百年，意无二致，人无不晓！俚言则时与地限之。二者有所移易，诵习往往难通。黄鲁直之词及元人之碑碣，其著例也。如曰死也，又在彼而不在此矣！”然而胡适仍弗服也！谓：“若社会一切书籍，均用文言著述，平民概不了解，必且失趣而废然以返。吾人必一致努力为白话文，以造成白话文之环境！”而士钊则曰：“白话文之环境，万无造成之理。可以世界语为喻。夫世界之学问，包涵于英、德、法三国之文字者，为量至大。而三国自身不能互通；有时英人有求于德，德人有求于法，犹且尽力逢译，弥其缺陷。今一旦举三国之全量而废置之，惟以瓠落无所容之世界语，使人之耳目心思，从而寄顿；道德学术，从而发扬。他文著录，全译既有所不能，能亦韵味全失，无以生感。同时娴于他文者，复不能严为之界，使俱屏而不用，干枯杂沓，情见势绌。此世界语之卒无能为役也！惟白话文亦然。吾之国性群德，悉存文言；国苟不亡，理不可弃。今举九家百流之书，一一翻成白话，当非适之力所能至。适之殚精著作，将《水浒》、《三国演义》、《西游记》之心思结构，运用无遗；亦未见供人取求，应有而尽有。而又自为矛盾，以整理国故相号召；所列书目，又率为愚夫愚妇顽童稚子之所不谙。已之结习未忘，人之智欲焉傅？环境之说，其虑弥是！而无如其法之无可通也！夫文之为道，要在雅驯。俚言之屏于雅，自无待论；而其蔽害之深切著明者，尤在不驯。凡说理层累之文，恒见五六'的'字，贯于一句，亘二三十言不休；耳治既艰，口诵尤涩；运思至四五分钟，意犹莫明。请遣他词，源乃不具；谋易他句，法亦不习；臃肿堆垛，语不成章。以今去文未远，白话多出能文者之手，茅塞已呈是境。更越若干年，将所谓作文为一事，达意又为一事，打成两橛，不见相属。尤不仅此！文事之精，在以少许胜人多许；文简而当，其品乃高。计世界文字之中，此点以吾文为独至。而白话文则反之。胎息《水浒》、《红楼梦》之白话尤反之。其参入'的''吗''哩''咧'，及其他借撼听觉，羌无意义之辅字而自成为赘，尤不待言也。是文贵剪剔纷淆，而白话以纷淆为尚；文贵整齐驳冗，而白话以驳冗为高。立言无范，共喻为艰，犷悍相师，如兽走圹。冥冥中文化濒于破产，中国人且失其所以为中国人而不自知，此诚斯文之大厄，而适之努力造成之环境也。"是其得罪当世所谓贤人君子者又一矣！

吴敬恒、胡适倡欧化以振垂亡之势，而士钊则曰："唯唯，否否，不然。欧洲者，工业国也；工业国之财源存于外府，即各国商场。伸缩力绝大；国家预算得量出以为入：故无公无私，规模壮阔，举止豪华，一一与其作业相应，无甚大害；一切社会恶德，出于其制之不得不然，所云Necessary evils是也。而吾为农国；全国上下百年之根基可得以工业意味释之者，荡焉无有。无有，而不论精粗大小，一唯工业国之排场是骛，衣服器用，起居饮食，男女交际，党会运动，言必称欧、美，语必及台赛，变本加厉，一切恣次无忌，实则比欧、美之Necessary Merits毫发未具；而其encls在欧、美之国，所蕴而未发，或发而未尽者；而吾也由放依而驰骋，由驰骋而泛滥，赤裸裸地一无遮阻；转使碧眼黄须儿，卷舌固声于侧，叹弗如焉。此在国家，势不得不举外债、鬻国产，以弥其滥支帑金之不足；在私人，势不得不贪婪诈骗、女淫男盗，以保其肆意挥霍之无艺。其至于今，图穷匕见，公私涂炭，国之不亡，殆与行尸无异。而冥冥中人道堕坏，凡一群中应有同具之恒德，且不得备；其损失尤不堪言。昨年水灾，地域之广，难民之众，灾情之惨，自来所希闻也；而幸免之人，熟视无睹，将伯之呼莫应，同情之泪不挥。军阀也者，争城夺地如故；官阀也者，恒舞酣歌如故；学阀也者，甚嚣尘上如故。上海《密勒评论》有Impeg者，论次其事，且及前代防潦工事之差完，四方捐输之弥急，而一语曰："中国博施济众之精神，近三十年，已不存矣。"是何也？即伪欧化有以克制之也。偶举一证，可概其馀。民德之挠，滔滔皆是，乃至父无以教子，兄无以约弟，夫妇无以相守，友朋无以相信。群纽日解，国无与立。昔班嗣称有学步于邯郸者，曾未得其仿佛，又复失其故步，遂尔匍匐而归。呜呼！吾人今后，亦求得匍匐而归为幸耳！"吴敬恒、胡适倡革新以祛旧染之污，而士钊则曰："唯唯！否否！不然！新者对夫旧而言之。彼以为反乎旧之即所谓新。今即求新，势且一切舍旧；舍旧，何有历史？而历史者，则在人类社会诸可宝贵之物之中，最为宝贵。今人竞言教育；不知教育所以必要，旨在以前辈之所发明经验传之后人，使后人可以较少之心力博得较大之成效，不更似前辈走却许多迂道，费却许多目力，惨淡经营，才得筑成仅可流传之基础而已。又尝譬之，社会之进程取连环式；其由第一环以达于今环，中经无数环与接为构。而所谓第一环者；见象容与今环全然不同；且相间之时，鸾焉不属。然诸环之原形，在逻辑依然各在，其间接又间接与今环相牵之故，俱可想象得之。故今环之人以求改善今环之故，不得不求知原环及以次诸环之情实，资为印证。此历史一科所由立；而知新者早无形孕育于旧者之中：而决非无因突出于旧者之外。盖旧者非他，乃数千年来，巨人长德、方家艺士之所殚精存积，流传至今者也。思想之为物，从其全而消息之，正如《墨经》所云：‘弥异时，弥异所。’而整然自在；其偏之见于东西南北，或古今旦莫，特事实之适然；决无何地何时，得天独全，见道独至之理。‘新’云、‘旧’云，特当时当地之人，以其际遇所环，情感所至，希望嗜好所逼椤，惰力生力所交乘，因字将谢者为‘旧’，受代者为‘新’已耳。于思想本身何所容心？若升高而鸟瞰之，新新旧旧，盖往复流转于宇与久间，恒相间而迭见。其所以然，则人类厌常与笃旧之两矛盾性，时乃融会贯通而趋于一。盖凡吾人久处一境，饫闻而厌见，每以疲苶恼乱，思有所迁。念之初起，必且奋力向外驰去，冀得崭新绝异之域以为息壤；而盘旋久之，未见有得！于时但觉祖宗累代之所递嬗，或自身早岁之所曾经，注存于吾先天及无意识之中。向为表相及意志之所控抑而未动者，今不期乘间抵罅肆力，奔放而未有已。所谓‘迷途知反’，反者斯时；‘不远而复’，复者此境；本期开新，卒乃获旧。虽云旧也，或则明知为旧而心安之；或则竟无所觉而仍自欺欺人，以为新不可阶。此诚新旧相衔之妙谛，其味深长，最宜潜玩者也。今之谈文化者，不解斯义，以为躁者乃离旧而僢驰，一是仇旧，而惟渺不可得之新是骛；宜夫不数年间，精神界大乱，郁郁伥伥之象，充塞天下。躁妄悍然，莫明其非，谨厚者菑然丧其所守；父无以教子，兄无以诏弟。以言教化，乃全陷于青黄不接、辕辙背驰之一大恐慌也。不谓误解一字之弊，乃至于此。”如此之类，难以仆陈；既以新旧相持，纷纭莫决；乃作《说辉》以解之，语详《甲寅周刊》。或以规曰：“子一年中所遗政迹，时议纷坛，都不必在念。盖学风扇发，天下病焉。父兄之教莫先，整饬之方宜讲，子营此事，且有同情。即金佛郎案，牵连国交，迟速必办；为国任重，得谤乃常，既宠赂之不章，奚怨毒之难解？世所期期以为不可，而君坐以市天下之怨，绝友朋之好，行且蹈不测之罪，贻无穷之羞者，惟办《甲寅周刊》一事耳。天下事，未可以口舌争，胡哓哓以蒙耻召怒为也？”士钊应之曰：“吾行吾素，知罪惟人。若其中散放言，刑踵华士；伯喈变容，罚同邪党；生命既绝，词旨自空。如其不尔，一任自然。愚生不工趋避之义，夙志不干违道之誉；天爵自修，人言何恤？怀君子而居易，遵舆诵之本务而已。”既而段祺瑞不得志于冯玉祥，又失张作霖之援；吴佩孚再起湖南，与张作霖联兵以逼京师。段祺瑞出走，士钊随之蹉跌以不振。而于是士钊之名，儒林所不齿；士钊之文，君子以羞道。然其后国民军再奠江南，建号南京；而掌邦教育，并合诸大学，厉行考试，取缔学生运动，颇用士钊计，盖不以人废言云。

士钊始为《甲寅杂志》于日本，以文会友，获二子焉：一直隶李大钊，一安徽高一涵也。皆摹士钊所为文，而壹以衷于逻辑，掉鞅文坛，焯有声誉。而一涵冰清玉润，文理密察，其文尤得士钊之神。其后胡适著《五十年来之中国文学史》，乃以高一涵与士钊骈称，为甲寅派。及是唾弃甲寅不屑道，而习为白话，倒戈以向，骂士钊为反动，助胡适之张目焉！

三 白话文

胡适附黄远庸、周树人、徐志摩等

胡适，原名洪骍，字适之，安徽绩溪人。父□，诸生，以严正为邑里所惮；尤究心宋儒理学，尝用四言韵语，著《学为人诗》及《原学》两书以授适诵；历官台东直隶州知州；中日战起，我割台湾以和；乃弃官归，殁于厦门；生适三岁矣。母冯，为继室，仅二十三岁，以适早孤，督教极严；每日昧爽，即促之披衣起坐，为缕述父志业，且曰：“我一生只见汝父一完人耳，汝好学之！”往往涕随声下。跬步必谨；五岁，即就外傅，授《孝经》，朱子《小学》、《四书》、《易》、《书》、《诗》三经及《礼记》，皆能背诵；尤喜朱子《小学》。课馀则浏览《水浒传》、《三国演义》、《红楼梦》、《儒林外史》、《聊斋志异》小说家言，为诸姊妹诵说，以为笑乐。而母望之深，有不检，未尝不教诫，或罚跪；以故适畏母甚，客至，或为儿嬉戏，母色禁目喻，遂慑不为也。自谓涉世三十年，律已不敢不谨，接物不敢不恕者；非惟乃父理学之遗传使然；抑亦母教为之也。十四岁，乃以母命负笈之上海求学，历梅溪学堂、澄衷学堂、中国公学、中国新公学，遂以其间读梁启超主编之《新民丛报》，严复译之赫胥黎《天演论》，振奋感动，而思想为之锐变；乃取“优胜劣败，适者生存”之意，更名曰适，而以适之为字焉。始作白话文，畅所欲言，以载《竞业旬报》。又从诗人胡朝梁学诗；读陶渊明、杜甫、白居易诸家集；而喜白居易特甚，因录明李东阳《怀麓堂诗话》于笔记中云：“作诗必使老妪都解，固不可；然必使士大夫读而不能解，此何故耶？”以宣统二年赴北京，应赔款留学官费考试；三年七月，遂赴美国留学；读欧、美人诗集渐多，因叹：“吾国作诗，每不重言外之意，故说理之作极少。求一朴蒲（Pope）已不可多得；何况华茨活司（wordswoith）、贵推（Goethe）、白朗吟（Browning）矣！”乃作诗以赠其友人安徽梅光迪曰：“梅君梅君毋自鄙！神州文学久枯馁，百年未有健者起。新潮之来不可止，文学革命其时矣，吾辈势不容坐视。且复号召二三子，革命军前杖马箠，鞭笞驱除一车鬼，再拜迎入新世纪。以此报国未云菲，缩地戡天差可拟。梅君梅君毋自鄙！”光迪诵而非之，以书相规。而适持之益坚，以谓：“文学革命，在吾国史上，非创见也。即以韵文而论：《三百篇》变而为《骚》，一大革命也。又变为五言七言，二大革命也。赋变而为无韵之骈文，古诗变而为律诗，三大革命也。诗之变而为词，四大革命也。词之变而为曲，为剧本，五大革命也。何独于吾所持文学革命论而疑之？文亦遭几许革命矣；自孔子至于秦汉，中国文体，始臻完备。六朝之文，亦有可观者；然其时骈俪之体大盛，文以工巧雕琢见长，文法遂衰。韩退之所以称‘文起八代之衰’者，其功在于规复散文，讲求文法；此一革命也。宋人谈哲理者，深悟古人之不适于用，于是语录体兴焉；语录体者，禅门所常用，以俚语说理记言；此一大革命也。盖吾国言文之背驰之矣。自佛书之输入，译者以文言不足以达意，故以浅近之文译之，其体已近白话；其后佛氏讲义语录，尤多用白话为之者。及宋儒以白话为语录，遂成讲学正体。至元人之小说，白话几成文学的语言矣！总之，文学革命，至元而极盛；其时之词也，曲也，剧本也，小说也，皆第一流之文学，而皆以白话为之。其时吾国真可谓有一种‘活文学'出现。倘此革命潮流，不遭明代八股之劫，不遭前后七子复古之劫，则吾国之文学已成白话的文学，而吾国之语早成为言文一致之语言，可无疑矣！但丁之创意大利文学，郤叟辈之创英文学，路德之创德文学，未足独有千古矣！惜乎！五百馀年来半死之古文，以及半死之诗词，复夺此'活文学'之席；而半死之文学，遂得苟延残喘以至于今日。呜呼！文学革命，何可更缓耶？文学革命，何可更缓耶？"而于是文学革命之论，始自适发其机械。初，梁启超创新民之文体，章士钊衷逻辑为论衡，斯亦我行我法，脱尽古人恒蹊者矣。然袭文言之体，或有明而未融之处。而士钊之逻辑文学，浅识尤苦索解，故当第一次《甲寅》风行之日，北京《亚细亚日报》记者黄远庸致书士钊以相切论；曰："居今论政，不知从何说起。远意当从提倡新文学入手。综之当使吾辈思潮，如何能与现代思潮相接触而促其猛省；而其要义，须与一般之人生出交涉；法须以浅近文艺，普遍四周。史家以文艺复兴为中世改革之根本，足下当能悟其消息盈虚之理也。"士钊答曰："提倡新文学，自是根本救济之法；然必其国政治差良，其程度不在水平线下；而后有社会之事可言。文艺，其一端也。"观其辞有抑扬，殆未以远庸之言为尽然。然胡适则谓："士钊逻辑文学之大病，在不能'与一般之人生出交涉'，如远庸所云也！"远庸，名为基，以字行，江西九江人。父儒藻，文采秀发，诸生不第，遂薄宦浙江。母姚，汉上名族，习礼明诗。远庸问学夙成，实资母教。年十六，补诸生。二十岁，举于乡。明年连捷，中前清光绪甲辰进士，以知县即用。时朝廷设进士馆。新第之授京职者，得入馆肄业，或游学外国，三年程其功课以为高下而迁除之。远庸不得京职，而有志于游学，请于当国，再三乃许。于是赴日本，入中央大学习法律科，黾勉研索。昕夕无间；且以馀力旁及英吉利文字。己酉秋，学成回国，实为宣统元年。调邮传部，奏改员外郎。时掌部者为尚书徐世昌、侍郎汪大燮、沈云沛，咸相引重，派参议厅行走兼编译局纂修官。会部纂《邮电航路四政条例》成。将奏御前，缺例言；诸曹郎皆以时促，不敢任，独以属远庸，给札郎署，不逾晷，成数千言，叙述详赡，文词渊雅，见者服其工捷。远庸之东游而归也，同里李盛铎亦归自欧洲，同僦居于海岱门内，远庸方肆力于文学，又有志于朝章国故。盛铎告之曰："吾见欧士之谙近世掌故者，多为新闻撰述家。以君之方闻博涉，必为名记者。"而远庸从事新闻记者之业，实基于此。国变以后，部长留之曹署；而远庸绝意进取，谢不往也。时京沪诸报各以新闻论著相属。远庸文章，典重深厚，胎息汉、魏；及是为洞朗轩辟，辞兼庄谐；尤工通讯，幽隐毕达；都下传观，有纸贵之誉。然论治不能无低昂，论人不能无臧否，而于国民党尤多砭戒；以故名益盛而仇者忌者日益滋。及袁世凯为帝，属为文以赞；而远庸高名迹近，不欲应，不敢不应，草一文若讽若嘲。世凯既心不喜。而传者遽言远庸劝进也。徒以言论文章，观听所系，世凯必欲用之，而仇袁者则必欲杀之。袁世凯欲使远庸之上海，主干《亚细亚日报》以为帝制张目。远庸心知不可，久迟且无幸！亟浮海避日本。居数日，若有人踪；东渡美洲，抵桑港，遇刺而死，年三十二岁。远庸风神朗澈，和易近人。簪舄交错之时，远庸一至，则谈谐泛演，四座春生。居日本久，缟纻弥广，每当宴集，辄促致辞；音响方终，赞叹盈耳。闻远庸之死，咸奔走告语，太息弥襟，谓此才之不易得也。生平持论，以为："文艺家之能独立者，以其有人生观。人生观之结果，乃至无解决，无理想；乃至破坏一切秩序法律及世俗之所谓道德纲常；而文艺家无罪焉。彼其职在写象；象如是现，写工不得不如是写；写工之自写亦复如是。故文艺家第一义在大胆；第二义在诚实不欺。技之工拙，存乎其人，天才亦半焉。吾国人之文学家好称文以载道；而所谓古文学者，十有七八如此！大抵论教必尊孔，论伦理必尊礼教；论文必尊所谓古文；皆吾所谓专制一孔之见，其于今日决当唾弃。"海盐朱联沅芷青诵说其文而大赏叹曰："是能谈新文艺者，吾生几见！"遂相交欢。而远庸自谓每见芷青，则一见一心醉，见即与谈所谓新文艺者，其大指以为："吾人今日思想界，乃最重写实及内照之精神；虽甚粗糙而无伤也！余既不能修饰其思想，则亦不能修饰其文字；若真有见之发怒而冷笑者，则即余文之价值也。”联沅辄冷然善焉。联沅既以早夭，远庸又不良死，而于所谓新文艺者，徒托诸空言，未及见诸行事之深切著明也！然论文之贵写实，薄古文；论教之非尊孔，斥礼教；若为适之俶落权舆焉。

既而适入哥伦比亚大学，师事杜威博士，得闻所谓“实验主义”者而大悦服之，每语于人曰：“我之思想，惟受两人之影响最大！一赫胥黎，一杜威先生。赫胥黎诏我以疑，无征则不信。而杜威先生则诏我以思，思必验诸实。而所谓思必验诸实者，有三说焉：一、从具体之事实与境地下手。二、一切学说与理想，不过为待证之假设，而非天经地义。三、一切学说与理想，须以实行为试验。惟实验为真理之惟一试金石。”又以杜威讲学，每一制度或学说之起，必就历史而阐其因时制宜之所以，以明法不虚立。于是适之所以传授心法，而说明杜威“实验主义”者，约以二事：一历史的方法，一实验的方法。遂用实验的方法，以谈国故之整理，而表彰清代学者的治学方法，以明休宁、高邮之言考据，于科学精神有合。用历史的方法，以言文学之革命，而盛唱历史的文学观念论，以见桐城之治古文与历史进化相反。其大旨以为：“文学者，随时代而变迁者也，一时代有一时代之文学。周秦有周秦之文学，汉魏有汉魏之文学，唐宋元明有唐宋元明之文学。此非吾一人之私言，乃文明进化之公理也。左氏、史公之文奇矣；然施耐庵之《水浒传》，视《左传》、《史记》何多让焉；《三都》、《两京》之赋富矣；然以视唐诗宋词，则糟粕耳。此可见文学因时进化，不能自止。吾主张‘历史的文学观念’，而古文家则反对此观念也。吾以为今人当造今人之文学；而古文家则以为今人作文，必法马、班、韩、柳；其不法马、班、韩、柳者皆非文学之正宗也。吾之攻古文家，正以其不明文学之趋势，而强欲作一千年、二千年以上之文；此说不破，则白话之文学，无有列为文学正宗之一日。”会陈独秀主编《新青年》杂志，诵其说而张之；

一纸不胫，四海波动；大儒噤口，后生倾风。又进而薄仁义，废礼教，乃至如黄远庸所云："破坏一切秩序法律及世俗之所谓道德纲常。"所以鼓荡天下之人心，而转移一代之风气者，以视当日梁启超之《新民丛报》，且什伯过之不啻焉。及适自美国毕所学而归，遂任北京大学文科教授，倡为白话文；登高之呼，所以自号于天下者有三：曰八不主义一须言之有物，二不摹仿古人，三须讲求文法，四不作无病之呻吟，五务去烂调套语，六不用典，七不讲对仗，八不避俗字俗语。也。曰历史的文学进化观念也，曰文学的试验精神也。质言之曰"国语的文学，文学的国语"而已。稽其著述，言八不主义者，有《文学改良刍议》、《建设的文学革命论》焉。言历史的文学进化观念者，有《历史的文学观念论》、《五十年来之中国文学史》焉。至文学之试验精神，则表以《尝试集》之一序焉。《尝试集》者，适所为之诗集也，其为文章，坦迤明白而无回澜；条理清楚而欠跳荡；阐理有馀，抒情不足。而诗亦伤于率易，绝无缠绵悱恻之致，耐读者之寻味。昔人论诗文之妙，谓不厌百回读；而适之为诗，则只耐一回读；幸尚清顺明畅，不为烂套恶俚耳！录一二篇以见一斑：

病中得冬秀书

病中得他书，不满八行纸，全无要紧话，颇使我欢喜！我不认得他，他不认得我，我总常念他，这是为什么？岂不因我们，分定长相亲，由分生情意，所以非路人？岂不爱自由？此意无人晓！情愿不自由，也是自由了！

新　婚

十三年没见面的相思，于今完结。把一桩桩伤心旧事，从头细说。你莫说你对不住我，我也不说对不住你，且牢牢记取这十二月三十夜中天明月！

其诗由有韵而为无韵，由五言七言之整齐句式，而为长短随意，自豪曰：“此诗体之大解放。”所云冬秀者，其妻江氏也。方适之未出国也。问名未娶；又江氏未受学校教育。而适游美洲自由之邦，少年才俊，自由恋爱，匪无艳遇；而适不忍相负，矢志无他，卒归娶焉。然于友朋之离婚再娶者，则必以婚姻自由，放言高论，而特赞之。适天性敦厚，诵念母教，又颂其父治理学，可以仪刑子孙，为刊《钝夫先生年谱》；而言必非孝。每语于人曰：“吾人欲拥护民治，则不得不反对孔教之旧伦理。欲提倡科学，则不得不反对旧艺术、旧宗教。易言之，欲拥护民治与科学，即不得不反对国粹与旧文学耳。”章炳麟制言未尝不平正，而举止偏若佯狂。胡适律己未尝不谨笃，而论议僻好新奇。然一时男女青年之荡闲逾检、放佚不可制者，何尝不以适论议为借口焉。一时和之而首为驱除难者，陈独秀及浙江钱玄同也。林纾、马其昶之伦，皆文章老宿，而纾尚气好辩，尤负盛名；为适所嫉，摭其一章一句，纵情诋毁；复嗾其徒假名曰王静轩者，佯若为纾辩护；同时并刊驳难而耸观听。及纾弟子李濂镗，欲访所谓王静轩者而与之友，则乌有先生也。叹曰：“昔人所谓不信之至欺其友；不意镗亲见之！”纾则愤气填膺而无如何，既以摧抑不得伸喙。独梅光迪及江西胡先骕故偕适留学美国，称欢交；然论文学则龂龂不相下。适倡革命，而光迪、先骕主存古，与适相持。先骕尤褒弹不遗馀力。胡适以仿古之文言文为死文学，而新倡之白话文为活文学，文学有死活，无雅俗。胡先骕曰：“不然。文学之死活，以其自身之价值而定，而不以其所用之文字之今古为死活。故荷马之诗，活文学也，以其不死不朽也。乔塞（Chaucer）之诗，活文学也，以其不死不朽也。梭和科（Sophocle）之戏剧，活文学也，以其不死不朽也。席西罗（Cicero）之演说，活文学也，以其不死不朽也。蒲罗大（Plutarch）之传记，活文学也，以其不死不朽也。反而论之：Edgar lee masters之诗，死文学也，以其必死必朽也；不以其用活文字之故而遂得不死不朽也。陀司妥夫士忌、戈尔忌之小说，死文学也；不以其轰动一时，遂得不死不朽也。适之君之《尝试集》，死文学，以其必死必朽也；不以其用活文字之故而遂得不死不朽也。物之将死，必精神失其常度，言动出于常轨。适之君辈之诗之卤莽灭裂，趋于极端，正其必死之征耳！一种运动之价值，初不系于成败；而一时之风行，亦不足为成功之征。舍以古今为死活，则是世间无不朽之著作；而每种名著，时过境迁，至多亦不过流传二三百年矣！天下宁有是理耶！”胡适以为欧洲中古时，各国皆有俚语；而以拉丁文为文言，凡著作书籍皆用之，如吾国之以文言著书也。其后意大利有但丁诸文豪，始以其国俚语著作，诸国踵兴。今日欧洲诸国之文学，在当日皆为俚语，迨诸文豪与，始以“活文学”代拉丁之死文学；有活文学而后有言文合一之国语也。胡先骕曰：“不然。语言若与文字合而为一，则语言变而文字亦随之变。故英之Chaucer去今不过五百馀年；Spencer去今不过四百馀年；以英国文字为谐声文字之故，二氏之诗已如我国商周之文之难读。而我国则周、秦之书，尚不如是。盖欧文谐声，中文辨形；谐声之文字，必因语言之推迁而嬗变。辨形之文字，则虽语言逐渐变易，而文字可以不变；故吾国文字不若欧洲各国文字之易于变易也。向使言文合一，文随语变。宋、元之文，已不可读；况秦、汉、魏、晋乎？此正中国言文分离之优点。夫《盘庚》、《大诰》之所以难于《尧典》、《舜典》者，即以前者为殷人之白话；而后者乃史官文言之记述也。故《元曲》之白话，于今不多可解。然宋、元人之文章，则与今日无别。论者不思其便利，而欲故增其困难乎？抑宋、元以上之学，已可完全抛弃而不足惜，则文学已无流传于后世之价值，而古代之书籍可完全焚毁矣！斯又何解于西人之保存彼国之古籍耶？且西人言文何尝合一？其他无论矣！即以戏曲论：夫戏曲本取于通俗也；何莎士比亚之戏曲所用之字至万馀，岂英人日用口语须用如此之多之字乎？小说亦本以白话为本者也；今试读Charlotte Bronte之著作，则见其所用典雅之字极夥。其他若

Dr.Johnson之喜用奇字者，更无论矣。且历史家如Macawlay，Prescott，Green等，科学家如达尔文、赫胥黎、斯宾塞尔等，莫不用极雅驯、极生动之笔以纪载一代之历史。或叙述辩论其学理，而令百世之下，犹以其文为规范；此又何如耶？大抵口语所用之字句多写实，而文学所用之字句多抽象。用白话以叙说高深之学理，而欲期以剀切简明，难矣！今试用白话以译Bergson之创制《天演论》，必致不能达意而后已；若欲参入抽象之名词、典雅之字句，则又不为纯粹之白话矣！又何必不用简易之文言，而必以驳杂不纯之口语代之乎？”胡适以为“五言七言之诗，句法整齐，不合语言之自然，而有截长补短之病。故诗体之大解放，在打破一切枷锁自由之枷锁镣梏。五七言之整齐句法，亦枷锁诗体自由之一种枷锁镣梏也。”胡先骕曰：“不然。中国之有五七言诗，犹西国之有Meter也。惟欧语复音多，故不能如中国四言五言七言之整齐；然必高音低音错综而为Meter，而限定每句所含Feet之数；自希腊荷马以来即然。主张解放之大诗家威至威斯（Wordsworth），以为：‘可悲之境况与情感，写以句法整齐之韵文，以视用散文之效力为久远。’又谓：‘由整齐之句法所得之快乐，盖谓由不同而得有同之感觉之快乐。’辜勒律（Coleridge）已谓：‘诗与文之别，即在整齐之句法与叶韵。’德昆西（Dequincey）以为：‘整齐之句法，可辅助思想之表现。’汉特（J.H.Leigh Hunt）以为：‘诗之佳处，在全体整齐，而各部分变异。’波（Poe）以为：‘整齐句法与音节皆不容轻易抛弃者。’英诗人德来登（Dryden）以为：‘韵之最大之利益，即在限制范围诗人之幻想。盖诗人之想象力，往往恣肆而无纪律；无韵诗，使诗人过于自由，常作多数可省，或可更加锤炼之句。苟有韵以为之限制，则必将其思想以特种字句申说之，使韵自然与字句相应，而不必以思想勉强趁韵。思想既受有此种限制，审判力倍须增加，则更高深更清晰之思想，反可因之而生矣。’岂非句法之整齐与叶韵，为诗体之不可废者耶？考之歌谣，靡不以整齐句法为之：‘月光光，姊妹妹’；三言也。‘月亮光光，照见汪洋’；四言也。‘打铁十八年，赚个破铜钱’；五言也。‘行也思量留半地，睡也思量留半床’；七言也。此外，二三六言、八言、九言、十言特稀。盖二言气促，六言突兀，八九十言过长。八九十言即有之，亦必分为三四五言小段，如‘太夫人，移步出堂前’，虽为八言，然为三言与五言所合成；‘蔡鸣凤，坐店房，自思自想’，虽为十言，然为两三言一四言所合成。可见四言五言七言者，中国语中最适宜之句法也。惟四言诗只盛于周，而五言古诗则自汉、魏以至于齐、梁，几为惟一之诗体；其时七言诗虽有作者，然不及五言之重要。即至唐、宋以还虽七言古兴，而律诗大盛，然五言古始终占第一重要位置；直至今日，学诗者犹以为入手之途境，最后之规则，其间岂无故哉？盖五言古既可言志，复能抒情；既可叙事，复能体物。阮步兵之《咏怀》，陈子昂之《感遇》，李太白之《古风》，皆言志之诗也。《孔雀东南飞》、《木兰词》，皆叙事之诗也。谢灵运之作，大半皆写景之诗也。诗之能事，五言古几尽能之。所不能者，为七言古诗之剽疾流利、抑扬顿挫，与夫五七言近体诗之一唱三叹，音调铿锵耳。七言古以剽疾流利、抑扬顿挫为本，故宜于笔力矫健之作；故虽说理言志不及五言，而跌宕过之。然以七言古之跌宕委婉，一调叶其声调，使之谐婉，则七言古诗中之长庆体，又为叙事之良好工具矣。盖叙事贵婉转尽致，因之音节亦尚谐婉。长庆体全用律句以作古诗，其声调之铿锵，情韵之缠绵，遂较平常之七言古诗出一头地。元白不论，即梅村之能嗣响长庆，亦正以其用长庆体故也。至五七言律诗，以八句四韵之短幅，复以对偶为要旨，自不能如五七言古极纵横阔大、尽理穷物之能事。胡适之君必以不讲对仗为改良诗体之一事，则又与于不知诗之甚者也。夫天地间事物，比偶者极多，俯拾即是。虽在周、秦之世，诸子名理之言，亦尚排偶。而《古诗十九首》之‘青青河畔草，郁郁园中柳’，‘胡马依北风，越鸟巢南枝’，苏、李诗之‘昔为鸳与鸯，今为参与辰’，‘烛烛晨明月，馥馥秋兰芳’，‘征夫怀往路，游于恋故乡’，皆为对仗。至谢灵运之诗，则几于自首至尾皆为对仗。以后无论五七言古诗，皆寓偶于奇，杂以对仗。虽适之君所推崇之白香山、陆放翁之五七言古诗，亦对仗极多。放翁之五古，且有自首至尾，皆用对仗者。古来名人中之喜用单行以作古诗，惟元遗山一人耳。近体诗惟五言七言排律不耐诵读，其原因初不尽在对仗；盖音调之过于谐婉，实为一大原因：故虽以老杜五排之波澜壮阔，而喜读之者卒鲜也。在古诗之谐畅，作者能错落其句法以救单调之害耳；此即汉特所谓'全体整齐而各部变异'，正所以'达到美之最后之目的'者也。夫单行与对仗，各用效用。单行句法，雄浑严整，厚重缓和；故不求流动而欲端整之作宜之。言非一端，亦各有当，宁必以去对仗为尽作诗之能事乎？"先骕字步曾，江西南昌人，美国加利福尼亚大学农科学士，历庐山森林局副局长，东南大学植物教授。顾先骕治植物学而好谈文学，与胡适友善，而论文不为唯阿。"时代精神"者，胡适之所骛也。先骕曰："勿骛于'时代精神'，须知文学之最不可恃者，厥为时代精神；以其事过境迁，不含'不朽'之要素也。""文学创造"者，胡适之所夸言也。先骕曰："勿夸言'创造'，而忘不可免之摹仿。须知茹古者深，含英咀华；'创造'即在摹仿之中也！"著有《中国文学改良论》、《文学之标准》、《评尝试集》、《评胡适五十年来中国之文学》，具载《学衡》杂志，皆难适而作。浸以失欢，绝交于适焉。

在前清光、宣之际，北京大学之文科，以桐城家马其昶、姚永概诸人为重镇。民国新造，浙江派代之而兴，章炳麟之徒乃有多人登文科讲席；至是桐城派乃有式微之叹！著于林纾《畏庐文集》者，可复按也！然自陈独秀为文科学长，用适之说，一时新文学之思潮，又复澎湃于大学之内，浙士钱玄同者，尝执业于章炳麟之门，称为高第弟子者也；为人文理密察，雅善持论；至是折而从适，为之疏附。适骤得此强佐，声气腾跃；既倡新文艺以摧毁古文；又讲新文化以打倒礼教。而学生运动，亦适一力提倡以臻极盛；然而无以持其后！动而得谤，名亦随之。老成持重者，诋为洪水猛兽；而少年景从，以为威麟祥凤不啻。梁启超清流夙望，亦心畏此咄咄逼人之后生，降心以相从。适亦引而进之以示推重；若曰：“此老少年也！”启超则弥沾沾自喜，标榜后生以为名高。一时大师，骈称梁、胡。二公揄衣扬袖，囊括南北，其于青年实倍耳提面命之功，惜无扶困持危之术。启超之病，生于妩媚；而适之病，乃为武谲。夫妩媚，则为面谀，为徇从；后生小子喜人阿其所好，因以恣睢，不悟是终身之惑，无有解之一日也。武谲则尚诈取，贵诡获；人情莫不厌艰巨而乐轻易，畏陈编而嗜新说。使得略披序录，便膺整理之荣；才握管觚，即遂发挥之快；其幸成未尝不可乐，而不知见小欲速中于心术；陷溺既深，终无自拔之一日也。然当是时，白话文乘新兴之运，先之以《新青年》之摧锋陷阵，胡适、陈独秀、钱玄同诸人实为主干。而风气所鼓，继起应和者，北京则有《新潮月刊》、《每周评论》，上海则有《民国日报》附张之《觉悟》，《时事新报》之《学灯》，推波助澜，一以“国语的文学，文学的国语”十字为宣传；是则适建设的文学之树以为鹄者也。于是教育部以民国九年颁“小学课本改用国语”之令；而白话文之宣传，益得植其基于法令焉！刊有《胡适文存》三集。

适才高而意广，既以放废古文，屏斥旧学，放言无忌；而又不耐治科学，则诩诩焉谈“科学方法”，欲以整理国故；又著《一个最低限度的国学书目》一文以诏天下学者；予智自雄。老师大儒，既震于科学方法，莫为抵牾；又惊其言之河汉无涯涘。独慈溪裘毓麟著论明科学方法之不足以治国学；又斥《一个最低限度的国学书目》之不免大言欺人。其论科学方法之不能以治国学曰：“吾东方固有之学术，其性质与今之所谓科学者迥别。研究科学及一切形质之学者，如积土为山，进一篑，有一篑之功；作一日，得一日之力；论其所得之高下浅深，可以计日课程而为之等第也。治心性义理之学者，如掘地觅泉，有掘数尺即得水者，有掘数丈始得水者，有掘百数十丈然后得水者，有掘百数十丈而终不得水者，有所掘深而得水多，亦有所掘深而得水反少者，有所掘浅而得水少，亦有所掘浅而得水反多者。而所得之水，又有清浊之分，甘苦之别，不能克日计工，而衡其得水之多寡清浊也。其一旦得水也，固由于积日累功而成；然当其未及泉也，则无论用力如何勤苦，经营如何之久，若欲预计其成功之期，则固无人能言其明确之时日者也。所谓‘掘井九仞而不及泉，犹为弃井’也。治心性义理之学，亦犹是矣。当其体察钻研，沈潜反复，虽志壹气凝，用力极其勤奋；苟未至于一旦豁然贯通之日，则无论用力如何勤苦，杳不知其成功之究在何时也。且此所谓一旦者，不能以日计，不能以月计，亦不能以年计；但由正知正见而入。至于用力之久，则终当有此一旦已耳。然亦有用力既勤且久而终无此一旦者，亦正不鲜。就其大别言之，有得人一言之启发而即大悟者，有积数年数十年之力学苦参而始悟者；有勤奋终身而仍未大悟者，有勤奋终身而终不悟者。盖学之偏于实者，其程效可以计功计日；学者偏于虚者，苟非实有所悟，则决无渐臻高深之望。语其成功，不闻用力之多寡，为时之久暂也。明陈白沙先生论学曰：‘学有由积累而至者，有不由积累而至者；有可以言传者，有不可以言传者。’大抵由积累而至者，可以言传也；不由积累而至者，不可以言传也。东西学术之别视此矣。凡西哲之学问，莫不重系统，有阶级，故其学皆由积累而至，皆可以言语文字传授者，若吾东方之学术则异乎是。不特性命之根源，精微之义理，本非可以积累而至，可以言传；即九流末伎如医卜星相之徒，苟语及精微之处，设于道一无所知，则终身亦决无自臻于高明之境。道如一大树，圣贤得其根干，方伎得其枝叶；此中道妙，父不能传之于子，师不能授之于弟；亦不由积累而至，亦非可以言语传授者也。圣贤相传之道，非古圣能创作也；不能因其固有之道举以告人耳。如黄山、天台之景，天下之奇观也；然此境非吾曹所能创造，亦非吾曹所能建设。天地间原有此境；欲知此境，只须亲到亲见。圣贤不过先到此境，先见此境而已。吾人能笃信古圣之所指示，孳孳日进，终必有实到此境，实见此境之一日；迨已到已见之后，方知此境本为古今人人之共有，既非先圣所能创作，亦非后圣所能改造。且如黄山、天台，天地间既实有此山，此山终古不改；则凡曾到此山者，其所见即无一不同。千万年以前，曾见此山者，所说如是；千万年以后，凡见此山者，所说亦必如是。决不能于实际增益分毫，亦决不能于实际减削分毫；以稍有增减，即与固有者、本然者不合也。历圣所传之道亦犹是矣。道既无二，道既不变，历圣既同传此道，宜所见无不同，所说亦无不同矣。不独尧、舜、禹、汤、文、周、孔、孟同此道也，即推至羲、黄以前，下至后世程、朱、陆、王之所见，旁及柱下、漆园之所说，亦无不同也。不特中国诸圣之道同也，即西方大圣人所说，若语道之根源，亦无一不同也。盖地无分东西，时无分今古，凡圣人设教之本心，无非欲世人共知此道，共明此道而已。此道范围天地，无古无今，先天不违，后天奉时；诸圣之所明者明此，诸儒之所学者学此。不明此，不足以为圣；不知此，不足以为学；所谓唯此一事实，馀二即非真之大道，无论何时何人，决非可以凭一已之心思才智，创立新说异见者也。以孔子之大圣，犹云‘述而不作’。窃尝论之，既为圣人，必明大道；既明大道，即无可作。孔子祖述尧舜，无所谓作也；即尧舜亦不得谓之作，不过祖述尧舜以上之圣人而已；推而至于羲、黄以来，均述而非作；即推而至于羲、黄以上，亦无人可称作者，何也？所谓圣学者，盖天地间实有如是一件道理，圣人不过知此、见此、觉此、说此，欲人人共明此而已。此实际之道理，圣人不能增益分毫，亦不能减损分毫；如天地间既实有黄山、天台等山，前人曾游此山者，即说山之高低远近以示世人矣。山既经古人无稍改变，宁有后人见此山者，其所说竟与前人异乎？且此道不因世生圣人而有，亦不因世无圣人而灭；故道因圣人之存亡而分晦明，非因圣人之存亡而生有无；犹山初不因游人之多少有无而少改变其原有状态也。若云圣人有所创作，则此道不啻已为圣人所私有；已不能谓之‘先天而天不违，后天而奉天时’之大道矣。故曰：‘先圣后圣，其揆一也。’又曰：‘东海西海有圣出，此心此理同也。’西儒之言哲学，则全与之相反。哲学派别既多，意见各异。一说既兴，则必有绝对相反之说与之并立；故既有一元说，则即有二元说起而与之抗；既有唯心论，则更有唯物论出而与之争；各是其是，无所折衷。而研此学者亦必兼收并包，莫定一尊。既无同揆之可言，更难期收一贯之效。是故西儒之治哲学，如人造园庭，各人所作各各不同。一人所作之园庭，可由一人之意匠经营而为建设布置；故后人所作之园庭，不必同于前人，亦不难胜于前人。是以西儒之治哲学，往往后胜于前，今密于古；不同东方人之学道者，先圣既造其极，决无后可胜前之理。无论后人用力如何勤奋，悟道如何深远，谓所见同于先圣，可也；谓所见等于先圣，可也；若谓所见异于先圣，或谓其过于先圣，则非愚即妄矣！为学之道，惟信为能入。孔子曰：‘信而好古。’又曰：‘笃信好学。’子张曰：‘执德不宏，信道不笃。’‘焉能为有，焉能为亡！’而以今日学者之浅陋，读圣贤精微之经传；苟非信至极处，决难望有所得也！无论天资如何高明，用工如何勤奋，愿十年之内万不可轻言有疑。惟当以全身靠在圣贤语言上，然后虚心静气，优游玩索，以身体之，以心验之，从容默会于幽闲静一之中，超然自得于书言象意之表。如口之于味，鼻之于臭，吾人欲知味臭之区别，设非亲尝之，亲臭之，则决无真知确见之可言。论味则蜜与糖同甘，而糖之甘自异于蜜；梅与醋同酸，而醋之酸不同于梅。论臭则兰蕙与旃檀之香同而复有别；鲍鱼与屎尿之臭同而不相混；若欲详辨四者之分别，虽使善文者覃思深虑而出之，仍不过得其仿佛而已；若复令读其文者，即可辨其异同，则虽上智亦决不能也。然使其人一尝其味，一嗅其臭，则虽愚夫，亦能立辨之而无爽焉！此即阳明所谓‘哑子吃苦瓜，与尔说不得，尔要知此苦，还须尔自吃’。悟即自吃之谓也；可知不自吃，则终不知味；不自悟，则终于道无所得也。由信得悟。由悟证道。古人之论悟道也，曰：‘言语道断，心行处灭。’又曰：‘口欲言而辞丧，心欲思而虑亡。’又曰：‘穷诸玄辩，若一毫置于太虚。竭世枢机，似一滴投诸巨壑。’非古人好为微妙幽深之语，使世人难于窥测也。盖有以见道体本质如此。故曰：‘此事极奇特，极玄妙，而又极平庸，极真实。’其入手最要之方，则莫若静，静而后能定；既静且定，然后能发慧；则吾心广大、本体灵光发见，然后方可期有得耳。由信得悟，由静生明，惟静而后能虚灵。宋儒言心以虚灵为贵，此言亦善；必虚而后能灵；既虚且灵，方能默契先圣精微之旨。若专以博学多闻为贵，终其身皇皇然以搜求捃摭为务，如清中叶汉学家之所为，则此心已实而窒矣。实而窒，又焉能悟道妙哉？所以学道者，决非博观强记、探颐索深之谓；必澄心息念，收视返观而后期有得。其未得也，不能克日计功，由于积累而成；其已得也，先觉者亦不能以言语文辞传之后进；学者苟非真参实悟，无由知其妙微。若西儒之治哲学，则不外博览群书、广采物情，全凭意识以为推求，历举事例以为比较，无所谓澄心返观之法也。大抵西人治学之途径，不外分别、比较二术；名数质力，日扰其心，终日思索，神劳则昏，尚安有心体灵光发见之一日耶？圣贤之学，全由圣贤心体灵光发见，非由外得。故言道学者，前圣已造其极，决无后可胜前之理。故学儒者决无人能过孔孟，学道者决无人能过老庄，学佛者决无人能过释迦。学者既明此理，则但当终身安心作孔、孟、老、庄之信徒，不当妄思欲作孔、孟、老、庄之试官。若近日浅人之所为，字意未明，句读未真，便欲评其高下，论其是非，是无异人人可作孔、孟、老、庄之试官矣。人人欲作孔、孟、老、庄之试官，势必至无人复能解孔、孟、老、庄之真意矣！”其论青年修习国学方法曰：“余见胡适所开《国学书目》，标曰‘最低限度’。而所列之书，广博无限。经学小学，则清代名家之大部著述，以及汉、魏、唐、宋诸儒之名著，无不列入。理学则宋、元、明、清学案及《二程全书》、《朱子全书》、《朱子大全集》、《陆象山全集》、《王文成全集》，复益以宋、元、明、清儒专集数十种。子则二十二子及其注解，复益以周秦后诸家所作、为世所传诵者。佛典则《华严》、《法华》等经，《三论》、《唯识》等论禅宗语录，相宗注疏，广为搜罗。此所谓思想部也。若文学则历代名人诗文专集百数十家，宋元来通行之词曲小说多种。凡此皆胡氏之所谓‘最低限度’书目也。然论其数量，则已逾万卷；论其类别，则昔人所谓专门之学者，亦已逾十门。凡古来宏博之士，能深通其一门者，已为翘然杰出之材；若能兼通数门，则一代数百年中，不过数人。若谓综上所列诸门而悉通之者，则自周孔以来，尚未见其人。何也？人生数十寒暑，心思材力，究属有限；而人之天资，语其所近，不过一二种；兼通数门，已称多材。长词章者未必兼通考据，有得于心性之学者未必乐钻故纸。故精汉学如阎、戴、段、王，若语以宋明诸儒精微之说，未必能解也。工诗文者如韩、柳、欧、苏，若与之辨训诂音韵之微，则非所习也。文人谈禅，不过供临文时捃摭之资；若进而与之论教相，辨判科，则茫然矣。宋元词曲巨子，若与之论经传之大义，谈老庄之玄旨，则瞠目结舌矣。天之生人，决无付以全知全能之理；而人之于学，非专习决不能精。凡人于一种学问，已得门径，意趣日出，则所读者必多同类之书；长经学者必多读经传之注解；工文辞者必多读名家之专集。若舍其素习而读他种书，则虽宿儒，无异初学；苟非以全力攻破其难关，将见始终格格不入。语曰：‘读书万卷’，实则读万卷书尚非难事；而多读门类不同之书以明其大义者，古今无几人也。纪昀于近儒中读书最富，而余读其评理学之语，开口即错；经学亦有隔膜。《曾文正公日记》有云：‘阅《宋元学案》中《百源学案》，于邵子言数之训，一无所解，愧憾之至。’陈兰甫先生与友人书，自言：‘生平未曾读宋儒书；晚岁犹思补读。’曾公命世之英，兰甫博学而享大年，犹有未尽读、未尽通之书。凡自谓于学无所不通，此仅可欺浅学无识之辈；若通儒则决无此论。而自汉唐以来，未闻有一人而兼经学、小学、性理、考据、佛典、词章、词曲之长者也。今以古今鸿儒硕士所万不能兼通者，某先生乃标其名曰‘最低限度’，吾不解某先生所谓‘高等’者，其课程复将奚若！其将尽龙宫铁塔之藏，穷三洞四辅之秘乎？凡此皆欺人之甚。而言者悍然不惭，闻者茫然莫辨。世人既多妄人，复多愚人。非妄人无以益愚人之愚；非愚人无以长妄人之妄。余读近人著作，胸中辄作二疑。观其繁称博引，广列群书，则疑其人无书不读。及见其立论之浅谬，往往于古人极浅近之旨，尚未明了，则又疑其人实未曾读过一书。今日学术界之大患，几于无事不虚伪，无语不妄；且愈敢于妄语者，则享名亦愈盛。然而文人诡诞，自古有之：如清毛西河、戴东原二氏，二百年来，学者仰如泰斗；然二子均喜欺人，其生平示人之语，殆无一由衷之谈。试翻《全谢山集》中之《萧山毛检讨别传》，及章实斋《文史通义》之《朱陆篇书后》两篇，历举毛、戴二人种种欺人妄语之事实，其例甚多。大抵文人好名而性复诡诈，其对于后进钦风慕名而向之请益者，则必广举艰深宏博之书多种以告，又复恍惚其词，玄之又玄，令人无从捉摸。其实彼所举之书，或仅知其书名，或得其梗概于书目提要中，其书固未曾入目也；或涉猎之而未得其大意，犹之未读也。然在初学，震其高论，贸然从之；始为好名喜功之心所歆动，尚能振奋一时；迨钻研不久，久无所得，锐气一消，颓然废学，犹以为彼自高明，我则昏昧，无由趋步；不知被其所欺，误尽一生而不自知也。又凡人治一种学问，其入手之处，大抵得力于浅近之书；惟因其浅近，往往近俗，每为通人所不屑道。故在好名之人，虽最初得力于浅近之书，往往终身讳莫如深，虽亲友亦不轻泄。设有人问入手方法，则决不肯告人以己最初所读之得力者，必别举一艰深之书；听者不察而深信之，始则扞格不入，继则望洋生叹，终亦必至甘于自暴自弃而已。余近年读书稍多，见理稍明，觉今昔文人所说，大抵夸而不实，高而不切，欺世之意多而利人之心少，自炫之意多而作育之心少。余十数年前，思温习《四书》，以应读何种注解，询之章太炎先生，当世所渭经学大师也。章先生即以刘宝楠《论语正义》、焦循《孟子正义》对。余读之年馀，毫无所得，以其博而寡要也。翻然改计，日取朱子《四书集注》温一二章，令可默诵，参以《四书反身录》、《困勉录》、《四书大全》、《松阳讲义》、《四书近指》、《中庸集解》、《论语集解》、《论语义疏》、《论语后案》及《通志堂经解》中宋元诸儒集释，自觉年有进境。此余身历之事。余深疾近世文人之诬诞，生平论学，誓不作欺人之语；学者但信吾言，终身自有受用真实之处；切勿尚虚名而受实害也。修习国学，必以诵读古书为本；不外圣经贤传及周秦诸子而已。自来学人苟于经子根柢之学无所窥见，虽文辞华赡，记诵丑博，终不免为无源之末学，不足贵也！而自秦汉以来，论诵读古书之法，无逾于朱子。朱子教人读书之法，散见于《朱子语类》及文集者不下百数十条。而最其指要，只分五端：书须熟读；熟则义理融浃，胸中不期效而效自至；一也。读书时贵端身静虑，意不外驰，则气凝心明，义理自出；二也。心贵纯一，业尚专精；泛滥群书，不如精一；少得多惑，古训昭然；三也。圣意幽远，未易窥测；凡情浅鄙，悬隔天壤；偶有所见，未必即是；一有执着，即塞悟门；四也。吾生有涯，义理无穷，虚心观书，本意自见，穿凿强通，必多误谬；五也。古来名儒论学者众矣，求其精当切近，收效广而流弊少者，自以朱子之说为最。何也？词章考据之士或规规于考订训诂之细，或沈溺于声调格律之中，不复探求经传之大义，心性之微旨，故其说琐细浅陋，终无当于圣贤之学。陆王言学，扫去一切枝叶，直截根源。上智之士闻其言而顿契微旨，自较径捷。然世多中人而少上智；精微幽玄之旨自非常人所易领悟；稍有差误，天壤悬隔；强加附会，误人益深。朱子论学，以熟读精思，循序渐进为的。学者但循循不已，自有豁然贯通之一日。凡古人之书，读之，觉中庸平直，无矜才使气之语，而多忠厚恻怛之思者，必真实语也。初读之甚觉新奇可喜，继续之则无精意，其立说专求胜人，而惟以见知于世为务者，必多伪言也。尝见某禅师语录，有佛光、魔光之辨；谓见之令人清凉安适者，佛光也；见之使人震耀荡惑者，魔光也。其说甚辨。读古人书亦犹是矣。然非曾经一番苦工，于学问根源处有所窥见者，亦未易辨其诚伪也。吾国旧书自《六经》外，后儒说理精深者，殆无过于周、邵、程、张诸子矣，此稍有识者所公认也。然吾读数先生之书，若不能明者，甚深微妙之义耳；至于字句之间，显明极矣，并无僻字奥语，予人以难解者。反之，如近人龚定庵、汤海秋辈，举世所惊为奇才硕学者也。余诵其书数过，亦实无过人之见地；惟喜以奇字僻典困人，浅学者自觉难解！若以显明之笔出之，其意亦人所易知者也。诬世惑民，好名之过，于是著书者拣难的字以炫人；读书者拣难的读以误己。苏子瞻谓扬雄拣难的说以惊世钓名，往往'以艰深文其浅陋'，此实语也。凡读古昔圣贤心性之书，就余一已经历言之，至少有二种感觉：一曰触发，读之如触电气，全身震动。如《孟子·告子篇》中之《牛山》章、《鱼与熊掌》章、《放心》章，其启发人天良之语，均极痛切透辟；读之如当头棒喝，通体汗下；如深夜闻钟，发人猛省。凡古人之书，读之能触发我性灵者，虽欲不好，不可得也。读之而无所触发，必其书无深意之可言；或读者钝根人，麻木不仁者也。二曰融合，即杜元凯所谓'若江海之波，膏泽之润，涣然冰释，怡然理顺，然后为得'也！读之，觉古人所说者，无不恰好；又彼所言者，皆为我胸中所欲说，却被他句句先我道出；更觉书中所说，添一字不得，减一字不得，一字不多，一字不少；当读之时，读者之心与作者之心融洽一片，无少间隔。上所说两种境界，凡读心性之书者，必同具此感觉；若始终无此感者，必其人顽钝无知者也。"盖毓麟自道所得如此。

毓麟，字匡庐，旧译学馆毕业，升入京师分科大学；以民国二年赴美，留学加利福尼大学，习政治经济，五年而归。自谓："三十岁以前，为一纯粹学校之学生，所喜研究者，厥为西儒之科学。吾以圣经贤传，向不注意。及出国，目睹欧美社会之崇势利而薄仁义，终无以善其后；而不如孔孟之道为可大可久。"著有《游美见闻录》，刊登《时报》。方以新思潮澎湃，而适之焰高张于论坛，莫之省也。适既高谈国故，而又鄙弃为无用。或问："若然，与其谈国故，何如治科学？"则又应曰："吾人为学，何可挟功利之见？当视其性之所近，以治所学；

为真理而求真理，发明一字之古义，何必不与天文家之发见一恒星，其功相等？而清代汉学家之所以能于国故学有发明者，正以其所用方法，与科学方法暗合耳。”既则施施曰：“我之整理国故，欲以摧灭国故耳。”吴敬恒者，以科学为天下号者也；乃赞之曰：“中国之线装书，只有适之配读！”适则弥以自喜；而读之之法，只有一途；即用清代汉学家之校勘训诂方法，以求本子之订正与古义之考定，是也。且曰：“古义亦只是古义而已，无裨于今也。”著有《中国哲学史》，最为世所传诵。梁漱溟者，著《东西文化及其哲学》者也；读之，则曰：“依胡先生之说，中国哲学亦不过如此而已。”而适则谲应之曰：“我之所以整理国故者，只欲人人知所谓国故者‘亦不过如此而已。”’裘毓麟曰：“学术之放废，一至如此，尚何言哉！”于是闭门读书二十年。精究程朱，旁参释典，积久有得而著为书。独以生平服膺，最在太仓陆世仪《思辨》一录，恨其未睹今日之极变，而不及与之论证也；遂以《思辨广录》题其篇。凡稿本三十馀册。日本人有节译本。

自适《尝试集》出，诗体解放，一时慕效者，竞以新诗自鸣。适乃作豪语曰：“中国诗界，必有大放光明之一时期！”又谓：“少年新诗人之中，康白情、俞平伯之起最早，自由诗之提倡，白情、平伯之功不少。白情只是要自由吐出心里的东西，而平伯则主张努力创造民众化之诗。假如吾人以此读平伯之诗，则不能不谓之失败。平伯之诗，往往索解不得，何能民众化。”夫以“有什么话，说什么话；话怎么说，就怎么说”之白话诗，而云索解不得；此可知深入显出，文学别有事在；而不在白话与非白话也。厥后新体之诗，始仅蔑弃旧诗规律，犹未脱旧诗之音节，再变而为无韵之诗，三变而为日本、印度之俳句短歌，四变而至西洋体诗。李思纯讥其“在单音独体之汉字下而强用之，以造作拼音文字式之诗，其去常识已远”（详《学衡》）。然作者弥众，陆离光怪，方且未休，章士钊谓“今之束发小生，握笔登先，名流巨公，易节恐后，诗家成林，作品满街；”将毋“诗界之光明时期”已至乎？学者亦久而无以餍厥心，纵有徐志摩之富于玄想，郭沫若之回肠荡气，谢冰心之亲切动人，王统照之尽情哭笑，而陈勺水且言“中国新诗，至今未上轨道”矣！（《乐群》）揆厥原因：以“新诗无脚韵、平仄、音数三者，故体貌未具。深有慨于习作者，仅效西国少数之自由诗，而未睹英、德、俄、法之诗，大都有其严定之韵律，如吾国旧诗之所重。”闻一多亦言：“惟不能诗者，方以格律为束缚。”梁宗岱谈诗：引姜白石“难处见作者”，与马拉美“不难的就等于零”，为中外古今之同见。且大呼曰：“谁谓典故，窒塞情思？谁谓规律，桎梏性灵？”此皆最近新诗运动者之论诗也。及朱湘《石门集》出，其第三编，尝试十四行意体，十四行意体，凡七十一首。赵景深评之曰：“我国之作新诗，能严守十四行脚韵，作而多者，当以朱湘为第一！”（并见《人间世》）今合陈、闻、梁三人之论，证以朱湘之习作，可知作新体诗之穷而当变，思复其初矣！女诗人黄庐隐《读诗偶得》谓：“诗不可学，然亦不能不学。盖不可学者，诗人锐敏之知觉，热烈之情感，丰富之想像耳。而不可不学者，则其描写之技巧，如音调之铿锵，声律之和协等，皆由于锻炼而成。”又曰：“太白五言，拟古学刘公干，写景效谢玄晖，以太白大才，尚分而学之，则吾人学诗，尤不能不揣摹各家之长。俟既得之，不难融化，而自成风格。”又曰：“诗不可绳之以逻辑，其绝不通处，正其绝妙处！”呜呼！凡兹所陈，皆合旧说。使十年以前而言者，当无不目为迂腐，斥为狂惑，曾几何时，穷则反本；不式古训久矣！今乃转闻诸素习新诗之作家，尝试未成，悔其可追！不用典而顿悟用典之妙，不摹仿而转羡摹仿之功，悠悠苍天，此何心哉！诗道如此；散文何如？

白话文之散体：有写以中国之普通话，而文言杂厕，在所不禁者；适及梁启超，是也。有摹仿欧文而谥之曰“欧化的国语文学”者，始倡于周树人之译西洋小说，以顺文直译为尚；斥意译之不忠实，而摹欧文以国语，比鹦鹉之学舌，托于象胥，斯为作俑。效颦者乃至造述抒志，亦竞欧化。《小说月报》盛扬其焰，然而佶屈聱牙，过于《周诰》；学士费解，何论民众。上海曹慕管笑之曰：“吾侪生愿读欧文，不欲见此妙文也！比如上海时装妇人，着高底西式女鞋，而跬步倾跌，益增丑态；崇效古人，斥曰奴性；摹仿外国，独非奴性耶？”反唇之讥，或谑近虐。然始之创白话文以期言文一致，家喻户晓者；不以“欧化的国语文学”之兴而荒其志耶？斯则矛盾之说，无以自圆者矣。或者以白话之盛而有周树人之“欧化的国语”，比之文言之盛而有章士钊之欧化的古文云。周作人论：“中国散文，适之、仲甫，清新明白，长于说理讲学。平伯、废名，涩如青果。志摩、冰心，流丽清脆。”而周树人者，世所称鲁迅，周作人之兄也。论其文体，则以欧化国语为建设；而朱自清则品之曰：“有中国名士风，有外国绅士风，有隐士，有叛徒，在思想上是如此。”然而胡适之创白话文也，所持以号于天下者，曰：“平民文学也，非士大阶级文学也。”一时景附以有大名者，周树人以小说，徐志摩以诗，最为魁能冠伦以自名家。而树人著小说，工为写实，每于琐细见精神，读之者哭笑不得。志摩为诗，则喜堆砌，讲节奏，尤贵震动，多用叠句排句，自谓本之希腊；而欣赏自然，富有玄想，亦差似之；一时有诗哲之目。树人善写实，志摩喜玄想，取径不同，而皆揭“平民文学”四字以自张大。后生小子始读之而喜，继而疑，终而诋曰：“此小资产阶级文学也，非真正民众也。树人颓废，不适于奋斗。志摩华靡，何当于民众。志摩沈溺小己之享乐，漠视民之惨沮，唯心而非唯物者也。至树人所著，只有过去回忆，而不知建设将来；只抒小己愤慨，而不图福利民众。若而人者，彼其心目中，何尝有民众耶！”若其渐由小己而转向民众以为青年所推者，曰郭沫若、郁达夫。郭沫若代表青年抵抗一派；郁达夫代表青年颓废一派；而其所以可贵，则要在意趣之转向劳动阶级。而于是所谓新文艺之新而又新者，盖莫如第四阶级之文艺，谥之曰普罗文学，其精神则愤怒抗进，其文章则震动咆哮，以唯物主义树骨干，以阶级斗争奠基石，急言极论，即此可征新文艺之极左倾向。而周树人、徐志摩，则以文艺之右倾，而失热血青年之望。其集会结社，则有文学研究会、新月社以代表右倾。而左倾者，则有所谓左翼作家联盟、自由运动大同盟、无产阶级文艺俱乐部、国际文化研究会、马克思主义文艺理论研究会、普罗诗社、社会科学作家联盟，风起云涌，万窍怒号；其不知者，尚阙如也。既以普罗文学不容于政府，而幽默大师林语堂因时崛起，倡幽默文学以为天下号；其为文章，微言讽刺，以嬉笑代怒骂，出刊物，号曰《论语》；而周树人、徐志摩、郭沫若、郁达夫之流，胥有作焉。一册风行，学子争诵，其盛况比于《新青年》。更进而为小品文之提倡，有《人间世》之刊行，不知者疑将追踪庄周，欲谬悠荒唐，以广俗士之心胸。顾其开宗明义，则曰："十四年来，中国现代文唯一之成功，小品文之成功也。创作小说，即有佳作，亦由小品散文训练而来。"（发刊词）或又疑今之为散文者，岂仅止此？此未悟《鲁论》"道不同，不相为谋也"。阿英有《现代十六家小品》之选。自作人迄语堂，附以小序，详其流变；吾读之而有感，喟然曰：此岂"今文观止"之流乎？作人闭户读书，谈草木虫鱼，有"田园诗人"之目。然流连厂甸，精选古版，未知与"短褐穿结，箪瓢屡空"之渊明何如？苦茶庵中又不知有否"田父野老"之往还也？树人《阿Q正传》，译遍数国，有法、俄、英及世界语本。《呐喊》、《彷徨》，弥见苦斗。然张若谷访郁达夫于创造社，叹其月入之薄，告知"鲁迅年可坐得版税万金"，以为盛事。语堂方张"小品"，鲁迅则视为有"危机"，谓："在风沙扑面，虎狼成群之时，谁还有闲功夫，玩琥珀扇坠，翡翠戒指？即要悦目，当有大建筑，坚固而伟大，用不着雅。"然语堂则"论小品文笔调"矣，"怎样洗炼白话文"矣！《论语·幽默文选》，杂采古史古集，近且编印《有不为斋丛书》，先选《袁中郎集》，冠以一序，有曰："东家是个普罗，西家是个法西，洒家则看不上这些玩意儿，一定要说什么主义，咱只会说是想做人罢。今日之人，不读圣贤书，又只懂得西洋文化之皮毛，难怪其矫性更甚。最有名的英文丛书，名为《摩登丛书》，有选至西历纪元前三五世纪者。现代中国人，只肯读一九三四的西洋书，哪里会懂得西洋文化之底蕴？又不肯读古书，又何从知中国文化之底蕴？”准此以谈，“书非三代两汉不读”之韩退之，尤为摩登先师矣。语堂又本周作人《新文学源流》，取袁中郎“性灵”之说，名曰“言志派”。呜呼，斯文一脉，本无二致；无端妄谈，误尽苍生！十数年来，始之非圣反古以为新，继之欧化国语以为新，今则又学古以为新矣。人情喜新，亦复好古，十年非久，如是循环；知与不知，俱为此“时代洪流”疾卷以去，空馀戏狎忏悔之词也！报载美国孟禄博士论：“中国在政治上、文化上，尚未寻着自己。”惟不知有己，故至今无以自立。而王新民等，乃有《中国本位的文化建设宣言》，以今后当努力自求相诏。吾又不禁忆章士钊《说辖》之作，曰：“两军相抵，则奈何？曰惟辖以济之而已。辖者，还也，车相避也。相避者又非徒相避也，乃乍还以通其道，旋乃复进也。”今之相抵，不仅文学，而文学之必通其道，为一切文化建设之先声，有不容疑者。自是以后；果皆“寻着自己”，“辖”而后造乎？予故著其异议，穷其流变，而以俟五百年后之论定焉。

跋

无锡国学专门学校诸生，索余所著《现代中国文学史长编》稿，而集赀以铅字排印贰百部，索跋于后。余搜讨旧献，旁罗新闻，草创此编，始民国六年，积十馀岁，起王闿运以迄胡适，裒然成巨帙，人不求备，而风气变迁，大略可睹。其中陈石遗衍、康南海有为两老人，梁任公启超、章行严士钊两先生，皆曾以稿相示。惟任公晤谈时，若有不愉色然；辄亦无以自解也。呜呼！革命成功，此诸公者，或推或挽，多与有力；然冒宠利以居成功者，所在多有；而曾不图革命之何以善其后。独章太炎炳麟革命之文雄；而自始于革命有过虑之谭；长图大念，不自今日。然而论者徒矜其博文，罕体其深识。康南海，维新之先锋；而垂老有笃古之论，著《欧洲十一国游记》，然疑欧化，若图晚盖；回首前尘，能无惘然。独梁任公沾沾自喜，时欲与后生相追逐，与之为亡町畦；若忘老之将至，而不免贻落伍之讥；耗矣哀哉！乃知推排成老物，此亦无可如何之事。任公妩媚动人，南海权奇自喜，一师一弟，各擅千秋。严又陵复与南海、任公同时辈流，早年声气标榜，抵掌图新，倡予和汝；而临绝哀音，乃力诋康、梁，以为“社会纪纲之灭裂，少年心行之浮薄，谁生厉阶，二公实尸其咎”，感慨恻怆，言之雪涕。呜呼！神器不可以一端窥；愚民不可以浮议扰；严叟国士，抑何见之晚也！章行严少小闹学，意气无前；而整饬学风，行严乃不自我先，不自我后，首发大难，不惮以今日之我，与昔日之我战，召闹取怒，功罪与天下人共见之；可谓磊落丈夫已！其他难以更仆数，余为一一著于篇。於戏！举一世之人徒见诸公者文采照映，倾动当时；而不知柴棘满胸，中有难言之隐，扪心不得，抱惭何穷。读者以此一帙为现代文人之忏悔录可也。民不见德，唯乱是闻。觥觥诸公，高文动俗，徒快一时，果何为乎？余文质无底，抱朴杜门，论治不缘政党，谈艺不入文社；差幸服习父兄之教，不逐时贤后尘。独念东汉党人，千古盛事。然郑康成经师人师，模楷儒冠；而名字不在党籍，谈者高之。自惟问学不中为康成作奴仆；唯此一事，粗堪追随。然而士无靖志，论喜惊众。前人悔之，后来不悛；波随流转，漫漫安竭；长写不测，知其何故哉？昔元微之撰《会真记》，叙张生崔女事，所望知之者不为，为之者不惑。呜呼，女用色媚，士以文淫；所操不同，惑志一也。知之不为，为之不惑。诸公已矣，来者监诸！至于载笔之法，次第之义，具详叙目，此不论焉。

中华人民造国之二十一年十二月十五日

无锡钱基博跋于上海光华大学之西院

图书在版编目（CIP）数据

钱基博 现代中国文学史 : 全 2 册 / 钱基博著 . — 长春 : 吉林出版集团股份有限公司 , 2017.2（2022.3 重印）
（中国学术名著丛书）
ISBN 978-7-5581-1912-5

Ⅰ . ①钱… Ⅱ . ①钱… Ⅲ . ①中国文学－现代文学史 Ⅳ . ① I209.6

中国版本图书馆 CIP 数据核字（2016）第 297600 号

钱基博 现代中国文学史：全 2 册

著　　者　钱基博
出版策划　杜贞霞
责任编辑　白聪响
封面设计　映象视觉
开　　本　710mm × 1000mm　1/16
字　　数　482 千
印　　张　33.5
版　　次　2017 年 6 月第 1 版
印　　次　2022 年 3 月第 2 次印刷

出版发行　吉林出版集团股份有限公司
电　　话　总编办：010-63109269
　　　　　发行部：010-63109269
印　　刷　三河市京兰印务有限公司

ISBN 978-7-5581-1912-5　　定价：76.00 元（全 2 册）